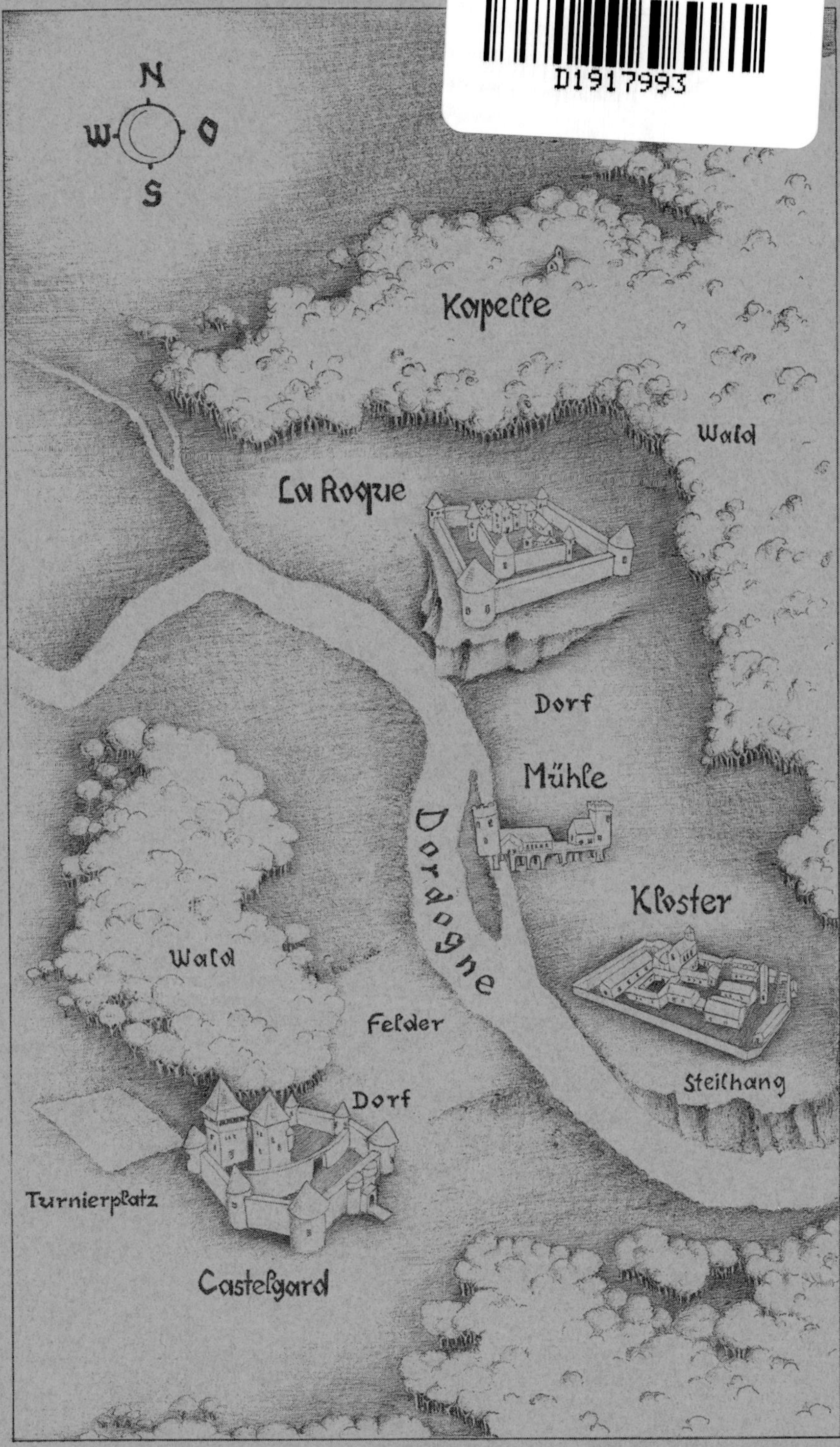
N
W
O
S
Kapelle
Wald
La Roque
Dorf
Mühle
Dordogne
Kloster
Wald
Felder
Steilhang
Dorf
Turnierplatz
Castelgard

MICHAEL CRICHTON · TIMELINE

Michael Crichton

TIMELINE

Eine Reise in die Mitte der Zeit

Roman

Aus dem Amerikanischen
von Klaus Berr

Karl Blessing Verlag

Titel der Originalausgabe: Timeline
Originalverlag: Knopf, New York

Umwelthinweis:
Dieses Buch und sein Schutzumschlag wurden
auf chlorfrei gebleichtem Papier gedruckt.
Die Einschrumpffolie (zum Schutz vor Verschmutzung)
ist aus umweltschonender recyclingfähiger PE-Folie.

Der Karl Blessing Verlag ist ein Unternehmen der
Verlagsgruppe Bertelsmann.

1. Auflage

Umschlaggestaltung: Design Team München
Vorsatzillustration: Lucia Obi
Satz: Uhl + Massopust, Aalen
Druck und Bindung: Graph. Großbetrieb Pößneck
Printed in Germany
ISBN 3-89667-113-8

FÜR TAYLOR

Alle großen Reiche
der Zukunft werden Reiche
des Geistes sein.

WINSTON CHURCHILL, 1953

Wer nichts
über die Geschichte weiß,
der weiß überhaupt nichts.

EDWARD JOHNSTON, 1990

Ich interessiere mich
nicht für die Zukunft.
Ich interessiere mich für die
Zukunft der Zukunft.

ROBERT DONIGER, 1996

EINFÜHRUNG

Die Naturwissenschaften am Ende des Jahrhunderts

Vor hundert Jahren, als das neunzehnte Jahrhundert seinem Ende zuging, waren Wissenschaftler auf der ganzen Welt davon überzeugt, sich ein präzises Bild von der physikalischen Welt machen zu können. Wie der Physiker Alastair Rae es formulierte: »Am Ende des neunzehnten Jahrhunderts sah es so aus, als wären die grundlegenden Gesetze, die das physikalische Universum bestimmen, bekannt.«[1] Und tatsächlich behaupteten viele Wissenschaftler, daß die Erforschung der Physik so gut wie abgeschlossen sei: Große Entdeckungen seien nicht mehr zu machen, es fehlten nur noch ein paar Details und hie und da der letzte Schliff.

Doch dann wurden, kurz vor der Jahrhundertwende, einige Merkwürdigkeiten bekannt: Röntgen entdeckte Strahlen, die Fleisch durchdrangen; weil sie anfangs nicht zu erklären waren, nannte er sie X-Strahlen. Zwei Monate später fand Henri Becquerel durch Zufall heraus, daß ein Stück Uranerz etwas aussandte, das fotografische Platten schwärzte. Und 1897 wurde das Elektron als Träger der elektrischen Ladung entdeckt.

Im großen und ganzen blieben die Physiker jedoch gelassen, denn sie gingen davon aus, daß diese Merkwürdigkeiten irgendwann durch bereits existierende Theorien erklärt würden. Keiner hätte vorausgesagt, daß binnen fünf Jahren ihre selbstgefällige Sicht der Welt gründlich widerlegt sein würde, daß eine völlig neue Sicht des Universums und völlig neue Technologien entstünden, die den

[1] Alastair I.M. Rae, *Quantenphysik: Illusion oder Realität,* Stuttgart: Reclam 1966. Siehe auch Richard Feynman, *Vom Wesen physikalischer Gesetze,* München: Piper 1990; und Rae, *Quantum Mechanics*, Hilger, Bristol 1986.

Alltag im zwanzigsten Jahrhundert auf bislang unvorstellbare Art und Weise verändern sollten.

Hätte man 1899 einem Physiker gesagt, daß im Jahre 1999, nur hundert Jahre später, Satelliten am Himmel bewegte Bilder in Haushalte auf der ganzen Welt schicken; daß Bomben von unvorstellbarer Zerstörungskraft die Menschheit bedrohen; daß Antibiotika Infektionskrankheiten zuerst besiegen, diese Krankheiten dann aber zurückschlagen; daß Frauen wählen dürfen und Pillen zur Empfängnisverhütung schlucken; daß sich stündlich Millionen Menschen in Flugzeugen in die Luft erheben, die ohne menschliches Zutun starten und landen können; daß die Menschheit zum Mond geflogen ist, dann aber das Interesse daran verlor; daß die Leute Telefone bei sich tragen, die nur wenige Gramm wiegen, und damit an und mit jedem Punkt der Erde drahtlos kommunizieren können; oder daß die meisten dieser Wunder von briefmarkengroßen Objekten abhängen, die sich einer neuen Theorie namens Quantenmechanik bedienen – wenn man dem Physiker all dies gesagt hätte, hätte er einen zweifellos für verrückt erklärt.

Die meisten dieser Entwicklungen konnten deshalb 1899 nicht vorhergesagt werden, weil die damals vorherrschende wissenschaftliche Theorie sie für unmöglich erklärte. Und was die wenigen Entwicklungen angeht, die nicht unmöglich schienen, Flugzeuge zum Beispiel, so hätte schon das schiere Ausmaß ihrer späteren Verwendung jedes Verständnis gesprengt. Man hätte sich *ein* Flugzeug vorstellen können, daß aber zehntausend Flugzeuge gleichzeitig in der Luft sind, wäre unvorstellbar gewesen.

Man kann also mit Fug und Recht behaupten, daß an der Schwelle des zwanzigsten Jahrhunderts auch die informiertesten Wissenschaftler von dem, was noch kommen würde, keine Ahnung hatten.

Heute stehen wir an der Schwelle zum einundzwanzigsten Jahrhundert, und die Situationen sind sich auf merkwürdige Weise ähnlich. Wieder einmal glauben die Physiker, daß die physikalische Welt erklärt sei und uns keine weiteren revolutionären Entdeckungen mehr bevorstehen. Die Erfahrung hat sie gelehrt, diese Meinung nicht mehr öffentlich zu vertreten, dennoch sind sie davon überzeugt. Einige Beobachter wagen sogar die Behauptung, daß die Naturwissenschaft an ihrem Ende angelangt sei, daß sie nichts Wichtiges mehr entdecken könne.[2]

Doch so wie bereits am Ende des neunzehnten Jahrhunderts durchaus Schlüsse auf künftige Entwicklungen möglich waren, liefert uns auch das späte zwanzigste Jahrhundert Hinweise auf die Zukunft. Einer der wichtigsten ist das Interesse an der sogenannten Quantentechnologie. Mit dem Ziel, eine neue Technologie zu erzeugen, die sich der grundlegenden Gesetze der subatomaren Realität bedient, wird hier an vielen Fronten geforscht, und es sieht ganz so aus, als könnten diese Forschungen unsere Vorstellungen dessen, was machbar ist, völlig über den Haufen werfen.

Die Quantentechnologie steht in absolutem Widerspruch zu dem, wie wir uns mit unserem gesunden Menschenverstand die Welt erklären. Sie postuliert eine Welt, in der Computer arbeiten, ohne eingeschaltet worden zu sein; in der Dinge gefunden werden, ohne daß man nach ihnen sucht. Ein unvorstellbar leistungsstarker Computer kann aus einem einzigen Molekül entstehen. Ohne die Hilfe von Drähten oder Netzwerken bewegen sich Informationen ohne Zeitverzögerung zwischen zwei Punkten hin und her. Computer stellen ihre Berechnungen in anderen Universen an. Und Teleportation – »Beam mich hoch, Scottie« – ist alltäglich und wird auf viele verschiedene Arten eingesetzt.

In den neunziger Jahren zeigte die Quantenforschung erste Ergebnisse. 1995 wurden quantenkryptographische Nachrichten über eine Entfernung von fünfundsechzig Kilometern verschickt, was darauf hindeutet, daß im kommenden Jahrhundert ein Quanteninternet entstehen könnte. In Los Alamos maßen Physiker die Dicke eines Haars mit Hilfe von Laserlicht, das dieses Haar nie wirklich traf, sondern nur hätte treffen *können*. Dieses bizarre, jeder Intuition widersprechende Resultat stand am Anfang eines völlig neuen Forschungseinsatzes, dem der wechselwirkungsfreien Erfassung: »Etwas zu finden, ohne es zu suchen«, wie ich es vorher nannte.

1998 wurde weltweit in drei Laboratorien die Quantenteleportation demonstriert: in Innsbruck, Rom und am CalTech, dem Ca-

---

[2] John Horgan, *An den Grenzen des Wissens*, München: Luchterhand 1997. Siehe auch Gunther Stent, *Paradoxes of Progress,* New York: W. H. Freeman 1978.

lifornia Institute of Technology.[3] Der Physiker Jeff Kimble, Leiter des CalTech-Teams, sagte, daß man die Quantenteleportation auch auf feste Körper anwenden könnte. »Der Quantenzustand eines Objekts könnte in den eines anderen Objekts übertragen werden… Wir glauben zu wissen, wie das geht.«[4] Kimble verstieg sich natürlich nicht zu der Behauptung, sie könnten ein menschliches Wesen teleportieren, aber er sagte, er könne sich vorstellen, daß jemand es mit einer Bakterie versucht.

Diese Quantenmerkwürdigkeiten, die den Gesetzen der Logik ebenso widersprechen wie dem gesunden Menschenverstand, haben in der allgemeinen Öffentlichkeit bis jetzt noch wenig Aufmerksamkeit erregt, aber das wird sich ändern. Nach einigen Schätzungen wird im Verlauf der ersten Jahrzehnte des neuen Jahrhunderts die Mehrheit der Physiker an diversen Aspekten der Quantentechnologie arbeiten.[5]

Es ist deshalb nicht überraschend, daß sich Mitte der neunziger Jahre einige Konzerne der Quantenforschung zuwandten. 1991 wurde Fujitsu Quantum Devices gegründet. IBM bildete 1993 ein Quantenforschungsteam unter der Leitung von Charles Bennett.[6] Bald darauf folgten ATT und andere Firmen, Universitäten wie die CalTech und Regierungseinrichtungen wie Los Alamos, ebenso eine Forschungsfirma in New Mexico mit dem Namen ITC. Nur eine Stunde von Los Alamos entfernt, machte ITC schon früh in diesem Jahrzehnt bedeutende Schritte nach vorn. Inzwischen ist bekannt, daß ITC bereits im Jahr 1998 als erste Firma eine brauchbare, funktionierende Anlage besaß, die fortgeschrittene Quantentechnologie verwendete.

---

[3] Dik Bouwmeester et al., »Experimental Quantum Teleportation«, *Nature* 390 (11. Dez. 1997), 575-9.

[4] Maggie Fox, »Spooky Teleportation Study Brings Future Closer«, Reuters, 22. Okt. 1998.

[5] Colin P. Williams and Scott H. Clearwater, *Explorations in Quantum Computing,* New York: Springer Verlag, 1998. Siehe auch Gerard J. Milburn, *Schrodingers Machines,* New York: W. H. Freeman, 1997 und *The Feynman Processor*, Reading, Mass.: Perseus, 1998.

[6] C. H. Bennett et al., »Teleporting an Unknown Quantum State via Dual Classical and Einstein-Podolsky-Rosen Channels«, *Physical Review Letters* 70 (1993): 1895.

Rückblickend betrachtet war es ein Zusammentreffen besonderer Umstände – plus beträchtliches Glück –, das ITC diesen Vorsprung in einer spektakulären neuen Technologie verschaffte. Obwohl die Firma die Position vertrat, daß ihre Entdeckungen völlig harmlos und dem Menschen nur nützlich seien, zeigte ihre sogenannte Rettungsexpedition die Gefahren nur zu deutlich. Zwei Menschen starben während einer Expedition, eine Person verschwand, eine weitere erlitt schwere Verletzungen. Die jungen Doktoranden, die die Expedition unternahmen, erfuhren es am eigenen Leibe: Diese neue Quantentechnologie, die Vorbotin des einundzwanzigsten Jahrhunderts, ist alles andere als harmlos.

Ein typisches Beispiel für einen Privatkrieg ereignete sich im Jahre 1357. Sir Oliver de Vannes, ein englischer Ritter von edlem Geblüt und Charakter, hatte die Städte Castelgard und La Roque eingenommen. Glaubt man den Quellen, so herrschte dieser »geborgte Herr« mit Würde und Gerechtigkeit und war beim Volk beliebt. Im April wurden die Ländereien von einer wilden Kompanie aus zweitausend Briganten überfallen, abtrünnigen Rittern unter dem Befehl von Arnaut de Cervole, einem aus dem Amt gejagten Mönch, den man auch den »Erzpriester« nannte. Nachdem Cervole Castelgard niedergebrannt hatte, schleifte er das Kloster von Sainte-Mère, ermordete die Mönche und zerstörte die berühmte Wassermühle an der Dordogne. Anschließend verfolgte Cervole Sir Oliver bis zur Festung von La Roque, wo eine blutige Schlacht stattfand.

Oliver verteidigte seine Burg mit Geschick und Wagemut. Zeitgenössische Berichte schreiben Olivers Verteidigungserfolge seinem militärischen Berater Edwardus de Johnes zu. Nur wenig ist bekannt von diesem Mann, doch rankt sich manche Sage um ihn, die an Merlin erinnert. Angeblich konnte er in einem Lichtblitz verschwinden. Der Chronist Audreim behauptete, Johnes sei aus Oxford gekommen, anderen Quellen zufolge war er jedoch Mailänder. Da er mit einer Gruppe junger Gehilfen reiste, war er höchstwahrscheinlich ein fahrender Gelehrter, der sich dem verdingte, der ihm seine Dienste bezahlte. Er war geübt im Gebrauch von Schießpulver und Artillerie, einer Technologie, die zu der Zeit noch sehr neu war…

Letztendlich verlor Oliver seine uneinnehmbare Burg nur, weil ein Spion einen Geheimgang öffnete und so den Soldaten des Erzpriesters Zugang zur Festung verschaffte. Ein Verrat wie dieser war charakteristisch für die komplexen Intrigen der damaligen Zeit.

Aus: *Der Hundertjährige Krieg in Frankreich* von M. D. Backes, 1996

CORAZÓN

Wer von der Quantentheorie
nicht schockiert ist,
versteht sie nicht.

NIELS BOHR, 1927

Niemand versteht die
Quantentheorie.

RICHARD FEYNMAN, 1967

Er hätte diese Abkürzung nie nehmen dürfen.

Dan Baker zuckte zusammen, als sein neuer Mercedes S 500 über die unbefestigte Straße holperte, die sie tiefer und tiefer in das Navajo-Reservat im Norden Arizonas brachte. Die Landschaft um sie herum wurde immer trostloser: weit entfernte Tafelberge, sogenannte *mesas* im Osten, im Westen endlose flache Wüste. Vor einer halben Stunde waren sie an einem Dorf vorbeigekommen – staubige Häuser, eine Kirche und eine kleine Schule, die an einem Bergabhang kauerten –, aber seitdem hatten sie überhaupt nichts mehr gesehen, nicht einmal einen Zaun. Nur leere rote Wüste. Das letzte Auto hatten sie vor einer Stunde gesehen. Jetzt war es Mittag, die Sonne brannte auf sie herab. Baker, ein vierzigjähriger Bauunternehmer aus Phoenix, wurde allmählich ein wenig nervös. Vor allem, da seine Frau, eine Architektin, zu jenen künstlerischen Menschen gehörte, die sich mit so profanen Dingen wie Benzin und Kühlwasser nicht abgaben. Sein Tank war halb leer. Und der Motor lief langsam heiß.

»Liz«, sagte er, »bist du sicher, daß das der richtige Weg ist?«

Seine Frau, die neben ihm saß, beugte sich über die Karte und fuhr die Route mit dem Finger nach. »Er muß es sein«, sagte sie. »Im Führer heißt es, fünf Kilometer nach der Abzweigung zum Corazón Canyon.«

»Aber am Corazón Canyon sind wir schon vor zwanzig Minuten vorbeigekommen. Wir haben ihn bestimmt übersehen.«

»Wie sollen wir denn einen Handelsposten übersehen?«

»Ich weiß auch nicht.« Baker starrte auf die Straße. »Aber hier ist überhaupt nichts. Bist du ganz sicher, daß du dorthin willst? Ich meine, wir können doch auch in Sedona tolle Navajo-Teppiche kaufen. In Sedona gibt es alle möglichen Teppiche.«

»Sedona«, erwiderte sie naserümpfend, »ist nicht authentisch.«

»Natürlich ist es authentisch, Liebling. Ein Teppich ist ein Teppich.«

»Ein Gewebe.«

»Okay.« Er seufzte. »Ein Gewebe.«

»Außerdem ist es nicht dasselbe«, sagte sie. »In den Läden in Sedona gibt es nur Touristenramsch – aus Acryl und nicht aus Wolle. Ich will die Gewebe, die sie im Reservat verkaufen. Und angeblich hat dieser Handelsposten ein altes Sandpainting-Gewebe aus den Zwanzigern, von Hosteen Klah. Und das will ich haben.«

»Okay, Liz.« Er persönlich wußte nicht so recht, wozu sie noch einen Navajo-Teppich – ein Gewebe – brauchten. Sie hatten bereits zwei Dutzend davon. Liz hatte sie überall im Haus verteilt. Und einige sogar in Schränken verstaut.

Schweigend fuhren sie weiter. Die Straße flirrte in der Hitze, so daß sie aussah wie ein Silbersee. Und es gab auch Luftspiegelungen, Häuser oder Menschen, die plötzlich auf der Straße auftauchten, aber wenn man dann näher kam, war nichts mehr da.

Dan Baker seufzte noch einmal. »Wir sind bestimmt daran vorbeigefahren.«

»Laß uns noch ein paar Kilometer fahren«, sagte seine Frau.

»Wie viele noch?«

»Ich weiß nicht. Ein paar.«

»Wie viele, Liz? Wir sollten entscheiden, wie weit wir noch fahren wollen.«

»Noch zehn Minuten«, sagte sie.

»Okay«, erwiderte er. Zehn Minuten.

Er sah eben auf die Tankanzeige, als Liz plötzlich erschrocken die Hand vor den Mund schlug und »Dan!« rief. Als Baker wieder auf die Straße schaute, sah er gerade noch eine Gestalt auftauchen – einen Mann in brauner Kleidung am Straßenrand – und hörte einen lauten Knall an der Seite des Autos.

»O Gott!« sagte sie. »Wir haben ihn angefahren!«

»Was?«

»Wir haben den Typ angefahren.«

»Nein, haben wir nicht. Wir sind über ein Schlagloch gefahren.«

Im Rückspiegel sah Baker, daß der Mann noch immer am Straßenrand stand. Eine Gestalt in Braun, die sehr schnell in der Staubwolke des Autos verschwand.

»Wir können ihn nicht angefahren haben«, sagte Baker. »Er steht ja noch.«

»Dan. Wir haben ihn angefahren. Ich habe es gesehen.«

»Nein, glaube ich nicht, Liebling.«

Baker schaute noch einmal in den Rückspiegel. Aber jetzt sah er nichts mehr außer der Staubwolke hinter dem Auto.

»Wir sollten umkehren«, sagte sie.

»Warum?«

Baker war ziemlich sicher, daß seine Frau sich getäuscht hatte und sie den Mann auf der Straße nicht angefahren hatten. Aber wenn sie ihn doch angefahren hatten und wenn er auch nur leicht verletzt war – nur eine Wunde am Kopf oder ein Kratzer –, würde das eine lange Unterbrechung ihrer Fahrt bedeuten. Sie würden es nie bis Einbruch der Nacht nach Phoenix schaffen. Wer sich hier draußen herumtrieb, war mit Sicherheit ein Navajo; sie würden ihn in ein Krankenhaus bringen müssen oder zumindest in die nächste größere Stadt, und das war Gallup, was nicht auf ihrem Weg lag –

»Ich dachte, du wolltest umkehren«, sagte sie.

»Will ich auch.«

»Dann laß uns umkehren.«

»Ich will nur keine Probleme, Liz.«

»Dan. Ich glaub das einfach nicht.«

Er seufzte und stieg auf die Bremse. »Okay, ich dreh ja schon um. Ich dreh um.«

Vorsichtig, um nicht in dem roten Sand am Straßenrand steckenzubleiben, wendete er das Auto und fuhr den Weg zurück, den sie gekommen waren.

»O mein Gott.«

Baker hielt am Straßenrand an und sprang hinaus in die Staubwolke, die sein Auto aufgewirbelt hatte. Die sengende Hitze auf Gesicht und Körper nahm ihm fast den Atem. Mindestens fünfzig Grad, dachte er.

Als der Staub sich lichtete, sah er den Mann am Straßenrand liegen; er versuchte gerade, sich auf den Ellbogen aufzustützen. Er war tatterig, um die Siebzig, mit schütteren Haaren und einem Vollbart. Seine Haut war blaß, er sah nicht aus wie ein Navajo. Er trug eine lange braune Kutte. Vielleicht ein Priester, dachte Baker.

»Sind Sie in Ordnung?« fragte Baker und half dem Mann, sich am Straßenrand aufzusetzen.

Der alte Mann hustete. »Ja. Alles in Ordnung.«

»Wollen Sie aufstehen?« fragte Baker. Er war erleichtert, daß er nirgendwo Blut sah.

»Gleich.«

Baker sah sich um. »Wo ist Ihr Auto?« fragte er.

Der Mann hustete noch einmal. Mit hängendem Kopf starrte er in den Straßenstaub.

»Dan, ich glaube, er ist verletzt«, sagte seine Frau.

»Ja«, sagte Baker. Der Alte machte zumindest einen sehr verwirrten Eindruck. Baker sah sich noch einmal um, aber da war nichts als flache Wüste, die sich im flirrenden Dunst in alle Richtungen erstreckte.

Kein Auto. Nichts.

»Wie ist er hierhergekommen?« fragte Baker.

»Komm«, sagte Liz, »wir müssen ihn in ein Krankenhaus bringen.«

Baker schob die Hände unter die Achseln des alten Mannes und half ihm auf die Füße. Die Kleidung des Mannes war dick und bestand aus einem filzähnlichen Material, aber trotz der Hitze schien er nicht zu schwitzen. Sein Körper fühlte sich kühl, beinahe kalt an.

Der Alte stützte sich schwer auf Baker, als sie die Straße überquerten. Liz öffnete die hintere Tür. Der alte Mann sagte: »Ich kann gehen. Ich kann sehen.«

»Okay. Gut.« Baker schob ihn auf den Rücksitz.

Der Mann legte sich auf das Leder und rollte sich wie ein Baby im Mutterleib zusammen. Unter seiner Kutte trug er gewöhnliche Kleidung: Jeans, ein kariertes Hemd, Nikes. Baker schloß die Tür, und Liz setzte sich wieder auf den Beifahrersitz. Er zögerte noch und blieb draußen in der Hitze stehen. Wie war es möglich, daß dieser alte Kerl sich ganz alleine hier draußen herumtrieb? Und daß er in all diesen Kleidungsstücken nicht schwitzte?

Es war, als wäre er eben aus einem klimatisierten Auto ausgestiegen.

Vielleicht ist der doch gefahren, dachte Baker. Vielleicht ist er eingeschlafen. Vielleicht ist sein Auto von der Straße abgekommen und er hatte einen Unfall. Vielleicht saß noch jemand in dem Auto und konnte nicht raus.

Er hörte den Alten murmeln: »Nicht zerrinnen, muß es gewinnen. Geh zurück und hol's mit Glück.«

Baker überquerte die Straße, um sich noch einmal umzusehen. Dabei stieg er über ein sehr großes Schlagloch und überlegte, ob er es seiner Frau zeigen sollte, entschied sich dann aber dagegen.

Neben der Straße waren nirgendwo Reifenspuren zu entdecken, aber im Sand sah er deutlich die Fußabdrücke des alten Mannes. Sie führten von der Wüste zur Straße. In etwa dreißig Metern Entfernung sah Baker den Rand eines *arroyo*, einer Felsspalte in der Landschaft. Die Spuren schienen von dort zu kommen.

Er folgte den Spuren, stand dann am Rand der Senke und schaute hinunter. Kein Auto. Nichts außer einer Schlange, die zwischen den Felsen davonglitt. Er schüttelte sich.

Etwas Weißes stach ihm ins Auge, das ein Stück unterhalb der Felskante in der Sonne funkelte. Baker kletterte hinunter, um es sich genauer anzusehen. Es war ein weißes Keramikquadrat von gut zwei Zentimetern Kantenlänge. Es sah aus wie ein Isolator. Baker hob es auf und stellte überrascht fest, daß es sich kalt anfühlte. Vielleicht bestand es aus einem dieser neuen Materialien, die Hitze nicht absorbieren.

Als er das Stück Keramik genauer untersuchte, entdeckte er in einer Ecke die eingeprägten Buchstaben ITC. Und am Rand befand sich eine Art Knopf. Baker fragte sich, was passieren würde, wenn er ihn drückte. Und dann, mitten in der glühendheißen Wüste, umgeben von riesigen Felsen, drückte er ihn.

Nichts passierte.

Er drückte noch einmal. Wieder nichts.

Baker kletterte den Abhang wieder hinauf und ging zum Auto zurück. Der alte Mann schlief und schnarchte. Liz studierte die Karte. »Die nächste größere Stadt ist Gallup.«

Baker ließ den Motor an. »Dann auf nach Gallup.«

Auf der Hauptstraße, die in südlicher Richtung nach Gallup führte, kamen sie besser voran. Der alte Mann schlief immer noch. Liz drehte sich zu ihm um und sagte: »Dan ... «

»Was ist?«

»Siehst du seine Hände?«

»Was ist damit?«

»Die Fingerspitzen.«

Baker nahm den Blick von der Straße und schaute schnell in den Rückspiegel. Die Fingerspitzen des Alten war rot bis zum zweiten Knöchel. »Und? Hat er eben einen Sonnenbrand.«

»Nur an den Fingerspitzen? Warum nicht an der ganzen Hand?«

Baker zuckte die Achseln.

»Vorher waren seine Finger noch nicht so«, sagte sie. »Als wir ihn aufgelesen haben, waren sie noch nicht rot.«

»Liebling, du hast es wahrscheinlich einfach nicht bemerkt.«

»Ich hab es bemerkt, weil er nämlich manikürte Finger hat. Und ich mir dachte, interessant, daß so ein alter Kerl mitten in der Wüste manikürte Finger hat.«

»Aha.« Baker sah auf die Uhr. Er fragte sich, wie lange sie in dem Krankenhaus in Gallup würden bleiben müssen. Wahrscheinlich Stunden.

Er seufzte.

Die Straße verlief stur geradeaus.

Auf halbem Weg nach Gallup wachte der Alte auf. Er hustete und sagte: »Sind wir hier? Wo sind wir?«

»Wie geht's?«

»Wie's geht? Es steht. Gut, ganz gut.«

»Wie heißen Sie?« fragte Liz.

Der Mann blinzelte sie verständnislos an. »Der Quondam-Raum macht mich schaun.«

»Aber wie heißen Sie?«

»Name ist Rauch, Schuld auch«, erwiderte der alte Mann.

»Er reimt alles«, bemerkte Baker.

»Das ist mir auch schon aufgefallen, Dan.«

»Ich habe da mal eine Sendung drüber gesehen«, sagte Baker. »Reimen bedeutet, daß er schizophren ist.«

»Reimen ist Timen«, sagte der alte Mann. Und dann fing er an laut zu singen, fast schreiend krächzte er zur Melodie des alten John-Denver-Songs *Take me Home, Country Road*:

»Quondam-Raum macht mich schaun
Wohin ich gehör,
Black Rock, tief im Bergstock,
Quondam-Raum macht dich schaun.«

»O Mann«, sagte Baker.

»Sir?« fragte Liz noch. »Können Sie mir sagen, wie Sie heißen?«

»Niobium wirkt nicht wie Opium. Haarige Singularitäten gestatten keine Paritäten.«

Baker seufzte. »Liebling, der Kerl hat 'ne Meise.«

»Amsel, Drossel, Fink und Star. Auch die Meisen sind schon da.«

Aber seine Frau ließ sich nicht abbringen. »Sir? Wissen Sie, wie Sie heißen?«

»Ruf Gordon«, erwiderte der alte Mann, jetzt wieder schreiend. »Ruf Gordon, ruf Stanley. Bleib in der Familie.«

»Liz«, sagte Baker. »Laß ihn in Frieden, okay? Er soll sich erst einmal beruhigen. Wir haben noch eine lange Fahrt vor uns.«

Krächzend sang der alte Mann: »Wohin ich gehör, Hexerei ist Schweinerei, Land-Schaum macht mir Grau'n.« Und fing gleich wieder von vorne an.

»Wie weit noch?« fragte Liz.

»Frag lieber nicht.«

Baker hatte vorher angerufen, und deshalb warteten bereits Sanitäter mit einer Rollbahre auf sie, als der Mercedes unter dem rot- und cremefarbenen Säulengang vor der Unfallstation des McKinley Hospital anhielt. Der alte Mann verhielt sich ruhig, als sie ihn auf die Bahre hoben, doch als sie ihn festschnallen wollten, wehrte er sich und rief: »Entfesselt mich, erlöset mich!«

»Es ist nur zu Ihrer eigenen Sicherheit, Sir«, sagte einer der Sanitäter.

»Das sagt Ihr, geht weg von mir! Sicherheit ist die letzte Zuflucht des Halunken!«

Baker war beeindruckt von der Art, wie die Sanitäter den Kerl behandelten, mit sanften und doch festen Bewegungen schnallten sie ihn fest. Und ähnlich beeindruckt war er von der zierlichen dunkelhaarigen Frau in einem weißen Mantel, die nun zu ihnen stieß. »Ich bin Beverly Tsosie«, sagte sie und gab ihnen die Hand. »Ich bin die diensthabende Ärztin.« Sie war sehr ruhig, obwohl der Mann auf der Bahre nicht aufhörte zu schreien, während er in die Unfallstation geschoben wurde. »Quondam-Raum macht mich schaun ...«

Jeder im Wartezimmer sah ihn an. Baker bemerkte einen zehn- oder elfjährigen Jungen, der, den Arm in einer Schlinge, neben seiner Mutter auf einem Stuhl saß und den Alten neugierig anstarrte. Der Junge flüsterte seiner Mutter etwas zu.

Der Alte sang: »Wohiiin ich gehöööör ...«

Dr. Tsosie fragte: »Wie lange ist er schon so?«

»Von Anfang an. Seit wir ihn gefunden haben.«

»Außer wenn er schlief«, ergänzte Liz.

»War er je bewußtlos?«

»Nein.«

»Übelkeit, Erbrechen?«

»Nein.«

»Und wo haben Sie ihn gefunden? Hinter dem Corazón Canyon?«

»Zehn oder fünfzehn Kilometer dahinter.«

»Da draußen ist nicht viel.«

»Sie kennen die Gegend.«

»Ich bin dort aufgewachsen.« Sie lächelte dünn. »Chinle.«

Sie schob den noch immer schreienden alten Mann durch eine Pendeltür. »Wenn Sie bitte hier warten«, sagte Doktor Tsosie. »Ich komme dann zu Ihnen, sobald ich mehr weiß. Wird wahrscheinlich eine Weile dauern. Vielleicht wollen Sie etwas zu Mittag essen.«

Eigentlich war Beverly Tsosie Ärztin am University Hospital in Albuquerque, aber in letzter Zeit kam sie zwei Tage pro Woche nach Gallup, um ihrer Großmutter zu helfen, und an diesen Tagen arbeitete sie jeweils eine Schicht in der Unfallstation des McKinley, um sich etwas dazuzuverdienen. Sie mochte das McKinley, die modernen Gebäude mit den kräftigen roten und cremefarbenen Streifen. Es war ein Krankenhaus, das sich wirklich um die Nöte der Bevölkerung kümmerte. Außerdem mochte sie Gallup, eine kleinere Stadt als Albuquerque und ein Ort, an dem sie sich mit ihrer indianischen Herkunft wohler fühlte.

An den meisten Tagen war es ziemlich ruhig in der Unfallstation, kein Wunder also, daß die Ankunft dieses schreienden und erregten alten Mannes für gehörige Unruhe sorgte. Dr. Tsosie schob die Vorhänge beiseite und betrat die Kabine, wo die Sanitäter dem Mann bereits die Kutte und die Turnschuhe ausgezogen hatten. Aber der Alte wehrte sich immer noch heftig, so daß sie ihn angeschnallt lassen mußten. Gerade schnitten sie ihm das karierte Hemd und die Jeans auf.

Nancy Hood, die Oberschwester der Station, sagte, das mache nichts, weil das Hemd sowieso schon kaputt sei; quer über die Brusttasche verlief eine gezackte Linie, an der die Karos nicht zueinander paßten. »Er hat es schon einmal zerrissen und wieder zusammengenäht. Und zwar ziemlich schlecht, wenn Sie mich fragen.«

»Nein«, sagte einer der Sanitäter und hielt das Hemd in die Höhe. »Das wurde nicht zusammengenäht, das Tuch ist noch intakt. Komisch, die Muster passen nicht zusammen, weil die einen Karos größer sind als die anderen...«

»Wie auch immer, er wird's nicht vermissen«, sagte Nancy Hood und warf es auf den Boden. Dann wandte sie sich an Dr. Tsosie. »Wollen Sie ihn jetzt untersuchen?«

Der Mann war viel zu unruhig. »Noch nicht. Legen Sie ihm erst einmal eine Infusion in jeden Arm. Und durchsuchen Sie seine Taschen. Mal schauen, ob er irgendwelche Papiere bei sich hat. Wenn nicht, dann nehmen Sie ihm die Fingerabdrücke ab und faxen Sie sie nach Washington, vielleicht taucht er ja in irgendeiner Datenbank auf.«

Zwanzig Minuten später untersuchte Beverly Tsosie einen Jungen, der sich beim Baseballspielen den Arm gebrochen hatte. Er trug eine Brille und sah ein wenig aus wie ein Streber und Stubenhocker, schien aber fast stolz auf seine Sportverletzung zu sein.

Nancy Hood kam dazu. »Wir haben unseren Mr. X durchsucht.«

»Und?«

»Nichts, was uns weiterhilft. Keine Brieftasche, keine Kreditkarten, keine Schlüssel.« Sie gab Beverly ein zusammengefaltetes Stück Papier. Es sah aus wie ein Computerausdruck und zeigte ein merkwürdiges Muster aus Punkten auf einem Gitternetz. Am unteren Rand stand klo.ste.mere.

»Klostemere? Sagt Ihnen das irgendwas?«

Hood schüttelte den Kopf. »Wenn Sie mich fragen, der ist psychotisch.«

Beverly Tsosie sagte: »Na ja, sedieren kann ich ihn erst, wenn wir wissen, was in seinem Kopf los ist. Lassen Sie ihm den Schädel röntgen, damit wir ein Trauma oder Hämatome ausschließen können.«

»Die Radiologie wird umgebaut, haben Sie das vergessen, Bev? Warum machen Sie keine Kernspintomographie? Scannen Sie den ganzen Körper, dann haben Sie alles auf einmal.«

»Bestellen Sie eine«, sagte Tsosie.

Nancy Hood wandte sich zum Gehen. »Ach, und noch 'ne Überraschung. Jimmy ist da, der von der Polizei.«

Dan Baker war nervös. Wie er vorausgesehen hatte, saßen sie jetzt schon Stunden im Wartezimmer des McKinley Hospital. Nachdem sie sich ihr Mittagessen besorgt hatten – Burros in roter Chili-Sauce –, hatten sie auf dem Krankenhausparkplatz einen jungen Polizisten gesehen, der ihr Auto musterte und mit der Hand an der Seite entlangfuhr. Allein schon bei diesem Anblick lief es Baker kalt über den Rücken. Er überlegte, ob er zu dem Polizisten gehen sollte, ließ es dann aber sein. Statt dessen kehrten sie ins Wartezimmer zurück. Er rief seine Tochter an und sagte, daß sie sich verspäten und vielleicht sogar erst am nächsten Morgen nach Phoenix zurückkommen würden.

Dann warteten sie. Als Baker schließlich gegen vier Uhr zur Rezeption ging, um sich nach dem alten Mann zu erkundigen, sagte die Frau: »Sind Sie ein Verwandter?«

»Nein, aber –«

»Dann warten Sie bitte da drüben. Die Ärztin wird gleich bei Ihnen sein.«

Seufzend ging er zum Fenster und sah zu seinem Auto hinaus. Der Polizist war verschwunden, aber jetzt klemmte ein flatternder Zettel unter dem Scheibenwischer. Baker trommelte mit den Fingern aufs Fensterbrett. Wenn man in diesen Kleinstädten in Schwierigkeiten gerät, kann alles passieren. Und je länger er wartete, desto drastischer wurden die Szenarien, die er sich ausmalte: Der Alte lag im Koma, und sie durften die Stadt nicht verlassen, bis er aufwachte. Der Alte starb, und sie wurden wegen Totschlags angeklagt. Oder sie wurden zwar nicht angeklagt, mußten aber bei der gerichtlichen Untersuchung erscheinen, die in vier Tagen stattfinden sollte.

Als schließlich jemand kam, um mit ihnen zu sprechen, war es nicht die zierliche Ärztin, sondern der Polizist. Er war ein junger Beamter Mitte Zwanzig, in einer ordentlich gebügelten Uniform. Er hatte lange Haare, und auf seinem Namensschild stand James Wauneka. Baker fragte sich, was für ein Name das wohl war. Vermutlich Hopi oder Navajo.

»Mr. und Mrs. Baker?« Wauneka war sehr höflich und stellte sich vor. »Ich war eben bei der Ärztin. Sie hat ihre Untersuchungen abgeschlossen, und die Kernspinergebnisse liegen vor. Es gibt absolut keinen Hinweis darauf, daß er von einem Auto angefahren wurde. Und ich selbst habe mir Ihr Auto angesehen. Keine Spur eines Aufpralls. Ich schätze, Sie sind über ein Schlagloch gefahren und haben nur geglaubt, daß Sie ihn angefahren haben. Die Straße da draußen ist ziemlich schlecht.«

Baker warf seiner Frau einen bösen Blick zu, doch sie wich ihm aus. »Kommt er wieder in Ordnung?« fragte sie.

»Sieht so aus, ja.«

»Dann können wir also fahren?« fragte Baker.

»Liebling«, sagte Liz. »Willst du ihm nicht das Ding geben, das du gefunden hast?«

»Ach, ja.« Baker zog das kleine Keramikquadrat aus der Tasche. »Das da habe ich gefunden, in der Nähe der Stelle, wo er gelegen hat.«

Der Polizist drehte das Ding in den Händen. »ITC«, sagte er, als er den Aufdruck sah. »Wo genau haben Sie das gefunden?«

»Ungefähr dreißig Meter von der Straße entfernt. Ich dachte mir, daß er vielleicht ein Auto hatte und damit von der Straße abgekommen war. Aber da war nirgends ein Auto.«

»Sonst noch was?«

»Nein. Das ist alles.«

»Na, dann vielen Dank«, sagte Wauneka und steckte sich die Keramik in die Tasche. Und dann hielt er kurz inne. »Ach, das hätte ich beinahe vergessen.« Er zog ein Stück Papier aus der Tasche und faltete es behutsam auf. »Das haben wir in seiner Kleidung gefunden. Ich habe mich gefragt, ob Sie das schon mal gesehen haben.«

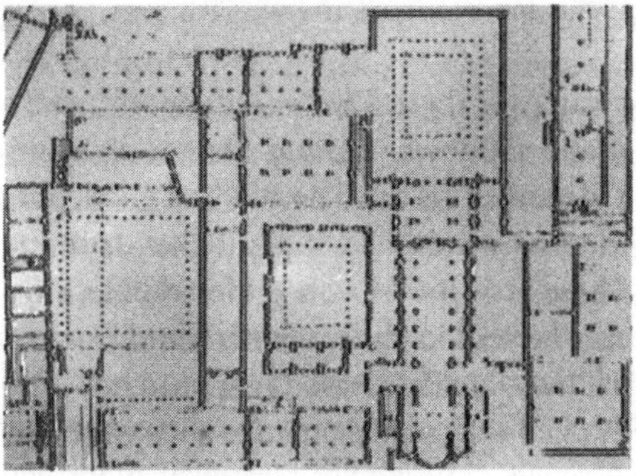

Baker warf einen flüchtigen Blick auf das Blatt: eine Anordnung von Punkten auf einem Gitternetz. »Nein«, sagte Baker. »Das habe ich noch nie gesehen.«

»Sie haben es ihm also nicht gegeben?«

»Nein.«

»Haben Sie eine Ahnung, was es sein könnte?«

»Nein«, sagte Baker. »Absolut keine Ahnung.«

»Aber ich«, sagte seine Frau.

»Wirklich?« fragte der Polizist.

»Ja«, sagte sie. »Wenn Sie gestatten ...« Sie nahm dem Polizisten das Papier ab.

Baker seufzte. Liz ließ mal wieder die Architektin heraushängen; eingehend musterte sie das Papier, drehte es und sah sich das Punktmuster von oben und von der Seite an. Baker wußte, warum. Sie versuchte davon abzulenken, daß sie unrecht gehabt hatte, daß das Auto tatsächlich über ein Schlagloch gefahren war und daß sie hier einen ganzen Tag vergeudet hatten. Sie versuchte, diese Zeitverschwendung zu rechtfertigen, ihr irgendwie Bedeutung zu verleihen.

»Ja«, sagte sie schließlich. »Ich weiß, was es ist. Es ist eine Kirche.«

Baker sah sich die Punkte auf dem Papier an. »Das soll eine Kirche sein?« fragte er.

»Na ja, zumindest der Grundriß von einer«, erwiderte sie. »Schau. Das ist die Längsachse des Kreuzes, das Mittelschiff... Siehst du das? Das ist eindeutig eine Kirche, Dan. Und der Rest dieser Abbildung, die Quadrate in den Quadraten, alles rechtwinklig, das sieht aus… weißt du, das könnte ein Kloster sein.«

»Ein Kloster?« fragte der Polizist.

»Ich glaube schon«, sagte sie. »Und was ist mit der Beschriftung hier unten? Ist ›klo‹ nicht eine Abkürzung für Kloster? Bestimmt. Wie gesagt, ich halte das für ein Kloster.« Sie gab dem Polizisten die Abbildung zurück.

Mit übertriebener Geste sah Baker auf seine Uhr. »Wir sollten jetzt wirklich los.«

»Natürlich«, sagte Wauneka, der den Wink verstanden hatte. Er gab ihnen die Hand. »Vielen Dank für Ihre Hilfe. Und entschuldigen Sie, daß wir Sie so lange aufgehalten haben. Eine schöne Fahrt noch.«

Baker legte seiner Frau den Arm um die Taille und führte sie hinaus ins nachmittägliche Sonnenlicht. Es war kühler geworden, im Osten stiegen Heißluftballons in den Himmel. Gallup war ein Zentrum für Ballonfahrer. Er ging zum Auto. Der Zettel auf der Windschutzscheibe erwies sich als Werbung für einen Türkisschmuckverkauf in einem Geschäft am Ort. Er zog ihn unter dem Scheibenwischer hervor, zerknüllte ihn und stieg ein. Seine Frau saß mit verschränkten Armen auf dem Beifahrersitz und starrte geradeaus. Er ließ den Motor an.

»Okay«, sagte sie. »Tut mir leid.« Es klang mürrisch, aber Baker wußte, mehr würde er von ihr nicht bekommen.

Er beugte sich zu ihr und küßte sie auf die Wange. »Nein«, sagte er. »Du hast genau das Richtige gemacht. Wir haben dem alten Knaben das Leben gerettet.«

Seine Frau lächelte.

Er rollte vom Parkplatz und fuhr in Richtung Highway.

Der alte Mann im Krankenhaus schlief, sein Gesicht zur Hälfte unter einer Sauerstoffmaske versteckt. Jetzt war er ruhig; sie hatte ihm ein leichtes Sedativum gegeben, und er war entspannt und atmete gleichmäßig. Beverly Tsosie stand am Fuß des Betts und besprach den Fall mit Joe Nieto, einem Mescalero-Apachen, der ein fähiger Internist und ein sehr guter Diagnostiker war. »Männlicher Weißer, ungefähr siebzig Jahre alt. Bei der Einlieferung verwirrt, benommen und extrem desorientiert. Leichte kongestive Herzinsuffizienz, etwas erhöhte Leberenzyme, ansonsten nichts.«

»Und die haben ihn nicht mit dem Auto angefahren?«

»Offensichtlich nicht. Aber komisch ist es schon. Sie sagten, sie hätten ihn nördlich des Corazón Canyon aufgelesen. Aber in zwanzig Kilometer Umkreis ist da rein gar nichts.«

»Und?«

»Der Kerl hat absolut keine Expositionssymptome. Keine Dehydration, keine Ketose. Er hat nicht einmal Sonnenbrand.«

»Glauben Sie, daß ihn jemand ausgesetzt hat? Jemand, der keine Lust mehr hatte, daß Opa dauernd mit der Fernbedienung rumspielt?«

»Ja, das nehme ich an.«

»Und was ist mit seinen Fingern?«

»Ich weiß es nicht«, sagte sie. »Er hat irgendwie ein Durchblutungsproblem. Seine Fingerspitzen sind kalt und stark gerötet, es könnten sich Gangräne entwickeln. Aber was es auch ist, es hat sich verschlimmert, seit er im Krankenhaus ist.«

»Ist er Diabetiker?«

»Nein.«

»Raynaud-Syndrom?«

»Nein.«

Nieto stellte sich ans Bett und betrachtete die Finger. »Nur die Fingerspitzen sind betroffen. Die Schädigung ist rein distal.«

»Genau«, entgegnete sie. »Wenn man ihn nicht in der Wüste gefunden hätte, würde ich sagen, das sind Erfrierungen.«

»Haben Sie ihn auf Schwermetalle untersucht, Bev? Das könnte nämlich eine Schwermetallvergiftung sein. Kadmium oder Arsen. Das würde die Finger erklären und auch seine Demenz.«

»Ich habe ihm Blutproben abgenommen. Aber Schwermetalltests werden nur in der Uniklinik in Albuquerque gemacht. Die Ergebnisse bekomme ich erst nach zweiundsiebzig Stunden.«

»Haben Sie eine Identifizierung, eine Krankengeschichte, sonst irgendwas?«

»Nichts. Wir haben eine Vermißtenanzeige rausgegeben, und wir haben seine Fingerabdrücke für einen Datenbankcheck nach Washington geschickt, aber das kann eine Woche dauern.«

Nieto nickte. »Und dieses erregte Geplapper? Was hat er gesagt?«

»Das war alles in Reimen, immer wieder dasselbe. Irgendwas über Gordon und Stanley. Und dann sagte er: ›Quondam-Raum macht mich schaun.‹«

»Quondam? Ist das nicht Lateinisch?«

Sie zuckte mit den Achseln. »Ist schon eine Weile her, daß ich in der Kirche war.«

»Ich glaube, *quondam* ist ein lateinisches Wort«, wiederholte Nieto.

Plötzlich hörten sie eine fremde Stimme. »Entschuldigung?« Es war der bebrillte Junge, der, seine Mutter neben sich, im Bett gegenüber saß.

»Wir warten noch immer auf den Chirurgen, Kevin«, entgegnete Beverly. »Wenn er kommt, richten wir deinen Arm ein.«

»Er hat nicht ›Quondam-Raum‹ gesagt«, bemerkte der Junge. »Er hat ›Quantenschaum‹ gesagt.«

»Was?«

»Quantenschaum. Er hat ›Quantenschaum‹ gesagt.«

Sie gingen zu ihm. Nieto schien belustigt. »Und was genau ist Quantenschaum?«

Der Junge blinzelte hinter seiner Brille und sah sie ernst an. »In sehr kleinen, subatomaren Dimensionen ist die Struktur der Raumzeit unregelmäßig. Sie ist nicht glatt, sondern irgendwie blasenförmig und schaumig. Und weil das ganz unten auf der Quantenebene ist, nennt man das Quantenschaum.«

»Wie alt bist du?« fragte Nieto.

»Elf.«

Seine Mutter sagte: »Er liest sehr viel. Sein Vater arbeitet in Los Alamos.«

Nieto nickte. »Und was ist der Sinn von diesem Quantenschaum?«

»Da gibt's keinen Sinn«, erwiderte der Junge. »Das Universum ist einfach so beschaffen, auf der subatomaren Ebene.«

»Und warum sollte dieser alte Knabe gerade darüber reden?«

»Weil er ein bekannter Physiker ist«, sagte Wauneka, der eben ins Zimmer trat. Er sah auf ein Blatt Papier in seiner Hand. »Das ist eben auf die Vermißtenmeldung reingekommen. Joseph A. Traub, einundsiebzig Jahre alt, Werkstoffphysiker. Spezialist für supraleitende Metalle. Als abgängig gemeldet von seinem Arbeitgeber, ITC Research in Black Rock, heute gegen Mittag.«

»Black Rock? Das ist doch in der Gegend von Sandia.« Der Ort lag mehrere Stunden entfernt, mitten in New Mexico. »Wie zum Teufel ist der Kerl zum Corazón Canyon in Arizona gekommen?«

»Keine Ahnung«, sagte Beverly. »Aber er ist –«

In diesem Augenblick ging der Alarm los.

Es passierte mit einer Geschwindigkeit, die Jimmy Wauneka verblüffte. Der alte Mann hob den Kopf vom Kissen, starrte sie mit weit aufgerissenen Augen an und spuckte dann Blut. Die Sauerstoffmaske färbte sich grell rot; Blut quoll seitlich aus der Maske heraus, lief ihm über Wangen und Kinn und befleckte Kissen und Wand. Ein gurgelndes Geräusch drang aus seiner Kehle: Er ertrank in seinem eigenen Blut.

Beverly stürzte bereits durchs Zimmer. Wauneka rannte hinter ihr her. »Drehen Sie ihm den Kopf zur Seite!« rief Nieto, der ebenfalls zum Bett gelaufen kam. »Den Kopf drehen!« Beverly hatte dem alten Mann die Maske heruntergerissen und versuchte, ihm den

Kopf zu drehen, aber er wehrte sich, noch immer gurgelnd, die Augen vor Panik weit aufgerissen. Wauneka schob sich an ihr vorbei, packte den Kopf des Mannes mit beiden Händen und riß ihn mit Kraft zur Seite, so daß sich der ganze Körper mit drehte. Der Mann erbrach sich wieder; Blut spritzte auf die Kontrollgeräte und auf Wauneka. »Absaugen!« rief Beverly und deutete auf einen Schlauch an der Wand.

Wauneka versuchte, den alten Mann festzuhalten und gleichzeitig nach dem Schlauch zu greifen, aber der Boden war glitschig vom Blut. Er rutschte aus und hielt sich im Fallen am Bett fest.

»Na kommt, Leute!« rief Dr. Tsosie. »Ich brauche euch! Absaugen!« Sie kniete neben dem Bett, schob dem Mann ihre Finger in den Mund und zog die Zunge heraus. Wauneka rappelte sich wieder hoch, sah, daß Nieto ihm den Saugschlauch hinhielt. Er packte ihn mit blutfeuchteten Fingern. Nieto drehte das Ventil an der Wand auf. Beverly nahm den Neoprenschlauch und begann, dem Mann Mund und Nase abzusaugen. Blut lief durch den Schlauch. Der Mann keuchte und hustete, aber er wurde immer schwächer.

»Das gefällt mir nicht«, sagte Beverly, »wir sollten – « Das Kontrollsignal des Herzmonitors veränderte sich, wurde schriller, dann zu einem gleichbleibenden hohen Ton. *Herzstillstand.*

»Verdammt«, sagte sie. Ihr Mantel, ihre Bluse waren blutbespritzt. »Defibrillator. Bringt mir den Defibrillator!«

Nieto stand neben dem Bett und hielt die Plattenelektroden in den ausgestreckten Händen. Wauneka wich zur Seite, als Nancy Hood sich durch die Leute schob, die sich jetzt um den Mann drängten. Ein scharfer Geruch stieg Wauneka in die Nase, und er wußte, daß der Darm des Alten sich entleert hatte. Plötzlich wurde ihm bewußt, daß der Mann im Sterben lag.

»Achtung!« rief Nieto und drückte dem Mann die Platten auf die Brust. Der Körper bäumte sich auf. Auf dem Wandregal klirrten Flaschen. Das Alarmsignal schrillte weiter.

Beverly sagte: »Ziehen Sie den Vorhang zu, Jimmy.«

Er drehte sich um und sah, daß der bebrillte Junge mit weit aufgerissenem Mund zu ihnen herüberstarrte. Wauneka zog den Vorhang zu.

Ein Stunde später sank eine erschöpfte Beverly Tsosie an einen

Schreibtisch in der Ecke der Station, um den Abschlußbericht zu schreiben. Er mußte besonders ausführlich sein, weil der Patient gestorben war. Als sie eben die Untersuchungsergebnisse durchblätterte, kam Jimmy Wauneka mit einem Becher Kaffee zu ihr. »Danke«, sagte sie. »Übrigens, haben Sie die Telefonnummer dieser ITC-Firma? Ich muß dort anrufen.«

»Ich mache das für Sie«, sagte Wauneka und legte ihr kurz die Hand auf die Schulter. »Sie hatten einen schweren Tag.«

Bevor sie etwas erwidern konnte, ging Wauneka zum Nachbartisch, klappte sein Notizbuch auf und wählte eine Nummer. Er lächelte sie an, während er auf die Verbindung wartete.

»ITC-Research.«

Er stellte sich vor und sagte dann: »Ich rufe an wegen Ihres vermißten Angestellten Joseph Traub.«

»Einen Augenblick bitte, ich verbinde Sie mit dem Direktor unserer Personalabteilung.«

Er mußte mehrere Minuten warten. Berieselungsmusik spielte. Er legte die Hand über den Hörer und sagte so beiläufig wie möglich zu Beverly: »Sind Sie zum Abendessen frei oder bei Ihrer Großmutter?«

Sie schrieb weiter und erwiderte, ohne aufzublicken: »Bei Großmutter.«

Er zuckte leicht die Achseln. »Wollte nur mal fragen«, sagte er.

»Aber sie geht früh ins Bett. So gegen acht.«

»Tatsächlich?«

Sie lächelte, noch immer ohne den Blick von ihren Notizen zu nehmen. »Ja.«

»Alles klar dann, oder?«

»Alles klar.«

Im Telefon klickte es, und er hörte eine Frau sagen: »Einen Augenblick bitte, ich stelle Sie durch zu unserem ersten Vizepräsidenten, Dr. Gordon.«

»Danke.« Erster Vizepräsident, dachte er.

Noch ein Klicken und dann eine rauhe Stimme: »John Gordon.«

»Dr. Gordon, hier spricht James Wauneka vom Gallup Police Department. Ich rufe aus dem McKinley Hospital in Gallup an«, sagte er. »Ich fürchte, ich habe schlechte Nachrichten für Sie.«

Wenn man durch die Panoramafenster des ITC-Konferenzraums schaute, konnte man die gelbe Nachmittagssonne auf den Glas- und Stahlkonstruktionen der fünf Labore des Black-Rock-Forschungszentrums funkeln sehen. In der Entfernung bildeten sich über der Wüste Gewitterwolken. Doch die zwölf Mitglieder des ITC-Aufsichtsrats interessierten sich nicht für den Ausblick. Sie tranken Kaffee an einem Nebentisch, unterhielten sich und warteten auf den Beginn der Konferenz. Ratssitzungen dauerten immer bis tief in die Nacht, weil der Präsident von ITC, Robert Doniger, an chronischer Schlaflosigkeit litt und sie deshalb so legte. Es war ein Tribut an Donigers Brillanz, daß die Aufsichtsratsmitglieder, alles Topmanager und risikobereite Großinvestoren, dennoch kamen.

An diesem Nachmittag war Doniger noch nicht erschienen. John Gordon, Donigers stämmiger Vizepräsident, glaubte zu wissen, warum. Sein Handy am Ohr, ging er nun langsam auf die Tür zu. Gordon war früher Projektleiter bei der Air Force gewesen, und er hatte noch immer ein militärisches Auftreten. Sein blauer Geschäftsanzug war frisch gebügelt, und seine schwarzen Schuhe glänzten. »Verstehe, Officer«, sagte er in sein Handy und schlüpfte zur Tür hinaus.

Wie Gordon vermutet hatte, marschierte Doniger wie ein hyperaktives Kind draußen im Korridor auf und ab, während Diane Kramer, die Leiterin der Rechtsabteilung von ITC, an der Wand stand und ihm zuhörte. Gordon sah Doniger wütend mit dem Finger nach ihr stechen. Ganz offensichtlich machte er ihr die Hölle heiß.

Robert Doniger war achtunddreißig Jahre alt, ein brillanter Physiker und Milliardär. Trotz Schmerbauch und grauen Haaren hatte er noch immer etwas Jugendliches an sich – oder Pubertäres, je nachdem, mit wem man sprach. Auf jeden Fall hatte das Alter ihn nicht sanfter gemacht. ITC war die dritte Firma, die er gegründet hatte; die ersten beiden hatten ihn reich gemacht, aber sein Führungsstil war so zynisch und gemein wie eh und je. Fast jeder in der Firma hatte Angst vor ihm.

Dem Aufsichtsrat zuliebe trug Doniger einen blauen Anzug und nicht wie sonst Khakihose und Sweatshirt. Aber er fühlte sich offensichtlich nicht wohl in dem Anzug, wie ein Junge, den die Eltern gezwungen hatten, sich herauszuputzen.

»Nun, vielen Dank, Officer Wauneka«, sagte Gordon in das Handy. »Wir kümmern uns um alles. Ja. Wir erledigen das sofort. Noch einmal vielen Dank.« Gordon klappte das Handy zu und wandte sich an Doniger. »Traub ist tot, sie haben seine Leiche identifiziert.«

»Wo?«

»In Gallup. Das war eben ein Polizist, der aus der Notaufnahme angerufen hat.«

»Was glauben sie, woran er starb?«

»Sie wissen es nicht. Sie tippen auf Herzstillstand. Aber da gab's ein Problem mit seinen Fingern. Ein Durchblutungsproblem. Man wird eine Autopsie durchführen. Das ist gesetzlich vorgeschrieben.«

Doniger tat es mit einer unwirschen Handbewegung ab. »Na und? Die Autopsie wird nichts ergeben. Traub hatte Transkriptionsfehler. Da kommen die nie drauf. Warum vergeudest du meine Zeit mit diesem Blödsinn?«

»Einer unserer Angestellten ist eben gestorben, Bob«, sagte Gordon.

»Stimmt«, erwiderte Doniger kalt. »Und weißt du was? Dagegen kann ich verdammt noch mal nichts machen. Es tut mir leid. Oje, oje. Schick ein paar Blumen. Erledige es einfach, okay?«

In Augenblicken wie diesem atmete Gordon immer tief durch und erinnerte sich daran, daß Doniger nicht anders war als die meisten ehrgeizigen jungen Unternehmer. Er erinnerte sich daran, daß Doniger hinter seinem Sarkasmus fast immer recht hatte. Und er erinnerte sich daran, daß Doniger sich sein ganzes Leben lang so verhalten hatte.

Bei Robert Doniger hatten sich schon früh erste Anzeichen von Genialität gezeigt. Bereits in der Grundschule verschlang er technische Fachbücher. Und als er neun war, konnte er jedes elektronische Gerät – ob Radio oder Fernseher – reparieren; er spielte einfach so lange mit den Röhren und Drähten herum, bis es wieder funktionierte. Als seine Mutter sich sorgte, er könne sich mit einem Stromschlag töten, erwiderte er nur: »Mach dich doch nicht lächerlich.« Und als seine geliebte Großmutter starb, informierte ein tränenloser Doniger seine Mutter, daß die alte Dame ihm noch siebenundzwanzig Dollar schulde und er nun von ihr die Rückzahlung erwarte.

Nachdem er mit achtzehn in Stanford summa cum laude in Physik promoviert hatte, ging er zu FermiLab in der Nähe von Chicago. Nach sechs Monaten kündigte er wieder und sagte dem Direktor des Labors, daß »Elementarteilchenphysik nur etwas für Wichser« sei. Er kehrte nach Stanford zurück, um dort in einem Bereich zu arbeiten, der ihm vielversprechender erschien: Magnetismus auf Basis der Supraleitung.

Zu dieser Zeit verließen Wissenschaftler aller Fachgebiete die Universitäten und gründeten Firmen, um aus ihren Erfindungen Kapital zu schlagen. So auch Doniger: Er gründete nach einem Jahr in Stanford eine Firma namens TechGate, in der er die Komponenten für ein Präzisionsätzverfahren für Chips, das er nebenbei erfunden hatten, herstellte. Als Stanford dagegen protestierte, weil er die Entdeckungen während der Arbeit in ihren Laboren gemacht habe, sagte Doniger nur: »Wenn Sie ein Problem haben, verklagen Sie mich. Ansonsten halten Sie den Mund.«

Schon bei TechGate wurde Donigers barscher Führungsstil berühmt. Bei Besprechungen mit seinen Wissenschaftlern saß er, seinen Stuhl gefährlich weit nach hinten gekippt, in einer Ecke und deckte sie mit Fragen ein. »Was ist damit?« – »Warum tun Sie das?« – »Was ist der Grund hierfür?« Wenn die Antwort ihn zufriedenstellte, sagte er: »Vielleicht ...« Das war das höchste Lob, das man von Doniger bekommen konnte. Aber wenn ihm die Antwort nicht gefiel – was meistens der Fall war –, knurrte er: »Sind Sie hirntot?« – »Haben Sie vor, zum Idioten zu werden?« – »Wollen Sie dumm sterben?« – »Sie sind ja nicht mal ein Schwachkopf.« Wenn er wirklich verärgert war, warf er mit Bleistiften und Notizblöcken um sich und schrie: »Arschlöcher! Ihr seid alle verdammte Arschlöcher!«

Die Angestellten von TechGate fanden sich mit den Wutausbrüchen von »Todesmarsch Doniger« ab, weil er ein brillanter Physiker war – ein viel besserer, als sie es waren –, weil er die Probleme kannte, mit denen seine Teams sich herumschlugen, und weil seine Kritik immer berechtigt und treffsicher war. So unangenehm dieser ätzende Stil auch sein mochte, er funktionierte; in nur zwei Jahren machte TechGate erstaunliche Fortschritte.

1984 hatte er seine Firma für hundert Millionen Dollar verkauft. Im selben Jahr zählte das *Time Magazine* ihn zu den fünfzig Leuten unter fünfundzwanzig, die »den Rest des Jahrhunderts prägen werden«. Zu diesem Kreis gehörten auch Bill Gates und Steve Jobs.

»Verdammt noch mal«, sagte Doniger nun zu Gordon. »Muß ich denn alles selber machen? Wo wurde Traub gefunden?«

»In der Wüste. Im Navajo-Reservat.«

»Wo genau?«

»Soweit ich weiß, zwanzig Kilometer nördlich des Corazón. Anscheinend gibt's da draußen nicht viel.«

»Na gut«, entgegnete Doniger. »Dann sag Baretto vom Sicherheitsdienst, er soll Traubs Auto zum Corazón fahren und es in der Wüste abstellen. Er soll einen Reifen zerstechen und dann verduften.«

Diane Kramer räusperte sich. Sie war dunkelhaarig, Anfang Dreißig und trug ein schwarzes Kostüm. »Ich weiß nicht so recht, Bob«, sagte sie in bestem anwaltlichem Tonfall. »Du manipulierst Beweise –«

»Natürlich manipuliere ich Beweise! Darum geht's doch. Irgend jemand wird fragen, wie Traub überhaupt dahin gekommen ist. Also stellen wir sein Auto dort ab, damit man es findet.«

»Aber wir wissen gar nicht genau, wo –«

»Das ist auch nicht wichtig. Tu es einfach.«

»Das bedeutet, daß Baretto und noch ein anderer von der Sache wissen...«

»Und wen kümmert das? Niemanden. Tu es einfach, Diane.«

Ein kurzes Schweigen entstand. Kramer starrte stirnrunzelnd zu Boden. Die Sache gefiel ihr absolut nicht.

»Schau«, sagte Doniger, an Gordon gewandt. »Weißt du noch, als damals Garman kurz davor war, diesen Vertrag zu kriegen und nicht meine alte Firma? Erinnerst du dich noch an das Gerücht, das wir in die Welt gesetzt haben?«

»Nur zu gut.«

»Du hattest dir so den Kopf zerbrochen deswegen«, sagte Doniger mit einem Grinsen. »Garman war ein fettes Schwein. Dann verlor er viel Gewicht, weil seine Frau ihn auf Diät gesetzt hatte. Wir deuteten an, daß Garman inoperablen Krebs habe und seine Firma eingehen werde. Er dementierte natürlich, aber keiner glaubte ihm, weil er so schlecht aussah. Wir bekamen den Vertrag. Und ich schickte seiner Frau einen großen Korb mit Obst.« Er lachte. »Aber das Wichtigste war doch, daß niemand das Gerücht bis zu uns zurückverfolgen konnte. Alles ist erlaubt, Diane. Geschäft ist Geschäft. Also schaff das verdammte Auto in die Wüste.«

Sie nickte, starrte aber noch immer zu Boden.

»Und dann«, fuhr Doniger fort, »will ich wissen, wie zum Teufel Traub überhaupt in den Transitraum gekommen ist. Er hatte doch schon zu viele Reisen gemacht und dabei zu viele Transkriptionsfehler angesammelt. Sein Limit war überschritten. Er hätte keine weiteren Reisen mehr machen dürfen und hatte keine Transitfreigabe mehr. Da unten wimmelt es von Sicherheitsleuten. Also, wie ist er in den Transitraum gekommen?«

»Wir glauben, daß er eine Wartungsfreigabe hatte, damit er sich um die Maschinen kümmern konnte«, sagte Kramer. »Er wartete bis zum Schichtwechsel am Abend und nahm dann eine Maschine. Aber das prüfen wir alles genau nach.«

»Ich will nicht, daß du es nachprüfst«, erwiderte Doniger sarkastisch. »Ich will, daß du das Problem bereinigst, Diane.«

»Wir bereinigen das, Bob.«

»Das solltet ihr auch, verdammt noch mal«, sagte Doniger. »Weil diese Firma jetzt drei schwerwiegende Probleme hat. Und Traub ist noch das geringste. Die beiden anderen sind bedeutender. Viel, viel bedeutender.«

Doniger hatte schon immer Weitblick bewiesen. 1984 hatte er TechGate verkauft, weil er voraussah, daß das Chipgeschäft »gegen die Wand fahren« würde. Damals klang das noch unsinnig. Computerchips verdoppelten alle achtzehn Monate ihre Leistungsfähigkeit, während die Kosten sich halbierten. Aber Doniger erkannte, daß man diese Fortschritte nur erreichte, indem man die Komponenten auf dem Chip immer enger zusammendrängte. Irgendwann würden die Schaltkreise so dicht beieinanderliegen, daß die Chips in der Hitze, die sie entwickelten, schmelzen würden. Das bedeutete eine Obergrenze für Computerleistung. Doniger wußte, daß die Gesellschaft immer mehr Rechnerleistung verlangen würde, aber er sah keine Möglichkeit, das zu erreichen.

Frustriert wandte er sich einem früheren Interessensgebiet zu, dem Magnetismus auf Basis der Supraleitung. Er gründete eine zweite Firma, Advanced Magnetics. Diese Firma besaß mehrere Patente, die wesentlich waren für das neue Magnetresonanz-Darstellungsverfahren, kurz MRI, für die Kernspintomograhen also, die zu der Zeit begannen, die Medizin zu revolutionieren. Advanced Magnetics erhielt eine Viertelmillion Dollar Tantiemen für jeden Kernspintomographen, der gebaut wurde. Es war »ein Goldesel«, sagte Doniger einmal, »und ungefähr so interessant, wie eine Eselin zu melken«. Gelangweilt und auf der Suche nach neuen Herausforderungen, hatte er die Firma 1988 verkauft. Er war damals achtundzwanzig Jahre alt und eine Milliarde Dollar schwer. Aber seiner Ansicht nach mußte er eine Großtat erst noch vollbringen.

Im Jahr darauf, 1989, gründete er ITC.

Einer von Donigers Helden war der Physiker Richard Feynman. Anfang der achtziger Jahre hatte Feynman die Hypothese aufgestellt, daß es möglich sein könnte, einen Computer zu bauen, der sich der Quanteneigenschaften von Atomen bediente. Theoretisch wäre ein solcher Quantencomputer abermilliardenmal leistungsstärker als jeder existierende Computer. Aber Feynmans Idee implizierte eine völlig neue Technologie – eine Technologie, die quasi aus dem Nichts entwickelt werden mußte, eine Technologie, die alle Regeln über den Haufen warf. Weil niemand einen praktikablen Weg sah, wie ein solcher Quantencomputer gebaut werden könnte, war Feynmans Idee bald wieder in Vergessenheit geraten.

Nur Doniger vergaß sie nicht.

1989 machte Doniger sich daran, den ersten Quantencomputer zu bauen. Die Idee war so radikal – und so riskant –, daß er sein Vorhaben nie öffentlich bekanntgab. Seine neue Firma nannte er einfach nur ITC, International Technology Corporation. In Genf errichtete er seine Zentrale, weil er sich dort aus dem Kader von Physikern, die am CERN arbeiteten, bedienen konnte.

Einige Jahre lang hörte man nichts von Doniger oder von seiner Firma. Die Leute nahmen an, daß er sich zurückgezogen hatte, falls sie überhaupt an ihn dachten. Es war schließlich nicht ungewöhnlich, daß prominente High-Tech-Unternehmer von der Bildfläche verschwanden, nachdem sie ihr Vermögen gemacht hatten.

1994 veröffentlichte das *Time Magazine* eine Liste der Leute unter vierzig, die unsere Welt prägten. Robert Doniger gehörte nicht dazu. Den Leuten war es egal, sie hatten ihn vergessen.

In diesem Jahr verlegte er ITC zurück in die Vereinigten Staaten und errichtete in Black Rock, New Mexico, eine Stunde von Albuquerque entfernt, ein Forschungslabor. Einem aufmerksamen Beobachter wäre nicht entgangen, daß er sich wieder einen Ort ausgesucht hatte, wo er sich aus einem Kader verfügbarer Physiker bedienen konnte. Aber es gab keine Beobachter, weder aufmerksame noch andere.

Niemandem fiel deshalb auf, daß ITC in den Neunzigern immer weiter expandierte. In New Mexico wurden weitere Labors gebaut, immer mehr Physiker wurden eingestellt. Donigers Aufsichtsrat wuchs von sechs auf zwölf. Alle waren Topmanager von Firmen, die in ITC investiert hatten, oder risikobereite Großinvestoren. Alle hatten drakonische Geheimhaltungsvereinbarungen unterschrieben, die sie verpflichteten, eine beträchtliche persönliche Bürgschaft bei einem Dritten zu hinterlegen, sich auf Verlangen einem Lügendetektortest zu unterziehen und ITC zu gestatten, ihre Telefone ohne Ankündigung abzuhören. Außerdem verlangte Doniger ein Investment von mindestens 300 Millionen Dollar. Das sei, erklärte er arrogant, der Preis für einen Sitz im Aufsichtsrat. »Wenn

Sie wissen wollen, was ich vorhabe, wenn Sie an dem teilnehmen wollen, was wir hier machen, kostet das eine Drittelmilliarde Dollar. Akzeptieren Sie, oder lassen Sie es bleiben. Mir ist es egal, wie Sie sich entscheiden.«

Natürlich war es ihm nicht egal. ITC hatte einen gigantischen Kapitalbedarf, in den letzten neun Jahren hatte man mehr als drei Milliarden Dollar verbraten. Und Doniger wußte, daß er noch mehr brauchte.

»Problem Nummer eins«, sagte Doniger. »Unsere Kapitalausstattung. Wir brauchen noch eine Milliarde, bevor wir Land sehen.« Er nickte in Richtung Konferenzsaal. »Und die liefern mir die nicht. Ich muß sie dazu bringen, daß sie der Berufung von drei neuen Aufsichtsratsmitgliedern zustimmen.«

»Das dürfte ziemlich schwer werden da drin«, erwiderte Gordon.

»Ich weiß«, sagte Doniger. »Sie sehen unseren Kapitalbedarf, und sie wollen wissen, wann das aufhört. Sie wollen konkrete Ergebnisse sehen. Und genau die will ich ihnen heute präsentieren.«

»Was für konkrete Ergebnisse?«

»Einen Sieg«, sagte Doniger. »Diese Dösköppe brauchen einen Sieg. Irgendwelche aufregenden Neuigkeiten über eins unserer Projekte.«

Kramer zog geräuschvoll die Luft ein. Gordon sagte: »Bob, alle unsere Projekte sind langfristig.«

»Eins davon muß doch kurz vor dem Abschluß stehen. Sagen wir, die Dordogne?«

»Ist noch nicht soweit. Ich rate davon ab.«

»Und ich brauche einen Sieg«, sagte Doniger. »Professor Johnston hängt mit seinen Yalies schon drei Jahre auf unsere Kosten in Frankreich herum. So langsam sollten wir doch was zurückbekommen.«

»Noch nicht, Bob. Außerdem gehört uns noch nicht alles Land.«

»Wir haben genug Land.«

»Bob.«

»Diane fliegt hin. Sie kann sie schön unter Druck setzen.«

»Professor Johnston wird das sicher nicht gefallen.«

»Ich bin mir sicher, daß Diana mit Johnston fertig wird.«

Einer der Assistenten öffnete die Tür des Konferenzsaals und schaute in die Halle. »Ich komme ja gleich!« sagte Doniger, ging aber sofort auf die Tür zu.

Er sah sich noch einmal um und sagte: »Tut es einfach.« Und dann betrat er den Saal und schloß die Tür.

Gordon ging mit Kramer den Korridor hinunter. Ihre hohen Absätze klapperten über den Boden. Gordon schaute nach unten und sah, daß sie unter ihrem sehr korrekten und geschäftsmäßigen Jil-Sander-Kostüm schwarze High-Heels trug. Es war der klassische Kramer-Look: verführerisch und unnahbar zugleich.

»Wußtest du das schon vorher?« fragte er.

Sie nickte. »Aber erst seit kurzem. Doniger hat es mir vor einer Stunde gesagt.«

Gordon schwieg. Er unterdrückte seine Verärgerung. Gordon arbeitete seit zwölf Jahren für Doniger, seit den Tagen von Advanced Magnetics. Bei ITC hatte er ein wichtiges industrielles Forschungsprojekt geleitet, das auf zwei Kontinenten Dutzende von Physikern, Chemikern und Computerspezialisten beschäftigte. Er hatte sich erst schlau machen müssen über supraleitende Metalle, fraktale Kompression, Quantenbits und Hochfluß-Ionenaustausch. Bis zum Hals hatte er in theoretischer Physik der schlimmsten Art gesteckt und dennoch Erstaunliches geleistet: Die Entwicklung verlief planmäßig, die Kosten blieben beherrschbar. Doch trotz seines Erfolges vertraute ihm Doniger noch immer nicht so recht.

Kramer dagegen hatte schon immer eine besondere Beziehung zu Doniger genossen. Sie hatte als Anwältin in einer externen Kanzlei, die für die Firma arbeitete, begonnen. Für Doniger besaß sie sowohl Intelligenz als auch Klasse, und deshalb stellte er sie ein. Ein Jahr lang war sie seine Freundin gewesen, und obwohl das schon lange vorbei war, hörte er noch immer auf sie. Im Lauf der Jahre war es ihr gelungen, einige potentielle Katastrophen abzuwenden.

»Zehn Jahre lang«, sagte Gordon, »haben wir diese Technologie geheimgehalten. Was eigentlich ein Wunder ist, wenn man es sich überlegt. Die Sache mit Traub war der erste Vorfall, den wir nicht unter Verschluß halten konnten. Zum Glück ist er in den Händen eines vertrottelten Bullen gelandet, und von da geht's nicht weiter. Aber wenn Bob jetzt in Frankreich Druck macht, fangen die Leute vielleicht an, eins und eins zusammenzuzählen. Wir haben ja jetzt schon diese Reporterin in Paris, die uns im Nacken sitzt. Bob riskiert, daß alles bekannt wird.«

»Ich weiß, daß er sich das alles überlegt hat. Das ist das zweite große Problem.«

»An die Öffentlichkeit zu gehen?«

»Ja. Daß alles bekannt wird.«

»Macht ihm das keine Sorgen?«

»Doch, es macht ihm Sorgen. Aber er scheint einen Plan zu haben, wie er damit fertig wird.«

»Das hoffe ich«, sagte Gordon. »Weil wir uns nicht darauf verlassen können, daß es immer ein vertrottelter Bulle ist, der in unserer schmutzigen Wäsche kramt.«

Am nächsten Morgen kam Officer James Wauneka ins McKinley Hospital und suchte nach Beverly Tsosie. Er wollte sich nach den Ergebnissen der Autopsie des alten Mannes erkundigen. Doch man sagte ihm, daß sie in der Tomographieabteilung im dritten Stock sei. Also ging er nach oben.

Beverly saß in dem kleinen, sandfarben gestrichenen Zimmer neben dem weißen Kernspintomographen und unterhielt sich mit Calvin Chee, dem MRI-Techniker. Er hockte an der Computerkonsole und holte sich schwarzweiße Bilder auf den Monitor, eins nach dem anderen. Die Bilder zeigten fünf Kreise in einer Reihe. Auf jedem Bild, das Chee anklickte, wurden die Kreise kleiner.

»Calvin«, sagte sie gerade. »Das ist unmöglich. Das muß ein Artefakt sein.«

»Erst bitten Sie mich, die Daten noch einmal zu überprüfen«, sagte er, »und dann glauben Sie mir nicht? Ich sag's Ihnen, Bev, das ist kein Artefakt. Das ist echt. Hier, sehen Sie sich die andere Hand an.«

Chee tippte auf die Tastatur, und jetzt erschien ein horizontales Oval mit fünf hellen Kreisen darin auf dem Monitor. »Okay? Das ist die Mittelhand links, ein Schnitt ziemlich genau durch die Mitte.« Er wandte sich an Wauneka. »Ziemlich genau das, was Sie sehen würden, wenn Sie Ihre Hand auf einen Hackklotz legen und gerade durchhacken.«

»Sehr anschaulich, Calvin.«

»Ich will ja bloß, daß Sie sich's vorstellen können.«

Er wandte sich wieder dem Bildschirm zu. »Okay, anatomische

Merkpunkte. Die fünf runden Kreise sind die fünf Mittelhandknochen. Diese Dinger da sind die Sehnen, die zu den Fingern führen. Nicht vergessen, die Muskeln, die die Hand bewegen, befinden sich vorwiegend im Unterarm. Dieser kleine Kreis da ist die Pulsschlagader, die die Hand an der Gelenkinnenseite entlang mit Blut versorgt. Okay. Jetzt bewegen wir uns vom Gelenk weg, in Schnitten.« Die Bilder wechselten. Das Oval wurde schmaler, und die Knochen entfernten sich voneinander, wie Amöben bei der Teilung. Jetzt waren nur noch vier Kreise zu sehen. »Okay, jetzt haben wir die Mittelhand verlassen und sehen nur noch die Finger. Kleine Arterien in jedem Finger, die sich verzweigen und immer dünner werden, aber man kann sie noch sehen. Sehen Sie, hier und hier. Okay. Jetzt bewegen wir uns auf die Fingerspitzen zu. Die Knochen werden dicker, das ist das proximale Glied, der Knöchel ... und jetzt ... achten Sie auf die Arterien, wie sie verlaufen ... bei jedem Schnitt ... und *jetzt*.«

Wauneka runzelte die Stirn. »Sieht aus wie ein Defekt. Als wäre was gesprungen.«

»Etwas *ist* gesprungen«, sagte Chee. »Die Arteriolen sind verschoben. Sie laufen nicht zusammen. Ich zeig's Ihnen noch einmal.« Er ging zum vorherigen Schnittbild, dann wieder zum folgenden. Es war eindeutig – die Kreise der winzigen Arterien schienen zur Seite zu springen. »Das ist der Grund, warum der Kerl Gangräne in seinen Fingern hatte. Er hatte keine Durchblutung, weil seine Arteriolen nicht aufeinanderpassen. Es ist eine Fehlbildung oder so was.«

Beverly schüttelte den Kopf. »Calvin.«

»Wenn ich's Ihnen sage. Und nicht nur hier, er hatte es auch an anderen Stellen im Körper. Im Herzen zum Beispiel. Der Kerl ist doch an einem massiven Koronarinfarkt gestorben, oder? Kein Wunder, weil seine Herzkammerwände auch nicht aufeinanderpassen.«

»Wegen altem Narbengewebe«, entgegnete sie kopfschüttelnd. »Calvin, kommen Sie. Was mit seinem Herz auch nicht gestimmt haben mag, es hat auf jeden Fall über siebzig Jahre funktioniert. Mit seinen Händen ist es dasselbe. Wenn diese Arterienverschiebung tatsächlich vorhanden gewesen wäre, dann wären ihm die Finger schon vor Jahren abgefallen. Aber das sind sie nicht. Auf jeden Fall war das eine neue Verletzung, der Befund wurde nämlich schlimmer, während er im Krankenhaus war.«

»Was wollen Sie mir damit sagen? Daß die Maschine einen Fehler gemacht hat?«

»Es muß einfach so sein. Stimmt es denn nicht, daß es manchmal zu Fehlern in der Datenerfassung kommt, an denen die Hardware schuld ist? Oder zu Programmierfehlern in der Skalierungssoftware?«

»Ich habe die Maschine überprüft, Bev. Alles okay.«

Sie zuckte die Achseln. »Tut mir leid, aber das kaufe ich Ihnen nicht ab. Irgendwo ist da der Wurm drin. Aber hören Sie, wenn Sie so sicher sind, daß Sie recht haben, warum gehen Sie dann nicht runter in die Pathologie und schauen sich den Kerl an?«

»Das habe ich schon versucht«, sagte Chee. »Aber die Leiche war bereits abgeholt worden.«

»Wirklich?« fragte Wauneka. »Wann?«

»Heute morgen fünf Uhr. Jemand von seiner Firma.«

»Hm, diese Firma ist doch drüben bei Sandia«, sagte Wauneka. »Vielleicht sind sie mit der Leiche noch unterwegs –«

»Nein.« Chee schüttelte den Kopf. »Wurde heute morgen verbrannt.«

»Wirklich? Wo?«

»Im Krematorium in Gallup.«

»Sie haben ihn hier verbrannt?« fragte Wauneka.

»Ich sag's Ihnen ja«, erwiderte Chee. »Irgendwas ist komisch mit diesem Kerl.«

Beverly Tsosie verschränkte die Arme vor der Brust. Sie musterte die beiden Männer. »Da ist überhaupt nichts komisch«, sagte sie. »Seine Firma hat das so gemacht, weil sie alles telefonisch arrangieren konnte. Man hat im Krematorium angerufen, und die haben ihn abgeholt und verbrannt. Passiert ziemlich häufig, vor allem, wenn es keine Angehörigen gibt. Und jetzt lassen Sie den Blödsinn«, sagte sie, »und rufen Sie den Wartungsdienst an, damit der die Maschine repariert. Mit ihrem Kernspintomographen stimmt was nicht – das ist alles.«

Jimmy Wauneka wollte den Traub-Fall so schnell wie möglich abschließen, doch als er wieder in der Notaufnahme stand, entdeckte er eine Plastiktüte mit den Kleidern und der persönlichen Habe des alten Mannes. Es blieb ihm nichts anderes übrig, als noch einmal bei ITC anzurufen. Diesmal sprach er mit einer Vizepräsidentin, einer Ms. Kramer. Dr. Gordon war in einer Besprechung und nicht zu erreichen.

»Es geht um Dr. Traub«, sagte er.

»Ach ja.« Ein trauriges Seufzen. »Der arme Dr. Traub. So ein netter Mann.«

»Seine Leiche wurde heute kremiert, aber wir haben immer noch seine persönliche Habe. Ich weiß nicht, was ich damit tun soll.«

»Dr. Traub hat keine Angehörigen«, sagte Ms. Kramer. »Ich bezweifle, ob irgend jemand Interesse an seinen Kleidern oder sonst was hat. Was für Dinge sind denn sonst noch dabei?«

»Na ja, er hatte ein Diagramm in seiner Tasche. Sieht aus wie eine Kirche oder vielleicht ein Kloster.«

»Aha.«

»Wissen Sie, warum er ein Diagramm eines Klosters in der Tasche hatte?«

»Nein, das kann ich Ihnen wirklich nicht sagen. Aber um ehrlich zu sein, Dr. Traub war in letzter Zeit ein wenig merkwürdig. Seit dem Tod seiner Frau litt er an Depressionen. Sind Sie sicher, daß es ein Kloster ist?«

»Nein, bin ich nicht. Ich weiß nicht, was es ist. Wollen Sie dieses Diagramm zurückhaben?«

»Wenn es Ihnen keine Mühe macht, es uns zu schicken.«

»Und was ist mit diesem Keramikding?«

»Was für ein Keramikding?«

»Er hatte so ein Stück Keramik. Ungefähr zweieinhalb Quadratzentimeter, und es steht ›ITC‹ darauf.«

»Ach so. Okay. Das ist kein Problem.«

»Ich habe mich nur gefragt, was das sein könnte.«

»Was es sein könnte? Das ist eine Kennkarte.«

»So eine habe ich noch nie gesehen.«

»Es ist eine neue Art. Wir benutzen sie, um durch die Sicherheitstüren zu kommen und so weiter.«

»Wollen Sie die auch zurück?«

»Wenn es Ihnen nicht zu viel Mühe macht. Wissen Sie was, ich gebe Ihnen unsere FedEx-Nummer, dann können Sie alles in einen Umschlag stecken und losschicken.«

Jimmy Wauneka legte auf und dachte: *Blödsinn.*

Er rief Father Grogan an, den katholischen Priester am Ort, und erzählte ihm von dem Diagramm und der Abkürzung am unteren Rand: klo.ste.mere.

»Das dürfte das Kloster Sainte-Mère sein«, erwiderte der Priester prompt.

»Dann ist es also wirklich ein Kloster.«

»Auf jeden Fall.«

»Wo?«

»Keine Ahnung. Es ist kein spanischer Name. ›Mère‹ ist Französisch für ›Mutter‹. Und heilige Mutter bedeutet die Jungfrau Maria. Vielleicht liegt es in Louisiana.«

»Wie kann ich das herausfinden?« fragte Wauneka.

»Ich habe irgendwo ein Klosterverzeichnis. Geben Sie mir ein oder zwei Stunden Zeit, ich suche es heraus.«

»Tut mir leid, Jimmy. Ich sehe da nichts Rätselhaftes.«

Carlos Chavez war der stellvertretende Leiter der Polizei in Gallup und stand kurz vor der Pensionierung. Zu ihm konnte Jimmy Wauneka immer gehen, wenn er Rat brauchte. Jetzt lümmelte Chavez in seinem Sessel, die Füße auf dem Schreibtisch, und hörte Wauneka mit sehr skeptischem Blick zu.

»Also folgendes«, sagte Wauneka. »Dieser Kerl wird draußen beim Corazón Canyon gefunden, völlig durchgedreht und wirres Zeug plappernd, aber er hat keinen Sonnenbrand, keine Dehydration, absolut keine Expositionssymptome.«

»Dann wurde er ausgesetzt. Seine Familie hat ihn aus dem Auto geworfen.«

»Nein. Keine lebenden Verwandten.«

»Okay, dann ist er selber da rausgefahren.«

»Die Leute konnten kein Auto entdecken.«

»Welche Leute?«

»Das Paar, das ihn aufgelesen hat.«

Chavez seufzte. »Sind Sie selber zum Corazón Canyon rausgefahren und haben nach einem Auto gesucht?«

Wauneka zögerte. »Nein.«

»Dann haben Sie sich also auf die Aussage dieser Leute verlassen.«

»Ja. Schätze schon.«

»Sie schätzen. Das heißt, das Auto könnte noch da draußen sein.«

»Vielleicht. Ja.«

»Okay. Was haben Sie als nächstes getan?«

»Ich habe seine Firma angerufen, ITC.«

»Und was haben die Ihnen gesagt?«

»Daß er Depressionen hatte, weil seine Frau gestorben war.«

»Paßt.«

»Ich weiß nicht recht«, erwiderte Wauneka. »Ich habe nämlich in dem Wohnblock angerufen, wo Traub wohnte, und mit dem Verwalter gesprochen. Seine Frau starb vor einem Jahr.«

»Dann ist es also um ihren ersten Todestag herum passiert, richtig? Das ist genau die Zeit, wo so etwas passiert, Jimmy.«

»Ich denke, ich sollte da rüberfahren und mit ein paar Leuten von ITC Research reden.«

»Warum? Die Firma ist über vierhundert Kilometer von der Stelle entfernt, wo der Kerl gefunden wurde.«

»Ich weiß, aber –«

»Aber was? Wie oft haben wir es mit Touristen zu tun, die draußen in den Reservaten stranden? Drei-, viermal im Jahr? Und in der Hälfte der Fälle sind sie tot, nicht? Oder sterben danach, richtig?«

»Ja ...«

»Und es passiert immer aus zwei Gründen. Entweder sind es New-Age-Spinner aus Sedona, die hierherkommen, um mit dem Adlergott zu kommunizieren, und dann mit einem kaputten Auto liegenbleiben. Oder es sind Leute mit Depressionen. Das eine oder das andere. Und dieser Kerl hatte Depressionen.«

»Angeblich ...«

»Weil seine Frau gestorben war. He, glauben Sie es einfach.«

Carlos seufzte. »Die einen sind deprimiert, die anderen zu euphorisch.«

»Aber es gibt schon noch ein paar unbeantwortete Fragen«, sagte Wauneka. »Wir haben da eine Art Diagramm und einen Keramikchip –«

»Jimmy. Es gibt immer unbeantwortete Fragen.« Chavez sah ihn prüfend an. »Was ist denn los mit Ihnen? Wollen Sie diese hübsche kleine Ärztin beeindrucken?«

»Welche kleine Ärztin?«

»Sie wissen genau, wen ich meine.«

»Verdammt, nein. Für sie ist an der ganzen Sache nichts dran.«

»Sie hat recht. Vergessen Sie es.«

»Aber –«

»Jimmy.« Carlos Chavez schüttelte den Kopf. »Hören Sie auf mich. Vergessen Sie die Geschichte.«

»Okay.«

»Ich meine es ernst.«

»Okay«, erwiderte Wauneka. »Ich vergesse es.«

Am nächsten Tag stoppte die Polizei in Shiprock eine Gruppe dreizehnjähriger Jungs, die in einem Auto mit Kennzeichen aus New Mexico eine Spritztour machten. Die Zulassung im Handschuhfach lautete auf den Namen Joseph Traub. Die Jungs gaben an, sie hätten das Auto hinter dem Corazón Canyon am Straßenrand gefunden, mit den Schlüsseln noch in der Zündung. Die Jungs hatten getrunken, und im Auto herrschte der reinste Saustall, alles klebte vor verschüttetem Bier.

Wauneka machte sich nicht die Mühe, hinzufahren und es sich anzusehen.

Tags darauf rief Father Grogan ihn zurück. »Ich habe für Sie nachgeforscht«, sagte er, »und es gibt kein Kloster Sainte-Mère, auf der ganzen Welt nicht.«

»Okay«, sagte Wauneka. »Vielen Dank. Ich hatte schon so was erwartet. Noch eine Sackgasse.«

»Früher gab es einmal ein Kloster mit diesem Namen in Frankreich, aber das wurde im vierzehnten Jahrhundert niedergebrannt.

Es ist jetzt nur noch eine Ruine. Die allerdings im Augenblick von Archäologen aus Yale und von der Universität von Toulouse ausgegraben wird. Aber ich schätze, das bringt nicht viel.«

»Aha…« Doch dann erinnerte sich Jimmy an etwas, das der alte Mann vor seinem Tod gesagt hatte. Einen der Unsinnsreime. »Yale in Frankreich ist nicht glorreich.« So in der Richtung.

»Wo ist das?« fragte er.

»Irgendwo im Südwesten Frankreichs, am Fluß Dordogne.«

»Dordogne? Wie schreibt man das?« fragte Wauneka.

DORDOGNE

Der Ruhm der Vergangenheit
ist eine Illusion.
Ebenso der Ruhm der
Gegenwart.

EDWARD JOHNSTON

Der Hubschrauber donnerte durch den dicken grauen Nebel. Diane Kramer, die hinten saß, rutschte unbehaglich auf ihrem Sitz hin und her. Immer wenn der Nebel sich etwas lichtete, sah sie die Baumwipfel des Waldes sehr dicht unter sich. »Müssen wir so tief fliegen?« fragte sie.

André Marek, der vorne neben dem Piloten saß, lachte. »Machen Sie sich keine Sorgen, es ist völlig sicher.« Allerdings sah Marek nicht so aus, als würde er sich wegen irgendwas Sorgen machen. Er war neunundzwanzig Jahre alt, groß und sehr kräftig, unter seinem T-Shirt zeichneten sich die Muskelstränge ab. Man würde auf jeden Fall nie auf den Gedanken kommen, daß er Dozent für Geschichte in Yale war. Oder der stellvertretende Leiter des Dordogne-Projekts, zu dem sie nun flogen.

»Der Nebel wird sich gleich lichten«, sagte Marek mit einem Anflug seines niederländischen Akzents. Kramer wußte alles über ihn: Nach seinem Studium in Utrecht hatte er sich zu einem jener neuen »experimentellen« Historiker entwickelt, die es sich zum Ziel machten, Teile der Vergangenheit wiederzuerschaffen, sie direkt zu erleben, um sie besser zu verstehen. Marek war ein Fanatiker auf diesem Gebiet; er hatte sich alles über mittelalterliche Kleidung, Sprache und Gewohnheiten beigebracht; angeblich konnte er mit Schwert und Lanze kämpfen. Und wenn sie ihn so ansah, glaubte sie es sogar.

Sie sagte: »Es überrascht mich, daß Professor Johnston nicht mit uns gekommen ist.« Kramer hatte eigentlich erwartet, daß Johnston sie persönlich empfangen würde. Sie war schließlich eine Topmanagerin der Firma, die diese Forschung finanzierte. Und das Protokoll verlangte es, daß Johnston selbst ihr das Projekt zeigte. Außerdem hatte sie vorgehabt, ihn bereits im Hubschrauber zu bearbeiten.

»Leider hatte Professor Johnston bereits eine Verabredung.«

»Ach so?«

»Mit François Bellin, dem Staatssekretär für historisches Kulturgut.«

»Verstehe.« Kramer fühlte sich gleich besser. Natürlich mußte Johnston sich zuerst mit den Behörden beschäftigen. Das Dordogne-Projekt war völlig abhängig von guten Beziehungen zur französischen Regierung. »Gibt es ein Problem?« fragte sie.

»Ich glaube nicht. Die beiden sind alte Freunde. Ah, jetzt geht's los.«

Der Hubschrauber flog aus dem Nebel in morgendliches Sonnenlicht. Die steinernen Bauernhäuser warfen lange Schatten.

Als sie eins der Anwesen überflogen, schlugen die Gänse auf dem Hof mit den Flügeln, und eine Frau in einer Schürze drohte ihnen mit der Faust.

»Sie ist nicht gerade erfreut über uns«, sagte Marek und deutete mit seinem dicken, muskulösen Arm nach unten.

Kramer, die hinter ihm saß, setzte ihre Sonnenbrille auf und erwiderte: »Na ja, es ist sechs Uhr morgens. Warum sind wir so früh gestartet?«

»Wegen des Lichts«, sagte Marek. »Frühe Schatten zeigen am besten Konturen, Geländeunebenheiten und so weiter.« Er deutete an seinen Füßen vorbei nach unten. Drei schwere gelbe Gehäuse waren an den Vorderstreben des Hubschraubers befestigt. »Im Augenblick haben wir Stereo-Geländekameras, Infrarot- und UV-Sensoren und Sidescan-Radar dabei.«

Kramer deutete zum Rückfenster hinaus, zu einer knapp zwei Meter langen silbernen Röhre, die unter dem Heck des Hubschraubers hing. »Und was ist das?«

»Ein Protonenmagnetometer.«

»Aha. Und was macht der?«

»Sucht nach magnetischen Anomalien im Erdboden, die auf verschüttete Mauern, Keramik oder Metalle hindeuten können.«

»Gibt es noch irgendwelche Geräte, die Sie gern hätten, aber nicht haben?«

Marek lächelte. »Nein, Ms. Kramer. Wir haben alles, was wir wollten, vielen Dank.«

Bis jetzt hatte der Hubschrauber die sanft wogenden Konturen dichten Waldes überflogen. Aber jetzt sah sie graues Felsgestein, klippenähnliche Steilhänge, die die Landschaft durchschnitten. Langsam wurde ihr klar, daß Marek mit ihr so etwas wie eine wohleinstudierte Führung machte; er redete fast ununterbrochen.

»Diese Kalksteinklippen sind die Überreste eines uralten Strands«, sagte er. »Vor Millionen von Jahren war dieser Teil Frankreichs von einem Meer bedeckt. Als das Meer zurückwich, ließ es einen Strand zurück. Und über Äonen zusammengepreßt, wurde aus diesem Strand Kalkstein. Es ist ein sehr weicher Stein. Die Abhänge sind durchlöchert von Höhlen.«

Kramer konnte wirklich viele Höhlen erkennen, dunkle Öffnungen im Fels. »Es gibt eine ganze Menge davon.«

Marek nickte. »Dieser Teil Südfrankreichs ist einer der am dauerhaftesten besiedelten Landstriche der Erde. Menschen leben hier seit mindestens vierhunderttausend Jahren, nachweisbar vom Neandertaler bis heute.«

Kramer nickte ungeduldig. »Und wo ist das Projekt?« fragte sie.

»Kommt gleich.«

Der Wald ging in freies Gelände mit verstreuten Bauernhöfen über. Jetzt flogen sie auf ein Dorf auf einem Hügel zu; sie sah eine Ansammlung von Steinhäusern, schmale Straßen und den steinernen Turm einer Burg, der sich in den Himmel erhob.

»Das ist Beynac«, sagte Marek mit dem Rücken zu ihr. »Und hier kommt unser Dopplersignal.« Kramer hörte in ihrem Kopfhörer elektronische Pieptöne, die immer schneller wurden.

»Achtung«, sagte der Pilot.

Marek schaltete seine Ausrüstung an. Ein halbes Dutzend Lichter blinkten grün auf.

»Okay«, sagte der Pilot. »Beginne mit erstem Überflug. Drei ... zwei ... eins.«

Die sanften, bewaldeten Hügel endeten an einem steilen Abhang, und Diane Kramer sah das Tal der Dordogne, das sich unter ihnen ausbreitete.

Wie eine braune Schlange wand sich die Dordogne durch das Tal, das sie sich vor Hunderttausenden von Jahren gegraben hatte. Sogar zu dieser frühen Morgenstunde sah man schon Kanuten, die auf ihr paddelten.

»Im Mittelalter war die Dordogne eine militärische Grenze«, sagte Marek. »Diese Flußseite war französisch und die andere englisch. Die Kämpfe gingen hin und her. Direkt unter uns liegt Beynac, eine französische Festung.«

»Und da drüben«, fuhr er fort und zeigte über den Fluß, »sehen Sie die gegenüberliegende Stadt Castelnaud. Eine englische Festung.«

Hoch oben auf einem entfernten Hügel sah Kramer eine zweite Burg, die völlig aus gelbem Stein erbaut war. Die Burg war klein, aber wunderbar restauriert, ihre drei runden, von hohen Mauern verbundenen Türme ragten anmutig in die Luft. Am Fuß der Burg war ein malerisches Touristenstädtchen zu erkennen.

»Aber das ist nicht unser Projekt...«, sagte sie.

»Nein«, erwiderte Marek. »Ich zeige Ihnen nur den generellen Charakter dieses Landstrichs. Überall an der Dordogne findet man diese paarweise angeordneten, einander gegenüberliegenden Burgen. Bei unserem Projekt geht es ebenfalls um so ein gegenüberliegendes Burgenpaar, aber es liegt noch ein paar Kilometer flußabwärts. Da fliegen wir jetzt hin.«

Der Hubschrauber legte sich in die Kurve und flog nach Osten über sanft gewelltes Hügelland. Das Touristengebiet ließen sie jetzt hinter sich, und Kramer war froh, als sie sah, daß das Land unter ihr größtenteils bewaldet war. Sie überflogen ein Städtchen am Fluß mit dem Namen Envaux und stiegen dann wieder über dem Hügelland in die Höhe. Hinter einer dieser Kuppen sah sie plötzlich die offene Fläche einer baumlosen grünen Wiese. In der Mitte der Wiese standen die Ruinen von mehreren steinernen Häusern, Mauern, die in merkwürdigen Winkeln aufeinanderstießen. Dies war offensichtlich früher eine Stadt gewesen, die sich unterhalb der Mauern einer Burg erstreckte. Doch die Burgmauern waren nur noch Linien aus Gesteinsbrocken, von der Burg selbst war so gut wie nichts mehr übrig; sie sah nur die Fundamente von zwei runden Türmen und Reste einer zerstörten Mauer, die sie verband. Hier und da zwischen den Ruinen waren weiße Zelte aufgeschlagen worden. Mehrere Dutzend Leute arbeiteten dort unten.

»Bis vor drei Jahren gehörte das alles einem Ziegenbauern«, sagte Marek. »Die Franzosen hatten diese Ruinen so gut wie vergessen, sie waren von Wald überwuchert. Wir haben den Wald gerodet und ein bißchen was wiederaufgebaut. Was Sie hier sehen, war einst die berühmte englische Festung Castelgard.«

»Das ist Castelgard?« seufzte Kramer. So wenig war also übrig: ein paar stehende Mauern, die auf die Stadt hindeuteten, und von der Burg selbst fast nichts.

»Ich dachte, da wäre schon mehr«, sagte sie.

»Irgendwann wird es mehr geben. Castelgard war zu seiner Zeit eine große Stadt mit einer sehr imposanten Burg«, erwiderte Marek. »Aber es dauert noch mehrere Jahre, bis alles restauriert ist.«

Kramer fragte sich, wie sie das Doniger erklären sollte. Das Dordogne-Projekt war noch bei weitem nicht so fortgeschritten, wie Doniger sich das vorgestellt hatte. Es wäre extrem schwierig, mit wirklicher Rekonstruktion zu beginnen, solange die Anlage nur aus solchen Trümmern bestand. Und sie war sicher, daß Professor Johnston sich einer Rekonstruktion unter solchen Umständen widersetzen würde.

»Unser Hauptquartier haben wir in dem Bauernhof da drüben aufgeschlagen.« Marek deutete auf ein Haus mit mehreren Nebengebäuden, nicht weit von den Ruinen entfernt. »Wollen Sie über Castelgard kreisen, um es sich genauer anzusehen?«

»Nein«, sagte Kramer, die versuchte, sich ihre Enttäuschung nicht anmerken zu lassen. »Nein, fliegen wir weiter.«

»Okay, dann geht's jetzt zur Mühle.«

Der Helikopter schwenkte und flog nach Norden in Richtung Fluß. Das Land flachte zum Ufer der Dordogne hin ab. Sie überquerten den breiten, dunkelbraunen Fluß und kamen zu einer stark bewaldeten Insel, die direkt vor dem anderen Ufer lag. Insel und Nordufer trennte ein schmalerer, rauschender Flußarm von etwa fünf Metern Breite. Genau hier waren die Ruinen eines anderen Gebäudes zu erkennen, die jedoch so zerstört waren, daß man nicht mehr ausmachen konnte, was es einmal gewesen war. »Und das?« fragte Kramer und schaute nach unten. »Was ist das?«

»Das ist die Wassermühle. Früher gab es eine Brücke über den Fluß und darunter Wasserräder. Die Wasserkraft wurde zum Mehlmahlen benutzt und zum Antreiben großer Blasebälge für die Stahlherstellung.«

»Hier wurde offenbar überhaupt noch nichts wiederaufgebaut.« Kramer seufzte.

»Nein«, sagte Marek. »Aber wir haben die Mühle studiert. Chris Hughes, einer unser Doktoranden, hat sie ziemlich ausführlich erforscht. Das da unten ist Chris, beim Professor.«

Kramer sah einen stämmigen, dunkelhaarigen jungen Mann, der neben der großen, imposanten Gestalt von Professor Johnston stand. Keiner der beiden sah auf, als der Hubschrauber sie überflog; sie waren zu sehr auf ihre Arbeit konzentriert.

Jetzt ließ der Hubschrauber den Fluß hinter sich und überflog das flache Land nördlich davon. Sie überquerten einen Komplex niedriger rechteckiger Mauern, die im schrägen Morgenlicht als dunkle Linien zu erkennen waren. Kramer schätzte, daß die Mauern nur ein paar Zentimeter hoch waren. Aber sie markierten deutlich den Umriß von etwas, das aussah wie eine kleine Stadt.

»Und das? Ist das eine andere Stadt?«

»So ungefähr. Das ist das Kloster von Sainte-Mère«, erklärte Marek. »Eines der wohlhabendsten und mächtigsten Klöster Frankreichs. Es wurde im vierzehnten Jahrhundert in Schutt und Asche gelegt.«

»Da wird aber viel gegraben.«

»Ja, das ist unsere wichtigste Grabungsstätte.«

Im Überfliegen erkannte Diane die großen quadratischen Gruben, mit denen sich die Forscher Zugang zu den Katakomben unter dem Kloster verschafften. Sie wußte, daß sich auf diese das Hauptaugenmerk richtete, weil man hoffte, hier noch weitere Verstecke mit klösterlichen Dokumenten zu finden; eine ganze Reihe hatte man bereits entdeckt.

Der Hubschrauber schwenkte wieder und näherte sich den Kalksteinabhängen auf der französischen Seite sowie einer kleinen Stadt. Dann stieg er über den Rand des Steilufers.

»Wir kommen jetzt zur vierten und letzten Grabungsstätte«, sagte Marek. »Die Festung über der Stadt Bezenac. Im Mittelalter hieß sie La Roque. Obwohl sie auf der französischen Seite des Flusses liegt, wurde sie von den Engländern gebaut, die sich damit einen dauerhaften Brückenkopf auf französischem Gebiet sichern wollten. Wie Sie sehen, ist es eine ziemlich ausgedehnte Anlage.«

Das war sie wirklich: ein riesiger militärischer Komplex auf der Anhöhe, mit drei Reihen konzentrischer Mauern, die sich über gut zwanzig Hektar erstreckten. Die Festung von La Roque war in einem besseren Zustand als die anderen Anlagen des Projekts, es gab noch mehr stehende Mauern. Man konnte leichter erkennen, was es einmal gewesen war.

Aber in der Anlage wimmelte es auch von Touristen.

»Sie lassen Touristen hinein?« fragte sie entsetzt.

»Das ist eigentlich nicht unsere Entscheidung«, antwortete Marek. »Wie Sie wissen, ist das eine neue Grabungsstätte, und die französische Regierung wollte, daß sie der Öffentlichkeit zugänglich gemacht wird. Aber natürlich schließen wir sie wieder, wenn wir mit der Rekonstruktion beginnen.«

»Und wann wird das sein?«

»Oh ... irgendwann in zwei bis fünf Jahren.«

Sie sagte nichts. Der Hubschrauber kreiste und stieg höher.

»So«, sagte Marek. »Wir sind am Ende angelangt. Von hier oben haben Sie einen Überblick über das gesamte Projekt: die Festung La Roque, das Kloster im Flachland, die Mühle und auf der anderen Flußseite die Festung Castelgard. Wollen Sie es noch einmal sehen?«

»Nein«, entgegnete Diane Kramer. »Wir können zurückkehren. Ich habe genug gesehen.«

Edward Johnston, Professor der Geschichte in Yale, verdrehte die Augen, als der Hubschrauber über ihre Köpfe hinwegdonnerte. Er flog in südlicher Richtung, nach Domme, wo es einen Landeplatz gab. Johnston sah auf die Uhr und sagte: »Laß uns weitermachen, Chris.«

»Okay«, erwiderte Chris Hughes. Er wandte sich wieder dem auf ein Stativ montierten Computer zu, steckte den GPS-Empfänger ein und schaltete den Strom ein. »Das Set-up dauert ein wenig.«

Christopher Stewart Hughes war einer von Johnstons Doktoranden. Der Professor – alle nannten ihn nur so – hatte insgesamt fünf, die bei dem Projekt arbeiteten, sowie zwei Dutzend Studenten, die seine Einführungsvorlesung über westliche Zivilisation gehört hatten und von ihm fasziniert waren.

Es war leicht, dachte Chris, von Edward Johnston fasziniert zu sein. Obwohl schon gut über sechzig, war er breitschultrig und fit, er bewegte sich schnell, was einen Eindruck von Tatkraft und Energie vermittelte. Gebräunt, mit dunklen Augen und seiner ironischen Art wirkte er oft eher wie Mephistopheles als wie ein Geschichtsprofessor.

Seine Kleidung allerdings entsprach der eines typischen Collegeprofessors: Sogar hier vor Ort trug er jeden Tag Button-Down-Hemd und Krawatte. Sein einziges Zugeständnis an die Arbeit im Gelände waren Jeans und Wanderstiefel.

Was Johnston bei seinen Studenten so beliebt machte, war die Art, wie er sich um sie kümmerte: Einmal pro Woche lud er sie zum Essen zu sich nach Hause ein, er sorgte für sie, und wenn einer von ihnen Probleme mit dem Studium, dem Geld oder der Familie hatte, war er immer bereit, bei der Lösung des Problems zu helfen, ohne sich dabei jedoch aufzudrängen.

Vorsichtig packte Chris den Metallkoffer zu seinen Füßen aus. Zuerst holte er ein durchsichtiges LCD hervor, das er vertikal in die Halterungen über dem Computer montierte. Dann startete er den Computer neu, damit der Rechner den Bildschirm identifizieren konnte.

»Jetzt dauert's nur noch ein paar Sekunden«, sagte er. »Der GPS-Empfänger kalibriert.«

Johnston nickte geduldig und lächelte.

Chris war Doktorand im Bereich Geschichte der Wissenschaft – ein äußerst kontroverses Gebiet, aber er umging geschickt alle Dispute, indem er sich nicht auf moderne Wissenschaft konzentrierte, sondern auf Wissenschaft und Technik des Mittelalters. So war er Experte für Metallurgie, für Waffenherstellung, Dreifelder-Fruchtwechsel, der Chemie des Gerbens und für ein Dutzend andere Techniken der damaligen Zeit geworden. Er hatte beschlossen, seine Doktorarbeit über die Mühlentechnik des Mittelalters zu schreiben – ein faszinierendes, aber stark vernachlässigtes Gebiet.

Und sein besonderes Interesse gehörte natürlich der Mühle von Sainte-Mère.

Johnston wartete gelassen ab.

Chris war Student im zweiten Semester gewesen, als seine Eltern bei einem Autounfall getötet wurden. Chris, ein Einzelkind, war am Boden zerstört; er spielte sogar mit dem Gedanken, das College zu verlassen. Johnston hatte den jungen Studenten für drei Monate in sein Haus aufgenommen und diente ihm auch noch viele Jahre danach als Vaterersatz, der ihm in allen Lebenslagen mit Rat und Tat zur Seite stand, von der Abwicklung des elterlichen Nachlasses bis hin zu Problemen mit Freundinnen. Und Probleme mit Freundinnen hatte es eine ganze Menge gegeben.

Nach dem tragischen Verlust seiner Eltern hatte Chris sich mit vielen Frauen eingelassen. Die daraus folgende Kompliziertheit seines Lebens – böse Blicke von verschmähten Geliebten in Seminaren; verzweifelte mitternächtliche Anrufe wegen einer ausgebliebenen Periode, während er mit einer anderen im Bett war; heimliche Treffen in Hotelzimmern mit einer Philosophiedozentin, die mitten in einer schmutzigen Scheidung steckte – prägte bald seinen Tagesablauf. Unweigerlich wurden seine Noten schlechter, und eines Tages nahm Johnston ihn beiseite und redete ihm mehrere Abende lang gut zu.

Doch Chris wollte nicht hören, und bald darauf tauchte sein Name in dem Scheidungsverfahren auf. Nur die persönliche Intervention des Professors verhinderte seine Relegation von Yale. Chris reagierte auf diese plötzliche Krise, indem er sich in seine Studien vergrub; seine Noten wurden schnell besser, und schließlich hatte er sein Diplom als Fünftbester seines Jahrgangs abgelegt. Insgesamt war er seit dieser Zeit viel ruhiger geworden. Jetzt, mit vierundzwanzig, neigte er zu Pedanterie und Magenproblemen. Nur bei Frauen war er immer noch ein Draufgänger.

»Endlich«, sagte Chris. »Es kommt.«

Das LCD zeigte einen Umriß in leuchtendem Grün. Durch den transparenten Monitor waren die Ruinen der Mühle zu sehen, überlagert von dem grünen Umriß. Das war die neueste Methode zur Rekonstruktion archäologischer Strukturen. Früher hatten ihnen nur gewöhnliche Architekturmodelle zur Verfügung gestanden, die aus weißem Styropor bestanden und per Hand ausgeschnitten und zusammengesetzt werden mußten. Aber diese Technik war langsam, Modifikationen waren schwierig.

Inzwischen wurden alle Modelle am Computer erstellt. Die Modelle konnten schnell erzeugt und problemlos verändert werden. Zusätzlich gestattete diese Methode die Betrachtung der Modelle vor Ort und einen präzisen Abgleich mit dem Original. Die Ortskoordinaten der Ruine wurden in den Computer eingespeist, und dank der durch das GPS ermittelten Stativposition war die Darstellung auf dem Monitor genau in der richtigen Perspektive.

Sie sahen zu, wie sich der Umriß füllte und dreidimensionale Gestalt annahm. Die Abbildung zeigte nun eine mächtige Brücke, aus Stein erbaut und überdacht und mit drei Wasserrädern darunter. »Chris«, sagte Johnston, »du hast sie ja befestigt.« Er klang erfreut.

»Ich weiß, daß es ein Risiko ist ...«, sagte er.

»Nein, nein«, erwiderte der Professor. »Ich halte das für einleuchtend.«

In der Literatur gab es Hinweise auf befestigte Mühlen, und auf jeden Fall gab es unzählige Berichte über Schlachten um Mühlen und Mühlenrechte. Doch tatsächlich bekannt waren nur wenige befestigte Mühlen: eine in Buerge und eine andere, erst kürzlich entdeckte, in Montauban im nächsten Tal. Die meisten Mittelalterspezialisten glaubten, daß solche befestigten Mühlen eher selten waren.

»Die Pfeilerfundamente am Wasserrand sind sehr mächtig«, sagte Chris. »Nachdem die Mühle aufgegeben war, benutzten die Leute sie als Steinbruch, wie alles hier in der Gegend. Sie holten sich die Steine, um damit ihre eigenen Häuser zu bauen. Aber die Steine in den Pfeilerfundamenten blieben, wo sie waren, weil sie zum Transport einfach zu groß und zu schwer waren. Für mich deutet das auf eine mächtige Brücke hin. Wahrscheinlich befestigt.«

»Du könntest recht haben«, sagte Johnston. »Und ich glaube –«

Das Funkgerät an seiner Hüfte knackte. »Chris? Ist der Professor bei dir? Der Staatssekretär ist da.«

Johnston schaute über die Klosterausgrabung hinweg zu der unbefestigten Straße, die am Fluß entlangführte. Ein grüner Landrover mit weißer Beschriftung an den Seiten kam, eine große Staubwolke aufwirbelnd, auf sie zugerast. »Ja«, sagte er. »Das kann nur François sein. Immer in Eile.«

»Edouard! Edouard!« François Bellin faßte den Professor bei den Schultern und küßte ihn auf beide Wangen. Bellin war ein großer, überschwenglicher Mann mit schütteren Haaren. Er sprach sehr schnelles Französisch. »Mein lieber Freund, wir haben uns viel zu lange nicht gesehen. Dir geht es gut?«

»Ja, François«, sagte Johnston und wich einen Schritt vor diesem Überschwang zurück. Immer wenn Bellin so übertrieben freundlich war, bedeutete das Probleme. »Und du, François, wie geht es dir?«

»Wie immer, wie immer. Aber in meinem Alter muß das reichen.« Er sah sich um und legte Johnston verschwörerisch die Hand auf die Schulter. »Edouard, ich muß dich um einen Gefallen bitten. Ich habe da ein kleines Problem.«

»Ach so?«

»Du kennst doch diese Reporterin, von *L'Express* –«

»Nein«, sagte Johnston. »Auf keinen Fall.«

»Aber Edouard –«

»Ich habe mit ihr telefoniert. Sie ist eine von diesen Spinnern, die immer an irgendwelche Verschwörungen glauben. Der Kapitalismus ist schlecht, alle Konzerne sind böse –«

»Ja, ja, Edouard, du hast ja recht.« Er beugte sich zu ihm. »Aber sie schläft mit dem Kulturminister.«

»Nicht gerade eine Empfehlung«, sagte Johnston.

»Edouard, bitte. Die Leute fangen an, auf sie zu hören. Sie kann Probleme verursachen. Für dich. Für mich. Für dieses Projekt.«

Johnston seufzte.

»Du weißt doch, hier in Frankreich denken viele, daß die Amerikaner jede Kultur zerstören, weil sie selber keine haben. Vor allem Filme und Musik machen immer wieder Probleme. Und es gibt Diskussionen darüber, Amerikanern die Arbeit an französischen Kulturdenkmälern zu verbieten. Was meinst du?«

»Das ist nichts Neues«, erwiderte Johnston.

»Außerdem hat dich dein eigener Sponsor, ITC, gebeten, mit ihr zu sprechen.«

»Ach, tatsächlich?«

»Ja. Eine Ms. Kramer hat verlangt, daß du mit ihr sprichst.«

Johnston seufzte noch einmal.

»Es dauert nur ein paar Minuten, das verspreche ich dir«, sagte Bellin und winkte zum Landrover. »Sie ist im Auto.«

»Du hast sie mitgebracht?« fragte Johnston.

»Edouard, laß es dir gesagt sein«, erwiderte Bellin. »Es ist nötig, daß du sie ernst nimmst. Ihr Name ist Louise Delvert.«

Als die Reporterin aus dem Auto stieg, sah Chris eine Frau Mitte Vierzig, schlank und dunkelhaarig, mit attraktiven, markanten Gesichtszügen. Sie hatte das gewisse Etwas reifer europäischer Frauen, ein Stil, in dem sich eine raffinierte sublime Sexualität ausdrückte. Angezogen war sie wie für eine Expedition: Khakibluse und -hose, mit Kamera, Video- und Kassettenrekorder an Riemen um den Hals. Mit einem Notizblock kam sie sehr forsch und zielstrebig auf die beiden zu.

Delvert streckte die Hand aus. »Professor Johnston«, sagte sie in akzentfreiem Englisch. Ihr Lächeln war aufrichtig und herzlich. »Ich kann Ihnen gar nicht sagen, wie sehr ich mich freue, daß Sie sich Zeit für mich nehmen.«

»Aber nicht doch«, erwiderte Johnston und nahm ihre Hand. »Sie haben einen weiten Weg hinter sich, Miss Delvert. Ich freue mich, wenn ich Ihnen helfen kann.«

Gemeinsam besichtigten sie die Klosterausgrabung, eine verschworene kleine Gruppe: der Professor und Miss Delvert vorneweg, Bellin und Chris hinterher, nicht zu dicht, aber doch so, daß sie das Gespräch hören konnten. Bellin trug ein stilles, zufriedenes Grinsen auf den Lippen, und Chris kam der Gedanke, daß es offenbar mehr als eine Art gab, mit einem lästigen Kulturminister fertig zu werden.

Was den Professor anging, so war seine Frau schon seit vielen Jahren tot; und obwohl es Gerüchte gegeben hatte, hatte Chris ihn noch nie mit einer anderen Frau gesehen. Um so faszinierter beobachtete er ihn jetzt. Johnston verhielt sich nicht anders als sonst, er schenkte der Reporterin einfach seine ungeteilte Aufmerksamkeit und vermittelte ihr den Eindruck, daß es auf der Welt nichts Wichtigeres gebe als sie. Und tatsächlich hatte Chris das Gefühl, daß Delverts Fragen viel weniger aggressiv waren, als sie es geplant hatte.

»Wie Sie wissen, Professor«, sagte sie, »arbeitet meine Zeitung schon eine ganze Weile an einer Story über die amerikanische Firma ITC.«

»Ja, das weiß ich.«

»Trifft es zu, daß ITC diese Ausgrabung sponsert?«

»Ja.«

»Wir haben erfahren, daß die Firma pro Jahr eine Million Dollar zu dem Projekt beiträgt.«

»Das kommt ungefähr hin.«

Einen Augenblick gingen sie schweigend weiter. Die Journalistin schien sich ihre nächste Frage genau zu überlegen.

»Es gibt einige in unserer Zeitung«, sagte sie, »die der Ansicht sind, daß das für ein Projekt in mittelalterlicher Archäologie eine Menge Geld ist.«

»Nun, Sie können diesen Leuten sagen«, erwiderte Johnston, »daß es das nicht ist. Genaugenommen ist es für ein Projekt dieser Größe ungefähr Durchschnitt. ITC gibt uns zweihundertfünfzigtausend als direkten Zuschuß, einhundertfünfundzwanzigtausend als indirekten Zuschuß an die Universität, noch einmal achtzigtausend für Stipendien, Reise- und Unterhaltskosten und fünfzigtausend für Labor- und Archivierungskosten.«

»Aber da bleibt doch eine beträchtliche Differenz«, konterte sie, spielte kokett mal mit dem Stift, mal mit ihren Haaren und blinzelte in Johnstons Richtung. Sie macht ihm schöne Augen, dachte Chris. Bei seinem Professor hatte er noch nie eine Frau so etwas tun sehen. Man mußte schon Französin sein, um eine solche Show abzuziehen.

Der Professor schien es nicht zu bemerken. »Ja, natürlich bleibt da eine Differenz«, sagte er, »aber der Rest geht nicht an uns. Der ist für die Rekonstruktionskosten selbst. Die werden separat abgerechnet, da diese Kosten, wie Sie wissen, gemeinsam mit der französischen Regierung getragen werden.«

»Natürlich«, sagte sie. »Und in Ihren Augen ist die halbe Million Dollar, die Ihr Team ausgibt, also ganz normal?«

»Na ja, wir können ja François fragen«, sagte Johnston. »In dieser Ecke Frankreichs gibt es siebenundzwanzig laufende archäologische Projekte. Sie reichen von der paläolithischen Ausgrabung, die die Universität von Zürich zusammen mit der Carnegie-Mellon macht, bis hin zu dem römischen *castrum*, der Festung, das die Uni Bordeaux zusammen mit der von Oxford ausgräbt. Die jährlichen Kosten dieser Projekte betragen ungefähr eine halbe Million Dollar pro Jahr.«

»Das wußte ich nicht.« Sie sah ihm mit unverhüllter Bewunderung in die Augen. Zu unverhüllt, dachte Chris. Pötzlich kam ihm der Gedanke, daß er vielleicht mißverstanden hatte, was da passierte. Vielleicht war das einfach ihre Art, an eine Story zu kommen.

Johnston drehte sich zu Bellin um. »François? Was sagst du?«

»Ich glaube, du weißt, was du tust – ich meine, sagst«, antwortete Bellin. »Die Beträge schwanken zwischen vier- und sechshunderttausend Dollar. In Skandinavien, Deutschland und Amerika kostet es mehr. Paläolithische Projekte kosten mehr. Aber ja, eine halbe Million dürfte ungefähr Durchschnitt sein.«

Miss Delvert blieb weiter auf Johnston konzentriert. »Und für Ihre Sponsorengelder, Professor Johnston, wieviel Kontakt müssen Sie da mit ITC halten?«

»So gut wie keinen.«

»So gut wie keinen? Wirklich?«

»Der Präsident, Robert Doniger, war vor zwei Jahren hier. Er ist ein Geschichtsfanatiker, und er war sehr begeistert, wie ein kleiner Junge. Und ungefähr einmal pro Monat schickt ITC uns einen Vizepräsidenten. Gerade jetzt haben wir einen hier, eine Dame. Aber im großen und ganzen lassen sie uns in Ruhe.«

»Und was wissen Sie über ITC selbst?«

Johnston zuckte die Achseln. »Sie forschen im Bereich der Quantenphysik. Sie fertigen Komponenten, die in Kernspintomographen, anderen medizinischen Geräten und so weiter verwendet werden. Und sie entwickeln Datierungstechniken, die auf Quanteneffekten beruhen und mit denen man das Alter jedes Artefakts präzise bestimmen kann. Dabei helfen wir ihnen.«

»Verstehe. Und diese Techniken, funktionieren sie?«

»Wir haben Prototypen dieser Geräte in unserem Hauptquartier in dem Bauernhof. Bis jetzt haben sie sich als zu empfindlich für die Arbeit vor Ort erwiesen. Sie gehen immer kaputt.«

»Aber ist das der Grund, warum ITC Sie sponsert – damit Sie ihre Geräte testen?«

»Nein«, sagte Johnston. »Es ist genau andersherum. ITC baut diese Datierungsgeräte aus demselben Grund, warum ITC uns sponsert – weil Bob Doniger sich für Geschichte begeistert. Wir sind sein Hobby.«

»Ein teures Hobby.«

»Für ihn nicht«, sagte Johnston. »Er ist Milliardär. Er hat sich eine Gutenberg-Bibel für drei Millionen gekauft. Er hat bei einer Auktion für siebzehn Millionen den Wandteppich von Rouen ersteigert. Unser Projekt ist für ihn nur Kleingeld.«

»Das mag schon sein. Aber Mr. Doniger ist auch ein taffer Geschäftsmann.«

»Ja.«

»Glauben Sie wirklich, daß er sie nur aus rein persönlichem Interesse unterstützt?« fragte sie leichthin, fast schnippisch.

Johnston sah sie direkt an. »Die wahren Motive eines Menschen, Miss Delvert, kennt man nie.«

Auch er ist argwöhnisch, dachte Chris.

Delvert schien das ebenfalls zu spüren und kehrte sofort wieder zu einem verbindlicheren Tonfall zurück. »Natürlich, ja. Aber ich frage das aus einem bestimmten Grund. Trifft es nicht zu, daß die Ergebnisse Ihrer Forschung nicht Ihnen gehören? Daß alles, was Sie finden, alles, was Sie entdecken, ITC gehört?«

»Ja, das stimmt.«

»Stört Sie das nicht?«

»Wenn ich für Microsoft arbeiten würde, würden die Ergebnisse meiner Arbeit Bill Gates gehören. Alles, was ich finden oder entdecken würde, würde Bill Gates gehören.«

»Schon. Aber das ist wohl kaum dasselbe.«

»Warum nicht? ITC ist eine Technikfirma, und Doniger hat diesen Unterstützungsfond eingerichtet, wie Technikfirmen das eben tun. Das Arrangement stört mich nicht. Wir haben das Recht, unsere Forschungsergebnisse zu veröffentlichen – die Firma zahlt sogar für die Publikation.«

»Nachdem sie sie gutgeheißen hat.«

»Ja. Wir schicken unsere Berichte zuerst an sie. Haben aber noch nie einen Kommentar zurückbekommen.«

»Sie sehen also keinen größeren ITC-Plan hinter dem Ganzen?«

»Sehen Sie einen?« entgegnete Johnston.

»Ich weiß nicht so recht«, sagte sie. »Deshalb frage ich ja Sie. Weil es natürlich einige sehr verwirrende Aspekte im Verhalten von ITC als Firma gibt.«

»Was für Aspekte?«

»Zum Beispiel«, sagte sie, »ist die Firma einer der weltgrößten Verbraucher von Xenon.«

»Xenon? Sie meinen das Gas?«

»Ja. Es wird in Lasern und Elektronenröhren benutzt.«

Johnstons zuckte die Achseln. »Von mir aus können sie so viel Xenon haben, wie sie brauchen. Ich verstehe nicht, was das mich angehen soll.«

»Was ist mit dem Interesse der Firma an exotischen Metallen? ITC hat vor kurzem eine nigerianische Firma aufgekauft, um ihren Bedarf an Niob decken zu können.«

»Niob.« Johnston schüttelte den Kopf. »Was ist Niob?«

»Es ist ein dem Titan ähnliches Metall.«

»Wozu braucht man es?«

»Für supraleitende Magneten und Atomreaktoren.«

»Und Sie wollen wissen, wozu ITC es braucht?« Johnston schüttelte den Kopf. »Das müssen Sie die Firma fragen, Miss Delvert.«

»Das habe ich. Und die Antwort war: für Forschungen im Bereich fortschrittlicher magnetischer Anwendungen.«

»Da sehen Sie. Gibt es einen Grund, ihnen nicht zu glauben?«

»Nein«, entgegnete sie. »Aber wie Sie selbst gesagt haben, ist ITC eine Forschungseinrichtung. In ihrer Zentrale in einem Ort namens Black Rock in New Mexico beschäftigt sie zweihundert Physiker. Sie ist offensichtlich und unbestreitbar eine High-Tech-Firma.«

»Ja.«

»Deshalb frage ich mich: Wozu braucht eine High-Tech-Firma so viel Land?«

»Land?«

»ITC hat in abgelegenen Gegenden auf der ganzen Welt umfangreiche Landkäufe getätigt: in den Bergen von Sumatra, im nördlichen Kambodscha, im südöstlichen Pakistan, in den Dschungeln von Zentralguatemala, im Hochland von Peru.«

Johnston runzelte die Stirn. »Sind Sie sicher?«

»Ja. Sie haben auch in Europa Land aufgekauft. Westlich von Rom fünfhundert Hektar. In Deutschland in der Nähe von Heidelberg siebenhundert Hektar. In Frankreich tausend Hektar in den Kalksteinhügeln über dem Fluß Lot. Und schließlich hier.«

»Hier?«

»Ja. Unter Benutzung britischer und schwedischer Holdings haben sie um Ihr Grabungsgelände herum fünfhundert Hektar erworben. Es ist vorwiegend Wald- und Ackerland, im Augenblick zumindest.«

»Holdings?« fragte er.

»Das macht es sehr schwer, den eigentlichen Käufer zu ermitteln.

Was immer ITC tut, es erfordert auf jeden Fall Verschwiegenheit. Aber warum sponsert diese Firma Ihre Forschungen und kauft gleichzeitig alles Land um Ihre Grabungsstätte herum auf?«

»Keine Ahnung«, entgegnete Johnston. »Vor allem, da ITC das Gelände selbst nicht gehört. Sie werden sich erinnern, daß sie das ganze Gebiet – Castelgard, Sainte-Mère und La Roque – letztes Jahr der französischen Regierung geschenkt hat.«

»Natürlich. Für eine Steuerbefreiung.«

»Dennoch, ITC besitzt das Gelände nicht. Warum sollte die Firma dann das Land drumherum kaufen?«

»Ich zeige Ihnen sehr gern alles, was ich habe.«

»Vielleicht«, sagte Johnston, »sollten Sie das tun.«

»Meine Rechercheergebnisse liegen im Auto.«

Gemeinsam gingen die beiden auf den Landrover zu. Bellin schnalzte mit der Zunge. »O Gott. Es ist heutzutage so schwer, jemandem zu vertrauen.«

Chris wollte eben etwas sagen, als sein Funkgerät klickte. »Chris?« Es war David Stern, der technische Leiter des Projekts. »Chris, ist der Professor bei dir? Frag ihn, ob er jemanden mit dem Namen James Wauneka kennt.«

Chris drückte den Antwortknopf an seinem Gerät. »Der Professor ist gerade beschäftigt. Worum geht's?«

»Das ist irgendein Kerl aus Gallup. Hat schon zweimal angerufen. Will uns ein Foto von unserem Kloster schicken, das er angeblich in der Wüste gefunden hat.«

»Was? In der Wüste?«

»Er ist vielleicht nicht ganz richtig im Kopf. Behauptet, ein Polizist zu sein, und quasselt dauernd von einem toten ITC-Angestellten.«

»Er soll es an unsere E-Mail-Adresse schicken«, sagte Chris. »Schau's dir mal an.«

Er schaltete das Funkgerät ab. Bellin sah auf seine Uhr, schnalzte noch einmal mit der Zunge und schaute dann zum Auto hinüber, wo Johnston und Delvert ihre Köpfe in Unterlagen steckten. »Ich habe noch Termine«, sagte er betrübt. »Wer weiß, wie lange das hier noch dauert.«

»Ich glaube«, entgegnete Chris, »nicht sehr lange.«

Zwanzig Minuten später fuhr Bellin mit Miss Delvert davon, und Chris und der Professor standen da und winkten zum Abschied. »Ich glaube, das lief ziemlich gut«, sagte Johnston.

»Was hat sie dir gezeigt?«

»Einige Grunderwerbsurkunden für das Umland hier. Aber das Material ist nicht sehr überzeugend. Fünf Parzellen wurden von einer deutschen Investmentgruppe gekauft, über die nur wenig bekannt ist. Zwei Parzellen wurden von einem britischen Anwalt gekauft, der behauptet, hier seinen Ruhestand verbringen zu wollen, eine andere von einem niederländischen Bankier für seine erwachsene Tochter, und so weiter und so fort.«

»Briten und Niederländer kaufen seit Jahren im Perigord Land«, sagte Chris. »Das ist nichts Neues.«

»Genau. Aber sie hat die fixe Idee, daß alle Grundstückskäufe zu ITC zurückverfolgt werden können. Die Argumentation ist jedenfalls ziemlich dünn. Man muß schon daran glauben.«

Das Auto war verschwunden. Sie drehten sich um und gingen zum Fluß. Die Sonne stand schon hoch am Himmel, es wurde allmählich heiß.

Vorsichtig bemerkte Chris: »Charmante Frau.«

»Ich glaube«, sagte Johnston, »sie ist zu sehr auf ihren Job fixiert.«

Sie stiegen in das Boot, das am Flußufer vertäut lag, und Chris ruderte sie hinüber nach Castelgard.

Sie ließen das Boot am Ufer liegen und stiegen den Hügel zum Ort hinauf. Bald kamen die ersten Teile der Burgmauern in Sicht. Auf dieser Seite war von den Mauern nichts mehr übrig als ein paar grasbewachsene Wälle, die in langen Narben aus freiliegendem, zerbröckelndem Gestein endeten. Nach sechshundert Jahren sah es fast so aus wie ein natürlicher Teil der Landschaft. Tatsächlich aber waren es die Überreste einer Mauer.

»Weißt du«, sagte der Professor, »wogegen sie eigentlich was hat, ist Firmensponsoring. Aber archäologische Forschung war schon immer von externen Wohltätern abhängig. Vor hundert Jahren waren diese Wohltäter noch Privatpersonen: Carnegie, Peabody, Stanford. Heutzutage ist das große Geld bei Firmen und Konzernen, deshalb finanziert Nippon TV die Sixtinische Kapelle, British

Telecom finanziert York, Philips Electronics finanziert das *castrum* in Toulouse, und ITC finanziert uns.«

»Wenn man vom Teufel spricht«, sagte Chris. Als sie die Kuppe überquerten, sahen sie die dunkle Gestalt von Diane Kramer, die sich mit André Marek unterhielt.

Der Professor seufzte. »Der Tag ist im Eimer. Wie lange hat sie vor zu bleiben?«

»Ihr Flugzeug steht in Bergerac. Der Rückflug ist für heute nachmittag drei Uhr geplant.«

»Tut mir leid wegen dieser Frau«, sagte Diane Kramer, als Johnston zu ihr kam. »Sie nervt jeden, aber wir konnten nichts gegen sie tun.«

»Bellin sagte mir, Sie wollten, daß ich mit ihr spreche.«

»Wir wollen, daß alle mit ihr sprechen«, sagte Kramer. »Wir tun, was wir können, um ihr zu zeigen, daß wir nichts zu verbergen haben.«

»Sie schien höchst besorgt darüber«, bemerkte Johnston, »daß ITC hier in der Gegend Land aufkauft.«

»Landkäufe? ITC?« Kramer lachte. »Der Witz ist mir neu. Hat sie Sie auch nach Niob und Atomreaktoren gefragt?«

»Wenn Sie's genau wissen wollen, ja. Sie behauptete, ITC hätte eine Firma in Nigeria gekauft, um den Bedarf zu decken.«

»Nigeria«, wiederholte Kramer mit einem Kopfschütteln. »Ach du meine Güte. Unser Niob kommt aus Kanada. Niob ist nicht gerade ein seltenes Metall, wissen Sie. Fünfundsiebzig Dollar das Pfund.« Sie schüttelte den Kopf. »Wir haben ihr eine Führung durch unsere Einrichtungen angeboten, ein Interview mit unserem Präsidenten, sie hätte einen Fotografen und eigene Experten mitbringen dürfen, was immer sie will. Aber nein. Das ist moderner Journalismus: Laß dir die Tatsachen nicht in die Quere kommen.«

Kramer drehte sich um und deutete über die Ruinen von Castelgard. »Wie auch immer«, sagte sie, »ich bin eben in den Genuß von Dr. Mareks ausgezeichneter Führung gekommen, im Hubschrauber und zu Fuß. Es ist offensichtlich, daß Sie hier absolut spektakuläre Arbeit leisten. Sie kommen gut voran, die Arbeit ist von höchster akademischer Qualität, die Aufzeichnungen sind erstklassig, Ihre Leute sind zufrieden, Organisation und Verwaltung funktionieren. Einfach großartig. Ich könnte nicht glücklicher sein. Aber Dr. Marek sagt mir, daß er zu spät kommt für seine – was ist es gleich wieder?«

»Meine Breitschwertstunde«, sagte Marek.

»Seine Breitschwertstunde. Ja. Ich glaube, da sollte er unbedingt hingehen. Es klingt nicht wie etwas, das man einfach verlegen kann wie eine Klavierstunde. Können wir unterdessen ein wenig über das Gelände spazieren?«

»Natürlich«, sagte Johnston.

Chris' Funkgerät klickte. »Chris? Sophie will dich sprechen.«

»Ich rufe sie zurück.«

»Nein, nein«, sagte Kramer. »Machen Sie nur. Ich spreche allein mit dem Professor.«

»Normalerweise habe ich Chris immer dabei, damit er sich Notizen macht«, sagte Johnston schnell.

»Ich glaube nicht, daß wir heute Notizen brauchen.«

»Okay. Gut.« Er wandte sich an Chris. »Aber gib mir dein Funkgerät, nur für den Fall.«

»Kein Problem.« Er hakte das Funkgerät vom Gürtel und gab es Johnston. Als Johnston es in die Hand nahm, drückte er, für Chris sichtbar, die Sprechtaste. Dann hakte er es sich an den Gürtel.

»Danke«, sagte Johnston. »Und jetzt solltest du besser Sophie anrufen. Du weißt, daß sie es nicht mag, wenn man sie warten läßt.«

»Okay«, sagte Chris.

Während Johnston und Kramer langsam durch die Ruinen schlenderten, rannte er über die Wiese zu dem steinernen Bauernhaus, das ihnen als Hauptquartier diente.

Knapp hinter den bröckelnden Mauern des Ortes Castelgard hatte das Team ein heruntergekommenes steinernes Lagerhaus gekauft, das Dach erneuert und das Mauerwerk ausgebessert. Hier waren ihre gesamte Elektronik, die Laborausrüstung und die Archivierungscomputer untergebracht. Unbearbeitete Aufzeichnungen und Artefakte lagerten neben dem Bauernhaus unter einem weiten grünen Zeltdach.

Chris betrat das Lagerhaus, ursprünglich ein einziger großer

Raum, den sie in zwei kleine unterteilt hatten. Im linken Abteil saß Elsie Kastner, die Linguistin und Graphologieexpertin des Teams, über Pergamente gebeugt. Chris ignorierte sie und ging direkt in den anderen Raum, der gesteckt voll war mit elektronischem Gerät. Dort saß David Stern, der dünne, bebrillte Technikexperte des Projekts, und sprach in ein Telefon.

»Na ja«, sagte Stern eben. »Sie müßten Ihr Dokument mit einer ziemlich hohen Auflösung einscannen und es uns schicken. Haben Sie einen Scanner?«

Hastig wühlte Chris in dem Gerätedurcheinander auf dem Klapptisch nach einem Funkgerät. Er fand keins, alle Ladestationen waren leer.

»Die Polizei hat keinen Scanner?« fragte Stern eben überrascht. »Ach, Sie sind nicht im Revier – aber warum gehen Sie nicht hin und benutzen den Polizeiscanner?«

Chris klopfte Stern auf die Schulter. *Funkgerät*, formte er mit den Lippen.

Stern nickte und hakte das Funkgerät von seinem Gürtel. »Ja, der Krankenhausscanner tut's auch. Vielleicht gibt es da ja jemanden, der Ihnen helfen kann. Wir brauchen zwölf-achtzig mal zehn-vierundzwanzig, abgespeichert als JPEG-Datei. Dann schicken Sie uns das ...«

Chris lief nach draußen und schaltete dabei die Funkkanäle durch.

Von der Tür des Lagerhauses konnte er das gesamte Gelände überblicken. Er sah, daß Johnston und Kramer am Rand des Plateaus entlanggingen, von wo man zum Kloster hinuntersah. Sie hatte ihr Notizbuch aufgeschlagen und zeigte ihm etwas.

Und dann fand er sie auf Kanal acht.

»– deutliche Beschleunigung der Forschungsarbeiten«, sagte sie eben.

Und der Professor sagte: »Was?«

Johnston starrte die Frau, die vor ihm stand, über seine Drahtbrille hinweg an. »Das ist unmöglich«, sagte er.

Sie atmete tief ein. »Vielleicht habe ich es nicht gut erklärt. Sie machen doch schon einige Rekonstruktionen. Nun, Bob hätte gern, daß Sie diese Arbeiten zu einem vollständigen Wiederaufbauprogramm ausweiten.«

»Ja. Und das ist unmöglich.«

»Sagen Sie mir, warum?«

»Weil wir noch nicht genug wissen, darum«, erwiderte Johnston verärgert. »Schauen Sie: Rekonstruiert haben wir bis jetzt ausschließlich aus Sicherheitsgründen. Wir haben Mauern nur wiederaufgebaut, damit sie unseren Leuten nicht auf den Kopf fallen. Aber wir sind noch nicht soweit, um mit dem Wiederaufbau der gesamten Anlage zu beginnen.«

»Aber doch sicher einem Teil«, sagte sie. »Ich meine, sehen Sie sich das Kloster da drüben an. Die Kirche können Sie doch bestimmt wiederaufbauen, und den Kreuzgang daneben und das Refektorium und ...«

»Was?« fragte Johnston. »Das Refektorium?« Das Refektorium war der Speisesaal, in dem die Mönche ihre Mahlzeiten einnahmen. Johnston deutete auf die Ausgrabungsstätte hinunter, wo niedere Mauern und kreuz und quer verlaufende Gräben ein verwirrendes Muster ergaben. »Wer sagt, daß das Refektorium neben dem Kreuzgang liegt?«

»Nun, ich –«

»Sehen Sie, das ist genau der Punkt«, sagte Johnston. »Wir sind uns immer noch nicht sicher, wo genau das Refektorium liegt. Seit kurzem verdichten sich die Hinweise darauf, daß es neben dem Kreuzgang liegt, aber sicher sind wir nicht.«

Leicht irritiert erwiderte sie: »Professor, akademische Studien kann man ewig treiben, aber in der realen Welt der Ergebnisse –«

»Oh, ich bin sehr für Ergebnisse«, sagte Johnston. »Aber Sinn und Zweck einer Grabung wie dieser ist es doch, daß wir die Fehler der Vergangenheit nicht wiederholen. Vor hundert Jahren baute ein Architekt namens Viollet-le-Duc in ganz Frankreich historische Monumente neu auf. Bei einigen ist ihm das gut gelungen. Aber wenn er nicht genügend Informationen hatte, dachte er sich einfach etwas aus. Diese Gebäude waren dann nichts als Produkte seiner Phantasie.«

»Ich verstehe ja, daß Sie exakt sein wollen, aber –«

»Wenn ich gewußt hätte, daß ITC ein Disneyland will, hätte ich nie zugestimmt.«

»Wir wollen kein Disneyland.«

»Wenn Sie jetzt mit dem Wiederaufbau beginnen, bekommen Sie genau das, Ms. Kramer. Ein Phantasieprodukt. Mittelalterland.«

»Nein«, sagte sie. »Ich kann Ihnen hundertprozentig versichern, daß wir kein Phantasieprodukt wollen. Wir wollen eine historisch exakte Rekonstruktion dieser Anlage.«

»Aber das geht nicht.«

»Wir glauben, daß es geht.«

»Wie?«

»Bei allem Respekt, Professor, ich glaube, Sie sind übervorsichtig. Zum Beispiel die Stadt Castelgard, unter der Burg. Die könnte man doch sicher wiederaufbauen.«

»Ich schätze ... Einen Teil davon, ja.«

»Und mehr verlangen wir ja nicht. Nur, daß Sie einen Teil wiederaufbauen.«

David Stern, der eben das Lagerhaus verließ, fand Chris vor der Tür mit dem Funkgerät am Ohr. »Lauschst du vielleicht, Chris?«

»Pst, das ist wichtig.«

Stern zuckte die Achseln. Er betrachtete den Enthusiasmus der Doktoranden um ihn herum immer mit einer gewissen Distanz. Die anderen waren Historiker, er aber hatte eine Ausbildung als Physiker und neigte daher zu einer anderen Betrachtungsweise der Dinge. Er konnte einfach nicht in Begeisterungsstürme ausbrechen, wenn wieder einmal eine mittelalterliche Feuerstelle oder auf einem Friedhof ein paar Knochen gefunden wurden. Diesen Job – Wartung und Bedienung der elektronischen Geräte, Durchführung verschiedener chemischer Analysen, Radiokarbondatierungen und so weiter – hatte er überhaupt nur angenommen, damit er in der Nähe seiner Freundin sein konnte, die einen Ferienkurs in Toulouse besuchte. Fasziniert hatte ihn allerdings die Idee der Quantendatierung, doch bis jetzt hatte das Gerät nicht funktioniert.

Aus dem Funkgerät kam Kramers Stimme: »Und wenn Sie einen Teil der Stadt wiederaufbauen, könnten Sie auch den Teil der äußeren Burgmauer wiederaufbauen, der an die Stadt grenzt. Diesen

Abschnitt hier.« Sie deutete zu einer niedrigen, zerklüfteten Mauer, die in Nord-Süd-Richtung über das Gelände lief.

Der Professor sagte: »Na ja, ich nehme an, wir könnten ...«

»Und«, fuhr Kramer fort, »Sie könnten die Mauer nach Süden verlängern, dort drüben, wo sie im Wald verschwindet. Sie könnten den Wald roden und den Turm wiederaufbauen.«

Stern und Chris sahen einander an.

»Wovon redet die denn?« fragte Stern. »Was für einen Turm?«

»Bis jetzt hat noch kein Mensch den Wald inspiziert«, sagte Chris. »Wir wollten ihn am Ende des Sommers roden und im Herbst inspizieren lassen.«

Über Funk hörten sie den Professor sagen: »Ihr Vorschlag ist sehr interessant, Ms. Kramer. Lassen Sie ihn mich mit den anderen diskutieren, und dann treffen wir uns zum Mittagessen wieder.«

Und dann sah Chris, wie auf der Wiese unter ihnen der Professor sich umdrehte, direkt zu ihnen hochsah und mit dem Finger auf den Wald deutete.

Sie verließen das Ruinenfeld, stiegen eine grüne Anhöhe hoch und betraten den Wald. Die Bäume waren schlank, standen aber dicht beieinander, und unter dem Blätterdach war es dunkel und kühl. Chris Hughes folgte der äußeren Burgmauer, die sich von einem hüfthohen Wall zu einer niederen Geröllspur verflachte und schließlich im Unterholz verschwand.

Von da an mußte er sich bücken und Farne und kleine Pflanzen mit den Händen beiseite schieben, um dem Verlauf der Mauer folgen zu können.

Der Wald um sie herum wurde immer dichter. Es war sehr still hier. Als er Castelgard das erste Mal gesehen hatte, war noch fast das gesamte Gelände bewaldet gewesen, die wenigen noch stehenden Mauern waren von Moos und Flechten überwuchert und schienen aus der Erde herauszuwachsen wie organische Formen. Damals hatte die Anlage etwas Geheimnisvolles gehabt. Doch diese Aura war verflogen, als sie das Land rodeten und mit den Ausgrabungen begannen.

Stern folgte ihm. Er kam nicht viel aus dem Labor und schien den Ausflug zu genießen. »Warum sind die Bäume so klein?« fragte er.

»Weil es ein junger Wald ist«, antwortete Chris. »Fast alle Wälder im Perigord sind weniger als hundert Jahre alt. Früher war das ganze Land hier gerodet, für Weinberge.«

»Und?«

Chris zuckte die Achseln. »Eine Krankheit. Um die Jahrhundertwende zerstörte ein Schädling, die Reblaus, alle Weinstöcke. Und der Wald wuchs nach.« Und dann fügte er hinzu: »Der französische Weinbau wäre fast untergegangen. Gerettet wurde er nur, weil man reblausresistente Weinstöcke importierte, und zwar aus Kalifornien. Etwas, das die Franzosen gern vergessen.«

Während er redete, hob er den Blick nicht vom Erdboden. Anhand von Steinfragmenten, die hier und dort zutage traten, konnte er dem Verlauf der alten Mauer folgen.

Doch plötzlich war die Mauer verschwunden. Er hatte sie völlig aus den Augen verloren. Jetzt mußte er umkehren und ihre Spur wiederaufnehmen.

»Verdammt.«

»Was ist?« fragte Stern.

»Ich finde die Mauer nicht mehr. Sie verlief in dieser Richtung da«, er deutete mit der offenen Hand, »und jetzt ist sie verschwunden.«

Sie standen inmitten von besonders dichtem Unterholz, hohe Farne vermischt mit dornigen Ranken, die ihm die nackten Beine zerkratzten. Stern trug eine lange Hose, er ging einfach weiter und sagte: »Ich weiß nicht, Chris, irgendwo hier muß sie doch sein ...«

Chris wußte, daß er umkehren mußte. Er wollte eben zurückmarschieren, als er Stern schreien hörte.

Chris drehte sich um.

Stern war verschwunden. Einfach nicht mehr da.

Chris stand allein im Wald.

»David?«

Ein Stöhnen. »Ah ... verdammt.«

»Was ist passiert?«

»Ich hab mir das Knie angestoßen. Tut verdammt weh.«

Chris konnte ihn nirgendwo sehen. »Wo bist du?«

»In einem Loch«, sagte Stern. »Ich bin gefallen. Paß auf, wenn du in meine Richtung kommst. Eigentlich ...« Ein Grunzen. Fluchen. »Alles okay. Ich kann stehen. Ich bin in Ordnung. Eigentlich – *he*!«

»Was ist?«

»Wart mal!«

»Was ist denn los?«

»Wart einfach, okay?«

Chris sah Bewegung im Unterholz, die Farne schwankten, Stern bewegte sich offensichtlich nach links. Dann sagte er etwas. Seine Stimme klang merkwürdig. »Äh, Chris?«

»Was ist?«

»Es ist ein Teil der Mauer. Gebogen.«

»Was sagst du da?«

»Ich glaube, ich stehe am Fuß von etwas, das früher mal ein runder Turm war, Chris.«

»Im Ernst?« fragte Chris. Woher hatte Kramer das wissen können?

»Schau im Computer nach«, sagte der Professor. »Prüf nach, ob wir irgendwelche Hubschrauberbilder haben – Infrarot oder Radar –, die einen Turm zeigen. Vielleicht ist er schon irgendwo aufgezeichnet, und wir haben ihn nur übersehen.«

»Am ehesten auf Infrarotaufnahmen vom späten Nachmittag«, sagte Stern. Er saß auf einem Stuhl und drückte sich einen Eisbeutel aufs Knie.

»Warum vom späten Nachmittag?«

»Weil dieser Kalkstein Wärme speichert. Das ist der Grund, warum es den Höhlenmenschen hier so gefallen hat. Sogar im Winter war es in einer Kalksteinhöhle hier im Perigord um fünf Grad wärmer als draußen.«

»Und am Nachmittag ...«

»Speichert die Mauer die Wärme, während der Wald sich abkühlt. Und zeichnet sich deshalb auf Infrarot ab.«

»Auch wenn sie verschüttet ist?«

Stern zuckte die Achseln.

Chris setzte sich an den Computer und tippte auf die Tastatur. Ein leises Piepsen kam aus dem Computer. Und plötzlich wechselte das Bild.

»Ups. Wir sind in E-Mail.«

Chris klickte die Mailbox an. Es gab nur eine Nachricht, aber das Herunterladen dauerte ziemlich lange. »Was ist das?«

»Ich schätze, die Mail von diesem Wauneka«, erwiderte Stern. »Ich habe ihm gesagt, er soll eine Graphik in ziemlich hoher Auflösung schicken. Er hat sie wahrscheinlich nicht komprimiert.«

Dann tauchte das Bild auf dem Monitor auf: eine Ansammlung von Punkten in einem geometrischen Muster. Sie erkannten es sofort. Es war eindeutig das Kloster von Sainte-Mère. Ihre Anlage.

Detailgenauer als ihre eigenen Karten.

Johnston betrachtete die Graphik. Er trommelte mit den Fingern auf die Tischplatte. »Es ist komisch«, sagte er schließlich, »daß Bellin und Kramer zufällig am selben Tag hier auftauchen.«

Die Doktoranden sahen einander an. »Was ist komisch daran?« fragte Chris.

»Bellin hat nicht mal gefragt, ob er sie kennenlernen kann. Und sonst will er Sponsoren doch immer kennenlernen.«

Chris zuckte die Achseln. »Er schien es sehr eilig zu haben.«

»Ja. Genau so hat es ausgesehen.« Er wandte sich an Stern. »Druck es auf jeden Fall aus«, sagte er. »Mal sehen, was unsere Architektin dazu zu sagen hat.«

Katherine Erickson – aschblond, blauäugig und sonnengebräunt – hing in fünfzehn Meter Höhe, das Gesicht nur Zentimeter von der beschädigten gotischen Decke der Kapelle von Castelgard entfernt. Sie hing rücklings in einem Haltegeschirr und machte sich seelenruhig Notizen über den Zustand der Konstruktion knapp über ihr.

Erickson war der Neuling unter den Doktoranden, sie war erst wenige Monate zuvor zu dem Projekt gestoßen. Ursprünglich war sie nach Yale gegangen, um Architektur zu studieren, hatte aber bald gemerkt, daß ihr das Fach nicht zusagte, und war deshalb in die historische Fakultät gewechselt. Dort hatte Johnston sie entdeckt und sie zum Mitmachen überredet, so wie er alle anderen überredet hatte: »Warum legen Sie diese alten Bücher nicht beiseite und betreiben ein bißchen echte Geschichte. Geschichte zum Anfassen?«

Zum Anfassen war es ja – allerdings hier in luftiger Höhe. Wobei Kate das nichts ausmachte. Sie war in Colorado aufgewachsen und eine begeisterte Kletterin. Jeden Sonntag verbrachte sie in den Felshängen der Dordogne. Hier kletterte kaum jemand, was großartig war: Zu Hause in den USA mußte man an einer guten Wand Schlange stehen.

Mit ihrem Pickel schlug sie Mörtelproben von verschiedenen Stellen ab, die später einer spektroskopischen Analyse unterzogen wurden. Jedes Fragment steckte sie in einen der kleinen Plastikbehälter, die aussahen wie Filmdöschen und in einem Gurt steckten, den sie wie einen Patronengurt um Schulter und Brust trug.

Sie beschriftete eben die Döschen, als sie eine Stimme hörte: »Wie kommst du von da oben runter? Ich will dir was zeigen.«

Sie schaute über die Schulter, sah unten am Boden Johnston. »Ganz einfach«, sagte sie. Kate löste die Leinen, glitt behende zu Boden und landete leichtfüßig. Sie schob sich eine blonde Haarsträhne aus dem Gesicht. Kate Erickson war kein hübsches Mädchen – wie ihre Mutter, am College eine Schönheitskönigin, ihr oft genug gesagt hatte –, aber sie hatte ein frisches, typisch amerikanisches Aussehen, das viele Männer attraktiv fanden.

»Ich glaube, du kletterst auf alles rauf«, sagte Johnston.

Sie löste sich aus ihrem Haltegeschirr. »Anders kommt man an diese Daten nicht ran.«

»Wenn du meinst.«

»Ernsthaft«, sagte sie. »Wenn du eine Architekturgeschichte dieser Kapelle willst, dann muß ich da hoch und Mörtelproben nehmen. Weil diese Decke nämlich viele Male neu aufgebaut wurde – entweder weil sie schlecht konstruiert war und immer wieder einstürzte, oder weil sie in Kriegen zerstört wurde, durch Belagerungsmaschinen.«

»Bestimmt bei Belagerungen«, erwiderte Johnston.

»Ich bin mir da nicht so sicher«, sagte Kate. »Die Hauptgebäude der Burg – die große Halle, die inneren Gemächer – sind solide, aber einige der äußeren Mauern sind nicht gut konstruiert. Teilweise sieht es so aus, als wären Mauern nachträglich hinzugefügt worden, um Geheimgänge zu schaffen. Diese Burg hat einige. Es gibt sogar einen, der in die Küche führt. Wer diese Veränderungen gemacht hat, muß ziemlich paranoid gewesen sein. Und vielleicht wurden sie zu schnell ausgeführt.» Sie wischte sich die Hände an ihren Shorts ab. »Und, was willst du mir zeigen?«

Johnston gab ihr ein Blatt Papier. Es war ein Computerausdruck, eine Ansammlung von Punkten in einem geometrischen Muster. »Was ist das?« fragte sie.

»Sag's du mir.«

»Sieht aus wie Sainte-Mère.«

»Wirklich?«

»Ich würde sagen, ja. Aber das Komische ist ...«

Sie verließ die Kapelle und sah hinunter zu der Klosterausgrabung, die etwa anderthalb Kilometer entfernt im Flachland lag.

»Hm ...«

»Was ist?«

»Auf dieser Skizze sind Sachen eingezeichnet, die wir überhaupt noch nicht entdeckt haben«, sagte sie. »Eine Apsiden-Kapelle neben der Kirche, ein zweiter Kreuzgang im nordöstlichen Quadranten und ... das sieht aus wie ein Garten innerhalb der Klostermauer ... woher stammt denn das überhaupt?«

Das Restaurant in Marqueyssac stand am Rand des Plateaus und bot einen Ausblick über das gesamte Tal der Dordogne. Als Kramer den Kopf hob, sah sie überrascht, daß der Professor mit Marek und Chris an ihren Tisch kam. Sie runzelte die Stirn. Eigentlich hatte sie erwartet, nur mit Johnston zu essen. Sie saß an einem Tisch für zwei.

Alle setzten sich, nachdem Marek zwei Stühle von einem Nebentisch geholt hatte. Der Professor beugte sich vor und sah sie eindringlich an.

»Ms. Kramer«, sagte er. »Woher wußten Sie, wo das Refektorium liegt?«

»Das Refektorium?« Sie zuckte die Achseln. »Keine Ahnung. Stand das nicht in Ihrem Wochenbericht? Nein? Dann hat es Dr. Marek vielleicht erwähnt.« Sie musterte die ernsten Gesichter, die sie anstarrten. »Meine Herren, Klöster sind nicht gerade mein Spezialgebiet. Ich muß es irgendwo aufgeschnappt haben.«

»Und der Turm im Wald?«

»Wahrscheinlich aus einem der Lagepläne. Oder den alten Fotos.«

»Wir haben es nachgeprüft. Da ist er nirgendwo drauf.«

Der Professor schob ihr eine Skizze über den Tisch zu. »Und warum hat ein ITC-Angestellter namens Joseph Traub eine Zeichnung des Klosters, die vollständiger ist als unsere?«

»Ich weiß es nicht … Woher haben Sie das?«

»Von einem Polizisten in Gallup, New Mexico, der dieselben Fragen stellt, die ich jetzt stelle.«

Sie sagte nichts. Starrte ihn nur an.

»Ms. Kramer«, sagte er schließlich. »Ich denke, Sie verschweigen uns etwas. Ich glaube, Sie haben hinter unserem Rücken eigene Analysen angestellt und sagen uns nicht, was Sie gefunden haben. Und ich glaube, der Grund dafür ist, daß Sie und Bellin in Verhandlungen über die Nutzung dieses ganzen Komplexes stehen für den Fall, daß ich mich als nicht kooperativ erweise. Und die französische Regierung wäre überglücklich, wenn sie endlich die Amerikaner von einer ihrer historischen Stätten verjagen könnte.«

»Nein, Professor, das stimmt absolut nicht. Ich kann Ihnen versichern –«

»Nein, Ms. Kramer, das können Sie nicht.« Er sah auf die Uhr. »Wann fliegt Ihre Maschine zurück?«

»Um drei Uhr.«

»Ich kann sofort aufbrechen.« Er schob seinen Stuhl zurück.

»Aber ich fliege nach New York.«

»Dann sollten Sie Ihre Pläne besser ändern und nach New Mexico fliegen.«

»Sie wollen doch sicher mit Mr. Doniger sprechen, und ich kenne seinen Terminplan nicht …«

»Ms. Kramer.« Er beugte sich über den Tisch. *»Arrangieren Sie es.«*

Als der Professor aufbrach, sagte Marek: »Möge Gott in seiner Gnade Euch auf Eurer Reise behüten und Euch sicher zurück geleiten.« Das sagte er immer zu Freunden, die verreisten. Es war ein Lieblingsspruch des Grafen Geoffrey de la Tour gewesen – vor sechshundert Jahren.

Manche meinten, daß Mareks Begeisterung für die Vergangenheit schon an Besessenheit grenze. Tatsächlich aber war es für ihn etwas ganz Natürliches: Schon als Kind hatte er sich stark zum Mittelalter hingezogen gefühlt, und in vieler Hinsicht schien er jetzt in dieser Zeit zu leben. (In einem Restaurant hatte er einem Freund einmal gestanden, er lasse sich keinen Bart wachsen, weil es nicht der Mode der Zeit entspreche. Erstaunt hatte ihm der Freund entgegengehalten: »Natürlich ist es in Mode, schau dir doch bloß die ganzen Bärte hier an.« Worauf Marek erwidert hatte: »Nein, nein, ich meine, es ist in *meiner* Zeit nicht in Mode.« Er meinte damit das dreizehnte und vierzehnte Jahrhundert.)

Viele Mediävisten konnten die alten Sprachen lesen, aber Marek konnte sie tatsächlich sprechen: Mittelenglisch, Altfranzösisch, Provenzalisch und Latein. Er war ein Experte für Bekleidung und Sitten der damaligen Zeit. Und mit seiner Größe und seinem sportlichen Können hatte er es sich auch zum Ziel gesetzt, die Kriegskünste der Zeit zu erlernen. Schließlich war es, wie er sagte, eine Zeit immerwährenden Krieges gewesen. Die riesigen Percherons, die damals als Schlachtrosse verwendet wurden, konnte er bereits reiten. Auch mit der Lanze war er schon einigermaßen geschickt, nachdem er stundenlang mit einer drehbaren Turnierpuppe, der sogenannten *quintaine*, geübt hatte. Den Langbogen beherrschte Marek so gut, daß er inzwischen die anderen unterrichtete. Und jetzt lernte er, wie man mit dem Breitschwert kämpfte.

Aber Mareks detaillierte Kenntnis der Vergangenheit ließ ihn manchmal den Bezug zur Gegenwart verlieren, und so merkte er zunächst nicht, wie sehr sich die Stimmung im Camp verändert hatte. Nach der plötzlichen Abreise des Professors fühlten sich alle Teilnehmer des Projekts verloren und unbehaglich. Wilde Gerüchte machten die Runde, vor allem unter den Studenten: ITC stoppe die Finanzierung. ITC wolle aus dem Projekt ein Mittelalterland machen. ITC habe in der Wüste jemanden umgebracht und sei jetzt in Schwierigkeiten. Niemand arbeitete; die Leute standen einfach herum und unterhielten sich.

Marek beschloß schließlich, eine Versammlung einzuberufen, um die Gerüchte aus der Welt zu schaffen, und so rief er am frühen Nachmittag alle unter dem großen grünen Zelt neben dem Lagerhaus zusammen. Marek erklärte, zwischen dem Professor und ITC habe es Meinungsverschiedenheiten gegeben, und der Professor sei in die ITC-Zentrale geflogen, um sie aufzuklären. Alles sei nur ein Mißverständnis, das in wenigen Tagen bereinigt sei. Der Professor stehe in ständigem Kontakt mit dem Projekt, fuhr Marek fort, er habe versprochen, sie alle zwölf Stunden anzurufen, und er, Marek, erwarte, daß Johnston in Kürze zurückkommen und alles wieder seinen gewohnten Gang gehen werde.

Es half nichts. Das Gefühl tiefen Unbehagens blieb. Einige der Studenten meinten, der Nachmittag sei sowieso zu heiß zum Arbeiten und viel besser geeignet für eine Kajakfahrt auf dem Fluß. Marek, der endlich begriff, daß Appelle nichts nützten, ließ sie gehen.

Einer nach dem anderen beschlossen auch die Doktoranden, den Rest des Tages freizunehmen. Kate tauchte mit mehreren Pfund klirrenden Metalls an ihrer Taille auf und verkündete, daß sie die Steilwand hinter Gageac ersteigen wolle. Sie fragte Chris, ob er mit ihr kommen wolle (um ihr die Seile zu halten – sie wußte, daß er nie klettern würde), aber er sagte, er fahre mit Marek zum Reitstall. Stern erklärte, er fahre nach Toulouse zum Abendessen. Rick Chang wollte nach Les Eyzies, um dort einen Kollegen bei einer paläolithischen Ausgrabung zu besuchen. Nur Elsie Kastner, die Graphologin, blieb in dem Lagerhaus und brütete geduldig über ihren Dokumenten. Marek fragte sie, ob sie mit ihm kommen wolle. »Mach dich doch nicht lächerlich«, sagte sie und arbeitete weiter.

Der Reitstall außerhalb von Souillac lag fünf Kilometer entfernt, und hier trainierte Marek zweimal pro Woche. In der entfernten Ecke einer wenig benutzten Wiese hatte er ein hölzernes T-Kreuz auf einem Drehständer aufgestellt. Am einen Ende der Querstange war ein wattiertes Quadrat befestigt, am anderen hing ein Ledersack, der aussah wie ein Punchingball.

Das war eine *quintaine*, eine Vorrichtung, die so alt war, daß Mönche sie schon vor tausend Jahren an die Ränder ihrer illuminierten Manuskripte gezeichnet hatten. Eine solche Zeichnung hatte Marek als Vorlage für seine Version genommen.

Die *quintaine* zu bauen war ziemlich einfach gewesen; viel schwieriger war es, eine anständige Lanze zu bekommen. Das war die Art von Problem, mit der Marek als experimenteller Historiker immer wieder zu kämpfen hatte. Oft mußte er feststellen, daß sogar die einfachsten und gebräuchlichsten Gegenstände der Vergangenheit in der modernen Welt nicht zu reproduzieren waren. Nicht einmal, wenn Geld kein Problem war, dank des ITC-Forschungsfonds.

Im Mittelalter bestanden Turnierlanzen aus gedrechselten Rundhölzern von über drei Metern Länge. Aber Rundhölzer dieser Länge waren kaum mehr zu finden. Nach langer Suche hatte Marek eine spezielle Holzbearbeitungsfirma in Norditalien entdeckt, nahe der österreichischen Grenze. Dort war man in der Lage, aus Fichtenholz Lanzen der von ihm geforderten Länge zu drechseln, doch man war auch sehr erstaunt gewesen, als er gleich zwanzig Stück bestellte. »Lanzen brechen«, sagte er. »Ich brauche viele davon.« Als Schutz gegen Splitter befestigte er ein Stück feines Drahtgitter am Gesichtsschutz eines Footballhelms. Wenn er beim Reiten diesen Helm trug, zog er beträchtliche Aufmerksamkeit auf sich. Er sah aus wie ein durchgeknallter Imker.

Letztendlich jedoch war er den Versuchungen der modernen Technik erlegen und ließ sich seine Lanzen aus Aluminium herstellen, von einer Firma, die sonst Baseballschläger produzierte. Die Aluminiumlanzen waren besser ausbalanciert und fühlten sich für ihn authentischer an, auch wenn sie nicht der damaligen Zeit entsprachen. Und da jetzt Splitter kein Problem mehr waren, konnte er einen ganz normalen Reithelm tragen.

Genau so einen trug er jetzt.

Er stand an einem Ende der Wiese und winkte Chris, der am anderen neben der *quintaine* stand. »Chris? Bist du soweit?«

Chris nickte und drehte das T-Kreuz so, daß es im rechten Winkel zu Mareks Reitrichtung stand. Er winkte. Marek senkte die Lanze und spornte sein Pferd an.

Das Training mit der *quintaine* war trügerisch einfach. Der Reiter galoppierte auf das T-Kreuz zu und versuchte, das gepolsterte Quadrat mit seiner Lanzenspitze zu treffen. Wenn er es schaffte, versetzte er das T-Kreuz in eine Drehbewegung, und er mußte sein Pferd noch einmal antreiben, um außer Reichweite zu sein, bevor der Ledersack herumschwang und ihn am Kopf traf. Früher, das wußte Marek, war der Sack so schwer gewesen, daß er einen jungen Reiter vom Pferd werfen konnte. Aber Marek hatte ihn nur so schwer gemacht, daß er ihm eine schmerzhafte Rüge erteilen konnte.

Beim ersten Mal traf er sein Ziel, war aber nicht schnell genug, um dem Sack zu entgehen, der ihn hart am linken Ohr traf. Er zügelte das Pferd und trabte zurück. »Warum probierst du es nicht mal, Chris?«

»Vielleicht später«, sagte Chris und brachte das T-Kreuz für die nächste Runde in Stellung.

In letzter Zeit hatte Chris ein paarmal einen Ritt auf die *quintaine* versucht. Aber Marek vermutete, das war nur ein Nebeneffekt von Chris' plötzlichem Interesse an allem, was mit Reiten und Pferden zu tun hatte.

Marek wendete sein Tier, ließ es steigen und stürmte noch einmal vorwärts. Als er mit dem Lanzenreiten angefangen hatte, war es ihm absurd schwer vorgekommen, in vollem Galopp auf ein Quadrat von nur dreißig Zentimeter Kantenlänge zuzureiten. Inzwischen aber hatte er den Dreh heraus. Bei fünf Versuchen traf er viermal das Ziel.

Das Pferd donnerte voran. Er senkte die Lanze.

»Chris! Hallo!«

Chris drehte sich um und winkte einem vorbeireitenden Mädchen zu. In diesem Augenblick traf Mareks Lanze das Ziel, der Ledersack schwang herum und warf Chris zu Boden.

Benommen lag Chris da und hörte ein perlendes Mädchenlachen. Aber die junge Frau stieg schnell ab und half ihm auf die Beine. »Ach, Chris, tut mir leid, daß ich lache«, sagte sie mit ihrem eleganten britischen Akzent. »Es war auf jeden Fall meine Schuld. Ich hätte dich nicht ablenken dürfen.«

»Ich bin okay«, sagte er ein wenig eingeschnappt. Er wischte sich den Staub vom Kinn, und als er sich ihr zudrehte, gelang ihm sogar ein Lächeln.

Wie immer staunte er über ihre Schönheit, vor allem in Augenblicken wie diesem, wenn ihre blonden Haare von hinten von der Nachmittagssonne beleuchtet wurden, so daß ihr vollkommenes Gesicht zu leuchten schien und ihre veilchenblauen Augen noch intensiver strahlten. Sophie Rhys-Hampton war die schönste Frau, die er je getroffen hatte. Und die intelligenteste. Und die kultivierteste. Und die verführerischste.

»O Chris, Chris«, sagte sie und strich ihm mit ihren kühlen Fingerspitzen übers Gesicht. »Ich muß mich wirklich entschuldigen. Armer Junge. Geht's wieder?«

Sophie war Studentin am Cheltenham College und zwanzig Jahre alt, vier Jahre jünger als er. Ihr Vater, Hugh Hampton, war ein Londoner Anwalt; ihm gehörte das Anwesen, das vom Team für den Sommer angemietet worden war. Sophie verbrachte ihre Ferien mit Freunden in einem Landhaus in der Nähe. Eines Tages war sie vorbeigekommen, um aus dem Arbeitszimmer ihres Vaters etwas zu holen. Chris hatte sie gesehen und war gegen einen Baum geknallt.

Und das hat anscheinend unserer Beziehung die Richtung vorgegeben, dachte Chris ein wenig betrübt. Jetzt sah sie ihn an und sagte: »Ich bin geschmeichelt, daß ich eine solche Wirkung auf dich habe, Chris. Aber ich mache mir Sorgen um deine Sicherheit.« Sie kicherte und küßte ihn leicht auf die Wange. »Ich hab dich heute angerufen.«

»Ich weiß, aber ich war verhindert. Wir hatten eine Krise.«

»Eine Krise? War es eine archäologische Krise?«

»Ach, du weißt schon. Probleme mit dem Sponsor.«

»Ach ja. Diese ITC-Truppe. Aus New Mexico.« Bei ihr klang es, als wäre es das Ende der Welt. »Weißt du was, die wollten meinem Vater den Hof abkaufen.«

»Wirklich?«

»Ja. Sie meinten, sie müßten ihn für so viele Jahre mieten, daß sie ihn am liebsten gleich kaufen würden. Natürlich hat er nein gesagt.«

»Natürlich.« Er lächelte sie an. »Abendessen?«

»Ach, Chris, ich kann heute abend nicht. Aber wir können morgen zusammen reiten. Sollen wir?«

»Natürlich.«

»Vormittags? Um zehn?«

»Okay«, sagte er. »Dann bis morgen um zehn.«

»Ich halte dich nicht von deiner Arbeit ab?«

»Du weißt doch, daß du das tust.«

»Mir macht es nichts aus, wenn wir es auf einen anderen Tag verschieben.«

»Nein, nein«, sagte er. »Morgen vormittag um zehn.«

»Abgemacht«, sagte sie mit einem betörenden Lächeln.

In Wirklichkeit war Sophie Hampton fast zu schön, ihre Figur zu perfekt, ihr Wesen zu charmant, als daß das alles ganz echt sein konnte. Marek zum Beispiel mochte sie nicht.

Aber Chris war verzaubert.

Nachdem sie davongeritten war, stürmte Marek noch einmal heran. Diesmal brachte Chris sich rechtzeitig vor dem schwingenden Sack in Sicherheit. Als Marek dann wieder bei ihm war, sagte er: »Man hält dich zum Narren, mein Freund.«

»Vielleicht«, erwiderte Chris. Im Grunde genommen aber war es ihm egal.

Am nächsten Tag war Marek auf dem Klostergelände, um Rick Chang bei der Freilegung der Katakomben zu helfen. Sie gruben nun schon seit Wochen und kamen nur langsam voran, weil sie immer wieder menschliche Überreste fanden. Und immer wenn sie auf Knochen stießen, legten sie die Schaufeln weg und griffen zu Kellen und Zahnbürsten.

Rick Chang war der biologische Anthropologe des Teams und folglich Spezialist für menschliche Überreste; er konnte sich ein erbsengroßes Stück Knochen ansehen und sagen, ob es vom linken oder rechten Handgelenk stammte, von einem Mann oder einer Frau, einem Kind oder einem Erwachsenen, ob es alt war oder zeitgenössisch.

Aber die menschlichen Überreste, die sie hier fanden, waren verwirrend. Zum einen waren sie alle männlich, und einige der langen Knochen trugen Spuren von Kampfverletzungen. Mehrere Schädel zeigten Pfeilwunden. Tatsächlich waren im vierzehnten Jahrhundert die meisten Soldaten durch Pfeile gestorben. Aber es gab keine Quelle, die je von einer Schlacht bei dem Kloster berichtete. Zumindest keine, die sie kannten.

Sie hatten eben etwas gefunden, das aussah wie ein verrosteter Helm, als Mareks Handy klingelte. Es war der Professor.

»Wie läuft's?« fragte Marek.

»Bis jetzt gut.«

»Hast du mit Doniger gesprochen?«

»Ja. Heute nachmittag.«

»Und?«

»Ich weiß noch nicht.«

»Bestehen sie noch immer auf dem Wiederaufbau?«

»Ich bin mir nicht ganz sicher. Es ist hier alles ein bißchen anders, als ich es mir vorgestellt habe.« Der Professor klang unbestimmt, zerstreut.

»Inwiefern?«

»Darüber kann ich am Telefon nicht reden«, sagte der Professor. »Ich wollte euch nur eins sagen: In den nächsten zwölf Stunden braucht ihr von mir keinen Anruf zu erwarten. Vielleicht auch nicht in vierundzwanzig.«

»Aha. Okay. Alles in Ordnung?«

»Alles bestens, André.«

Marek war nicht ganz überzeugt. »Brauchst du ein Aspirin?« Das war einer ihrer Codesätze, eine Art zu fragen, ob etwas nicht stimmte, falls der andere nicht frei sprechen konnte.

»Nein, nein, überhaupt nicht.«

»Du klingst ein bißchen abwesend.«

»Überrascht, würde ich sagen. Aber alles ist okay. Zumindest glaube ich, daß alles okay ist.« Er hielt inne und fragte dann: »Und wie läuft's bei dir? Woran arbeitest du gerade?«

»Ich bin jetzt mit Rick beim Kloster. Wir graben in den Katakomben im vierten Quadranten. Ich schätze, daß wir heute abend oder spätestens morgen unten sind.«

»Großartig. Weiter so, André. Ich melde mich in ein oder zwei Tagen wieder.«

Damit legte er auf.

Marek hängte sich das Telefon wieder an den Gürtel und runzelte die Stirn. Was hatte das alles zu bedeuten?

Der Hubschrauber donnerte über sie hinweg, unter seinem Rumpf waren die Sensorenkästen zu erkennen. Stern hatte ihn noch einen Tag länger behalten, um noch einen Morgen- und einen Nachmittagsflug durchführen zu können; er wollte nachprüfen, wieviel von den Gebäudeteilen, die Kramer erwähnt hatte, mit den Instrumenten zu erkennen war.

Marek war neugierig, wie es wohl lief, aber um mit ihm zu reden, brauchte er ein Funkgerät. Und das nächste war im Lagerhaus.

»Elsie«, sagte Marek, als er das Lagerhaus betrat. »Wo ist das Funkgerät, mit dem ich David anrufen kann?«

Natürlich antwortete Elsie Kastner ihm nicht. Sie starrte einfach weiter auf die Dokumente, die sie vor sich ausgebreitet hatte. Elsie war eine hübsche, kräftige Frau, die sich unglaublich konzentrieren konnte. Stundenlang saß sie in diesem Lagerhaus und entzifferte die Handschrift auf Pergamenten. Für ihre Arbeit mußte sie nicht nur die sechs wichtigsten Sprachen des mittelalterlichen Europa beherrschen, sondern auch lang vergessene lokale Dialekte, Umgangssprache und Abkürzungen. Marek schätzte sich glücklich, sie zu haben, auch wenn sie sich vom Rest des Teams absonderte. Und manchmal etwas komisch sein konnte. »Elsie?« wiederholte er.

Plötzlich hob sie den Kopf. »Was? Oh, tut mir leid, André. Ich bin, äh, ich meine, ein wenig...« Sie deutete auf das Pergament vor ihr. »Das ist eine Rechnung des Klosters an einen deutschen Grafen. Für die Beherbergung seines persönlichen Gefolges: neunundzwanzig Leute und fünfunddreißig Pferde. Eine solche Truppe hatte dieser Graf dabei, wenn er über Land ritt. Aber es ist verfaßt in einer Mischung aus Latein und Provenzalisch, und die Handschrift ist unmöglich.«

Elsie nahm das Pergament und ging damit zum Fotoständer in der Ecke. Auf ein vierbeiniges Stativ war eine Kamera montiert, umringt von vier auf den Objektträger gerichteten Blitzlampen. Sie breitete das Pergament auf dem Objektträger aus, legte am unteren Rand eine Strichcode-Identifikation und ein zweifarbig markiertes Fünf-Zentimeter-Lineal zur Größenangabe dazu und schoß das Foto.

»Elsie? Wo ist das Funkgerät, mit dem ich David anrufen kann?«

»Oh, Entschuldigung. Da drüben auf dem Tisch. Das mit dem Klebestreifen, auf dem DS steht.«

Marek nahm das Gerät und drückte die Sprechtaste. »David? André hier.«

»Hi, André.« Durch den Lärm des Hubschraubers konnte Marek ihn kaum verstehen.

»Was hast du gefunden?«

»Null. *Rien.* Absolut nichts«, sagte Stern. »Wir haben das Kloster überprüft, und wir haben den Wald überprüft. Nichts von dem, was

Kramer erwähnt hat, ist zu sehen. Nicht auf SLS und auch nicht auf Radar, Infrarot oder UV. Ich habe keine Ahnung, wie sie diese Entdeckungen gemacht haben.«

Sie stürmten in gestrecktem Galopp über einen grasbewachsenen Kamm oberhalb des Flusses. Zumindest Sophie galoppierte; Chris wurde im Sattel auf und ab geworfen und hatte alle Hände voll zu tun, um nicht herunterzufallen. Normalerweise galoppierte sie bei ihren gemeinsamen Ausritten nie, aus Rücksicht auf seine geringeren Fähigkeiten, doch heute kreischte sie vor Vergnügen, während sie ihrem Pferd die Sporen gab.

Chris bemühte sich, mit ihr mitzuhalten, doch er hoffte inständig, daß sie bald anhalten möge, und schließlich tat sie es auch. Sie zügelte ihren schnaubenden, schwitzenden schwarzen Hengst, klopfte ihm auf den Hals und wartete, bis Chris sie eingeholt hatte.

»War das nicht aufregend?« fragte sie.

»Das war es«, erwiderte er atemlos. »Das war es auf jeden Fall.«

»Also, ich muß sagen, Chris, das war schon sehr gut. Deine Sitzhaltung ist viel besser geworden.«

Er konnte nur nicken. Sein Sitzfleisch tat ihm nach dem Geholper weh, und seine Schenkel schmerzten vom heftigen Zusammenpressen.

»Es ist wunderschön hier«, sagte sie und deutete zum Fluß und zu den dunklen Burgen auf den fernen Anhöhen. »Ist es nicht großartig?«

Und dann sah sie auf die Uhr, was ihn ärgerte. Der Rückweg im Schritt erwies sich dennoch als überraschend angenehm. Sie ritt sehr dicht neben ihm, ihre Pferde berührten sich fast, und sie beugte sich zu ihm, um ihm etwas ins Ohr zu flüstern; einmal legte sie ihm sogar den Arm um die Schulter und küßte ihn auf den Mund, aber dann wandte sie schnell den Blick ab, als hätte diese Kühnheit sie verlegen gemacht.

Von hier aus konnten sie das gesamte Ausgrabungsgelände überblicken: die Ruinen von Castelgard, das Kloster und in der Ferne La Roque auf seinem Hügel. Wolken zogen über den Himmel und trieben Schatten über die Landschaft. Die Luft war warm und mild, und es war still bis auf das entfernte Röhren eines Autos.

»Ach, Chris«, sagte sie und küßte ihn noch einmal. Als sie sich wieder voneinander lösten, drehte sie sich um, schaute in die Ferne und winkte plötzlich.

Ein gelbes Cabrio kam über die kurvige Straße auf sie zu. Es war eine Art Rennwagen, sehr flach, mit knurrendem Motor. In einiger Entfernung blieb es stehen, der Fahrer erhob sich und setzte sich auf die Rückenlehne.

»Nigel!« rief sie fröhlich.

Der Mann im Auto winkte träge zurück, seine Hand beschrieb einen langsamen Bogen.

»Ach, Chris, bist du so lieb?« Sophie gab Chris die Zügel ihres Pferds, sprang ab und rannte den Hügel hinunter zu dem Auto, wo sie den Fahrer umarmte. Die beiden stiegen ein. Als sie davonfuhren, drehte sie sich noch einmal um und warf Chris eine Kußhand zu.

Die restaurierte mittelalterliche Stadt Sarlat war abends besonders bezaubernd, wenn Gaslaternen die dichtstehenden Häuser und die schmalen Gassen sanft erleuchteten. Marek und die Doktoranden saßen in einem Straßenrestaurant an der Rue Tourny unter weißen Schirmen und begrüßten mit dem dunkelroten Wein von Cahors die Nacht.

Normalerweise genoß Chris diese Abende, doch heute paßte ihm einfach nichts. Der Abend war zu warm, sein Metallstuhl unbequem. Er hatte sein Lieblingsgericht bestellt, *pintade aux cèpes*, aber das Perlhuhn war trocken gewesen und die Steinpilze geschmacklos. Sogar die Unterhaltung nervte ihn: Normalerweise redeten die Doktoranden über die Arbeit des Tages, aber an diesem Tag hatte ihre junge Architektin, Kate Erickson, einige Freunde aus New York getroffen, zwei amerikanische Paare Ende Zwanzig – Börsenmakler mit ihren Freundinnen. Chris fand sie von Anfang an unsympathisch.

Die Männer standen dauernd vom Tisch auf, um mit ihren Handys zu telefonieren. Die Frauen waren beide Managerinnen in derselben PR-Firma; sie hatten gerade eine sehr große Party für Martha Stewarts neues Buch organisiert. Das wichtigtuerische Gehabe dieser Gruppe ging Chris ziemlich schnell auf die Nerven; und wie viele erfolgreiche Geschäftsleute neigten sie dazu, Akademiker zu behandeln, als wären sie leicht zurückgeblieben, unfähig, in der wirklichen Welt zu funktionieren und die wirklich wichtigen Spiele zu spielen. Oder vielleicht, dachte er, fanden sie es einfach unverständlich, daß jemand einen Beruf wählte, der ihn nicht bereits mit vierundzwanzig zum Millionär machte.

Andererseits mußte er zugeben, daß sie durchaus freundlich waren; sie tranken viel Wein und stellten eine Menge Fragen über das Projekt. Leider waren es die üblichen Fragen, die auch Touristen immer stellen: *Was ist so besonders an diesem Ort? Woher wissen Sie, wo Sie graben müssen? Woher wissen Sie, nach was Sie suchen müssen? Wie tief graben Sie, und woher wissen Sie, wo Sie aufhören müssen?*

»Warum arbeitet ihr gerade hier? Was ist eigentlich so besonders an diesem Ort?« fragte eine der Frauen eben.

»Der Ort ist sehr typisch für die Zeit«, antwortete Kate, »mit den beiden gegenüberliegenden Burgen. Was die Anlage aber zu einem echten Fundstück macht, ist die Tatsache, daß sie von der Forschung vernachlässigt war, daß hier noch nie Ausgrabungen stattgefunden haben.«

»Und das ist gut? Daß sie vernachlässigt war?« Die Frau runzelte die Stirn; sie kam aus einer Welt, in der Vernachlässigung schlecht war.

»Sogar äußerst erstrebenswert«, sagte Marek. »Bei unserer Arbeit ergeben sich Gelegenheiten nur, wenn die Welt einen Ort links liegenläßt. Wie Sarlat zum Beispiel. Dieses Städtchen.«

»Es ist sehr nett hier«, sagte eine der Frauen. Die Männer verließen den Tisch, um zu telefonieren.

»Aber das Wesentliche ist etwas anderes«, sagte Kate. »Es ist nämlich ein Zufall, daß diese Stadt überhaupt existiert. Ursprünglich war Sarlat eine Siedlung, die um ein Kloster herum entstanden ist, das Reliquien beherbergte; nach einer Weile wurde die Stadt so groß, daß das Kloster auszog, um sich woanders Ruhe und Frieden zu suchen. Sarlat existierte weiter als wohlhabendes Marktzentrum für die Dordogne-Region. Aber im Lauf der Jahre schwand die Bedeutung der Stadt, und im zwanzigsten Jahrhundert verlor man Sarlat aus den Augen. Der Ort war so unbedeutend und arm, daß er kein Geld hatte, um die alten Stadtteile zu sanieren. Die alten Gebäude blieben einfach stehen, so wie sie waren, ohne moderne Installationen und Elektrizität. Viele davon waren verlassen.«

Kate erklärte weiter, daß in den fünfziger Jahren die Stadtverwaltung schließlich beschlossen habe, die alten Viertel abzureißen und neue Häuser zu errichten. »André Malraux hat das verhindert. Er überzeugte die französische Regierung, Geld für eine Restaurierung zur Verfügung zu stellen. Die Leute hielten ihn für verrückt. Aber heute ist Sarlat die am exaktesten restaurierte mittelalterliche Stadt Frankreichs, und eine der größten Touristenattraktionen des Landes.«

»Es ist hübsch«, erwiderte die Frau unbestimmt. Plötzlich kehrten die beiden Männer gemeinsam wieder an den Tisch zurück, setzten sich und steckten ihre Handys in die Tasche. Ihrer Miene nach zu urteilen, waren sie mit dem Telefonieren fertig.

»Was ist passiert?« fragte Kate.

»Die Märkte sind geschlossen«, erklärte einer. »So. Was habt ihr über Castelgard gesagt? Was ist so besonders daran?«

Marek übernahm das Antworten: »Wir haben eben davon gesprochen, daß dort noch nie gegraben wurde. Für uns ist es aber auch wichtig, weil Castelgard eine typische befestigte Stadt des vierzehnten Jahrhunderts ist. Der Ort selbst ist älter, aber zwischen dreizehnhundert und vierzehnhundert wurden die meisten Gebäude errichtet oder umgebaut, damit sie besseren Schutz boten: dickere Mauern, konzentrische Mauern, kompliziertere Gräben und Tore.«

»Und wann ist das noch mal? Im finsteren Mittelalter?« fragte einer der Männer und goß sich Wein ein.

»Nun ja«, sagte Marek. »Genau gesagt, das Hochmittelalter.«

»Nicht so hoch, wie mein Alkoholpegel bald sein wird«, sagte der Mann. »Und was kommt dann davor? Das Tiefmittelalter.«

»Genau«, erwiderte Marek mit einem ironischen Grinsen.

»Mann«, sagte der andere, »Volltreffer.«

Seit etwa vierzig vor Christus wurde Europa von Rom beherrscht. Die Region Frankreichs, in der sie sich jetzt befanden, Aquitaine, war ursprünglich die römische Kolonie Aquitania. Überall in Europa bauten die Römer Straßen, überwachten den Handel und hielten Recht und Ordnung aufrecht. Europa florierte.

Doch um vierhundert nach Christus begann Rom, seine Soldaten zurückzuziehen und seine Garnisonen zu verlassen. Nach dem Zusammenbruch des Imperiums verfiel Europa fünfhundert Jahre lang in Gesetzlosigkeit. Die Bevölkerungszahl sank, der Handel ging zurück, Städte schrumpften. Das offene Land wurde von Bar-

barenhorden heimgesucht: von Goten und Vandalen, Hunnen und Wikingern. Diese finstere Zeit nannte man natürlich nicht Tiefmittelalter – hier hatte Marek seinen Gesprächspartner auflaufen lassen –, sondern das frühe Mittelalter.

»Aber um das letzte Millennium – ich meine tausend nach Christus – wurde es langsam wieder besser«, fuhr Marek fort. »Eine neue Organisationsform bildete sich heraus, die wir Feudalismus nennen – ein Wort, das allerdings von den Leuten damals nicht benutzt wurde.«

Im Feudalismus sorgten mächtige Regionalherrscher für Ordnung in ihren Regionen. Das neue System funktionierte. Die Landwirtschaft verbesserte sich. Handel und Städte florierten. Um zwölfhundert nach Christus war Europa wieder erblüht, mit einer größeren Bevölkerung als während des römischen Imperiums. »Deshalb betrachtet man das Jahr 1200 als den Beginn des Hochmittelalters – einer Zeit des Wachstums und der kulturellen Blüte.«

Die Amerikaner waren skeptisch. »Wenn alles so toll war, warum wurden dann immer mehr Verteidigungsanlagen errichtet?«

»Wegen des Hundertjährigen Kriegs«, sagte Marek, »der zwischen England und Frankreich ausgefochten wurde.«

»Was war das, ein Religionskrieg?«

»Nein«, erwiderte Marek. »Die Religion hatte damit nichts zu tun. Zu der Zeit waren alle katholisch.«

»Wirklich? Was war mit den Protestanten?«

»Es gab keine Protestanten.«

»Wo waren die?«

»Die hatten sich noch nicht erfunden«, sagte Marek.

»Wirklich? Um was ging's dann in dem Krieg?«

»Um Landeshoheit«, sagte Marek. »Es ging darum, daß ein großer Teil Frankreichs in englischem Besitz war.«

Einer der Männer runzelte die Stirn. »Was soll das heißen? Daß Frankreich zu England gehörte?«

Marek seufzte.

Er hatte einen Schimpfnamen für Leute wie diese: Zeitprovinzler – Leute, die von der Vergangenheit keine Ahnung hatten und auch noch stolz darauf waren.

Zeitprovinzler waren davon überzeugt, daß nur die Gegenwart Bedeutung hatte und daß man alles, was früher passiert war, einfach ignorieren konnte. Die moderne Welt war faszinierend und neu, und die Vergangenheit hatte keinen Einfluß darauf. Sich mit Geschichte zu beschäftigen war so sinnlos, wie das Morsealphabet oder das Kutschenfahren zu lernen. Und das Mittelalter – all diese Ritter in klirrenden Rüstungen und Damen in wallenden Gewändern und spitzen Hüten – war so offensichtlich irrelevant, daß man keinen Gedanken daran zu verschwenden brauchte.

In Wahrheit aber war die moderne Welt im Mittelalter erfunden worden. Alles – vom Rechtssystem über die Nationalstaaten und das Vertrauen in die Technik bis hin zur Idee der romantischen Liebe – hatte seinen Ausgangspunkt im Mittelalter. Diese Börsenmakler verdankten sogar das Konzept der Marktwirtschaft dem Mittelalter. Und wenn sie das nicht wußten, kannten sie nicht einmal die grundlegenden Tatsachen ihres Seins. Warum sie taten, was sie taten. Woher sie kamen.

Wie Professor Johnston oft sagte: Wer über die Geschichte nichts weiß, der weiß überhaupt nichts. Der ist ein Blatt, das nicht weiß, daß es Teil eines Baums ist.

Die Börsenmakler machten stur weiter, so wie Leute es oft tun, wenn sie mit ihrer eigenen Unwissenheit konfrontiert werden. »Wirklich: England gehörte ein Teil Frankreichs? Das ist doch Blödsinn. Engländer und Franzosen haben einander immer gehaßt.«

»Nicht immer«, sagte Marek. »Das war vor sechshundert Jahren. Es war eine völlig andere Welt. Engländer und Franzosen standen sich damals viel näher. Seit Soldaten aus der Normandie im Jahr 1066 England eroberten, war fast der gesamte englische Adel französisch. Man sprach französisch, aß französisch, folgte der französischen Mode. Es war nicht überraschend, daß diese Adligen französisches Territorium besaßen. Hier im Süden hatten sie mehr als ein Jahrhundert lang über Aquitanien geherrscht.«

»Und? Worum ging's in dem Krieg? Wollten die Franzosen plötzlich alles für sich selbst?«

»Mehr oder weniger, ja.«

»Paßt«, sagte der Mann mit einem wissenden Grinsen.

Marek dozierte weiter. Chris vertrieb sich die Zeit, indem er versuchte, mit Kate Blickkontakt herzustellen. Das Kerzenlicht machte ihre Gesichtszüge, die im Sonnenlicht hart, ja beinahe verbissen aussahen, weicher. Er fand sie unerwartet attraktiv.

Aber sie erwiderte seinen Blick nicht. Ihre Aufmerksamkeit war ausschließlich auf ihre Maklerfreunde gerichtet. Typisch, dachte Chris. Egal, was die Typen plapperten, Frauen fühlten sich nur zu Männern mit Macht und Geld hingezogen. Auch wenn es solche bornierten Dünnbrettbohrer waren wie diese beiden.

Als schließlich einer der Männer anfing, mit seiner Uhr zu spielen und sie um sein Handgelenk wirbelte, hielt Chris es nicht länger aus. Abrupt stand er auf, murmelte eine Entschuldigung und daß er seine Analysen noch einmal überprüfen müsse und ging dann die Rue Tourny hinunter zum Parkplatz am Rand des alten Viertels.

Unterwegs kam es ihm vor, als würde er in dem Sträßchen nur Liebende sehen, Paare, die Arm in Arm gingen, die Frau den Kopf auf der Schulter des Mannes. Sie fühlten sich wohl miteinander, ohne reden zu müssen, genossen einfach die romantische Umgebung. Jedes Paar, das ihm begegnete, machte ihn mürrischer und ließ ihn schneller gehen.

Er war erleichtert, als er endlich beim Auto war und heimfahren konnte.

Nigel!

Was für ein Idiot hatte einen Namen wie Nigel?

Am nächsten Morgen hing Kate wieder in der Kapelle von Castelgard, als ihr Funkgerät knisterte und sie den Schrei hörte: »Heiße Tamales! Heiße Tamales. Planquadrat vier. Mittagessen ist fertig. Kommt und holt es euch.«

Das war der Signalruf des Teams, wenn jemand eine neue Entdeckung gemacht hatte. Für alle wichtigen Mitteilungen benutzten sie Codewörter, weil sie wußten, daß die örtlichen Behörden manchmal ihren Funkverkehr abhörten. Bei anderen Ausgrabungen hatte die Regierung gelegentlich Agenten geschickt, die alle Funde sofort nach der Entdeckung konfiszierten, bevor die Forscher Gelegenheit hatten, sie zu dokumentieren und zu bewerten. Obwohl die französische Regierung ein durchaus verständiges und aufgeklärtes Verhältnis zu historischen Kulturgütern hatte – in vieler Hinsicht ein besseres als die Amerikaner –, waren die einzelnen Inspektoren vor Ort oft berüchtigt für ihre Ignoranz. Und natürlich begegnete man häufig auch dem Vorurteil, daß Fremde sich die ruhmreiche Geschichte Frankreichs unter den Nagel rissen.

Planquadrat vier, das wußte sie, lag drüben beim Kloster. Sie überlegte, ob sie in der Kapelle bleiben oder den weiten Weg bis dort hinüber machen sollte, und beschloß schließlich zu gehen. In Wahrheit war ein Großteil ihrer täglichen Arbeit langweilig und ereignislos. Und sie alle brauchten das Wiederanfachen der Begeisterung, das eine neue Entdeckung mit sich brachte.

Sie ging durch die Ruinen von Castelgard. Wie kaum ein anderer konnte Kate die Stadt im Geiste wiederaufbauen und sie so sehen, wie sie einmal war. Ihr gefiel Castelgard, es war eine zweckorientierte Stadt, entworfen und gebaut in Zeiten des Krieges. Sie besaß all die unkomplizierte Authentizität, die Kate im Architekturstudium so vermißt hatte.

Sie spürte die Sonne heiß auf Hals und Beinen und dachte zum hundertsten Mal, wie froh sie doch war, hier in Frankreich zu sein und nicht in New Haven an ihrem engen kleinen Arbeitsplatz im sechsten Stock des Arts and Architecture Building mit seinen großen Panoramafenstern und dem Ausblick auf das pseudokoloniale Davenport College und das pseudogotische Payne Whitney Gym. Kate hatte das Architekturstudium deprimierend gefunden und das A & A Building sehr deprimierend, und ihren Wechsel zur Geschichte hatte sie nie bereut.

Jedenfalls war gegen einen Sommer in Frankreich nichts einzuwenden. Es gefiel ihr sehr gut in diesem Team hier an der Dordogne. Bis jetzt war es eine angenehme Zeit gewesen.

Natürlich hatte sie einige Männer abwehren müssen. Anfangs hatte es Marek versucht, dann Rick Chang, und jetzt würde sie sich auch noch mit Chris Hughes herumschlagen müssen. Chris litt stark unter der Zurückweisung durch das britische Mädchen – anscheinend war er der einzige im ganzen Perigord gewesen, der es nicht hatte kommen sehen –, und jetzt führte er sich auf wie ein verletztes Hündchen. Gestern abend während des Essens hatte er sie die ganze Zeit angestarrt. Männer schienen einfach nicht zu begreifen, daß Anmache aus einer Enttäuschung heraus für das neue Gegenüber etwas Beleidigendes hatte.

Gedankenverloren ging sie zum Fluß, wo das kleine Boot vertäut lag, das vom Team zur Überfahrt benutzt wurde.

Und dort wartete, mit einem Lächeln im Gesicht, Chris Hughes.

»Ich rudere«, sagte er, als sie ins Boot stiegen. Sie ließ ihn. Mit langsamen Zügen setzte er das Boot in Bewegung. Sie sagte nichts, schloß nur die Augen und drehte das Gesicht der Sonne entgegen. Es war warm und entspannend.

»Ein schöner Tag«, hörte sie ihn sagen.

»Ja, schön.«

»Weißt du, Kate«, begann er, »das Abendessen gestern hat mir wirklich gefallen. Ich habe mir gedacht, vielleicht –«

»Das ist sehr schmeichelhaft, Chris«, erwiderte sie. »Aber ich muß ehrlich mit dir sein.«

»Wirklich? Inwiefern?«

»Ich habe gerade erst mit jemandem Schluß gemacht.«

»Oh. Aha...«

»Und ich will jetzt eine Weile allein bleiben.«

»Oh«, sagte er. »Sicher. Ich verstehe. Aber vielleicht könnten wir trotzdem...«

Sie schenkte ihm ihr nettestes Lächeln. »Ich glaube nicht.«

»Oh. Okay.« Sie sah, daß sein Gesicht sich zu einem Schmollen verzog. Doch dann sagte er: »Weißt du, du hast recht. Ich glaube wirklich, es ist das beste, wenn wir einfach nur Kollegen bleiben.«

»Kollegen«, sagte Kate, und sie schüttelten sich die Hände.

Mit einem Knirschen landete das Boot am anderen Ufer.

Beim Kloster standen eine Menge Leute am Rand von Planquadrat vier und schauten hinunter in die Grube.

Es war ein exakt quadratisches Loch von sieben Metern Kantenlänge und drei Metern Tiefe. An der Nord- und der Ostseite hatten die Ausgräber die Schmalseiten von Steinbögen freigelegt, was darauf hindeutete, daß die Grabung die Katakomben unterhalb des Klosters erreicht hatte. Die Bögen waren angefüllt mit dichtgepackter Erde. In der Woche zuvor hatten sie einen Graben durch den nördlichen Bogen ausgehoben, aber der schien nirgendwohin zu führen. Er war mit Brettern vernagelt und wurde nicht weiter beachtet.

Jetzt richtete sich die ganze Aufmerksamkeit auf den östlichen Bogen, wo sie in den letzten Tagen einen weiteren Graben ausgehoben hatten. Die Arbeit war nur langsam vorangekommen, weil sie immer wieder menschliche Überreste fanden, die Rick Chang als die Leichen von Soldaten identifizierte.

Als Kate nach unten schaute, sah sie, daß die Wände des Grabens auf beiden Seiten eingestürzt waren, die Erde war nach innen gerieselt und hatte den Graben selbst wieder aufgefüllt. Jetzt lag ein riesiger Haufen Erde da, der ein Weiterkommen unmöglich machte, und der Einsturz hatte bräunliche Schädel und lange Knochen – Unmengen davon – freigelegt.

Sie sah Rick Chang unten in der Grube, und Marek und Elsie, die ihre Klause verlassen hatte, um hierherzukommen. Elsie hatte ihre Kamera auf ein Stativ montiert und schoß Fotos. Diese würden später im Computer zu 360-Grad-Panoramaansichten montiert werden. Fotografiert wurde in Stundenintervallen, um jede Phase der Ausgrabung zu dokumentieren.

Marek hob den Kopf und sah Kate am Rand stehen. »He«, sagte er. »Dich habe ich schon gesucht. Komm runter.«

Sie kletterte die Leiter hinunter. In der heißen Nachmittagssonne roch sie Erde und einen schwachen Fäulnisgestank. Einer der Schädel löste sich aus der Erde und rollte ihr vor die Füße. Aber sie berührte ihn nicht; sie wußte, daß alle Überreste genauso bleiben mußten, wie sie waren, bis Chang sie entfernte.

»Das sind vielleicht die Katakomben«, sagte Kate, »aber diese Knochen wurden hier nicht gelagert. Gab es hier je eine Schlacht?«

Marek zuckte die Achseln. »Hier gab es überall Schlachten. Was mich mehr interessiert, ist das da.« Er deutete auf den Bogen, der ohne jede Verzierung war, gerundet und leicht abgeflacht.

Kate sagte: »Zisterziensisch, könnte sogar aus dem zwölften Jahrhundert stammen ...«

»Okay, gut. Aber was ist damit?« Direkt unter der Wölbung des Bogens hatte der Einsturz des Grabens eine schwarze Öffnung von etwa einem Meter Durchmesser hinterlassen.

»Was denkst du?« fragte sie.

»Ich denke, daß wir da rein sollten. Und zwar gleich.«

»Warum?« fragte sie. »Was soll die Eile?«

Chang antwortete: »Es sieht aus, als wäre hinter der Öffnung ein Hohlraum. Eine Kammer, vielleicht mehrere Kammern.«

»Und?«

»Jetzt kommt Luft da hinein. Zum ersten Mal seit vielleicht sechshundert Jahren.«

»Und Luft hat Sauerstoff«, ergänzte Marek.

»Glaubt ihr, daß da Artefakte drin sind?«

»Ich weiß nicht, was drin ist«, sagte Marek. »Aber schon wenige Stunden könnten beträchtliche Zerstörungen verursachen.« Er wandte sich an Chang. »Haben wir eine Schlange?«

»Nein, die ist in Toulouse, bei der Reparatur.« Die Schlange war ein Fiberoptikkabel, das mit einer Kamera verbunden werden konnte. Man benutzte sie, um ansonsten nicht zugängliche Hohlräume zu untersuchen.

Kate sagte: »Warum pumpt ihr nicht einfach Stickstoff hinein?« Stickstoff war ein träges Gas und schwerer als Luft. Wenn man es durch die Öffnung pumpte, würde es die dahinterliegenden Kammern anfüllen wie Wasser. Und etwaige Artefakte vor der Korrosion durch den Sauerstoff schützen.

»Ich würde ja«, sagte Marek, »wenn ich genug Gas hätte. Der größte Zylinder, den wir haben, faßt nur fünfzig Liter.«

Das war nicht genug.

Kate deutete auf die Schädel. »Ich weiß, aber wenn du jetzt irgendwas machst, zerstörst du –«

»Wegen der Skelette würde ich mir keine Gedanken machen«, sagte Chang. »Die wurden bereits bewegt. Und es sieht so aus, als wären sie nach einer Schlacht in einem Massengrab beigesetzt worden. Allzu viel können wir von denen nicht mehr erfahren.« Er drehte sich um und schaute nach oben. »Chris, wer hat die Reflektoren?«

Von oben rief Chris herunter: »Ich nicht. Ich glaube, die wurden das letzte Mal hier benutzt.«

Einer der Studenten sagte: »Nein, die sind drüben bei Planquadrat drei.«

»Dann holt sie. Elsie, bist du mit deinen Fotos fertig?«

»Immer diese Hektik.«

»Ja oder nein?«

»Noch eine Minute.«

Chang rief den Studenten am Grubenrand zu, sie sollten die Reflektoren herbringen. Vier von ihnen liefen aufgeregt davon. Zu den anderen sagte Marek: »Okay, Leute, ich brauche Strahler, ich brauche Ausgrabungsrucksäcke, Preßluftflaschen, Gesichtsmasken, Sicherungsleinen, den ganzen Kram – und zwar pronto.«

Während all der Aufregung musterte Kate weiter die Öffnung unter der Bogenwölbung. Der Bogen selbst sah schwach aus, die Steine saßen nur locker aufeinander. Normalerweise behielt ein Bogen seine Form durch das reine Gewicht der Mauern, das auf den Mittelstein, den Schlußstein des Bogens, drückte. Aber hier konnte die gesamte Wölbung über der Öffnung einfach einstürzen. Der Erdhaufen unter der Öffnung war locker. Sie sah, wie sich hier und dort Steinchen lösten und herunterrieselten. Für sie sah das nicht sehr gut aus.

»André, ich glaube nicht, daß es sicher ist, da drüber zu klettern.«

»Wer redet denn vom Drüberklettern? Wir lassen dich von oben herunter.«

»Mich?«

»Ja. Du hängst an einem Seil über dem Bogen, und wir lassen dich langsam hinein.« Anscheinend war ihr die Bestürzung anzusehen, denn Marek grinste. »Keine Angst, ich komme mit.«

»Aber du weißt, wenn wir uns irren …« *Dann könnten wir lebendig begraben werden*, dachte sie.

»Was ist?« fragte Marek. »Angst?«

Mehr hatte er nicht zu sagen.

Zehn Minuten später hing sie am Rand des freigelegten Bogens in der Luft. Sie trug den Ausgrabungsrucksack, an dem hinten eine Preßluftflasche befestigt war; seitlich am Hüftriemen baumelten zwei Taschenlampen wie Handgranaten. Die Gesichtsmaske hatte sie sich auf die Stirn hochgeschoben. Drähte liefen vom Funkgerät zu einer Batterie in ihrer Tasche. Mit so viel Ausrüstung kam sie sich schwerfällig, unbeholfen vor. Marek stand über ihr und hielt die Sicherungsleine. Und unten in der Grube standen Rick und seine Studenten und sahen ihr angespannt zu.

Sie schaute zu Marek hoch. »Gib mir anderthalb.« Er gab ihr eineinhalb Meter Leine, und sie sank nach unten, bis ihre Füße leicht den Erdhaufen berührten. Sie spürte, wie sich unter ihren Füßen Erde löste und hinunterrieselte.

»Noch einen.«

Auf Hände und Knie gestützt, drückte sie ihr ganzes Gewicht auf den Erdhaufen. Er hielt. Aber sie sah skeptisch zu dem Bogen hoch. Der Schlußstein bröckelte an den Rändern.

»Alles okay?« rief Marek.

»Okay«, sagte sie. »Ich geh jetzt rein.«

Sie kroch zurück zu dem klaffenden Loch unter dem Bogen, zu Marek hoch und löste eine Taschenlampe vom Gürtel. »Ich weiß nicht, ob du das schaffst, André. Kann sein, daß die Erde dein Gewicht nicht trägt.«

»Sehr lustig. Du machst das nicht allein, Kate.«

»Na, dann laß mich wenigstens zuerst reingehen.«

Sie knipste die Lampe an, schaltete das Funkgerät ein, zog sich die Gesichtsmaske vor Mund und Nase, so daß sie jetzt durch Filter atmete, und kroch dann durch das Loch in die Schwärze dahinter.

Die Luft war überraschend kühl. Der gelbe Strahl ihrer Taschenlampe huschte über nackte Steinwände, einen Steinboden. Chang hatte recht: ein Hohlraum unter dem Kloster. Er schien ziemlich ausgedehnt zu sein, und am anderen Ende war eine Art Durchgang zu erkennen, der jedoch von einem Erd- und Geröllhaufen versperrt wurde. Irgendwie war diese Kammer nicht mit Erde angefüllt worden wie die anderen. Sie richtete die Lampe zur Decke, um ihren Zustand zu prüfen. Sie konnte kaum etwas erkennen. Gut sah es auf jeden Fall nicht aus.

Auf Händen und Knien kroch sie zuerst vorwärts und dann abwärts. Sie rutschte ein wenig über die lockere Erde, doch dann hatte sie den Steinboden erreicht. Augenblicke später stand sie im Inneren der Katakombe.

»Ich bin drin.«

Es war dunkel um sie herum, die Luft fühlte sich feucht an. Ein modriger Geruch stieg ihr in die Nase, der sogar durch die Filter hindurch noch unangenehm war. Die Filter schützten vor Bakterien und Viren; bei den meisten Ausgrabungen verzichtete man auf diese Masken, aber hier waren sie nötig, weil im vierzehnten Jahrhundert die Pest mehrmals diese Gegend heimgesucht und ein Drittel der Bevölkerung getötet hatte. Zwar wurde eine Form dieser Epidemie ursprünglich nur durch Ratten übertragen, doch es gab auch eine andere, die durch die Luft übertragen wurde, durch Husten und Niesen, und so mußte jeder, der in einen alten, lange verschlossenen Hohlraum eindrang, auf der Hut sein.

Hinter sich hörte sie ein Klappern. Marek kam gerade durch das Loch. Er fing an zu rutschen und sprang deshalb zu Boden. In der Stille danach hörte sie die leisen Geräusche von Kieseln und Erdbrocken, die den Haufen herunterrieselten.

»Du weißt«, sagte sie, »daß wir hier lebendig begraben werden könnten?«

»Wo bleibt dein Optimismus?« sagte Marek. Eine große Leuchtstofflampe mit Reflektoren in der Hand, bewegte er sich vorwärts. Das Licht erhellte einen ganzen Abschnitt des Gewölbes. Jetzt, da sie besser sehen konnten, wirkte der Raum enttäuschend nackt. Links stand ein Steinsarkophag, auf dem Deckel, der daneben an der Wand lehnte, war das Relief eines Ritters eingemeißelt. Sie schauten in den Sarkophag, er war leer. An einer anderen Wand stand ein grober Holztisch. Auch darauf war nichts zu sehen. Links von ihnen führte ein offener Gang zu einer steinernen Treppe, die jedoch schon nach wenigen Stufen unter einem Erdhaufen verschwand. Rechts von ihnen blockierten weitere Erdhaufen einen anderen Durchgang, einen anderen Steinbogen.

Marek seufzte. »Die ganze Aufregung… für nichts.«

Aber Kate machte sich immer noch Sorgen um die Erde, die sich löste und in den Raum rieselte. Deshalb sah sie sich die Erdhaufen auf der rechten Seite genauer an.

Und nur deshalb entdeckte sie es.

»André«, sagte sie. »Komm her.«

Es war ein erdfarbener Vorsprung, braun auf dem Braun des Haufens, aber seine Oberfläche glänzte leicht. Sie strich mit der Hand darüber. Es war Öltuch. Sie legte eine scharfe Ecke frei. Öltuch, in das etwas eingewickelt war.

Marek schaute ihr über die Schulter. »Sehr gut. Sehr gut.«

»Hatten die damals schon Öltuch?«

»O ja. Öltuch ist eine Erfindung der Wikinger, ungefähr im neunten Jahrhundert. Und zu unserer Zeit in Europa schon ziemlich verbreitet. Obwohl wir, soweit ich weiß, im Kloster sonst nichts gefunden haben, was in Öltuch eingewickelt war.«

Er half ihr graben. Sie gingen behutsam vor, weil sie nicht wollten, daß der Erdhaufen auf sie herabstürzte, aber bald hatten sie es freigelegt: ein Quadrat von etwa sechzig Zentimetern Kantenlänge, verschnürt mit ölgetränkter Schnur.

»Ich würde sagen, es sind Dokumente«, bemerkte Marek. Seine Finger zuckten im grellen Licht, er wollte das Paket unbedingt öffnen, hielt sich aber zurück. »Wir nehmen es mit.«

Er klemmte es sich unter den Arm und ging zum Eingang zurück. Kate warf noch einen letzten Blick auf den Erdhaufen und fragte sich, ob sie vielleicht irgend etwas übersehen hatte. Aber das hatte sie nicht. Sie schwang die Taschenlampe und –

Hielt plötzlich inne.

Aus dem Augenwinkel heraus erhaschte sie einen Blick auf etwas Glänzendes. Sie drehte sich um, schaute noch einmal hin. Im ersten Augenblick fand sie es nicht mehr, doch dann sah sie es.

Es war ein kleines Stückchen Glas, das aus der Erde herausragte.

»André?« sagte sie. »Ich glaube, da ist noch mehr.«

Das Glas war dünn und völlig durchsichtig. Der Rand war abgerundet und glatt, die Fertigungsqualität wirkte beinahe modern. Mit den Fingerspitzen wischte sie die Erde weg und sah dann, worum es sich handelte: um die Linse einer Brille.

Es war eine Bifokallinse.

»Was ist das?« fragte André, der nun wieder zu ihr kam.

»Das mußt du mir sagen.«

Er bückte sich darüber, hielt seine Lampe sehr nahe daran. Sein Gesicht war so dicht vor dem Glas, daß seine Nase es beinahe berührte. »Wo hast du das gefunden?« Er klang besorgt.

»Gleich hier.«

»Freiliegend, so wie jetzt?« Seine Stimme klang angespannt, beinahe vorwurfsvoll.

»Nein, nur der Rand ragte heraus. Ich habe es freigelegt.«

»Wie?«

»Mit dem Finger.«

»Du willst mir also sagen, daß es teilweise verschüttet war?« Er klang, als glaubte er ihr nicht.

»He, was soll das?«

»Bitte antworte mir einfach.«

»Nein, André, es war größtenteils verschüttet. Alles bis auf diese linke Ecke steckte in der Erde.«

»Mir wäre es lieber, wenn du es nicht berührt hättest.«

»Mir auch, wenn ich gewußt hätte, daß du dich aufführst wie ein –«

»Das muß erklärt werden«, sagte er. »Dreh dich um.«

»Was?«

»Dreh dich um.« Er packte sie an der Schulter und drehte sie grob herum, so daß sie ihm den Rücken zukehrte.

»O Gott.« Sie schaute über die Schulter, um zu sehen, was er tat. Er hielt seine Lampe sehr dicht an den Rucksack und suchte ihn langsam und Stück für Stück ab. Dann kamen ihre Shorts dran. »Äh, soll das heißen…«

»Bitte sei ruhig.«

Es dauerte eine ganze Minute, bis er fertig war. »Die linke untere Reißverschlußtasche deines Rucksacks ist offen. Hast du sie aufgemacht?«

»Nein.«

»Dann war sie die ganze Zeit offen? Seit du dir den Rucksack umgeschnallt hast?«

»Wahrscheinlich.«

»Hast du irgendwann die Wand gestreift?«

»Ich glaube nicht.« Sie hatte extra aufgepaßt, weil sie die Wand nicht zum Einsturz bringen wollte.

»Bist du sicher?«

»Ach du meine Güte. Nein, André, ich bin nicht sicher.«

»Na gut. Jetzt kontrolliere mich.« Er gab ihr die Lampe und drehte ihr den Rücken zu.

»Wie kontrollieren?« fragte sie.

»Das Glas ist eine Verunreinigung«, sagte er. »Wir müssen erklären, wie es hierhergekommen ist. Schau nach, ob bei meinem Rucksack irgendwas offen ist.«

Sie tat es. Nichts war offen.

»Hast du ihn sorgfältig abgesucht?«

»Ja, sorgfältig«, erwiderte sie verärgert.

»Ich glaube, du hast dir nicht genug Zeit genommen.«

»Doch, André, das habe ich.«

Marek starrte den Erdhaufen vor ihnen an. Kleine Kiesel rieselten herunter. »Es kann sein, daß die Linse aus einem unserer Rucksäcke gefallen ist und dann von Erde bedeckt wurde…«

»Ja, möglich wär's.«

»Wenn du sie mit der Fingerspitze freilegen konntest, konnte sie nicht sehr fest vergraben sein…«

»Nein, nein. Sehr locker.«

»Na gut. Dann dürfte das die Erklärung sein.«

»Was?«

»Irgendwie haben wir die Linse mitgebracht, und während wir uns mit dem Öltuchpaket beschäftigten, ist sie aus dem Rucksack gefallen und wurde dann von Erde bedeckt. Dann hast du sie gesehen und freigelegt. Das ist die einzige Erklärung.«

»Okay …«

Er holte eine Kamera aus dem Rucksack und fotografierte das Glas mehrmals aus verschiedenen Entfernungen – zuerst sehr nahe und dann immer weiter weg. Erst dann zog er ein Plastiktütchen hervor, hob das Glas vorsichtig mit einer Pinzette an und steckte es in die Tüte. Dann holte er eine kleine Rolle Bläschenfolie heraus, schlug die Tüte darin ein, umwickelte das ganze mit Klebeband und gab ihr das Bündel. »Du bringst es raus. Bitte sei vorsichtig.« Jetzt wirkte er wieder ein bißchen entspannter. Und war wieder netter zu ihr.

»Okay«, sagte sie. Dann kletterte sie den Erdhügel wieder hoch und kroch nach draußen.

Von den Studenten wurden sie mit Jubel begrüßt, und das Öltuchpaket wurde an Elsie übergeben, die es sehr schnell ins Lagerhaus brachte. Alle lachten und grinsten, bis auf Chang und Chris Hughes. Sie trugen beide Kopfhörer und hatten alles gehört, was in der Kammer passiert war. Beide machten ein düsteres, besorgtes Gesicht.

Die Verunreinigung einer Ausgrabungsstätte war ein sehr ernstes Problem, das wußten sie alle. Weil sie nachlässiges Arbeiten bei der Grabung nahelegte, stellte sie auch alle anderen, einwandfreien Entdeckungen, die das Team gemacht hatte, in Frage. Ein typisches Beispiel dafür war ein kleinerer Skandal, der im Jahr zuvor in Les Eyzies passiert war.

Les Eyzies war eine paläolithische Grabungsstätte, eine frühmenschliche Behausung an einem Felsabhang. Die Archäologen gruben gerade in einer Schicht, die auf das Jahr 320 000 vor unserer Zeit datiert wurde, als einer von ihnen ein halbverschüttetes Kondom fand. Es steckte noch in seinem Alutütchen, und keiner glaubte auch nur einen Augenblick daran, daß es in diese Schicht gehörte. Aber die Tatsache, daß man es dort gefunden hatte – halb verschüttet – deutete darauf hin, daß sie es mit der Sorgfalt beim Graben nicht so genau nahmen. Bestürzung regte sich im Team, die auch noch andauerte, nachdem man einen Doktoranden mit Schimpf und Schande nach Paris zurückgeschickt hatte.

»Wo ist diese Linse?« fragte Chris Marek.

»Kate hat sie.«

Sie gab sie Chris. Während alle anderen jubelten, wandte er sich ab, wickelte das Päckchen aus und hielt die Tüte gegen das Licht.

»Eindeutig modern«, sagte er. Er schüttelte unglücklich den Kopf. »Ich gehe der Sache nach. Aber du darfst nicht vergessen, sie im Tagesbericht zu erwähnen.«

Er werde daran denken, erwiderte Marek.

Dann drehte Rick Chang sich um und klatschte in die Hände. »Okay, Leute. Die Aufregung ist vorbei. Macht euch wieder an die Arbeit.«

Für den Nachmittag hatte Marek eine Übungsstunde im Bogenschießen angesetzt. Den Studenten gefielen diese Stunden sehr, sie ließen nie eine aus, und in letzter Zeit hatte sich auch Kate dazugesellt. An diesem Tag war das Ziel eine Strohpuppe, die etwa fünfzig Meter entfernt stand. Die Studenten standen alle in einer Reihe, die Bogen in den Händen, und Marek ging hinter ihnen auf und ab.

»Um einen Mann zu töten«, sagte er, »müßt ihr folgendes bedenken: Mit ziemlicher Sicherheit trägt er einen Plattenpanzer auf der Brust. Dagegen sind Kopf, Hals und Beine eher ungeschützt. Um ihn zu töten, müßt ihr ihn am Kopf treffen oder seitlich am Oberkörper, wo der Panzer ihn nicht schützt.«

Kate hörte Marek amüsiert zu. André nahm alles so ernst. *Um einen Mann zu töten.* Als würde er es wirklich ernst meinen. Hier, im gelben Nachmittagslicht Südfrankreichs, während in der Entfernung Autos hupten, wirkte dieser Gedanke etwas absurd.

»Aber wenn ihr einen Mann nur stoppen wollt«, fuhr Marek fort, »dann schießt ihm in die Beine. Er geht sofort zu Boden. Heute benutzen wir die Fünfzigpfundbogen.«

Die fünfzig Pfund bezogen sich auf das Zuggewicht, die Kraft, die man benötigte, um die Sehne nach hinten zu ziehen. Die Bogen waren schwer und schwierig zu spannen. Die Pfeile waren fast einen Meter lang. Viele der Studenten hatten Probleme damit, vor allem am Anfang. Meistens beendete Marek die Übungsstunde mit ein wenig Gewichtheben, um ihre Muskeln aufzubauen.

Er selbst konnte einen Hundertpfundbogen spannen. Auch wenn das schwer zu glauben war, beharrte er doch darauf, daß dies dem

Zuggewicht der echten Waffen des vierzehnten Jahrhunderts entsprach – weit mehr als irgendeiner von ihnen bewältigen konnte.

»Okay«, sagte Marek. »Pfeile anlegen, zielen und loslassen, bitte.« Pfeile flogen durch die Luft. »Nein, nein, David, du darfst nicht ziehen, bis du zitterst. Du mußt die Kontrolle behalten. Carl, schau dir deine Haltung an. Bob, zu hoch. Deanna, denk an deine Finger. Rock, das war schon viel besser. Okay, und jetzt das Ganze noch einmal, Pfeile anlegen, zielen und ... loslassen!«

Es war schon später Nachmittag, als Stern Marek über Funk anrief und ihn bat, ins Lagerhaus zu kommen. Er habe gute Nachrichten, sagte er. Marek fand ihn am Mikroskop, wo er gerade die Linse untersuchte.

»Was ist?«

»Hier. Schau's dir selber an.« Er trat beiseite, und Marek blickte durchs Mikroskop. Er sah die Linse, die scharfe Linse des Bifokalschnitts. Hier und dort war die Linse mit weißen Kreisen gesprenkelt, wie von Bakterien.

»Was soll ich sehen?« fragte Marek.

»Linker Rand.«

Er bewegte den Objektträger, bis er den linken Rand vor Augen hatte. In der Lichtbrechung sah der Rand sehr weiß aus. Dann fiel ihm auf, daß das Weiße über den Rand hinauswuchs, auf die Linsenoberfläche.

»Das sind Bakterien, die auf der Linse wachsen«, sagte Stern. »Sieht aus wie Steinlack.«

»Steinlack« war der Ausdruck für die Patina aus Bakterien und Schimmel, die auf der Unterseite von Steinen wuchs. Weil Steinlack organisch war, konnte man ihn datieren.

»Kann man ihn datieren?«

»Man könnte«, erwiderte Stern, »wenn man genug Material für einen C-14-Test hätte. Aber ich kann dir gleich sagen, daß es nicht genug ist. Von dieser Menge bekommt man keine vernünftige Datierung. Wir brauchen es gar nicht erst zu versuchen.«

»Und?«

»Der Punkt ist, das war der freiliegende Rand der Linse, nicht? Der Rand, von dem Kate sagte, daß er aus der Erde herausragte?«

»Richtig.«

»Das heißt, die Linse ist alt, André. Ich weiß nicht, wie alt, aber sie ist keine Verunreinigung. Rick sieht sich gerade die Knochen an, die heute gefunden wurden, und er glaubt, daß einige davon aus einer späteren Periode als der unseren stammen, aus dem achtzehnten, vielleicht sogar dem neunzehnten Jahrhundert. Was bedeutet, daß einer von denen eine Bifokalbrille getragen haben könnte.«

»Ich weiß nicht. Die Linse sieht sehr präzise geschliffen aus ...«

»Was nicht heißen muß, daß sie neu ist«, erwiderte Stern. »Gute Schleiftechniken gibt es seit zweihundert Jahren. Ich werde diese Linse einem Optikspezialisten in New Haven schicken, damit der sie untersucht. Und ich habe Elsie gebeten, sich sofort an die Öltuchdokumente zu machen und nachzuschauen, ob sie dort irgendwas Ungewöhnliches entdeckt. Aber ich glaube, vorerst können wir uns alle wieder entspannen.«

»Das ist eine gute Nachricht«, sagte Marek grinsend.

»Ich dachte mir, daß du es wissen willst. Dann bis zum Abendessen.«

Zum Abendessen trafen sie sich auf dem alten Marktplatz von Domme, einem Dorf auf einer Anhöhe, wenige Kilometer von ihrer Grabungsstätte entfernt. Als die Nacht hereinbrach, hatte Chris, der den ganzen Tag mürrisch gewesen war, seine schlechte Laune überwunden und freute sich aufs Abendessen. Er fragte sich, ob Marek etwas vom Professor gehört hatte, und wenn nicht, was er deswegen unternehmen wollte. Er hatte eine unbestimmte Vorahnung.

Seine gute Laune schwand dahin, als er im Restaurant ankam und die beiden Börsenmaklerpärchen wieder an ihrem Tisch fand. Anscheinend hatte man sie für einen zweiten Abend eingeladen. Chris wollte gleich wieder kehrtmachen, doch Kate stand auf, legte den Arm um ihn und schob ihn zum Tisch.

»Lieber nicht«, sagte er leise. »Ich kann diese Leute nicht ausstehen.« Aber sie umarmte ihn kurz und drückte ihn auf einen Stuhl. Er sah, daß an diesem Abend offensichtlich die Börsenmakler den Wein bezahlten – Château Lafite-Rothschild, über zweitausend Francs die Flasche.

Ach, was soll's, dachte er.

»Was für ein bezauberndes Städtchen«, sagte eine der Frauen. »Wir haben uns heute die Mauern angeschaut, die außen herumlaufen. Die sind ziemlich lang. Und hoch. Und dieses hübsche Tor, durch das man in die Stadt kommt, das mit den runden Türmen auf jeder Seite.«

Kate nickte. »Es ist nur irgendwie witzig«, sagte sie, »daß viele von den Dörfern, die wir heute so bezaubernd finden, im Grunde genommen die Einkaufszentren des vierzehnten Jahrhunderts waren.«

»Einkaufszentren? Wie meinst du das?«

In diesem Augenblick fing Mareks Funkgerät, das er sich an den Gürtel gehakt hatte, an zu knistern.

»André? Bist du dran?«

Es war Elsie. Sie ging nie mit den anderen zum Abendessen, sondern arbeitete bis spät in die Nacht an ihrer Katalogisierung. Marek griff nach dem Apparat. »Ja, Elsie.«

»Ich habe hier gerade was sehr Komisches gefunden.«

»Ja...«

»Würdest du David sagen, er soll herkommen? Ich brauche seine Hilfe bei einem Test. Aber eins kann ich euch jetzt schon sagen – falls das ein Witz sein soll, ich finde den nicht lustig.«

Es klickte, und die Verbindung war unterbrochen.

»Elsie?«

Keine Antwort.

Marek sah in die Runde. »Hat einer von euch Elsie einen Streich gespielt?«

Alle schüttelten den Kopf.

Chris Hughes sagte: »Vielleicht dreht sie langsam durch. Würde mich nicht wundern, sie macht ja nichts anderes, als immer nur diese Pergamente anzustarren.«

»Ich schau nach, was sie will«, sagte David Stern, stand auf und verschwand in der Dunkelheit.

Chris überlegte, ob er mit ihm gehen sollte. Doch Kate sah ihn an und schenkte ihm ein Lächeln, und so ließ er sich zurücksinken und griff nach seinem Weinglas.

»Du hast eben gesagt – diese Städte waren wie Einkaufszentren.«

»Viele davon, ja«, sagte Kate Erickson. »Diese Städte waren Spekulationsobjekte, die Grundbesitzern Geld einbringen sollten. Wie die Einkaufszentren heute. Und wie diese Zentren wurden sie alle nach einem ähnlichen Muster erbaut.«

Sie drehte sich um und deutete auf den Marktplatz von Domme hinter ihnen. »Seht ihr diesen überdachten hölzernen Markt in der Mitte des Platzes? Ähnliche überdachte Märkte finden man in vielen Städten hier in der Gegend. Das bedeutet, daß die Stadt eine *bastide* ist, ein neuer, befestigter Ort. Im vierzehnten Jahrhundert wurden in Frankreich fast tausend *bastides* gegründet. Einige wurden gebaut, um Territorium zu sichern. Aber viele wurden nur gebaut, um Geld zu machen.«

Nun hatte sie die Aufmerksamkeit der Aktienhändler.

Einer der Männer riß den Kopf hoch und sagte: »Moment mal. Wie kann man mit dem Bau einer Stadt Geld verdienen?«

Kate lächelte. »Die Volkswirtschaft im vierzehnten Jahrhundert«, sagte sie, »hat ungefähr so funktioniert: Nehmen wir an, du bist ein Adliger, der eine Menge Land besitzt. Frankreich im vierzehnten Jahrhundert ist größtenteils bewaldet, was bedeutet, daß dein Land hauptsächlich Wald ist, in dem Wölfe hausen. Vielleicht hast du hier und dort ein paar Bauern, die dir eine ziemlich dürftige Pacht zahlen. Aber so wird man nicht reich. Und weil du ein Adliger bist, brauchst du immer dringend Geld, um Kriege zu führen und den aufwendigen Lebensstil zu bezahlen, der von dir erwartet wird.

Was kannst du also tun, um die Einkünfte aus deinen Ländereien zu erhöhen? Du baust eine neue Stadt. Du siedelst Leute in deiner neuen Stadt an, indem du ihnen spezielle Steuerbefreiungen versprichst, spezielle Privilegien, die in der Stadtverfassung festgelegt sind. Im Grunde genommen befreist du die Städter von feudalen Verpflichtungen.«

»Und warum gibt man ihnen diese Vergünstigungen?«

»Weil du so bald Händler und Märkte in der Stadt hast, und deren Steuern und Gebühren bringen dir viel mehr Geld ein. Du verlangst Gebühren für alles. Für die Benutzung der Straße, die in die Stadt führt. Für das Recht, durch das Stadttor zu treten. Für das Recht, auf dem Markt einen Stand aufzubauen. Für die Soldaten, die in der Stadt Ordnung halten. Für die Zulassung von Geldverleihern zum Markt.«

»Nicht schlecht«, sagte einer der Männer.

»Absolut nicht schlecht. Und zusätzlich verlangst du einen Prozentsatz von allem, was auf dem Markt verkauft wird.«

»Wirklich? Wieviel Prozent?«

»Das hing ab von dem Ort und von der jeweiligen Ware. Im allgemeinen zwischen einem und fünf Prozent. Der Markt ist also der eigentliche Grund für die Stadt. Man sieht es deutlich an ihrer Anlage. Seht euch die Kirche da drüben an«, sagte sie und deutete zur

Seite. »In früheren Jahrhunderten war die Kirche der Mittelpunkt des Ortes. Die Leute gingen mindestens einmal pro Tag zur Messe. Das ganze Leben drehte sich um die Kirche. Aber hier in Domme steht die Kirche seitlich. Der Markt ist jetzt das Zentrum der Stadt.«

»Dann kommt das ganze Geld also vom Markt?«

»Nicht ausschließlich, weil die befestigte Stadt auch Schutz für die Umgebung bietet, was bedeutet, daß Bauern das Land vor den Toren roden und neue Höfe errichten. Das erhöht auch deine Pachteinkünfte. Alles in allem war eine neue Stadt also eine solide Investition. Und das ist der Grund, warum so viele von diesen Städten gebaut wurden.«

»Ist das der einzige Grund, warum sie gebaut wurden?«

»Nein, viele wurden auch aus militärischen Überlegungen gebaut, als –«

Mareks Funkgerät knisterte. Es war wieder Elsie. »André?«

»Ja«, sagte Marek.

»Du solltest besser sofort rüberkommen. Ich weiß nämlich absolut nicht, was ich davon halten soll.«

»Warum? Worum geht's denn?«

»Komm einfach. *Sofort.*«

Der Generator tuckerte laut, und das Lagerhaus stand hell erleuchtet in dem dunklen Feld, unter einem Himmel voller Sterne.

Alle drängten sich in dem Lagerhaus zusammen. Elsie saß an ihrem Schreibtisch in der Mitte und starrte sie an. Ihr Blick wirkte glasig.

»Elsie?«

»Es ist unmöglich«, sagte sie.

»Was ist unmöglich? Was ist hier passiert?«

Marek sah zu David Stern hinüber, doch der arbeitete noch an einer Analyse in einer Ecke des Raums.

Elsie seufzte. »Ich weiß nicht, ich weiß nicht ...«

»Also gut«, sagte Marek. »Jetzt mal von Anfang an.«

»Okay«, sagte sie. »Der Anfang.« Sie stand auf, ging durch den Raum und deutete auf einen Stapel Pergamente, der auf einer Plastikplane auf dem Boden lag. »Das ist der Anfang. Das Dokumentenbündel, das heute vormittag im Kloster gefunden wurde, von mir als M-031 bezeichnet. David hat mich gebeten, es so schnell wie möglich zu untersuchen.«

Niemand sagte etwas. Sie schauten sie alle nur an.

»Okay«, sagte sie. »Ich bin also dieses Bündel durchgegangen. Ich gehe dabei folgendermaßen vor. Ich nehme mir ungefähr zehn Pergamente und gehe damit zu meinem Schreibtisch.« Sie trug zehn zum Tisch. »Jetzt setz ich mich an den Schreibtisch und sehe mir eins nach dem anderen an. Dann, nachdem ich den Inhalt eines Blattes zusammengefaßt und die Zusammenfassung in den Computer eingegeben habe, nehme ich das Blatt und fotografiere es hier drüben ab.« Sie ging zum Nebentisch und schob das Pergament unter die Kamera.

Marek sagte: »Wir sind vertraut mit –«

»Nein, seid ihr nicht«, erwiderte sie scharf. »Ihr seid überhaupt nicht vertraut damit.« Elsie kehrte zu ihrem Schreibtisch zurück und nahm das nächste Pergament vom Stapel. »Okay. Ich gehe also eins nach dem anderen durch. Dieser Stapel hier besteht aus allen möglichen Dokumenten: Rechnungen, Briefabschriften, Antworten auf Anordnungen des Bischofs, Verzeichnisse von Ernteerträgen, Bestandslisten des Klosters. Alle um das Jahr 1357.«

Sie nahm die Pergamente vom Stapel, eins nach dem anderen.

»Und dann …« Sie nahm das letzte zur Hand. »Sehe ich das da.«

Alle starrten das Pergament an.

Keiner sagte etwas.

Das Pergament war exakt so groß wie die anderen des Stapels, doch anstelle einer dichten Beschriftung in Latein oder Altfranzösisch standen auf diesem nur zwei Worte, in schlichtem, modernem Englisch:

HELFT MIR
7. 4. 1357

»Falls es jemandem noch nicht klar ist«, sagte Elsie, »das ist die Handschrift des Professors.«

Alles war still im Raum. Keiner rührte sich. Alle starrten nur schweigend das Pergament an.

Marek dachte sehr schnell, er ging alle Möglichkeiten durch. Wegen seines detaillierten, enzyklopädischen Wissens über das Mittelalter hatte er dem Metropolitan Museum in New York jahrelang als externer Gutachter für mittelalterliche Artefakte gedient. Er hatte deshalb beträchtliche Erfahrungen mit Fälschungen aller Art. Es stimmte zwar, daß man ihm nur selten gefälschte Dokumente aus dem Mittelalter vorlegte – die Fälschungen waren meistens Edelsteine in einem Armband, das nur zehn Jahre alt war, oder eine Rüstung, die sich als in Brooklyn gefertigt erwies –, aber dank seiner Erfahrung wußte er genau, wie er an das Problem herangehen mußte.

»Okay«, sagte er. »Noch einmal von vorne. Bist du sicher, daß das seine Handschrift ist?«

»Ja«, sagte Elsie. »Ohne Frage.«

»Woher weißt du das?«

Sie rümpfte die Nase. »Ich bin Graphologin, André. Aber hier. Schau's dir selber an.«

Sie zog eine Notiz hervor, die Johnston vor ein paar Tagen geschrieben hatte, einen Zettel, mit Blockbuchstaben beschriftet und an eine Rechnung geheftet: BITTE RCHNG ÜBERPRÜFEN. Sie legte den Zettel neben das Pergament. »Blockbuchstaben sind im Grunde genommen einfacher zu analysieren. Sein H zum Beispiel zeigt unten eine schwache Diagonale. Er zeichnet eine vertikale Linie, hebt den Stift, um die zweite Vertikale zu zeichnen, und zieht dann den Stift über das Papier, um den Querstrich zu zeichnen. Dadurch entsteht diese Diagonale. Oder schau dir das P an. Er macht einen Strich nach unten und geht dann hoch zur Anfangsposition, um den Halbkreis zu zeichnen. Oder das E, das zeichnet er zuerst als L und geht dann in einer Zickzackbewegung nach oben, um die beiden Querstriche hinzuzufügen. Keine Frage. Das ist seine Handschrift.«

»Könnte sie jemand gefälscht haben?«

»Nein, bei einer Fälschung würde man ein häufiges Absetzen des Stifts und andere Hinweise bemerken. Er hat das selbst geschrieben.«

»Könnte es sein, daß er uns einen Streich spielen wollte?« fragte Kate.

»Wenn ja, dann ist er nicht lustig.«

»Was ist mit dem Pergament, auf dem die Nachricht steht?« fragte Marek. »Ist es so alt wie die anderen?«

»Ja«, sagte David Stern und kam zu ihnen. »Auch wenn ich noch keine Radiokarbondatierung gemacht habe, würde ich sagen, ja, es ist so alt wie die anderen.«

Wie kann das sein, dachte Marek. Dann sagte er: »Bist du sicher? Das Pergament sieht anders aus als die anderen. Die Oberfläche wirkt irgendwie rauher.«

»Sie ist rauher«, erwiderte Stern. »Weil sie schlecht abgeschabt wurde. Im Mittelalter war Pergament ein sehr wertvolles Material. Für gewöhnlich wurde es benutzt, sauber geschabt und dann noch einmal benutzt. Aber wenn wir uns dieses Pergament unter UV-Licht ansehen … Kann mal jemand das Licht ausmachen?« Kate ging zum Schalter, und in der Dunkelheit hielt Stern eine Lampe mit violettem Schein über den Tisch.

Sofort sah Marek weitere Schriftzeichen auf dem Pergament, zwar schwach, aber doch deutlich erkennbar.

»Das war ursprünglich eine Übernachtungsrechnung«, sagte Elsie. »Dann wurde es abgeschabt, und zwar schnell und oberflächlich, als hätte es jemand sehr eilig gehabt.«

»Willst du damit sagen, daß der Professor es abgeschabt hat?« fragte Chris.

»Ich habe keine Ahnung, wer es abgeschabt hat. Aber es wurde nicht sehr fachmännisch gemacht.«

»Na gut«, sagte Marek. »Es gibt eine Möglichkeit, diese Sache eindeutig und ein für allemal zu klären.« Er wandte sich an Stern. »Was ist mit der Tinte, David? Ist sie echt?«

Stern zögerte. »Ich bin mir nicht sicher.«

»Nicht sicher? Warum nicht?«

»Chemisch gesehen«, sagte Stern, »ist sie genau das, was man erwarten würde: Eisen in der Form von Eisenoxid, gemischt mit Gallussäure als organischem Bindemittel. Dazu ein wenig Kohlenstoff für die Schwärze und fünf Prozent Saccharose. Damals wurde Zucker benutzt, um die Tinte glänzend zu machen. Es ist also gewöhnliche Eisengallustinte, völlig korrekt für die Zeit. Aber das heißt noch nicht viel.«

»Genau.« Stern wollte damit sagen, daß sie gefälscht werden konnte.

»Also habe ich eine Gallussäure- und Eisentitration durchgeführt«, sagte Stern, »was ich in zweifelhaften Fällen immer mache. Sie verrät uns exakt das Mengenverhältnis der Tintenbestandteile. Die Titration deutet darauf hin, daß diese Tinte ähnlich ist wie die Tinte auf den anderen Dokumenten, aber nicht mit ihr identisch.«

»Ähnlich, aber nicht identisch«, sagte Marek. »Wie ähnlich?«

»Wie ihr wißt, wurde mittelalterliche Tinte immer kurz vor dem Gebrauch zusammengemischt, weil sie sich nicht hielt. Gallussäure ist organisch – sie wurde aus zermahlenen Eicheln gewonnen –, und das heißt, daß sie irgendwann schlecht wird. Manchmal fügte man Wein als Konservierungsmittel hinzu. Auf jeden Fall gibt es von einem Dokument zum anderen normalerweise ziemlich starke Abweichungen im Gehalt an Gallussäure und Eisen. Man findet bis zu zwanzig oder dreißig Prozent Abweichung zwischen zwei Dokumenten. Mit Hilfe dieser Prozentangaben kann man feststellen, ob zwei Dokumente am selben Tag, mit derselben Tinte geschrieben wurden. Diese Tinte hier zeigt eine Abweichung von ungefähr neunundzwanzig Prozent im Vergleich zu den Dokumenten davor und danach in dem Stapel.«

»Bedeutungslos«, sagte Marek. »Diese Ziffern bestätigen weder Echtheit noch Fälschung. Hast du eine spektrographische Analyse gemacht?«

»Ja. Bin eben fertig geworden. Hier sind die Spektren von drei Dokumenten, mit dem des Professors in der Mitte.« Drei Meßkurven mit je einer Reihe von Zacken. »Auch hier wieder: ähnlich, aber nicht identisch.«

»Nicht sehr ähnlich«, sagte Marek und betrachtete die Muster der Zacken. »Weil sich zusätzlich zur Abweichung im Eisengehalt noch eine Menge von Spurenelementen in der Tinte des Professors finden, darunter – was ist das für eine Spitze zum Beispiel?«

»Chrom.«

Marek seufzte. »Was bedeutet, daß sie modern ist.«

»Nicht unbedingt, nein.«

»Aber in den beiden anderen Tinten ist kein Chrom.«

»Das stimmt. Aber es findet sich immer wieder Chrom in Manuskripttinten. Ziemlich häufig sogar.«

»Gibt es in diesem Tal Chrom?«

»Nein«, sagte Stern, »aber Chrom wurde in ganz Europa importiert, weil es nicht nur für Tinten, sondern auch als Tuchfarbstoff verwendet wurde.«

»Aber was ist mit all diesen anderen Verunreinigungen?« fragte Marek und zeigte auf andere Zacken. Er schüttelte den Kopf. »Tut mir leid. Das ist alles nicht schlüssig.«

»Ganz meine Meinung«, erwiderte Stern. »Das muß ein Witz sein.«

»Aber sicher wissen wir es erst mit einer Radiokarbondatierung«, sagte Marek. Der C-14-Test würde es ihnen ermöglichen, sowohl Tinte wie Pergament auf etwa fünfzig Jahre genau zu datieren. Das würde reichen, um die Frage nach einer Fälschung zu beantworten.

»Und wenn wir gerade dabei sind, würde ich gerne auch einen Thermoluminiszenz-Test machen und vielleicht eine Laserspektrographie«, sagte Stern.

»Das können wir hier nicht.«

»Nein, ich bringe es rüber nach Les Eyzies.« In Les Eyzies, einer Stadt im nächsten Tal, lag das Zentrum für prähistorische Studien in Südfrankreich. Dort gab es ein gutausgestattetes Labor, das C-14- und Kalium-Argon-Datierungen sowie Neutronenaktivierungsanalysen und andere komplizierte Tests durchführen konnte.

Die Ergebnisse waren zwar nicht so exakt wie die der Labors in Paris oder Toulouse, dafür konnten Wissenschaftler dort in wenigen Stunden eine Antwort erhalten.

»Meinst du, daß du das heute nacht noch schaffst?«

»Ich werd's versuchen.«

Chris kam zur Gruppe zurück, er hatte versucht, den Professor über ein Handy anzurufen. »Nichts«, sagte er. »Nur seine Mailbox.«

»Nun gut«, sagte Marek. »Im Augenblick können wir nichts mehr tun. Ich vermute, daß diese Nachricht ein bizarrer Streich ist. Ich kann mir zwar nicht vorstellen, wer uns den gespielt haben könnte – aber irgend jemand hat es getan. Morgen machen wir den C-14-Test und datieren die Nachricht. Ich bin mir ziemlich sicher, daß sie neu ist. Und bei allem Respekt vor Elsie, ich glaube, daß es eine Fälschung ist.«

Elsie fing an zu protestieren.

»Aber wie auch immer«, fuhr Marek fort, »wir erwarten morgen einen Anruf vom Professor, und dann können wir ihn fragen. Unterdessen würde ich vorschlagen, daß wir alle zu Bett gehen und uns ausschlafen.«

Im Bauernhaus schloß Marek leise die Tür, bevor er das Licht einschaltete. Dann sah er sich um.

Das Zimmer war makellos, wie er es erwartet hatte. Es war aufgeräumt wie eine Mönchszelle. Neben dem Bett lagen, ordentlich aufgestapelt, fünf oder sechs Forschungsberichte. Auf einem Tisch rechts davon lagen neben einem Laptop weitere Papiere. Der Schreibtisch hatte eine Schublade, die Marek nun öffnete und kurz durchstöberte.

Aber er fand nicht, wonach er suchte.

Als nächstes ging er zum Kleiderschrank. Die Kleidung des Professors hing ordentlich auf Bügeln, mit Platz zwischen den einzelnen Stücken. Marek ging von einem zum anderen und tastete alle Taschen ab, doch er fand noch immer nichts. Vielleicht ist sie nicht da, dachte er. Vielleicht hat er sie nach New York mitgenommen.

Gegenüber der Tür stand eine Spiegelkommode. Er öffnete die oberste Schublade: Münzen in einer kleinen flachen Schale, eine Rolle mit einem Gummiband umwickelte Dollarscheine und ein paar persönliche Gegenstände, darunter ein Messer, ein Kugelschreiber und eine Reserveuhr – nichts Ungewöhnliches.

Dann entdeckte er am äußersten rechten Rand ein Plastiketui.

Er nahm das Etui heraus, öffnete es. Das Etui enthielt eine Brille. Er legte die Brille auf die Kommodenplatte.

Die Gläser waren ovale Bifokallinsen.

Er griff in seine Tasche und zog eine kleine Plastiktüte hervor. Dann hörte er hinter sich ein Knarzen, und als er sich umdrehte, sah er Kate Erickson durch die Tür kommen.

»Durchwühlst du seine Unterwäsche?« fragte sie mit hochgezogenen Augenbrauen. »Ich habe Licht unter der Tür gesehen. Also habe ich nachgesehen.«

»Ohne zu klopfen?«

»Was machst du denn hier drinnen?« fragte sie. Dann sah sie die Plastiktüte. »Ist es das, was ich glaube?«

»Ja.«

Mit einer Pinzette holte Marek die einzelne Bifokallinse aus der Tüte und legte sie neben die Brille des Professors auf die Kommode.

»Nicht identisch«, sagte sie. »Aber ich würde sagen, die Linse gehört ihm.«

»Ich auch.«

»Aber das ist es doch, was du die ganze Zeit gedacht hast, oder? Ich meine, er ist der einzige im Team, der eine Bifokallinse trägt. Die Verunreinigung muß von seiner Brille stammen.«

»Aber es ist keine Verunreinigung«, erwiderte Marek. »Die Brille ist alt.«

»Was?«

»David sagt, der weiße Rand ist Bakterienwachstum. Die Linse ist nicht modern, Kate. Sie ist alt.«

Sie sah sie sich genau an. »Das kann nicht sein«, sagte sie. »Schau dir nur den Schliff an. Der ist bei der Brille des Professors und dieser Linse identisch. Sie muß modern sein.«

»Ich weiß, aber David besteht darauf, daß sie alt ist.«

»Wie alt?«

»Das kann er nicht sagen.«

»Er kann sie nicht datieren?«

Marek schüttelte den Kopf. »Nicht genug organisches Material.«

»Dann bist du also«, sagte sie, »in dieses Zimmer gekommen, weil ...« Sie hielt inne und starrte zuerst die Brille an und dann ihn. Sie runzelte die Stirn. »Ich dachte, du hast gesagt, diese Schrift sei eine Fälschung, André.«

»Habe ich, ja.«

»Aber du hast David auch gefragt, ob er den Radionkarbontest noch heute machen kann, nicht?«

»Ja ...«

»Und dann bist du hierhergekommen, mit der Linse, weil du dir Sorgen machst …« Sie schüttelte den Kopf, wie um wieder einen klaren Gedanken fassen zu können. »Worüber? Was glaubst du, was hier los ist?«

Marek sah sie an. »Ich habe absolut keine Ahnung. Nichts ergibt einen Sinn.«

»Aber du bist besorgt.«

»Ja«, sagte Marek. »Ich bin besorgt.«

Der nächste Tag wurde klar und heiß, eine sengende Sonne brannte von einem wolkenlosen Himmel. Der Professor rief am Vormittag nicht an. Marek versuchte zweimal die Nummer seines Handys, bekam aber immer nur die Mailbox. »Hinterlassen Sie eine Nachricht, ich rufe Sie zurück.«

Auch von Stern hörten sie nichts. Als sie im Labor in Les Eyzies anriefen, erfuhren sie nur, daß er beschäftigt sei. Ein frustrierter Techniker sagte: »Er wiederholt die Tests schon wieder! Inzwischen zum dritten Mal!«

Warum? fragte sich Marek. Er überlegte, ob er nach Les Eyzies fahren und selbst nachsehen sollte – es waren nur ein paar Kilometer –, beschloß dann aber, im Lagerhaus zu bleiben für den Fall, daß der Professor anrief.

Er rief nicht an.

Am späteren Vormittag sagte Elsie plötzlich: »Huch!«

»Was ist?«

Sie sah sich eben ein anderes Pergament an. »Das war das Dokument in dem Stapel direkt vor dem des Professors«, sagte sie.

Marek ging zu ihr. »Was ist damit?«

»Sieht aus, als wären da Tintenspuren vom Stift des Professors drauf. Siehst du, hier und hier?«

Marek zuckte die Achseln. »Er hat es sich wahrscheinlich angesehen, kurz bevor er seine Notiz schrieb.«

»Aber sie sind am Rand«, sagte sie. »Fast wie eine Markierung.«

»Eine Markierung von was?« fragte er. »Worum geht es denn in dem Dokument?«

»Es ist ein Traktat über Naturgeschichte«, antwortete Elsie. »Die

Beschreibung eines unterirdischen Flusses von einem der Mönche. Hier steht, daß man vorsichtig sein muß an bestimmten Stellen, die mit Schritten abgezählt sind, und so weiter und so fort.«

»Ein unterirdischer Fluß…« Marek war nicht interessiert. Die Mönche waren die Gelehrten der Gegend gewesen, und sie schrieben oft kleine Abhandlungen über die örtliche Geographie oder das Schreinerhandwerk, über die richtige Zeit zum Stutzen von Obstbäumen oder wie man Getreide im Winter am besten lagerte und so weiter. Solche Texte waren bestenfalls Kuriosa und oft falsch.

»›Bruder Marcellus hat den Schlüssel‹«, las sie. »Ich frage mich, was das bedeuten soll. Und genau hier hat der Professor seine Markierung gesetzt. Dann … irgendwas über riesige Füße … nein … des Riesen Füße? … Die Füße des Riesen? … und hier steht *vivix*, was Lateinisch ist für … mal sehen … Das Wort ist mir neu …«

Sie schlug in einem Lexikon nach.

Ruhelos ging Marek nach draußen und kehrte wieder zurück. Er war gereizt, nervös.

»Das ist komisch«, sagte sie. »Das Wort *vivix* gibt es nicht. Zumindest nicht in diesem Lexikon.« Methodisch, wie sie war, machte sie sich eine Notiz.

Marek seufzte.

Die Stunden krochen vorüber.

Der Professor rief nicht an.

Dann war es Mittag, und die Studenten schlenderten zu dem großen Zelt, wo alle aßen. Marek stand in der Tür und sah ihnen zu. Sie wirkten sorglos, lachten und boxten einander und machten Witze.

Das Telefon klingelte. Er drehte sich sofort wieder um. Elsie nahm ab. Er hörte sie sagen: »Ja, er ist hier bei mir …«

Er stürzte zu ihr. »Der Professor?«

Sie schüttelte den Kopf. »Nein. Es ist jemand von ITC.« Sie gab ihm den Hörer.

»André Marek hier«, sagte er.

»Ach ja. Einen Augenblick bitte, Mr. Marek. Mr. Doniger möchte Sie gern sprechen.«

»Wirklich?«

»Ja. Wir versuchen seit Stunden, Sie zu erreichen. Bitte warten Sie, bis ich ihn gefunden habe.«

Eine lange Pause. Klassische Musik spielte. Marek legte die Hand über den Hörer und sagte zu Elsie: »Doniger.«

»Mann«, sagte sie. »Da scheinst du einen Stein im Brett zu haben. Der Oberboß persönlich.«

»Warum ruft Doniger mich an?«

Fünf Minuten später wartet er noch immer, als Stern kopfschüttelnd ins Zimmer kam. »Das wirst du nicht glauben.«

»Ja? Was?«

Stern gab ihm wortlos ein Blatt Papier. Darauf stand:

638 ± 47 VUZ

»Was soll das sein?«

»Die Datierung der Tinte.«

»Wovon redest du?«

»Die Tinte«, sagte Stern. »Sie ist sechshundertachtunddreißig Jahre alt, plus oder minus siebenundvierzig Jahre.«

»Was?« sagte Marek.

»Du hast richtig gehört. Die Tinte stammt aus dem Jahr 1361 nach Christus.«

»Was?«

»Ich weiß, ich weiß«, sagte Stern. »Aber wir haben den Test dreimal gemacht. Jeder Zweifel ist ausgeschlossen. Wenn das wirklich der Professor geschrieben hat, dann hat er es vor über sechshundert Jahren geschrieben.« Marek drehte das Blatt um. Auf der anderen Seite stand:

1361 n. Ch. ± 47 Jahre

Im Hörer hörte plötzlich die Musik mit einem Klicken auf, und eine angespannte Stimme sagte: »Mr. Marek? Hier Bob Doniger.«

»Ja?« sagte Marek.

»Sie erinnern sich vielleicht nicht an mich, aber wir haben uns vor ein paar Jahren kennengelernt, als ich die Ausgrabungsstätte besuchte.«

»Ich erinnere mich noch sehr gut«, sagte Marek.

»Ich rufe an wegen Professor Johnston. Wir machen uns Sorgen um seine Sicherheit.«

»Ist er verschwunden?«

»Nein, das ist er nicht. Wir wissen genau, wo er ist.«

Etwas in Donigers Tonfall jagte Marek einen Schauer über den Rücken. Er sagte: »Kann ich dann mit ihm sprechen?«

»Im Augenblick nicht, fürchte ich.«

»Ist der Professor in Gefahr?«

»Das ist schwer zu sagen. Ich hoffe nicht. Aber wir brauchen Ihre Hilfe und die Ihrer Gruppe. Ich habe bereits das Flugzeug abgeschickt, um Sie abzuholen.«

Marek sagte: »Mr. Doniger, es sieht so aus, als hätten wir hier eine Nachricht von Professor Johnston, die über sechshundert Jahre –«

Doniger schnitt ihm das Wort ab. »Bitte nicht über Handy«, sagte er. Aber Marek fiel auf, daß er absolut nicht überrascht wirkte. »Bei Ihnen in Frankreich ist jetzt Mittag, nicht?«

»Kurz danach, ja.«

»Na gut«, sagte Doniger. »Suchen Sie sich die drei Mitglieder Ihres Teams aus, die die Dordogne-Region am besten kennen. Fahren Sie zum Flugplatz in Bergerac. Packen Sie nicht lange. Sie bekommen von uns alles, was Sie brauchen. Das Flugzeug landet um 15 Uhr Ihrer Zeit und bringt Sie hierher nach New Mexico. Alles klar?«

»Ja, aber –«

»Bis dann.«

Und Doniger legte auf.

David Stern sah Marek an. »Was war denn los?« fragte er.

»Hol dir deinen Paß«, sagte Marek.

»Was?«

»Hol dir deinen Paß. Und dann komm mit dem Auto hierher.«

»Fahren wir wohin?«

»Ja, das tun wir«, sagte Marek.

Und griff nach seinem Funkgerät.

Kate Erickson sah von der Mauerkrone der Burg von La Roque hinunter in den Burghof, den weiten, grasbewachsenen Mittelpunkt der Anlage. Auf dem Rasen wimmelte es von Touristen unterschiedlichster Nationalitäten, alle in Shorts und bunten Hemden. Überall klickten Kameras.

Unter sich hörte sie ein junges Mädchen sagen: »Schon wieder eine Burg. Warum müssen wir uns all diese blöden Burgen anschauen, Mom?«

Ihre Mutter antwortete: »Weil Dad sich sehr dafür interessiert.«

»Aber die sind doch alle gleich, Mom.«

»Ich weiß, Liebling...«

Ein paar Meter entfernt stand der Vater innerhalb einer niedrigen Mauer, die den Umriß eines früheren Raums definierte. »Und das«, verkündete er seiner Familie, »war der Festsaal.«

Kate sah sofort, daß das nicht stimmte. Der Mann stand in den Überresten der Küche. Das war deutlich zu sehen an den drei Öfen, die in der linken Wand noch immer zu erkennen waren. Und die Steinrinne, die Wasser in die Küche geleitet hatte, ragte direkt hinter dem Mann aus der Wand.

»Was hat man im Festsaal gemacht?« fragte seine Tochter.

»Hier wurden Bankette abgehalten, und hier haben Ritter, die zu Besuch kamen, dem König ihre Reverenz erwiesen.«

Kate seufzte. Es gab keine Hinweise darauf, daß je ein König in La Roque gewesen war. Im Gegenteil, die Dokumente deuteten darauf hin, daß die Festung immer eine private Burg gewesen war, erbaut im elften Jahrhundert von einem gewissen Armand de Cléry und Anfang des vierzehnten Jahrhunderts umgebaut und stärker befestigt mit einem zusätzlichen äußeren Mauerring und weiteren Zugbrücken. Diese Umbauten wurden ausgeführt von einem Ritter namens François le Gros, oder Francis dem Fetten, um das Jahr 1302 herum.

Trotz seines Namens war François ein englischer Ritter, und seine Umbauten waren bestimmt vom neuen Stil englischer Burgen, den Edward I. geprägt hatte. Die edwardischen Burgen waren sehr groß, mit weiten Höfen und komfortablen Gemächern für den Burgherrn. Dies sagte François sehr zu, der nach allen Quellen eine künstlerische Ader, einen Hang zur Faulheit und außerdem beständige Geldprobleme hatte. François war gezwungen, seine Burg zu verpfänden und später sogar zu verkaufen. Während des Hundertjährigen Kriegs wurde La Roque beherrscht von einer ganzen Reihe von Rittern. Aber die Befestigungen hielten: Die Burg wechselte nie nach einer Schlacht den Besitzer, sondern immer nur nach geschäftlichen Transaktionen.

Was nun den Festsaal anging, den sah Kate etwas weiter links, nur noch bröckelnde Mauern, die aber noch immer einen sehr großen Raum umrissen, beinahe dreißig Meter lang. Der riesige offene Kamin – drei Meter hoch und vier Meter breit – war noch zu erkennen. Kate wußte, daß ein Saal dieser Größe immer Steinwände und ein Holzdach gehabt hatte. Und jetzt, da sie genau hinsah, konnte sie wirklich am oberen Mauerrand Einkerbungen erkennen, in die man die mächtigen Querbalken eingepaßt hatte. Darüber hatten wohl Kreuzverstrebungen in die Höhe geragt, die das Dach stützten.

Eine britische Reisegruppe zwängte sich auf der schmalen Mauerkrone an ihr vorbei. Sie hörte die Führerin erzählen: »Diese Festungsmauer wurde von Sir Francis dem Bösen im Jahr 1363 errichtet. Francis war wirklich ein durch und durch gemeiner Kerl. In seinen riesigen Verliesen quälte er gern Männer und Frauen und sogar Kinder. Wenn Sie jetzt nach links schauen, sehen Sie den Sprung der Liebe, wo Madame de Renaud zu Tode stürzte, entehrt, weil sie schwanger war vom Stallburschen ihres Gatten. Es ist jedoch noch immer nicht klar, ob sie sprang oder von ihrem erzürnten Gemahl gestoßen wurde ...«

Kate seufzte. Wo hatten sie nur immer diese Märchen her? Sie wandte sich wieder ihrem Skizzenblock zu und zeichnete weiter an ihrem Grundriß der Anlage. Auch diese Burg hatte ihre Geheimgänge. Aber Francis der Fette war ein geschickter Architekt gewesen. Seine Geheimgänge dienten vorwiegend Verteidigungszwekken. Ein Gang führte von der Mauerkrone zur entfernten Wand des Festsaals und hinten am Kamin vorbei. Ein anderer folgte der Brustwehr auf der südlichen Mauerkrone.

Aber den wichtigsten Geheimgang hatte sie noch nicht entdeckt. Nach Froissart, einem Geschichtsschreiber des vierzehnten Jahrhunderts, war eine Belagerung der Burg von La Roque nie erfolgreich gewesen, weil die Angreifer den Geheimgang nicht finden konnten, durch den Nahrung und Wasser in die Burg geschafft wurden. Es ging das Gerücht, daß dieser Geheimgang eine Verbindung hatte zu dem Geflecht von Höhlen im Kalkstein unter der Burg, und auch, daß er sich über eine ziemliche Entfernung erstreckte und in einer verborgenen Öffnung im Felsabhang endete.

Irgendwo.

Der einfachste Weg, ihn zu finden, wäre es, das Ende des Gangs in der Burg zu lokalisieren und ihm dann bis zum Anfang zu folgen. Aber um diese Öffnung zu finden, brauchte sie technische Hilfe. Das Beste wäre wahrscheinlich ein Bodenradar. Aber für eine solche Untersuchung brauchte sie die Burg leer. Montags war sie für die Öffentlichkeit geschlossen; vielleicht schafften sie es nächsten Montag, wenn –

Ihr Funkgerät knisterte. »Kate?«

Es war Marek.

Sie nahm es vom Gürtel und drückte die Sprechtaste. »Ja? Kate hier.«

»Komm sofort ins Bauernhaus. Es ist ein Notfall.«

Und damit schaltete er ab.

Drei Meter unter Wasser hörte Chris Hughes das gurgelnde Zischen seines Regulators, während er die Leine kontrollierte, die ihn in der starken Strömung der Dordogne an Ort und Stelle hielt. Das Wasser war an diesem Tag relativ klar, die Sichtweite betrug ungefähr drei Meter, und er konnte am Wasserrand den gesamten mächtigen Pfeilersockel der befestigten Mühlenbrücke erkennen. Vom Sockel weg führte eine Spur großer, behauener Steine in gerader Linie quer über den Fluß. Diese Steine waren die Überreste des früheren Brückenbogens.

Chris bewegte sich an dieser Linie entlang und untersuchte sorgfältig die Steine. Er suchte sie nach Einkerbungen oder Vertiefungen ab, die ihm helfen würden zu bestimmen, wo Holz verwendet worden war. Hin und wieder versuchte er, einen Stein umzudrehen, aber das war unter Wasser ziemlich schwierig, weil er den richtigen Angriffspunkt nicht fand.

Über ihm auf der Wasseroberfläche dümpelte ein Plastikfloß mit der rotgestreiften Taucherflagge. Eigentlich diente es dazu, ihn vor den Kajaktouristen zu schützen. Zumindest in der Theorie.

Er spürte einen plötzlichen Ruck, der ihn vom Grund hochriß. Er tauchte auf und stieß sich den Kopf am gelben Rumpf eines Kajaks. Der Fahrer klammerte sich am Plastikfloß fest und rief ihm etwas zu, das wie Deutsch klang.

Chris zog sein Mundstück heraus und sagte: »Würden Sie das bitte in Ruhe lassen!«

Als Antwort kam ein Schwall in Deutsch. Der Kajakfahrer deutete erregt zum Ufer.

»Hör mal, Kumpel, ich weiß nicht, was du –«

Doch der Mann hörte nicht auf zu rufen und mit ausgestrecktem Zeigefinger zum Ufer zu deuten.

Chris sah in diese Richtung.

Einer der Studenten stand am Ufer und hielt ein Funkgerät in die Höhe. Er rief etwas. Chris brauchte einen Augenblick, bis er verstand. »Marek will, daß du zum Bauernhaus kommst. Sofort.«

»Mein Gott, wie wär's in einer halben Stunde, wenn ich hier fertig –«

»Er sagt *sofort.*«

Dunkle Wolken hingen über den fernen Tafelbergen, es sah aus, als würde es bald regnen. Doniger saß in seinem Büro und legte eben den Hörer auf. »Sie kommen«, sagte er.

»Gut«, entgegnete Diane Kramer. Sie stand vor seinem Schreibtisch, die Berge im Rücken. »Wir brauchen ihre Hilfe.«

»Leider ja«, sagte Doniger. Er stand auf und ging im Büro auf und ab. Er war immer ruhelos, wenn er intensiv nachdachte.

»Ich verstehe nur nicht, wie wir den Professor überhaupt verlieren konnten«, sagte Kramer. »Offensichtlich ist er in die Welt getreten. Obwohl du ihm gesagt hast, er soll es nicht tun. Obwohl du ihm geraten hast, er soll überhaupt nicht reisen. Trotzdem ist er anscheinend in die Welt getreten.«

»Wir wissen nicht, was passiert ist«, sagte Doniger. »Wir haben nicht den blassesten Schimmer.«

»Außer dem, daß er eine Nachricht geschrieben hat«, sagte Kramer.

»Ja. Nach Kastner. Wann hast du mit ihr gesprochen?«

»Gestern abend«, sagte Kramer. »Sie rief mich an, sobald sie es wußte. Sie ist für uns eine sehr verläßliche Verbindung, und sie –«

»Egal«, sagte Doniger und wedelte gereizt mit der Hand. »Das ist nicht der Kern.«

Das war der Ausdruck, den Doniger immer verwendete, wenn er etwas für irrelevant hielt. »Was ist der Kern?« fragte Kramer.

»Ihn zurückzuholen«, antwortete Doniger. »Es ist äußerst wichtig, daß wir den Mann zurückbekommen. Das ist der Kern.«

»Keine Frage«, sagte Kramer. »Äußerst wichtig.«

»Persönlich halte ich den alten Knacker ja für ein Arschloch«, sagte Doniger. »Aber wenn wir ihn nicht zurückbekommen, ist das ein PR-Alptraum.«

»Ja. Ein Alptraum.«

»Aber ich kann damit umgehen.«

»Du kannst damit umgehen, da bin ich mir sicher.«

Im Lauf der Jahre hatte Kramer sich angewöhnt, alles zu wiederholen, was Doniger sagte, wenn er so auf und ab ging. Für einen Außenseiter sah das aus wie Speichelleckerei, aber Doniger fand es hilfreich. Denn häufig, wenn Doniger ihre Wiederholung hörte, widersprach er ihr. Kramer begriff, daß sie in diesem Prozeß nur Zuschauerin war. Es mochte zwar aussehen wie ein Gespräch zwischen zwei Leuten, aber das war es nicht. Doniger redete nur mit sich selbst.

»Das Problem ist«, sagte Doniger, »daß wir zwar die Zahl der Außenseiter, die über diese Technologie Bescheid wissen, erhöhen, aber keine entsprechende Gegenleistung erhalten. Wer weiß denn, ob diese Studenten den Professor zurückbringen können?«

»Ihre Chancen stehen besser.«

»Das ist eine Vermutung.« Er ging auf und ab. »Eine schwache.«

»Akzeptiert, Bob. Sie ist schwach.«

»Und was ist mit dem Suchtrupp, den du losgeschickt hast? Wen hast du geschickt?«

»Gomez und Baretto. Sie haben den Professor nirgendwo gesehen.«

»Wie lang waren sie dort?«

»Ungefähr eine Stunde, glaube ich.«

»Sie haben die Welt nicht betreten?«

Kramer schüttelte den Kopf. »Warum das Risiko eingehen? Das bringt nichts. Das sind zwei Ex-Marines, Bob. Die wüßten gar nicht, wo sie suchen sollten, auch wenn sie die Welt betreten würden. Die wüßten nicht einmal, wovor sie Angst haben sollten. Das ist eine ganz andere Welt.«

»Aber diese Doktoranden könnten wissen, wo sie suchen müssen.«

»Das ist der Gedanke dahinter.«

In der Ferne grollte Donner. Die ersten fetten Regentropfen klatschten gegen die Bürofenster. Doniger starrte in den Regen hinaus. »Was ist, wenn wir diese Doktoranden auch verlieren?«

»Ein PR-Alptraum.«

»Vielleicht«, sagte Doniger. »Aber darauf müssen wir uns auf jeden Fall vorbereiten.«

Die Turbinen jaulten, als die Gulfstream V mit »ITC« in großen silbernen Lettern auf dem Leitwerk auf sie zu rollte. Die Treppe wurde herabgelassen, und eine uniformierte Stewardeß rollte auf dem Asphalt einen roten Teppich aus.

Die Doktoranden machten große Augen.

»Kein Scheiß«, sagte Chris Hughes. »Das ist wirklich ein roter Teppich.«

»Gehen wir«, sagte Marek. Er warf sich seinen Rucksack über die Schulter und führte sie an Bord.

Marek hatte auf ihre Fragen nicht geantwortet und Unwissenheit vorgeschützt. Er berichtete ihnen von den Ergebnissen der Radiokarbondatierung. Er sagte ihnen, er könne sie nicht erklären. Er sagte ihnen, ITC wolle, daß sie dem Professor zu Hilfe kämen, und daß es dringend sei. Mehr sagte er nicht. Und ihm fiel auf, daß auch Stern sehr schweigsam war.

Im Inneren des Flugzeugs herrschten Grau und Silber vor. Die Stewardeß fragte sie, was sie trinken wollten. Dieser ganze Luxus stand in deutlichem Kontrast zu dem hart wirkenden Mann mit Bürstenschnitt, der jetzt in die Passagierkabine kam, um sie zu begrüßen. Obwohl der Mann einen Geschäftsanzug trug, spürte Marek etwas Militärisches an ihm, als er jedem einzelnen von ihnen die Hand gab.

»Mein Name ist Gordon«, sagte er. »Vizepräsident von ITC. Willkommen an Bord. Die Flugzeit nach New Mexico beträgt neun Stunden und vierzig Minuten. Bitte schnallen Sie sich an.«

Sie sanken in ihre Sitze, denn schon spürten sie, wie das Flugzeug über die Startbahn rollte. Augenblicke später dröhnten die Turbinen auf, und als Marek aus dem Fenster schaute, sah er, daß die französische Landschaft bereits unter ihnen zurückblieb.

Es könnte schlimmer sein, dachte Gordon, der hinten im Flugzeug saß und die Gruppe betrachtete. Zugegeben, es waren Akademiker. Sie waren ein bißchen verwirrt. Und es herrschte keine Koordination, kein Teamgeist unter ihnen.

Andererseits schienen sie alle in recht ordentlicher körperlicher Verfassung zu sein, vor allem dieser Ausländer, Marek. Und die Frau war auch nicht schlecht. Guter Muskeltonus in den Armen, Schwielen an den Händen. Kompetentes Auftreten. Die könnte unter Druck standhalten, dachte er.

Aber der gutaussehende Junge war wohl nicht zu gebrauchen. Gordon seufzte, als Chris Hughes zum Fenster hinausschaute, sein Spiegelbild bemerkte und sich die Haare zurückstrich.

Bei dem vierten, dem Strebertypen, war Gordon sich nicht ganz sicher. Offensichtlich hatte er viel Zeit im Freien verbracht, seine Kleidung war ausgebleicht, seine Brillengläser zerkratzt. Offenbar ein Technikfreak. Der alles über Geräte und Schaltkreise wußte, aber nichts über die Welt. Es war schwer zu sagen, wie er reagieren würde, wenn es hart auf hart ging.

Der kräftige Mann, Marek, sagte: »Erzählen Sie uns jetzt, was eigentlich los ist?«

»Ich glaube, Sie wissen es bereits, Mr. Marek«, entgegnete Gordon. »Oder?«

»Ich habe ein Stück sechshundert Jahre altes Pergament mit der Schrift des Professors darauf. Geschrieben mit sechshundert Jahre alter Tinte.«

»Ja. Das stimmt.«

Marek schüttelte den Kopf. »Es fällt mir schwer, das zu glauben.«

»Zum gegenwärtigen Zeitpunkt ist es einfach eine technologische Realität. Man kann es machen.« Er stand auf und setzte sich zu der Gruppe.

»Sie meinen Zeitreisen«, sagte Marek.

»Nein«, sagte Gordon. »Zeitreisen meine ich absolut nicht. Zeitreisen ist unmöglich. Das weiß jeder.«

»Allein schon der Gedanke des Zeitreisens ist Unsinn, da Zeit nicht fließt«, fuhr er fort. »Daß wir glauben, die Zeit vergehe, ist nur ein Fehler unseres Nervensystem – der Art, wie die Welt für uns aussieht. In Wirklichkeit vergeht die Welt nicht, wir vergehen. Die Zeit selbst ist invariant. Sie *ist* einfach. Deshalb sind Vergangenheit und Zukunft nicht verschiedene Orte, so wie New York und Paris verschiedene Orte sind. Und da die Vergangenheit kein Ort ist, kann man auch nicht dorthin reisen.«

Sie alle schwiegen. Und starrten ihn nur an.

»Es ist wichtig, daß wir uns darüber im klaren sind«, sagte Gordon. »Die ITC-Technologie hat nichts zu tun mit Zeitreisen, zumindest nicht direkt. Was wir entwickelt haben, ist eine Art des Raumreisens. Um genau zu sein, wir verwenden die Quantentechnologie, um eine orthogonale Koordinatentransformation im Multiversum zu erzeugen.«

Sie sahen ihn verständnislos an.

»Das heißt«, sagte Gordon, »wir reisen zu einem anderen Ort im Multiversum.«

»Und was ist das Multiversum?«

»Das Multiversum ist die Welt, wie sie von der Quantenmechanik definiert wird. Es bedeutet, daß –«

»Quantenmechanik?« wiederholte Chris. »Was ist Quantenmechanik?«

Gordon zögerte kurz. »Das ist ziemlich schwierig«, sagte er. »Aber da Sie alle Historiker sind, will ich versuchen, es ihnen historisch zu erklären.«

»Vor hundert Jahren«, sagte Gordon, »erkannten die Physiker, daß Energie – wie Licht oder Magnetismus oder Elektrizität – aus kontinuierlich sich ausbreitenden Wellen besteht. Wir reden noch immer von ›Funkwellen‹ oder ›Lichtwellen‹. Tatsächlich war die Erkenntnis, daß jede Form von Energie diesen Wellencharakter besitzt, eine der größten Leistungen der Physik des neunzehnten Jahrhunderts.«

»Aber es gab da ein kleines Problem«, fuhr er fort. »Damals zeigte sich, daß man, wenn man ein Licht auf eine Metallplatte richtete, elektrischen Strom erhielt. Der Physiker Max Planck beschäftigte sich mit dem Verhältnis zwischen der Menge des Lichts, die die Platte traf, und der Menge des erzeugten Stroms, und er kam zu dem Schluß, daß Energie keine kontinuierliche Welle war. Statt dessen schien die Energie aus individuellen Einheiten zu bestehen, die er Quanten nannte. Die Entdeckung, daß Energie aus Quanten besteht, war der Beginn der Quantenmechanik. Einige Jahre später zeigte Einstein, daß man den photoelektrischen Effekt erklären konnte, wenn man annahm, daß Licht aus Teilchen bestand, die er Photonen nannte. Diese Photonen des Lichts trafen die Metallplatte und schlugen Elektronen heraus, was die Elektrizität erzeugte. Mathematisch funktionierten die Gleichungen. Sie paßten zu der Hypothese, daß Licht aus Teilchen bestand. Bis hierher alles klar?«

»Ja ...«

»Und ziemlich schnell erkannten die Physiker, daß nicht nur Licht, sondern jede Energie aus Teilchen bestand. Daß genaugenommen die gesamte Materie aus Teilchen aufgebaut war. Atome bestanden aus schweren Teilchen im Kern und leichten Elektronen, die außen herumwirbelten. Nach diesem neuen Denken besteht alles aus Teilchen. Okay?«

»Okay ...«

»Diese Teilchen sind diskrete Einheiten oder Quanten. Und die Theorie, die beschreibt, wie sich diese Teilchen verhalten, ist die Quantentheorie. Eine der großen Entdeckungen der Physik des zwanzigsten Jahrhunderts.«

Alle nickten.

»Die Physiker beschäftigen sich weiter mit diesen Teilchen und erkennen allmählich, daß es sehr merkwürdige Entitäten sind. Man weiß nicht so recht, wo sie sind, man kann sie nicht exakt messen, und man kann nicht vorhersagen, was sie tun werden. Manchmal verhalten sie sich wie Teilchen, manchmal wie Wellen. Manchmal interagieren – ›wechselwirken‹, wie die Physiker sagen – zwei Teilchen miteinander, obwohl sie Millionen von Kilometern voneinander entfernt sind, ohne jede Verbindung zwischen ihnen. Und so weiter. Die Theorie fängt langsam an, sehr merkwürdig auszusehen.

Jetzt passieren zwei Dinge mit der Quantentheorie. Zum einen wird sie bestätigt, immer und immer wieder. Es ist die am besten bewiesene Theorie in der Geschichte der Wissenschaft. Scanner im Supermarkt, Laser und Computerchips, das alles beruht auf der Quantenmechanik. Es besteht deshalb absolut kein Zweifel daran, daß die Quantentheorie die korrekte mathematische Beschreibung des Universums ist.

Aber das Problem ist, sie ist *nur* eine mathematische Beschreibung. Nur eine Reihe von Gleichungen. Und die Physiker konnten sich die Welt, die diese Gleichungen implizierten, nicht bildlich vorstellen – sie war einfach zu merkwürdig, zu widersprüchlich. Einstein zum Beispiel gefiel das überhaupt nicht. Er hatte den Eindruck, daß die Theorie einen Makel hatte. Aber sie wurde immer wieder bestätigt, und die Situation wurde schlimmer und schlimmer. Schließlich mußten sogar Wissenschaftler, die für ihre Beiträge zur Quantentheorie den Nobelpreis gewannen, zugeben, daß sie sie nicht verstanden.

Es ergab sich also eine sehr merkwürdige Situation. Fast seit Beginn des zwanzigsten Jahrhunderts existiert nun eine Theorie, die jeder benutzt und die jeder als korrekt bezeichnet – aber kein Mensch kann erklären, was sie über die Welt aussagt.«

»Was hat das alles mit multiplen Universen zu tun?« fragte Marek.

»Dazu komme ich gleich«, erwiderte Gordon.

Viele Physiker hätten versucht, die Gleichungen zu erklären, sagte Gordon. Aber aus dem einen oder dem anderen Grund versagte jeder Erklärungsversuch. Doch 1957 schlug ein Physiker namens Hugh Everett eine gewagte, neue Erklärung vor. Everett behauptete, daß unser Universum – das Universum, das wir sehen, das Universum der Felsen und Bäume und Menschen und Galaxien im All – nur eins aus einer unendlichen Zahl von Universen sei, die alle nebeneinander existierten.

Jedes dieser Universen verzweigte sich ständig, so daß es ein Universum gab, in dem Hitler den Krieg verlor, und ein anderes, in dem er ihn gewann; ein Universum, in dem Kennedy starb, ein anderes, in dem er weiterlebte. Und auch eine Welt, in der man sich am Morgen die Zähne putzte, und eine andere, in der man es nicht tat.

Und so weiter und so weiter und so weiter. Eine Unendlichkeit von Welten.

Everett nannte dies die »Vielwelten«-Erklärung der Quantenmechanik. Seine Erklärung stand zwar im Einklang mit den Quantengleichungen, aber den Physikern fiel es schwer, sie zu akzeptieren. Ihnen gefiel der Gedanke nicht, daß all diese Welten sich ständig verzweigten. Sie fanden es wenig glaubhaft, daß die Wirklichkeit eine solche Form annehmen konnte.

»Die meisten Physiker weigern sich noch immer, sie zu akzeptieren«, sagte Gordon. »Obwohl sie bis jetzt noch keiner widerlegt hat.«

Everett selbst hatte keine Geduld mit den Einwänden seiner Kollegen. Er beharrte darauf, daß die Theorie korrekt sei, ob es ihnen nun gefiel oder nicht. Wenn man seine Theorie nicht glaubte, war man einfach nur borniert und altmodisch, genau wie die Wissenschaftler, die dem kopernikanischen System, das die Sonne in den Mittelpunkt unseres Planetensystems stellte, keinen Glauben schenkten – eine Theorie, die damals ebenfalls unglaublich erschienen war. »Denn Everett behauptete, daß die Vielweltentheorie tatsächlich wahr sei. Daß es multiple Universen tatsächlich gebe. Und daß sie neben unserem eigenen existierten. Schließlich wurden diese multiplen Universen unter dem Begriff ›Multiversum‹ zusammengefaßt.«

»Moment mal«, sagte Chris. »Wollen Sie damit sagen, daß das alles wirklich stimmt?«

»Ja«, sagte Gordon. »Es stimmt.«

»Woher wissen Sie das?« fragte Marek.

»Ich werde es Ihnen zeigen«, antwortete Gordon und griff nach einem Aktendeckel mit der Aufschrift »ITC/CTC Technology«.

Er zog ein leeres Blatt Papier heraus und fing an zu zeichnen. »Ein sehr simples Experiment, das schon seit zweihundert Jahren gemacht wird. Stellen Sie zwei Wände auf, eine vor die andere. In der ersten Wand befindet sich ein einzelner, vertikaler Schlitz.«

Er zeigte ihnen die Zeichnung.

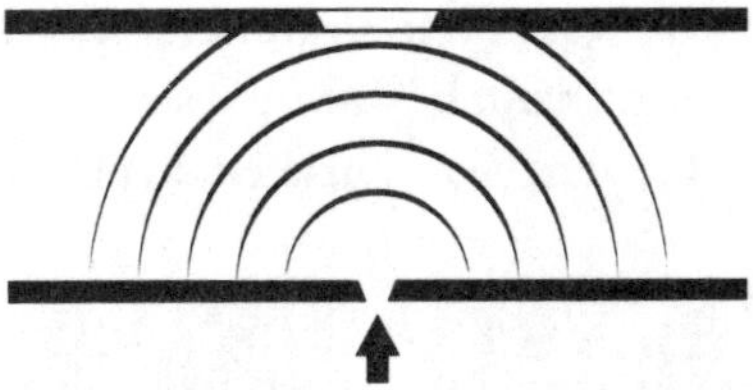

»Jetzt richten Sie eine Lichtquelle auf den Schlitz. An der Wand dahinter sehen Sie –«

»Eine weiße Linie«, sagte Marek. »Von dem Licht, das durch den Schlitz fällt.«

»Genau. Es sieht ungefähr so aus.« Gordon zog ein auf Karton aufgezogenes Foto aus der Mappe.

Gordon zeichnete weiter. »Jetzt haben Sie in der vorderen Wand anstellte des einzelnen Schlitzes zwei Schlitze. Richten Sie eine Lichtquelle darauf, und auf der dahinterliegenden Wand sehen Sie –«

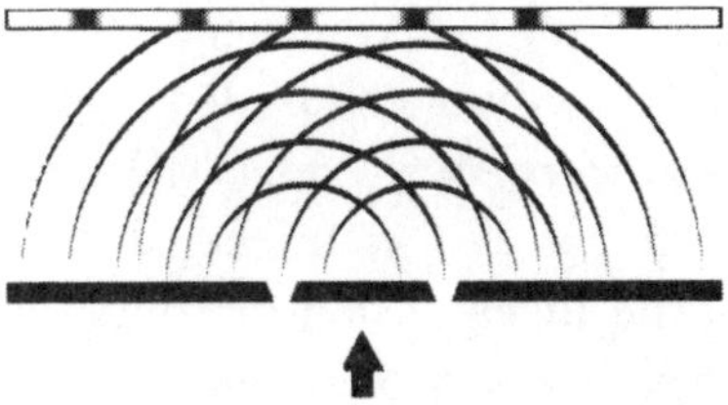

»Zwei vertikale Linien«, sagte Marek.

»Nein, Sie sehen eine Reihe von hellen und dunklen Streifen.« Er zeigte ihnen das nächste Foto.

»Und nun«, fuhr Gordon fort, »wenn Sie das Licht durch vier Schlitze scheinen lassen, dann bekommen sie nur halb so viele Streifen wie zuvor. Weil jeder zweite Streifen schwarz wird.«

Marek runzelte die Stirn. »Mehr Schlitze bedeuten weniger Streifen? Warum?«

»Die gewöhnliche Erklärung ist die, die ich aufgezeichnet habe – das Licht verhält sich wie zwei Wellen, die einander überlagern. An einigen Stellen verstärken sie einander, an anderen löschen sie sich gegenseitig aus. Und das erzeugt dieses abwechselnde Hell-Dunkel-Muster an der Wand. Wir nennen das eine Interferenz zwischen den beiden Wellen, und was dabei herauskommt, ist ein Interferenzmuster.«

Chris Hughes fragte: »Und? Was ist falsch daran?«

»Falsch daran ist«, fuhr Gordon fort, »daß ich Ihnen eben eine Erklärung des neunzehnten Jahrhunderts gegeben habe. Sie war völlig in Ordnung, als noch jeder glaubte, daß Licht eine Welle sei. Aber seit Einstein wissen wir, daß Licht aus Teilchen, sogenannten Photonen, besteht. Wie erklärt man, daß ein Haufen Photonen dieses Muster erzeugt?«

Alle schwiegen. Sie schüttelten nur den Kopf.

Nun sagte David Stern zum ersten Mal etwas. »Teilchen sind nicht so simpel, wie Sie sie beschrieben haben. Teilchen haben einige wellenähnliche Eigenschaften, abhängig von der Situation. Es kann zu Interferenzen zwischen Teilchen kommen. In diesem Fall entsteht zwischen den Photonen in dem Lichtstrahl eine Interferenz, die genau dieses Muster erzeugt.«

»Das klingt zumindest logisch«, sagte Gordon. »Schließlich ist ein Lichtstrahl nichts anderes als -zig Milliarden Photonen. Man kann sich leicht vorstellen, daß die auf irgendeine Art wechselwirken und so das Interferenzmuster erzeugen.«

Sie alle nickten. Ja, das war wirklich leicht vorstellbar.

»Aber stimmt das tatsächlich?« fragte Gordon. »Ist es wirklich das, was passiert? Eine Möglichkeit, das herauszufinden, ist, jede Wechselwirkung zwischen den Photonen zu eliminieren. Beschäftigen wir uns nur mit einem einzelnen Photon. Das wurde im Experiment bereits gemacht. Man nimmt einen Lichtstrahl, der so schwach ist, daß jeweils immer nur ein Photon herauskommt. Und man kann sehr empfindliche Detektoren hinter den Schlitz stellen, so empfindlich, daß sie merken, wenn ein einzelnes Photon sie trifft. Okay?«

Diesmal nickten sie langsamer.

»Jetzt kann es keine Interferenz mit anderen Photonen geben, weil wir es ja nur mit einem einzelnen Photon zu tun haben. Die Photonen kommen immer einzeln heraus, eins nach dem anderen. Die Detektoren zeichnen auf, wo die Photonen landen. Und nach ein paar Stunden erhalten wir ein Resultat. Und das sieht etwa so aus.«

»Was wir sehen«, sagte Gordon, »ist, daß die einzelnen Photonen immer nur an bestimmten Stellen landen, nie an anderen. Sie verhalten sich genau so, wie sie es in einem normalen Lichtstrahl tun. Aber sie kommen einzeln heraus. Es gibt keine anderen Photonen, mit denen sie interferieren könnten. Aber trotzdem interferiert irgend etwas mit ihnen, weil sie das übliche Interferenzmuster erzeugen. Also: Was interferiert mit einem einzelnen Photon?«

Schweigen.

»Mr. Stern?«

Stern schüttelte den Kopf. »Wenn man die Wahrscheinlichkeiten berechnet –«

»Wir wollen uns nicht in die Mathematik flüchten. Bleiben wir bei der Wirklichkeit. Schließlich wurde dieses Experiment bereits durchgeführt – mit realen Photonen, die reale Detektoren treffen. Und etwas Reales interferiert mit ihnen. Die Frage ist, was?«

»Es müssen andere Photonen sein«, sagte Stern.

»Ja«, sagte Gordon, »aber wo sind sie? Wir haben Detektoren, aber die registrieren keine anderen Photonen. Wo sind also die Photonen, die diese Interferenz produzieren?«

Stern seufzte. »Okay«, sagte er und warf die Hände in die Höhe.

Chris fragte: »Was soll das heißen, okay. Was ist okay?«

Gordon nickte Stern zu. »Sagen Sie es ihnen.«

»Was er damit sagen will, ist folgendes. Diese Einphotoneninterferenz beweist, daß die Wirklichkeit viel mehr ist als das, was wir in unserem Universum sehen. Die Interferenz passiert, aber in unserem Universum sehen wir keine Ursache dafür. Deshalb müssen die Photonen, die diese Interferenz erzeugen, in anderen Universen sein. Und das beweist, daß andere Universen existieren.«

»Richtig«, sagte Gordon. »Und manchmal gibt es Wechselwirkungen mit unserem Universum.«

»Entschuldigung«, sagte Marek. »Können Sie das noch einmal erklären? Warum gibt es Wechselwirkungen zwischen unserem Universum und einem anderen?«

»Das ist das Wesen des Multiversums«, sagte Gordon. »Denken Sie daran, in diesem Multiversum verzweigen sich die Universen ständig, das heißt, daß es viele Universen gibt, die dem unseren sehr ähnlich sind. Und zwischen diesen ähnlichen Universen gibt es Wechselwirkungen. Jedesmal, wenn wir in unserem Universum einen Lichtstrahl erzeugen, werden in vielen ähnlichen Universen simultan ebenfalls Lichtstrahlen erzeugt, und die Photonen aus diesen anderen Universen interferieren mit den Photonen in unserem Universum und produzieren das Muster, das wir sehen.«

»Und Sie wollen uns sagen, daß das alles wahr ist?«

»Absolut wahr. Das Experiment wurde schon viele Male durchgeführt.«

Marek runzelte die Stirn. Kate starrte auf den Tisch. Chris kratzte sich den Kopf.

Schließlich sagte David Stern: »Nicht alle Universen sind ähnlich wie unseres.«

»Nein.«

»Existieren sie gleichzeitig mit unserem?«

»Absolut nicht, nein.«

»Das heißt, einige Universen existieren zu einer früheren Zeit?«

»Ja. Und da es unendlich viele Universen gibt, existieren sie zu allen früheren Zeiten.«

Stern überlegte einen Augenblick. »Und Sie wollen uns sagen, daß ITC die Technologie hat, um in diese anderen Universen zu reisen.«

»Ja«, sagte Gordon. »Genau das will ich Ihnen sagen.«

»Wie?«

»Wir schaffen Wurmlochverbindungen im Quantenschaum.«

»Sie meinen den Wheeler-Schaum? Subatomare Fluktuationen der Raumzeit?«

»Ja.«

»Aber das ist unmöglich.«

Gordon lächelte. »Sie werden es selbst sehen, und zwar ziemlich bald.«

»Wir werden es sehen? Was soll das heißen?« fragte Marek.

»Ich dachte, Sie hätten verstanden«, erwiderte Gordon. »Professor Johnston ist im vierzehnten Jahrhundert. Wir wollen, daß Sie ebenfalls dorthin reisen und ihn zurückholen.«

Keiner sagte etwas. Die Stewardeß drückte auf einen Knopf, und alle Fenster verdunkelten sich gleichzeitig. Sie ging in der Kabine herum, verteilte Decken und Kissen auf den Couchen und richtete sie als Betten her. Neben jede Couch legte sie einen großen, gepolsterten Kopfhörer.

»Wir gehen zurück?« sagte Chris Hughes. »Wie?«

»Es ist einfacher, wenn wir es Ihnen zeigen«, sagte Gordon und gab jedem von ihnen ein kleines Zellophantütchen mit Tabletten. »Im Augenblick will ich, daß Sie die nehmen.«

»Was ist das?« fragte Chris.

»Drei unterschiedliche Beruhigungsmittel«, sagte er. »Dann will ich, daß Sie sich hinlegen und dem lauschen, was aus den Kopfhörern kommt. Sie können schlafen, wenn Sie wollen. Der Flug dauert nur zehn Stunden, Sie werden also sowieso nicht viel aufnehmen können. Aber wenigstens gewöhnen Sie sich ein wenig an die Sprachen und ihre Aussprache.«

»Was für Sprachen?« fragte Chris und nahm seine Tabletten.

»Altenglisch und Mittelfranzösisch.«

Marek sagte: »Ich kenne diese Sprachen bereits.«

»Ich glaube nicht, daß Sie die korrekte Aussprache kennen. Setzen Sie die Kopfhörer auf.«

»Aber niemand kennt die korrekte Aussprache«, entgegnete Marek. Doch kaum hatte er das gesagt, besann er sich eines Besseren.

»Ich glaube, Sie werden merken«, sagte Gordon, »daß wir sie kennen.«

Chris legte sich auf eine der Couchen. Er zog die Decke hoch und setzte sich den Kopfhörer auf. Wenigstens war so der Lärm des Jets nicht mehr zu hören.

Die Tabletten müssen sehr stark sein, dachte er, denn plötzlich fühlte er sich sehr entspannt. Er konnte die Augen nicht offenhalten. Plötzlich setzte eine Stimme ein. »Atmen Sie tief ein«, sagte sie. »Stellen Sie sich vor, Sie sind in einem wunderschönen, warmen Garten. Alles ist vertraut und behaglich. Direkt vor sich sehen Sie eine Tür, die in den Keller führt. Sie öffnen die Tür. Sie kennen den Keller gut, weil er Ihr Keller ist. Sie gehen die Steintreppen hinunter, in den warmen, behaglichen Keller. Mit jedem Schritt hören Sie deutlicher Stimmen. Sie finden es angenehm, ihnen zuzuhören, es fällt Ihnen leicht, ihnen zuzuhören.«

Nun sprachen abwechselnd eine Männer- und eine Frauenstimme.

»Gib mir meinen Hut. *Yiff may mean heht.*«

»Hier ist dein Hut. *Hair baye thynhatt.*«

»Danke. *Grah mersy.*«

»Bitte. *Ayepray thee.*«

Die Sätze wurden länger. Chris fand es schwer, ihnen zu folgen.

»Mir ist kalt. Ich hätte gern einen Mantel. *Ayeam chillingcold, ee wolld leifer half a coot.*«

Chris sank langsam, unmerklich in den Schlaf und hatte dabei den Eindruck, er würde noch immer eine Treppe hinuntergehen, tiefer und tiefer hinunter zu einem geräumigen, hallenden, behaglichen Ort. Alles war sehr friedlich, obwohl der letzte Satz, den er hörte, ihn ein wenig besorgt machte.

»Mach dich bereit zu kämpfen. *Dicht theeselv to ficht.*«

»Wo ist mein Schwert? *Whar beest mee swearde?*«

Doch dann atmete er aus und schlief vollends ein.

BLACK ROCK

Wage alles, oder gewinne nichts.

GEOFFREY DE CHARNEY, 1358

Die Nacht war kalt und der Himmel voller Sterne, als sie aus dem Flugzeug auf die nasse Rollbahn traten. Im Osten sah Marek unter tiefhängenden Wolken die Umrisse von Tafelbergen. Ein Stückchen entfernt wartete ein Landcruiser auf sie.

Bald fuhren sie auf einem Highway durch dichten Wald, der auf beiden Seiten bis an den Straßenrand heranreichte. »Wo genau sind wir?« fragte Marek.

»Eine Stunde nördlich von Albuquerque«, sagte Gordon. »Die nächste Stadt ist Black Rock. Und dort ist unsere Forschungseinrichtung.«

»Sieht aus wie das Ende der Welt«, sagte Marek.

»Nur bei Nacht. Tatsächlich gibt es in Black Rock fünfzehn Forschungsfirmen. Und natürlich liegt Sandia gleich um die Ecke. Los Alamos ist eine Stunde entfernt. Ein bißchen weiter weg White Sands und so weiter.«

Noch einige Kilometer fuhren sie die Straße entlang. Dann kamen sie zu einem auffälligen grünweißen Hinweisschild, auf dem stand: ITC BLACK ROCK LABORATORY. Der Landcruiser bog nach rechts ab und fuhr eine kurvige Straße in die bewaldeten Hügel hinauf.

Vom Rücksitz her sagt Stern: »Sie haben uns zuvor gesagt, daß Sie Verbindungen zu anderen Universen herstellen können.«

»Ja.«

»Durch den Quantenschaum.«

»Genau.«

»Aber das ergibt doch keinen Sinn«, sagte Stern.

»Warum? Was ist Quantenschaum überhaupt?« fragte Kate und unterdrückte ein Gähnen.

»Er ist ein Überbleibsel von der Geburt des Universums«, antwortete Stern. Er erklärte, daß das Universum als einzelner, unglaublich dichter, ausdehnungsloser Materiepunkt begonnen habe. Dann, vor achtzehn Milliarden Jahren sei dieser Punkt explodiert – der sogenannte Urknall. Nach der Explosion expandierte das Universum kugelförmig. Nur daß es keine absolut perfekte Kugel war. Das Universum innerhalb der Kugel war nicht absolut homogen – so daß wir jetzt Galaxien haben, die unregelmäßig über das Universum verstreut sind, und keine gleichmäßige Verteilung. Das Wichtige dabei ist, daß die expandierende Kugel winzige Störstellen im Kristallgitter zeigte. Und diese Störstellen wurden nie beseitigt. Sie sind noch immer Teil des Universums.«

»Wirklich? Wo?«

»In subatomaren Dimensionen. Der Begriff ›Quantenschaum‹ ist eine Beschreibung dafür, daß die Raumzeit in sehr kleinen Dimensionen Kräuselungen und Blasen hat. Aber der Schaum ist kleiner als ein einzelnes atomares Teilchen. Vielleicht gibt es Wurmlöcher in diesen Teilchen, vielleicht auch nicht.«

»Es gibt sie«, sagte Gordon.

»Aber wie wollen Sie die zum Reisen benutzen? Man kann einen Menschen doch nicht durch ein so kleines Loch schicken. Man kann überhaupt nichts durchschicken.«

»Vollkommen richtig«, sagte Gordon. »Man kann auch kein Blatt Papier durch eine Telefonleitung schicken. Aber man kann ein Fax schicken.«

Stern runzelte die Stirn. »Das ist ganz was anderes.«

»Warum?« fragte Gordon. »Man kann alles übertragen, wenn man nur eine Methode hat, es zu komprimieren und zu verschlüsseln. Oder etwa nicht?«

»Theoretisch ja«, erwidert Stern. »Aber Sie reden davon, die Information für ein ganzes menschliches Wesen zu komprimieren und zu verschlüsseln.«

»Richtig.«

»Das geht nicht.«

Jetzt lächelte Gordon amüsiert. »Warum nicht?«

»Weil die vollständige Beschreibung eines menschlichen Wesens – all die Milliarden Zellen, wie sie untereinander verbunden sind, all die Chemikalien und Moleküle, die sie enthalten, ihr biochemischer Zustand – aus viel mehr Informationen besteht, als irgendein Computer verarbeiten kann.«

»Es sind nur Informationen«, erwiderte Gordon mit einem Achselzucken.

»Ja. *Zu viele* Informationen.«

»Wir komprimieren sie, indem wir einen verlustfreien fraktalen Algorithmus verwenden.«

»Trotzdem ist es eine gigantische –«

»Entschuldigen Sie«, warf Chris dazwischen. »Wollen Sie damit sagen, daß Sie einen Menschen komprimieren?«

»Nein, wir komprimieren die Information, die einem Menschen entspricht.«

»Und wie geht das?«

»Mit Kompressionsalgorithmen – einer Methode, Daten in einem Computer so zu verdichten, daß sie weniger Platz wegnehmen. Wie JPEG oder MPEG für Bilddaten. Sind Sie vertraut damit?«

»Ich habe Software, die so was verwendet, das ist alles.«

»Okay«, sagte Gordon. »Alle Komprimierungsprogramme funktionieren nach der gleichen Methode. Sie suchen nach Ähnlichkeiten in den Daten. Angenommen, Sie haben das Bild einer Rose, aufgebaut aus einer Million Pixel. Jedes Pixel benötigt Informationen über zwei Ortskoordinaten und eine Farbe. Das sind drei Millionen Informationen – eine Menge Daten. Aber die meisten dieser Pixel sind rot, umgeben von anderen roten Pixeln. Das Programm sucht deshalb das Bild Zeile um Zeile ab und prüft, ob nebeneinanderliegende Pixel dieselbe Farbe haben. Wenn es solche Gruppen findet, schreibt es eine Anweisung an den Computer: Mache dieses Pixel rot, und die nächsten fünfzig Pixel in der Zeile ebenfalls. Dann schalte auf Grau und mache die nächsten zehn Pixel grau. Und so weiter. Es speichert nicht die Information für jeden einzelnen Punkt. Es speichert nur Informationen für die Wiederherstellung des Bildes. Und so wird die Datenmenge auf ein Zehntel der ursprünglichen reduziert.«

»Trotzdem«, sagte Stern, »Sie reden nicht von einem zweidimensionalen Bild, Sie reden von einem dreidimensionalen lebendigen Wesen, und dessen Beschreibung erfordert so viele Daten –«

»Daß man massive Parallelverarbeitung braucht«, sagte Gordon mit einem Nicken. »Das stimmt.«

Chris runzelte die Stirn. »Was ist Parallelverarbeitung?«

»Man verbindet mehrere Computer miteinander und teilt die Arbeit unter ihnen auf, damit es schneller geht. Ein großer parallelverarbeitender Computer hat etwa sechzehntausend miteinander verbundene Prozessoren. Ein wirklich großer zweihundertdreißigtausend. Wir haben *zweiunddreißig Milliarden* parallele Prozessoren.«

»Milliarden?« fragte Chris.

Stern beugte sich vor. »Das ist unmöglich. Auch wenn man nur versuchen würden, einen zu bauen...« Er starrte zur Decke und rechnete. »Sagen wir, einen Zoll Abstand zwischen den Hauptplatinen... das ergibt einen Stapel von äh... zweitausendsechshundert ... das ergibt einen Stapel von achthundert Metern Höhe. Auch rekonfiguriert zu einem Würfel ergibt das ein riesiges Gebäude. Sie könnten die Maschine nie bauen. Sie könnten sie nie kühlen. Und sie würde nie funktionieren, weil viele von den Prozessoren zu weit entfernt liegen.«

Gordon saß da und lächelte. Er sah Stern abwartend an.

»Die einzige Möglichkeit, so viel Verarbeitungsleistung zu erreichen«, fuhr Stern fort, »wäre, die Quantencharakteristika von Elektronen zu nutzen. Aber dann würden wir hier von einem Quantencomputer sprechen. Und noch niemand hat je einen gebaut.«

Gordon lächelte nur.

»Haben Sie?« fragte Stern.

»Ich will Ihnen erklären, wovon David spricht«, sagte Gordon zu den anderen. »Gewöhnliche Computer rechnen, indem sie zwei elektronische Zustände benutzen, die man Null und Eins nennt. So funktionieren alle Computer, indem sie Nullen und Einsen herumschieben. Aber vor zwanzig Jahren regte Richard Feynman an, daß es möglich sein könnte, einen extrem leistungsstarken Computer zu bauen, indem man alle zweiunddreißig Quantenzustände eines Elektrons benutzt. Viele Labors versuchen inzwischen, diese

Quantencomputer zu bauen. Ihr Vorteil ist ihre unvorstellbar große Leistungsfähigkeit – so groß, daß man damit tatsächlich ein lebendiges Wesen als einen Informationsstrom beschreiben und komprimieren kann. Genau wie ein Fax. Diese Kette von Elektronen kann man durch ein Wurmloch im Quantenschaum in ein anderes Universum schicken. Und genau das tun wir. Es ist keine Quantenteleportation. Es geht nicht um verschränkte Quantenzustände der Teilchen. Es ist eine direkte Übertragung in ein anderes Universum.«

Die Gruppe starrte ihn nur schweigend an. Der Landcruiser fuhr auf eine Lichtung, wo eine Reihe zweistöckiger Gebäude aus Ziegeln und Glas stand. Sie sahen überraschend gewöhnlich aus. Es hätte irgendeines dieser kleinen Gewerbegebiete sein können, wie sie sich überall in den Außenbezirken amerikanischer Städte finden. »Und das ist ITC?« fragte Marek.

»Wir versuchen, so unauffällig wie möglich zu bleiben«, sagte Gordon. »Und diesen speziellen Ort haben wir gewählt, weil es hier eine alte Mine gibt. Gute Minen sind inzwischen schwer zu finden, weil so viele Physikprojekte sie benötigen.«

Etwas abseits waren einige Männer zu sehen, die im grellen Licht von Scheinwerfern einen Wetterballon zum Start vorbereiteten. Der Ballon maß knapp zwei Meter im Durchmesser und war fahlweiß. Sie sahen zu, wie er sich, mit einem kleinen Instrumentenbündel an der Unterseite, schnell in die Luft erhob. »Wozu ist das gut?« fragte Marek.

»Wir kontrollieren jede Stunde die Wolkendecke, vor allem wenn es stürmisch ist. Das ist ein laufendes Forschungsprojekt; wir wollen herausfinden, ob das Wetter Interferenzen produziert.«

»Interferenzen womit?« fragte Marek.

Das Auto hielt vor dem größten Gebäude. Ein Wachmann öffnete die Tür. »Willkommen bei ITC«, sagte er mit einem breiten Lächeln. »Mr. Doniger erwartet Sie bereits.«

Doniger ging schnellen Schritts mit Gordon den Gang hinunter. Kramer folgte ihnen. Im Gehen überflog Doniger ein Blatt Papier mit Namen und Hintergrundinformationen zu jedem der Besucher. »Was für einen Eindruck machen sie, John?«

»Einen besseren, als ich erwartet habe. Sie sind in gutem körperlichem Zustand. Sie kennen die Gegend. Sie kennen die Zeit.«

»Und wieviel Überredungsarbeit wird nötig sein?«

»Ich glaube, Sie sind bereit. Du mußt nur vorsichtig sein, wenn du über die Risiken sprichst.«

»Willst du damit andeuten, daß ich nicht völlig ehrlich sein soll?« fragte Doniger.

»Du mußt nur aufpassen, wie du es formulierst«, sagte Gordon. »Sie sind sehr intelligent.«

»Wirklich? Na, dann wollen wir mal sehen.«

Und er stieß die Tür auf.

Kate und die anderen saßen in einem sachlichen, spärlich möblierten Konferenzraum – ein zerkratzter Resopaltisch und Klappstühle. An einer Wand hing eine große, mit Formeln vollgekritzelte Tafel. Die Formeln waren so lang, daß sie die gesamte Breite der Tafel einnahmen. Für Kate waren sie völlig unverständlich. Sie wollte eben Stern fragen, was diese Formeln bedeuteten, als Robert Doniger in den Konferenzraum rauschte.

Kate war überrascht, wie jung er war. Er sah nicht viel älter aus als sie und ihre Begleiter, vor allem, da er Turnschuhe, Jeans und ein Quicksilver-T-Shirt trug. Obwohl es mitten in der Nacht war, schien er voller Energie zu sein; er ging schnell um den Tisch herum, gab jedem die Hand und begrüßte ihn mit Namen. »Kate«, sagte er und lächelte sie an. »Freut mich, Sie kennenzulernen. Ich habe Ihren Zwischenbericht über die Kapelle gelesen. Sehr beeindruckend.«

Sie war so überrascht, daß sie gerade noch »Danke« herausbrachte, aber Doniger hatte sich bereits dem nächsten zugewandt.

»Und Chris. Freut mich, Sie wiederzusehen. Mir gefällt, was Sie mit dieser Mühlenbrücke machen. Die Herangehensweise mit der Computersimulation wird sich bestimmt auszahlen.«

Chris hatte nur Zeit zu nicken, bevor Doniger sagte: »Und David Stern. Wir haben uns noch nicht kennengelernt. Aber soweit ich weiß, sind Sie ebenfalls Physiker, wie ich.«

»Das stimmt ...«

»Willkommen an Bord. Und André. Sie werden aber auch nicht kleiner! Mit Ihrem Paper über die Turniere Edwards I. haben Sie es Monsieur Contamine aber gezeigt. Gute Arbeit. Nun aber, bitte setzen Sie sich.«

Sie nahmen Platz, und Doniger ging zum Kopfende des Tisches.

»Ich will gleich zur Sache kommen«, sagte er. »Ich brauche Ihre Hilfe. Und ich will Ihnen auch sagen, warum. Seit zehn Jahren arbeitet meine Firma an der Entwicklung einer revolutionären neuen Technologie. Es ist keine militärisch nutzbare Technologie. Es ist auch keine kommerziell verwertbare Technologie, aus der sich Profit schlagen läßt. Im Gegenteil, es ist eine völlig menschenfreundliche und friedliche Technologie, die uns allen von großem Nutzen sein wird. Von wirklich sehr großem Nutzen. Aber ich brauche Ihre Hilfe.«

»Überlegen Sie nur einen Augenblick«, fuhr Doniger fort, »wie ungleich sich die Technik im zwanzigsten Jahrhundert auf die unterschiedlichen Wissensgebiete ausgewirkt hat. Die Physik benutzt allermodernste technische Errungenschaften – darunter Teilchenbeschleuniger von vielen Kilometern im Durchmesser. Dasselbe gilt für die Chemie und die Biologie. Vor hundert Jahren hatten Faraday und Maxwell winzige private Labors. Darwin arbeitete mit Notizblock und Mikroskop. Aber heute kann keine wichtige wissenschaftliche Entdeckung mehr mit so einfachen Mitteln gemacht werden. Die Naturwissenschaft ist völlig von modernster Technik abhängig. Aber was ist mit den Geisteswissenschaften? Was ist in dieser Zeit mit ihnen passiert?«

Doniger legte eine rhetorische Pause ein. »Die Antwort lautet: nichts. Es gibt keine nennenswerten technischen Hilfsmittel. Der Literaturwissenschaftler oder der Historiker arbeitet noch genau so wie seine Vorgänger vor hundert Jahren. Oh, natürlich gab es einige kleinere Veränderungen bei der Echtheitsprüfung von Dokumenten, es gibt CD-ROMS als Speichermedien und so weiter. Aber die grundlegende alltägliche Arbeit des Forschers ist genau dieselbe geblieben.«

Er sah jeden einzeln an. »Es liegt hier also ein Ungleichgewicht vor. Er herrscht keine Balance zwischen den verschiedenen Bereichen menschlichen Wissens. Die Mediävisten sind stolz darauf, daß in ihrem Forschungsgebiet im zwanzigsten Jahrhundert eine Revolution stattgefunden hat. Aber die Physik hat im selben Jahrhundert drei Revolutionen erlebt. Vor hundert Jahren diskutierten die Physiker über das Alter des Universums und die Quelle der Energie der Sonne. Kein Mensch auf Erden kannte die Antwort. Heute kennen sie sogar Schulkinder. Heute haben wir das Universum der Länge und der Breite nach durchmessen, wir verstehen es von der Ebene der Galaxien bis hinunter zur Ebene subatomarer Teilchen. Wir haben so viel gelernt, daß wir detailliert über das sprechen können, was in den ersten Minuten nach der Geburt des explodierenden Universums passiert ist. Was haben Mediävisten dem an Fortschritten in ihrem Bereich entgegenzusetzen? Niemand hat je eine Technologie entwickelt, die den Historikern nützt – bis jetzt.«

Eine meisterhafte Vorstellung, dachte Gordon. Eine von Donigers besten – charmant, dynamisch, zuweilen fast euphorisch. Tatsache war aber, daß Doniger ihnen eben nichts anderes geliefert hatte als eine aufregende Begründung für das Projekt, ohne auch nur ein Wort über seinen wahren Zweck zu verlieren. Ohne ihnen zu sagen, was wirklich los war.

»Aber wie gesagt, ich brauche Ihre Hilfe. Ich brauche sie wirklich.«

Donigers Stimmung schien sich zu ändern. Er sprach jetzt langsam, ernst, besorgt. »Sie wissen, daß Professor Johnston zu uns kam, weil er glaubte, wir würden ihm Informationen vorenthalten. In gewisser Weise haben wir das sogar getan. Wir hatten Informationen, die wir nicht weitergegeben haben, weil wir nicht erklären konnten, woher wir sie hatten.«

Und, dachte Gordon, weil Kramer Mist gebaut hat.

»Professor Johnston hat uns bedrängt«, fuhr Doniger fort. »Sie kennen ja seine Art. Er drohte uns sogar mit der Presse. Und schließlich zeigten wir ihm die Technologie, die wir Ihnen jetzt gleich zeigen werden. Als er es sah, war er sehr aufgeregt – wie Sie es gleich sein werden. Aber er bestand darauf, in diese Zeit zurückzureisen und sich alles selbst anzusehen.«

Doniger hielt inne. »Wir wollten nicht, daß er geht. Wieder drohte er uns. Schließlich hatten wir keine andere Wahl, als ihn gehenzulassen. Das war vor drei Tagen. Er ist noch immer dort. Er hat Sie um Hilfe gebeten, mit Hilfe einer Nachricht, von der er wußte, daß Sie sie finden würden. Sie kennen die Gegend und die Zeit so gut wie sonst niemand auf der Welt. Sie müssen zurückgehen und ihn holen. Sie sind seine einzige Chance.«

»Was genau ist mit ihm passiert, nachdem er zurückging?« fragte Marek.

»Das wissen wir nicht«, erwiderte Doniger. »Aber er hat sich nicht an die Regeln gehalten.«

»Welche Regeln?«

»Sie müssen verstehen, daß diese Technologie noch immer sehr neu ist. Wir waren bis jetzt sehr vorsichtig in der Art, wie wir sie benutzen. Seit zwei Jahren schicken wir nun schon Beobachter zurück in die Vergangenheit, und wir nehmen dazu Ex-Marines, militärisch geschulte Leute. Aber die sind natürlich keine Historiker, und wir haben sie immer an der kurzen Leine gehalten.«

»Das heißt?«

»Wir haben unseren Beobachtern nicht gestattet, die Welt zu betreten. Wir haben sie nie länger als eine Stunde dortgelassen. Und wir haben ihnen nicht gestattet, sich mehr als fünfzig Meter von der Maschine zu entfernen. Kein Mensch hat je diese Maschine hinter sich gelassen und ist in die Welt marschiert.«

»Aber der Professor hat es getan?« fragte Marek.

»Offensichtlich, ja.«

»Und wir müssen es auch tun, wenn wir ihn finden wollen. Wir müssen die Welt betreten.«

»Ja«, sagte Doniger.

»Und Sie sagen, daß wir die ersten Menschen sind, die das tun? Die ersten, die die Welt betreten?«

»Ja. Sie, und vor Ihnen der Professor.«

Schweigen.

Doch plötzlich zeigte sich auf Mareks Gesicht ein breites Grinsen. »Großartig«, sagte er. »Ich kann's nicht erwarten!«

Aber die anderen sagten nichts. Sie sahen verkrampft, nervös aus.

Stern sagte: »Dieser Mann, der in der Wüste gefunden wurde ...«

»Joe Traub«, entgegnete Doniger. »Er war einer unserer besten Wissenschaftler.«

»Was wollte er in der Wüste?«

»Offensichtlich fuhr er einfach dorthin. Inzwischen wurde sein Auto gefunden. Aber wir wissen nicht, warum er es tat.«

Stern sagte: »Angeblich stimmte mit ihm irgendwas nicht, irgendwas mit seinen Fingern ...«

»Davon stand nichts im Autopsiebericht«, sagte Doniger. »Er starb an einem Herzanfall.«

»Dann hatte sein Tod also nichts mit Ihrer Technologie zu tun?«

»Überhaupt nichts«, sagte Doniger.

Wieder entstand ein Schweigen. Chris rutschte auf seinem Stuhl nach vorn. »Für einen Laien – wie sicher ist diese Technologie?«

»Sicherer als Auto fahren«, antwortete Doniger ohne Zögern. »Man wird Sie gründlich über alles informieren, und wir geben Ihnen unsere erfahrensten Beobachter als Begleitung mit. Der Ausflug wird maximal zwei Stunden dauern. Sie gehen einfach zurück und holen ihn.«

Chris Hughes trommelte mit den Fingern auf den Tisch. Kate biß sich auf die Unterlippe. Keiner sagte etwas.

»Sehen Sie, das ist alles freiwillig«, sagte Doniger. »Es liegt völlig an Ihnen, ob Sie gehen oder nicht. Aber der Professor hat Sie um Hilfe gebeten. Und ich glaube nicht, daß Sie ihn im Stich lassen würden.«

»Warum schicken Sie nicht einfach die Beobachter?« fragte Stern.

»Weil sie nicht genug wissen, David. Wie Ihnen sicher bewußt ist, handelt es sich um eine von der unseren völlig verschiedenen Welt. Sie haben den Vorteil Ihres Wissens. Sie kennen das Gelände, und Sie wissen detailliert über die Zeit Bescheid. Sie kennen die Sprache und die Gebräuche.«

»Aber unser Wissen ist theoretisch«, sagte Chris.

»Jetzt nicht mehr«, sagte Doniger.

Die Gruppe verließ das Zimmer zusammen mit Gordon, der ihnen nun die Maschinen zeigen sollte. Doniger sah ihnen nach und drehte sich dann um, als Kramer den Raum betrat. Sie hatte alles über die interne Videoanlage beobachtet.

»Was meinst du, Diane?« fragte Doniger. »Werden sie es tun?«

»Ja. Sie gehen.«

»Schaffen sie es?«

Kramer zögerte. »Ich würde sagen, die Chancen stehen fifty-fifty.«

Sie gingen eine breite Betonrampe hinunter, die groß genug für einen Lastwagen war. Am Ende befand sich ein mächtiges Stahltor. Marek sah ein halbes Dutzend Überwachungskameras, die in verschiedenen Positionen in der Umgebung der Rampe montiert waren. Die Kameras folgten ihnen, als sie auf das Tor zugingen. Unten angekommen, sah Gordon zu den Kameras hoch und wartete.

Das Tor öffnete sich.

Gleich dahinter lag ein kleiner Raum. Sie traten ein, das Tor schloß sich wieder. Gordon ging zu einer inneren Tür und wartete wieder.

»Können Sie die Türen nicht selbst öffnen?« fragte Marek.

»Nein.«

»Warum nicht? Trauen sie Ihnen nicht?«

»Sie trauen niemandem«, sagte Gordon. »Glauben Sie mir, hier kommt niemand rein, außer wir wollen, daß er reinkommt.«

Die Tür öffnete sich.

Sie betraten einen industriell wirkenden Metallkäfig. Die Luft war kalt und leicht modrig. Die Tür schloß sich hinter ihnen. Mit einem Surren begann der Käfig nach unten zu gleiten.

»Jetzt geht es dreihundert Meter nach unten«, sagte Gordon. »Haben Sie ein wenig Geduld.«

Der Aufzug hielt an, und die Tür öffnete sich. Sie gingen einen langen Betontunnel entlang, in dem ihre Schritte hallten. Gordon sagte: »Das ist die Kontroll- und Wartungsebene. Die eigentlichen Maschinen sind noch einmal hundertfünfzig Meter unter uns.«

Sie kamen zu einer schweren Doppeltür, die dunkelblau und

transparent war. Zuerst dachte Marek, sie sei aus extrem dickem Glas. Doch als die Tür dann automatisch aufglitt, sah er eine leichte Bewegung unter der Oberfläche. »Wasser«, sagte Gordon. »Wir benutzen hier Wasser zur Abschirmung. Die Quantentechnologie reagiert sehr empfindlich auf zufällige äußere Störungen – kosmische Strahlen, elektrische Streufelder und dergleichen. Das ist auch der Grund, warum wir überhaupt hier unten sind.«

Vor sich sahen sie etwas, das aussah wie eine Tür zu einem ganz gewöhnlichen Laborgang. Nach einer weiteren Glastür kamen sie in einen aseptisch weißgestrichenen Gang, von dem zu beiden Seiten Türen wegführten. Auf der ersten Tür links stand PREPACK, auf der zweiten FIELDPREP. Und auf der dritten stand schlicht TRANSIT.

Gordon rieb sich die Hände. Er sagte. »Dann wollen wir mal mit dem *Prepacking* anfangen.«

Der Raum war klein und erinnerte Marek an ein Krankenhauslabor, was ihm ein leichtes Unbehagen bereitete. In der Mitte stand eine vertikale Röhre, gut über zwei Meter hoch und einen Meter fünfzig im Durchmesser. Sie war geöffnet. Im Inneren waren matte Streifen zu erkennen. »Ein Solarium?« fragte Marek.

»Nein, ein sehr fortschrittliches Bildgebungssystem. Im Grunde genommen ist es ein extrem leistungsstarker Kernspintomograph. Aber Sie werden sehen, daß er eine gute Vorübung für die Maschine selbst ist. Vielleicht sollten Sie als erster gehen, Dr. Marek.«

»Da hinein?« Marek deutete auf die Röhre. Aus der Nähe sah sie eher aus wie ein weißer Sarg.

»Ziehen Sie sich einfach aus und gehen Sie hinein. Es ist genau wie ein Kernspintomograph – Sie spüren überhaupt nichts. Der ganze Vorgang dauert ungefähr eine Minute. Wir sind nebenan.«

Sie traten durch eine Seitentür mit einem kleinen Fenster in ein angrenzendes Zimmer. Marek konnte nicht sehen, was sich dort befand. Die Tür fiel zu.

In der Ecke sah er einen Stuhl. Er ging dorthin, zog seine Kleider aus und betrat dann den Scanner. Aus der Gegensprechanlage kam ein Klicken, und dann hörte er Gordon sagen: »Dr. Marek, wenn Sie bitte auf Ihre Füße schauen würden.«

Marek sah zu seinen Füßen hinunter.

»Sehen Sie den Kreis auf dem Boden? Ihre Füße müssen vollständig innerhalb dieses Kreises sein.« Marek veränderte seine Position. »Gut so, vielen Dank. Die Tür schließt sich jetzt.«

Mit einem mechanischen Summen schwang die Tür zu. Marek hörte ein Zischen, als sie versiegelt wurde. »Luftdicht?« fragte er.

»Ja, das muß sein. Sie werden gleich spüren, daß kalte Luft hereinkommt. Wir geben Ihnen zusätzlichen Sauerstoff, während wir kalibrieren. Sie haben doch keine Platzangst, oder?«

»Bis jetzt noch nicht.« Marek sah sich um. Die matten Streifen, das erkannte er jetzt, waren mit Plastik abgedeckte Öffnungen. Hinter dem Plastik sah er Lichter, kleine surrende Maschinen. Die Luft wurde deutlich kühler.

»Wir kalibrieren jetzt«, sagte Gordon. »Bitte nicht bewegen.«

Plötzlich fingen die Streifen um ihn herum an zu rotieren, die Maschinen klickten. Immer schneller rotierten die Streifen und hielten dann plötzlich an.

»Gut so. Alles in Ordnung?«

»Ich komme mir vor wie in einer Pfeffermühle«, sagte Marek.

Gordon lachte. »Die Kalibrierung ist abgeschlossen. Der Rest ist abhängig von exaktem Timing, die Sequenz läuft deshalb automatisch. Folgen Sie einfach den Anweisungen, die Sie hören. Okay?«

»Okay.«

Ein Klicken. Marek war allein.

Eine Stimme vom Band sagte: »Die Scan-Sequenz hat begonnen. Wir schalten die Laser an. Bitte sehen Sie geradeaus. Auf keinen Fall nach oben.«

Nun erstrahlte das Innere der Röhre in einem hellen, strahlenden Blau. Die Luft selbst schien zu leuchten.

»Die Laser polarisieren das Xenon, das jetzt in die Röhre gepumpt wird. Fünf Sekunden.«

Xenon? dachte Marek.

Das Blau wurde noch intensiver. Er schaute auf seine Hände und konnte sie in der flirrenden Luft kaum erkennen.

»Wir haben die Xenon-Konzentration erreicht. Jetzt werden wir Sie gleich bitten, tief einzuatmen.«

Tief einatmen? dachte Marek. Xenon?

»Bitte dreißig Sekunden lang nicht bewegen. Bereit? Stillhalten – Augen offen – tief einatmen – anhalten ... *jetzt*!«

Die Streifen rotierten nun wieder, und dann fing einer nach dem anderen an, hin- und herzuzucken, als würden sie ihn anstarren und müßten hin und wieder noch einmal zurück, um genauer hinzusehen. Jeder Streifen schien sich gesondert zu bewegen. Marek hatte das unheimliche Gefühl, von Hunderten von Augen beobachtet zu werden.

Die Stimme vom Band sagte: »Bitte völlig bewegungslos. Noch zwanzig Sekunden.«

Die Streifen um ihn herum surrten und schwirrten. Und plötzlich blieben alle stehen. Einige Sekunden Stille. Die Maschinerie klickte. Nun bewegten sich die Streifen vor und zurück sowie seitwärts.

»Bitte völlig bewegungslos. Zehn Sekunden.«

Jetzt drehten sie sich wieder im Kreis und glichen sich langsam einander an, bis sie schließlich alle völlig synchron rotierten.

»Der Scan ist abgeschlossen. Vielen Dank für Ihre Mitarbeit.«

Das blaue Licht ging aus, und mit einem Zischen öffnete sich die Tür. Marek trat heraus.

Im Nebenzimmer saß Gordon vor einem Computerterminal. Die anderen hatten sich Stühle herangezogen und saßen um ihn herum.

»Den meisten Leuten«, sagte Gordon, »ist gar nicht bewußt, daß ein ganz gewöhnlicher Kernspintomograph im Krankenhaus funktioniert, indem er den Quantenzustand der Atome in Ihrem Körper verändert – im allgemeinen den Eigendrehimpuls der Atomkerne. Die Erfahrung zeigt, daß die Veränderung des Quantenzustands keine schädigende Wirkung auf den Körper hat. Man merkt überhaupt nicht, daß es passiert. Aber ein normaler Kernspintomograph macht das mit einem sehr starken Magnetfeld – sagen wir, 1,5 Tesla, was etwa fünfundzwanzigtausendmal stärker ist als das Magnetfeld der Erde. Wir brauchen das nicht. Wir benutzen supraleitende Quanteninterferometer, sogenannte SQUIDS, die so empfindlich sind, daß ihnen für die Resonanzmessung das Erdmagnetfeld ausreicht. Wir haben in der Maschine überhaupt keine Magneten.«

Marek kam ins Zimmer. »Wie sehe ich aus?« fragte er.

Auf dem Monitor war ein durchscheinendes Bild von Mareks Gliedern in gesprenkeltem Rot zu sehen. »Hier sehen Sie das Mark in den langen Knochen, die Wirbelsäule und den Schädel«, sagte Gordon. »Jetzt wird der Körper aufgebaut, beginnend mit den inneren Organen. Hier sind die Knochen –«, sie sahen ein komplettes Skelett, »– und jetzt werden die Muskeln hinzugefügt...«

Als die Organe erschienen, sagte Stern: »Ihr Computer ist unglaublich schnell.«

»Ach, wir haben die Sache ziemlich verlangsamt. Ansonsten würden Sie gar nicht sehen können, wie es passiert. Die tatsächliche Verarbeitungszeit ist im Grunde genommen Null.«

Stern starrte ihn an. »Null?«

»Eine andere Welt«, sagte Gordon mit einem Nicken. »Alte Hypothesen treffen nicht mehr zu.« Er wandte sich den anderen zu. »Wer ist der nächste?«

Sie gingen den Korridor hinunter bis zu der Tür mit der Aufschrift TRANSIT. Kate fragte: »Warum mußten wir das alles tun?«

»Wir nennen das Prepacking«, sagte Gordon. »Eine Art Vorabspeicherung. So können wir schneller übertragen, weil ein Großteil der Informationen über Sie bereits in der Maschine gespeichert ist. Wir machen dann nur noch einen letzten Scan zum Abgleich der Unterschiede, und dann übertragen wir.«

Sie betraten einen anderen Aufzug, gingen durch eine weitere wassergefüllte Flügeltür. »Okay«, sagte Gordon. »Wir sind da.«

Sie betraten einen riesigen, hell erleuchteten, höhlenartigen Saal. Geräusche hallten. Die Luft war kalt. Sie bewegten sich auf einem metallenen Laufsteg, der etwa dreißig Meter über dem Boden hing. Als Chris nach unten schaute, sah er drei bogenförmige wassergefüllte Glaswände, die so angeordnet waren, daß sie einen kompletten Kreis bildeten, mit Lücken dazwischen, die so groß waren, daß ein Mensch hindurchgehen konnte. In diesem äußeren Kreis befanden sich drei kleinere dieser Bogenelemente, die eine zweite Wand bildeten. Und in dieser zweiten befand sich eine dritte. Die einzelnen Bogenelemente waren so versetzt angeordnet, daß die

Lücken nicht aufeinanderstießen, wodurch das Ganze ein wenig wie ein Labyrinth wirkte.

Der innerste dieser konzentrischen Kreise hatte einen Durchmesser von circa sieben Metern. Hier standen etwa ein Dutzend käfigartige Vorrichtungen, jede so groß wie eine Telefonzelle. Sie standen ohne erkennbare Ordnung herum. Die Deckel dieser Käfige bestanden aus mattem Metall. Weißer Dunst waberte durch den Kreis. Tanks lagen auf dem Boden. Überall schlängelten sich dicke, schwarze Stromkabel. Das Ganze sah aus wie eine Werkstatthalle. Und tatsächlich arbeiteten einige Männer an einem der Käfige.

»Das ist unser Übertragungsbereich«, sagte Gordon. »Stark abgeschirmt, wie Sie sehen können. Da drüben bauen wir noch einen zweiten, aber der wird erst in ein paar Monaten fertig.« Er deutete ans andere Ende des Saals, wo ein weiteres System konzentrischer Kreise aufgebaut wurde. Diese Wände waren völlig durchsichtig, sie waren noch nicht mit Wasser gefüllt.

Von dem Laufsteg führte ein Kabelaufzug in den innersten Kreis.

»Können wir da hinunter?« fragte Marek.

»Noch nicht, nein.«

Ein Techniker sah zu ihnen hoch und winkte. Gordon fragte: »Wie lange noch bis zum Brenn-Check, Norm?«

»Ein paar Minuten. Gomez ist schon unterwegs.«

»Okay.« Gordon wandte sich an die anderen. »Dann wollen wir jetzt in den Kontrollraum gehen und zusehen.«

In dunkelblaues Licht getaucht, standen die Maschinen auf einer erhöhten Plattform. Sie waren stumpfgrau und summten leise. Weißer Dunst wehte über den Boden und verhüllte die Sockel. Zwei Arbeiter in blauen Parkas knieten vor einer der Maschinen und arbeiteten im geöffneten Sockel.

Die Maschinen waren im wesentlichen offene Zylinder, mit Boden und Deckel aus Metall. Jede stand auf einem dicken Metallsockel. Drei Stangen stützten das Metalldach.

Techniker zogen ein Gewirr schwarzer Kabel von einem Gitter über ihren Köpfen und befestigten die Kabel am Dach einer Maschine, wie Tankwarte, die ein Auto betanken.

Der Raum zwischen Sockel und Dach war völlig leer. Genaugenommen sah die ganze Maschine enttäuschend gewöhnlich aus. Nur die Stangen waren merkwürdig, dreieckig und genoppt. Blauer Rauch schien unter dem Dach der Maschine hervorzukommen.

Die Maschinen erinnerten Kate an nichts, was sie je gesehen hatte. Sie starrte die riesigen Bildschirme in dem kleinen Kontrollraum an. Hinter ihr saßen zwei Techniker in Hemdsärmeln an zwei Konsolen. Die Bildschirme vor ihr vermittelten den Eindruck, als würde man zu einem Fenster hinaussehen, obwohl der Kontrollraum eigentlich fensterlos war.

»Hier sehen Sie die jüngste Version unserer CTC-Technologie«, sagte Gordon. »Das steht für Closed Timelike Curve – geschlossene zeitartige Bahn –, die Topologie der Raumzeit, die wir benutzen, um zurückzugehen. Wir mußten völlig neue Technologien entwikkeln, um diese Maschinen zu bauen. Was Sie hier sehen, ist bereits die sechste Version, da der erste funktionierende Prototyp vor drei Jahren gebaut wurde.«

Chris starrte die Maschinen an und sagte nichts. Kate Erickson sah sich im Kontrollraum um. Stern war nervös, er rieb sich die Oberlippe. Marek ließ ihn nicht aus den Augen.

»Die ganze wichtige Hardware«, fuhr Gordon fort, »befindet sich im Sockel, darunter der Indium-Gallium-Arsenid-Quantenspeicher, die computergesteuerten Laser und die Batterieelemente. Die Vaporisierungs-Laser befinden sich natürlich in den Metallstangen, die eigentlich Röhren sind. Das matte Metall ist Niob, die Drucktanks sind aus Aluminium, die Aufbewahrungsbehälter aus Plastik.«

Eine junge Frau mit kurzen, dunkelroten Haaren und etwas martialischem Auftreten kam in den Saal. Sie trug eine Khakibluse, -shorts und Stiefel und sah aus, als ginge sie auf eine Safari. »Gomez gehört zu der Eskorte, die Sie auf Ihrer Reise begleitet. Sie geht jetzt zurück, um das zu machen, was wir einen Brenn-Check nennen. Sie hat sich ihren Navigationsmarker bereits gebrannt und das Zieldatum festgelegt, und jetzt wird sie überprüfen, ob es exakt ist.« Er betätigte die Gegensprechanlage. »Sue? Zeigen Sie uns doch bitte Ihren Navigationsmarker.«

Die Frau hielt ein weißes, rechteckiges Keramikplättchen, kaum größer als eine Briefmarke, in die Höhe. Es paßte problemlos in ihre Handfläche.

»Das benutzt sie, um zurückzugehen. Und um die Maschine für die Rückkehr zu rufen – zeigen Sie uns doch bitte den Knopf, Sue.«

»Der ist ein bißchen schwer zu sehen«, sagte sie und hielt das Plättchen hochkant. »Hier ist ein kleiner Knopf, den man mit dem Daumennagel drückt. Damit ruft man die Maschine, wenn man zurückkehren will.«

»Danke, Sue.«

Einer der Techniker sagte: »Feldanomalie.«

Sie drehten sich zu ihm um. Einer der Bildschirme auf seiner Konsole zeigte eine sich wellenförmig bewegende, dreidimensionale Oberfläche mit einer steilen, zerklüfteten Erhebung in der Mitte, wie ein Berggipfel.

»Toll«, sagte Gordon. »Klassisch.« Dann erklärte er den anderen: »Weil unsere Magnetfeldsensoren auf SQUIDS beruhen, können wir auch äußerst schwache Diskontinuitäten im örtlichen Magnetfeld erkennen – die sogenannten Feldanomalien. Unsere Meßgeräte zeigen, daß sie ungefähr zwei Stunden vor einem Ereignis anfangen. Und diese hier haben vor zwei Stunden begonnen. Es bedeutet, daß eine Maschine zurückkehrt.«

»Was für eine Maschine?« fragte Kate.

»Sues Maschine.«

»Aber sie ist doch noch gar nicht weg.«

»Ich weiß«, sagte Gordon. »Das erscheint Ihnen unsinnig. Aber Quantenereignisse widersprechen jeder Intuition.«

»Sie wollen damit sagen, daß Sie einen Hinweis auf ihre Rückkehr bekommen, bevor sie überhaupt aufgebrochen ist?«

»Ja.«

»Warum?« fragte Kate.

Gordon seufzte. »Das ist kompliziert. Sagen wir einfach, in der normalen Welt haben wir bestimmte Ansichten über Ursache und Wirkung. Zuerst kommt die Ursache, dann die Wirkung. Aber in der Quantenwelt gilt diese Reihenfolge der Ereignisse nicht immer. Wirkungen können gleichzeitig mit Ursachen auftreten, und Wirkungen können den Ursachen vorangehen. Dies ist nur ein kleines Beispiel dafür.«

Die Frau, Gomez, stieg nun in eine der Maschinen. Sie schob das weiße Plättchen in einen Schlitz im Sockel zu ihren Füßen. »Sie hat jetzt ihren Navigationsmarker installiert. Der führt die Maschine hin und wieder zurück.«

»Und woher weiß man, daß man zurückkommt?« fragte Stern.

»Ein Multiversumstransfer«, erwiderte Gordon, »erzeugt eine Art potentieller Energie, ein bißchen wie eine gedehnte Feder, die zurückschnellen will. Heim kommen die Maschinen also relativ einfach. Die andere Richtung ist das Knifflige. Dazu wird die Keramik codiert.«

Er beugte sich vor und betätigte die Gegensprechanlage. »Sue? Wie lange bleiben Sie weg?«

»Eine Minute, höchstens zwei.«

»Okay. Synchronisierung abgelaufen.«

Jetzt fingen die Techniker an zu reden, bedienten Schalter an einer Konsole und lasen Daten von ihren Monitoren ab.

»Heliumcheck.«

»Anzeige auf voll«, sagte ein Techniker mit Blick auf seine Konsole.

»EMR-Check.«

»Okay.«

»Bereitschaft zur Laserjustierung.« Einer der Techniker legte einen Schalter um, und aus den Metallröhren schoß ein dichtes Bündel grüner Laserstrahlen ins Innere der Maschine, die Gesicht und Körper der reglos und mit geschlossenen Augen dastehenden Frau mit Dutzenden grüner Punkte bedeckten.

Die Röhren begannen sich nun langsam zu drehen. Die Frau in der Mitte blieb bewegungslos. Die Laser malten grüne horizontale Streifen über ihren Körper. Dann kamen die Röhren wieder zum Stillstand.

»Laser justiert.«

Gordon sagte: »Bis bald, Sue.« Dann wandte er sich den anderen zu. »Okay. Jetzt geht's los.«

Die bogenförmigen Wasserschilde um den Käfig herum begannen nun in einem schwachen Blau zu leuchten. Wieder fing die Maschine an, sich langsam zu drehen. Die Frau in der Mitte stand bewegungslos, die Maschine drehte sich um sie herum.

Das Summen wurde lauter. Die Rotation wurde schneller. Die Frau stand ruhig und entspannt da.

»Für diesen Ausflug wird sie nur eine oder zwei Minuten der verfügbaren Zeit brauchen. In ihren Batterieelementen hat sie aber insgesamt siebenunddreißig Stunden. Das ist die Maximalspanne, die diese Maschinen an einem Ort bleiben können, ohne zurückzukehren.«

Die Röhren drehten sich jetzt schnell. Sie hörten ein schnelles Knattern, wie von einer Maschinenpistole.

»Das ist der Abstandscheck: Infrarotsensoren kontrollieren die Umgebung der Maschine. Ohne zwei Meter Sicherheitsabstand auf allen Seiten läuft das Programm nicht weiter. Kontrolliert wird auf beiden Seiten. Wir wollen ja nicht, daß die Maschine mitten in einer Steinmauer herauskommt. Okay. Jetzt wird Xenon freigesetzt. Jetzt geht die Reise los.«

Das Summen war inzwischen sehr laut. Die Drehbewegung war jetzt so schnell, daß die Röhren verschwammen. Die Frau im Inneren war deutlich zu sehen.

Sie hörten eine Stimme vom Band: »Stillhalten. Augen offen. Tief einatmen. Anhalten ... Jetzt!«

Vom Dach der Maschine sauste ein einzelner Ring nach unten, der sie schnell von Kopf bis Fuß scannte.

»Jetzt genau aufpassen. Es geht sehr schnell«, sagte Gordon.

Kate sah violette Laserstrahlen von den Röhren ins Innere schießen. Einen Augenblick lang schien die Frau darin weiß aufzuglühen, und dann blitzte dort ein blendend weißes Licht auf. Kate schloß die Augen und wandte sich ab. Als sie wieder hinsah, tanzten ihr Sterne vor den Augen, und im ersten Augenblick konnte sie nicht erkennen, was passiert war. Dann sah sie, daß die Maschine kleiner wurde. Sie hatte sich von den Kabeln gelöst, die jetzt frei vom Gitter herunterbaumelten.

Noch ein Laserblitz.

Die Maschine war kleiner. Die Frau darin war kleiner. Sie war jetzt knapp einen Meter groß und schrumpfte vor ihren Augen in einer Reihe heller Laserblitze immer weiter.

»O Gott«, sagte Stern und starrte gebannt hin. »Wie fühlt sich das an?«

»Überhaupt nicht«, antwortete Gordon. »Sie spüren überhaupt nichts. Die Nervenleitungszeit von der Haut zum Hirn bewegt sich in der Größenordnung von hundert Millisekunden. Die Laservaporisierung dauert fünf Nanosekunden. Sie sind längst weg.«

»Aber sie ist noch hier.«

»Nein, ist sie nicht. Sie war schon mit dem ersten Laserblitz verschwunden. Der Computer verarbeitet jetzt nur die Daten. Was Sie jetzt sehen, sind Artefakte der Kompressionsschritte. Die Kompression ist bei drei hoch minus zwei …«

Wieder gab es einen hellen Blitz. Der Käfig schrumpfte nun sehr schnell. Erst war er einen Meter hoch, dann sechzig Zentimeter. Jetzt war er schon dicht am Boden – weniger als dreißig Zentimeter hoch. Die Frau darin sah aus wie eine kleine Puppe in Khakis.

»Minus vier«, sagte Gordon. Wieder ein heller Blitz, dicht über dem Boden. Jetzt konnte Kate den Käfig überhaupt nicht mehr sehen.

»Was ist mit der Maschine passiert?«

»Sie ist dort. So gut wie.«

Noch ein Blick, nur noch ein kleiner Lichtpunkt auf dem Boden.

»Minus fünf.«

Die Blitze kamen jetzt sehr schnell, wie blinkende Leuchtkäfer, und wurden immer schwächer. Gordon zählte sie aus.

»Und minus vierzehn … Verschwunden.«

Jetzt kamen keine Blitze mehr.

Nichts.

Der Käfig war verschwunden. Der Boden aus dunklem Gummi war leer.

Kate fragte: »Und das sollen wir machen?«

»Es ist keine unangenehme Erfahrung«, sagte Gordon. »Sie sind die ganze Zeit bei klarem Bewußtsein, was wir eigentlich gar nicht erklären können. Nach den letzten Datenkompressionen befinden Sie sich in sehr kleinen Raum-Zeit-Gebieten – in subatomaren Regionen –, und dort sollte Bewußtsein eigentlich gar nicht möglich sein. Und doch ist es so. Wir glauben, daß es vielleicht ein Artefakt ist, eine Halluzination, die den Übergang überbrückt. Falls das zutrifft, ist es so wie der Phantomschmerz, den Amputierte fühlen, obwohl das Glied gar nicht mehr da ist. Vielleicht ist es eine Art Phantomgehirn. Wir reden hier natürlich von sehr kurzen Zeitspannen, Nanosekunden. Und richtig verstehen kann das Bewußtsein sowieso niemand.«

Kate runzelte die Stirn. Einige Zeit lang hatte sie sich nun etwas angesehen, was sie als Architektur betrachtete, in Dimensionen der Entsprechung von Form und Funktion: War es nicht faszinierend, daß diese riesigen unterirdischen Konstruktionen eine konzentrische Symmetrie hatten, die ein wenig an mittelalterliche Burgen erinnerte, obwohl diese modernen Gebilde ohne jeden ästhetischen Plan gebaut wurden? Sie waren gebaut worden, einfach nur um ein wissenschaftliches Problem zu lösen. Sie fand das daraus entstandene Erscheinungsbild faszinierend.

Jetzt aber, da sie konfrontiert war mit dem, wozu diese Maschinen tatsächlich *benutzt* wurden, hatte sie Schwierigkeiten zu begreifen, was ihre Augen eben gesehen hatten. Und ihre Architekturausbildung half ihr da absolut nicht weiter. »Aber diese Methode des, äh, Verkleinerns einer Person, das setzt doch voraus, daß man sie zerlegt –«

»Nein. Wir zerstören sie«, erwiderte Gordon unverblümt. »Man muß das Original zerstören, damit es am anderen Ende wieder aufgebaut werden kann. Das eine ohne das andere geht nicht.«

»Dann ist sie also gestorben?«

»Das würde ich nicht sagen, nein. Sehen Sie –«

»Aber wenn man eine Person an einem Ende zerstört«, sagte Kate, »ist sie dann nicht tot?«

Gordon seufzte. »Das ist mit traditionellen Begriffen schwer zu umschreiben. Da man genau im selben Augenblick, in dem man zerstört wird, wiederaufgebaut wird, wie kann man da sagen, daß man gestorben ist? Man ist nicht gestorben. Man wurde einfach woandershin bewegt.«

Stern war sich sicher – es war ein körperliches Gefühl in der Magengrube –, daß Gordon über diese Technologie nicht ganz die Wahrheit sagte. Allein schon beim Anblick dieser bogenförmigen Wasserschilde und all der verschiedenen Maschinen, die auf dem Boden herumstanden, hatte er den Eindruck, daß hier noch einiges unerklärt geblieben war. Er versuchte es herauszufinden.

»Sie ist jetzt in dem anderen Universum?« fragte er.

»Genau.«

»Sie haben sie übertragen, und sie ist jetzt im anderen Universum angekommen. Wie ein Fax?«

»Genau.«

»Aber um sie wiederaufzubauen, brauchen Sie am anderen Ende ein Faxgerät.«

Gordon schüttelte den Kopf. »Nein, brauchen wir nicht«, sagte er.

»Warum nicht?«

»Weil sie bereits dort ist.«

Stern runzelte die Stirn. »Sie ist bereits dort? Wie kann das sein?«

»Im Augenblick der Übertragung ist die Person bereits im anderen Universum. Und deshalb muß sie von uns nicht mehr aufgebaut werden.«

»Warum?« fragte Stern.

»Für den Augenblick betrachten Sie es einfach als ein Charakteristikum des Multiversums. Wenn Sie wollen, können wir später noch eingehender darüber sprechen. Ich weiß nicht so recht, ob man alle mit diesen Detailproblemen belästigen sollte«, sagte er und nickte zu den anderen.

Da ist wirklich noch mehr, dachte Stern. Etwas, das er uns nicht sagen will. Stern sah sich noch einmal den Übertragungsbereich an. Versuchte, das zu finden, was hier nicht stimmte. Denn er war sich ganz sicher, daß etwas nicht stimmte.

»Haben Sie uns nicht gesagt, daß Sie bis jetzt nur ein paar Leute zurückgeschickt haben?«

»Das stimmt, ja.«

»Mehrere gleichzeitig?«

»Fast nie. Ganz selten zwei.«

»Wozu haben Sie dann so viele Maschinen?« fragte Stern. »Ich zähle da draußen acht. Würden zwei nicht reichen?«

»Was Sie hier sehen, sind nur die Resultate unseres Forschungsprogramms«, sagte Gordon. »Wir versuchen beständig, unser Design zu verbessern.«

Gordon hatte zwar sehr schlüssig geantwortet, aber Stern war überzeugt, daß er etwas – ein leichtes Unbehagen – in seinen Augen gesehen hatte.

Da steckt auf jeden Fall noch was dahinter.

»Ich hätte mir gedacht«, sagte Stern, »daß Sie Verbesserungen an existierenden Maschinen anbringen.«

Gordon zuckte die Achseln und schwieg.

Auf jeden Fall.

»Was tun denn diese Reparaturmechaniker da drin?« Stern ließ nicht locker. Er deutete zu den Männern, die auf Händen und Knien am Sockel einer Maschine arbeiteten. »Ich meine bei der Maschine dort in der Ecke. Was genau reparieren die?«

»David«, setzte Gordon an. »Ich glaube wirklich –«

»Ist diese Technologie wirklich *sicher*?« fragte Stern.

Gordon seufzte. »Sehen Sie es sich selbst an.«

Auf dem großen Bildschirm war eine Reihe schneller Blitze auf dem Boden des Transitraums zu sehen.

»Da kommt sie wieder«, sagte Gordon.

Die Blitze wurden heller. Dann war das Knattern wieder zu hören, zuerst leise, dann immer lauter. Und dann stand der Käfig wieder in voller Größe da, das Summen verstummte, weißer Dunst waberte über den Boden, und die Frau trat heraus und winkte den Zuschauern zu.

Stern musterte sie. Sie schien völlig in Ordnung zu sein. Ihr Aussehen war genauso wie zuvor.

Gordon schaute ihn an. »Glauben Sie mir«, sagte er. »Es ist vollkommen sicher.« Er drehte sich zum Monitor. »Wie sieht's dort aus, Sue?«

»Ausgezeichnet«, antwortete sie. »Der Landeplatz liegt an der Nordseite des Flusses. Abgeschiedene Stelle, mitten im Wald. Und das Wetter ist ziemlich gut, für April.« Sie sah auf die Uhr. »Machen Sie Ihr Team fertig, Dr. Gordon. Ich brenne jetzt den Ersatzmarker. Und dann gehen wir zurück und holen den alten Knaben raus, bevor jemand ihm was tun kann.«

Bitte legen Sie sich auf die linke Seite.« Kate drehte sich auf dem Untersuchungstisch und sah mit leichtem Unbehagen zu, wie ein älterer Mann im weißen Labormantel etwas hob, das aussah wie eine Kleberpistole, und über ihr Ohr hielt. »Das fühlt sich jetzt etwas warm an.«

Warm? Sie spürte ein heftiges Brennen im Ohr. »Was ist das?«

»Es ist ein organisches Polymer«, sagte der Mann. »Ungiftig und nicht allergen. Bleiben Sie acht Sekunden so. Gut, und jetzt machen Sie bitte Kaubewegungen. Wir wollen, daß es etwas lockerer sitzt. Sehr gut, kauen Sie weiter.«

Kurz darauf war er wieder bei ihr. Er bat sie, sich umzudrehen und injizierte ihr das Polymer ins andere Ohr. Gordon sah von einer Ecke des Zimmers aus zu. Er sagte: »Das ist zwar noch ein bißchen experimentell, aber bis jetzt hat es gut funktioniert. Das Polymer beginnt nach einer Woche, sich biologisch abzubauen.«

Etwas später ließ der Mann sie alle aufstehen und zog ihnen mit geschickten Fingern die Plastikimplantate aus den Ohren.

Kate sagte zu Gordon: »Mein Gehör ist sehr gut, ich brauche kein Hörgerät.«

»Das ist kein Hörgerät«, sagte Gordon.

Am anderen Ende des Zimmers bohrte der Mann Löcher in die Plastikohrstöpsel und baute Elektronik hinein. Er arbeitete überraschend schnell. Danach verschloß er die Löcher wieder mit Polymer.

»Es ist ein Sprachübersetzungscomputer und ein Funkmikrofon. Für den Fall, daß Sie verstehen müssen, was die Leute zu Ihnen sagen.«

»Aber auch wenn ich verstehe, was sie sagen«, fragte Kate, »wie kann ich Ihnen antworten?«

Marek stieß sie an. »Mach dir keine Gedanken. Ich spreche Provenzalisch. Und Mittelfranzösisch.«

»Ach, dann ist es ja gut«, erwiderte sie sarkastisch. »Wirst du es mir in den nächsten fünfzehn Minuten beibringen?« Sie war nervös; gleich würde sie zerstört oder vaporisiert werden oder was immer die mit dieser Maschine machten, und die Worte sprudelten einfach aus ihr heraus.

Marek sah sie überrascht an. »Nein«, sagte er ernsthaft. »Aber wenn du bei mir bleibst, passe ich auf dich auf.«

Etwas an seiner Ernsthaftigkeit beruhigte sie. Er war so ein grundanständiger Kerl. Wahrscheinlich wird er wirklich auf mich aufpassen, dachte sie und entspannte sich.

Kurz darauf wurden sie alle mit den fleischfarbenen Plastikohrstöpseln ausgestattet. »Sie sind jetzt ausgeschaltet«, sagte Gordon. »Um sie anzuschalten, brauchen Sie sich nur mit dem Finger ans Ohr zu tippen. Und wenn Sie jetzt bitte hierherkommen ...«

Gordon gab jedem von ihnen einen kleinen Lederbeutel. »Wir arbeiten seit einiger Zeit an einer Erste-Hilfe-Ausrüstung. Da Sie die ersten sind, die diese Welt betreten, haben Sie vielleicht Verwendung dafür. Sie können den Beutel verdeckt tragen, unter der Kleidung.«

Er öffnete einen Beutel und zog eine kleine Aluminiumdose hervor, etwa zehn Zentimeter hoch und gut zwei im Durchmesser. Sie sah aus wie eine kleine Rasierschaumdose. »Das ist die einzige Verteidigungswaffe, die wir Ihnen mitgeben können. Sie enthält zwölf Dosen Ethylendihydrid auf einem Proteinsubstrat. Wie es wirkt, können wir Ihnen an unserer Katze, H. G., demonstrieren. H. G., wo bist du?«

Eine schwarze Katze sprang auf den Tisch. Gordon streichelte sie und sprühte ihr dann eine Ladung des Gases auf die Schnauze. Die Katze blinzelte, schniefte einmal und kippte dann zur Seite.

»Bewußtlosigkeit innerhalb von sechs Sekunden«, sagte Gordon, »und es hinterläßt eine rückwirkende Amnesie. Aber vergessen Sie nicht, es wirkt nur kurz. Und Sie müssen dem Angreifer ins Gesicht sprühen, damit es wirkt.«

Die Katze zuckte bereits wieder und wachte auf, als Gordon noch einmal in den Beutel griff und drei rote Papierwürfel herauszog, etwa so groß wie Zuckerwürfel und mit einer hellen Wachsschicht überzogen. Sie sahen aus wie Feuerwerkskörper.

»Wenn Sie ein Feuer machen müssen«, sagte er, »damit schaffen Sie es. Ziehen Sie an der kleinen Schnur, und sie fangen Feuer. Sie sind beschriftet mit fünfzehn, dreißig, sechzig – das ist die Anzahl der Sekunden, bevor sie Feuer fangen. Gewachst, damit sie wasserdicht sind. Aber ich muß Sie warnen: Manchmal funktionieren sie nicht.«

Chris Hughes fragte: »Warum nicht einfach ein BIC-Feuerzeug?«

»Das paßt nicht in die Zeit. Sie können kein Plastik mitnehmen.« Gordon wandte sich wieder dem Beutel zu. »Dann haben wir ein paar einfache Medikamente, nichts Ausgefallenes. Gegen Entzündungen, gegen Durchfall, gegen Krämpfe, gegen Schmerzen. Sie wollen sich doch nicht in einer Burg übergeben«, sagte er. »Wir können Ihnen nämlich keine Reinigungstabletten fürs Wasser mitgeben.«

Stern kam dies alles ein wenig unwirklich vor. Sich in einer Burg übergeben? »Hören Sie, äh –«

»Und schließlich ein Allzweck-Taschenwerkzeug, einschließlich Messer und Dietrich.« Es sah aus wie ein Schweizer Offiziersmesser aus Stahl. Gordon steckte alles in den Beutel zurück. »Wahrscheinlich werden Sie nichts davon brauchen, aber wir geben es Ihnen für alle Fälle mit. Und jetzt wollen wir Sie anziehen.«

Stern konnte sein unbehagliches Gefühl einfach nicht abschütteln. Eine freundliche, großmütterliche Frau war von ihrer Nähmaschine aufgestanden und gab ihnen nun ihre Kleidung: zuerst weiße Unterhosen aus Leinen – ein wenig wie Boxershorts, doch ohne Elastikbund –, dann einen Ledergürtel und schwarze wollene Leggings.

»Was ist das?« fragte Stern. »Sieht aus wie eine Strumpfhose.«

»Das sind Beinlinge, mein Lieber.«

Auch hier gab es keinen Elastikbund. »Und wie halten die?«

»Man klemmt sie sich unter den Gürtel, und zwar unter dem Wams. Oder man befestigt sie an den Senkeln am Wams.«

»Senkel?«

»Genau, mein Lieber. Am Wams.«

Stern sah zu den anderen hinüber. Sie legten seelenruhig die Kleidungsstücke, die man ihnen aushändigte, zu Stapeln zusammen. Sie schienen genau zu wissen, wozu die einzelnen Stücke dienten, und sie waren so gelassen wie in einem Kaufhaus. Stern dagegen ging es ganz anders, er fühlte Panik in sich aufsteigen. Jetzt erhielt er ein weißes Leinenhemd, das ihm bis zum Oberschenkel reichte, und einen größeren Kittel aus wattiertem Filz, der Wams genannt wurde. Und schließlich einen Dolch an einer Stahlkette. Er sah ihn zweifelnd an. »Jeder trägt einen. Sie brauchen ihn zum Essen, wenn schon für sonst nichts.«

Abwesend legte er ihn oben auf den Rest und stöberte dann in dem Stapel, immer noch auf der Suche nach den »Senkeln«.

Gordon sagte: »Diese Kleidungsstücke sollen statusneutral sein, weder teuer noch ärmlich. Wir wollen, daß Sie in etwa der Kleidung eines mäßig erfolgreichen Händlers, eines Pagen oder eines etwas heruntergekommenen Adligen entsprechen.« Stern erhielt nun Schuhe, die aussahen wie Lederslipper mit langer Spitze, nur daß sie mit einer Schnalle versehen waren. Wie die Schuhe eines Hofnarren, dachte er unglücklich.

Die großmütterliche Frau lächelte: »Keine Angst, die haben eingebaute Luftpolstersohlen, wie Ihre Nikes.«

»Warum ist alles schmutzig?« fragte Stern und betrachtete stirnrunzelnd sein Wams.

»Na, Sie wollen doch zu den anderen passen, oder?«

Die Männer zogen sich gemeinsam in einem Umkleideraum um. Stern sah den anderen zu. »Wie, äh, geht denn ...«

»Du willst wissen, wie man sich im vierzehnten Jahrhundert anzog?« fragte Marek. »Das ist ganz einfach.« Marek hatte sich bereits ganz ausgezogen und lief nackt, aber entspannt umher. Der Mann war das reinste Muskelpaket. Zögernd streifte Stern seine Hose ab.

»Zuerst«, sagte Marek, »ziehst du die Unterhose an. Das ist sehr hochwertiges Leinen. Die hatten damals gutes Leinen. Damit die Unterhose hält, mußt du dir den Gürtel umschnallen und dann den oberen Rand der Shorts ein paarmal um den Gürtel wickeln. Okay?«

»Der Gürtel kommt unter die Kleidung?«

»Genau. Der hält die Unterhose. Als nächstes ziehst du deine Beinlinge an.« Marek zog sich die schwarzen Wolleggings über die Beine. Die Beinlinge hatten angestrickte Füße, wie bei einem Babypyjama. »Die haben hier oben Bänder, siehst du die?«

»Meine Beinlinge pludern«, sagte Stern, zog sie hoch und betastete sie an den Knien.

»Das macht nichts. Es sind keine Festtagsbeinlinge, die müssen nicht hauteng sein. Und jetzt dein Leinenhemd. Zieh es dir über den Kopf und laß es nach unten fallen. Nein, nein, David. Der Schlitz am Hals muß vorne sein.«

Stern zog die Arme aus den Ärmeln und drehte linkisch das Hemd um.

»Und schließlich«, sagte Marek und nahm seine Filzkutte zur Hand, »ziehst du dein Wams an.« Eine Mischung aus Rock und Windjacke. »Man trägt es im Haus und draußen und zieht es nie aus, außer wenn es sehr heiß ist. Siehst du die Senkel? Das sind die Bändchen auf der Innenseite. Jetzt verknote die Bänder an den Beinlingen mit den Senkeln am Wams.«

Marek hatte das alles in wenigen Augenblicken geschafft; es war, als hätte er es jeden Tag seines Lebens getan. Chris brauchte deutlich länger, wie Stern mit Befriedigung feststellte. Stern selbst verdrehte sich linkisch, um die Bänder am Rücken zu verknoten.

»Und das nennst du einfach?« fragte er ächzend.

»Du hast dir wohl in letzter Zeit deine eigene Kleidung nicht genau angeschaut«, sagte Marek. »Der westliche Durchschnittsmensch im zwanzigsten Jahrhundert trägt täglich neun bis zwölf Kleidungsstücke. Hier sind es nur sechs.«

Stern schob sich sein Wams über den Kopf und zog es an der Taille nach unten, so daß es ihm bis zu den Oberschenkeln reichte. Dabei legte er sein Hemd in Falten, und Marek mußte ihm schließlich helfen, es wieder glattzustreichen und die Beinlinge fester zu binden.

Als Abschluß hängte Marek ihm die Kette mit dem Dolch locker um die Hüfte und trat dann einen Schritt zurück, um ihn zu bewundern.

»So«, sagte Marek mit einem Nicken. »Wie fühlst du dich?«

Stern verdrehte die Schultern, als wäre ihm alles zu eng. »Wie ein dressiertes Hähnchen.«

Marek lachte. »Du gewöhnst dich daran.«

Kate war gerade mit dem Anziehen fertig, als Susan Gomez, die junge Frau, die eben die Reise bereits gemacht hatte, in den Umkleideraum trat. Gomez trug Kleidung der damaligen Zeit und eine Perücke. Eine zweite warf sie Kate zu.

Kate verzog das Gesicht.

»Sie müssen sie tragen«, sagte Gomez. »Kurze Haare bei einer Frau sind ein Zeichen von Schande oder von Ketzerei. Sie dürfen nie irgend jemand da drüben Ihre echte Haarlänge sehen lassen.«

Kate zog die Perücke uber, dunkelblonde Haare, die ihr bis zu den Schultern reichten. Sie drehte sich zum Spiegel und sah das Gesicht einer Fremden. Sie sah jünger aus, weicher. Schwächer.

»Entweder die Perücke«, sagte Gomez, »oder Sie schneiden Ihre Haare ganz kurz, wie ein Mann. Ihre Entscheidung.«

»Ich trage die Perücke«, sagte Kate.

Diane Kramer sah Victor Baretto an und sagte: »Aber das ist schon immer die Vorschrift gewesen, Victor. Sie wissen das.«

»Ja, aber das Problem ist«, sagte Baretto, »daß Sie uns jetzt mit einer neuen Mission beauftragen.« Baretto war ein schlanker, hart und zäh wirkender Mann, ein Ex-Ranger, der seit zwei Jahren für die Firma arbeitete. In dieser Zeit hatte er sich einen Ruf als kompetenter, allerdings auch etwas kapriziöser Sicherheitsmann erworben. »Jetzt verlangen Sie von uns, daß wir die Welt betreten, aber Sie lassen uns keine Waffen mitnehmen.«

»Das ist richtig, Victor. Keine Anachronismen. Keine modernen Gegenstände auf einer Reise in die Vergangenheit. Das war die Vorschrift von Anfang an.« Kramer versuchte, ihren Ärger zu verbergen. Diese militärischen Typen waren schwierig, vor allem die Männer. Frauen, wie Gomez, waren ganz okay. Aber die Männer versuchten auf den Reisen in die Vergangenheit immer »ihre Ausbildung anzuwenden«, wie sie es nannten, und das funktionierte nie richtig. Insgeheim dachte Kramer, daß die Männer hinter diesem Getue nur ihre Angst versteckten, aber so etwas durfte sie natürlich nie sagen. Es war schwierig genug für diese Männer, Befehle von einer Frau wie ihr entgegenzunehmen.

Die Männer hatten auch mehr Probleme damit, ihre Arbeit geheimzuhalten. Den Frauen fiel das leichter, aber die Männer wollten mit ihren Reisen in die Vergangenheit prahlen. Natürlich war ihnen das vertraglich strengstens verboten, aber nach ein paar Drinks in einer Bar konnte man Verträge schon einmal vergessen. Das war der Grund, warum Kramer sie alle von der Existenz von gewissen, speziell gebrannten Navigationsmarkern unterrichtet hatte. Diese Marker waren in die Mythologie der Firma eingegangen, einschließlich ihrer Namen: Tunguska, Vesuv, Tokio. Der Vesuv-Marker brachte einen in die Bucht von Neapel am 35. August des Jahres 79 nach Christus um sieben Uhr morgens, kurz bevor glühende Asche alle tötete. Tunguska setzte einen in Sibirien 1908 ab, kurz bevor der riesige Meteor einschlug und eine Druckwelle auslöste, die im Umkreis von mehreren hundert Kilometern alles Leben auslöschte. Tokio brachte einen im Jahr 1923 in diese Stadt, kurz bevor das Beben sie dem Erdboden gleichmachte. Es ging das Gerücht, falls etwas über das Projekt an die Öffentlichkeit gelangte, könne es passieren, daß man für die nächste Reise einen falschen Marker ausgehändigt bekam. Aber keiner der Ex-Militärs wußte, ob etwas Wahres daran war oder ob es sich nur um eine Firmenlegende handelte.

Und genauso wollte Kramer es auch haben.

»Das ist eine neue Mission«, sagte Baretto noch einmal, als hätte sie ihn zuvor nicht gehört. »Sie verlangen von uns, daß wir die Welt betreten – hinter die feindlichen Linien gehen, sozusagen –, und zwar ohne jede Bewaffnung.«

»Aber Sie sind doch alle im Nahkampf ausgebildet. Sie, Gomez, Sie alle.«

»Ich glaube nicht, daß das reicht.«

»Victor.«

»Bei allem Respekt, Ms. Kramer, aber ich glaube nicht, daß Sie den Ernst der Lage hier begreifen«, sagte Baretto stur. »Sie haben bereits zwei Personen verloren. Drei, wenn Sie Traub mitrechnen.«

»Nein, Victor. Wir haben nie jemanden verloren.«

»Traub auf jeden Fall.«

»Wir haben Traub nicht verloren«, entgegnete sie. »Traub reiste aus eigener Entscheidung, und Traub hatte Depressionen.«

»Sie nehmen an, daß er Depressionen hatte.«

»Wir wissen es, Victor. Nach dem Tod seiner Frau war er sehr depressiv und selbstmordgefährdet. Und obwohl er sein Reiselimit bereits überschritten hatte, wollte er noch einmal gehen, um zu sehen, ob er die Technologie noch verbessern könnte. Er hatte eine Idee, wie er die Maschine so modifizieren könnte, daß sie weniger Transkriptionsfehler produziert. Aber anscheinend war seine Idee falsch. Das war der Grund, warum er in der Wüste von Arizona endete. Ich persönlich glaube ja, daß er gar nicht wirklich die Absicht hatte zurückzukehren. Ich glaube, es war Selbstmord.«

»Und Sie haben Rob verloren«, sagte Baretto. »Das war verdammt noch mal kein Selbstmord.«

Kramer seufzte. Rob Deckard war einer der ersten Beobachter gewesen, die zurückgegangen waren, damals vor fast zwei Jahren. Und er war einer der ersten, die Transkriptionsfehler zeigten. »Das war viel früher im Projekt, Victor. Die Technologie war nicht so ausgereift. Und Sie wissen, was passiert ist. Nachdem Rob einige Reisen gemacht hatte, zeigten sich bei ihm gewisse kleinere Auswirkungen. Er bestand darauf weiterzumachen. Aber wir haben ihn nicht verloren.«

»Er ging und kam nie mehr zurück«, sagte Baretto. »Um das geht's.«

»Robert wußte genau, was er tat.«

»Und jetzt der Professor.«

»Wir haben den Professor nicht verloren«, sagte sie. »Er ist noch am Leben.«

»Das hoffen Sie. Aber Sie wissen nicht, warum er nicht mehr zurückgekommen ist.«

»Victor –«

»Ich will damit nur sagen«, warf Baretto dazwischen, »daß in diesem Fall die Logistik nicht dem Anforderungsprofil der Mission entspricht. Sie verlangen von uns, daß wir unnötige Risiken eingehen.«

»Sie müssen ja nicht gehen«, entgegnete Kramer sanft.

»Nein, verdammt. Das habe ich nie gemeint.«

»Sie müssen nicht.«

»Natürlich gehe ich.«

»Na gut, und das sind die Vorschriften. Keine moderne Technologie kommt in diese Welt. Verstanden?«

»Verstanden.«

»Und kein Wort von all dem zu den Akademikern.«

»Nein, nein. Verdammt, ich bin Profi.«

»Okay«, sagte Kramer.

Sie sah ihm nach. Er schmollte zwar, aber er fügte sich. Am Ende taten sie das immer. Und die Vorschrift ist wichtig, dachte sie. Obwohl Doniger immer wieder gerne darüber dozierte, daß man die Vergangenheit nicht ändern könne, wußte es niemand so ganz genau – und niemand wollte es riskieren. Sie wollten nicht, daß moderne Waffen oder Artefakte, vor allem aus Plastik, in die Vergangenheit gelangten.

Und bis jetzt war es auch noch nicht passiert.

Stern saß mit den anderen auf harten Stühlen in einem Zimmer mit Karten. Susan Gomez, die Frau, die eben mit der Maschine zurückgekehrt war, redete auf eine forsche, schnelle Art, die Stern übertrieben fand.

»Wir reisen«, sagte sie, »zum Kloster Sainte Mère, am Fluß Dordogne im Südwesten Frankreichs. Wir werden am Donnerstag, dem 7. April 1357, um acht Uhr vier dort eintreffen – das ist der Tag der Nachricht des Professors. Wir haben Glück, weil an diesem Tag in Castelgard ein Turnier stattfindet, das die Leute in Scharen aus der Umgebung anzieht, das heißt, man wird uns nicht bemerken.«

Sie klopfte auf eine Karte. »Nur zur Orientierung, hier ist das Kloster. Castelgard ist dort, am anderen Flußufer. Und die Festung von La Roque befindet sich auf diesem Steilufer hier, oberhalb des Klosters. Irgendwelche Fragen?«

Sie schüttelten den Kopf.

»Na gut. Die Situation in diesem Gebiet ist ein bißchen unsicher. Wie Sie wissen, bedeutet April 1357, daß seit gut zwanzig Jahren der Hundertjährige Krieg herrscht. Es ist sieben Monate nach dem Sieg der Engländer bei Poitiers, bei dem der König von Frankreich gefangengenommen wurde. Der französische König wird nun als Geisel gehalten. Und Frankreich ohne König ist in Aufruhr.

Im Augenblick ist Castelgard in den Händen von Sir Oliver de Vannes, einem englischen Ritter, der in Frankreich geboren wurde. Darüber hinaus hat Oliver La Roque eingenommen, wo er jetzt die Verteidigungsanlagen der Festung verstärkt. Sir Oliver ist ein unangenehmer Charakter mit notorisch aufbrausendem Gemüt. Man nennt ihn den Schlächter von Crecy, wegen seiner Exzesse in dieser Schlacht.«

»Dann kontrolliert Oliver also beide Städte?« fragte Marek.

»Im Augenblick ja. Doch eine Kompanie abtrünniger Ritter, unter der Führung des amtsenthobenen Priesters Arnaut de Cervole –«

»Dem Erzpriester«, sagte Marek.

»Ja, genau, dem Erzpriester, stößt in diese Gegend vor und wird zweifellos versuchen, Oliver die Burgen abzunehmen. Wir schätzen, daß der Erzpriester noch einige Tagesreisen entfernt ist. Aber die Kämpfe können jederzeit ausbrechen, wir werden uns deshalb beeilen.«

Sie ging zu einer anderen Karte mit größerem Maßstab. Sie zeigte die Klostergebäude.

»Wir kommen ungefähr hier an, am Rand des Forêt de Sainte Mère. Von diesem Punkt aus sollten wir genau auf das Kloster hinunterschauen können. Da die Botschaft des Professors aus dem Kloster kam, werden wir direkt dorthin gehen. Wie Sie wissen, nimmt man in einem solchen Kloster die Hauptmahlzeit um zehn Uhr vormittags ein, und der Professor dürfte um diese Zeit anwesend sein. Mit etwas Glück finden wir ihn dort und bringen ihn zurück.«

Marek fragte: »Woher wissen Sie das alles? Ich dachte, es hat noch niemand die Welt betreten.«

»Das stimmt. Das hat noch niemand. Aber Beobachter, die dicht bei ihren Maschinen geblieben sind, haben uns trotzdem soviel an Informationen zurückgebracht, daß wir über diese Zeit Bescheid wissen. Sonst noch Fragen?«

Sie schüttelten den Kopf, nein.

»Nun gut. Es ist sehr wichtig, daß wir den Professor finden, solange er noch im Kloster ist. Wenn er nach Castelgard oder La Roque geht, wird es viel schwieriger. Wir haben ein sehr enges Missionsprofil. Ich gehe davon aus, daß wir zwischen einer und drei Stunden dort sind. Wir bleiben die ganze Zeit zusammen. Falls wir getrennt werden, benutzten Sie Ihre Ohrstöpsel, um wieder zusammenzufinden. Wir holen den Professor und kehren sofort zurück. Okay?«

»Verstanden.«

»Sie haben eine Eskorte, die aus zwei Leuten besteht. Ich selbst und Victor Baretto, dort drüben in der Ecke. Sag hallo, Vic.«

Der zweite Begleiter war ein mürrischer Kerl, der aussah wie ein Ex-Marine – ein zäher und fähiger Mann. Barettos Kleidung wirkte eher wie die eines Bauern aus dieser Zeit, sie war weit geschnitten und schien aus einer Art Sackleinen zu bestehen. Er nickte nur und winkte knapp. Anscheinend war er schlechter Laune.

»Okay«, sagte Gomez. »Weitere Fragen?«

Chris sagte: »Professor Johnston ist jetzt seit drei Tagen dort?«

»Stimmt.«

»Was glauben die Leute, wer er ist?«

»Das wissen wir nicht«, antwortete Gomez. »Wir wissen nicht, warum er die Maschine überhaupt verlassen hat. Er muß einen Grund gehabt haben. Aber da er in der Welt ist, dürfte es für ihn das einfachste sein, als Schreiber aufzutreten oder als Gelehrter aus London auf einer Pilgerreise nach Santiago de Compostela in Spanien. Sainte-Mère liegt auf der Pilgerroute, und es ist nicht ungewöhnlich, daß Pilger ihre Reise unterbrechen und einen Tag oder eine Woche bleiben, vor allem, wenn sie sich mit dem Abt anfreunden, der ein ziemliches Original ist. Vielleicht hat der Professor das getan. Vielleicht auch nicht. Wir wissen es einfach nicht.«

»Einen Moment mal«, sagte Chris Hughes. »Wird seine Anwesenheit nicht die örtliche Geschichte ändern? Wird er nicht den Ausgang von Ereignissen beeinflussen?«

»Nein, das wird er nicht.«

»Woher wissen Sie das?«

»Weil er es nicht kann.«

»Was ist mit den Zeitparadoxa?«

»Zeitparadoxa?«

»Genau«, sagte Stern. »Sie wissen schon, Sie reisen in die Vergangenheit und bringen Ihren Großvater um, so daß Sie nicht geboren werden und nicht zurückgehen können, um Ihren Großvater umzubringen –«

»Ach, *das*.« Sie schüttelte ungeduldig den Kopf. »Es gibt keine Zeitparadoxa.«

»Was soll das heißen? Natürlich gibt es die.«

»Nein, die gibt es nicht«, sagte nun eine entschiedene Stimme hinter ihnen. Sie drehten sich um, Doniger stand in der Tür. »Zeitparadoxa finden nicht statt.«

»Was soll das heißen?« fragte Stern. Es ärgerte ihn, daß man seine Frage so unwirsch abtat.

»Die sogenannten Zeitparadoxa«, sagte Doniger, »haben nicht wirklich mit der Zeit zu tun. Sie haben mit Theorien über die Geschichte zu tun, die verführerisch, aber falsch sind. Verführerisch, weil sie einem vorgaukeln, man könne Einfluß auf den Lauf der Ereignisse nehmen. Und falsch, weil man das natürlich nicht kann.«

»Man kann keinen Einfluß auf Ereignisse nehmen?«

»Nein.«

»Natürlich kann man das.«

»Nein. Das kann man nicht. Am einfachsten zu verstehen ist das, wenn wir ein zeitgenössisches Beispiel nehmen. Sagen wir, Sie gehen zu einem Baseballspiel. Die Yankees gegen die Mets – was die Yankees natürlich gewinnen werden. Sie wollen das Ergebnis ändern, so daß die Mets gewinnen. Was können Sie tun? Sie sind nur ein Mensch in einer Riesenmenge. Wenn Sie versuchen, zur Spielerbank zu gehen, wird man Sie stoppen. Wenn Sie versuchen, aufs Spielfeld zu laufen, wird man Sie wegschaffen. Die meisten Aktionen, die Ihnen zur Verfügung stehen, werden mißlingen und daher den Ausgang des Spiels nicht ändern.

Sagen wir, Sie entscheiden sich für eine extremere Aktion: Sie wollen den Werfer der Yankees erschießen. Aber in dem Augenblick, da Sie die Waffe ziehen, werden Sie wahrscheinlich schon von Fans, die in der Nähe stehen, überwältigt. Auch wenn Sie einen Schuß abgeben können, werden Sie mit ziemlicher Sicherheit danebenschießen. Und falls Sie den Werfer wirklich treffen, was kommt dabei heraus? Ein anderer Werfer wird seinen Platz einnehmen. Und die Yankees gewinnen das Spiel.

Sagen wir, Sie greifen zu einer noch extremeren Aktion. Sie wollen ein Nervengas freisetzen und alle im Stadion töten. Auch das wird Ihnen wahrscheinlich nicht gelingen, aus denselben Gründen, warum Sie keinen Schuß abgeben können. Aber auch wenn Sie es schaffen, alle zu töten, haben Sie dennoch den Ausgang des

Spiels nicht verändert. Sie können jetzt einwenden, daß Sie der Geschichte eine andere Richtung gegeben haben – vielleicht stimmt das ja –, aber Sie haben die Mets nicht in die Lage versetzt, das Spiel zu gewinnen. In Wirklichkeit gibt es nichts, was Sie tun können, um den Mets zu einem Sieg zu verhelfen. Sie bleiben, was Sie immer waren: ein Zuschauer.

Und dieses Prinzip trifft auf die große Mehrheit geschichtlicher Umstände zu. Ein einzelner Mensch kann wenig tun, um die Ereignisse in bedeutsamer Weise zu verändern. Große Massen können natürlich ›den Lauf der Geschichte verändern‹. Aber ein einzelner Mensch? Nein.«

»Das mag ja sein«, entgegnete Stern. »Aber ich *kann* meinen Großvater töten. Und wenn er tot ist, kann ich nicht geboren werden, ich würde nicht existieren und könnte ihn deshalb nicht erschossen haben. Und das ist ein Paradox.«

»Ja, das ist es – wenn man annimmt, daß Sie Ihren Großvater wirklich erschießen. Aber das könnte sich in der Praxis als schwierig erweisen. Vielleicht begegnen Sie ihm nicht zum richtigen Zeitpunkt. Vielleicht werden Sie unterwegs von einem Bus angefahren. Oder vielleicht verlieben Sie sich. Vielleicht verhaftet Sie die Polizei. Vielleicht töten Sie ihn zu spät, *nachdem* Ihre Mutter gezeugt wurde. Oder vielleicht stehen Sie ihm von Angesicht zu Angesicht gegenüber und merken, daß Sie den Abzug nicht drücken können.«

»Aber *theoretisch*…«

»Wenn wir uns mit der Geschichte beschäftigen, sind Theorien wertlos«, sagte Doniger mit einem verächtlichen Winken. »Eine Theorie hat nur einen Wert, wenn sie zukünftige Ereignisse voraussagen kann. Aber Geschichte ist ein Bericht über menschliches Handeln – und keine Theorie kann menschliches Handeln voraussagen.«

Er rieb sich die Hände.

»Nun denn. Sollen wir diese Spekulationen beenden und uns auf den Weg machen?«

Die anderen murmelten zustimmend.

Stern räusperte sich. »Um ehrlich zu sein«, sagte er, »ich glaube nicht, daß ich mitmache.«

Marek hatte das schon erwartet. Er hatte Stern während der Besprechung beobachtet und gesehen, wie er auf seinem Stuhl hin und her rutschte, als könnte er es sich nicht bequem machen. Und er hatte bemerkt, wie Sterns Ängstlichkeit seit Beginn der Besichtigungstour ständig zugenommen hatte.

Marek selbst war sich sicher, daß er gehen wollte. Seit frühester Jugend war das Mittelalter sein ein und alles gewesen; er hatte sich vorgestellt, auf der Wartburg, in Carcassonne, Avignon und Mailand dabeizusein. Er hatte in den walisischen Kriegen mit Edward I. gekämpft. Er hatte gesehen, wie die Bürger von Calais ihre Stadt aufgaben, hatte die Messen in der Champagne besucht. Er hatte an den prächtigen Höfen von Eleanor von Aquitanien und des Herzogs von Berry gelebt. Marek würde diese Reise unternehmen, unter allen Umständen. Was Stern anging...

»Tut mir leid«, sagte Stern eben, »aber eigentlich geht mich das alles nichts an. Zum Team des Professors bin ich nur gestoßen, weil meine Freundin in Toulouse einen Ferienkurs besucht. Ich bin kein Historiker. Ich bin Naturwissenschaftler. Und außerdem glaube ich nicht, daß es sicher ist.«

Doniger fragte: »Sie glauben, daß die Maschinen nicht sicher sind?«

»Nein, der Ort. Und das Jahr 1357. Nach Poitiers herrschte in Frankreich Bürgerkrieg. Freie Soldatenhorden, die plündernd durchs Land zogen. Überall Banditen und Halsabschneider, und Gesetzlosigkeit pur.«

Marek nickte. Immerhin begriff Stern die Lage. Das vierzehnte Jahrhundert war eine untergegangene Welt und eine gefährliche. Es war eine religiöse Welt, die meisten Leute gingen einmal pro Tag zur Kirche. Aber es war auch eine unglaublich gewalttätige Welt, wo einfallende Armeen jeden töteten, wo Frauen und Kinder beiläufig in Stücke gehackt und Schwangere zum Vergnügen ausgeweidet wurden. Es war eine Welt, in der man das Bekenntnis zu den Idealen der Ritterlichkeit auf den Lippen trug, aber wahllos plünderte und mordete, in der Frauen als machtlos und schwach dargestellt wurden, gleichzeitig riesige Vermögen verwalteten und Burgen beherrschten, sich beliebig Bettgespielen nahmen und Attentate und Rebellionen planten. Es war eine Welt der sich ständig verändernden Grenzen und der sich ständig verändernden Allianzen, oft von einem Tag zum anderen. Es war eine Welt des Todes, in der die Pest, Krankheiten und unaufhörlicher Krieg herrschten.

Gordon sagte zu Stern: »Ich will Sie auf keinen Fall zwingen.«

»Aber denken Sie daran«, sagte Doniger. »Sie werden nicht allein sein. Ich gebe Ihnen eine Eskorte mit.«

»Tut mir leid«, sagte Stern noch einmal. »Tut mir leid.«

Schließlich sagte Marek: »Lassen Sie ihn hier. Er hat recht. Es ist nicht seine Zeit, und es geht ihn nichts an.«

»Jetzt, da du es erwähnst«, sagte Chris. »Ich habe nachgedacht: Eigentlich ist es auch nicht meine Zeit. Ich habe es eher mit dem späten dreizehnten als mit der Mitte des vierzehnten Jahrhunderts. Vielleicht sollte ich bei David bleiben –«

»Vergiß es«, sagte Marek und legte Chris den Arm um die Schultern. »Du wirst sehen, dir wird schon nichts passieren.« Marek behandelte es als Witz, obwohl Chris es nicht unbedingt als Witz gemeint hatte.

Nicht unbedingt.

Es war kalt in dem Raum. Feuchtkühler Dunst bedeckte ihre Füße und Knöchel. Sie verwirbelten den Dunst, als sie auf die Maschinen zugingen.

Vier Käfige waren an den Sockeln miteinander verbunden worden, ein fünfter stand etwas abseits. »Das ist meiner«, sagte Baretto und stieg in diesen einzelnen Käfig. Er stand aufrecht da, starrte geradeaus und wartete.

Susan Gomez stieg in einen der kombinierten Käfige und sagte: »Alle übrigen kommen mit mir.« Marek, Kate und Chris stiegen in die Käfige neben ihr. Die Maschinen schienen auf Federn gelagert zu sein, beim Einsteigen schwankten sie leicht.

»Sind alle soweit?«

Die anderen murmelten und nickten.

Baretto sagte: »Die Damen zuerst.«

»Wie recht du doch hast«, erwiderte Gomez. Die beide schienen sich nicht gerade innig zu mögen. »Okay«, sagte sie zu den anderen. »Los geht's.«

Chris' Herz fing heftig an zu pochen. Er war leicht benommen und fühlte Panik in sich aufsteigen, ballte die Hände zu Fäusten.

Gomez sagte: »Entspannen Sie sich. Ich glaube, es wird Ihnen gefallen.« Sie steckte den Keramikmarker in den Schlitz zu ihren Füßen und richtete sich wieder auf.

»Und los. Nicht vergessen: ganz still stehen, wenn's soweit ist.«

Die Maschinen begannen zu summen. Chris spürte eine leichte Vibration im Sockel, direkt unter seinen Füßen. Das Summen wurde lauter. Der Dunst wehte von den Sockeln der Maschinen weg. Die Maschinen fingen an zu ächzen und zu kreischen, als würde Metall verbogen. Das Geräusch wurde schnell lauter, bis es so beständig und schrill war wie ein Schrei.

»Das kommt vom flüssigen Helium«, sagte Gomez. »Das kühlt das Metall auf supraleitende Temperaturen ab.«

Abrupt endete das Kreischen, und das Knattern begann.

»Infrarotfreigabe«, sagte sie. »Jetzt.«

Chris spürte, wie sein ganzer Körper unwillkürlich zu zittern begann. Er versuchte es zu kontrollieren, aber seine Beine wollten ihm nicht recht gehorchen. Wieder spürte er Panik – vielleicht sollte er abbrechen –, aber dann hörte er die Stimme vom Band: »Stillhalten. Augen offen.«

Zu spät, dachte er. Zu spät –

»Tief einatmen. Anhalten … *Jetzt*!«

Der Ring erschien oberhalb seines Kopfes und wanderte schnell bis zu den Füßen. Es klickte, als er den Sockel berührte. Einen Augenblick später gab es einen blendenden Lichtblitz – heller als die Sonne –, der von überallher zu kommen schien, doch er spürte überhaupt nichts. Genaugenommen hatte er unvermittelt das Gefühl kalter Distanziertheit, als würde er eine entfernte Szene betrachten.

Die Welt um ihn herum war völlig still.

Er sah, daß Barettos Maschine größer wurde und plötzlich hoch über ihm aufragte. Baretto, ein Riese mit einem mächtigen Gesicht voller monströser Poren bückte sich und sah zu ihnen hinunter.

Weitere Blitze.

Je größer Barettos Maschine wurde, desto weiter schien sie sich zu entfernen, und auch der Boden dazwischen schien sich zu weiten: eine riesige Ebene aus dunklem Gummiboden, die sich in die Ferne erstreckte.

Wieder Blitze.

Der Gummiboden hatte ein Muster aus erhöhten Kreisen. Jetzt wuchsen diese Kreise um Chris herum in die Höhe, wie schwarze Klippen. Bald waren sie so hoch, daß sie wirkten wie Wolkenkratzer, die weit oben zusammenzuwachsen schienen und das Licht verdeckten. Schließlich berührten die Wolkenkratzer einander, und die Welt wurde dunkel.

Wieder Blitze.

Einen Augenblick lang sah Chris nur Schwärze, doch dann erkannte er flackernde Lichtpunkte, die wie ein Gitternetz angeordnet waren und sich in alle Richtungen erstreckten. Es war, als befände er sich in einer riesigen, leuchtenden, kristallinen Struktur. Chris sah zu, wie diese Lichtpunkte heller und größer wurden und ihre Ränder verschwammen, bis jeder ein flauschiger, leuchtender Ball war. Er fragte sich, ob es Atome waren.

Jetzt konnte er das Gitter nicht mehr sehen, nur noch die Bälle in seiner nächsten Nähe. Sein Käfig bewegte sich direkt auf einen der leuchtenden Bälle zu, der zu pulsieren und in flackernden Mustern seine Form zu ändern schien.

Dann war er im Inneren des Balls, umgeben von einem strahlend hellen Nebel, der vor Energie zu vibrieren schien.

Und dann verlöschte der Glanz und war verschwunden.

Er hing in formloser Schwärze. Im Nichts.

Schwärze.

Doch dann sah er, daß er noch immer sank, nun auf die tosende Oberfläche eines schwarzen Meers in einer schwarzen Nacht zu. Das Meer kochte und tobte und warf einen luftigen, blaugetönten Schaum. Je weiter er sank, desto größer wurde der Schaum. Chris sah, daß vor allem eine Blase in einem ganz besonders leuchtenden Blau erstrahlte.

Immer schneller bewegte sich seine Maschine auf dieses Leuchten zu, sie raste, und er hatte das merkwürdige Gefühl, daß er mit dem Schaum kollidieren würde, und dann drang er in die Blase ein und hörte ein lautes, durchdringendes Kreischen.

Dann Stille.

Dunkelheit.

Nichts.

Im Kontrollraum sah David Stern zu, wie die Blitze auf dem Gummiboden immer kleiner wurden und dann verschwanden. Die Maschinen waren weg. Die Techniker wandten sich sofort Baretto zu und begannen mit seinem Übertragungscountdown.

Aber Stern starrte weiter auf die Stelle auf dem Gummiboden, wo Chris und die anderen gewesen waren.

»Und wo sind sie jetzt?« fragte er Gordon.

»Oh, sie sind schon angekommen«, sagte Gordon. »Sie sind jetzt dort.«

»Sie wurden wiederaufgebaut?«

»Ja.«

»Ohne Faxmaschine am anderen Ende.«

»Genau.«

»Erklären Sie mir, warum«, sagte Stern. »Sagen Sie mir die Details, mit denen Sie die anderen nicht belästigen wollten.«

»Na gut«, sagte Gordon. »Es ist nichts Schlimmes. Ich dachte mir nur, daß die anderen es vielleicht *beunruhigend* finden würden.«

»Aha.«

»Kehren wir noch einmal zurück«, sagte Gordon, »zu den Interferenzmustern, die uns, wie Sie sich erinnern werden, zeigen, daß andere Universen unser Universum beeinflussen können. Wir müssen überhaupt nichts tun, um zu erreichen, daß ein solches Interferenzmuster auftritt. Das passiert von ganz allein.«

»Ja.«

»Und diese Interaktion ist sehr verläßlich; sie tritt immer auf, wenn man ein Paar Schlitze aufstellt.«

Stern nickte. Er versuchte herauszufinden, wohin das führen sollte, aber er konnte die Richtung nicht erkennen.

»Wir wissen also, daß wir uns in gewissen Situationen darauf verlassen können, daß andere Universen etwas passieren lassen. Wir stellen diese Schlitze auf, und die anderen Universen machen das Muster, das wir sehen, und zwar jedesmal.«

»Okay …«

»Und wenn wir durch ein Wurmloch übertragen, wird die Person am anderen Ende immer wiederaufgebaut. Wir können uns auch darauf verlassen.«

Eine Pause entstand.

Stern runzelte die Stirn.

»Moment mal«, sagte er dann. »Soll das heißen, wenn Sie übertragen, wird die Person *von einem anderen Universum* wiederaufgebaut?«

»Im Grunde genommen, ja. Ich meine, es muß so sein. Wir können sie ja schlecht wiederaufbauen, weil wir nicht dort sind. Wir sind hier in diesem Universum –«

»Sie bauen sie also nicht wieder auf …«

»Nein.«

»Weil Sie nicht wissen, wie«, sagte Stern.

»Weil wir es nicht für notwendig halten«, erwiderte Gordon. »So wie wir es nicht für notwendig halten, Teller auf einen Tisch zu kleben, um sie darauf zu halten. Sie bleiben von alleine auf dem Tisch. Wir nutzen einfach ein Wesensmerkmal des Universums, die Schwerkraft. Und in diesem Fall nutzen wir ein Wesensmerkmal des Multiversums.«

Stern runzelte die Stirn. Er mißtraute dieser Analogie, sie war zu offensichtlich, zu einfach.

»Schauen Sie«, sagte Gordon, »das Wesentliche der Quantentechnologie ist doch, daß sie sich einer Universenüberlagerung bedient. Wenn ein Quantencomputer rechnet – wenn alle zweiunddreißig Quantenzustände des Elektrons benutzt werden –, führt dieser Computer diese Berechnungen theoretisch ja in anderen Universen aus, oder?«

»Ja, theoretisch, aber –«

»Nein. Nicht theoretisch. Tatsächlich.«

Wieder entstand eine Pause.

»Es ist vielleicht einfacher zu verstehen«, sagte Gordon, »wenn man es aus dem Blickwinkel des anderen Universums betrachtet. Dieses Universum sieht plötzlich eine Person ankommen. Eine Person aus einem anderen Universum.«

»Ja …«

»Und genau das ist passiert. Die Person ist wirklich aus einem anderen Universum gekommen. Nur nicht aus unserem.«

»Sagen Sie das noch mal.«

»Die Person kam nicht aus unserem Universum«, sagte Gordon.

Stern riß die Augen auf. »Woher dann?«

»Sie kam aus einem Universum, das fast identisch ist mit unserem – identisch in jeder Hinsicht, außer daß man dort weiß, wie man die Person am anderen Ende wiederaufbauen kann.«

»Das soll wohl ein Witz sein.«

»Nein.«

»Dann ist die Kate, die dort landet, nicht die Kate, die von hier abgereist ist. Sie ist eine Kate aus einem anderen Universum.«

»Ja.«

»Was ist sie dann? Eine Art von Kate? Eine Fast-Kate? Eine Vierfünftel-Kate?«

»Nein, sie ist Kate. Soweit wir das bei unseren Tests feststellen konnten, ist sie absolut identisch mit unserer Kate. Weil unser Universum und ihr Universum fast identisch sind.«

»Aber sie ist nicht die Kate, die von hier verschwunden ist.«

»Wie könnte sie das sein? Sie wurde zerstört und wiederaufgebaut.«

»Fühlt man sich irgendwie anders, wenn das passiert?«

»Nur für eine oder zwei Sekunden«, antwortete Gordon.

Schwärze.

Stille, dann in der Ferne ein gleißend helles Licht.

Das schnell näher kam.

Chris schauderte, als ein starker elektrischer Schlag durch seinen Körper jagte. Seine Finger zuckten. Einen Augenblick lang spürte er plötzlich seinen Körper, so wie man Kleidung spürt, wenn man sie anzieht; er spürte das ihn umgebende Fleisch, sein Gewicht, das Ziehen der Schwerkraft, den Druck seines Körpers auf die Fußsohlen. Ein stechender Kopfschmerz, ein einzelner Herzschlag, dann war das Gefühl verschwunden, und er war umgeben von einem intensiven purpurnen Licht. Er zuckte zusammen und blinzelte.

Er stand in hellem Sonnenlicht. Die Luft war kühl und feucht. Vögel sangen in riesigen Bäumen, die um ihn herum in die Höhe ragten. Sonnenstrahlen fielen durch das dichte Laubwerk und sprenkelten den Boden. Er stand in einem dieser Strahlen. Die Maschine stand neben einem schmalen schlammigen Pfad, der sich durch den Wald schlängelte. Direkt vor sich sah er durch eine Lücke in den Bäumen ein mittelalterliches Dorf.

Zuerst eine Ansammlung von Feldern und Bauernhäusern, aus deren Strohdächern grauer Rauch aufstieg. Dann eine Steinmauer und darin die dunklen Steindächer des Städtchens selbst, und schließlich, in der Entfernung, die Burg mit ihren runden Türmen.

Er erkannte sofort, was es war: Stadt und Festung von Castelgard. Es waren keine Ruinen. Die Mauern waren intakt.

Er war hier.

CASTELGARD

Nichts auf der Welt ist
so gewiß wie der Tod.

JEAN FROISSART, 1359

37:00:00

Gomez sprang behende aus der Maschine. Marek und Kate stiegen langsam aus ihren Käfigen und schauten sich um, ein wenig benommen, wie es aussah. Auch Chris stieg aus. Seine Füße berührten den moosbewachsenen Boden. Das Moos fühlte sich weich und federnd an.

»Phantastisch«, sagte Marek und entfernte sich sofort von seiner Maschine. Er überquerte den schlammigen Pfad, um einen besseren Ausblick auf die Stadt zu bekommen. Kate folgte ihm. Sie schien noch immer unter Schock zu stehen.

Chris wollte am liebsten nahe bei der Maschine bleiben. Er drehte sich langsam um und betrachtete den Wald. Er kam ihm dunkel, dicht, urzeitlich vor. Ihm fiel auf, wie riesig die Bäume waren. Einige von ihnen hatten so dicke Stämme, daß sich drei oder vier Leute dahinter verstecken konnten. Sie erhoben sich hoch in den Himmel, und ihre Wipfel vereinigten sich zu einem dichten Blätterdach, das einen Großteil des Waldbodens in Dunkelheit tauchte.

»Wunderschön, nicht?« sagte Gomez. Sie schien zu spüren, daß ihm die Sache nicht ganz geheuer war.

»Ja, sehr schön«, erwiderte er. Aber er empfand es ganz und gar nicht so, etwas an dem Wald kam ihm bedrohlich vor. Immer wieder drehte er sich und versuchte zu begreifen, warum er das deutliche Gefühl hatte, daß etwas nicht stimmte an dem, was er sah – daß etwas fehlte oder etwas nicht am richtigen Platz war. Schließlich fragte er: »Was stimmt hier nicht?«

Sie lachte. »Ach, das«, sagte sie. »Horchen Sie.«

Einen Augenblick lang stand Chris nur da und lauschte. Er hörte das Zwitschern von Vögeln, das Rascheln eines leichten Windes in den Blättern. Aber ansonsten …

»Ich höre überhaupt nichts.«

»Genau«, sagte Gomez. »Einige Leute bringt das aus der Fassung, wenn sie das erste Mal hierherkommen. Es gibt keinen Umweltlärm: kein Radio, kein Fernsehen, keine Maschinen, keine Autos. Im zwanzigsten Jahrhundert sind wir so an Dauerlärm gewöhnt, daß diese Ruhe unheimlich wirkt.«

»Das wird's wohl sein.« Zumindest fühlte er sich genau so. Er wandte sich von den Bäumen ab und betrachtete den schlammigen Weg, der, von der Sonne beschienen, durch den Wald führte. An einigen Stellen war der Schlamm einen halben Meter tief, aufgewühlt von vielen Hufen.

Das ist eine Welt der Pferde, dachte er.

Keine Maschinengeräusche. Jede Menge Hufspuren.

Er atmete tief ein und stieß die Luft geräuschvoll aus. Sogar die Luft wirkte anders. Prickelnd und aromatischer, als wäre mehr Sauerstoff enthalten.

Als er sich wieder umdrehte, sah er, daß die Maschine verschwunden war. Gomez schien das nicht zu beunruhigen. »Wo ist die Maschine?« fragte er, bemüht, sich seine Sorge nicht anmerken zu lassen.

»Weggedriftet.«

»Weggedriftet?«

»Wenn die Maschinen voll aufgeladen sind, sind sie ein wenig instabil. Sie neigen dazu, immer wieder aus der jeweiligen Gegenwart zu gleiten. Deshalb können wir sie nicht sehen.«

»Wo sind sie?« fragte Chris.

Sie zuckte die Achseln. »Das wissen wir nicht genau. Wahrscheinlich in einem anderen Universum. Egal, wo sie sind, es ist alles in Ordnung mit ihnen. Sie kommen immer wieder zurück.«

Um es zu beweisen, nahm sie ihren Keramikmarker und drückte mit dem Daumennagel auf den Knopf. In immer heller werdenden Lichtblitzen kehrte die Maschine zurück: alle vier Käfige, und sie standen genau an derselben Stelle wie einige Minuten zuvor.

»Jetzt bleibt sie für eine oder vielleicht zwei Minuten hier«, sagte

Gomez. »Dann driften sie wieder weg. Ich tue nichts dagegen. So sind sie wenigstens aus dem Weg.«

Chris nickte; sie schien zu wissen, wovon sie sprach. Aber Chris war nicht ganz wohl bei dem Gedanken, daß die Maschinen drifteten; sie waren seine Rückfahrkarte, und es gefiel ihm nicht, daß sie sich nach eigenen Regeln verhielten und beliebig verschwinden konnten. Würde irgend jemand mit einem Flugzeug fliegen, das der Pilot als »instabil« bezeichnete? Er fühlte Kälte auf seiner Stirn und wußte, daß er gleich in kalten Schweiß ausbrechen würde.

Um sich abzulenken, machte Chris sich daran, den anderen zu folgen. Mit tastenden Schritten, um nicht im Schlamm zu versinken, überquerte er den Pfad. Als er wieder festen Boden unter den Füßen hatten, bahnte er sich einen Weg durch das dichte Unterholz, ein Gestrüpp hüfthoher Pflanzen, die aussahen wie Rhododendron. Er drehte sich zu Gomez um. »Gibt's in dem Wald hier irgendwas, vor dem man Angst haben muß?« fragte er.

»Nur Vipern«, sagte sie. »Normalerweise hängen sie in den tieferen Ästen der Bäume. Wenn man Pech hat, lassen sie sich einem auf die Schulter fallen und beißen.«

»Toll«, sagte er. »Sind sie giftig?«

»Sehr.«

»Tödlich?«

»Machen Sie sich keine Sorgen, sie sind sehr selten«, sagte sie.

Chris beschloß, keine weiteren Fragen zu stellen. Inzwischen hatte er sowieso eine kleine sonnenhelle Lichtung erreicht. Er schaute nach unten und sah siebzig Meter unter sich die Dordogne, die sich durch Ackerland schlängelte, und dieser Anblick war nicht sehr verschieden von dem, den er bereits kannte.

Doch auch wenn der Fluß derselbe war, war doch vieles in dieser Landschaft anders. Die Burg von Castelgard war völlig intakt, und die Stadt ebenfalls. Außerhalb der Mauer lagen landwirtschaftlich genutzte Parzellen, einige Felder wurden eben gepflügt.

Doch dann richtete er seine Aufmerksamkeit nach rechts, denn dort lag tief unter ihm der mächtige rechteckige Komplex des Klosters – und die befestigte Mühlenbrücke. *Seine befestigte Brücke!* Die Brücke, die er den ganzen Sommer über studiert hatte – und die leider ganz anders aussah als seine Rekonstruktion am Computer!

Chris sah vier Wasserräder, nicht drei, bewegt von der Strömung, die unter der Brücke hindurchlief. Und auf der Brücke befand sich kein einzelnes, komplexes Gebäude. Es schienen zumindest zwei unabhängige Aufbauten zu sein, wie kleine Häuser. Das größere aus Holz, das andere aus Stein, was darauf hindeutete, daß sie zu verschiedenen Zeiten errichtet worden waren. Aus dem Steinbau quoll unablässig dichter grauer Rauch. Vielleicht machen die hier ja wirklich Stahl, dachte er. Wenn man wasserbetriebene Blasebälge hatte, dann konnte man auch einen richtigen Hochofen haben. Das würde auch die voneinander unabhängigen Aufbauten erklären. Denn in Getreidemühlen durfte sich nirgendwo ein offenes Feuer befinden – nicht einmal eine Kerze. Das war der Grund, warum Getreidemühlen nur tagsüber arbeiteten.

Diese Vertiefung in Details half ihm, sich zu entspannen.

Marek stand da und starrte voller Staunen das Dorf von Castelgard an.

Langsam dämmerte ihm: *Er war hier!*

Er fühlte sich leicht benommen, fast schwindelig vor Aufregung, während er alle Einzelheiten in sich aufnahm. Auf den Feldern tief unter ihm arbeiteten Bauern, die geflickte Beinlinge und rote, blaue, orange- und rosafarbene Kittel trugen. Die leuchtenden Farben hoben sich grell von der dunklen Erde ab. Viele Felder waren bereits bestellt, die Furchen aufgeschüttet. Es war Anfang April, die Frühjahrsaussaat von Gerste, Erbsen, Hafer und Bohnen – den sogenannten Fastenspeisen – dürfte so gut wie abgeschlossen sein.

Er sah zu, wie ein neues Feld gepflügt wurde, wobei zwei Ochsen den schwarzen eisernen Pflug zogen. Die Pflugschar öffnete die Furche und schob die Erde links und rechts zu kleinen Wällen zusammen. Es freute ihn, als er über dem eisernen Blatt eine Holzleiste erkannte. Das war das Streichbrett, typisch für diese Zeit.

Hinter dem Pflüger ging ein zweiter Bauer einher, der mit weiten, rhythmischen Bewegungen seines Arms säte. Der Sack mit dem Saatgut hing ihm vor dem Bauch. Und ein Stückchen hinter dem Sämann flatterten Vögel über der Furche, um die Samen aufzupicken. Aber es sollte ihnen nicht lange vergönnt sein. In einem Nachbarfeld sah Marek den Egger: ein Mann auf einem Pferd, das ein hölzernes, mit einem großen Stein beschwertes T-Kreuz hinter sich herzog. Diese Egge schloß die Furchen und schützte die Aussaat.

Alles schien sich im gleichen langsamen, aber stetigen Rhythmus zu bewegen: die Hand, die die Saat auswarf, der Pflug, der die Furche zog, die Egge, die die Erde ebnete. Und kaum ein Geräusch störte den stillen Morgen, nur Insekten summten und Vögel zwitscherten.

Hinter den Äckern sah Marek die sieben Meter hohe Steinmauer, die das Städtchen von Castelgard umgab. Der Stein war von einem dunklen, verwitterten Grau. An einem Abschnitt wurde die Mauer gerade repariert, die neuen Steine waren heller, gelblich grau. Davor krümmten Maurer den Rücken; sie arbeiteten schnell. Und auf der Mauerkrone gingen Wachposten in Kettenhemden auf und ab und blieben manchmal stehen, um nervös in die Ferne zu blicken.

Über allem jedoch erhob sich die Burg selbst mit ihren runden Türmen und schwarzen Steindächern. Fahnen flatterten an den Türmen, und alle zeigten das gleiche Emblem: einen kastanienbraunen und grauen Schild mit einer silbernen Rose.

Die Fahnen gaben der Burg ein festliches Aussehen, und tatsächlich wurde direkt vor den Stadtmauern eine große hölzerne Tribüne für die Zuschauer des Turniers errichtet. Bereits jetzt strömte die Menge zusammen. Ein paar Ritter waren zu sehen, die Pferde neben den leuchtend farbigen, gestreiften Zelten angebunden, die überall um den eigentlichen Turnierplatz herum aufgestellt waren. Knappen und Stallburschen bewegten sich zwischen den Zelten und trugen Rüstungen und Waffen oder Wasser für die Pferde.

Marek nahm das alles in sich auf und ließ ein tiefes, befriedigtes Seufzen hören.

Alles, was er sah, stimmte genau, bis ins kleinste Detail. Und alles war real.

Er war hier.

Kate Erickson starrte Castelgard verwirrt an. Marek neben ihr seufzte wie ein Verliebter, aber sie wußte nicht so recht, wieso.

Natürlich war Castelgard jetzt ein lebhaftes Dorf, beeindruckend in seiner ganzen einstigen Pracht, alle Häuser und die Burg intakt. Im großen und ganzen sah die Szene für sie aber nicht viel anders aus als irgendeine ländliche französische Gegend. Vielleicht ein bißchen rückständiger als die meisten, mit Pferden und Ochsen anstelle von Traktoren. Aber ansonsten ... na ja, so anders war es einfach nicht.

Architektonisch sah sie vor allem einen großen Unterschied zwischen der Szene hier und der Gegenwart: Alle Häuser hatten *Lauzes*-Dächer, die aus geschichteten schwarzen Steinen bestanden. Diese Steindächer waren unglaublich schwer und erforderten ein äußerst stabiles Dachgestühl, was auch der Grund war, warum die Häuser im Perigord, außer in Touristenzentren, keine solchen Dächer mehr hatten. Kate war daran gewöhnt, französische Häuser mit rotbraunen Dächern zu sehen, gedeckt entweder mit den geschwungenen römischen Pfannen oder den flachen Ziegeln französischer Machart.

Doch hier waren überall nur *Lauzes*-Dächer zu sehen. Und nirgendwo Ziegel.

Während sie nun weiter die Szene betrachtete, entdeckte sie noch andere Details. Zum Beispiel gab es sehr viele Pferde – wirklich sehr viele, wenn man alle zusammenzählte, die Pferde auf den Feldern, die Pferde beim Turnier, die Pferde, die auf schlammigen Straßen geritten wurden, und die Pferde auf den Weiden. Was ich von hier aus sehe, sind mindestens hundert Pferde, dachte sie. Sie konnte sich nicht erinnern, je so viele Pferde auf einmal gesehen zu haben, nicht mal in ihrem Heimatstaat Colorado. Alle möglichen Pferde, von den schönen, geschmeidigen Schlachtrössern beim Turnier bis hin zu den alten Kleppern auf den Feldern.

Und während viele Leute, die auf den Feldern arbeiteten, trist und dunkel gekleidet waren, trugen andere so leuchtende Farben, daß sie fast ein wenig an die Karibik erinnert wurde. Diese Kleidungsstücke waren immer wieder geflickt, aber immer mit kontrastierenden Farben, so daß das bunte Flickwerk sogar aus der Entfernung zu sehen war. Es ergab fast eine Art von Muster.

Auch wurde ihr eine deutliche Grenze zwischen den relativ kleinen Bereichen menschlichen Lebens – den Städten und den bebauten Feldern – und dem sie umgebenden Wald bewußt, ein ausgedehnter, dichter grüner Teppich, der sich in alle Richtungen erstreckte. In dieser Landschaft war der Wald das Vorherrschende. Sie hatte den Eindruck einer allumfassenden Wildnis, in der die Menschen nur Eindringlinge waren. Und noch dazu unbedeutende Eindringlinge.

Als sie sich dann noch einmal der Stadt Castelgard zuwandte, spürte sie, daß da noch etwas war, das sie allerdings nicht so recht fassen konnte. Bis sie es schließlich erkannte: Es gab keine Kamine!

Nirgendwo Kamine.

Die Bauernhäuser hatten einfach Löcher in den Strohdächern, aus denen der Rauch quoll. In der Stadt waren die Häuser ähnlich, auch wenn die Dächer mit Stein gedeckt waren: Der Rauch kam aus einem Loch oder aus einer Abzugsöffnung in der Außenmauer. Auch die Burg hatte keine Kamine.

Sie befanden sich also in einer Zeit, in der dieser Teil Frankreichs noch keine Kamine kannte. Aus irgendeinem Grund jagte ihr diese architektonische Nebensächlichkeit einen Schauer über den Rükken. Eine Welt vor den Kaminen. Wann waren Kamine eigentlich erfunden worden? Sie konnte sich nicht genau erinnern. Um sechzehnhundert waren sie auf jeden Fall schon weit verbreitet. Doch das war vom Jetzt noch eine lange Zeit entfernt.

Von diesem Jetzt, erinnerte sie sich.

Hinter sich hörte sie Gomez sagen: »Was soll denn das, verdammt noch mal?«

Kate drehte sich um und sah, daß der mürrische Kerl, Baretto, angekommen war. Sein einzelner Käfig war auf der anderen Seite des Pfades, ein Stückchen tiefer im Wald gelandet.

»Das ist meine Sache«, sagte er zu Gomez.

Er hatte seine Sackleinenkutte hochgeschoben, und darunter war ein schwerer Gürtel mit einer Pistole im Halfter und zwei schwarzen Granaten zu sehen. Er kontrollierte eben die Pistole.

»Wenn wir die Welt betreten«, sagte Baretto, »will ich vorbereitet sein.«

»Dieses Zeug nimmst du nicht mit.«

»Aber natürlich tue ich das, Schwester.«

»Tust du nicht. Es ist nicht gestattet. Gordon würde nie zulassen, daß moderne Waffen in diese Welt mitgenommen werden.«

»Aber Gordon ist nicht hier, oder?« sagte Baretto.

»Dann schau mal her, verdammt noch mal«, sagte Gomez, zog ihren weißen Keramikmarker heraus und schwenkte ihn vor Baretto.

Es sah aus, als wollte sie ihm mit dem sofortigen Abbruch der Mission drohen.

36:50:22

Im Kontrollraum sagte einer der Techniker: »Wir bekommen Feldanomalien.«

»Ach, wirklich? Das ist eine gute Nachricht«, sagte Gordon.

»Warum?« fragte Stern.

»Das bedeutet«, erwiderte Gordon, »daß innerhalb der nächsten zwei Stunden jemand zurückkehrt. Mit Sicherheit Ihre Freunde.«

»Dann schaffen sie es also innerhalb von zwei Stunden, den Professor zu finden und zurückzukommen?«

»Ja, genau das –« Gordon brach ab und starrte das Wellenbild auf dem Monitor an. Eine kleine, wellenförmig bewegte Oberfläche mit einer herausragenden Spitze. »Ist sie das?«

»Ja«, sagte der Techniker.

»Aber die Amplitude ist viel zu stark«, sagte Gordon.

»Und das Intervall wird immer kürzer. Und zwar schnell.«

»Soll das heißen, daß jetzt jemand zurückkommt?«

»Ja. Bald, so wie's aussieht.«

Stern sah auf die Uhr. Das Team war erst wenige Minuten weg. So schnell konnten sie den Professor unmöglich gefunden haben.

»Was hat das zu bedeuten?« fragte er Gordon.

»Ich weiß es nicht«, antwortete Gordon. In Wahrheit gefiel ihm diese Entwicklung ganz und gar nicht. »Offensichtlich haben sie irgendwelche Schwierigkeiten.«

»Was für Schwierigkeiten?«

»Zu einem so frühen Zeitpunkt wahrscheinlich ein mechanisches Problem. Vielleicht ein Transkriptionsfehler.«

»Was ist ein Transkriptionsfehler?« fragte Stern.

Der Techniker sagte: »Ich errechne eine Ankunft in zwanzig Minuten und siebenundfünfzig Sekunden.« Er maß die Feldstärke und die Impulsintervalle.

»Wie viele kommen zurück?« fragte Gordon. »Alle?«

»Nein«, sagte der Techniker. »Nur einer.«

36:49:19

Chris konnte nicht anders, er hatte schon wieder Angst. Trotz der kühlen Morgenluft schwitzte er, seine Haut war kalt und sein Herz hämmerte. Und dieser Streit zwischen Gomez und Baretto stärkte seinen Mut nicht gerade.

Den Pfützen dicken Schlamms ausweichend, ging er zum Pfad zurück. Marek und Kate folgten ihm. Ein Stückchen von den Streitenden entfernt blieben sie stehen.

»Na gut, *na gut*, verdammt noch mal«, sagte Baretto eben. Er nahm seine Waffen ab und legte sie vorsichtig auf den Boden seines Käfigs. »Okay. Jetzt zufrieden?«

Gomez redete noch immer sehr leise. Kaum mehr als ein Flüstern. Chris konnte sie nicht verstehen.

»Ist ja gut!« sagte Baretto, beinahe ein Fauchen.

Gomez' Erwiderung war wieder sehr leise. Baretto knirschte mit den Zähnen. Chris fand es äußerst unangenehm, hier zu stehen. Er entfernte sich ein paar Schritte und drehte dem Streit den Rücken zu, um abzuwarten, bis er vorüber war.

Überrascht stellte er fest, daß der Pfad ziemlich steil nach unten führte, und durch eine Lücke in den Bäumen konnte er das darunterliegende Flachland sehen. Dort lag das Kloster – eine geometrische Ansammlung von Innenhöfen, überdachten Wegen und Kreuzgängen, alles aus beigefarbenem Stein und umgeben von einer hohen Steinmauer. Die Anlage sah aus wie eine dichtbebaute, kompakte kleine Stadt. Sie war überraschend nah, vielleicht nur vierhundert Meter entfernt. Nicht mehr.

»Was soll's, ich geh los«, sagte Kate und marschierte den Pfad entlang. Marek und Chris sahen sich an und folgten ihr dann.

»Ihr Leute bleibt in Sichtweite, verdammt noch mal«, rief Baretto ihnen nach.

Gomez sagte: »Ich glaube, wir sollten besser gehen.«

Baretto hielt sie am Arm fest. »Erst wenn wir etwas geklärt haben«, sagte er. »Über die Art, wie diese Expedition geführt wird.«

»Ich glaube, das ist doch alles ziemlich klar«, sagte Gomez.

Baretto beugte sich zu ihr. »Weil mir nicht gefällt, wie du eben ...« Der Rest war so leise, daß die anderen nichts verstanden, sie hörten nur das wütende Zischen in seiner Stimme.

Chris war froh, daß der Pfad eine Biegung machte und er die beiden hinter sich lassen konnte.

Kate schritt forsch aus, und sie spürte, wie die Bewegung die Anspannung in ihrem Körper löste. Ein paar Schritte hinter sich hörte sie Chris und Marek reden. Chris war ängstlich, und Marek versuchte ihn zu beruhigen. Weil sie das alles nicht hören wollte, ging sie noch ein bißchen schneller. Schließlich war es ein Erlebnis, hier zu sein, in diesem phantastischen Wald, umgeben von diesen riesigen Bäumen ...

Nach ein paar Minuten hatte sie Marek und Chris hinter sich gelassen, aber sie wußte, daß sie noch nahe genug waren. Und sie genoß es, allein zu sein. Der Wald um sie herum war kühl und entspannend. Sie lauschte dem Zwitschern der Vögel und dem Geräusch ihrer Füße auf dem Pfad. Einmal glaubte sie, noch etwas anderes zu hören. Sie ging ein bißchen langsamer, um zu horchen.

Ja, da war noch ein Geräusch: laufende Schritte. Sie hörte jemanden keuchen, als würde er nach Atem ringen.

Und auch noch ein schwächeres Geräusch, wie weit entferntes Donnergrollen. Sie versuchte gerade das Grollen zu identifizieren, als ein Junge um die Biegung gerannt kam und auf sie zustürzte.

Der Junge trug schwarze Beinlinge, eine leuchtendgrüne wattierte Jacke und eine schwarze Kappe. Sein Gesicht war rot vor Anstrengung, offensichtlich rannte er schon eine ganze Weile. Er schien überrascht, sie auf dem Pfad zu sehen. Als er auf sie zukam, rief er: *»Aydethee amsel! Grassa due! Aydethee!«*

Einen Augenblick später hörte sie die Übersetzung in ihrem

Ohrstöpsel: »Versteckt Euch, Frau! Um Gottes willen! Versteckt Euch!«

Verstecken wovor? fragte sich Kate. Der Wald schien verlassen. Was konnte er meinen? Vielleicht hatte sie ihn nicht richtig verstanden. Vielleicht war die Übersetzung nicht korrekt gewesen. Als der Junge an ihr vorüberlief, rief er noch einmal: »Versteckt Euch!« und gab ihr einen so kräftigen Schubs, daß sie vom Pfad in den Wald taumelte, über eine Wurzel stolperte und ins Gestrüpp stürzte. Sie stieß sich den Kopf an, spürte einen scharfen Schmerz und eine kurze Benommenheit. Als sie sich wieder hochrappelte, erkannte sie, was das Donnern war.

Pferde.

Die in gestrecktem Galopp auf sie zustürmten.

Chris sah den Jungen den Pfad entlangrennen, und fast sofort hörte er den Lärm der ihn verfolgenden Pferde. Der Junge, der nun völlig außer Atem war, blieb einen Augenblick neben ihm stehen, krümmte sich kurz und schaffte es schließlich, »Versteckt Euch! Versteckt Euch!« zu stammeln, bevor er im Wald verschwand.

Marek ignorierte den Jungen. Er sah den Pfad entlang.

Chris runzelte die Stirn. »Was ist denn da los?«

»Jetzt«, sagte Marek, legte Chris den Arm um die Schultern und warf sich mit ihm ins Unterholz.

»O Mann«, sagte Chris, »was soll denn das –«

»Pst!« Marek drückte Chris die Hand auf den Mund. *»Willst du, daß man uns umbringt?«*

Nein, dachte Chris, da war er sich ganz sicher: Er wollte nicht, daß irgend jemand umgebracht wurde. Nun sah er, was in gestrecktem Galopp den Hügel hoch auf sie zukam: sechs Berittene in voller Rüstung, mit Stahlhelm, Kettenpanzer und Überwurf in Kastanienbraun und Grau. Die Pferde hatten schwarze, mit silbernen Knöpfen verzierte Decken. Das Ganze wirkte bedrohlich. Der Anführer, auf dessen Helm ein schwarzer Federbusch prangte, deutete nach vorne und rief: *»Godin!«*

Baretto und Gomez standen noch neben dem Pfad; sie standen wirklich einfach nur da und starrten schockiert das an, was auf sie zu galoppiert kam. Im nächsten Augenblick beugte sich der schwarze Reiter ein wenig zur Seite und schlug im Vorbeireiten weit ausholend mit seinem Breitschwert nach Gomez.

Chris sah Gomez' kopflosen, blutspritzenden Torso, der langsam zu Boden sank. Das Blut spritzte auf Baretto, er rannte laut fluchend in den Wald. Noch mehr Reiter kamen den Hügel hochgaloppiert. Jetzt riefen sie alle *»Godin! Godin!«* Einer der Reiter zügelte sein Pferd und spannte seinen Bogen.

Der Pfeil traf Baretto im Laufen an der linken Schulter, die Stahlspitze kam auf der anderen Seite wieder heraus, und die Wucht des Aufpralls warf ihn auf die Knie. Fluchend richtete er sich wieder auf, erreichte schließlich seine Maschine und kullerte hinein.

Er griff nach seinem Gürtel, riß eine Granate heraus und drehte sich, um sie zu werfen. Im selben Moment traf ihn ein Pfeil mitten in die Brust. Baretto zog ein überraschtes Gesicht, hustete und kippte nach hinten, so daß er halb sitzend, halb liegend an einer der Stangen lehnte. Er machte einen schwachen Versuch, sich den Pfeil aus der Brust zu ziehen, doch der nächste Pfeil durchdrang seinen Hals. Die Granate fiel ihm aus der Hand.

Die Pferde auf dem Pfad wieherten und stiegen in die Höhe, die Reiter drehten sich im Kreis und schrien und deuteten.

Dann gab es einen hellen Lichtblitz.

Als Chris sich wieder umdrehte, sah er, daß Baretto noch immer bewegungslos dasaß, während die Maschine mehrfach aufblitzte und schrumpfte.

Augenblicke später war die Maschine verschwunden. Helles Entsetzen stand den Reitern ins Gesicht geschrieben. Der Anführer mit dem schwarzen Federbusch rief den anderen etwas zu, und die Gruppe spornte die Pferde an und galoppierte den Hügel hoch und außer Sicht.

Als der schwarze Reiter wenden wollte, stolperte sein Pferd über Gomez' Leiche. Fluchend riß er es noch einmal herum, ließ es steigen und auf der Leiche herumtrampeln. Blut spritzte in die Luft; die Vorderläufe des Pferds färbten sich dunkelrot. Schließlich wendete er wieder und galoppierte mit einem letzten Fluch den anderen nach.

»O Gott.« Die Plötzlichkeit des Ganzen, diese beiläufige Gewalt...

Chris rappelte sich hoch und rannte zum Pfad.

Gomez' Leiche lag, zertrampelt fast bis zur Unkenntlichkeit, in einer Schlammpfütze. Aber eine Hand war seitlich weggestreckt und lag geöffnet auf der Erde. Und neben der Hand lag der weiße Keramikmarker.

Er war gesprungen, die elektronischen Eingeweide waren zu sehen.

Chris hob ihn auf. Die Keramik zerbrach in seinen Händen, weiße und silberne Fragmente rieselten zu Boden und versanken im Schlamm. Und in diesem Augenblick wurde ihm die Situation bewußt.

Ihre Führer waren beide tot.

Eine Maschine war verschwunden.

Ihr Navigationsmarker für die Rückkehr war kaputt.

Was bedeutete, daß sie an diesem Ort festsaßen. Gefangen, ohne Führer oder Hilfe. Und ohne jede Aussicht, je zurückkehren zu können.

Nie mehr.

36:30:42

Achtung«, sagte ein Techniker. »Sie kommt.«

Auf dem Gummiboden im Zentrum der bogenförmigen Wasserschilde zeigten sich kleine Lichtblitze.

Gordon warf Stern einen Blick zu. »Jetzt erfahren wir gleich, was passiert ist.«

Die Blitze wurden heller, und auf dem Gummiboden erschien eine Maschine. Sie war gut einen halben Meter hoch, als Gordon sagte: »Verdammt! Dieser Kerl macht doch immer nur Schwierigkeiten.«

Stern sagte etwas, aber Gordon achtete nicht auf ihn. Er sah, daß Baretto gegen eine Stange gelehnt auf dem Boden saß. Er war offensichtlich tot. Als die Maschine ihre volle Größe erreichte, erkannte Gordon die Pistole in Barettos Hand. Er wußte natürlich, was passiert war. Obwohl Kramer Baretto ausdrücklich davor gewarnt hatte, hatte dieser Hurensohn moderne Waffen mitgenommen. Natürlich hatte ihn Gomez deshalb zurückgeschickt, und –

Ein kleiner dunkler Gegenstand rollte auf den Boden.

»Was ist das?« fragte Stern.

»Ich weiß es nicht«, sagte Gordon und starrte die Bildschirme an. »Sieht fast aus wie eine Gra –«

Die Explosion blitzte durch den Transitraum, wuchs wie eine weiße Wolke auf den Bildschirmen und tauchte alles in gleißendes Licht. Im Kontrollraum war das Geräusch merkwürdig verzerrt, es klang eher wie statisches Rauschen. Der Transitraum füllte sich sofort mit hellem Rauch.

»Scheiße«, sagte Gordon und schlug mit der Faust auf die Tischplatte.

Die Techniker im Transitraum schrien. Ein Mann hatte ein blutüberströmtes Gesicht. Im nächsten Augenblick wurde er zu Boden gerissen, denn aus den von Granatsplittern zerstörten Schilden schoß das Wasser heraus. Einen Meter hoch schwappte das Wasser im Transitraum, fast wie eine Brandung. Doch es floß sehr schnell ab, und der nun wieder nackte Boden fing an zu zischen und zu dampfen.

»Das sind die Batterien«, sagte Gordon. »Sie verlieren Flußsäure.«

Verdeckt von Rauchschwaden liefen Gestalten mit Gasmasken in den Raum und halfen den verletzten Technikern. Von oben krachten Stützbalken herunter und zerstörten die restlichen Wasserschilde. Weitere Balken krachten auf den Boden.

Im Kontrollraum gab jemand Gordon eine Maske und eine andere Stern. Gordon setzte seine auf.

»Wir müssen gehen«, sagte er. »Die Luft ist kontaminiert.«

Stern starrte die Bildschirme an. Durch den Rauch konnte er erkennen, daß die anderen Maschinen größtenteils zerstört auf dem Boden lagen und Dampf und hellgrünes Gas herauszischte. Nur eine einzige stand noch etwas abseits, und noch während er hinsah, krachte ein weiterer Balken herunter und zerschmetterte sie.

»Es gibt keine Maschinen mehr«, sagte Stern. »Heißt das –«

»Ja«, erwiderte Gordon. »Ich fürchte, vorerst sind Ihre Freunde auf sich selbst gestellt.«

36:30:00

Reg dich nicht auf, Chris«, sagte Marek.

»Ich soll mich nicht aufregen?« Chris schrie es beinahe. »Schau doch mal her, um Himmels willen, André – ihr Marker ist kaputt. Wir haben keinen Marker. Was bedeutet, wir haben keine Möglichkeit mehr heimzukommen. Was bedeutet, daß wir absolut in der Scheiße sitzen, André. Und du willst, daß ich mich *nicht aufrege*?«

»Genau, Chris«, sagte Marek mit sehr ruhiger, gelassener Stimme. »Genau das will ich. Bitte, reg dich nicht auf. Ich will, daß du dich zusammennimmst.«

»Warum zum Teufel sollte ich das?« fragte Chris. »Wozu? Sieh den Tatsachen ins Auge, André: Wir werden hier alle umgebracht. Es gibt für uns keinen Ausweg mehr.«

»Doch, den gibt es.«

»Ich meine, wir haben ja nicht mal was zu essen, wir haben rein gar nichts, wir stecken hier in diesem … diesem Scheißloch fest, ohne irgendwas, und –« Er hielt inne und wandte sich Marek zu. »Was hast du gesagt?«

»Ich habe gesagt, es gibt einen Ausweg.«

»Wie?«

»Überleg doch mal. Die andere Maschine ist zurückgekehrt. Nach New Mexico.«

»Und?«

»Sie werden sehen, in welchem Zustand er ist –«

»Tot, André. Sie werden sehen, daß er *tot* ist.«

»Wichtig ist doch, sie werden merken, daß was nicht stimmt. Und dann kommen sie uns holen. Sie schicken uns eine andere Maschine«, sagte Marek.

»Woher weißt du das?«

»Weil sie es tun werden.« Marek drehte sich um und ging den Hügel hinunter.

»Wo gehst du hin?«

»Kate suchen. Wir müssen zusammenbleiben.«

»Ich rühre mich nicht vom Fleck.«

»Wie du willst. Aber dann bleib wirklich hier.«

»Keine Angst. Ich bin hier.«

Marek trottete davon und verschwand hinter einer Biegung des Pfads. Chris war allein. Und fast sofort fragte er sich, ob er nicht doch lieber laufen und Marek einholen sollte. Vielleicht war es besser, nicht allein zu sein. Zusammenbleiben, wie Marek gesagt hatte.

Er ging ein paar Schritte den Hügel hinunter und blieb dann wieder stehen. Nein, dachte er. Er werde hierbleiben, hatte er gesagt. Nun stand er da und versuchte, seine Atmung zu beruhigen.

Als er den Kopf senkte, sah er, daß er auf Gomez' Hand stand. Er trat schnell zur Seite und ging ein Stückchen den Pfad hoch, um eine Stelle zu finden, von wo aus er die Leiche nicht sehen konnte. Seine Atmung wurde wirklich langsamer. Er konnte wieder einen klaren Gedanken fassen. Marek hatte recht. Sie würden eine andere Maschine schicken, und wahrscheinlich schon sehr bald. Ob sie genau hier landen würde? War das ein bekannter Platz für Landungen? Oder würde es nur irgendwo in der weiteren Umgebung sein?

Wie auch immer, Chris war sicher, daß er genau da bleiben sollte, wo er war.

Er schaute den Pfad hinunter, in die Richtung, in der Marek verschwunden war. Wo Kate jetzt wohl war? Vermutlich ein Stückchen weiter unten. Ein paar hundert Meter, vielleicht ein bißchen mehr.

O Gott, er wollte nach Hause.

Plötzlich hörte er im Wald rechts von sich ein Krachen.

Jemand kam näher.

Er verkrampfte sich, denn ihm wurde bewußt, daß er keine Waffe hatte. Dann erinnerte er sich an den Beutel, der unter seiner Kleidung am Gürtel hing. Er hatte ja diesen Gaskanister. Besser als nichts. Er tastete unter seinem Wams herum, suchte nach dem –

»Pst.«

Er drehte sich um.

Ein Junge kam aus dem Wald. Sein Gesicht war glatt und bartlos, und er konnte nicht mehr als zwölf sein, wie Chris erkannte. Der Junge flüsterte: *»Arkith. Thou. Earwashmann.«*

Chris runzelte die Stirn, weil er nichts verstand, aber kurz darauf hörte er eine blecherne Stimme in seinem Ohr: »He. Ihr da. Irischmann.« Sein Ohrstöpsel übersetzte.

»Was?« fragte er.

»Coumen hastealy.« Im Ohr hörte er: »Kommt schnell.«

Der Junge winkte ihm, hektisch, eindringlich.

»Aber ...«

»Kommt. Sir Guy wird bald merken, daß er die Fährte verloren hat. Und dann kehrt er zurück, um sie wiederaufzunehmen.«

»Aber ...«

»Ihr könnt hier nicht bleiben. Er tötet Euch. Kommt!«

»Aber ...« Chris deutete hilflos den Pfad hinunter, wo Marek verschwunden war.

»Euer Diener wird Euch finden. Kommt!«

Jetzt hörte er das entfernte Donnern von Pferdehufen, das schnell lauter wurde.

»Seid Ihr dumm?« fragte der Junge und starrte ihn an. »Kommt!«

Das Donnern kam immer näher.

Chris stand wie erstarrt da, er wußte nicht, was er tun sollte.

Der Junge verlor die Geduld. Mit einem entrüsteten Kopfschütteln drehte er sich um und rannte in den Wald. Im dichten Unterholz war er sofort verschwunden.

Chris stand allein auf dem Pfad. Er schaute den Hügel hinunter. Von Marek war nichts zu sehen. Dann schaute er den Hügel hoch, in die Richtung der näher kommenden Pferde. Sein Herz hämmerte wieder.

Er mußte sich entscheiden. Schnell.

»Ich komme«, rief er dem Jungen nach.

Dann drehte er sich um und rannte in den Wald.

Kate saß auf einem umgestürzten Baumstamm und berührte behutsam ihren Kopf, auf dem die Perücke verrutscht war. Sie sah Blut auf ihren Fingerspitzen.

»Bist du verletzt?« fragte Marek, der eben zu ihr stieß.

»Ich glaube nicht.«

»Laß mal sehen.«

Als Marek ihr die Perücke abnahm, sah er blutverklebte Haare und einen knapp acht Zentimeter langen Riß in der Kopfhaut. Die Wunde blutete nicht mehr stark, das Blut gerann bereits auf dem Netz der Perücke. Die Verletzung sollte eigentlich genäht werden, aber es würde auch ohne gehen.

»Du wirst es überleben.« Er setzte ihr die Perücke wieder auf den Kopf.

»Was ist passiert?« fragte sie.

»Diese beiden anderen sind tot. Jetzt sind wir auf uns allein gestellt. Chris ist ein bißchen in Panik.«

»Chris ist ein bißchen in Panik.« Sie nickte, als hätte sie das erwartet. »Dann sollten wir ihn besser holen.«

Sie gingen den Pfad wieder hoch. Unterwegs fragte Kate: »Was ist mit den Markern?«

»Der Kerl ist zurückgekehrt und hat seinen Marker mitgenommen. Gomez' Leiche wurde zertrampelt, ihrer ist zerstört.«

»Was ist mit dem anderen?« fragte Kate.

»Was für einen anderen?«

»Sie hatte einen Ersatzmarker.«

»Woher weißt du das?«

»Sie hat es gesagt. Weißt du das nicht mehr? Als sie von diesem Erkundungsausflug zurückkam, oder was immer das war, sagte sie, daß alles okay sei und wir uns beeilen und fertigmachen sollten. Und dann sagte sie: ›Ich brenne jetzt den Ersatzmarker.‹ Oder so was ähnliches.«

Marek runzelte die Stirn.

»Ist doch einleuchtend, daß es einen Ersatzmarker gibt«, sagte Kate.

»Na, Chris wird sich freuen, das zu hören«, sagte Marek. Sie umrundeten die letzte Biegung. Und standen dann da und starrten ins Leere.

Chris war verschwunden.

Ohne auf die Dornen zu achten, die ihm die Beine zerkratzten und an seiner Hose zerrten, pflügte Chris Hughes durchs Unterholz und entdeckte den rennenden Jungen schließlich fünfzig Meter vor sich. Aber der Junge beachtete ihn nicht, er hielt nicht an, sondern lief einfach weiter. Er lief auf das Dorf zu. Chris bemühte sich, mit ihm mitzuhalten. Er rannte weiter.

Hinter sich auf dem Pfad hörte er das Trampeln und Schnauben der Pferde und die Rufe der Männer. Einer schrie: »Im Wald!«, und ein anderer antwortete mit einem Fluch. Abseits des Pfads war der Boden dicht bewachsen. Chris mußte über umgestürzte Bäume, verfaulende Stämme und Äste, so dick wie sein Oberschenkel, springen und sich durch dichtes Dornengestrüpp arbeiten. War dieser Boden zu schwierig für Pferde? Würden die Männer absteigen? Würden sie aufgeben? Oder würden sie ihn verfolgen?

Natürlich würden sie ihn verfolgen.

Er rannte weiter. Jetzt spürte er Morast unter den Füßen. Er schob sich durch hüfthohe Pflanzen, die nach Stinktier rochen, und schlitterte durch Schlamm, der mit jedem Schritt tiefer wurde. Er hörte das Rasseln seines Atems und das Patschen und Saugen seiner Füße im Schlamm.

Aber hinter sich hörte er niemanden.

Bald hatte er wieder festen Boden erreicht und konnte schneller laufen. Jetzt war der Junge nur noch zehn Schritte vor ihm, lief aber immer noch schnell. Chris keuchte und hatte Schwierigkeiten mitzuhalten, aber der Junge verringerte sein Tempo nicht.

Chris rannte weiter. In seinem linken Ohr hörte er ein Knistern. »Chris?«

Es war Marek.

»Chris, wo bist du?«

Wie antwortete man gleich wieder? Gab es ein Mikrofon? Dann erinnerte er sich, daß sie etwas über Knochenleitung gesagt hatten. Laut sagte er: »Ich … ich … renne.«

»Das kann ich hören. Wohin rennst du?«

»Der Junge … das Dorf …«

»Du rennst zum Dorf?«

»Ich weiß nicht. Ich glaube schon.«

»Du glaubst? Chris, wo bist du?«

Plötzlich hörte Chris hinter sich ein Krachen, die Rufe von Männern und das Wiehern von Pferden.

Die Reiter jagten hinter ihm her. Und er hatte eine deutliche Spur aus zerbrochenen Ästen und schlammigen Fußabdrücken hinterlassen. So konnten sie ihm ganz leicht folgen.

Scheiße.

Chris rannte noch schneller, er trieb sich bis zum äußersten. Und plötzlich erkannte er, daß er den Jungen nicht mehr vor sich sah.

Schwer atmend blieb er stehen und drehte sich im Kreis. Er suchte –

Nichts.

Der Junge war verschwunden.

Chris war allein im Wald.

Und die Reiter kamen näher.

Marek und Kate standen auf dem schlammigen Pfad oberhalb des Klosters und horchten angestrengt in ihre Ohrstöpsel. Im Augenblick war nichts zu hören. Kate hielt sich die Hand über das Ohr, um besser zu verstehen. »Ich kriege überhaupt nichts rein.«

»Vielleicht ist er außer Reichweite«, sagte Marek.

»Warum geht er ins Dorf? Es klingt, als würde er diesem Jungen folgen«, mutmaßte sie. »Aber warum?«

Marek sah zum Kloster hinunter. Es war nicht mehr als zehn Minuten Fußmarsch entfernt. »Der Professor ist wahrscheinlich jetzt gerade da unten. Wir könnten ihn einfach holen und nach Hause verduften.« Er trat verärgert gegen einen Baumstumpf. »Es hätte so einfach sein können.«

»Jetzt nicht mehr«, sagte Kate.

Ein lautes Knistern in ihren Ohrstöpseln ließ sie zusammenzucken. Sie hörten Chris wieder keuchen.

Marek fragte: »Chris. Bist du das?«

»Ich kann … kann jetzt nicht reden.«

Er flüsterte. Und er klang verängstigt.

»Nein, nein, *nein*!« flüsterte der Junge und streckte Chris aus den Ästen eines sehr hohen Baums die Hand entgegen. Er hatte schließlich Mitleid bekommen mit Chris, der sich unter ihm auf dem Boden panisch im Kreis drehte, und gepfiffen. Und ihn zu dem Baum gewinkt.

Jetzt mühte Chris sich ab, auf den Baum zu klettern. Er versuchte sich an den unteren Ästen hochzuziehen und stützte sich dabei mit den Füßen am Stamm ab. Aber diese Methode schien den Jungen zu verärgern.

»Nein, nein! Benutzt nur die Hände!« flüsterte er entsetzt. »Ihr seid wirklich dumm – seht nur, was Eure Füße für Spuren auf dem Stamm hinterlassen.«

Chris, der nun frei an einem Ast hing, schaute nach unten. Der Junge hatte recht. An der Borke des Stamms waren wirklich deutlich Schlammspuren zu erkennen.

»Beim Kreuz, wir sind verloren«, rief der Junge, schwang sich über Chris' Kopf hinweg und sprang leichtfüßig zu Boden.

»Was tust du?« fragte Chris.

Aber der Junge rannte bereits wieder, mitten durch das Dornengestrüpp hastete er von Baum zu Baum. Chris ließ sich zu Boden fallen und folgte ihm.

Verärgert murmelnd musterte der Junge die Äste jedes Baums. Anscheinend suchte er einen sehr großen Baum mit relativ weit herunterreichenden Ästen, aber keiner schien ihm zu passen. Der Lärm der Reiter wurde lauter.

Bald hatten sie über hundert Meter zurückgelegt und kamen jetzt an eine Stelle, die dicht mit knotigen Latschen bewachsen war. Hier war es ungeschützter und sonnig, weil rechts von ihnen weniger Bäume standen, und dann sah Chris, daß sie am Rand eines Steilhangs hoch über der Stadt und dem Fluß entlangliefen. Der Junge schlug einen Haken vom Sonnenlicht weg und wieder tiefer in den dunkleren Wald hinein. Fast sofort fand er einen Baum, der ihm gefiel, und er winkte Chris. »Ihr geht zuerst. Und keine Füße!«

Der Junge beugte die Knie, verschränkte die Finger und spannte seinen Körper an. Chris hatte den Eindruck, der Junge sei zu schmächtig, um sein Gewicht zu tragen, der aber schüttelte nur ungeduldig den Kopf. Chris stellte seinen Fuß auf die Hände des Jungen, streckte die Arme nach oben und packte den untersten Ast. Mit der Hilfe des Jungen zog er sich hoch, bis er sich mit einem letzten Grunzen über den Ast schwingen konnte. Nun lag er bäuchlings darüber. Er sah zu dem Jungen hinunter, doch der zischte nur: »Weiter!« Chris rappelte sich mühsam auf die Knie hoch und stand dann auf. Der nächste Ast war leicht zu erreichen, und er kletterte weiter.

Der Junge sprang einfach nur in die Luft, packte den Ast und zog sich schnell daran hoch. So schlank er war, war er doch überraschend stark, und er kletterte mit sicheren Bewegungen von Ast zu Ast. Chris befand sich jetzt etwa sieben Meter über dem Boden. Seine Arme brannten, und er keuchte, doch er bewegte sich weiter von Ast zu Ast.

Der Junge packte ihn am Fußgelenk, und Chris erstarrte. Langsam und vorsichtig schaute er über die Schulter nach unten und sah, daß der Junge starr auf dem Ast unter ihm kauerte. Dann hörte Chris das leise Schnauben eines Pferdes und erkannte, daß das Geräusch nahe war.

Sehr nahe.

Auf dem Boden unter ihnen bewegten sich sechs Reiter langsam und leise vorwärts. Sie waren noch ein Stückchen entfernt und verschwanden immer wieder hinter dichtem Laubwerk. Wenn ein Pferd schnaubte, streichelte der Reiter ihm den Hals, um es zu beruhigen.

Die Reiter wußten, daß sie ihrer Beute sehr nahe waren. Sie beugten sich in den Sätteln vor und musterten den Boden auf der einen und der anderen Seite. Zum Glück befanden sie sich jetzt in dem Latschengestrüpp, hier waren keine Spuren zu sehen.

Sich mit Handzeichen verständigend, verteilten sie sich, bis sie in etwa eine Linie bildeten, und so ritten sie langsam links und rechts des Baums vorbei. Chris hielt den Atem an. *Wenn sie jetzt hochschauten …*

Aber sie taten es nicht.

Sie ritten weiter, tiefer in den Wald hinein, und schließlich sprach einer von ihnen laut. Es war der Reiter mit dem schwarzen Helmbusch, der Gomez den Kopf abgeschlagen hatte. Sein Visier war hochgeklappt.

»Es reicht. Sie sind uns entwischt.«

»Wie? Über den Steilhang?«

Der schwarze Ritter schüttelte den Kopf. »Das Kind ist nicht so dumm.« Chris sah, daß sein Gesicht dunkel war: eine dunkle Haut und dunkle Augen.

»Und auch so recht kein Kind mehr, Mylord.«

»Wenn er stürzte, dann war es ein Versehen. Es kann nicht anders sein. Ich glaube, wir sind in die Irre gegangen. Wir wollen umkehren.«

»Mylord.«

Die Reiter wendeten ihre Pferde und ritten zurück. Wieder kamen sie an dem Baum vorbei, noch immer weit verteilt, doch sie ritten weiter ins Sonnenlicht.

»Vielleicht finden wir in besserem Licht ihre Spur wieder.«

Chris seufzte erleichtert auf.

Der Junge unter ihm klopfte ihm aufs Bein und nickte ihm zu, als wollte er sagen: Gut gemacht. Sie warteten, bis die Reiter mindestens hundert Meter entfernt und fast außer Sicht waren. Dann glitt der Junge leise am Stamm hinunter, und Chris folgte ihm, so gut er konnte.

Als Chris wieder festen Boden unter den Füßen hatte, sah er, daß die Reiter sich immer weiter entfernten. Sie kamen zu dem Baum mit den schlammigen Fußabdrücken. Der Anführer ritt vorbei, ohne sie zu bemerken. Dann der nächste.

Der Junge packte ihn am Arm und zerrte ihn ins Unterholz.

Dann: »Sir Guy! Seht hier! Der Baum. Sie sind in dem Baum!«

Einer der Ritter hatte es bemerkt.

Scheiße.

Die Reiter wendeten ihre Pferde und schauten alle in den Baum hoch. Der schwarze Ritter kam mit skeptischer Miene dazu. »Was? Zeig es mir.«

»Ich kann sie dort oben nicht sehen, Mylord.«

Die Ritter drehten sich, schauten in alle Richtungen, schauten hinter sich…

Und sahen sie.

»Dort!«

Die Ritter stürmten los.

Der Junge lief, so schnell er konnte. »Bei Gott, wir sind wahrlich verloren«, sagte er und sah sich im Rennen über die Schulter. »Könnt Ihr schwimmen?«

»Schwimmen?« fragte Chris.

Natürlich konnte er schwimmen. Aber daran dachte er im Augenblick gar nicht. Denn jetzt rannten sie in vollem Tempo auf die Lichtung zu, auf den Waldrand.

Auf den Steilhang.

Das Gelände neigte sich, erst sanft, dann immer steiler. Der Bewuchs wurde dünner, überall trat nackter, gelblich weißer Kalkstein hervor. Die Sonne schien grell herunter.

Der schwarze Ritter schrie irgend etwas. Chris verstand es nicht.

Dann hatten sie den Rand der Lichtung erreicht. Ohne zu zögern, sprang der Junge ins Leere.

Chris zögerte, er wollte ihm nicht folgen. Als er sich umdrehte, sah er, daß die Ritter mit erhobenen Breitschwertern auf ihn zu galoppierten.

Keine andere Wahl.

Chris drehte sich wieder um und rannte auf den Rand des Steilhangs zu.

Marek zuckte zusammen, als er Chris' Schrei in seinem Ohrstöpsel hörte. Der Schrei war zuerst laut und endete mit einem Grunzen und einem Krachen.

Ein Aufprall.

Horchend stand er mit Kate neben dem Pfad. Sie warteten.

Doch sie hörten nichts mehr. Nicht einmal statisches Rauschen.

Überhaupt nichts.

»Ist er tot?« fragte Kate.

Marek antwortete nicht. Er ging schnell zu Gomez' Leiche, kauerte sich hin und fing an, den Schlamm abzusuchen. »Komm«, sagte er, »hilf mir, den Ersatzmarker zu suchen.«

Ein paar Minuten lang suchten sie, und dann packte Marek Gomez' Hand, die bereits fahlgrau und steif wurde. Er hob den Arm, spürte dabei die Kälte der Haut und drehte den Torso um. Die Leiche klatschte bäuchlings wieder in den Schlamm.

Erst jetzt bemerkten sie das Armband aus geflochtenen Schnüren, das Gomez an ihrem Handgelenk trug. Marek war es zuvor nicht aufgefallen; es schien einfach Teil ihres historischen Kostüms zu sein. Natürlich war es völlig falsch für die Zeit. Auch eine bescheidene Bauersfrau würde ein Armband aus Metall, gemeißeltem Stein oder Holz tragen, wenn sie überhaupt etwas trug. Dieses Armband sah aus wie modernes Hippie-Zeug.

Marek berührte es neugierig und stellte überrascht fest, daß es sich steif anfühlte, fast wie Karton. Er drehte es um ihr Handgelenk und suchte nach der Schließe, und plötzlich klappte in dem geflochtenen Band eine Art Deckel auf. Er erkannte, daß das Armband eigentlich ein kleiner elektronischer Timer war, fast wie eine Armbanduhr.

Der Timer zeigte: 36:29:37.

Und er zählte rückwärts.

Marek wußte sofort, worum es sich handelte. Es war ein Meßgerät, das anzeigte, wieviel Zeit seit ihrem Start vergangen war und wieviel ihnen noch blieb, bevor sie zurückkehren mußten. Ursprünglich hatten sie siebenunddreißig Stunden gehabt, aber inzwischen hatten sie mehr als dreißig Minuten verloren.

Das Ding sollten wir behalten, dachte er. Er zog den Timer von Gomez' Handgelenk und streifte ihn über seins.

»Jetzt haben wir einen Timer«, sagte Kate. »Aber keinen Marker.«

Sie suchten noch fünf Minuten lang. Doch schließlich mußte Marek sich widerstrebend die unerfreuliche Wahrheit eingestehen.

Es gab keinen Marker. Und ohne Marker würden die Maschinen nicht zurückkommen.

Chris hatte recht: Sie waren hier gefangen.

36:28:04

Im Kontrollraum schrillte beharrlich eine Alarmglocke. Die beiden Techniker standen von ihren Konsolen auf und verließen hastig den Raum. Stern spürte, daß Gordon ihn fest am Arm packte.

»Wir müssen weg«, sagte Gordon. »Die Flußsäure hat die Luft kontaminiert. Der Transitraum ist toxisch. Und die Dämpfe werden auch bald hier oben sein.« Er führte Stern aus dem Kontrollraum.

Stern warf noch einen Blick auf den Monitor, auf das Gewirr der Stützstreben in den Rauchschwaden des Transitraums. »Was ist, falls sie versuchen zurückzukommen, wenn niemand da ist?«

»Keine Sorge«, erwiderte Gordon. »Das kann nicht passieren. Die Trümmer werden die Infrarotsensoren aktivieren. Und sie brauchen zwei Meter Abstand auf allen Seiten, wissen Sie noch? Die haben sie aber nicht. Die Sensoren werden die Maschinen also nicht zurückkommen lassen. Nicht, bis das alles weggeräumt ist.«

»Und wie lange dauert das Aufräumen?«

»Zuerst müssen wir die Luft in der Höhle austauschen.«

Gordon brachte Stern wieder in den langen Korridor, der zum Hauptaufzug führte. Es waren viele Leute im Korridor, die alle nach draußen wollten. Ihre Stimmen hallten durch den Tunnel.

»Die Luft in der Höhle austauschen?« wiederholte Stern. »Das ist eine riesige Menge. Wie lange dauert das?«

»Theoretisch neun Stunden«, antwortete Gordon.

»Theoretisch?«

»Wir haben es noch nie gemacht«, sagte Gordon. »Aber wir sind natürlich in der Lage dazu. Die großen Ventilatoren sollten sich jeden Augenblick einschalten.«

Sekunden später erfüllte ein lautes Dröhnen den Tunnel. Stern spürte einen heftigen Luftzug, der gegen seinen Körper prallte und an seinen Kleidern zerrte.

»Und nach dem Luftaustausch? Was passiert dann?«

»Dann bauen wir den Transitraum wieder auf und warten darauf, daß sie zurückkommen«, sagte Gordon. »So wie wir es geplant haben.«

»Und wenn sie versuchen zurückzukommen, bevor Sie bereit sind?«

»Das ist kein Problem, David. Die Maschine wird sich einfach weigern. Sie lädt sie wieder genau dort ab, wo sie herkamen. Vorläufig.«

»Dann stecken sie also fest«, sagte Stern.

»Für den Augenblick ja«, sagte Gordon. »Sie stecken fest. Und es gibt nichts, was wir dagegen tun können.«

36:13:17

Chris Hughes rannte zum Rand des Steilabhangs und warf sich schreiend und mit Armen und Beinen wedelnd ins Leere. Siebzig Meter unter sich sah er die Dordogne, die sich durch die Landschaft schlängelte. Der Fall war zu tief. Er wußte, daß der Fluß zu seicht war. Keine Frage, er würde sterben.

Aber dann sah er, daß der Abhang nicht senkrecht nach unten ging – etwa sieben Meter unter ihm ragte ein Vorsprung aus der Flanke heraus. Es war ein steil nach unten geneigter, fast nackter Felsen mit spärlichem Bewuchs aus verkümmerten Bäumen und Strauchwerk.

Er knallte mit der rechten Seite auf den Vorsprung. Der Aufprall nahm ihm den Atem. Sofort begann er hilflos zum Rand zu rollen. Er versuchte sich abzubremsen, indem er verzweifelt nach einem Strauch griff, aber der war zu schwach, er riß ihn aus. Im Rollen bemerkte Chris plötzlich, daß der Junge nach ihm griff, aber er verfehlte die ausgestreckten Hände. Immer weiter rollte er, die Welt drehte sich wild um ihn. Jetzt war der Junge hinter ihm und starrte ihm mit entsetzter Miene nach. Chris wußte, er würde über den Rand rollen, er würde fallen –

Er ächzte, als er gegen einen Baum knallte, scharfer Schmerz zuckte durch seinen Körper. Einen Augenblick lang wußte er nicht, wo er war; er spürte nur Schmerz. Die Welt war grünlich-weiß. Nur langsam wurde sein Kopf wieder klar.

Der Baum hatte seinen Sturz zwar gestoppt, aber einige Sekunden lang konnte er überhaupt nicht atmen, so heftig war der Schmerz. Sterne tanzten ihm vor den Augen, und als sie langsam verschwanden, sah er, daß seine Beine über den Rand baumelten.

Und rutschten.

Nach unten rutschten.

Der Baum war eine dünne Kiefer, und sein Gewicht bog sie langsam, langsam nach unten. Er spürte, wie er den Stamm entlangrutschte, konnte jedoch nichts dagegen tun. Aber er packte den Stamm und hielt sich daran fest. Es funktionierte: Er rutschte nicht mehr. Langsam zog er sich daran hoch, wieder auf den Felsvorsprung zu.

Dann sah er entsetzt, daß die Wurzeln sich aus den Felsspalten lösten, eine nach der anderen schnellte heraus und ragte bleich ins Sonnenlicht. Es war nur eine Frage der Zeit, bis der ganze Baum sich lösen würde.

Plötzlich spürte Chris ein Zerren am Kragen und sah über sich den Jungen stehen, der ihn wieder auf den Vorsprung zog. Der Junge starrte ihn wütend an. »Kommt endlich!«

»Mein Gott«, sagte Chris und ließ sich schwer atmend auf einen flachen Felsen fallen. »Nur einen Augenblick –«

Ein Pfeil zischte an seinem Ohr vorbei wie eine Kugel. Er spürte den Luftzug. Die Wucht eines solchen Geschosses verblüffte ihn. Voller Angst krabbelte er tief gebückt den Vorsprung hoch, zog sich von Baum zu Baum. Ein zweiter Pfeil rauschte durch die Stämme.

Die Reiter standen oben an der Kante und schauten zu ihnen herunter. Der schwarze Ritter schrie: »Trottel! Idiot!« und schlug den Schützen wütend und so heftig, daß ihm der Bogen aus der Hand flog. Nun kamen keine Pfeile mehr.

Der Junge zog Chris am Arm weiter. Chris wußte nicht, wohin dieser Pfad an der Felsflanke entlang führte, aber der Junge schien einen Plan zu haben. Über ihm wendeten die Reiter ihre Pferde und ritten wieder in den Wald zurück.

Jetzt lief der Vorsprung in einen schmalen, kaum dreißig Zentimeter breiten Sims aus, der sich um einen Knick in der Flanke herumbog. Unter dem Sims fiel der Steilhang jäh zum Fluß hin ab. Chris starrte zum Fluß hinunter, aber der Junge packte ihn am Kinn und riß ihm das Gesicht nach oben. »Nicht nach unten sehen! Kommt!« Der Junge drückte sich mit Körper und Armen flach an den Fels und bewegte sich behutsam auf dem Sims vorwärts. Chris, der noch immer heftig atmete, folgte seinem Beispiel. Er wußte, wenn er zögerte, würde er in Panik geraten. Der Wind zerrte an seinen Kleidern und drohte ihn von der Felsflanke wegzuziehen. Er drückte die Wange an den warmen Stein, klammerte sich mit den Fingern an winzige Vorsprünge, kämpfte gegen seine Panik an.

Chris sah den Jungen um die Ecke verschwinden und bewegte sich weiter. Es war ein scharfer Knick, und ein Stück des Pfads war weggebrochen, so daß er über die Lücke steigen mußte. Doch dann hatte er die Ecke umrundet und seufzte vor Erleichterung.

Er sah, daß die steile Felsflanke in einen langen, bewaldeten Hang überging, der bis hinunter zum Fluß reichte. Der Junge winkte ihm. Noch ein paar Schritte, dann hatte Chris ihn erreicht.

»Von hier aus ist es einfacher.« Der Junge lief weiter, und Chris folgte ihm. Doch der Hang war nicht so flach, wie er gedacht hatte. Es war dunkel zwischen den Bäumen, steil und schlammig. Der Junge rutschte aus, schlitterte den schlammigen Pfad hinunter und verschwand im Wald. Chris ging, sich an Ästen festklammernd, vorsichtig weiter. Dann verlor auch er den Halt, fiel mit dem Hintern in den Schlamm und fing an zu rutschen. Aus irgendeinem Grund dachte er: Ich bin Doktorand in Yale. *Ich bin Historiker mit dem Spezialgebiet Geschichte der Technik.* Es war, als wollte er sich an einer Identität festhalten, die sehr schnell aus seinem Bewußtsein schwand, wie ein Traum, aus dem er erwacht war und den er jetzt vergaß.

Kopfüber rutschte Chris durch den Schlamm, knallte gegen Bäume und spürte, wie Äste ihm das Gesicht zerkratzten, aber er konnte nichts tun, um seinen Fall zu bremsen. Immer weiter ging es den Hügel hinab, immer weiter.

Mit einem Seufzen stand Marek auf. An Gomez' Leiche war kein Marker. Da war er sich ganz sicher. Kate stand neben ihm und biß sich auf die Unterlippe. »Ich weiß, daß sie etwas von einem Reservemarker gesagt hat. Ich weiß es einfach.«

»Aber ich weiß nicht, wo er ist«, sagte Marek.

Unwillkürlich fing Kate an, sich den Kopf zu kratzen. Dabei spürte sie die Perücke und den Schmerz von der Beule auf ihrem Kopf. »Diese verdammte Perücke ...«

Sie hielt inne. Und starrte Marek an.

Und dann lief sie in den Wald neben dem Pfad. »Wo ist er hingeflogen?« fragte sie.

»Was?«

»Ihr Kopf.«

Einen Augenblick später fand sie ihn, und es überraschte sie, wie klein er wirkte. Ein Kopf ohne Körper ist nicht sehr groß. Kate versuchte, den Halsstumpf nicht anzusehen.

Sie unterdrückte ihren Ekel, bückte sich und drehte den Kopf um, so daß sie jetzt das graue Gesicht, die leeren Augen sah. Die Zunge hing halb aus dem schlaff geöffneten Mund. Fliegen summten in der Mundhöhle.

Sie zog die Perücke von Gomez' Kopf und sah sofort den Keramikmarker. Er war an das Netz an der Innenseite der Perücke geklebt. Sie riß ihn los.

»Hab ihn«, sagte sie.

Kate drehte ihn in der Hand. An der Seite des Markers war ein Knopf und daneben ein kleines Signallämpchen. Der Knopf war so klein und schmal, daß man ihn nur mit dem Daumennagel drücken konnte.

Das war er. Sie hatten ihn wirklich gefunden.

Marek kam zu ihr und starrte das Keramikplättchen an.

»Sieht aus, als wäre er es«, sagte er.

»Dann können wir zurückkehren«, sagte Kate. »Wann immer wir wollen.«

»Willst du sofort zurück?« fragte Marek sie.

Sie überlegte. »Wir sind hier, um den Professor zu holen«, sagte sie. »Und ich denke, das sollten wir auch tun.«

Marek grinste.

Und dann hörten sie das Donnern von Hufen, und sie sprangen ins Gebüsch, nur Sekunden bevor sechs dunkle Reiter den schlammigen Pfad in Richtung Fluß hinuntergaloppierten.

Knietief im Morast des Flußufers stolperte Chris vorwärts. Schlamm klebte ihm auf dem Gesicht, in den Haaren, in den Kleidern. Er war so mit Schlamm bedeckt, daß er dessen Gewicht spürte. Ein Stückchen vor sich sah er den Jungen, er planschte bereits im Wasser und wusch sich.

Chris zwängte sich durch das Gestrüpp am Wasserrand und glitt in den Fluß. Das Wasser war eisig, aber ihm war es egal. Er tauchte den Kopf unter, fuhr sich mit den Fingern durch die Haare und rieb sich das Gesicht, um sich vom Schlamm zu befreien.

Der Junge war inzwischen am gegenüberliegenden Ufer aus dem Fluß gestiegen und saß auf einem Felsen in der Sonne. Er sagte etwas, das Chris nicht hören konnte, aber sein Ohrstöpsel übersetzte: »Zieht Ihr Eure Kleider nicht aus, um zu baden?«

»Warum? Du hast es doch auch nicht getan.«

Worauf der Junge nur die Achseln zuckte und erwiderte: »Aber Ihr könnt, wenn Ihr wollt.«

Chris schwamm zum anderen Ufer und stieg aus dem Wasser. Seine Kleidung war noch immer sehr schlammig, aber jetzt, an der Luft, spürte er die Kälte. Er zog sich bis auf Gürtel und Leinenunterhosen aus, wusch die Oberbekleidung im Fluß und breitete sie dann auf den Felsen zum Trocknen aus. Sein Körper war übersät mit Kratzern, Striemen und Prellungen. Aber seine Haut trocknete bereits, und die Sonne fühlte sich warm an. Er reckte das Gesicht nach oben und schloß die Augen. Er hörte das leise Singen von Frauen auf den Feldern. Vogelgezwitscher. Das sanfte Plätschern des Flusses am Ufer. Und er spürte, wie ein Frieden ihn überkam, der tiefer und vollständiger war als alles, was er je erlebt hatte.

Er lag auf den Felsen und war wohl für ein paar Minuten eingeschlafen, denn beim Aufwachen hörte er:

»Howbite thou speakst foolsimple ohcopan, eek invich array thouart. Essay thousoot Earisher?«

Der Junge redete mit ihm. Einen Augenblick später hörte er die blecherne Stimme in seinem Ohr mit der Übersetzung: »Die Art, wie Ihr ganz einfach mit Eurem Freund sprecht, und die Art, wie Ihr Euch kleidet – sagt mir die Wahrheit. Ihr seid Ire, nicht?«

Chris nickte langsam und überlegte. Anscheinend hatte der Junge mitbekommen, wie er auf dem Pfad mit Marek sprach, und hatte daraus geschlossen, daß sie Iren waren. Es schadete wohl nichts, wenn er ihn in diesem Glauben ließ.

»Aye«, sagte er.

»Aie?« wiederholte der Junge. Er sprach die Silbe langsam aus, zog dabei die Lippen zurück und zeigte die Zähne.

Versteht er *aye* nicht? dachte Chris. Er beschloß, etwas anderes zu versuchen. »*Oui?*« sagte er.

»*Oui... oui...*« Auch dieses Wort schien den Jungen zu verwirren. Dann hellte sich sein Gesicht plötzlich auf. »*Ourie? Seynghtou ourie?*« fragte er, und Chris hörte die Übersetzung: »Schäbig? Sagt Ihr schäbig?«

Chris schüttelte den Kopf. »Ich sage ›ja‹.«

»*Chah?*« wiederholte der Junge etwas guttural.

»Ja«, sagte Chris und nickte.

»*Ah. Earisher.*« Die Übersetzung lautete: »Ah. Ire.«

»Ja.«

»*Wee sayen yeaso. Oriws, thousay trew.*«

Chris wiederholte: »*Thousay trew.*« Sein Ohrstöpsel übersetzte seine eigenen Worte: »Ihr sprecht wahr.«

Der Junge nickte, offensichtlich stellte ihn die Antwort zufrieden. Eine Weile saßen sie schweigend da. Der Junge musterte Chris von Kopf bis Fuß. »Dann seid Ihr also edel?«

Edel? Chris zuckte die Schultern. Natürlich war er edel. Ein ungehobelter Primitivling war er sicher nicht. »*Thousay trew.*«

Der Junge nickte nachdenklich. »Ich dachte es mir schon. Euer Gebaren verrät es, auch wenn Euer Gewand Eurem Stand nicht entspricht.«

Chris erwiderte nichts. Er wußte nicht so recht, was hier gemeint war.

»Wie nennt man Euch?« fragte ihn der Junge.

»Christopher Hughes.«

»Ah. Christopher de Hewes«, wiederholte der Junge. Er sprach den Namen langsam aus, als wollte er ihn auf eine Art einschätzen, die Chris nicht verstand. »Wo liegt Hewes? Im irischen Land?«

»*Thousay trew.*«

Wieder schwiegen sie eine Weile und ließen sich von der Sonne bescheinen.

»Seid Ihr ein Ritter?« fragte der Junge schließlich.

»Nein.«

»Dann seid Ihr ein Squire«, sagte der Junge mit einem selbstversunkenen Nicken. »Das wird genügen.« Dann wandte er sich wieder Chris zu. »In welchem Alter seid Ihr? Einundzwanzig Jahre?«

»So ungefähr. Vierundzwanzig Jahre.«

Der Junge riß überrascht die Augen auf, als er dies hörte. Chris dachte: Was ist denn so schlimm an vierundzwanzig Jahren?

»Dann, guter Squire, bin ich sehr froh über Eure Hilfe und danke Euch, daß Ihr mich vor Sir Guy und seinen Mannen gerettet habt.« Er deutete zum anderen Ufer, wo sechs dunkle Reiter dicht am Wasser standen und zu ihnen herüberschauten. Sie ließen ihre Pferde im Fluß saufen, aber ihre Augen waren starr auf Chris und den Jungen gerichtet.

»Aber ich hab dich nicht gerettet«, sagte Chris. »Du hast mich gerettet.«

»Habdich?« Noch ein verwirrter Blick.

Chris seufzte. Offensichtlich benutzten diese Leute noch keine Verschleifungen. Es war so schwierig, auch nur den einfachsten Gedanken auszudrücken; er fand es sehr mühselig. Aber er versuchte es noch einmal: »Ich hab dich nicht gerettet, du hast mich gerettet.«

»Guter Squire, Ihr seid zu bescheiden«, erwiderte der Junge. »Ich stehe mein Leben lang in Eurer Schuld; und es wird mir ein Vergnügen sein, Euch zu umsorgen, wenn wir erst in der Burg sind.«

»In der Burg?«

Vorsichtig verließen Kate und Marek den Wald und machten sich auf den Weg in Richtung Kloster. Von den Reitern, die den Pfad hinuntergaloppiert waren, war nichts mehr zu sehen. Auf sie wartete eine friedvolle Szene: Direkt vor ihnen lagen Felder des Klosters, begrenzt von niedrigen Steinmäuerchen. In der Ecke eines der Felder erhob sich ein schlankes, sechseckiges Bauwerk, reich mit Meißelarbeiten verziert, wie die Turmspitze einer gotischen Kirche.

»Ist das ein *montjoie*?« fragte Kate.

»Sehr gut«, entgegnete Marek. »Ja. Das ist ein Feldstein, ein Grenzzeichen. Man sieht sie hier überall.«

Zwischen den Feldern hindurch gingen sie zur drei Meter hohen Mauer, die das Kloster umgab. Die Bauern auf den Feldern achteten nicht auf sie. Auf dem Fluß trieb ein Lastkahn, die Fracht in Tuchbahnen verpackt. Der Bootsführer im Heck sang fröhlich.

Vor dem Kloster drängten sich die Hütten der Bauern, die auf den Feldern arbeiteten. Dahinter entdeckten sie eine kleine Tür in der Mauer. Das Kloster umfaßte ein so großes Gelände, daß es Türen an allen vier Seiten hatte. Dies hier war nicht der Haupteingang, aber Marek hielt es für besser, erst hier zu klopfen.

Sie gingen eben zwischen den Hütten hindurch, als sie das Schnauben eines Pferdes und eine leise, beruhigende Stimme hörten. Marek streckte die Hand aus, um Kate zu stoppen.

»Was ist?« flüsterte sie.

Er deutete. Etwa zwanzig Meter entfernt und hinter den Hütten nicht gleich zu erkennen, standen fünf Pferde, die von einem Burschen gehalten wurden. Die Pferde waren reich geschmückt, die Sättel mit rotem, silberbesetztem Samt bedeckt. Streifen roten Samts hingen an den Flanken herab.

»Das sind keine Ackergäule«, sagte Marek. Doch die Reiter konnte er nirgendwo entdecken.

»Was sollen wir tun?« fragte Kate.

Chris folgte dem Jungen zum Dorf von Castelgard, als plötzlich sein Ohrstöpsel knisterte. Er hörte Kate sagen: »Was sollen wir tun?«, und Marek antwortete: »Ich weiß nicht so recht.«

Chris sagte: »Habt ihr den Professor gefunden?«

Der Junge drehte sich um und sah ihn an. »Sprecht Ihr mit mir, Squire?«

»Nein, nein«, sagte Chris. »Mit mir selbst.«

»Mittemir selvst?« wiederholte der Junge und schüttelte den Kopf. »Eure Sprache ist schwer zu verstehen.«

Im Ohrstöpsel sagte Marek: »Chris? Wo zum Teufel bist du?«

»Jetzt gehe ich zur Burg«, sagte Chris laut. »An diesem wundervollen Tag.« Er schaute dabei zum Himmel hoch und tat so, als würde er mit sich selbst sprechen.

Er hörte Marek sagen: »Warum gehst du dorthin? Bist du noch bei diesem Jungen?«

»Ja, wirklich wundervoll.«

Der Junge drehte sich wieder um und sah ihn mit besorgtem Gesicht an. »Sprecht Ihr mit der Luft? Seid Ihr bei Sinnen?«

»Ja«, sagte Chris. »Ich bin bei Sinnen. Ich wünsche mir nur, daß meine Gefährten in der Burg zu mir stoßen.«

»Warum?« fragte Marek.

»Ich bin mir gewiß, daß Eure Gefährten zur rechten Zeit zu Euch stoßen werden«, sagte der Junge. »Erzählt mir von Euren Gefährten. Sind auch sie Iren? Sind sie Edle wie Ihr oder Diener?«

In seinem Ohr hörte er Marek sagen: »Warum hast du ihm gesagt, daß du edel bist?«

»Weil es mir entspricht.«

»Chris. ›Edel‹ bedeutet, daß du von Adel bist. Edelmann, Edelfrau. Es bedeutet von hoher Geburt. Damit ziehst du nur die Aufmerksamkeit auf dich und provozierst peinliche Fragen nach deiner Familie, die du nicht beantworten kannst.«

»Oh«, sagte Chris.

»Gewiß entspricht es Euch«, sagte der Junge. »Und Euren *copains* ebenso? Sind sie ebenfalls Edle?«

»Ihr sprecht wahr«, sagte Chris. »Auch meine Gefährten sind Edle.«

»Chris, verdammt noch mal«, sagte Marek durch den Ohrstöpsel. »Mach keine Faxen mit Sachen, die du nicht verstehst. Du beschwörst nur Schwierigkeiten herauf. Und wenn du so weitermachst, bekommst du sie auch.«

Marek, der am Rand des Hüttendorfes stand, hörte Chris sagen: »Sucht ihr einfach den Professor, okay?«, und dann stellte der Junge Chris eine andere Frage, die jedoch in statischem Rauschen unterging.

Marek drehte sich um und schaute über den Fluß zu Castelgard hinüber. Er sah den Jungen, der einige Schritte vor Chris ging.

»Chris«, sagte Marek. »Ich kann dich sehen. Kehr um und triff dich hier mit uns. Wir müssen zusammenbleiben.«

»Höchst schwierig.«

»Warum?« fragte Marek frustriert.

Chris antwortete ihm nicht direkt. »Und wer, guter Knabe, sind wohl die Reiter am anderen Ufer?« Anscheinend redete er mit dem Jungen.

Marek drehte den Kopf und entdeckte am Flußufer Reiter, die ihre Pferde saufen ließen und Chris und dem Jungen nachschauten.

»Das ist Sir Guy de Malegant, genannt ›Guy Tête Noire‹. Er steht in den Diensten von Mylord Oliver. Sir Guy ist ein hochberühmter Mann – wegen seiner vielen Gemetzel und Schurkenstreiche.«

Kate, die ebenfalls zuhörte, sagte: »Er kann nicht zu uns kommen wegen dieser Reiter.«

»Ihr sprecht wahr«, sagte Chris.

Marek schüttelte den Kopf. »Er hätte überhaupt nie weggehen sollen.«

Hinter ihnen knarzte eine Tür, und Marek drehte sich um. Die vertraute Gestalt von Professor Johnston trat durch die Seitentür in der Klosterwand in die Sonne. Er war allein.

35:31:11

Edward Johnston trug ein dunkelblaues Wams und schwarze Beinlinge, schlichte Kleidung mit wenig Verzierungen und Stickereien, die ihm ein konservatives, gelehrtes Aussehen gab. Wirklich wie ein Londoner Schreiber auf einer Pilgerreise, dachte Marek. Wahrscheinlich war Geoffrey Chaucer, ein anderer Schreiber dieser Zeit, auf seiner Pilgerreise ähnlich gekleidet gewesen.

Der Professor trat achtlos in die Morgensonne und taumelte dann ein wenig. Sie stürzten sofort zu ihm und sahen, daß er keuchte. Seine ersten Worte waren: »Habt ihr einen Marker?«

»Ja«, sagte Marek.

»Seid ihr nur zu zweit?«

»Nein, Chris ist auch dabei. Aber er ist nicht hier.«

Johnston schüttelte leicht verärgert den Kopf. »Na gut. Ganz schnell die Lage. Oliver ist in Castelgard« – er nickte in Richtung der Stadt am anderen Ufer – »aber er will nach La Roque umziehen, bevor Arnaut eintrifft. Seine größten Befürchtungen gelten dem Geheimgang, der nach La Roque führt. Oliver will wissen, wo er ist. Jeder hier in der Gegend will ihn unbedingt entdecken, weil sowohl Oliver als auch Arnaut ihn dringend brauchen. Er ist der Schlüssel zu allem. Die Leute hier halten mich für weise. Der Abt hat mich gebeten, in den alten Dokumenten zu forschen, und ich habe herausgefunden –«

Die Tür hinter ihnen öffnete sich, und Soldaten in kastanienbraunen und grauen Überwürfen stürzten auf sie zu. Sie packten Marek und Kate, stießen sie grob in den Staub, und Kate hätte beinahe ihre Perücke verloren. Mit dem Professor dagegen gingen sie sehr behutsam und respektvoll um, sie rührten ihn nicht an, als wollten sie ihm nur Geleitschutz geben. Marek, der wieder aufstand und sich den Staub abklopfte, kam es so vor, als hätten sie den Befehl, ihm kein Haar zu krümmen.

Marek sah schweigend zu, wie Johnston und die Soldaten ihre Pferde bestiegen und auf der Straße davonritten.

»Was sollen wir tun?« flüsterte Kate.

Der Professor tippte sich ans Ohr. In einem Singsang, als würde er beten, hörten sie ihn sagen: »Folget mir. Ich will versuchen, uns alle zusammenzubringen. Ihr holt Chris.«

35:25:18

Chris und der Junge erreichten nun den Eingang zu Castelgard: ein Flügeltor, mit starken Eisenbändern verstärkt. Das Tor stand offen und wurde von einem Soldaten mit einem Überwurf in Kastanienbraun und Grau bewacht. Er empfing sie mit den Worten: »Wollt Ihr ein Zelt aufstellen? Ein Tuch auslegen? Kostet Euch fünf Sol, wenn Ihr am Turniertag auf dem Markt was verkaufen wollt.«

»Non sumus mercatores«, sagte der Junge. »Wir sind keine Händler.«

Chris hörte den Posten antworten: *»Anthoubeest, ye schule payen. Quinquesols maintenant, aut decem postea.«* Aber die Übersetzung folgte nicht sofort; offenbar sprach der Mann eine merkwürdige Mischung aus Englisch, Französisch und Latein.

Dann hörte er: »Wenn Ihr welche seid, müßt Ihr zahlen. Fünf Sol jetzt, oder zehn später.«

Der Junge schüttelte den Kopf. »Seht Ihr irgendwo Waren?«

»Herkle, non.« Im Ohrstöpsel: »Beim Herkules, nein.«

»Dann nehmt das als Antwort«, erwiderte der Junge.

Trotz seiner Jugend sagte er dies mit scharfer Stimme, als wäre er ans Befehlen gewöhnt. Der Soldat zuckte nur die Achseln und wandte sich um. Der Junge und Chris traten durch das Tor.

Direkt hinter der Mauer befanden sich einige Bauernhäuser und eingezäunte Grundstücke. Die Gegend roch stark nach Wein. Sie gingen vorbei an strohgedeckten Häusern und Pferchen mit grunzenden Schweinen und stiegen dann Treppen hoch zu einer gewundenen, kopfsteingepflasterten Straße mit steinernen Gebäuden zu beiden Seiten. Jetzt waren sie in der eigentlichen Stadt.

Die Straße war schmal und sehr belebt und die Gebäude zweistöckig, wobei der obere Stock überhing, so daß kein Sonnenlicht auf die Straße fiel. Alle Gebäude hatten im Erdgeschoß geöffnete Läden: ein Schmied, ein Schreiner, der auch Fässer machte, ein Schneider und ein Fleischer. Der Fleischer, in einer bespritzten Öltuchschürze, schlachtete eben ein quiekendes Schwein auf dem Kopfsteinpflaster vor seinem Geschäft, und sie mußten dem fließenden Blut und den Schlingen blassen Gedärms ausweichen.

Es ging sehr laut her in dieser Straße, und der Gestank war für Chris fast unerträglich. Bald kamen sie zu einem gepflasterten Platz mit einem überdachten Markt in der Mitte. Auf ihrem Ausgrabungsgelände in der Gegenwart war diese Stelle nur eine grasbewachsene Fläche. Er blieb stehen, sah sich um und versuchte, das, was er kannte, mit dem zu vergleichen, was er jetzt sah.

Auf der anderen Seite des Platzes stand ein gutgekleidetes junges Mädchen mit einem Korb voller Gemüse, das nun zu dem Jungen geeilt kam und besorgt sagte: »Mein guter *Sir*, Eure lange Abwesenheit bekümmert Sir Daniel sehr.«

Der Junge schien nicht sehr erfreut, sie zu sehen. Verärgert erwiderte er: »Dann sag meinem Onkel, ich werde ihn zur gegebenen Zeit aufsuchen.«

»Es wird ihm eine große Freude sein«, sagte das Mädchen und verschwand in einer schmalen Gasse.

Der Junge führte Chris in eine andere Richtung. Er sagte nichts über diese Unterhaltung, sondern murmelte nur im Gehen vor sich hin.

Sie kamen nun zu einer freien Fläche direkt vor der Burg. Es war ein lebendiger und farbenfroher Platz, mit vielen Rittern, die, ihre flatternden Banner präsentierend, auf ihren Pferden paradierten. »Viele Besucher heute«, sagte der Junge, »wegen des Turniers.«

Direkt vor ihnen lag die Zugbrücke, die in die Burg führte. Chris bestaunte die düster aufragenden Mauern, die hohen Türme. Soldaten patrouillierten auf der Mauerkrone und starrten auf die Menge herunter. Der Junge führte ihn ohne Zögern weiter. Chris hörte seine Schritte hohl über das Holz der Zugbrücke klappern. Am Tor standen zwei Wachen. Chris spürte, wie er sich verkrampfte, als er auf sie zuging.

Aber die Wachen beachteten sie kaum. Einer nickte nur abwesend, der andere hatte ihnen den Rücken zugedreht und kratzte sich Schlamm von den Stiefeln.

Chris überraschte diese Gleichgültigkeit. »Warum bewachen sie den Eingang nicht?«

»Warum sollten sie?« sagte der Junge. »Es ist heller Tag. Und wir werden nicht angegriffen.«

Drei Frauen, die Köpfe in weiße Tücher gewickelt, so daß nur die Gesichter zu sehen waren, verließen, mit Körben im Arm, die Burg. Auch ihnen schenkten die Wachen keine Beachtung. Plappernd und lachend gingen die Frauen hinaus – ohne angesprochen zu werden.

Chris erkannte, daß er hier mit einem jener historischen Vorurteile konfrontiert war, die so tief verwurzelt waren, daß keiner sie je in Frage stellte. Burgen waren Festungen, und sie hatten immer einen wehrhaften und gesicherten Eingang – mit Burggraben, Zugbrücke und so weiter. Und jeder ging davon aus, daß dieser Eingang immer stark bewacht gewesen war.

Aber, wie der Junge gesagt hatte, warum sollte das so sein? In Friedenszeiten war eine Burg ein belebtes soziales Zentrum, und Menschen kamen und gingen, um den Burgherrn zu besuchen oder um Waren zu liefern. Es gab keinen Grund, das Tor zu bewachen. Vor allem, wie der Junge sagte, bei hellem Tageslicht.

Chris fiel der Vergleich mit modernen Bürogebäuden ein, die nur nachts bewacht wurden; tagsüber war zwar ein Posten anwesend, aber nur, um Auskunft zu geben. Und vermutlich war es mit diesen Wachen hier ebenso.

Andererseits…

Als er durchs Tor ging, schaute er hoch zu den Spitzen des großen eisernen Fallgitters, das jetzt hochgezogen war. Dieses Gitter konnte in wenigen Augenblicken heruntergelassen werden, das wußte er. Und wenn es heruntergelassen war, gab es keinen Zutritt zur Burg. Und kein Entkommen.

Betreten hatte er die Burg ohne Schwierigkeiten. Aber er war sich nicht so sicher, ob er auch so einfach wieder herauskommen würde.

Sie betraten einen großen, auf allen Seiten von Steinmauern begrenzten Hof. Viele Pferde standen herum, Soldaten mit kastanienbraunen und grauen Überwürfen saßen in kleinen Gruppen zusammen und aßen ihr Mittagsmahl. Oben auf den Mauern erkannte Chris hölzerne Wehrgänge. Direkt vor ihnen lag ein weiteres Gebäude mit drei Stock hohen Steinmauern und Türmen darüber. Es war eine Burg in der Burg. Der Junge führte ihn darauf zu.

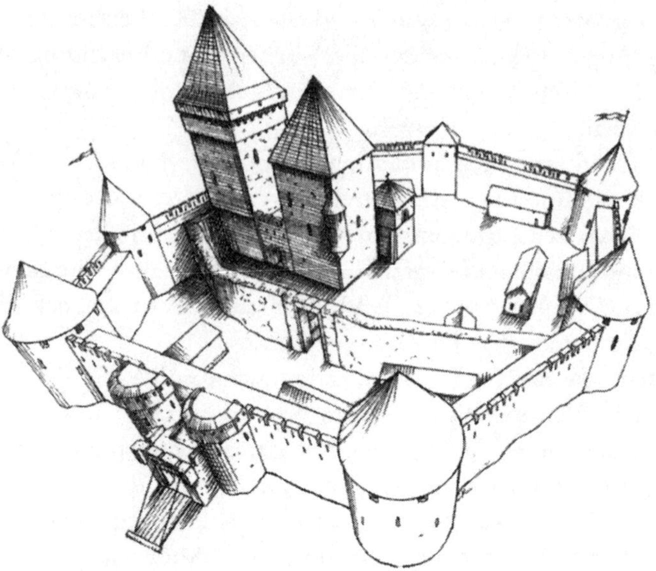

Auf einer Seite stand eine Tür offen. Ein einzelner Wachposten stand davor und aß ein Stück Hühnchen. Der Junge sagte: »Zu Lady Claire. Sie wünscht den Irischen zu ihren Diensten.«

»So sei es«, brummte der Posten desinteressiert, und sie gingen hinein. Direkt vor sich sah Chris einen Bogengang, der zum Festsaal führte, wo Gruppen von Männern und Frauen beisammenstanden und redeten. Alle schienen festlich gekleidet, ihre Stimmen hallten von den Steinmauern wider.

Aber der Junge ließ Chris nicht viel Zeit zum Schauen. Er führte ihn eine schmale Wendeltreppe hoch ins zweite Geschoß und dann einen Steinkorridor entlang zu einer Zimmerflucht.

Drei ganz in Weiß gekleidete Mägde kamen sofort auf den Jungen zugestürmt und umarmten ihn. Sie schienen sehr erleichtert. »Bei der Gnade Gottes, Mylady, Ihr seid zurück!«

Chris fragte: »Mylady?«

Noch während er dies sagte, flog die schwarze Kappe davon, und goldene Haare flossen über ihre Schultern. Sie machte eine leichte Verbeugung, aus der ein Knicks wurde. »Es tut mir aufrichtig leid, und ich bitte Euch von Herzen, mir diesen Trug zu verzeihen.«

»Wer seid Ihr?« fragte Chris verblüfft.

»Man nennt mich Claire.«

Sie erhob sich und sah ihm direkt in die Augen. Er bemerkte, daß sie älter war, als er gedacht hatte, vielleicht zwei- oder dreiundzwanzig. Und sehr schön.

Chris gaffte nur und schwieg. Er hatte keine Ahnung, was er sagen oder was er tun sollte. Er war verlegen und kam sich töricht vor.

In diesem Schweigen trat eine der Mägde vor, knickste und sagte: »Wenn es Euch beliebt, dies ist die Lady Claire of Eltham, Witwe des jüngst verschiedenen Sir Geoffrey of Eltham und Erbin großer Ländereien in Guyenne und Middlesex. Sir Geoffrey starb an den Wunden, die er in Poitiers erlitt, und jetzt ist Sir Oliver – der Herr dieser Burg – Myladys Vormund. Sir Oliver meint, sie müsse wieder heiraten, und hat Sir Guy de Malegant erwählt, einen Edelmann von großem Ansehen in dieser Gegend. Aber Mylady verweigert sich dieser Verbindung.«

Claire drehte sich um und warf dem Mädchen einen warnenden Blick zu. Doch das Mädchen achtete nicht darauf und plapperte weiter. »Mylady sagt vor aller Welt, daß Sir Guy nicht die Mittel hat, ihre Ländereien in Frankreich und England zu verteidigen. Aber Sir Oliver erwartet ein Brautgeld aus dieser Verbindung, und Guy hat –«

»Elaine.«

»Mylady«, sagte das Mädchen und trat zurück. Sie gesellte sich wieder zu den anderen Mägden, die in einer Ecke flüsterten und sie offensichtlich tadelten.

»Genug geredet«, sagte Claire. »Hier ist mein Retter an diesem Tag, Squire Christopher de Hewes. Er hat mich bewahrt vor den

Nachstellungen Sir Guys, der sich mit Gewalt nehmen wollte, was ihm bei Hofe aus freien Stücken nicht gewährt wird.«

Chris sagte: »Nein, nein, das war überhaupt nicht so –«

Er brach ab, als er merkte, daß alle ihn mit offenem Mund und weit aufgerissenen Augen anstarrten.

»Fürwahr, er spricht merkwürdig«, sagte Claire, »denn er kommt aus einem abgelegenen Teil des Landes Eire. Und er ist bescheiden, wie es einem Edelmann geziemt. Er hat mich in der Tat gerettet, und so werde ich ihn heute meinem Vormund vorstellen, sobald Sir Christopher angemessen gewandet ist.« Sie wandte sich einem der Mädchen zu. »Hat nicht unser Pferdemeister, Squire Brandon, dieselbe Größe? Geh und hol mir sein blaues Wams, seinen silbernen Gürtel und seine besten weißen Beinlinge.« Sie gab dem Mädchen einen Beutel. »Bezahle ihm, was er verlangt, aber mach schnell.«

Das Mädchen eilte davon. Im Hinausgehen kam es an einem düsteren älteren Mann vorbei, der im Schatten stand und die Szene beobachtete. Er trug eine schwere Robe aus kastanienbraunem Samt mit aufgestickten silbernen Lilien und einem Hermelinkragen. »Wie steht's, Mylady?« sagte er und trat zu ihnen.

Sie knickste vor ihm. »Gut, Sir Daniel.«

»So seid Ihr wohlbehalten zurück.«

»Ich danke Gott dafür.«

Der düstere Mann schnaubte. »Das solltet Ihr auch. Ihr stellt sogar seine Geduld auf eine harte Probe. War Euer Ausflug wenigstens so erfolgreich, wie er gefährlich war?«

Claire biß sich auf die Lippe. »Ich fürchte nicht.«

»Habt Ihr den Abt gesehen?«

Ein leichtes Zögern. »Nein.«

»Sagt mir die Wahrheit, Claire.«

Die junge Frau schüttelte den Kopf. »Sir, ich habe ihn nicht gesehen. Er war unterwegs, auf der Jagd.«

»Schade«, sagte Sir Daniel. »Warum habt Ihr nicht auf ihn gewartet?«

»Ich wagte es nicht, denn Lord Olivers Männer verletzten den Klosterfrieden, um den Magister mit Gewalt wegzuführen. Ich fürchtete, entdeckt zu werden, und floh deshalb.«

»Ja, ja, dieser lästige Magister«, sagte Sir Daniel mit mürrischer

Miene. »Er ist in aller Munde. Wißt Ihr, was man sagt? Daß er in einem Lichtblitz erscheinen kann.« Sir Daniel schüttelte den Kopf. Es war nicht zu erkennen, ob er es glaubte oder nicht. »Er muß ein geschickter Magister des Schießpulvers sein.« Er sprach es *schiezenpulver* und sehr langsam aus, als wäre es ein exotisches, ihm unvertrautes Wort. »Habt Ihr den Magister gesehen?«

»In der Tat. Ich habe mit ihm gesprochen.«

»Wirklich?«

»Da der Abt nicht anwesend war, suchte ich ihn auf. Denn es heißt, der Magister habe sich in jüngster Zeit mit dem Abt angefreundet.«

Chris Hughes hatte Mühe, dieser Unterhaltung zu folgen, und er erkannte erst spät, daß sie über den Professor sprachen. Er fragte: »Magister?«

»Kennt Ihr den Magister?« fragte ihn Claire. »Edward de Johnes?«

Chris machte sofort einen Rückzieher. »Äh ... nein ... nein, ich kenne ihn nicht, und –«

Nun starrte Sir Daniel Chris mit unverhohlener Verwunderung an. Dann wandte er sich an Claire: »Was sagt er?«

»Er sagt, er kennt den Magister nicht.«

Der alte Mann blieb erstaunt. »In welcher Sprache?«

»Eine Art von Englisch, Sir Daniel, mit ein wenig Gälisch darin, wie ich glaube.«

»Kein Gälisch, das ich je gehört habe«, sagte er. Er wandte sich an Chris. »Sprecht Ihr *la langue-doc? Loquerisquide latine?«*

Er fragte, ob Chris Latein spreche. Chris hatte gewisse akademische Lateinkenntnisse, er konnte es lesen, aber er hatte noch nie versucht, es zu sprechen. So stammelte er: *»Non, Senior Danielis, solum perpaulolum. Perdoleo.«* Nur ein wenig. Tut mir leid.

»Per, per ... dicendo ille Ciceroni persimilis est.« Er spreche wie Cicero.

»Perdoleo.« Tut mir leid.

»Dann schweigt Ihr wohl besser.« Der alte Mann wandte sich wieder an Claire. »Was hat der Magister zu Euch gesagt?«

»Er konnte mir nicht helfen.«

»Kennt er das Geheimnis, das wir suchen?«

»Er sagte, er kenne es nicht.«

»Aber der Abt kennt es«, sagte Sir Daniel. »Der Abt muß es kennen. Es war sein Vorgänger, der Bischof von Laon, der bei den letzten Umbauten von La Roque als Architekt wirkte.«

Claire erwiderte. »Der Magister sagte, daß Laon nicht der Architekt war.«

»Nein?« Sir Daniel runzelte die Stirn. »Und woher weiß der Magister das?«

»Ich glaube, der Abt hat es ihm gesagt. Oder vielleicht hat er es aus den alten Papieren erfahren. Der Magister hat sich erboten, die Pergamente von Sainte-Mère zu sichten und zu ordnen, zum Wohle der Mönche.«

»Hat er das?« sagte Sir Daniel nachdenklich. »Ich frage mich, warum.«

»Ich hatte nicht die Zeit, ihn zu fragen, bevor Lord Olivers Männer den Klosterfrieden störten.«

»Nun, der Magister wird ja bald hier sein«, sagte Sir Daniel. »Und dann wird Lord Oliver selbst ihm diese Fragen stellen ...« Er runzelte die Stirn, ganz offensichtlich bereitete dieser Gedanke ihm Unbehagen.

Der alte Mann drehte sich abrupt zu einem Jungen von neun oder zehn Jahren um, der hinter ihm stand. »Bring Squire Christopher in meine Gemächer, damit er sich baden und säubern kann.«

Claire warf dem alten Mann einen scharfen Blick zu. »Onkel, durchkreuzt meine Pläne nicht.«

»Habe ich das je getan?«

»Ich weiß, daß Ihr es versucht habt.«

»Mein liebes Kind«, sagte er, »meine einzige Sorge gilt Eurer Sicherheit – und Eurer Ehre.«

»Und meine Ehre, Onkel, ist noch nicht verpfändet.« Damit stellte sie sich kühn vor Chris, legte ihm den Arm um den Hals und sah ihm in die Augen. »Ich zähle jede Minute, die Ihr nicht bei mir seid, und ich werde Euch vermissen von ganzem Herzen«, sagte sie sanft und mit zärtlichem Blick. »Kehrt bald zu mir zurück.«

Sie streifte mit ihren Lippen seinen Mund und löste sich dann widerstrebend von ihm, wobei sie die Finger kurz an seinem Hals verweilen ließ. Benommen starrte Chris ihr in die Augen, sah, wie wunderschön –

Sir Daniel räusperte sich und wandte sich dem Jungen zu. »Sei Squire Christopher zu Diensten und hilf ihm bei seinem Bad.«

Der Junge verbeugte sich vor Chris. Jeder im Zimmer schwieg, und das war offensichtlich ein Wink, daß er gehen sollte. Er nickte und sagte: »Ich danke Euch.« Verwunderte Blicke kamen diesmal keine; anscheinend hatten sie verstanden, was er gesagt hatte. Sir Daniel gewährte ihm ein frostiges Nicken, und Chris verließ das Zimmer.

34:25:54

Die Pferde polterten über die Zugbrücke. Der Professor starrte geradeaus und ignorierte die Soldaten seiner Eskorte. Die Wachen am Burgtor hoben kaum den Kopf, als die Gruppe in die Burg einritt. Dann war der Professor nicht mehr zu sehen.

Kate, die neben der Zugbrücke stand, fragte: »Was machen wir jetzt? Sollen wir ihm folgen?«

Marek antwortete nicht. Kate drehte sich zu ihm um und sah, daß er gebannt zwei Ritter auf Pferden anstarrte, die auf der Wiese vor der Burg mit Breitschwertern kämpften. Es schien eine Demonstration oder ein Übungskampf zu sein, denn die Ritter waren umringt von einem Kreis junger Männer in Livree – einige in leuchtendem Grün, die anderen in Gelb und Gold, offensichtlich die Wappenfarben der beiden Ritter. Auch hatte sich eine große Menge Zuschauer versammelt, die lachten und den Rittern Beleidigungen oder Aufmunterungen zuriefen. Die Pferde bewegten sich in so engen Kreisen, daß sie sich fast berührten und ihre gepanzerten Reiter immer wieder von Angesicht zu Angesicht aufeinandertrafen. Wieder und wieder krachten die Schwerter in der Morgenluft aufeinander.

Marek sah ihnen reglos zu.

Sie tippte ihm auf die Schulter. »Hör mal, André, der Professor –«

»Gleich.«

»Aber –«

»Gleich.«

Zum ersten Mal empfand Marek eine gewisse Unsicherheit. Bis jetzt hatte er in dieser Welt nichts Unerwartetes gesehen, alles hatte seinem Bild dieser Zeit entsprochen. Das Kloster war genau so, wie er es erwartet hatte. Die Bauern auf dem Feld waren genau so, wie er sie erwartet hatte. Die Turniervorbereitungen waren genau so, wie er sie erwartet hatte. Und als er die Stadt von Castelgard betrat, fand er sie genau so, wie er sie sich vorgestellt hatte. Kate war entsetzt gewesen über den Fleischer auf dem Kopfsteinpflaster und über den Gestank aus den Fässern der Gerber, doch Marek nicht. Es war alles genau so, wie er es sich seit Jahren vorgestellt hatte.

Aber das nicht, dachte er, während er den Rittern beim Kämpfen zusah.

Es ging so schnell. Die Ritter bewegten ihre Schwerter so rasch und so unablässig, und sie versuchten im Ab- wie im Aufschwung zu treffen, so daß das Ganze eher aussah wie ein Degenduell als wie ein Schwertkampf. Beinahe im Sekundenabstand krachten die Schwerter aufeinander. Und es gab kein Zögern und keine Pause.

Marek hatte sich immer vorgestellt, daß diese Kämpfe wie in Zeitlupe abliefen: Männer in hemmenden Rüstungen schwangen Schwerter, die so schwer waren, daß jeder Hieb eine Anstrengung bedeutete und seine Wucht den Schlagenden fast von den Beinen riß, so daß er vor dem nächsten innehalten mußte. Er hatte Berichte darüber gelesen, wie erschöpft die Männer nach einer Schlacht gewesen waren, und er hatte das auf langanhaltende, aber langsame Kämpfe in schwerem, behinderndem Stahl zurückgeführt.

Diese Krieger waren groß und kräftig in jeder Hinsicht. Ihre Pferde waren riesig, und sie selbst schienen über einen Meter achtzig groß und extrem stark zu sein.

Marek hatte sich nie täuschen lassen von der geringen Größe der Rüstungen in Museen – er wußte, daß jede Rüstung, die ihren Weg in ein Museum fand, eine zeremonielle gewesen war und nie bei etwas Gefährlicherem als einer mittelalterlichen Parade getragen worden war. Marek vermutete außerdem, auch wenn er es nicht beweisen konnte, daß ein Großteil der Rüstungen, die die Zeit überdauert hatten – meist reich geschmückt, ziseliert und getrieben –, reine Ausstellungsstücke gewesen waren, die der Handwerker in zwei Dritteln der Originalgröße hergestellt hatte, um seine Fingerfertigkeit und die Feinheit seiner Entwürfe zu demonstrieren.

Wirkliche Kampfrüstungen hatten die Jahrhunderte nicht überdauert. Und er hatte genügend Quellen studiert, um zu wissen, daß die berühmtesten Krieger des Mittelalters immer kräftige Männer gewesen waren – groß, muskulös und ungewöhnlich stark. Sie stammten aus dem Adel; sie waren besser genährt und deshalb kräftig. Er hatte gelesen, wie sie trainierten und Spaß daran fanden, ihre Kräfte den Damen zu demonstrieren.

Und doch hätte er nicht im entferntesten etwas dergleichen erwartet: Diese Männer kämpften wild, schnell und ununterbrochen, und es sah aus, als könnten sie den ganzen Tag so weitermachen. Keiner ließ das geringste Anzeichen von Erschöpfung erkennen; sie schienen die Anstrengung eher zu genießen.

Während Marek ihre Aggressivität und Schnelligkeit beobachtete, erkannte er, daß er, wenn es an ihm wäre, genauso kämpfen würde: schnell und mit genügend Ausdauer und Kraftreserven, um den Gegner zu ermüden. Daß er sich einen langsameren Kampfstil vorgestellt hatte, war nichts als das Resultat des Vorurteils, die Männer der Vergangenheit wären schwächer oder langsamer oder weniger einfallsreich gewesen als er, ein moderner Mann.

Marek wußte, daß diese Anmaßung der Überlegenheit des zeitgenössischen Menschen ein Problem war, dem sich jeder Historiker stellen mußte. Er hatte nur nicht gedacht, daß auch er dieser Anmaßung schuldig sei.

Doch offensichtlich war er es.

Er brauchte eine Weile, bis er im Lärm der Menge erkannte, daß die Kämpfenden in einer so erstklassigen körperlichen Verfassung waren, daß sie noch Atem zum Schreien übrig hatten, denn zwischen den Hieben riefen sie einander Beleidigungen und spöttische Bemerkungen zu.

Und dann sah er, daß es keine stumpfen Schwerter waren, sondern richtige Kampfschwerter mit rasiermesserscharfen Schneiden. Dennoch war es offensichtlich, daß sie einander nichts tun wollten. Dies war nur eine amüsante Aufwärmübung für das bevorstehende Turnier. Eine solch fröhliche, beiläufige Herangehensweise an tödliche Gefahren war beinahe genauso beängstigend wie das Tempo und die Heftigkeit ihres Kampfes.

Das Duell dauerte noch zehn Minuten, bis ein mächtiger Hieb einen Ritter aus dem Sattel warf. Er stürzte zu Boden, stand aber sofort lachend und so behende wieder auf, als würde er keine Rüstung tragen. Geld wechselte den Besitzer. Vereinzelt waren Rufe zu hören: »Noch einmal! Noch einmal!« Zwischen den Knappen brach eine Rauferei aus. Die beiden Ritter gingen Arm in Arm zum Gasthof.

Marek hörte Kate sagen. »André…«

Langsam drehte er sich ihr zu.

»André, ist alles in Ordnung?«

»Alles bestens«, sagte er. »Aber ich muß noch viel lernen.«

Sie überquerten die Zugbrücke und näherten sich den Wachen. Er spürte, wie Kate neben ihm sich verkrampfte. »Was sollen wir tun? Was sollen wir sagen?«

»Keine Angst. Ich spreche Provenzalisch.«

Doch dann kam es auf der Wiese vor dem Burggraben zu einem neuen Duell, und die Wachen sahen zu. Sie ignorierten Marek und Kate völlig, als die beiden unter dem steinernen Bogen hindurchgingen und den Burghof betraten.

»Wir sind einfach durchgegangen«, sagte Kate überrascht. Sie sah sich im Burghof um. »Und jetzt?«

Es ist eiskalt, dachte Chris. Er saß, nackt bis auf die Unterhose, auf einem Hocker in Sir Daniels kleinem Schlafzimmer. Neben ihm stand ein Becken mit dampfendem Wasser, und dort lag ein Lappen zum Waschen. Das heiße Wasser stammte aus der Küche, der Junge hatte das Becken getragen, als wäre es Gold. Alles deutete darauf hin, daß es eine Gunstbezeugung war, heißes Wasser zu bekommen.

Chris hatte die Hilfe des Jungen abgelehnt und sich brav selbst abgeschrubbt. Die Schüssel war klein, und das Wasser wurde bald schwarz. Aber schließlich hatte er es geschafft, sich den Schlamm aus den Fingernägeln zu kratzen und sich den Körper sowie – mit Hilfe eines kleinen Metallspiegels, den der Junge ihm reichte – sogar das Gesicht zu waschen.

Schließlich erklärte er sich für zufrieden. Doch der Junge erwiderte mit betrübtem Gesicht: »Squire Christopher, *Ihr seid nicht sauber.*« Und er bestand darauf, den Rest zu erledigen.

So saß Chris eine Stunde lang, wie es ihm vorkam, zitternd auf dem hölzernen Hocker und ließ sich von dem Jungen schrubben. Chris war verblüfft; er hatte immer angenommen, daß die Menschen des Mittelalters schmutzig und stinkend seien, wie eingetaucht in den Dreck des Jahrhunderts. Doch diese Leute schienen Sauberkeit förmlich zum Fetisch zu erheben. Jeder in der Burg war sauber, und es gab keine üblen Gerüche.

Sogar die Toilette, die er auf das Beharren des Jungen vor dem Waschen aufsuchen mußte, war nicht so schlimm, wie er erwartet hatte. Sie befand sich hinter einer hölzernen Tür im Schlafzimmer, ein schmales Kämmerchen mit einem Steinsitz über einem Becken, das sich in ein Rohr entleerte. Anscheinend flossen die Ausscheidungen hinunter ins Erdgeschoß, von wo sie täglich entfernt wurden. Der Junge erklärte, daß jeden Morgen ein Diener einen frischen Strauß duftender Kräuter in eine Klammer an der Wand stecke. Der Geruch war also nicht unangenehm. Genaugenommen hatte Chris in Flugzeugtoiletten schon Schlimmeres gerochen.

Und um dem Ganzen die Krone aufzusetzen, wischten diese Leute sich auch noch mit Streifen weißen Leinens sauber. Nein, dachte Chris, ganz und gar nicht so, wie ich es erwartet habe.

Einen Vorteil hatte dieses erzwungene lange Sitzen auf dem Hocker: Er konnte versuchen, mit dem Jungen zu sprechen. Der Junge war geduldig, und er sprach langsam mit Chris, wie mit einem Idioten. Aber so konnte Chris ihn hören, bevor sein Ohrstöpsel übersetzte, und er merkte sehr schnell, daß Nachahmung half. Wenn er seine Verlegenheit überwand und die archaischen Phrasen benutzte, die er in Texten gelesen hatte – und die der Junge selbst verwendete –, dann verstand der Junge ihn viel besser. So gewöhnte Chris es sich an, »mir dünkt« anstatt »ich denke« oder »fürwahr« anstatt »es stimmt« zu sagen. Und mit jeder kleinen Änderung schien der Junge ihn besser zu verstehen.

Chris saß noch immer auf dem Hocker, als Sir Daniel das Zimmer betrat. Er brachte ordentlich zusammengelegte Kleider, die sehr fein und teuer aussahen, und legte sie aufs Bett.

»Nun, Christopher de Hewes. Dann habt Ihr Euch also mit unserer gerissenen Schönheit eingelassen.«

»Sie hat mir das Leben gerettet«, erwiderte Chris.

»Ich hoffe nur, es macht Euch keine Schwierigkeiten.«

»Schwierigkeiten?«

Sir Daniel seufzte. »Sie sagt mir, mein Freund, daß Ihr von Adel seid und doch kein Ritter. Seid Ihr ein Squire?«

»Fürwahr, das bin ich.«

»Ein Squire also. Ziemlich alt für einen Junker«, sagte Sir Daniel, dem die altertümlichen Wendungen das Verständnis sichtlich erleichterten. »Wie steht's um Eure Ausbildung an den Waffen?«

»Meine Ausbildung an den Waffen...« Chris runzelte die Stirn. »Nun, ich habe, äh –«

»Habt Ihr überhaupt eine? Sagt es mir unumwunden: Wie steht's um Eure Ausbildung?«

Chris beschloß, besser die Wahrheit zu sagen: »Fürwahr, ich bin – ich meine, ausgebildet – in meinen Studien – als Scholast.«

»Scholast?« Der alte Mann schüttelte verständnislos den Kopf. *»Escolie? Esne discipulus? Studesne sub magistro?«* Studiert Ihr unter einem Meister?

»Ita est.« So ist es.

»Ubi?« Wo?

»Äh...in, äh, Oxford.«

»Oxford?« Sir Daniel schnaubte. »Dann habt Ihr hier nichts zu schaffen, mit solchen Damen wie Mylady. Glaubt mir, wenn ich Euch sage, daß dies kein Ort für einen *scolere* ist. Ich will Euch erklären, wie die Umstände hier beschaffen sind.«

»Lord Oliver braucht Geld, um seine Soldaten zu bezahlen, und all die umliegenden Städte hat er schon ausgeplündert. Deshalb drängt er Claire zur Ehe, denn er erwartet ein Brautgeld. Guy de Malegant hat ein stattliches Angebot gemacht, eins, das Lord Oliver sehr willkommen ist. Aber Guy ist nicht reich, und er kann dieses Brautgeld nur aufbringen, wenn er Myladys Ländereien beleiht. Doch dem stimmt sie nicht zu. Viele glauben, daß Lord Oliver und Guy schon lange eine geheime Übereinkunft getroffen haben – der eine verkauft Lady Claire, der andere ihr Land.«

Chris sagte nichts.

»Doch es gibt noch ein weiteres Hindernis für diese Vereinigung. Claire verachtet Guy, weil sie argwöhnt, daß er beim Tod ihres Gatten die Hand im Spiel hatte. Guy wartete Geoffrey zum Zeitpunkt seines Todes auf. Jeder war überrascht von der Plötzlichkeit seines Abtretens von dieser Welt. Geoffrey war ein junger und kräftiger Ritter. Obwohl seine Wunden schwer waren, erholte er sich gut. Niemand kennt die wahren Begebenheiten dieses Tages, aber es gibt Gerüchte – viele Gerüchte –, daß Gift im Spiel gewesen sei.«

»Verstehe«, sagte Chris.

»In der Tat? Ich bezweifle es. Denn bedenkt: Lady Claire ist so gut wie eine Gefangene Lord Olivers auf dieser Burg. Sie mag sich allein hinausschleichen, aber sie kann unmöglich ihr ganzes Gefolge heimlich hinausbringen. Wenn sie sich davonschleicht und nach England zurückkehrt – was ihr Wunsch ist –, wird Lord Oliver an mir und anderen ihres Haushalts Rache nehmen. Sie weiß das, und deshalb muß sie bleiben. Lord Oliver will, daß sie heiratet, und Mylady ersinnt Listen, um es hinauszuzögern. Es stimmt zwar, daß sie gerissen ist. Aber Lord Oliver ist kein geduldiger Mann, und er wird die Sache bald erzwingen. Jetzt liegt ihre einzige Hoffnung dort.« Sir Daniel ging zum Fenster und deutete hinaus.

Chris kam dazu und sah in die Richtung.

Von diesem hohen Fenster aus hatte er einen Blick über den Burghof und die Zinnen der äußeren Burgmauer. Dahinter sah er die Dächer der Stadt, dann die Stadtmauer mit den Wachen auf der Brustwehr. Und dahinter erstreckten sich Felder und offene Landschaft bis zum Horizont.

Chris sah Sir Daniel fragend an.

Sir Daniel sagte: »Dort, mein *scolere.* Die Feuer.«

Er deutete in die weite Ferne. Chris kniff die Augen zusammen und konnte gerade noch schwache Rauchsäulen erkennen, die sich im blauen Dunst auflösten. Sein Sehvermögen reichte kaum dazu aus.

»Das ist die Kompanie von Arnaut de Cervole«, sagte Sir Daniel. »Sie lagern nicht mehr als fünfzehn Meilen entfernt. In einem oder höchstens zwei Tagen werden sie hier sein. Alle wissen das.«

»Und Sir Oliver?« Chris kehrte wieder auf seinen Hocker zurück.

»Er weiß, daß diese Schlacht mit Arnaut heftig wird.«

»Und dennoch hält er ein Turnier ab –«

»Das ist eine Frage der Ehre«, erwiderte Sir Daniel. »Und bei der

Ehre läßt Sir Oliver nicht mit sich spaßen. *Certum*, er würde es absagen, wenn er könnte. Aber er wagt es nicht. Und hierin liegt die Gefahr, die Euch droht.«

»Die mir droht?«

Sir Daniel seufzte und begann, auf und ab zu gehen. »Kleidet Euch nun an, damit Ihr Mylord Oliver in angemessener Weise die Aufwartung machen könnt. Ich werde versuchen, das drohende Unheil abzuwenden.«

Der alte Mann drehte sich um und verließ das Zimmer. Chris sah den Jungen an. Er hatte aufgehört zu schrubben.

»Was für ein Unheil?« fragte er.

33:12:51

In gewisser Hinsicht krankt die heutige Mediävistik daran, daß es keine einzige zeitgenössische Abbildung des Innenraums einer Burg aus dem vierzehnten Jahrhundert gibt. Kein Gemälde, keine Buchillustration, keine Skizze – aus dieser Zeit gibt es überhaupt nichts. Die frühesten Darstellungen des Lebens im vierzehnten Jahrhundert stammen erst aus dem fünfzehnten Jahrhundert, und die dargestellten Interieurs – wie auch das Essen und die Kleidung – waren korrekt für dieses, nicht aber für das vierzehnte Jahrhundert.

Als Folge davon weiß kein moderner Historiker, welche Möbel benutzt wurden, wie die Wände geschmückt waren oder wie die Menschen sich anzogen oder verhielten. Das Informationsdefizit ist so gewaltig, daß nach der Ausgrabung der Gemächer von König Edward I. im Londoner Tower die rekonstruierten Wände nur einen nackten Verputz erhielten, weil niemand sagen konnte, wie sie ausgesehen haben könnten.

Das ist auch der Grund, warum Künstlerrekonstruktionen des vierzehnten Jahrhunderts meist ziemlich triste Innenräume zeigen, Zimmer mit nackten Wänden, wenige Möbel – vielleicht ein Stuhl oder eine Truhe – und sonst kaum etwas. Das Fehlen zeitgenössischer Darstellungen wurde interpretiert als ein Hinweis auf die Kargheit des Lebens in dieser Zeit.

Das alles ging Kate Erickson durch den Kopf, als sie den Festsaal der Burg von Castelgard betrat. Was sie nun gleich sehen sollte, hatte kein Historiker je gesehen. Hinter Marek her schlüpfte sie durch die Menge. Und staunte, überwältigt von der Üppigkeit und dem Chaos, die sich vor ihr ausbreiteten.

Der Festsaal funkelte wie ein gigantischer Edelstein. Sonnenlicht strömte durch hohe Fenster auf Wände, auf denen golddurchwirkte Tapisserien leuchteten, so daß die Reflexionen auf der mit Rot und Gold bemalten Decke tanzten. Die eine Wand verdeckte ein riesiges, gemustertes Tuch: silberne Lilien auf dunkelblauem Hintergrund. Gegenüber hing ein Teppich mit der Darstellung einer Schlacht: kämpfende Ritter in vollem Ornat, die Rüstungen silbern, die Überwürfe blau und weiß, rot und gold, die flatternden Banner golddurchwirkt.

Am anderen Ende des Saals befand sich ein riesiger, reich verzierter Kamin, so groß, daß ein Mensch aufrecht hindurchgehen konnte, der geschnitzte Sims vergoldet und schimmernd. Vor dem Feuer stand ein großer Flechtschirm, ebenfalls vergoldet. Und darüber hing eine Tapisserie mit fliegenden Schwänen über einer Wiese mit roten und goldenen Blumen.

Der Saal besaß Eleganz und Schönheit in Anlage und Gestaltung – und wirkte, zumindest für moderne Augen, ziemlich feminin. Doch seine Schönheit und Raffinesse standen in auffälligem Gegensatz zum Verhalten der Leute, das ausgelassen, laut und ungehobelt war.

Vor dem Kamin war ein großer Tisch gedeckt, auf weißem Leinen stand goldenes Geschirr, auf dem sich Speisen türmten. Kleine Hunde tollten auf dem Tisch herum und nahmen sich vom Essen, was sie wollten, bis der Mann in der Mitte sie mit Flüchen und kräftigen Schlägen davonjagte.

Lord Oliver de Vannes war etwa dreißig, mit kleinen Augen in einem fleischigen, aufgedunsenen Gesicht. Sein Mund war höhnisch nach unten gebogen, und er hielt die Lippen meist geschlossen, da ihm mehrere Zähne fehlten. Seine Kleidung war so prunkvoll wie der Saal: eine Robe in Blau und Gold mit einem hohen goldenen Kragen und ein Pelzhut. Seine Halskette bestand aus blauen Steinen, jeder von der Größe eines Rotkehlcheneis. An mehreren Fingern trug er Ringe, riesige ovale Juwelen in schweren Goldfassungen.

Er spießte sich Essen mit dem Messer auf, aß geräuschvoll und unterhielt sich dabei grunzend mit seinen Kumpanen.

Doch trotz seines prächtigen Aufzugs vermittelte er den Eindruck gefährlicher Verdrossenheit – während er aß, huschten seine rotgeränderten Augen umher, als witterte er überall Beleidigungen, und er schien förmlich nach einem Streit zu gieren. Er war nervös und schnell zum Zuschlagen bereit. Als einer der kleinen Hunde sich wieder über die Speisen hermachen wollte, zögerte Oliver nicht lange, sondern stach ihn mit der Spitze seines Messers ins Hinterteil. Das Tier sprang vom Tisch und lief jaulend und blutend aus dem Saal.

Lord Oliver lachte, wischte das Hundeblut von seinem Messer und aß weiter.

Die Männer, die bei ihm am Tisch saßen, stimmten in das Gelächter mit ein. Ihrem Aussehen nach zu urteilen, waren sie alle Soldaten, in Olivers Alter und elegant gekleidet – wenn es auch keiner mit der Pracht ihres Anführers aufnehmen konnte. Drei oder vier Frauen, jung, hübsch und lasziv, mit lose herabhängenden, üppigen Haaren, die kichernd unter dem Tisch herumgrapschten, vervollständigten die Szene.

Kate starrte das Treiben an, und ein Wort kam ihr in den Sinn: *Kriegsherr.* Oliver war ein mittelalterlicher Kriegsherr, der mit seinen Soldaten und ihren Huren in der Burg saß, die er erobert hatte.

Ein Herold klopfte mit seinem hölzernen Stab auf den Boden und rief: »Mylord! Magister Edward de Johnes!« Als Kate sich umdrehte, sah sie, daß Johnston sich durch die Menge schob und zum Tisch ging.

Lord Oliver hob den Kopf und wischte sich mit dem Handrükken Bratensaft vom Mund. »Ich heiße Euch willkommen, Magister Edwardus. Obwohl ich nicht weiß, ob Ihr ein Magister seid oder ein *magicien.*«

»Lord Oliver«, sagte der Professor und grüßte ihn mit einem knappen Nicken.

»Magister, warum so kalt«, sagte Oliver und tat so, als würde er schmollen. »Ihr verletzt mich, das tut Ihr wirklich. Was habe ich Euch getan, um diese Zurückhaltung zu verdienen? Seid Ihr verstimmt, weil ich Euch aus dem Kloster geholt habe? Ihr werdet hier genauso gut essen, das kann ich Euch versichern. Sogar besser. Außerdem braucht der Abt Euch nicht, ich dagegen schon.«

Johnston stand aufrecht da und schwieg.

»Habt Ihr nichts zu sagen?« fragte Oliver und starrte Johnston böse an. Sein Gesicht verdüsterte sich. *»Das wird sich noch ändern«*, knurrte er.

Johnston rührte sich nicht und blieb stumm.

Spannung knisterte im Saal. Doch dann schien Lord Oliver sich zu besinnen. Er lächelte unverbindlich. »Aber kommt, kommt, laßt uns nicht streiten. Mit Höflichkeit und Respekt ersuche ich Euch um Euren Rat«, sagte er. »Ihr seid weise, und ich bedarf dringend der Weisheit – das sagen mir zumindest diese würdigen Herren hier.« Heiseres Lachen am Tisch. »Außerdem sagt man mir, daß Ihr in die Zukunft sehen könnt.«

»Das kann kein Mensch«, sagte Johnston auf provenzalisch.

»Ach, wirklich? Ich glaube, Ihr könnt es, Magister. Und ich bitte Euch, seht Eure eigene. Ich möchte nicht, daß ein Mann Eures Ruhms viel leiden muß. Wißt Ihr, wie Euer Namensvetter, unser verstorbener König Edward der Dumme, sein Ende fand? Ich sehe es Eurem Gesicht an, daß Ihr es wißt. Doch Ihr wart nicht unter den Anwesenden in der Burg, ich aber schon.« Er lächelte grimmig und lehnt sich zurück. »An seiner Leiche war nicht die kleinste Wunde zu entdecken.«

Johnston nickte langsam. »Seine Schreie waren meilenweit zu hören.«

Kate sah Marek fragend an, und er flüsterte ihr zu: »Sie reden über Edward II. von England. Er wurde gefangengenommen und getötet. Seine Häscher wollten nicht, daß man Spuren von Gewaltanwendung an ihm findet, und deshalb steckten sie ihm eine Röhre ins Rektum und schoben ihm ein rotglühendes Eisen in die Gedärme, bis er starb.«

Kate schauderte.

»Er war schwul«, flüsterte Marek, »und so hielt man diese Art der Hinrichtung für sehr geistreich.«

»Seine Schreie waren in der Tat meilenweit zu hören«, sagte Oliver nun. »Denkt also darüber nach. Ihr wißt viele Dinge, und ich weiß sie ebenfalls. Ihr seid mein Ratgeber, oder Eure Tage sind gezählt.«

Lord Oliver wurde von einem Ritter unterbrochen, der sich zu ihm geschlichen hatte und ihm etwas ins Ohr flüsterte. Der Ritter war festlich angezogen in Kastanienbraun und Grau, aber er hatte das harte, wettergegerbte Gesicht eines alten Kämpen. Eine tiefe Narbe, fast schon ein Wulst, lief von der Stirn bis zum Kinn und verschwand in seinem hohen Kragen. Oliver hörte ihm zu und sagte dann: »Ach? Glaubt Ihr, Robert?«

Nun flüsterte der narbige Ritter wieder, ohne den Blick von Johnston zu nehmen. Auch Lord Oliver starrte im Zuhören den Professor an. »Nun, wir werden sehen«, sagte Lord Oliver.

Der kräftige Ritter flüsterte weiter, und Oliver nickte.

Marek, der in der Menge stand, wandte sich an seinen Nachbarn und fragte auf provenzalisch: »Bitte sagt mir, welcher würdige Herr hat nun Sir Olivers Ohr?«

»Wohlgemerkt, mein Freund, das ist Sir Robert de Kere.«

»De Kere?« fragte Marek. »Der Name ist mir unbekannt.«

»Er ist neu im Gefolge, noch kaum ein Jahr in Diensten, doch Sir Oliver ist ihm sehr gewogen.«

»Ach so? Und warum das?«

Der Mann zuckte gelangweilt die Achseln, als wollte er sagen: Wer weiß schon, warum am Hof eines Fürsten etwas passiert? Doch dann antwortete er: »Sir Robert hat ein kriegerisches Wesen, und er ist Sir Oliver in Dingen der Kriegsführung ein treuer Ratgeber.« Der Mann senkte die Stimme. »Aber *certum*, er dürfte wohl nicht sehr erfreut sein, nun einen anderen Ratgeber, und noch dazu einen so berühmten, vor sich zu sehen.«

»Aha«, sagte Marek mit einem Nicken. »Ich verstehe.«

Sir Robert schien sein Anliegen wirklich mit Nachdruck vorzubringen, denn er flüsterte eindringlich weiter, bis Oliver schließlich eine schnelle Handbewegung machte, als würde er eine Mücke verscheuchen. Sofort verbeugte sich der Ritter, trat zurück und nahm hinter Sir Oliver Aufstellung.

Oliver sagte: »Magister.«

»Mylord.«

»Man sagt mir, Ihr kennt die Methode des Griechischen Feuers?«

Marek schnaubte und flüsterte Kate zu: »Die kennt niemand.« Und das stimmte. Griechisches Feuer war eine berühmte historische Geheimmixtur, eine verheerende Brandwaffe aus dem sechsten Jahrhundert, deren genaue Zusammensetzung immer von Legenden umwoben war. Niemand wußte, was Griechisches Feuer wirklich war oder wie es gemacht wurde.

»Ja«, sagte Johnston. »Ich kenne diese Methode.«

Marek riß erstaunt die Augen auf. Was sollte denn das? Natürlich hatte der Professor erkannt, daß er einen Rivalen hatte, aber es war ein gefährliches Spiel, auf das er sich da einließ. Man würde zweifellos von ihm verlangen, daß er es beweise.

»Ihr könnt Griechisches Feuer herstellen?« fragte Oliver.

»Mylord, das kann ich.«

»Oh.« Oliver drehte sich um und warf Sir Robert einen Blick zu. Es sah so aus, als hätte sein treuer Ratgeber ihm einen falschen Rat gegeben. Oliver wandte sich wieder dem Professor zu.

»Das ist nicht schwierig«, sagte der Professor, »wenn ich meine Gehilfen habe.«

Das ist es also, dachte Marek. Der Professor machte Versprechungen, weil er versuchen wollte, sie alle zusammenzubringen.

»Was? Gehilfen? Ihr habt Gehilfen?«

»Ja, die habe ich, Mylord, und –«

»Aber natürlich können sie Euch zur Hand gehen, Magister. Und wenn nicht, werden wir Euch jede Hilfe bieten, die Ihr braucht. Macht Euch darüber keine Sorgen. Aber was ist mit Taufeuer, dem Feuer von Nathos? Kennt Ihr das ebenfalls?«

»Ich kenne es, Mylord.«

»Und werdet Ihr es mir auch zeigen?«

»Wann immer Ihr es wünscht, Mylord.«

»Sehr gut, Magister. Sehr gut.« Lord Oliver hielt inne und sah den Professor eindringlich an. »Und kennt Ihr auch das eine Geheimnis, das ich vor allen anderen kennen will?«

»Sir Oliver, dieses Geheimnis kenne ich nicht.«

»Ihr kennt es. Und Ihr werdet es mir verraten!« rief Lord Oliver und knallte seinen Kelch auf den Tisch. Sein Gesicht war dunkelrot, die Adern traten ihm auf die Stirn, und seine Stimme dröhnte durch den Saal, in dem es plötzlich still geworden war. *»Noch heute werde ich Eure Antwort erhalten!«* Eins der Hündchen auf dem Tisch zuckte zusammen; er schlug mit dem Handrücken nach ihm, so daß es jau-

lend vom Tisch flog. Als das Mädchen neben ihm den Mund aufmachte, um zu protestieren, fluchte er und schlug ihr so fest ins Gesicht, daß sie samt Stuhl nach hinten kippte. Das Mädchen gab keinen Ton von sich und blieb so liegen, wie es war, die Füße in die Luft gestreckt.

»Oh, ich bin ergrimmt! Ich bin sehr ergrimmt!« knurrte Lord Oliver und stand auf. Er sah sich wütend um, die Hand auf dem Schwert, sein Blick schweifte durch den Saal, als suchte er einen Schuldigen.

Jeder im Saal war still und bewegungslos und starrte auf seine Füße. Es war, als wäre die ganze Szenerie plötzlich zu einem Stilleben geworden, in dem nur Lord Oliver sich bewegte. Er schnaubte vor Wut, zog schließlich sein Schwert und ließ es auf den Tisch niedersausen. Teller und Kelche hüpften und klapperten, das Schwert grub sich tief ins Holz ein.

Oliver starrte den Professor böse an, doch er beruhigte sich bereits wieder, seine Wut verrauchte. »Magister, *Ihr werdet mir zu Willen sein*!« rief er. Dann nickte er den Wachen zu. »Führt ihn weg und gebt ihm Grund zum Nachdenken.«

Grob packten die Wachen den Professor und zerrten ihn durch die Menge nach draußen. Kate und Marek traten zur Seite, als er vorbeikam, aber der Professor sah sie nicht.

Lord Oliver starrte in den stillen Saal. »Setzt Euch und seid fröhlich«, knurrte er, »bevor mir der Geduldsfaden reißt!«

Sofort begannen die Musiker zu spielen, und der Lärm der Menge erfüllte den Saal.

Kurz darauf eilte Robert de Kere aus dem Saal, als wollte er hinter dem Professor her. In Mareks Augen verhieß sein Verschwinden nichts Gutes. Er stieß Kate an und bedeutete ihr, sie sollten de Kere folgen. Sie waren bereits kurz vor der Tür, als der Herold wieder mit seinem Stab auf den Boden klopfte –

»Mylord! Die Lady Claire of Eltham und Squire Christopher de Hewes.«

Sie blieben stehen. »Verdammt!« sagte Marek.

Eine wunderschöne junge Frau kam in den Saal, mit Chris Hughes an ihrer Seite. Chris trug jetzt feine, höfische Kleidung. Er sah sehr distinguiert aus – und sehr verwirrt.

Marek, der neben Kate stand, tippte sich ans Ohr und flüsterte: »Chris. Solange du in diesem Saal bist, sag nichts und tu nichts. Verstanden?«

Chris nickte leicht.

»Tu so, als würdest du überhaupt nichts verstehen. Dürfte nicht schwer sein.«

Chris und die Frau schritten durch die Menge nach vorne zum Fürstentisch, wo Oliver ihren Auftritt mit offener Verärgerung betrachtete. Die Frau sah es, verbeugte sich tief und blieb so, den Kopf unterwürfig gesenkt.

»Kommt, kommt«, sagte Lord Oliver unwirsch und wedelte mit einem Knochen. »Diese Erniedrigung geziemt Euch nicht.«

»Mylord.« Sie erhob sich wieder.

Oliver schnaubte: »Und wen schleppt Ihr da heute wieder an? Noch eine geblendete Eroberung?«

»Wenn es Euch beliebt, Mylord, möchte ich Euch Christopher of Hewes vorstellen, ein Squire aus Eire, der mich heute vor Schurken gerettet hat, die mich entführen wollten oder noch Schlimmeres.«

»Was? Schurken? Entführen?« Amüsiert schaute Lord Oliver seine am Tisch versammelten Ritter an. »Sir Guy? Was sagt Ihr dazu?«

Ein Mann mit dunklem Gesicht stand wütend auf. Sir Guy de Malegant war völlig in Schwarz gekleidet – schwarzes Kettenhemd und schwarzer Überwurf mit einem schwarzen gestickten Adler auf der Brust. »Mylord, ich fürchte, Mylady erlaubt sich einen Scherz auf unsere Kosten. Sie weiß nur zu gut, daß ich meine Männer aussandte, um sie zu retten, da ich sah, daß sie allein und in Bedrängnis war.« Sir Guy ging auf Chris zu und starrte ihn böse an. »Dieser Mann war es, Mylord, der sie in Lebensgefahr gebracht hat. Ich kann mir nicht vorstellen, warum sie ihn verteidigt, höchstens als Beweis ihres ungewöhnlichen Witzes.«

»Was?« fragte Oliver. »Witz? Mylady Claire, wollt Ihr gewitzt sein?«

Die Frau zuckte die Achseln. »Nur der Ungewitzte, Mylord, sieht Witz, wo keiner ist.«

Der dunkle Ritter schnaubte. »Schnelle Worte, um schnell zu

verschleiern, was dahintersteckt.« Malegant rückte noch näher an Chris heran, bis die beiden sich, nur Zentimeter voneinander entfernt, Auge in Auge gegenüberstanden. Er starrte Chris unverwandt an, während er langsam und bedächtig anfing, seine Kettenhandschuhe auszuziehen. »Squire Christopher, nennt man Euch so?«

Chris sagte nichts, sondern nickte nur.

Chris hatte eine Heidenangst. Gefangen in einer Situation, die er nicht verstand, in einem Saal voller blutrünstiger Soldaten, die kaum besser waren als Straßenräuber, und Auge in Auge mit diesem dunklen, wütenden Mann, dessen Atem nach faulen Zähnen, Knoblauch und Wein stank – er mußte sich sehr zusammennehmen, um keine weichen Knie zu bekommen.

In seinem Ohrstöpsel hörte er Marek sagen: »Sag nichts – egal, was passiert.«

Sir Guy blickte ihn argwöhnisch an. »Ich habe Euch eine Frage gestellt, Squire. Wollt Ihr mir antworten?« Er zog noch immer seinen Handschuh aus, und Chris war überzeugt, daß er ihn gleich mit der bloßen Faust schlagen würde.

»Sag nichts«, schärfte ihm Marek ein.

Chris befolgte diesen Rat nur zu gern. Er atmete tief ein und nahm seinen ganzen Mut zusammen. Seine Beine zitterten und fühlten sich an wie Gummi. Schon glaubte er, vor diesem Mann gleich zusammenzubrechen, aber er konnte sich gerade noch beherrschen. Noch ein tiefer Atemzug.

Sir Guy wandte sich an die Frau. »Madame, spricht er auch, Euer Retter? Oder seufzt er nur?«

»Wenn es Euch beliebt, Sir Guy, er kommt aus fernen Ländern und versteht oft unsere Sprache nicht.«

»Dic mihi nomen tuum, scutari.« Nennt mir Euren Namen.

»Ich fürchte, er spricht auch kein Latein, Sir Guy.«

Malegant machte ein angewidertes Gesicht. »*Commodissime.* Höchst passend, dieser stumme Squire, denn wir können ihn nicht fragen, wie er hierherkommt und zu welchem Zweck. Dieser irische Squire ist weit weg von zu Hause. Und doch ist er kein Pilger. Er steht in niemandes Diensten. Was ist er? Warum ist er hier? Seht Ihr, wie er zittert? Was hat er zu fürchten? Von uns nichts,

Mylord – außer er ist eine Kreatur dieses Arnaut, die hier ist, um zu kundschaften. Dies würde ihn wahrlich stumm machen. Ein Feigling wagt nicht zu sprechen.«

Marek flüsterte: »Nicht antworten …«

Malegant stieß Chris hart vor die Brust. »Nun, feiger Squire, ich nenne Euch Spitzel und Halunke und nicht Manns genug, Eure wahren Absichten zu erklären. Ich hätte Verachtung für Euch, wäre das nicht unter meiner Würde.«

Der Ritter zog seinen Handschuh nun ganz aus und warf ihn mit angewidertem Kopfschütteln zu Boden. Der Kettenhandschuh landete klirrend auf Chris' Zehen. Sir Guy wandte sich mit stolz erhobenem Kopf ab und kehrte zum Tisch zurück.

Jeder im Saal starrte Chris an.

Claire, die hinter ihm stand, flüsterte: »Der Handschuh …«

Er warf ihr einen Seitenblick zu.

»Der Handschuh!«

Was ist mit dem Handschuh? fragte er sich, bückte sich aber und hob ihn auf. Er lag schwer in seiner Hand. Chris hielt ihn Claire hin, aber die hatte sich bereits abgewandt und sagte: »Ritter, der Squire hat Eure Herausforderung angenommen.«

Was für eine Herausforderung, dachte Chris.

Unverzüglich erwiderte Sir Guy: »Drei Lanzen ohne Schutz, *à outrance.*«

Marek sagte: »Du armer Trottel. Weißt du, was du eben getan hast?«

Sir Guy wandte sich an Lord Oliver am Fürstentisch: »Mylord, ich bitte Euch, laßt das heutige Turnier mit unserem Duell beginnen.«

»So sei es«, sagte Oliver.

Sir Daniel zwängte sich durch die Menge nach vorne und verbeugte sich. »Mylord Oliver, meine Nichte treibt diesen Scherz zu weit und zu einem unwürdigen Ausgang. Es mag sie belustigen, daß Sir Guy, ein Ritter besten Leumunds, sich zu einem Duell mit einem Gegner hinreißen läßt, der nichts ist als ein Squire. Aber Sir Guy erweist sich selbst und seiner Ehre einen schlechten Dienst, wenn er sich auf ihre Ränke einläßt.«

»Ist das so?« fragte Lord Oliver und sah den dunklen Ritter an.

Sir Guy Malegant spuckte auf den Boden. »Ein Squire? Fürwahr, das ist kein Squire, das ist ein Ritter in Verkleidung, ein Schurke und ein Spitzel. Er wird den Lohn für seinen Betrug bekommen. Ich werde noch heute gegen ihn antreten.«

Sir Daniel sagte: »Wenn es Mylord beliebt, ich glaube, das geziemt sich nicht. Denn er ist wahrlich nur ein Squire, an Waffen kaum geübt und so kein Gegner für Euren würdigen Ritter.«

Chris versuchte immer noch zu verstehen, worum es hier eigentlich ging, als Marek vortrat und flüssig in einer Sprache redete, die ein bißchen klang wie Französisch, aber nicht genau. Chris nahm an, daß es Provenzalisch war. Er hörte die Übersetzung in seinem Ohrstöpsel.

»Mein Lord«, sagte Marek und verbeugte sich elegant, »dieser würdige Herr spricht die Wahrheit. Squire Christopher ist mein Gefährte, doch er ist kein Krieger. Um der Gerechtigkeit willen bitte ich Euch, Christopher zu gestatten, einen Vertreter zu benennen, der an seiner Stelle die Herausforderung annimmt.«

»Was? Vertreter? Was für einen Vertreter? Ich kenne Euch nicht.«

Chris sah, daß Lady Claire Marek mit unverhülltem Interesse anstarrte. Er warf ihr einen kurzen Blick zu, bevor er Oliver antwortete. »Wenn's Euch beliebt, Mylord, ich bin Sir André de Marek, soeben aus Hainaut hier eingetroffen. Ich biete mich selbst als seine Vertretung an und werde, so Gott will, diesem edlen Ritter einen würdigen Kampf bieten.«

Lord Oliver rieb sich nachdenklich das Kinn.

Als Sir Daniel seine Unentschlossenheit sah, bekräftigte er seinen Standpunkt. »Mylord, das Turnier mit einem ungleichen Kampf zu beginnen erhöht den Tag nicht und prägt ihn den Männern auch nicht ein. Ich glaube, de Marek ist ein ebenbürtiger Gegner.«

Lord Oliver wandte sich wieder an Marek, um zu sehen, was der dazu zu sagen hatte.

»Mylord«, sagte Marek, »wenn mein Freund Christopher ein Spitzel ist, so bin ich auch einer. Indem Sir Guy ihn verleumdet, hat er auch mich verleumdet, und ich bitte Euch, meinen guten Namen verteidigen zu dürfen.«

Lord Oliver schien diese neue Komplikation zu belustigen. »Was sagt Ihr, Guy?«

»Wohlgemerkt«, sagte der dunkle Ritter, »ich gebe zu, daß dieser de Marek ein guter Sekundant sein könnte, wenn sein Arm so geschickt ist wie seine Zunge. Aber als Sekundant geziemt es sich, daß er gegen meinen Sekundanten kämpft, Sir Charles de Gaune.«

Am Ende des Tisches stand ein großer Mann auf. Er hatte ein blasses Gesicht, eine flache Nase, rötliche Augen und eine fatale Ähnlichkeit mit einem Pitbull. Mit verächtlichem Tonfall sagte er: »Es wird mir eine Freude sein zu sekundieren.«

Marek wagte einen letzten Versuch. »Es scheint also«, sagte er, »daß Sir Guy Angst hat, sich mit mir zuerst zu messen.«

Nun lächelte Lady Claire Marek ganz offen an. Sie war unübersehbar interessiert an ihm. Und das schien Sir Guy zu verärgern.

»Ich fürchte keinen Mann«, sagte Guy. »Und vor allem keinen aus Hainaut. Wenn Ihr meinen Sekundanten überlebt, was ich bezweifle, werde ich danach sehr gerne mit Euch kämpfen und Eurer Dreistigkeit ein Ende setzen.«

»So sei es«, sagte Lord Oliver und wandte sich ab. Sein Ton gab allen deutlich zu verstehen, daß die Diskussion beendet war.

32:16:01

Die Pferde stürmten los und galoppierten auf der weiten Wiese aufeinander zu. Die Erde erzitterte, als die großen Tiere an Marek und Chris vorbeidonnerten, die an dem niederen Absperrgeländer standen und den Übungsläufen zusahen. Auf Chris wirkte der Turnierplatz riesig – etwa so groß wie ein Fußballfeld –, auf zwei Seiten waren Tribünen errichtet, und die Damen nahmen bereits ihre Plätze ein. Ländliche Zuschauer in derber Kleidung drängten sich lärmend am Geländer.

Ein weiteres Reiterpaar stürmte los, und ihre Pferde schnaubten im Galoppieren. Marek fragte Chris: »Wie gut reitest du?«

Chris zuckte die Achseln. »Ich bin mit Sophie ausgeritten.«

»Dann, glaube ich, kann ich dich am Leben erhalten, Chris«, sagte Marek. »Aber du mußt genau das tun, was ich dir sage.«

»Okay.«

»Bis jetzt hast du nicht getan, was ich dir gesagt habe«, erinnerte ihn Marek. »Aber diesmal mußt du.«

»Schon gut, schon gut.«

»Das Wichtigste ist«, sagte Marek, »daß du lange genug auf dem Pferd bleibst, um Sir Guy einen Treffer landen zu lassen. Wenn er sieht, wie schlecht du reitest, wird ihm gar nichts anderes übrigbleiben, als auf deine Brust zu zielen, weil die Brust bei einem galoppierenden Reiter das größte und unbeweglichste Ziel ist. Sieh zu, daß er dich mit seiner Lanze mitten auf der Brust, auf dem Brustpanzer trifft. Hast du verstanden?«

»Ich sehe zu, daß er mich mit seiner Lanze auf der Brust trifft«, wiederholte Chris und machte dabei ein sehr unglückliches Gesicht.

»Wenn die Lanze dich trifft, laß dich aus dem Sattel heben. Das sollte nicht schwierig sein. Laß dich auf die Erde fallen und *rühre dich nicht*, damit es so aussieht, als wärst du bewußtlos. Was du durchaus sein kannst. Steh unter keinen Umständen auf. Verstanden?«

»Nicht aufstehen.«

»Genau. Egal, was passiert, bleib einfach liegen. Wenn Sir Guy dich aus dem Sattel geholt hat und du bewußtlos bist, ist der Kampf vorüber. Aber wenn du aufstehst, ruft er nach einer zweiten Lanze oder geht zu Fuß mit seinem Breitschwert auf dich los und tötet dich.«

»Nicht aufstehen«, wiederholte Chris.

»Genau«, sagte Marek. »Egal, was passiert. Steh nicht auf.« Er klopfte Chris auf die Schulter. »Mit ein wenig Glück kommst du heil aus der Sache wieder raus.«

»O Gott«, sagte Chris.

Wieder galoppierten Pferde vorbei, und die Erde erzitterte.

Sie verließen die Wiese und gingen zwischen den vielen Zelten hindurch, die am Rand des Turnierplatzes aufgestellt waren. Die Zelte waren klein und rund und bunt gemustert mit Streifen und Zickzacklinien. Über jedem Zelt flatterte ein Wimpel. Davor waren Pferde angebunden. Knappen und Knechte eilten hin und her und schleppten Rüstungen, Sättel, Heu und Wasser. Einige Knappen rollten Fässer über die Erde. Die Fässer machten ein leises rieselndes Geräusch.

»Da ist Sand drin«, erklärte Marek. »Man rollt die Kettenpanzer in Sand, um den Rost zu entfernen.«

»Aha.« Chris versuchte, sich auf solche Details zu konzentrieren, um sich von dem abzulenken, was ihm bevorstand. Aber er kam sich vor, als ginge er zu seiner eigenen Hinrichtung.

Sie betraten ein Zelt, in dem drei Knappen warteten. In einem Winkel brannte ein wärmendes Feuer, auf einer Decke auf dem Boden war eine Rüstung ausgebreitet. Marek untersuchte sie kurz und sagte dann: »Die ist in Ordnung.« Dann wandte er sich zum Gehen.

»Wo gehst du hin?«

»In ein anderes Zelt, um meine Rüstung anzuziehen.«

»Aber ich weiß nicht, wie –«

»Die Knappen legen sie dir an«, sagte Marek und verließ das Zelt.

Chris musterte die Rüstung auf dem Boden, vor allem den Helm, der einen dieser spitzen Schnäbel hatte, so daß er aussah wie eine große Ente. Darüber befand sich nur ein kleiner Schlitz für die Augen. Aber neben diesem Helm lag noch ein anderer, der etwas gewöhnlicher aussah, und Chris dachte, daß –

»Mein guter Squire, wenn es Euch beliebt.« Der Oberknappe, der ein wenig älter und besser gekleidet war als die anderen, redete mit ihm. »Ich bitte Euch, stellt Euch hierher.« Er deutete in die Mitte des Zelts.

Chris stellte sich dorthin und spürte, wie viele Hände über seinen Körper huschten. Die Knappen zogen ihn schnell bis zur leinenen Unterwäsche aus, und als sie seinen Körper sahen, erhob sich ein besorgtes Murmeln.

»Wart Ihr krank, Squire?« fragte einer.

»Äh, nein …«

»Ein Fieber oder ein Leiden, das Euch so geschwächt hat, wie wir Euch jetzt sehen?«

»Nein«, erwiderte Chris und runzelte die Stirn.

Schweigend begannen sie nun, ihm die Rüstung anzulegen. Zuerst dicke Filzbeinlinge und ein gepolstertes, langärmeliges und vorne zu knöpfendes Untergewand. Sie baten ihn, die Arme zu beugen. Er schaffte es kaum, so dick war das Tuch.

»Es ist noch steif vom Waschen, aber das gibt sich«, sagte einer.

Chris glaubte nicht so recht daran. O Gott, dachte er, ich kann mich kaum rühren, und sie haben mir noch nicht einmal die Rüstung angelegt. Jetzt schnallten sie ihm Metallplatten auf Oberschenkel, Schienbeine und Knie. Dann kamen die Arme dran. Nach jedem Stück baten sie ihn, das entsprechende Glied zu bewegen, um zu kontrollieren, ob die Riemen nicht zu fest saßen.

Als nächstes wurde ihm ein Kettenhemd über den Kopf gestreift. Es lag ihm schwer auf den Schultern. Während der Brustpanzer umgelegt wurde, stellte ihm der Oberknappe eine Reihe Fragen, die er alle nicht beantworten konnte.

»Sitzt Ihr aufrecht oder an den Hinterzwiesel gelehnt?«

»Legt Ihr die Lanze ein oder stützt Ihr sie auf?«

»Laßt Ihr Euch am Knauf einhängen oder sitzt Ihr frei?«

»Die Steigbügel tief oder nach vorne?«

Chris murmelte nur unverbindlich. Unterdessen wurden ihm weitere Rüstungsteile angelegt und weitere Fragen gestellt.

»Beweglicher Bärlatsch oder fester?«

»Unterarmschiene oder Seitenplatte?«

»Breitschwert links oder rechts?«

»Stahlhaube unter dem Helm oder nicht?«

Mit jedem Stück kam er sich schwerfälliger vor, und jedes Gelenk, das mit Metall umhüllt wurde, machte ihn unbeweglicher. Die Knappen arbeiteten schnell, und nach wenigen Minuten war er fertig. Sie traten zurück und begutachteten ihn.

»Gut so, Squire?«

»Ja, gut«, sagte er.

»Nun den Helm.« Er trug bereits eine Art metallener Haube, und jetzt brachten sie den Helm mit der spitzen Schnauze und stülpten ihn Chris über den Kopf. Plötzlich war er in Dunkelheit getaucht, und er spürte das Gewicht des Helms auf seinen Schultern. Durch den horizontalen Augenschlitz konnte er nur sehen, was direkt vor ihm war.

Sein Herz begann zu hämmern. Er bekam keine Luft. Er zerrte an dem Helm, versuchte, das Visier zu heben, aber es bewegte sich nicht. Er war gefangen. Die Metallwände des Helms warfen das Geräusch seines Atems zurück. Durch die Atemluft wurde es heißer und heißer in dem engen Helm. Er erstickte. *Keine Luft.* Er packte den Helm, versuchte, ihn sich vom Kopf zu heben.

Die Knappen nahmen ihm den Helm ab und sahen ihn neugierig an.

»Ist alles in Ordnung, Squire?«

Chris hustete und nickte nur, weil er sich nicht zu sprechen traute. Er wollte dieses Ding nie mehr auf dem Kopf haben. Aber sie führten ihn bereits aus dem Zelt, zu einem wartenden Pferd.

Mein Gott, dachte er.

Das Pferd war riesig und mit noch mehr Metall umhüllt als er. Über dem Kopf hatte es eine verzierte Platte und weitere Platten vor der Brust und an den Flanken. Trotz der schweren Rüstung war das Pferd nervös und temperamentvoll, es schnaubte und riß am Zügel, den ein Knappe hielt. Es war ein echtes Schlachtroß und viel lebhafter als jedes Pferd, das er je geritten hatte. Aber das war es gar nicht, was ihm Sorgen machte. Was ihm wirklich Sorgen machte, war die Größe – das verdammte Pferd war so riesig, daß er nicht über den Widerrist sehen konnte. Und der hölzerne Sattel war erhöht, was es noch größer machte. Die Knappen sahen ihn erwartungsvoll an. Aber was wollten sie von ihm? Wahrscheinlich sollte er aufsteigen.

»Wie komme ich, äh…«

Sie rissen überrascht die Augen auf. Der Oberknappe trat vor und sagte ölig: »Legt Eure Hand hier drauf, Squire. Auf das Holz, und schwingt Euch hinauf…«

Chris streckte die Hand aus, aber er konnte den Knauf kaum erreichen, ein geschnitztes Holzdreieck an der Spitze des Sattels. Er schloß die Finger um das Holz, hob dann das Knie und stellte den Fuß in den Steigbügel.

»Ähm, ich glaube, der linke Fuß, Squire.«

Natürlich. Der linke Fuß. Er wußte das, er war nur nervös und verwirrt. Er schlenkerte den rechten Fuß, um ihn aus dem Steigbügel zu bekommen. Aber der Stahlschuh hatte sich darin verfangen; er beugte sich ungelenk vor und versuchte, ihn mit der Hand zu befreien. Aber der Schuh steckte noch immer fest. Und als er sich schließlich aus dem Steigbügel löste, verlor Chris das Gleichgewicht und fiel neben den Hinterhufen des Pferds auf den Rücken. Die entsetzten Knappen zerrten ihn schleunigst weg.

Sie stellten ihn wieder auf die Füße, und dann halfen sie ihm alle gemeinsam in den Sattel. Er spürte Hände an seinem Hintern, während er wackelig in die Höhe stieg, das rechte Bein über den Pferderücken schwang – mein Gott, war das schwer – und mit einem Scheppern im Sattel landete.

Chris schaute zu Boden, der tief unter ihm war. Er kam sich vor wie in drei Meter Höhe. Kaum saß er, fing das Pferd an zu wiehern und den Kopf zu schütteln, es verdrehte ihn seitwärts und versuchte, nach Chris' Waden zu schnappen. *Dieses verdammte Pferd will mich beißen*, dachte er.

»Die Zügel, Squire. Ihr müßt es zügeln.«

Chris zog an den Zügeln. Das riesige Pferd achtete überhaupt nicht darauf, es senkte immer wieder den Kopf und wollte ihn noch immer beißen.

»Zeigt es ihm, Squire. Mit Kraft.«

Chris riß so heftig an den Zügeln, daß er befürchtete, er würde dem Tier den Hals brechen. Doch das Pferd schnaubte nur noch einmal kurz auf und schaute dann, plötzlich beruhigt, nach vorne.

»Gut gemacht, Squire.«

Posaunen erklangen, mehrere langgezogene Töne.

»Das ist der erste Ruf an die Waffen«, sagte der Knappe. »Wir müssen zum Turnierplatz.«

Sie nahmen das Pferd bei den Zügeln und führten Chris auf die Wiese.

36:02:00

Es war ein Uhr morgens. Von seinem Büro im ITC-Gebäude blickte Robert Doniger auf den Eingang zur Höhle hinunter, der von den Blinklichtern von sechs dort abgestellten Krankenwagen flackernd erhellt wurde. Die Funkgeräte der Sanitäter knisterten. Menschen kamen aus dem Tunnel, unter ihnen auch Gordon mit diesem jungen Wissenschaftler, Stern. Keiner von beiden schien verletzt zu sein.

Gespiegelt in der Glasscheibe sah er Kramer, die gerade sein Büro betrat. Sie war leicht außer Atem. Ohne sich zu ihr umzudrehen, fragte er: »Wie viele wurden verletzt?«

»Sechs. Zwei relativ schwer.«

»Wie schwer?«

»Splitterwunden. Und Vergiftungen vom Einatmen der Dämpfe.«

»Dann müssen Sie wohl ins UH.« Er meinte das University Hospital in Albuquerque.

»Ja«, sagte Kramer. »Ich habe ihnen eingeschärft, was sie sagen dürfen. Laborunfall und so weiter. Und ich habe Whittle im UH angerufen und ihn an unsere letzte Spende erinnert. Ich glaube nicht, daß es da ein Problem gibt.«

Doniger sah zum Fenster hinaus. »Vielleicht doch«, sagte er.

»Die PR-Leute werden damit fertig.«

»Oder auch nicht.«

In den letzten Jahren hatte ITC eine PR-Abteilung aus sechsundzwanzig Leuten aufgebaut, die auf der ganzen Welt operierten. Ihre Aufgabe war es nicht, der Firma Publicity zu verschaffen, sondern die Aufmerksamkeit der Öffentlichkeit eher abzulenken. ITC, so erklärten sie jedem, der nachfragte, sei eine Firma, die supraleitende Quantenvorrichtungen für Magnetometer und medizinische Scanner herstelle. Diese Vorrichtungen bestanden aus einem komplexen elektromechanischen Element von etwa fünfzehn Zentimeter Länge. Die entsprechenden Pressemitteilungen waren umwerfend langweilig, vollgestopft mit quantentechnologischen Details.

Falls dennoch einmal ein Reporter interessiert war, zeigte ITC Begeisterung und veranstaltete für ihn eine Führung durch die Anlage in New Mexico. Man präsentierte ihm ausgewählte Forschungslabore. Und dann zeigte man ihm in einer großen Montagehalle, wie diese Vorrichtungen zusammengebaut wurden – wie die Spulen der Neigungsmesser in den Kryostaten eingebaut wurden, wie die supraleitende Abschirmung montiert und wie die Stromkabel nach außen geführt wurden. Erklärungen bezogen sich auf die Maxwell-Gleichungen und die Bewegungen der elektrischen Ladung. An diesem Punkt gab so gut wie jeder auf. Einer meinte einmal: »Das ist ungefähr so interessant wie ein Montageband für Haartrockner.«

Auf diese Art hatte Doniger es geschafft, die außergewöhnlichste wissenschaftliche Entdeckung des späten zwanzigsten Jahrhunderts unter Verschluß zu halten. Zum Teil diente dieses Stillschweigen der Selbsterhaltung: Andere Firmen, wie etwa IBM und Fujitsu, hatten mit eigener Quantenforschung begonnen, und obwohl Doniger einen vierjährigen Vorsprung hatte, lag es in seinem Interesse, daß sie nicht wußten, wie weit er schon gekommen war.

Er war sich außerdem bewußt, daß sein Plan noch nicht vollendet war, und Geheimhaltung war dringend erforderlich, um ihn abzuschließen. Wie er selbst oft mit einem jungenhaften Grinsen sagte: »Wenn die Leute wüßten, was wir vorhaben, würden sie uns *mit Sicherheit* stoppen wollen.«

Gleichzeitig wußte Doniger aber, daß er diese Geheimhaltung nicht ewig aufrechterhalten konnte. Früher oder später würde, vielleicht durch einen Zufall, alles herauskommen. Und wenn das passierte, war es allein seine Aufgabe, damit fertig zu werden.

Im Augenblick fragte sich Doniger, ob jetzt dieser Zeitpunkt gekommen war.

Er sah zu, wie die Krankenwagen mit aufheulenden Sirenen davonfuhren.

»Überleg mal«, sagte er zu Kramer. »Vor zwei Wochen war die Arbeit dieser Firma noch hundertprozentig unter Verschluß. Unser einziges Problem war diese französische Reporterin. Dann kam Traub. Dieser depressive alte Mistkerl hat uns alle in Gefahr gebracht. Zuerst ruft Traubs Tod diesen Bullen aus Gallup auf den Plan, der noch immer herumschnüffelt. Dann Johnston. Dann seine vier Studenten. Und jetzt haben wir sechs Techniker, die ins Krankenhaus müssen. Es werden immer mehr Leute, die etwas mitbekommen, Diane. Es dringt zu viel nach draußen.«

»Du glaubst, daß wir die Kontrolle verlieren?«

»Möglich«, sagte er. »Aber ich werde alles tun, damit das nicht passiert. Vor allem, da ich übermorgen diese drei potentiellen neuen Aufsichtsratsmitglieder erwarte. Also, machen wir den Deckel wieder drauf.«

Sie nickte. »Ich glaube, das schaffen wir.«

»Okay«, sagte er und wandte sich vom Fenster ab. »Sieh zu, daß Stern eins der Gästezimmer bekommt. Sieh zu, daß er wirklich schläft, und blockiere sein Telefon. Und morgen will ich, daß Gordon an ihm klebt wie eine Klette. Er soll ihn herumführen oder was auch immer. Aber er soll bei ihm bleiben. Um acht will ich eine Konferenzschaltung mit den PR-Leuten. Und um neun will ich einen Zustandsbericht über den Transitbereich. Und mittags dann diese Medienheinis. Ruf jetzt gleich alle an, damit sie sich vorbereiten können.«

»Okay.«

»Vielleicht schaffe ich es nicht, die Sache unter Kontrolle zu halten«, sagte Doniger, »aber versuchen werde ich es auf jeden Fall.«

Stirnrunzelnd wandte er sich wieder dem Fenster zu und blickte zu den Leuten hinab, die sich im Dunkeln vor dem Tunnel drängten. »Wie lange dauert es, bis man wieder in die Höhle kann?«

»Neun Stunden.«

»Und dann können wir eine Rettungsaktion auf die Beine stellen? Noch ein Team zurückschicken?«

Kramer hüstelte. »Na ja …«

»Bist du krank? Oder heißt das nein?«

»Die Explosion hat alle Maschinen zerstört, Bob«, sagte sie.

»Alle?«

»Ich glaube schon, ja.«

»Dann können wir also nichts tun als den Transitbereich wieder aufbauen und dann faul herumsitzen und abwarten, ob sie heil zurückkommen?«

»Ja. Genauso ist es. Wir haben keine Möglichkeit, sie zu retten.«

»Dann können wir nur hoffen, daß sie wissen, was sie tun«, sagte Doniger, »weil sie jetzt ganz auf sich allein gestellt sind. Ich wünsche ihnen auf jeden Fall viel Glück.«

31:40:44

Durch den schmalen Schlitz seines Visiers sah Chris Hughes, daß die Tribünen vollbesetzt waren – fast ausschließlich mit Damen – und daß sich am Geländer das gemeine Volk in Zehnerreihen drängte. Alle schrien, das Turnier solle endlich beginnen. Chris stand jetzt am Ostrand des Turnierplatzes, umringt von seinen Knappen, die versuchten, das Pferd zu besänftigen. Offensichtlich machte das Geschrei der Menge es nervös, es bockte und bäumte sich auf. Die Knappen reichten Chris eine gestreifte Lanze, die absurd lang und sehr unhandlich war. Chris nahm sie, verlor sie aber gleich wieder, weil das Pferd unter ihm schnaubte und stampfte.

Hinter der Absperrung erkannte er Kate unter dem gemeinen Volk. Sie lächelte ihm ermutigend zu, aber sein Pferd tänzelte und drehte sich, und er konnte ihren Blick nicht erwidern.

Und nicht weit entfernt sah er Marek in seiner Rüstung, ebenfalls umgeben von Knappen.

Als Chris' Pferd sich wieder einmal drehte – warum griffen die Knappen nicht nach den Zügeln? –, sah er am anderen Ende des Platzes Sir Guy de Malegant seelenruhig auf seinem Tier sitzen. Er stülpte sich gerade den Helm mit dem schwarzen Busch über.

Chris' Pferd bockte und drehte sich. Posaunen erklangen, und die Menge schaute zur Haupttribüne hinüber. Nur am Rande bekam er mit, daß Lord Oliver unter Applaus seinen Platz einnahm.

Noch einmal ertönten die Posaunen.

»Squire, das ist Euer Signal«, sagte ein Knappe und reichte ihm noch einmal die Lanze.

Diesmal schaffte er es, die Lanze so lange zu halten, daß er sie in die Kerbe auf dem Sattelknauf legen konnte. Nun lag sie schräg über dem Pferderücken, die Spitze zeigte nach links vorne. Plötzlich drehte das Pferd sich wieder, und die Knappen liefen schreiend davon, als die Lanze in wildem Bogen über ihre Köpfe schwang.

Noch einmal Posaunen.

Chris, der kaum etwas sehen konnte, riß an den Zügeln und versuchte, das Pferd unter Kontrolle zu bekommen. Am anderen Ende des Platzes sah er kurz Sir Guy, der ihn, still auf seinem völlig ruhigen Pferd sitzend, beobachtete. Chris wollte die Sache endlich hinter sich bringen, aber das Pferd war nicht zu bändigen. Wütend und frustriert riß er ein letztes Mal heftig an den Zügeln. »Verdammt noch mal, läufst du jetzt endlich!«

Und plötzlich riß das Pferd zweimal kurz den Kopf hoch und legte die Ohren an.

Und stürmte los.

Marek sah dem Ritt angespannt zu. Er hatte Chris nicht alles gesagt, es hatte ja keinen Sinn, ihn mehr als nötig in Angst zu versetzen. Aber natürlich würde Sir Guy versuchen, Chris zu töten, was bedeutete, daß er mit seiner Lanze auf den Kopf zielen würde. Chris hoppelte wild im Sattel hin und her, die Lanze zuckte auf und nieder, sein Oberkörper schwankte von einer Seite zur anderen. Er gab ein schlechtes Ziel ab, aber wenn Sir Guy geschickt war – und Marek hatte keinen Zweifel, daß er das war –, würde er trotzdem auf den Kopf zielen und, um einen tödlichen Treffer zu landen, lieber beim ersten Mal einen Fehlstoß riskieren.

Na ja, dachte Marek, eine Chance besteht immerhin, daß Chris überlebt.

Chris sah kaum etwas. Gefährlich im Sattel schaukelnd, erhaschte er nur verschwommene Blicke auf die Tribünen, den Erdboden, den anderen Reiter, der auf ihn zustürmte. Und so konnte er nicht abschätzen, wie weit entfernt Guy noch war, wie lange es bis zum Zusammenstoß dauern würde. Er hörte die donnernden Hufe seines Pferdes, seinen rhythmischen schnaubenden Atem. Verzweifelt hielt er seine Lanze umklammert, wurde im Sattel hin und her geworfen. Alles dauerte viel länger, als er erwartet hatte. Es kam ihm so vor, als würde er schon eine Stunde auf diesem Pferd reiten.

Im letzten Augenblick sah er Guy nur wenige Meter vor sich, der mit furchterregendem Tempo auf ihn zukam, und dann spürte er, wie die Lanze in seiner Hand zurückschnellte und ihn schmerzhaft an der rechten Flanke traf. Ein scharfer Schmerz schoß ihm in die linke Schulter. Der Aufprall verdrehte ihn im Sattel, und er hörte das Knacken splitternden Holzes.

Die Menge tobte.

Das Pferd rannte weiter, zum anderen Ende des Platzes. Chris war benommen. Was war passiert? Seine Schulter brannte heftig. Seine Lanze war entzweigebrochen.

Und er saß noch immer im Sattel.

Scheiße.

Marek war nicht sehr glücklich über das, was er sah. Es war einfach Pech; die Lanze hatte Chris nur gestreift und ihn so nicht aus dem Sattel heben können. Jetzt würde er zu einem zweiten Durchgang antreten müssen. Er sah zu Sir Guy hinüber, der fluchend den Knappen eine neue Lanze aus den Händen riß, sein Pferd wendete und sich auf den zweiten Angriff vorbereitete.

Am anderen Ende des Platzes versuchte Chris, seine neue Lanze zu kontrollieren, die wild hin und her schwang wie ein Metronom. Schließlich schaffte er es, sie über den Sattel zu legen, doch das Pferd bockte und drehte sich.

Guy war wütend und mit seiner Geduld am Ende. Jetzt wartete er nicht länger. Er gab seinem Pferd die Sporen und galoppierte los.

Du Mistkerl, dachte Marek.

Die Menge schrie überrascht auf, als sie diesen einseitigen Angriff sah. Erst jetzt merkte Chris, daß Guy bereits in vollem Tempo auf ihn zu galoppiert kam. Aber sein Pferd ließ sich noch immer nicht bändigen. Er riß an den Zügeln, und in diesem Augenblick hörte er ein Klatschen: Einer der Knappen hatte sein Pferd aufs Hinterteil geschlagen.

Das Pferd wieherte. Es legte die Ohren an.

Und rannte los.

Dieser zweite Angriff war schlimmer, denn diesmal wußte Chris, was ihm bevorstand.

Die Lanze traf ihn mit voller Wucht, ein Schmerz schoß ihm durch die Brust, und er wurde in die Luft gehoben. Alles um ihn herum verlangsamte sich. Er sah, wie der Sattel sich von ihm entfernte, dann die Hinterflanken des Pferdes, und er kippte nach hinten und starrte plötzlich in den Himmel.

Er knallte mit dem Rücken auf die Erde. Sein Kopf schlug gegen den Helm. Er sah Sterne. Plötzlich hörte er in seinem Ohrstöpsel: *»Jetzt bleib, wo du bist!«*

Wie aus weiter Ferne ertönten wieder Posaunen, und dann wurde die Welt um ihn herum schwarz.

Am anderen Ende des Platzes wendete Guy sein Pferd, um sich auf den dritten Angriff vorzubereiten, aber schon kündigten die Posaunen das nächste Ritterpaar an.

Marek senkte die Lanze, spornte sein Pferd an und galoppierte los. Sein Gegner, Sir Charles de Gaune, stürmte auf ihn zu. Er hörte das rhythmische Trappeln der Pferde, das anschwellende Geschrei der Menge – die Leute wußten, daß dies ein guter Kampf werden würde –, während er sein Pferd antrieb. Sein Tier lief unglaublich schnell. Und Sir Charles kam ähnlich schnell auf ihn zu.

Mittelalterlichen Quellen zufolge bestand die eigentliche Schwierigkeit eines Lanzenduells weniger darin, die Lanze richtig zu halten oder sie auf dieses oder jenes Ziel auszurichten. Die Schwierigkeit bestand darin, seine Angriffslinie beizubehalten und nicht vor dem drohenden Aufprall zurückzuschrecken – sich nicht von der Panik überwältigen zu lassen, die fast jeden Reiter erfaßte, wenn er auf seinen Gegner zu galoppierte.

Marek hatte diese alten Texte gelesen, aber jetzt verstand er sie plötzlich: Er fühlte sich zittrig, wie benommen und schwach in den Gliedern, und seine Schenkel bebten, wenn er sein Pferd antrieb. Er zwang sich zur Konzentration, versuchte, sich zu sammeln und seine Lanze auf Sir Charles auszurichten. Aber die Lanzenspitze wippte im Galopp auf und ab. Er hob sie vom Sattelknauf und klemmte sie sich in die Armbeuge. Jetzt lag sie ruhiger. Auch sein Atem kam regelmäßiger. Er spürte, wie seine Kraft zurückkehrte. Er richtete die Lanze aus. Noch achtzig Meter.

Gestreckter Galopp.

Sir Charles neigte seine Lanze ein wenig nach oben. Er zielte also auf den Kopf. Oder war das nur ein Täuschungsmanöver? Es gab Lanzenreiter, die ihr Ziel noch im letzten Augenblick änderten. Würde er es tun?

Sechzig Meter.

Den Kopf als Ziel zu nehmen war riskant, wenn nicht beide Reiter auf den Kopf des Gegners zielten. Eine gerade auf den Oberkörper gerichtete Lanze traf Sekundenbruchteile früher auf als eine auf den Kopf gezielte: Es war eine Frage des Winkels. Aber ein geschickter Ritter konnte seine Lanze aus der eingelegten Position nehmen und ein Stückchen weiter vorstrecken, so daß er ein paar zusätzliche Zentimeter und damit den ersten Treffer bekam. Man brauchte enorme Kraft, um die Wucht des Aufpralls abfedern und die Lanze im Zurückschnellen kontrollieren zu können, so daß das Pferd die Hauptlast zu tragen hatte; doch auf diese Art gelang es dem Reiter eher, einen gezielten Treffer des Gegners zu verhindern.

Sir Charles hielt die Lanze noch immer nach oben geneigt. Doch jetzt legte er sie ein und beugte sich im Sattel ein wenig vor. So hatte er die Lanze besser unter Kontrolle. Würde er noch einmal täuschen?

Vierzig Meter.

Es war nicht zu sagen. Marek beschloß, auf die Brust zu zielen. Er brachte seine Lanze in Position. Ab jetzt würde er sie nicht mehr bewegen.

Dreißig Meter.

Er hörte das Donnern der Hufe, das Brüllen der Menge. Die mittelalterlichen Texte warnten: »Schließe im Augenblick des Aufpralls nicht die Augen. Behalte sie offen, um deinen Treffer zu landen.«

Zwanzig Meter.

Seine Augen waren offen.

Zehn.

Der Mistkerl hob die Lanze wieder.

Er zielte auf den Kopf.

Aufprall.

Das Krachen des Holzes klang wie ein Schuß. Marek spürte einen stechenden, nach oben schießenden Schmerz in seiner linken Schulter. Er ritt zum Ende des Platzes, ließ seine zerbrochene Lanze fallen und streckte die Hand nach einer neuen aus. Aber die Knappen starrten nur auf das Turnierfeld in seinem Rücken.

Als er sich umdrehte, sah er, daß Sir Charles auf der Erde lag und sich nicht rührte.

Und dann fiel sein Blick auf Sir Guy, der mit seinem Pferd um den noch immer bewegungslos am Boden liegenden Chris herumtänzelte. Das hatte er also vor, dachte Marek. Er würde Chris zu Tode trampeln.

Marek wendete und zog das Schwert. Er hielt es hoch erhoben.

Mit einem Wutgeheul spornte Marek sein Pferd an und stürmte los.

Die Menge schrie und trommelte auf das Geländer. Sir Guy drehte sich um und sah Marek kommen. Dann schaute er noch einmal zu Chris hinunter und drückte seinem Pferd den Absatz in die Flanke, damit es seitwärts ging und ihn zertrampelte.

»Pfui! Pfui!« schrie die Menge, und sogar Lord Oliver war entsetzt aufgesprungen.

In diesem Moment hatte Marek Sir Guy erreicht. Er konnte nicht anhalten, sondern rauschte an Guy vorbei und schlug ihm, laut »Arschloch« schreiend, mit der Breitseite seines Schwerts auf den Helm. Er wußte, daß das seinem Gegner nicht weh tun würde, aber es war ein beleidigender Schlag, der Guy dazu bringen würde, von Chris abzulassen. Was auch geschah.

Sir Guy wandte sich sofort von Chris ab, als Marek mit erhobenem Schwert wendete. Er zog sein Schwert aus der Scheide und schwang es so heftig, daß die Klinge durch die Luft schwirrte. Klirrend traf es auf Mareks Klinge. Marek spürte, wie sein Schwert beim Aufprall in seiner Hand vibrierte, und holte zu einem Gegenschlag auf den Kopf aus. Guy parierte, die Pferde drehten sich, und immer und immer wieder klirrten die Schwerter aufeinander.

Der Kampf hatte begonnen. Und irgendwo in einem entfernten Winkel seines Bewußtseins war Marek klar, daß es ein Kampf auf Leben und Tod sein würde.

Kate schaute dem Geschehen vom Geländer aus zu. Marek schlug sich tapfer, und an körperlicher Kraft war er seinem Gegner überlegen, aber es war offensichtlich, daß er nicht das technische Können von Sir Guy hatte. Seine Hiebe waren unkontrollierter, seine Körperhaltung weniger sicher. Das schien nicht nur ihm, sondern auch seinem Gegner bewußt zu sein – immer wieder wich Sir Guy mit seinem Pferd ein Stückchen zurück, um Platz für einen vollen Schwung zu haben. Marek dagegen rückte immer sofort nach, er hielt den Abstand klein, fast wie ein Boxer, der den Clinch sucht.

Aber Marek konnte das nicht ewig durchhalten, das sah Kate. Früher oder später würde Guy, vielleicht nur einen Augenblick lang, genug Abstand haben, um ihm einen tödlichen Hieb zu versetzen.

Mareks Haare waren triefnaß unter dem Helm. Der Schweiß brannte ihm in den Augen, aber er konnte nichts dagegen tun. Benommen schüttelte er den Kopf, um die Augen klar zu bekommen, aber es half nicht viel.

Bald rang er nach Atem. Durch die Schlitze seines Helms sah er Sir Guys unversöhnliche Miene, er griff unermüdlich an und schwang sein Schwert in sicherem, geübtem Rhythmus. Marek wußte, daß er bald etwas unternehmen mußte, bevor er zu müde wurde. Er mußte den Rhythmus des Ritters durchbrechen.

Seine rechte Hand, mit der er das Schwert hielt, brannte bereits vor Anstrengung. Aber seine linke Hand war stark. Warum nicht auch die einsetzen?

Einen Versuch war es wert.

Marek spornte sein Pferd an und rückte noch näher an Guy heran, bis sie Brust an Brust standen. Er wartete, bis er einen Hieb des Gegners mit seinem Schwert pariert hatte, dann schlug er mit dem Ballen seiner linken Hand von unten gegen Sir Guys Helm. Der Helm kippte nach hinten, er spürte, wie Guys Kopf mit einem befriedigenden *Tonk* gegen die Vorderseite des Helms knallte.

Sofort drehte Marek sein Schwert um und rammte den Knauf seines Schwertgriffs gegen Guys Helm. Es krachte, und Guys Körper machte im Sattel einen Satz. Kurz sackten seine Schultern nach unten. Marek schlug noch einmal, fester, gegen den Helm. Er wußte, daß er ihm weh tat.

Aber nicht genug.

Zu spät sah er, daß Guys Schwert in weitem Bogen auf ihn niedersauste. Es traf ihn am Rücken. Marek spürte den Schlag wie einen Peitschenhieb quer über die Schulter. Hatte das Kettenhemd gehalten? War er verletzt? Er konnte seinen Arm noch bewegen. Nun schlug er mit seiner Klinge kräftig gegen die Rückseite von Guys Helm. Guy tat nichts, um den Schlag abzuwehren, und Stahl auf Stahl klirrte hell wie ein Gong. Anscheinend ist er benommen, dachte Marek.

Er holte noch einmal aus, wendete dann sein Pferd und schlug aus der Drehbewegung heraus in weitem Bogen nach Guys Hals. Guy parierte den Hieb, aber die Wucht des Aufpralls warf ihn nach hinten. Er schwankte, kippte im Sattel zur Seite, und obwohl er nach dem Knauf griff, konnte er nichts tun, um seinen Sturz zu verhindern.

Marek wendete und schwang ein Bein über sein Pferd, um abzusteigen. Die Menge schrie wieder auf; als er sich umdrehte, sah er, daß Guy leichtfüßig wieder aufgesprungen war, offensichtlich hatte er seine Verletzungen nur vorgetäuscht. Er griff Marek an, während der noch im Absteigen begriffen war. Mit einem Fuß im Steigbügel parierte er unbeholfen den Hieb, befreite sich schließlich von seinem Pferd und griff selbst an. Aber Sir Guy war stark und selbstsicher.

Marek erkannte, daß seine Lage jetzt noch schlimmer war als zuvor. Er griff wütend an, aber Guy parierte und wich behende zurück, seine Fußarbeit war geübt und schnell. Marek keuchte und schnaufte in seinem Helm, er war sicher, daß Guy es hören konnte und wußte, was es bedeutete.

Marek verließen die Kräfte.

Sir Guy mußte nichts anderes tun, als zurückzuweichen, bis Marek erschöpft war.

Außer...

Ein Stückchen weiter links lag Chris noch immer gehorsam flach auf dem Rücken.

Marek griff weiter an und bewegte sich mit jedem Schlag ein

Stückchen nach rechts. Guy wich behende aus. Aber jetzt trieb Marek ihn nach hinten, auf Chris zu.

Langsam wachte Chris auf. Schwerter klirrten. Noch benommen machte er sich seine Lage klar. Er lag auf dem Rücken, über sich den blauen Himmel. Aber er lebte. Was war passiert? In seinem schwarzen Helm drehte er den Kopf. Der schmale Sehschlitz ließ kaum Luft ein, es war heiß und stickig und bedrückend eng.

Er merkte, daß ihm schlecht wurde.

Die Übelkeit wurde schnell stärker, aber er wollte sich nicht im Helm übergeben. Es war zu eng darin, er würde an seinem eigenen Erbrochenen ersticken. Er mußte ihn vom Kopf bekommen. Noch immer auf dem Rücken liegend, griff er mit beiden Händen nach dem Helm.

Und zerrte daran.

Aber der Helm rührte sich nicht. Warum? Hatten sie ihn irgendwie an ihm befestigt? Oder lag es daran, daß er auf dem Boden lag?

Gleich würde er sich übergeben. In dem verdammten Helm.

O Gott.

Hektisch drehte er sich um.

Marek schwang verzweifelt sein Schwert. Direkt hinter Sir Guy fing Chris an, sich zu bewegen. Marek hätte ihm zugeschrien, er solle liegenbleiben, aber er hatte nicht genug Atem dazu.

Wieder und wieder hieb er auf Guy ein.

Jetzt zerrte Chris an seinem Helm, versuchte, ihn vom Kopf zu bekommen. Guy war noch zehn Meter von ihm entfernt. Er tänzelte und parierte geschickt Mareks Schläge, der Kampf schien ihm richtig Spaß zu machen.

Marek wußte, daß er fast am Ende seiner Kräfte war. Seine Hiebe wurden immer schwächer. Guy war noch immer stark, noch immer geschmeidig in seinen Bewegungen. Er wich nun zurück und parierte. Und wartete auf seine Chance.

Chris hatte sich auf den Bauch gedreht und richtete sich langsam auf. Jetzt kauerte er auf allen vieren. Ließ den Kopf hängen. Dann war ein lautes Würgen zu hören.

Auch Guy hörte es und drehte ein wenig den Kopf, um hinzusehen.

Marek stürmte los und rammte ihm seinen Helm in den Brustpanzer. Guy stolperte nach hinten, fiel über Chris und stürzte zu Boden.

Malegant drehte sich schnell um, aber Marek war schon über ihm, stellte einen Fuß auf Guys rechte Hand, um das Schwert am Boden festzunageln, und trat dann mit dem anderen Fuß auf seine linke Schulter. Dann hob er das Schwert, bereit zum Zustoßen.

Die Menge verstummte.

Guy rührte sich nicht.

Langsam senkte Marek sein Schwert, durchtrennte die Riemen von Guys Helm und schob ihn mit der Schwertspitze nach hinten. Guys Kopf war jetzt entblößt. Marek sah, daß er aus dem linken Ohr blutete.

Guy starrte ihn böse an und spuckte aus.

Wieder hob Marek sein Schwert. Wut kochte in ihm, der Schweiß brannte, die Arme schmerzten, sein Blickfeld war rot vor Haß und Erschöpfung. Er spannte die Arme, bereit, das Schwert niedersausen zu lassen und den Kopf vom Rumpf zu trennen.

Guy sah es.

»Gnade!«

Er schrie es, so daß alle es hören konnten.

»Ich flehe um Gnade!« rief Sir Guy. »Im Namen der Heiligen Dreifaltigkeit und der Jungfrau Maria! Gnade! Gnade!«

Die Menge schwieg.

Und wartete.

Marek wußte nicht so recht, was er tun sollte. Irgendwo in seinem Hinterkopf sagte eine Stimme: *Bring den Mistkerl um, sonst bereust du es später.* Er wußte, daß er sich schnell entscheiden mußte; je länger er dastand und Sir Guy nur am Boden festnagelte, um so sicherer würde er die Nerven verlieren.

Er sah zu der Menge hinüber, die sich am Geländer drängte. Keiner rührte sich, alle starrten nur. Er schaute zur Tribüne, wo Lord Oliver im Kreis seiner Damen saß. Auch dort bewegte sich keiner. Lord Oliver war wie erstarrt. Marek schaute zu den Knappen, die sich am Rand des Platzes drängten. Auch die waren starr. Dann hob einer, in einer fast unbewußt wirkenden Bewegung, die Hand und fuhr sich mit dem gestreckten Daumen über den Hals: abschlagen.

Er gibt dir einen guten Rat, dachte Marek.

Aber er zögerte. Es war absolut still auf dem Platz, nur Chris' Würgen und Stöhnen war zu hören. Am Ende war es dieses Würgen, das den Ausschlag gab. Marek stieg von Sir Guy herunter und streckte die Hand aus, um ihm aufzuhelfen.

Sir Guy nahm die Hand und stand auf. Dicht vor Marek stehend, sagte er: »Du Bastard, ich sehe dich in der Hölle wieder«, dann drehte er sich um und ging davon.

31:15:58

Der kleine Bach schlängelte sich durch moosiges Gras und Wildblumen. Chris kniete davor und tauchte den Kopf unter Wasser. Dann richtete er sich prustend und hustend wieder auf. Er sah Marek an, der neben ihm kauerte und ins Nichts starrte.

»Ich habe genug«, sagte Chris. »Ich habe echt genug.«

»Kann ich mir vorstellen.«

»Ich könnte jetzt tot sein«, sagte Chris. »Und das soll ein Sport sein? Weißt du, was das ist? Ein Kamikazerennen auf Pferden. Diese Leute sind *verrückt.*« Er tauchte den Kopf wieder ins Wasser.

»Chris.«

»Ich hasse es, wenn ich kotzen muß. Ich *hasse* es.«

»Chris.«

»Was? Was ist denn jetzt? Willst du mir sagen, daß ich so meine Rüstung rostig mache? Das ist mir scheißegal, André.«

»Nein«, erwiderte Marek. »Ich will dir sagen, daß so dein Filzunterhemd aufquillt, und dann wird es schwierig, die Rüstung abzunehmen.«

»Ach wirklich? Ist mir auch egal. Diese Knappen werden sie schon herunterbekommen.« Chris lehnte sich im Moos zurück und hustete. »O Gott, ich werde diesen Gestank nicht los. Ich muß mich baden oder sonst was.«

Marek saß neben ihm und sagte nichts. Er ließ Chris einfach seinem Ärger Luft machen. Chris' Hände zitterten, während er plapperte. Besser, er redet sich alles von der Seele, dachte Marek.

Auf der Wiese unter ihnen übten Bogenschützen in Kastanienbraun und Grau. Ohne das Getümmel des nahen Turniers zu beachten, schossen sie geduldig auf Ziele, gingen ein paar Schritte zurück und schossen wieder. Es war genauso, wie es in den alten Texten hieß: Die englischen Bogenschützen waren höchst diszipliniert, und sie übten jeden Tag.

»Diese Männer sind die neue militärische Macht«, sagte Marek. »Sie entscheiden jetzt die Schlachten. Schau sie dir an.«

Chris stützte sich auf den Ellbogen. »Du machst Witze«, sagte er. Die Bogenschützen waren jetzt mehr als zweihundert Meter von ihren Zielscheiben entfernt – die Länge von zwei Fußballfeldern. Auf diese Distanz waren sie nur winzige Gestalten – und doch richteten sie zuversichtlich ihre Bogen gen Himmel. »Meinen die das ernst?«

Der Himmel war schwarz vor surrenden Pfeilen. Kurz darauf trafen sie die Zielscheiben oder bohrten sich knapp daneben ins Gras.

»Die meinen es ernst«, sagte Chris.

Eine neue Garbe rauschte durch die Luft. Und noch eine und noch eine. Marek zählte. Drei Sekunden zwischen den Garben. Es stimmt also wirklich, dachte er: Englische Bogenschützen konnten zwanzig Schuß pro Minute abgeben.

»Heranstürmende Ritter halten einem solchen Angriff nicht stand«, sagte er. »Die Pfeile töten Reiter und Pferde. Das ist der Grund, warum die englischen Ritter absteigen, um zu kämpfen. Die Franzosen greifen immer noch auf traditionelle Art an, und deshalb werden sie einfach niedergemetzelt, bevor sie überhaupt in die Nähe der Engländer kommen. Viertausend tote Ritter bei Crécy, noch mehr bei Poitiers. Eine hohe Zahl für diese Zeit.«

»Warum ändern die Franzosen nicht ihre Taktik? Sehen Sie denn nicht, was passiert?«

»Sie sehen es, aber es bedeutet das Ende eines ganzen Lebensstils, eigentlich einer ganzen Kultur«, sagte Marek. »Ritter sind alle von Adel; ihre Art zu leben ist zu teuer für das gemeine Volk. Ein Ritter muß sich seine Rüstung und mindestens drei Schlachtrosse kaufen, und er muß für den Unterhalt seines Gefolges aus Knappen und Bediensteten sorgen. Und diese edlen Ritter waren bis jetzt der entscheidende Faktor in der Kriegsführung. Doch das ist jetzt vorbei.« Er deutete zu den Bogenschützen auf der Wiese. »Diese Männer kommen aus dem einfachen Volk. Sie gewinnen durch Koordination und Disziplin. Für sie geht es nicht um Heldenmut und Tapferkeit. Sie erhalten einen Lohn und tun ihre Arbeit. Aber sie sind die Zukunft der Kriegsführung – bezahlte, disziplinierte, gesichtslose Truppen. Die Ritter sind am Ende.«

»Außer bei den Turnieren«, entgegnete Chris mürrisch.

»Das ist so ziemlich das einzige, was ihnen bleibt. Aber sogar dort macht sich der Wandel bemerkbar. All diese Plattenpanzer über den Kettenhemden – das ist alles wegen der Pfeile. Durch einen ungeschützten Mann geht ein Pfeil glatt durch, und er durchdringt auch ein Kettenhemd. Also brauchen die Männer Plattenpanzer. Und die Pferde ebenfalls. Aber bei einer solchen Garbe ...« Marek deutete zu dem surrenden Regen aus Pfeilen. »Da ist es vorbei.«

Chris warf einen Blick zurück zum Turnierplatz. Und dann sagte er: »Na, wird aber auch langsam Zeit!«

Marek drehte sich um und sah fünf livrierte Pagen, die in Begleitung zweier Wachen in roten und schwarzen Überwürfen auf sie zukamen. »Jetzt komme ich endlich aus diesem verdammten Metall heraus.«

Chris und Marek standen auf, als die Männer sie erreicht hatten. »Ihr habt die Regeln des Turniers verletzt, den edlen Ritter Guy Malegant entehrt und das Wohlwollen Lord Olivers mißbraucht. Ihr seid verhaftet und habt mit uns zu kommen.«

»Moment mal«, sagte Chris. »Wir haben *ihn* entehrt?«

»Ihr habt mit uns zu kommen.«

»Moment mal.«

Der Soldat schlug ihm kräftig auf den Kopf und stieß ihn vorwärts. Marek folgte. Flankiert von den Wachen gingen sie zur Burg.

Kate war noch immer auf dem Turnier und suchte nach Chris und André. Zuerst dachte sie daran, in den Zelten auf der anderen Seite des Turnierplatzes nachzuschauen, aber dort waren nur Männer – Ritter und Knappen und Pferdeknechte –, und deshalb ließ sie es sein. Das hier war eine fremde Welt, Gewalt lag in der Luft, und sie hatte beständig das Gefühl, in Gefahr zu sein. Fast jeder in dieser Welt war jung: Die Ritter, die über den Platz stolzierten, waren Mitte Zwanzig oder Anfang Dreißig, und die Knappen und Burschen waren noch Knaben. Kate war gewöhnlich angezogen und offensichtlich keine Adlige. Wenn man sie einfach davonschleppen und vergewaltigen würde, dachte sie, würde keiner davon Notiz nehmen.

Obwohl es Mittag war, merkte sie, daß sie sich verhielt, wie sie es in New Haven bei Nacht tat. Sie versuchte, nie allein zu sein, sondern sich immer in der Nähe einer Gruppe zu bewegen, und um Ansammlungen von Männern machte sie einen weiten Bogen.

Das Johlen der Menge, die das nächste Ritterpaar anfeuerte, in den Ohren, bahnte sich sich einen Weg hinter die Tribünen. Auch zwischen den Zelten links von ihr keine Spur von Chris oder Marek. Und doch hatten sie den Turnierplatz erst vor wenigen Minuten verlassen. Waren sie in einem der Zelte? Seit einer Stunde hatte sie in ihrem Ohrstöpsel nichts mehr gehört; aber das lag sicher daran, daß Chris und Marek Helme trugen, die die Übertragung blockierten. Aber die Helme hatten sie inzwischen doch bestimmt abgenommen?

Dann endlich entdeckte sie die beiden, ein Stückchen hügelabwärts saßen sie an einem mäandernden Bach.

Sie ging den Hügel hinunter. Ihre Perücke war heiß und kratzig in der Sonne. Vielleicht konnte sie sie abnehmen und ihre Haare einfach unter eine Kappe stecken. Oder vielleicht sollte sie die Haare noch ein bißchen kürzer schneiden, dann würde sie auch ohne Kappe als junger Mann durchgehen.

Könnte interessant sein, dachte sie, für eine Weile ein Mann zu sein.

Gerade überlegte sie, wo sie eine Schere herbekam, als sie die Soldaten sah, die sich Marek und Chris näherten. Sie ging langsamer. Zwar hörte sie noch nichts in ihrem Ohrstöpsel, aber sie war so nahe dran, daß sie eigentlich etwas hören mußte.

War ihr Gerät ausgeschaltet? Das konnte nicht sein. Sie tippte sich ans Ohr.

Sofort hörte sie Chris sagen: »Wir haben *ihn* entehrt?«, und dann etwas, das sie nicht verstand. Die Soldaten schubsten Chris in Richtung Burg. Marek ging neben ihm.

Kate zögerte kurz und folgte ihnen dann.

Castelgard war verlassen, die Läden und Werkstätten geschlossen, und in den leeren Straßen hallten die Schritte. Alle waren beim Turnier, was es Kate viel schwieriger machte, Marek und Chris und den Soldaten zu folgen. Sie mußte weit zurückbleiben und immer warten, bis sie in die nächste Straße einbogen, dann hastete sie ihnen fast im Laufschritt nach, bis sie sie wieder sah und sich erneut hinter einer Ecke verstecken mußte.

Sie wußte, daß ihr Verhalten verdächtig wirkte. Aber es war niemand da, der sie sah. Hoch oben in einem Fenster saß eine alte Frau mit geschlossenen Augen in der Sonne. Aber sie schaute nie nach unten. Vielleicht schlief sie sogar.

Auch die Wiese vor der Burg war verlassen. Die Ritter auf ihren stolzierenden Pferden, die Übungsgefechte, die flatternden Banner, alles war verschwunden. Die Soldaten überquerten die Zugbrücke. Als sie ihnen folgte, hörte sie einen Aufschrei der Menge auf dem Turnierplatz außerhalb der Mauern. Die Wachen drehten sich um und riefen den Soldaten auf der Mauerkrone etwas zu; anscheinend fragten sie, was da unten los war. Die Soldaten hatten den Turnierplatz im Blick, sie riefen etwas herunter. All dies war begleitet von Flüchen, offensichtlich waren Wetten abgeschlossen worden.

In dem Durcheinander konnte sie unbemerkt durchs Tor schlüpfen.

Sie stand in dem kleinen äußeren Burghof. Pferde waren an einem Pfosten angebunden, aber unbewacht. Im Außenhof waren keine Soldaten zu sehen, alle standen oben auf der Mauerkrone und schauten dem Turnier zu.

Marek und Chris waren nirgends zu entdecken. Da Kate nicht wußte, was sie sonst tun sollte, ging sie zur Tür, die in den Festsaal führte. Auf einer Wendeltreppe links davon hörte sie Schritte. Sie stieg die Treppe hoch, immer im Kreis, aber die Schritte wurden schwächer.

Anscheinend waren sie nach unten gegangen, nicht nach oben.

Sie kehrte sofort um. In engen Windungen führte die Treppe nach unten und endete in einem niedrigen, feuchten und modrigen Steinkorridor mit Zellen auf beiden Seiten. Die Türen waren offen, die Zellen alle leer. Irgendwo vor ihr, hinter einer Biegung des Gangs, hallten Stimmen, Metall klirrte.

Sie bewegte sich vorsichtig weiter. Mit Hilfe ihrer Erinnerung an die Ruine, die sie vor wenigen Wochen so sorgfältig erforscht hatte, versuchte sie, im Geiste diesen Burgteil zu rekonstruieren. Aber an diesen Gang konnte sie sich nicht erinnern. Vielleicht war er schon Jahrhunderte zuvor eingestürzt.

Wieder metallisches Klirren und hallendes Gelächter.

Dann Schritte.

Sie brauchte einen Augenblick, bis sie merkte, daß sie auf sie zu kamen.

Marek ließ sich auf das durchweichte, glitschige und faulig stinkende Stroh fallen. Chris rutschte auf dem Matsch aus und stolperte neben ihn. Die Zellentür wurde zugeworfen. Sie befanden sich am Ende eines Gangs mit Zellen auf allen drei Seiten. Durch die Gitterstangen sah Marek, wie die Wachen lachend davongingen. Einer sagte: »He, Paolo, was glaubst du, wo du hingehst? Du bleibst hier und bewachst sie.«

»Warum? Die können doch hier nicht raus. Ich will das Turnier sehen.«

»Es ist deine Wache. Und Lord Oliver will, daß sie bewacht werden.«

Proteste und Flüche waren zu hören. Dann wieder Gelächter und sich entfernende Schritte. Der stämmigere der Wachen kam zurück, starrte sie durch die Gitterstäbe an und fluchte. Er wirkte nicht sehr glücklich – sie waren schuld daran, daß er das Turnier verpaßte. Er spuckte auf den Boden ihrer Zelle und ging dann ein paar Schritte zu einem hölzernen Hocker. Ihn selbst konnte Marek nun nicht mehr sehen, aber seinen Schatten auf der gegenüberliegenden Wand.

Es sah aus, als stocherte er in seinen Zähnen.

Marek stellte sich dicht an die Stangen und versuchte, in die anderen Zellen zu schauen. In der rechten Nachbarzelle konnte er nichts erkennen, aber in der Zelle direkt gegenüber sah er eine Gestalt, die, an die Wand gelehnt, in der Dunkelheit saß.

Als seine Augen sich an das trübe Licht gewöhnt hatten, erkannte er, daß es der Professor war.

30:51:09

Stern saß im privaten Eßzimmer von ITC. Es war ein kleiner Raum mit einem einzigen Tisch. Auf dem weißen Tischtuch standen vier Gedecke. Gordon saß ihm gegenüber und aß hungrig Rühreier mit Schinken. Stern sah zu, wie Gordons Bürstenschnitt auf und nieder wippte, während er Eier mit der Gabel in sich hineinschaufelte. Der Mann aß wirklich schnell.

Draußen stieg die Sonne bereits über den Tafelbergen im Osten in die Höhe. Stern sah auf die Uhr: sechs Uhr morgens. ITC-Techniker ließen auf dem Parkplatz einen Wetterballon steigen; er erinnerte sich, daß Gordon erzählt hatte, jede Stunde werde einer losgeschickt. Der Ballon gewann schnell an Höhe und verschwand in den Wolken. Die Männer machten sich nicht die Mühe, ihm nachzusehen, sondern kehrten zu einem nahen Laborgebäude zurück.

»Wie ist Ihr French Toast?« fragte Gordon und hob den Kopf. »Wollen Sie lieber was anderes?«

»Nein, der ist gut«, antwortete Stern. »Ich bin nur nicht sehr hungrig.«

»Lassen Sie sich von einem alten Militär einen Rat geben«, sagte Gordon. »Essen Sie bei jeder Mahlzeit. Sie wissen nie, wann Sie die nächste bekommen.«

»Da haben Sie sicher recht«, sagte Stern. »Aber ich habe einfach keinen Hunger.«

Gordon zuckte die Achseln und aß weiter.

Ein Mann in gestärkter Kellnerjacke kam ins Zimmer. »Ach, Harold«, sagte Gordon, »haben Sie den Kaffee fertig?«

»Habe ich, Sir«, erwiderte der Mann in der weißen Jacke. »Auch Cappuccino, wenn Ihnen das lieber ist.«

»Ich nehme ihn schwarz.«

»Natürlich, Sir.«

»Was ist mit Ihnen, David?« fragte Gordon. »Kaffee?«

»Mit fettarmer Milch, wenn Sie die haben«, sagte Stern.

»Natürlich, Sir.« Harold entfernte sich.

Stern starrte zum Fenster hinaus. Er hörte, wie Gordons Gabel über den Teller schabte, hörte seine Eßgeräusche. Schließlich sagte er: »Mal sehen, ob ich das richtig verstanden habe. Im Augenblick *können* sie nicht zurückkommen, korrekt?«

»Korrekt.«

»Weil es keinen Landeplatz gibt.«

»Korrekt.«

»Weil der unter Schutt begraben ist.«

»Korrekt.«

»Und wie lange dauert es, *bis* sie zurückkommen können?«

Gordon seufzte. Er schob seinen Stuhl zurück. »Machen Sie sich keine Sorgen, David«, sagte er. »Es kommt alles wieder in Ordnung.«

»Sagen Sie es mir einfach. Wie lange?«

»Na, dann wollen wir doch mal nachzählen. Noch drei Stunden, bis die Luft in der Höhle ausgetauscht ist. Geben wir zur Sicherheit noch eine dazu. Vier Stunden. Dann zwei Stunden, um den Schutt wegzuräumen. Sechs Stunden. Dann müssen wir die Wasserschilde neu aufbauen.«

»Die Wasserschilde neu aufbauen?«

»Drei Abschirmungsringe. Die sind unentbehrlich.«

»Warum?«

»Um das Risiko von Transkriptionsfehlern zu minimieren.«

Stern fragte: »Was genau sind Transkriptionsfehler?«

»Fehler beim Wiederaufbau. Wenn die Person von der Maschine rekonstruiert wird.«

»Sie haben mir gesagt, daß es keine Fehler gibt. Daß Sie exakt rekonstruieren können.«

»Im Grunde genommen, ja. Solange wir die Schilde haben.«

»Und wenn wir keine Schilde haben?«

Gordon seufzte. »Wir *werden* Schilde haben, David.« Er sah auf die Uhr. »Es wäre mir lieber, wenn Sie aufhören würden, sich den

Kopf zu zerbrechen. Es dauert noch mehrere Stunden, bis wir den Transitbereich reparieren können. Sie regen sich unnötig auf.«

»Mir geht einfach der Gedanke nicht aus dem Kopf«, sagte Stern, »daß es doch irgendwas geben muß, das wir tun können. Eine Nachricht schicken, irgendeine Art von Kontakt herstellen ...«

Gordon schüttelte den Kopf. »Nein. Keine Nachricht, kein Kontakt. Es ist einfach nicht möglich. Im Augenblick sind sie völlig von uns abgeschnitten. Und es gibt absolut nichts, was wir dagegen tun können.«

30:40:39

Kate Erickson drückte sich flach an die Wand und spürte den feuchten Stein an ihrem Rücken. Sie war in eine der Zellen geschlüpft, und jetzt wartete sie mit angehaltenem Atem, während die Wachen, die Marek und Chris eingesperrt hatten, an ihr vorbeigingen. Die Wachen lachten, sie schienen guter Stimmung zu sein. Einen der beiden hörte sie sagen: »Sir Oliver war sehr verstimmt über diesen Hainauter, weil er einen Narren aus seinem Stellvertreter gemacht hat.«

»Und der andere war noch schlimmer! Reitet wie ein nasser Sack, aber bricht zwei Lanzen mit Tête Noire!« Gelächter.

»Fürwahr, er hat einen Narren aus Tête Noire gemacht. Und dafür wird Lord Oliver sie köpfen, bevor die Nacht hereinbricht.«

»Wenn ich mich nicht täusche, schlägt er ihnen die Köpfe noch vor dem Festmahl ab.«

»Nein, danach. Dann gibt es mehr Zuschauer.« Wieder Gelächter.

Sie gingen den Korridor entlang, ihre Stimmen wurden schwächer. Bald konnte sie sie kaum mehr hören. Dann kam eine kurze Stille – stiegen sie jetzt die Treppen hoch? Nein, noch nicht. Sie hörte sie noch einmal lachen. Das Lachen dauerte an. Aber es klang merkwürdig, gezwungen.

Irgend etwas stimmte nicht.

Sie horchte angestrengt. Sie sagten etwas über Sir Guy und Lady Claire. Kate konnte es nicht richtig verstehen. Sie hörte: »... arg geplagt von unserer Lady ...« und wieder Gelächter.

Kate runzelte die Stirn.

Ihre Stimmen klangen nicht mehr ganz so schwach.

Nicht gut. Sie kamen zurück.

Warum? dachte sie. Was war da los?

Sie schaute zur Zellentür. Und dort auf dem Steinboden sah sie ihre nassen Fußspuren, die in die Zelle führten.

Ihre Schuhe waren naß vom Gras am Bachufer. Auch die Schuhe aller anderen waren naß, und so verlief in der Mitte des Steinbodens ein nasser, schlammiger Pfad aus vielen Fußabdrücken. Aber ein Abdruckpaar bog ab in ihre Zelle.

Und irgendwie hatten die Männer das bemerkt.

Verdammt.

Eine Stimme: »Wann geht das Turnier zu Ende?«

»Zur None.«

»Wohlan, dann ist es ja bald soweit.«

»Lord Oliver wird sich beeilen zu speisen und sich dann auf den Erzpriester vorbereiten.«

Sie horchte und versuchte, die verschiedenen Stimmen zu zählen. Wie viele Wachen waren es gewesen? Mindestens drei. Vielleicht fünf? Sie hatte zuvor nicht darauf geachtet.

Verdammt.

»Es heißt, der Erzpriester bringt tausend Männer unter Waffen.«

Vor ihrer Tür wanderte ein Schatten über den Boden. Das bedeutete, daß sie jetzt auf beiden Seiten der Zellentür standen.

Was konnte sie tun? Sie wußte nur, daß sie sich auf keinen Fall gefangennehmen lassen durfte. Sie war eine Frau, sie hatte hier nichts zu suchen; sie würden sie vergewaltigen und töten.

Aber, dachte sie, sie wissen nicht, daß ich eine Frau bin. Noch nicht. Vor der Tür war Stille, dann ein Schlurfen. Was würden sie als nächstes tun? Wahrscheinlich einen Mann in die Zelle schicken, während die anderen draußen warteten. Und unterdessen würden die anderen sich bereit machen, würden ihre Schwerter ziehen und sie zum Zuschlagen heben –

Länger konnte sie nicht mehr warten. Sie duckte sich und rannte los.

Als der erste Soldat durch die Tür kam, rammte sie ihn, traf ihn seitlich auf Kniehöhe, und er fiel mit einem Aufschrei der Überraschung und des Schmerzes nach hinten. Die anderen Wachen fluchten, aber sie war bereits durch die Tür, hinter ihr klirrte funkensprühend ein Schwert auf den Boden, und sie rannte den Gang hoch.

»Eine Frau! Eine Frau!«

Sie liefen ihr nach.

Nun war sie auf der Wendeltreppe und lief nach oben. Hinter ihr schepperten Rüstungen, als die Männer ihr im engen Treppenhaus nachsetzten. Aber dann war sie im Erdgeschoß und tat, ohne nachzudenken, das Naheliegende: Sie lief direkt in den Festsaal.

Er war verlassen, die Tische waren für ein Festmahl gedeckt, das Essen aber noch nicht aufgetragen. Sie lief an den Tischen vorbei und suchte nach einem Versteck. Hinter den Wandbehängen? Nein, die hingen zu dicht an der Wand. Unter den Tischen? Nein, dort würden sie zuerst nachsehen. Wo? *Wo?* Plötzlich sah sie den riesigen Kamin, das Feuer loderte immer noch hoch. Gab es nicht einen Geheimgang, der aus dem Saal hinausführte? War der hier oder war der in La Roque? Sie wußte es nicht mehr.

Sie sah sich selbst in Khaki-Shorts, Polohemd und Nike-Turnschuhen, wie sie träge durch die Ruinen schlenderte und sich Notizen machte. Ihre einzige Sorge – falls sie damals überhaupt eine gehabt hatte – war es gewesen, ihre Kollegen zufriedenzustellen.

Sie hätte besser aufpassen sollen.

Die Männer kamen näher. Es blieb keine Zeit mehr. Sie rannte zu dem fast drei Meter hohen Kamin und schlüpfte hinter den großen, halbrunden vergoldeten Schirm. Das Feuer war glühend heiß, Hitzewellen brandeten gegen ihren Körper. Sie hörte die Männer in den Saal kommen, schreiend und suchend liefen sie umher. Sie drückte sich hinter den Schirm, hielt den Atem an und wartete.

Tritte und Stöße, das Scheppern von Geschirr. Die Stimmen der Männer konnte Kate nicht verstehen, sie verschmolzen mit dem Prasseln der Flammen hinter ihr. Ein metallisches Klappern war zu hören, als irgend etwas umfiel, es klang wie ein Fackelständer, etwas Großes.

Sie wartete.

Ein Mann bellte eine Frage, aber sie hörte keine Antwort. Ein anderer rief eine zweite Frage, und diesmal hörte sie eine leise Antwort. Es klang nicht wie ein Mann. Mit wem sprachen sie? Etwa eine Frau? Kate horchte: Ja, es war eine Frauenstimme. Sie war sich ganz sicher.

Noch ein Wortwechsel, und dann das Klirren von Rüstungen, als die Männer aus dem Saal liefen. Kate spähte hinter dem vergoldeten Schirm hervor und sah sie durch die Tür verschwinden.

Sie wartete noch einen Augenblick und kam hinter dem Schirm hervor.

Im Saal stand ein junges Mädchen von zehn oder elf Jahren. Sie hatte ein weißes Tuch um den Kopf gewickelt, so daß nur ihr Gesicht zu sehen war. Sie trug ein locker fallendes, rosafarbenes Kleid, das fast bis zum Boden reichte. Im Arm trug sie einen goldenen Krug, aus dem sie Wasser in die Kelche auf dem Tisch goß.

Das Mädchen begegnete ihrem Blick und starrte sie nur an.

Kate befürchtete, daß sie aufschreien würde, aber sie tat es nicht. Sie sah sie nur einen Augenblick lang neugierig an und sagte dann: »Sie sind nach oben gelaufen.«

Kate drehte sich um und rannte davon.

Durch die hohen Fenster drangen das Schmettern der Trompeten und das Geschrei der Turnierzuschauer in die Zelle zu Marek und Chris. Der Wachsoldat machte ein unglückliches Gesicht, beschimpfte Marek und den Professor und kehrte dann zu seinem Hocker zurück.

Der Professor fragte leise: »Hast du noch einen Marker?«

»Ja«, sagte Marek. »Hast du deinen noch?«

»Nein, ich habe ihn verloren. Ungefähr drei Minuten, nachdem ich hier ankam.«

Der Professor berichtete, er sei in der bewaldeten Ebene in der Nähe des Flusses und des Klosters gelandet. ITC hatte ihm versichert, daß dies ein menschenleerer Fleck sei, aber ideal gelegen. Ohne sich weit von der Maschine zu entfernen, könne er alle wichtigen Orte seiner Ausgrabung sehen.

Was dann passiert war, war reines Pech: Der Professor war genau in dem Augenblick gelandet, als eine Gruppe Holzfäller mit geschulterten Äxten zur Arbeit in den Wald ging.

»Sie sahen die Lichtblitze, und dann sahen sie mich und fielen betend auf die Knie. Erst glaubten sie, sie hätten ein Wunder gesehen. Dann überlegten sie es sich anders, und die Äxte kamen von den Schultern«, sagte der Professor. »Ich dachte, sie würden mich töten, aber zum Glück kann ich Provenzalisch. Ich überzeugte sie, mich zum Kloster zu bringen und die Mönche entscheiden zu lassen, was ich bin.«

Die Mönche nahmen ihn den Holzfällern ab, zogen ihn aus und untersuchten seinen Körper nach Stigmata. »Sie suchten an ziemlich ungewöhnlichen Stellen«, sagte der Professor. »Und deshalb verlangte ich, den Abt zu sehen. Der Abt wollte wissen, wo sich der Geheimgang in La Roque befindet. Ich glaube, er hat ihn Arnaut versprochen. Wie auch immer, ich vermutete, daß er in den Dokumenten des Klosters zu finden sein müsse.« Der Professor grinste. »Ich erklärte mich bereit, seine Pergamente für ihn durchzugehen.«

»Ja?«

»Und ich glaube, ich habe ihn gefunden.«

»Den Geheimgang?«

»Ich glaube schon. Er folgt einem unterirdischen Fluß, das heißt, er muß ziemlich lang sein. Er fängt an einem Ort an, der die grüne Kapelle heißt. Und es gibt einen Schlüssel zum Aufspüren des Eingangs.«

»Einen Schlüssel?«

Die Wache knurrte etwas, und Marek hielt einen Augenblick inne. Chris stand auf und wischte sich feuchtes Stroh von seinen Beinlingen. Er sagte: »Wir müssen hier raus. Wo ist Kate?«

Marek schüttelte den Kopf. Kate war noch frei, außer die Schreie der Wachen, die er im Gang gehört hatte, bedeuteten, daß man sie gefangen hatte. Aber das glaubte er nicht. Wenn er es also schaffte, mit ihr Kontakt aufzunehmen, konnte sie ihnen vielleicht helfen, hier rauszukommen.

Das bedeutete, daß sie irgendwie die Wache überwältigen mußten. Das Problem war, daß es von der Biegung im Gang mindestens zwanzig Meter bis zu dem Hocker waren, auf dem die Wache saß. Es gab also keine Möglichkeit, ihn zu überraschen. Aber wenn Kate in Reichweite ihrer Ohrstöpsel war, dann könnte er –

Chris hämmerte gegen die Gitterstäbe und rief: »He! Wache! Heda!«

Bevor Marek etwas sagen konnte, kam der Wachsoldat in Sicht und sah neugierig Chris an, der einen Arm durch die Stangen gestreckt hatte und ihm winkte. »He, komm her! He! Hierher.«

Die Wache kam heran, schlug gegen Chris Hand, die er noch immer durch die Stangen streckte, und fing plötzlich an zu husten. Chris hatte ihm aus seiner Dose Gas ins Gesicht gesprüht. Der Mann schwankte. Chris packte ihn am Kragen und sprühte ihm ein zweites Mal direkt ins Gesicht.

Der Mann verdrehte die Augen und fiel dann um wie ein Stein. Da Chris ihn noch immer am Kragen gepackt hatte, knallte sein Arm gegen eine Querstange. Er schrie vor Schmerz auf und ließ den Mann los, der nach hinten auf den Steinboden kippte und bäuchlings liegenblieb.

Deutlich außer Reichweite.

»Toll gemacht«, sagte Marek. »Und jetzt?«

»Du könntest mir ja helfen, weißt du«, erwiderte Chris. »Sei nicht so negativ.« Er kniete sich hin, streckte den Arm bis zur Achsel durch die Stange und bewegte tastend die Hand. Mit ausgestreckten Fingern konnte er den Fuß des Wachpostens fast erreichen. Fast, aber nicht ganz. Fünfzehn Zentimeter bis zur Sohle seines Schuhs. Chris streckte sich ächzend. »Wenn wir irgendwas hätten – einen Stecken oder einen Haken –, etwas, mit dem wir ihn heranziehen …«

»Das würde nichts bringen«, sagte der Professor aus der anderen Zelle.

»Warum nicht?«

Der Professor kam nach vorne ins Licht und schaute durch die Stangen. »Weil er den Schlüssel nicht hat.«

»Er hat den Schlüssel nicht? Wo ist er?«

»Er hängt an der Wand«, sagte der Professor und deutete den Korridor hinunter.

»Ach, Scheiße«, sagte Chris.

Die Hand des Soldaten auf dem Boden zuckte. Ein Bein ebenfalls. Er wachte auf.

Voller Panik fragte Chris: »Und was machen wir jetzt?«

Marek fragte: »Kate, bist du da?«

»Ich bin hier.«

»Wo?«

»Am anderen Ende des Gangs. Ich bin zurückgekommen, weil ich mir dachte, daß sie hier nie nach mir suchen.«

»Kate«, sagte Marek, »komm her. Schnell.«

Marek hörte Schritte, als Kate auf sie zurannte.

Der Soldat hustete, drehte sich auf den Rücken und stützte sich auf den Ellbogen. Er sah den Korridor hinunter und fing dann hastig an aufzustehen.

Er war schon auf Händen und Knien, als Kate ihn gegen den Kopf trat, so daß der Kopf nach hinten kippte und er wieder zu Boden fiel. Aber er war nicht bewußtlos, nur benommen. Er rappelte sich wieder hoch und schüttelte den Kopf.

»Kate«, sagte Marek. »Die Schlüssel.«

»Wo?«

»An der Wand.«

Sie wandte sich von dem Soldaten ab, nahm die Schlüssel, die an einem schweren Ring hingen, und ging damit zu Mareks Zelle. Sie steckte einen Schlüssel ins Schloß und versuchte ihn zu drehen, aber er bewegte sich nicht.

Grunzend warf der Soldat sich auf sie und riß sie von der Zelle weg. Eine Weile wälzten sie sich auf dem Boden. Kate war viel kleiner als er. Er hatte sie sehr schnell am Boden festgenagelt.

Marek griff mit beiden Händen durch die Stangen, zog den Schlüssel aus dem Schloß und probierte einen anderen. Auch der paßte nicht.

Nun saß der Soldat rittlings auf Kate und würgte sie mit beiden Händen.

Marek probierte einen dritten Schlüssel. Kein Glück. Noch sechs andere Schlüssel hingen an dem Ring.

Kate lief bereits blau an. Ihr Atem kam rasselnd, keuchend. Sie schlug dem Mann mit den Fäusten auf die Arme, aber die Schläge waren wirkungslos. Sie boxte ihn zwischen die Beine, aber sein Überwurf schützte ihn.

Marek rief: »Messer! Messer!«, aber sie schien ihn nicht zu verstehen. Marek probierte den nächsten Schlüssel. Noch immer kein

Erfolg. Aus der gegenüberliegenden Zelle rief Johnston dem Soldaten etwas auf französisch zu.

Der Mann hob den Kopf und knurrte eine Erwiderung, und in diesem Augenblick zog Kate ihren Dolch und rammte ihm dem Mann mit all ihrer Kraft gegen die Schulter. Doch die Klinge konnte das Kettenhemd nicht durchdringen. Sie versuchte es noch einmal und noch einmal. Wütend fing der Mann an, ihren Kopf auf den Steinboden zu schlagen, damit sie das Messer fallenließ.

Marek probierte einen weiteren Schlüssel.

Er drehte sich mit lautem Quietschen.

Der Professor schrie, Chris schrie, und Marek stieß die Tür auf. Der Soldat drehte sich zu ihm um, ließ Kate los und stand auf. Hustend schwang sie das Messer gegen seine ungeschützten Beine und er schrie vor Schmerz auf. Marek schlug ihm zweimal mit aller Kraft auf den Kopf. Der Mann fiel zu Boden und rührte sich nicht mehr.

Chris sperrte die Zellentür des Professors auf. Kate stand auf, und langsam kehrte die Farbe in ihr Gesicht zurück.

Marek hatte den weißen Keramikmarker aus der Tasche gezogen und hielt den Daumen über den Knopf. »Okay. Jetzt sind wir endlich alle zusammen.« Er sah sich den Leerraum zwischen den Zellen an. »Ist genug Platz? Können wir die Maschinen hierher rufen?«

»Nein«, sagte Chris. »Wir brauchen zwei Meter ringsherum, weißt du noch?«

»Wir müssen irgendwohin, wo es mehr Platz gibt«, sagte der Professor und wandte sich an Kate. »Weißt du, wie wir hier rauskommen?«

Kate nickte. Sie rannten den Korridor hinunter.

30:21:02

Während Kate die anderen die Wendeltreppe hochführte, war sie plötzlich von neuer Zuversicht erfüllt. Der Kampf mit der Wache hatte sie irgendwie befreit; das Schlimmstmögliche war passiert, und sie hatte es überlebt. Obwohl es in ihrem Kopf pochte, fühlte sie sich jetzt freier und klarer als zuvor. Nun war auch die Erinnerung an ihre Forschungsarbeit zurückgekehrt: Sie wußte wieder, wie die Gänge verliefen.

Sie erreichten das Erdgeschoß und sahen auf den Burghof hinaus. Es war noch bevölkerter, als sie erwartet hatte. Viele Soldaten waren zu sehen, und auch Ritter in voller Rüstung und Höflinge in feinen Kleidern, die alle vom Turnier zurückkehrten. Es mußte gegen drei Uhr nachmittags sein; noch erstrahlte der Hof im Nachmittagslicht, aber die Schatten wurden bereits länger.

»Wir können nicht da raus«, sagte Marek kopfschüttelnd.

»Keine Angst.« Sie führte sie die Treppe hoch ins Obergeschoß und dann schnell in einen Gang mit Fenstern auf der Außen- und Türen an der Innenseite. Sie wußte, daß sich hinter diesen Türen kleine Gemächer für Familienangehörige oder Gäste befanden.

Hinter ihr sagte Chris: »Ich war schon mal hier.« Er deutete auf eine der Türen. »Das ist Claires Zimmer.«

Marek schnaubte. Kate ging weiter. Am anderen Ende des Gangs bedeckte ein Teppich die linke Wand. Sie hob ihn hoch – er war überraschend schwer – und glitt dann, die Steine abtastend, an der Wand entlang. »Ich bin mir ziemlich sicher, daß er hier ist«, sagte sie.

»Ziemlich sicher, daß was hier ist?« fragte Chris.

»Der Gang, der uns in den hinteren Burghof führt.«

Sie hatte das Ende der Wand erreicht, aber eine Tür hatte sie nicht gefunden. Und wenn sie jetzt an der Wand entlangschaute, mußte sie zugeben, daß es auch nicht aussah, als wäre hier irgendwo eine Tür. Die Steine waren gleichmäßig und glatt mit Mörtel verfugt. Die Wand war plan, ohne Ein- oder Ausbuchtungen. Es gab keinen Hinweis auf nachträgliche oder kürzlich hinzugefügte Veränderungen. Als sie die Wange an die Wand legte und entlangspähte, wirkte sie wie aus einem Stück.

Irrte sie sich?

War es die falsche Stelle?

Sie konnte sich nicht irren. Die Tür mußte hier irgendwo sein. Sie ging zurück und tastete noch einmal die Steine ab. Als sie die Tür schließlich fand, war es reiner Zufall. Sie hörte Stimmen vom anderen Ende des Gangs, Stimmen, die aus dem Treppenhaus kamen, und als sie sich umdrehte, streifte ihr Fuß einen Stein am Sockel der Mauer.

Sie spürte, wie der Stein sich bewegte.

Mit einem leisen metallischen Klicken öffnete sich direkt vor ihr eine Tür. Nun konnte sie sehen, daß die Maurer den Spalt mit erstaunlichem Geschick versteckt hatten.

Sie drückte die Tür auf. Alle gingen hindurch, Marek als letzter, und als er die Tür hinter sich schloß, hing der Teppich wieder glatt an der Wand.

Sie befanden sich in einem dunklen, schmalen Gang. Durch kleine Schlitze, die im Abstand von ein paar Metern in die Wand eingelassen waren, fiel ein schwaches Licht, so daß keine Fackeln nötig waren.

Als Kate in den Ruinen von Castelgard diesen Gang in ihre Burgkarte eingezeichnet hatte, hatte sie sich gefragt, warum er überhaupt existierte. Er schien völlig nutzlos zu sein. Aber jetzt, da sie hier war, begriff sie seinen Zweck.

Das war kein Gang, um von einem Raum in einen anderen zu kommen. Es war ein Geheimgang, von dem aus man in die Gemächer im Obergeschoß spähen konnte.

Sie bewegten sich leise vorwärts. Aus einem angrenzenden Zimmer hörte Kate Stimmen: eine Frauen- und eine Männerstimme.

Als sie zu den kleinen Gucklöchern kamen, blieben sie alle stehen und lugten hindurch.

Von Chris kam ein Seufzen, das fast ein Aufstöhnen war.

Zuerst sah Chris nur die Silhouetten eines Mannes und einer Frau vor einem hellen Fenster. Es dauerte einen Augenblick, bis seine Augen sich an das Licht gewöhnt hatten. Dann erkannte er Lady Claire und Sir Guy. Sie hielten sich an den Händen, berührten sich vertraut. Er küßte sie leidenschaftlich, sie hatte die Arme um seinen Hals gelegt und erwiderte den Kuß mit ähnlichem Feuer.

Chris starrte nur hin.

Nun trennten sich die Liebenden, und Guy sprach zu ihr, während sie ihm tief in die Augen schaute. »Mylady«, sagte er, »Euer öffentliches Gebaren und Eure barsche Unhöflichkeit verleiten viele dazu, mich hinter meinem Rücken auszulachen und mich der Unmännlichkeit zu zeihen, weil ich Euch solche Beleidigungen durchgehen lasse.«

»Aber es muß so sein«, sagte sie. »Um unser beider willen. Dies wißt Ihr sehr genau.«

»Doch hätte ich es gern, wenn Ihr es nicht gar so heftig treiben würdet.«

»Ach so. Und wie denn dann? Wollt Ihr das Vermögen aufs Spiel setzen, das wir beide erstreben? Es gibt auch anderes Gerede, guter Ritter, das wißt Ihr nur zu gut. Solange ich mich der Heirat widersetze, teile ich den Verdacht, den viele hegen: daß Ihr beim Tod meines Gatten eine Hand im Spiel hattet. Doch wenn Lord Oliver mir diese Heirat aufzwingt, trotz aller meiner Gegenwehr, dann kann mir niemand mangelnde Achtung vor dem Toten vorwerfen. Habe ich recht?«

»Ihr habt recht«, erwiderte er und nickte unglücklich.

»Doch wie anders wären die Umstände, wenn ich Euch meine Gunst bezeugen würde«, fuhr sie fort. »Dieselben Zungen, die jetzt lästern, würden bald flüstern, daß auch ich Anteil hatte am unzeitigen Tod meines Gatten, und solche Gerüchte würden sehr schnell die Familie meines Gatten in England erreichen. Schon jetzt trachten sie danach, mir seine Ländereien wieder wegzunehmen. Es fehlt ihnen nur noch ein Vorwand dazu. Deshalb hat Sir Daniel ein wachsames Auge auf alles, was ich tue. Guter Ritter, mein Ruf als Frau ist schnell besudelt und dann nicht wiederherzustellen. Unsere einzige Sicherheit liegt in meiner unbeugsamen Feindseligkeit Euch gegenüber, und deshalb bitte ich Euch, ertragt, was Euch jetzt auch bekümmern mag, und denkt statt dessen an die winkende Belohnung.«

Chris blieb der Mund offen stehen. Sie legte die gleiche innige Vertraulichkeit an den Tag – die tiefen Blicke, die sanfte Stimme, das zärtliche Streicheln im Genick –, die sie auch bei ihm benutzt hatte. Er hatte es als Zeichen dafür genommen, daß er sie verführt hatte. Aber jetzt war klar, daß sie ihn verführt hatte.

Sir Guy war verdrossen, trotz ihrer Zärtlichkeiten. »Und Euer Besuch im Kloster? Ich hätte es gern, wenn Ihr nicht mehr dorthin geht.«

»Wie das? Seid Ihr eifersüchtig auf den Abt, Mylord?« fragte sie neckisch.

»Ich sage nur, ich hätte es gern, wenn Ihr nicht mehr dorthin geht«, erwiderte er stur.

»Und doch tat ich es aus wichtigem Grund, denn wer das Geheimnis von La Roque kennt, hat Sir Oliver in der Hand. Er muß tun, was man von ihm verlangt, will er das Geheimnis erfahren.«

»Wie wahr, Mylady, und doch habt Ihr das Geheimnis nicht erfahren«, sagte Sir Guy. »Kennt der Abt es denn?«

»Ich habe den Abt nicht gesehen«, erwiderte sie. »Er war unterwegs.«

»Und der Magister behauptet, er kenne es nicht.«

»Ja, das behauptet er. Doch ich will den Abt noch einmal fragen, vielleicht morgen.«

Es klopfte an der Tür, eine gedämpfte männliche Stimme war zu hören. Beide drehten sich um. »Das muß Sir Daniel sein«, sagte er.

»Schnell, Mylord, in Euer Versteck.«

Sir Guy ging hastig zu der Wand, hinter der sie lauerten, zog einen Teppich beiseite, und dann mußten sie entsetzt zusehen, wie er eine Tür öffnete und direkt neben ihnen in den schmalen Gang trat. Sir Guy starrte sie einen Augenblick lang an und schrie dann: »Die Gefangenen! Alle entkommen! Die Gefangenen!«

Der Schrei wurde aufgenommen von Lady Claire, die nach Soldaten rief.

Im Gang sagte der Professor zu den anderen: »Wenn wir getrennt werden, geht zum Kloster. Sucht Bruder Marcel. Er hat den Schlüssel zum Geheimgang. Okay?«

Bevor einer etwas erwidern konnte, stürzten Soldaten in den Gang. Chris spürte, wie Hände ihn am Arm packten und ihn grob davonzerrten.

Sie waren wieder gefangen.

30:10:55

Eine einsame Laute spielte in der Halle, während die Diener die Speisen auftrugen. Lord Oliver und Sir Robert hielten ihre Mätressen an den Händen, tanzten nach dem Takt, den der Zeremonienmeister durch Klatschen vorgab, und lächelten begeistert. Als Lord Oliver nach einigen Schritten eine Drehung machte, um sich seiner Partnerin zuzuwenden, mußte er feststellen, daß sie ihm noch den Rücken zukehrte. Oliver fluchte.

»Nur eine Winzigkeit, Mylord«, sagte der Zeremonienmeister hastig und mit gefrorenem Lächeln. »Wenn Euer Gnaden sich erinnern wollen, es geht vorwärts-zurück, vorwärts-zurück, Drehung, zurück, und Drehung, zurück. Wir haben eine Drehung ausgelassen.«

»Ich habe keine Drehung ausgelassen«, sagte Oliver.

»In der Tat, Mylord, das habt Ihr nicht«, sagte Sir Robert sofort. »Es war ein Schnörkel in der Musik, der diese Verwirrung verursacht hat.« Er warf dem Jungen, der die Laute spielte, einen bösen Blick zu.

»Nun denn.« Oliver nahm seine Position wieder ein und streckte dem Mädchen die Hand hin. »Wie geht es?« fragte er. »Vorwärts-zurück, vorwärts-zurück, Drehung, zurück ...«

»Sehr gut«, sagte der Zeremonienmeister lächelnd und klatschte wieder den Takt. »Genau, jetzt habt Ihr's ...«

Die Musik hörte auf. Lord Oliver drehte sich verärgert um und sah Sir Guy mit Wachen, die den Professor und einige andere umringten. »Was ist denn jetzt?«

»Mylord, es scheint, der Magister hat Gefährten.«

»Äh? Was für Gefährten?«

Lord Oliver ging zu der Gruppe. Er sah den Hainauter, den törichten Iren, der nicht reiten konnte, und eine kleine, aber trotzig dreinblickende Frau. »Was für Gefährten sind das?«

»Mylord, sie behaupten, die Gehilfen des Magisters zu sein.«

»Gehilfen?« Oliver hob eine Augenbraue und musterte die Gruppe. »Mein lieber Magister, als Ihr sagtet, daß Ihr Gehilfen hättet, war mir nicht klar, daß sie sich bereits mit Euch hier in der Burg befanden.«

»Ich wußte es selbst nicht«, sagte der Professor.

Lord Oliver schnaubte. »Ihr könnt keine Gehilfen sein.« Er schaute von einem zum anderen. »Ihr seid um zehn Jahre zu alt. Und heute morgen hörte ich von Euch kein Wort, daß Ihr den Magister kennt... Ihr sprecht nicht wahr. Keiner von Euch.« Er schüttelte den Kopf und wandte sich an Sir Guy. »Ich glaube ihnen nicht, aber ich werde die Wahrheit herausfinden. Doch nicht jetzt. Bringt Sie ins Verlies.«

»Mylord, sie waren im Verlies, als sie entkamen.«

»Sie entkamen? Wie?« Er hob ungeduldig die Hand. »Was ist unser sicherster Ort?«

Robert de Kere kam zu ihm und flüsterte ihm ins Ohr.

»Mein Turmzimmer? Wo ich meine teure Alice verwahre?« Oliver lachte auf. »Das ist in der Tat sicher. Ja, sperrt sie dort ein.«

»Wie Ihr befehlt, Mylord«, sagte Sir Guy.

»Diese ›Gehilfen‹ werden meine Gewähr für das Wohlverhalten ihres Herrn sein.« Oliver lächelte düster. »Ich glaube, Magister, Ihr werdet noch lernen, mit mir zu tanzen.«

Die drei jungen Leute wurden grob davongezerrt. Lord Oliver wedelte mit der Hand, und der Lautenspieler und der Zeremonienmeister entfernten sich mit einer stummen Verbeugung. Die Frauen ebenfalls. Sir Robert blieb noch zurück, aber nach einem scharfen Blick von Sir Oliver verließ er ebenfalls den Saal.

Jetzt waren nur noch die Diener anwesend, die die Tische deckten. Ansonsten war alles still im Saal.

»Nun, Magister, was für ein Spiel ist dies?«

»Gott ist mein Zeuge, sie sind wirklich meine Gehilfen, wie ich Euch sagte«, erwiderte der Professor.

»Gehilfen? Einer ist ein Ritter.«

»Er steht in meiner Schuld, und deshalb dient er mir.«

»Ach so? Warum steht er in Eurer Schuld?«

»Ich rettete seinem Vater das Leben.«

»In der Tat?« Oliver ging um den Professor herum. »Wie habt Ihr es gerettet?«

»Mit Arzneien.«

»Woran litt er?«

Der Professor tippte sich ans Ohr und sagte: »Mylord Oliver, wenn Ihr Euch versichern wollt, laßt sofort den Ritter Marek zurückbringen, und er wird Euch sagen, was ich jetzt sage, daß ich seinen Vater rettete, der an der Wassersucht litt, mit dem Kraut Arnika, und daß dies passierte in Hampstead, einem Weiler nahe London, im Herbst des letzten Jahres. Laßt ihn holen, und fragt ihn.«

Oliver sagte nichts.

Er starrte den Professor nur an.

Das Schweigen wurde unterbrochen von einem Mann in weißbepuderter Tracht, der von einer Nebentür her sagte: »Mylord.«

Oliver wirbelte herum. *»Was ist denn jetzt schon wieder?«*

»Mylord, eine Raffinesse.«

»Eine Raffinesse? Nun gut – aber schnell.«

»Mylord«, sagte der Mann, verbeugte sich und schnippte gleichzeitig mit den Fingern. Zwei Jungen kamen mit einem Tablett auf den Schultern herbeigeeilt.

»Mylord, die erste Raffinesse – Kaldaunen.«

Auf dem Tablett lagen helle Darmschlingen, Hoden und Penis eines großen Tiers. Oliver ging um das Tablett herum und sah sich alles genau an.

»Die Innereien eines Ebers, wie frisch erlegt und geschlachtet«, sagte er nickend. »Sehr überzeugend.« Er wandte sich an den Professor. »Gefällt Euch die Arbeit meiner Küche?«

»Sie gefällt mir sehr, Mylord. Die Raffinesse zeugt von Tradition und handwerklichem Können. Vor allem die Hoden sind sehr gut gemacht.«

»Vielen Dank, Sir«, sagte der Koch mit einer Verbeugung. »Sie bestehen aus erhitztem Zucker und Dörrpflaumen, wenn es beliebt. Und der Darm besteht aus aneinandergereihten Früchten mit einer Panade aus Ei und Bier und dann Honig.«

»Gut, gut«, sagte Sir Oliver. »Trägst du das vor dem zweiten Gang auf?«

»Das werde ich, Lord Oliver.«

»Und was ist mit der anderen Raffinesse?«

»Marzipan, Mylord, gefärbt mit Löwenzahn und Safran.« Der Koch verbeugte sich und winkte, und zwei andere Jungen kamen mit einem weiteren Tablett herbeigelaufen. Darauf stand ein riesiges Modell der Festung von Castelgard, die Mauern über eineinhalb Meter hoch und von einem hellen Gelb, das der Farbe des realen Vorbilds entsprach. Die Nachbildung war exakt bis ins kleinste Detail, sogar winzige Fahnen wehten auf den zuckrigen Zinnen.

»*Elégant!* Gut gemacht!« rief Oliver. Er freute sich wie ein kleines Kind und klatschte vor Vergnügen in die Hände. »Ich bin sehr zufrieden.«

Er wandte sich an den Professor und deutete auf das Modell. »Ihr wißt, daß der Schurke Arnaut schnell gegen unsere Burg vorrückt und ich mich gegen ihn verteidigen muß?«

Johnston nickte. »Das weiß ich, ja.«

»Was ratet Ihr mir, wie soll ich meine Truppen in Castelgard verteilen?«

»Mylord«, sagte Johnston. »Ich würde Castelgard überhaupt nicht verteidigen.«

»Oh? Warum sagt Ihr das?« Oliver ging zu einem Tisch, nahm einen Kelch und goß sich Wein ein.

»Wie viele Soldaten brauchtet Ihr, um die Burg den Gascognern abzunehmen?«

»Fünfzig oder sechzig, mehr nicht.«

»Dann habt Ihr Eure Antwort.«

»Aber wir haben nicht direkt angegriffen. Wir haben List und Durchtriebenheit benutzt.«

»Und der Erzpriester wird das nicht tun?«

»Er mag es versuchen, aber wir sind darauf gefaßt. Wir werden auf seinen Angriff vorbereitet sein.«

»Vielleicht«, sagte Johnston und drehte sich um. »Vielleicht auch nicht.«

»Dann seid Ihr also doch ein Seher ...«

»Nein, Mylord, ich kann nicht in die Zukunft schauen. Diese Fähigkeit habe ich nicht. Ich gebe Euch nur meinen Rat als Mann. Und ich sage Euch, der Erzpriester wird nicht weniger listenreich sein als Ihr.«

Oliver runzelte die Stirn und trank in mürrischem Schweigen. Dann schien er plötzlich den Koch und die Jungen mit den Tabletts wieder zu bemerken, die alle stumm dastanden. Er winkte sie davon. Als sie sich entfernten, rief er ihnen nach: »Achtet mir gut auf diese Raffinessen. Es darf ihnen nichts geschehen, bis die Gäste sie sehen.« Gleich darauf waren sie wieder allein. Er wandte sich an Johnston und deutete auf die Wandbehänge. »Und auch dieser Burg nicht.«

»Mylord«, sagte Johnston, »Ihr müßt diese Burg gar nicht verteidigen, da Ihr doch eine andere und viel bessere habt.«

»Hä? Ihr sprecht von La Roque? Aber La Roque hat eine Schwäche. Es gibt dort einen Geheimgang, den ich nicht finden kann.«

»Und woher wißt Ihr, daß dieser Gang überhaupt existiert?«

»Er muß existieren«, sagte Oliver, »weil der alte Laon der Baumeister von La Roque war. Ihr kennt Laon? Nein? Er war der Abt des Klosters vor dem gegenwärtigen Abt. Dieser alte Bischof war sehr gerissen, und immer wenn man ihn beim Umbau einer Stadt, einer Burg oder einer Kirche um Hilfe bat, hinterließ er ein Geheimnis, das nur er kannte. Jede Burg hat einen unbekannten Gang oder eine unbekannte Schwäche, die Laon einem Angreifer verkaufen konnte, falls es nötig sein sollte. Der alte Laon hatte ein scharfes Auge für die Interessen der Mutter Kirche – und noch ein viel schärferes für seine eigenen.«

»Und doch«, erwiderte Johnston, »wenn niemand weiß, wo dieser Gang sich befindet, ist es gut möglich, daß er gar nicht existiert. Es gibt auch noch andere Überlegungen, Mylord. Wie viele Soldaten habt Ihr gegenwärtig hier?«

»Zweihundertzwanzig bewaffnete Reiter, zweihundertfünfzig Bogenschützen und zweihundert Pikeniere.«

»Arnaut hat doppelt so viele«, sagte Johnston. »Vielleicht noch mehr.«

»Glaubt Ihr?«

»Er ist zwar in der Tat nicht besser als ein gemeiner Dieb, aber jetzt ist er ein berühmter Dieb, weil er gen Avignon marschiert und vom Papst verlangt, daß er mit seinen Männern speise und dann noch zehntausend Livres zahle, damit er die Stadt nicht zerstöre.«

»Wahrhaftig?« fragte Lord Oliver und machte ein besorgtes Gesicht. »Das habe ich noch nicht gehört. Natürlich gibt es Gerüchte, daß Arnaut vorhat, gen Avignon zu marschieren, vielleicht schon nächsten Monat. Und alle glauben, daß er den Papst bedrohen wird. Aber er hat es noch nicht getan.« Er runzelte die Stirn. »Oder doch?«

»Ihr sprecht wahr, Mylord«, erwiderte Johnston sofort. »Ich wollte damit sagen, daß die Kühnheit seines Vorhabens täglich neue Soldaten an seine Seite zieht. Inzwischen hat er eintausend in seiner Kompanie. Vielleicht schon zweitausend.«

Oliver schnaubte. »Ich fürchte mich nicht.«

»Natürlich nicht«, sagte Johnston, »aber diese Burg hat einen flachen Graben, nur eine einzige Zugbrücke, nur ein einzelnes Tor, keine Fallgrube und nur ein einziges Fallgitter. Euer Schutzwall im Osten ist niedrig. Lagerplatz für Nahrung und Wasser habt Ihr nur für ein paar Tage. Eure Garnison drängt sich in den kleinen Höfen, und Eure Männer sind nicht leicht zu manövrieren.«

Darauf erwiderte Oliver: »Ich sage Euch, mein Schatz ist hier, und ich werde hier bei ihm bleiben.«

»Und ich rate Euch«, sagte Johnston, »nehmt mit, was Ihr könnt, und brecht auf. La Roque steht auf einer Anhöhe, mit steilen Felshängen auf zwei Seiten. Auf der dritten Seite hat es einen tiefen Graben, und es hat zwei Tore, zwei Fallgitter, zwei Zugbrücken. Auch wenn die Angreifer es schaffen, durch das äußere Tor einzudringen –«

»Ich kenne die Vorzüge von La Roque!«

Johnston hielt inne.

»Und ich will Eure abscheulichen Belehrungen nicht hören!«

»Wie Ihr wollt, Lord Oliver.« Und dann sagte Johnston: »Ah.«

»Ah? *Ah?*«

»Mylord«, sagte Johnston, »ich kann Euch kein Berater sein, wenn Ihr mir ausweicht.«

»Ausweichen? Ich weiche Euch nicht aus, Magister. Ich spreche offen und ehrlich und halte nichts zurück.«

»Wie viele Männer habt Ihr in La Roque?«

Oliver wand sich. »Dreihundert.«

»Dann ist Euer Schatz bereits in La Roque.«

Lord Oliver sah ihn mißtrauisch an. Er sagte nichts, ging um Johnston herum und sah ihn noch einmal argwöhnisch an. Dann sagte er: »Ihr drängt mich, dorthin zu gehen, indem Ihr meine Ängste schürt.«

»Das tue ich nicht.«

»Ihr wollt, daß ich nach La Roque gehe, weil Ihr wißt, daß diese Burg eine Schwäche hat. Ihr seid eine Kreatur Arnauts, und Ihr bereitet ihm den Weg für seinen Angriff.«

»Mylord«, sagte Johnston, »wenn La Roque so minderwertig ist, wie Ihr sagt, warum habt Ihr dann Euren Schatz dort versteckt?«

Oliver schnaubte mißmutig. »Ihr seid geschickt mit Worten.«

»Mylord, Eure eigenen Taten sagen Euch, welche Burg die bessere ist.«

»Nun gut. Aber Magister, wenn ich nach La Roque gehe, geht Ihr mit mir. Und wenn ein anderer den geheimen Eingang findet, bevor Ihr ihn mir verraten habt, werde ich selbst dafür sorgen, daß Ihr sterbt auf eine Art, die Edwards Ende« – er lachte über seinen Witz – »als Freundlichkeit erscheinen läßt.«

»Ich verstehe, was Ihr meint«, sagte Johnston.

»Ihr versteht? Dann nehmt es Euch zu Herzen.«

Chris Hughes blickte zum Fenster hinaus.

Zwanzig Meter unter ihm lag der Burghof im Schatten. Männer und Frauen in Festkleidung strömten zu den hell erleuchteten Fenstern des Festsaals. Schwach war Musik zu hören. Der festliche Anblick machte ihn noch niedergeschlagener, er kam sich noch einsamer und verlassener vor. Sie sollten alle drei umgebracht werden – und es gab nichts, was sie dagegen tun konnten.

Ihr Gefängnis war eine kleine Kammer hoch oben im Hauptturm der Burg, mit Blick auf die Burgmauern und die Stadt dahinter. Es war das Zimmer einer Frau, mit einem Spinnrad und einem Altar auf der einen Seite, oberflächlichen Zeichen der Frömmigkeit und Demut, die jedoch förmlich erdrückt wurden von dem riesigen Bett mit roten Samtbezügen und Pelzbesatz in der Mitte des Zimmers. Die Tür bestand aus massiver Eiche und besaß ein neues Schloß. Sir Guy hatte die Tür eigenhändig verschlossen, nachdem er eine Wache im Zimmer, auf einem Hocker neben der Tür, und zwei draußen postiert hatte.

Diesmal gingen sie kein Risiko ein.

Marek saß auf dem Bett und starrte gedankenverloren ins Leere. Vielleicht lauschte er aber auch, er hatte sich eine Hand ans Ohr gelegt. Kate ging unterdessen ruhelos von einem Fenster zum anderen und verglich die Ausblicke. Am hintersten Fenster beugte sie sich hinaus, schaute nach unten, kehrte dann zum Fenster zurück, an dem Chris stand, und beugte sich auch hier hinaus.

»Der Ausblick hier ist auch nicht anders«, sagte Chris. Ihre Ruhelosigkeit irritierte ihn.

Dann sah er, daß sie mit der Hand die Außenmauer neben dem Fenster abtastete und die Beschaffenheit von Steinen und Mörtel prüfte.

Er sah sie fragend an.

»Vielleicht«, sagte sie mit einem Nicken. »Vielleicht.«

Chris streckte nun ebenfalls die Hand hinaus und tastete die Mauer ab. Sie war gerundet, fast glatt und fiel senkrecht zum Burghof hin ab.

»Soll das ein Witz sein?«

»Nein«, sagte sie, »absolut nicht.«

Er schaute noch einmal hinaus. Im Hof waren neben den Höflingen noch viele andere zu sehen. Einige Burschen scherzten und lachten, während sie Rüstungen polierten und die Pferde der Ritter versorgten. Rechts patroullierten Soldaten auf der Mauerkrone. Es konnte leicht passieren, daß einer sich umdrehte und hochschaute, falls ihre Bewegungen ihm ins Auge fielen.

»Man wird dich sehen.«

»An diesem Fenster, ja. Am anderen nicht. Unser einziges Problem ist der da.« Sie nickte in Richtung der Wache neben der Tür. »Könnt ihr mir nicht irgendwie helfen?«

Marek, der noch immer auf dem Bett saß, sagte: »Ich kümmere mich darum.«

»Was soll denn das?« sagte Chris sehr verärgert. Er sprach laut. »Mir traust du das wohl nicht zu, was?«

»Nein, das tue ich nicht.«

»Verdammt, ich lasse mich von dir nicht länger so behandeln«, sagte Chris. Er schien wütend und auf der Suche nach einer Möglichkeit, Dampf abzulassen. Schließlich packte er den kleinen Hocker neben dem Spinnrad und stürzte damit auf Marek zu.

Die Wache sah es, rief hastig: *»Non, non, non«* und eilte zu Chris. Der Mann merkte überhaupt nicht, daß Marek hinter ihn trat und ihm einen metallenen Kerzenhalter über den Kopf zog. Er sackte zusammen, und Marek fing ihn auf und ließ ihn sachte zu Boden gleiten. Blut quoll aus dem Kopf des Mannes auf einen orientalischen Teppich.

»Ist er tot?« fragte Chris und starrte Marek an.

»Ist doch egal«, sagte Marek. »Red einfach leise weiter, damit die draußen unsere Stimmen hören.«

Sie drehten sich um, aber Kate war bereits verschwunden.

Ist auch nichts anderes als Freeclimbing, sagte sich Kate, die zwanzig Meter über dem Boden an der Mauer hing.

Der Wind fuhr ihr in die Kleider und zerrte an ihr. Mit den Fingerspitzen klammerte sie sich an kleinen Mörtelvorsprüngen fest. Manchmal zerbröckelte der Mörtel, und sie mußte nachgreifen. Doch ab und zu fand sie Kerben im Mörtel, die so groß waren, daß sie ihre Fingerspitzen hineinstecken konnte.

Sie hatte schon höhere Schwierigkeitsgrade gemeistert. Jedes Gebäude in Yale war schwieriger, allerdings hatte sie dort Kreide für die Hände, richtige Kletterschuhe und eine Sicherheitsleine gehabt. Hier war sie ungesichert.

Sie war zum westlichen Fenster hinausgeklettert, weil es sich im Rücken der Wachen befand, weil es zur Stadt hinausging und so die Wahrscheinlichkeit geringer war, daß man sie vom Hof aus sah, und weil es von dort aus die kürzeste Entfernung zum nächsten Fenster war – dem Fenster am Ende des Gangs, der an ihrer Kammer vorbeiführte.

Es ist nicht weit, sagte sie sich. Nur nichts überstürzen. Keine Eile. Eine Hand, dann ein Fuß ... die nächste Hand ...

Fast da, dachte sie.

Fast da.

Dann berührte sie den steinernen Fenstersims und fand ihren ersten sicheren Handhalt. Sie zog sich einhändig hoch und spähte vorsichtig in den Gang.

Keine Wachen.

Der Gang war leer.

Kate zog sich mit beiden Händen hoch, schwang sich auf den Sims und ließ sich drinnen zu Boden gleiten. Jetzt stand sie im Gang vor der verschlossenen Tür. »Geschafft«, sagte sie leise.

Marek fragte: »Wachen?«

»Nein, aber auch kein Schlüssel.«

Sie untersuchte die Tür. Sie war dick, massiv.

»Scharniere?« fragte Marek.

»Ja. Außen.« Sie bestanden aus schwerem Schmiedeeisen. Kate wußte, was Marek von ihr wissen wollte. »Ich sehe die Stifte.« Wenn sie die Stifte aus den Scharnieren stemmen konnte, wäre die Tür leicht aufzubrechen. »Aber ich brauche einen Hammer oder was Ähnliches. Hier ist nichts, was ich benutzen kann.«

»Such dir etwas«, sagte Marek leise.

Sie lief den Gang hinunter.

»De Kere«, sagte Lord Oliver, als der Ritter mit der Narbe ins Zimmer kam. »Der Magister rät mir, ich soll nach La Roque umziehen.«

De Kere nickte wissend. »Das hieße, viel riskieren, Sire.«

»Und das Risiko, wenn ich bleibe?«

»Wenn der Rat des Magisters aufrichtig und gut und ohne finstre Absicht ist, warum verstellten sich dann seine Gehilfen, als sie das erste Mal an Euren Hof kamen? Eine solche Verstellung ist kein Zeichen von Aufrichtigkeit, Mylord. Ich rate Euch, laßt sie zuerst ihr Verhalten rechtfertigen, bevor Ihr Vertrauen setzt in diesen neuen Magister und seinen Rat.«

»So sei es«, sagte Oliver. »Bringt mir auf der Stelle die Gehilfen, und wir werden sie fragen, was Ihr wissen wollt.«

»Mylord.« De Kere verbeugte sich und verließ das Zimmer.

Kate kam aus dem Treppenhaus und mischte sich unter die Menge im Burghof. Irgendwo mußte sie den Werkzeugkasten eines Schreiners auftreiben, den Hammer eines Schmieds oder vielleicht einige der Werkzeuge, die zum Beschlagen von Pferden benutzt wurden. Links von ihr liefen einige Burschen mit Pferden, und sie folgte ihnen. In dem aufgeregten Getümmel achtete niemand auf sie. Mühelos schaffte sie es bis zur östlichen Mauer und überlegte gerade, wie sie die Burschen ablenken konnte, als sie direkt vor sich einen Ritter sah, der bewegungslos dastand und sie anstarrte.

Robert de Kere.

Ihre Blicke trafen sich kurz, dann drehte sie sich um und rannte los. Hinter sich hörte sie de Kere nach Hilfe rufen und von ringsumher die Antwortrufe von Soldaten. Sie zwängte sich durch die Menge, die plötzlich ein Hindernis darstellte, Hände, die nach ihr griffen, an ihren Kleidern zerrten. Es war wie ein Alptraum. Um der Menge zu entkommen, lief sie durch die nächstliegende Tür und knallte sie hinter sich zu.

Sie fand sich in der Küche wieder.

Der Raum war entsetzlich heiß und noch überfüllter als der Hof. Riesige eiserne Kessel simmerten über der gigantischen Feuerstelle. Ein Dutzend Kapaune drehten sich auf Spießen, die Kurbel wurde von einem Jungen gedreht. Sie blieb stehen, weil sie nicht so recht wußte, was sie tun sollte, und in diesem Augenblick kam de Kere durch die Tür, fauchte *»Du!«* und schwang sein Schwert.

Sie duckte sich und krabbelte zwischen den Tischen hindurch, auf denen Speisen vorbereitet wurden. Das Schwert sauste auf einen Tisch, Geschirr hüpfte klappernd. Die Köche fingen an zu schreien. Sie sah ein riesiges Modell der Burg aus einer Art Kuchenteig und stürzte darauf zu. De Kere war direkt hinter ihr.

Die Köche riefen: *»Non,* Sir Robert, *non!«* in einem Chor, der aus jeder Ecke der Küche kam, und einige Männer waren so bestürzt, daß sie sich ihm in den Weg stellten.

De Kere holte wieder aus. Kate duckte sich, und das Schwert schlug der Burg die Zinnen ab. Weißer Puderzucker staubte hoch. Die Köche kreischten entsetzt auf und fielen von allen Seiten über de Kere her. Das sei Lord Olivers Lieblingsstück, schrien sie, er habe es gutgeheißen und Sir Robert dürfe keinen weiteren Schaden anrichten. Robert wälzte sich auf dem Boden, fluchte und versuchte, sie abzuschütteln.

In dem Durcheinander lief sie wieder zur Tür hinaus ins Nachmittagslicht.

Rechts sah sie die geschwungene Mauer der Kapelle, die eben repariert wurde. Eine Leiter lehnte an der Wand, und oben am Dach, wo Ziegel ersetzt werden mußten, war ein provisorisches Gerüst zu sehen.

Kate wollte weg von den vielen Menschen. Sie wußte, daß es auf der anderen Seite der Kapelle einen schmalen Durchgang zwischen der Kapelle und der Außenwand des Burgturms gab. Wenn sie dorthin gelangte, wäre sie wenigstens weg von der Menge. Als sie auf den Durchgang zulief, hörte sie hinter sich de Kere, der die Küche ebenfalls wieder verlassen hatte, einigen Soldaten etwas zurufen. Sie lief schnell, um ein wenig Abstand zu gewinnen. Kaum war sie um die Ecke der Kapelle gebogen und drehte sich um, sah sie, daß Soldaten in der anderen Richtung um die Kapelle herumliefen; sie wollten ihr offenbar am Ende des Durchgangs den Weg abschneiden.

Befehle bellend kam Sir Robert um die Ecke – und blieb abrupt stehen. Seine Soldaten ebenfalls, und alle murmelten verwirrt.

Sie starrten in den nur gut einen Meter breiten Durchgang zwischen Kapelle und Burg. Der Durchgang war leer. Am anderen Ende tauchten Soldaten auf und starrten sie ebenfalls an.

Die Frau war verschwunden.

Kate hing in drei Meter Höhe an der Kapellenwand, halb verborgen von der verzierten Einfassung des Kapellenfensters und dicken Efeuranken. Dennoch wäre sie zu sehen gewesen, wenn jemand hochgeschaut hätte. Aber es war dunkel im Durchgang, und keiner hob den Kopf. Sie hörte de Kere wütend schreien: »Geht zu den anderen Gehilfen und bringt sie um, aber sofort!«

Die Soldaten zögerten. »Aber Sir Robert, sie sind die Gehilfen des Magisters von Lord Oliver –«

»Und Lord Oliver selbst befiehlt es. Bringt sie alle um!«

Die Soldaten rannten davon und verschwanden in der Burg.

De Kere fluchte. Er redete mit einem Soldaten, aber sie flüsterten. In Kates Ohrstöpsel rauschte es, und sie konnte nichts verstehen. Im Grunde genommen war sie sowieso überrascht, daß sie so viel hatte verstehen können.

Wie kam das? Eigentlich war sie zu weit weg, um de Kere so deutlich zu hören. Doch seine Stimme war klar, fast wie verstärkt. Vielleicht die Akustik im Durchgang...

Als sie nach unten schaute, sah sie, daß einige Soldaten zurückgeblieben waren. Sie konnte nicht wieder nach unten klettern. Also beschloß sie, aufs Dach zu steigen, bis alles etwas ruhiger geworden war. Das Dach der Kapelle lag noch im Sonnenlicht: ein schlichter, ziegelgedeckter Spitzgiebel mit kleinen Lücken, wo Reparaturen durchgeführt wurden. Die Dachneigung war ziemlich steil. Kate kauerte sich auf die Traufe und sagte leise: »André.«

Ein Knistern. Sie meinte, Mareks Stimme zu hören, aber die Übertragung war ziemlich schlecht.

»André, sie kommen, um euch zu töten.«

Keine Antwort, nur statisches Rauschen.

»André?«

Keine Antwort.

Vielleicht störten all die Mauern um sie herum die Übertragung, und sie beschloß, es auf der Dachspitze zu versuchen. Den Lücken ausweichend, kletterte sie die steile Schräge hoch. Unter jeder Reparaturstelle hatte der Maurer eine kleine Plattform errichtet, mit einem Mörteltrog und einem kleinen Stapel Ziegeln. Das Zwitschern von Vögeln ließ Kate innehalten. Sie sah, daß bei diesen Reparaturstellen tatsächlich Löcher im Dach waren, und –

Ein Kratzen ließ sie hochschauen. Sie sah einen Soldaten über den Dachfirst kommen. Er hielt inne und schaute zu ihr herunter.

Dann ein zweiter Soldat.

Deshalb hatte de Kere also geflüstert: Er hatte sie doch an der Mauer entdeckt und Soldaten auf der anderen Seite die Leiter hochgeschickt.

Im Durchgang waren ebenfalls Soldaten. Sie starrten zu ihr hoch.

Jetzt schwang der erste Soldat das Bein über den First und kam auf sie zu.

Nun blieb ihr nur noch eins übrig. Das Loch im Dach war einen guten halben Meter im Quadrat. Sie sah den Dachstuhl und etwa drei Meter darunter das Steingewölbe der Kapellendecke. Eine Art hölzerner Laufsteg lief über die Gewölbebögen.

Kate kroch durch das Loch und ließ sich auf die Gewölbedecke fallen. Der säuerliche Gestank von Staub und Vogelkot stieg ihr in die Nase. Überall waren Nester, entlang der flachen Stege, in allen Ecken und Trägerverbindungen. Sie duckte sich, als ein paar Spatzen zwitschernd an ihr vorbeiflogen. Und plötzlich war sie umringt von einem Wirbelwind aus lärmenden Vögeln und fliegenden Federn. Es waren Hunderte in diesem Dachgestühl, wie sie jetzt erkannte, und sie hatte sie aufgestört. Einige Sekunden lang konnte sie nichts tun als die Arme vors Gesicht schlagen und still dastehen.

Als sie wieder hochsah, flatterten nur noch ein paar Vögel umher. Und die zwei Soldaten kamen durch Löcher im Dach geklettert.

Schnell ging sie auf dem Laufsteg zu einer Tür an der Stirnseite, die wahrscheinlich in die Kirche führte. Doch kurz darauf öffnete sich diese Tür und ein dritter Soldat erschien.

Drei gegen eine.

Auf dem Steg, der über die Wölbungen der Kuppeln führte, wich sie zurück. Die anderen Soldaten kamen auf sie zu. Sie hatten ihre Dolche gezogen. Und Kate machte sich keine Illusionen, was sie vorhatten.

Sie wich weiter zurück.

Ihr fiel ein, wie sie unter dieser Decke gehangen hatte und die vielen Risse und die Reparaturen der Jahrhunderte untersucht hatte. Jetzt stand sie auf ebendieser Struktur. Der Steg deutete darauf hin, daß die gemauerten Bögen selbst schwach waren. Wie schwach? Würden sie ihr Gewicht tragen? Die Männer kamen immer näher.

Vorsichtig trat sie auf eine der Kuppeln und prüfte ihre Tragfähigkeit. Dann stellte sie ihr ganzes Gewicht darauf.

Die Kuppel hielt.

Die Soldaten kamen noch immer näher, aber sie bewegten sich langsam. Die Vögel wurden plötzlich wieder aktiv, kreischend flogen sie auf wie eine Wolke. Die Soldaten bedeckten ihre Gesichter. Spatzen flatterten so nahe an Kate vorbei, daß ihre Flügel ihr Gesicht streiften. Sie wich weiter zurück, ihre Füße knirschten auf der dicken, vertrockneten Kotschicht.

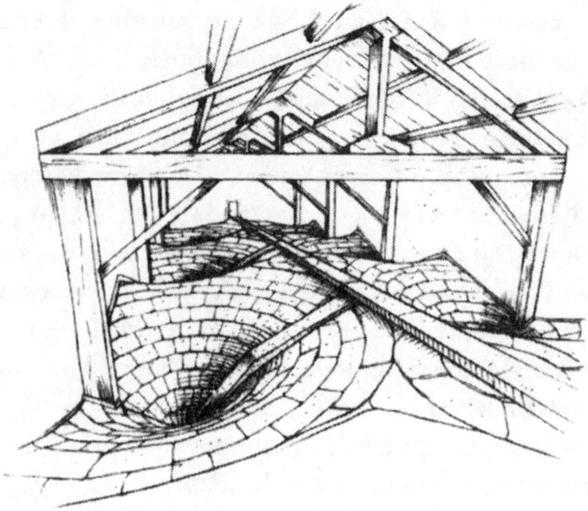

Sie stand jetzt auf einer Reihe von Kuppeln und Vertiefungen, mit dickeren Steinrippen, wo die Bögen sich in der Mitte trafen. Langsam bewegte sie sich auf die Rippen zu, weil sie wußte, daß diese tragfähiger waren. Auf ihnen entlangbalancierend, gelangte sie zum entfernten Ende der Kapelle, wo sie eine kleine Tür sah. Die Tür führte wahrscheinlich ins Kapelleninnere, vermutlich kam sie hinter dem Altar heraus.

Einer der Soldaten lief den Steg entlang und trat dann auf die Wölbung eines Bogens. Offenbar wollte er ihr den Weg abschneiden. In seiner ausgestreckten Hand blitzte ein Messer.

Sie duckte sich und täuschte ein Ausweichen an, aber der Soldat blieb einfach stehen. Ein zweiter lief zu ihm. Der dritte Soldat war hinter ihr. Auch er trat auf die Kuppel.

Sie bewegte sich nach rechts, aber die zwei Männer kamen direkt auf sie zu. Der dritte näherte sich von hinten.

Die zwei Soldaten vor ihr waren nur noch wenige Meter entfernt, als sie plötzlich ein lautes Krachen wie von einem Schuß hörte. Sie schaute nach unten und sah, daß sich im Mörtel zwischen den Steinen ein gezackter Riß öffnete. Die Soldaten hasteten zurück, aber der Riß weitete und verzweigte sich wie ein Baum. Die Risse liefen zwischen den Beinen der Männer hindurch, und sie starrten sie entsetzt an. Dann lösten sich die Steine unter ihren Füßen, und sie stürzten laut schreiend in die Tiefe.

Kate sah sich nach dem dritten Soldaten um, der, als er zum Steg zurücklaufen wollte, ausrutschte und hinfiel. Er landete mit einem dumpfen Schlag, und Kate sah sein verängstigtes Gesicht, als er auf dem Gewölbe lag und spürte, wie ein Stein nach dem anderen unter ihm nachgab. Und dann verschwand er mit einem langen Entsetzensschrei.

Plötzlich war sie allein.

Kate stand auf der Gewölbedecke, um sie herum kreischten die Vögel. Sie hatte Angst, sich zu bewegen, und so stand sie einfach da und versuchte, ihre Atmung zu beruhigen. Aber sie war okay.

Alles war okay.

Dann hörte sie ein einzelnes Krachen.

Dann wieder nichts. Sie wartete.

Noch einmal ein Krachen. Und diesmal spürte sie es, direkt unter ihren Füßen. Die Steine bewegten sich. Als sie nach unten schaute, sah sie, daß der Mörtel aufplatzte und die Risse sich in alle Richtungen von ihr weg verzweigten. Schnell wich sie nach links aus, auf eine der stabileren Rippen, aber es war zu spät.

Ein Stein löste sich, und ihr Fuß krachte durch das Loch. Sie sackte bis zur Taille durch, warf dann ihren Oberkörper flach auf die Kuppel und breitete die Arme aus, um ihr Gewicht zu verteilen. Einige Sekunden lang lag sie keuchend so da. *Ich habe ihm gesagt, daß es eine schlechte Konstruktion ist*, dachte sie.

Einen Moment lang wartete sie ab und überlegte sich, wie sie aus diesem Loch wieder herauskam.

Sie versuchte, ihren Körper zu winden –

Krach.

Direkt vor ihr öffnete sich ein weiterer Riß im Mörtel, und mehrere Steine lösten sich. Dann spürte sie, wie die Decke auch unter ihrem Oberkörper nachgab, und in einem Augenblick schrecklicher Gewißheit wurde ihr klar, daß auch sie in die Tiefe stürzen würde.

Im roten Plüschzimmer im Turm wußte Chris nicht so recht, was er in seinem Ohrstöpsel gehört hatte. Es klang, als hätte Kate gesagt: »Sie kommen, um euch zu töten.« Und dann noch etwas anderes, das er nicht verstand, bevor das statische Rauschen überhandnahm.

Marek hatte die hölzerne Truhe neben dem kleinen Altar geöffnet und wühlte darin herum. »Komm schon, hilf mir.«

»Was ist denn?« fragte Chris.

»Oliver hält sich in diesem Zimmer seine Geliebte«, sagte Marek. »Ich wette, daß er hier irgendwo auch eine Waffe hat.«

Chris ging zu einer zweiten Truhe am Fuß des Betts und öffnete sie. Sie schien angefüllt zu sein mit Bettlaken, Roben und seidener Wäsche. Suchend warf er alles in die Luft, die Stücke flatterten neben ihm zu Boden.

Eine Waffe fand er nicht.

Nichts.

Er sah Marek an. Der stand inmitten eines Haufens Kleider und schüttelte den Kopf.

Keine Waffe.

Im Gang polterten die Schritte von Soldaten, die auf ihre Tür zugelaufen kamen. Und jetzt drang durch die Tür das metallische Sirren, mit dem sie ihre Schwerter aus den Scheiden zogen.

29:10:24

Ich kann Ihnen Coke anbieten, Diet Coke, Fanta oder Sprite«, sagte Gordon. Sie standen vor einem Getränkeautomaten im Gang zu den ITC-Laboren. Gordon klimperte mit Kleingeld in seiner Hand.

»Ich nehme ein Coke«, sagte Stern.

Die Dose schepperte in den Entnahmeschacht. Stern nahm sie und riß die Lasche auf. Gordon drückte sich ein Sprite. »Es ist wichtig, in der Wüste genug Flüssigkeit zu sich zu nehmen«, sagte er. »Wir haben Luftbefeuchter im Gebäude, aber die funktionieren nicht sonderlich gut.«

Sie gingen den Korridor entlang.

»Ich dachte mir, daß Sie das vielleicht sehen wollen«, sagte Gordon und öffnete die Tür zu einem Labor. »Auch wenn es nur noch von historischem Interesse ist. Das ist das Labor, in dem wir die Technologie zum ersten Mal demonstriert haben.«

Das Labor war ein großer, unordentlicher Raum. Der Boden war belegt mit grauen antistatischen Matten, die Decke unverkleidet, so daß nackte indirekte Beleuchtungskörper und metallene Führungsschienen zu sehen waren, von denen dicke Kabel wie Nabelschnüre zu Computern auf diversen Tischen liefen. Auf einem Tisch standen zwei winzige käfigähnliche Vorrichtungen, jede etwa dreißig Zentimeter hoch. Sie waren gut einen Meter voneinander entfernt und mit einem Kabel verbunden.

»Das ist Alice«, sagte Gordon stolz und zeigte auf den ersten Käfig. »Und das ist Bob.«

Stern wußte, daß Quantentransmitter traditionell »Alice« und »Bob« oder »A« und »B« genannt wurden. Er betrachtete die kleinen Käfige. In einem lehnte eine Kinderpuppe aus Plastik, ein Siedlermädchen in einem karierten Kleid.

»Hier wurde die erste Übertragung durchgeführt«, sagte Gordon. »Wir haben erfolgreich die Puppe zwischen den Käfigen hin und her geschickt. Das war vor vier Jahren.«

Stern nahm die Puppe zur Hand. Es war nur ein billiges Ding, er sah die Plastiknähte seitlich an Gesicht und Körper. Die Augen öffneten und schlossen sich, als er die Puppe auf und ab kippte.

»Wissen Sie«, sagte Gordon, »unser erstes Ziel war es, die Übertragung makroskopischer Objekte zu perfektionieren. Dreidimensionales Faxen. Sie wissen vielleicht, daß daran großes Interesse bestand.«

Stern nickte; er hatte von den Forschungen auf diesem Gebiet gehört. Allerdings hatte er keine Ahnung, wie weit diese schon gediehen waren.

»Stanford hatte das früheste Projekt«, fuhr Gordon fort. »Und auch im Silicon Valley wurde heftig daran gearbeitet. Der Ausgangspunkt war, daß in den letzten zwanzig Jahren die Dokumentenübertragung rein elektronisch geworden war – mit Fax oder mit E-Mail. Man muß jetzt kein Papier mehr verschicken, man schickt nur noch elektrische Signale. Viele Leute hatten den Eindruck, daß man früher oder später alle Objekte auf diese Art verschicken würde. Man bräuchte dann zum Beispiel keine Möbel mehr zu transportieren, man könnte sie einfach von einer Station zur anderen übertragen. Solche Sachen.«

»Wenn man dazu in der Lage ist.«

»Ja. Solange wir nur mit einfachen Gegenständen arbeiteten, waren wir dazu in der Lage. Das machte uns Mut. Aber natürlich reicht es nicht, zwischen zwei Stationen zu übertragen, die mit Kabeln verbunden sind. Wir müssen über größere Entfernungen übertragen, durch die Luft sozusagen. Also haben wir das versucht. Hier.«

Er ging zu zwei anderen Käfigen, die etwas größer und komplexer waren. Sie ähnelten bereits den Käfigen, die Stern im Transitbereich gesehen hatte. Zwischen diesen Käfigen gab es keine Verbindungskabel.

»Alice und Bob, Teil zwei«, sage Gordon. »Oder Allie und Bobbie, wie wir sie nannten. Das war unser Prüfstand für die drahtlose Übertragung.«

»Und?«

»Hat nicht funktioniert. Wir haben von Allie losgeschickt, aber bei Bobbie nie was bekommen. Kein einziges Mal.«

Stern nickte langsam. »Weil das Objekt aus Allie in ein anderes Universum verschwand.«

»Ja. Natürlich wußten wir das nicht von Anfang an«, sagte Gordon. »Ich meine, das war die theoretische Erklärung, aber wer hätte vermutet, daß es tatsächlich passierte? Wir brauchten verdammt lange, bis wir darauf kamen. Schließlich bauten wir eine Heimkehrmaschine, eine die rausgeht und automatisch wieder zurückkommt. Das Team nannte sie ›Allie Allie-kommt-zurück‹. Sie steht da drüben.«

Ein weiterer, noch größerer Käfig, knapp einen Meter hoch und schon fast identisch mit den Käfigen, die jetzt benutzt wurden. Die gleichen drei Röhren, das gleiche Laserarrangement.

»Und?« fragte Stern.

»Wir konnten nachweisen, daß das Objekt hinausging und wieder zurückkehrte. Also schickten wir komplexere Dinge. Bald schafften wir es, eine Kamera zu schicken und mit einem Foto zurückzubekommen.«

»Ja?«

»Es war ein Bild der Wüste. Von genau diesem Gelände. Aber bevor hier irgendwelche Gebäude standen.«

Stern nickte. »Konnten Sie das Bild datieren?«

»Nicht gleich«, sagte Gordon. »Wir haben immer und immer wieder Kameras losgeschickt, bekamen aber nichts anderes als Bilder der Wüste. Manchmal im Regen, manchmal im Schnee, auch tagsüber, auch nachts, aber immer Wüste. Sie kamen eindeutig aus verschiedenen Zeiten – aber was für Zeiten? Die Datierung der Bilder war ziemlich schwierig. Ich meine, wie würden Sie eine Kamera einsetzen, um die Abbildung einer solchen Landschaft zu datieren?«

Stern runzelte die Stirn. Er erkannte das Problem. Die meisten alten Fotos ließen sich anhand menschlicher Artefakte datieren – ein Gebäude, ein Auto, Kleidung oder Ruinen. Aber eine unbewohnte Wüste in New Mexico änderte sich in Tausenden, vielleicht sogar Hunderttausenden von Jahren kaum.

Gordon lächelte. »Wir legten die Kamera auf den Rücken und benutzten ein Fischaugenobjektiv. Und fotografierten den Himmel bei Nacht.«

»Aha.«

»Natürlich funktioniert es nicht immer – es mußte Nacht und der Himmel wolkenlos sein –, aber wenn man genug Planeten auf dem Bild hat, kann man den Himmel ziemlich genau datieren. Bis aufs Jahr, den Tag und die Stunde genau. Und so fingen wir an, unsere Navigationstechnologie zu entwickeln.«

»Das ganze Projekt änderte also die Richtung …«

»Ja. Wir wußten natürlich, was wir hatten. Wir machten keine Objektübertragungen mehr – es hatte keinen Sinn, das länger zu versuchen. Wir transportierten zwischen Universen.«

»Und wann haben Sie angefangen, Leute zu schicken?«

»Noch eine ganze Weile nicht.«

Gordon führte ihn um eine Wand aus elektronischen Geräten herum in einen anderen Teil des Labors. Und dort sah Stern riesige, von der Decke hängende, wassergefüllte Plastiktanks, die ein bißchen wie auf den Kopf gestellte Wasserbetten aussahen. In der Mitte stand ein normal großer Käfig, zwar noch nicht ganz so ausgereift wie die im Transitraum, aber eindeutig dieselbe Technologie.

»Das war unsere erste echte Maschine«, sagte Gordon stolz.

»Moment mal«, sagte Stern. »Funktioniert das Ding?«

»Ja, natürlich.«

»Ich meine, funktioniert es jetzt?«

»Es wurde zwar eine ganze Weile nicht mehr benutzt«, sagte Gordon. »Aber ich kann mir gut vorstellen, daß es funktioniert. Warum?«

»Wenn ich zurückgehen und ihnen helfen wollte«, sagte Stern, »dann könnte ich – es in dieser Maschine tun? Habe ich recht?«

»Ja.« Gordon nickte langsam. »Sie könnten in dieser Maschine zurückgehen, aber –«

»Hören Sie, ich glaube, die anderen sind in ihrer Zeit in ernsten Schwierigkeiten – oder noch Schlimmeres.«

»Wahrscheinlich. Ja.«

»Und Sie sagen mir, daß wir eine Maschine haben, die funktioniert«, sagte Stern, »und zwar jetzt im Augenblick.«

Gordon seufzte. »Ich fürchte, es ist ein bißchen komplizierter als das, David.«

29:10:00

Kate fiel wie in Zeitlupe, als die Deckensteine unter ihr nachgaben. Im letzten Moment schlossen sich ihre Finger um die schartige Mörtelkante, mit der Übung vieler Jahre krallte sie sich daran fest, und der Mörtel hielt. An einer Hand hängend, sah sie zu, wie die Steine in einer Staubwolke auf den Boden der Kapelle krachten. Was mit den Soldaten passiert war, konnte sie nicht sehen.

Sie hob die andere Hand und bekam die Steinkante zu fassen. Die Steine konnten jeden Augenblick losbrechen, das wußte sie. Die ganze Decke bröckelte. Die größte Tragfähigkeit besaß die verstärkte Rippe, wo die Bögen zusammenstießen. Dort oder an der Seitenwand der Kapelle, die aus vertikal geschichteten Steinen bestand.

Sie wollte versuchen, zur Seitenwand zu kommen.

Der Stein löste sich, und sie hing wieder allein an der linken Hand. Sie griff mit der Rechten über die Linke, und zwar so weit es irgendwie ging, um wiederum ihr Gewicht zu verteilen.

Jetzt brach der Stein unter ihrer linken Hand los und fiel zu Boden. Erneut baumelte sie in der Luft, fand aber gleich einen anderen Handhalt. Sie war nur noch einen knappen Meter von der Seitenwand entfernt, und die Steine des Gewölbes waren – so knapp vor der Vereinigung mit der Wand – merklich dicker. Die Kante, an der sie sich festklammerte, fühlte sich stabiler an.

Unter sich hörte sie Soldaten, die schreiend in die Kapelle gelaufen kamen. Es würde nicht lange dauern, bis sie mit Pfeilen nach ihr schossen.

Sie versuchte, das linke Bein hochzuschwingen. Je mehr sie ihr Gewicht verteilen konnte, um so sicherer hing sie. Sie schaffte es, das Bein auf die Kante zu legen, und die Decke hielt. Indem sie den Oberkörper verdrehte, konnte sie sich ihrer ganzen Länge nach auf die Kante hieven, dann zog sie ihr zweites Bein nach. Die ersten Pfeile pfiffen an ihr vorbei; andere krachten gegen Stein und wirbelten feine Staubfahnen hoch. Jetzt lag sie flach auf dem Deckengewölbe.

Aber hier konnte sie nicht bleiben. Sie rollte sich von der Kante weg, auf die Rippe zu. Und im Rollen spürte sie, wie weitere Steine wegbrachen.

Die Soldaten hörten auf zu schreien. Vielleicht hatten die fallenden Steine einen von ihnen getroffen, dachte sie. Aber nein: Offenbar liefen sie hastig aus der Kirche. Draußen hörte sie Männer rufen und Pferde wiehern.

Was war da los?

Im Turmzimmer hörte Chris das Kratzen des Schlüssels im Schloß. Die Soldaten draußen hielten inne und riefen durch die Tür – riefen der Wache im Zimmer etwas zu.

Unterdessen suchte Marek wie ein Verrückter. Er kniete auf dem Boden und schaute unter dem Bett nach. »Ich hab was!« rief er. Als er aufstand, hielt er ein Breitschwert und einen langen Dolch in den Händen. Er warf Chris den Dolch zu.

Wieder riefen die Soldaten draußen die Wache im Zimmer. Marek ging zur Tür und bedeutete Chris, sich an die andere Seite zu stellen.

Chris drückte sich neben der Tür flach an die Wand. Es waren viele Stimmen da draußen. Sein Herz fing an zu hämmern. Es hatte ihn schockiert, wie Marek den Wachposten getötet hatte.

Sie kommen, um euch zu töten.

Immer wieder hörte er die Worte in seinem Kopf, und das alles kam ihm irgendwie unwirklich vor. Es schien ihm einfach nicht möglich, daß bewaffnete Männer vor der Tür standen, um ihn zu töten.

In der Behaglichkeit der Bibliothek hatte er Berichte über vergangene Grausamkeiten gelesen, über Morde und Gemetzel. Er hatte Beschreibungen gelesen von Straßen, die glitschig waren vom Blut, von Soldaten, die von Kopf bis Fuß rot getränkt waren, von

Frauen und Kindern, die trotz ihres inständigen Flehens bestialisch abgeschlachtet wurden. Aber irgendwie hatte Chris immer angenommen, diese Geschichten seien übertrieben und grell ausgemalt. An der Universität war es Mode gewesen, Dokumente ironisch zu interpretieren, von der Naivität des Erzählens zu reden, vom Kontext des Textes, von der Privilegierung der Macht... Ein theoretisches Posieren, das aus der Geschichte ein cleveres intellektuelles Spiel machte. Chris beherrschte das Spiel sehr gut, aber beim Spielen hatte er irgendwie den Bezug zu einer unmittelbareren Wirklichkeit verloren – daß nämlich die alten Texte grausige Geschichten und gewalttätige Episoden erzählten, die allzuoft durchaus der Wahrheit entsprachen. Er hatte den Bezug dazu verloren, daß er *Geschichte* las.

Bis jetzt, denn nun wurde es ihm mit Gewalt bewußt gemacht.

Der Schlüssel drehte sich im Schloß.

Marek auf der anderen Seite der Tür hatte das Gesicht zu einer blutrünstigen Grimasse verzerrt – er bleckte die Zähne wie ein Tier beim Angriff, dachte Chris. Mareks Körper war aufs äußerste angespannt, als er sein Schwert zum Zuschlagen hob. Zum Töten.

Die Tür sprang auf und nahm Chris die Sicht. Dann aber sah er Marek weit ausholen, er hörte einen Schrei, ein mächtiger Blutschwall spritzte zu Boden, und eine Leiche kippte hinterher.

Die Tür prallte schmerzhaft gegen seinen Körper und drückte ihn gegen die Wand. Auf der anderen Seite krachte ein Mann dagegen und stöhnte auf, als ein Schwert sich splitternd ins Holz bohrte. Chris versuchte, hinter der Tür hervorzukommen, aber der Mann fiel zu Boden und versperrte ihm den Weg.

Vorsichtig stieg er über die Leiche, und die Tür knallte gegen die Wand, als Marek sein Schwert gegen einen weiteren Angreifer schwang. Ein dritter Soldat taumelte unter dem Hieb und fiel Chris vor die Füße. Sein Überwurf war blutdurchtränkt, aus seiner Brust sprudelte Blut wie aus einer Quelle. Chris bückte sich, um dem Mann das Schwert abzunehmen. Als er daran zog, packte der Mann es fest und grinste Chris an. Doch es war nur ein kurzer Moment, dann erschlaffte er und ließ das Schwert los, so daß Chris gegen die Wand taumelte.

Der Mann am Boden sah ihn immer noch an. Sein Gesicht verzerrte sich zu einer Grimasse der Wut – und erstarrte dann.

O Gott, dachte Chris, *er ist tot.*

Plötzlich kam rechts von ihm ein weiterer Soldat ins Zimmer und stürzte sich mit dem Rücken zu Chris sofort auf Marek. Ihre Schwerter klirrten, sie kämpften verbissen. Aber der Mann hatte Chris nicht bemerkt, und Chris hob sein Schwert, das sich schwer und unhandlich anfühlte. Er fragte sich, ob er überhaupt in der Lage war, damit auszuholen, ob er den Mann, der ihm den Rücken zukehrte, wirklich töten konnte. Er hob das Schwert, beugte den Arm, als hätte er einen Baseballschläger in der Hand – *einen Baseballschläger!* –, und wollte eben ausholen, als Marek dem Mann den Arm an der Schulter abschlug.

Der abgetrennte Arm schlitterte über den Boden und klatschte unter dem Fenster an die Wand. Einen Augenblick lang machte der Mann ein erstauntes Gesicht, dann schlug Marek ihm mit einem Hieb den Kopf ab, und der Kopf flog durch die Luft, prallte neben Chris gegen die Tür und fiel ihm mit dem Gesicht nach unten auf die Zehen.

Hastig zog er seine Füße weg. Der Kopf drehte sich, so daß das Gesicht nach oben schaute, und Chris sah die Augen blinzeln und den Mund sich bewegen, als würde er Worte formen. Er wandte sich ab.

Aus dem Halsstumpf des Torsos, der am Boden lag, spritzte noch immer Blut. Langsam breitete es sich auf dem Steinboden aus – Unmengen von Blut, wie es Chris erschien. Er schaute zu Marek hinüber, der schwer atmend auf dem Bett saß, Gesicht und Wams mit Blut bespritzt.

Marek sah zu ihm hoch. »Alles in Ordnung mit dir?«

Chris konnte nicht antworten.

Er brachte keinen Ton heraus.

Und dann fingen die Glocken der Dorfkirche an zu läuten.

Durch das Fenster sah Chris Flammen, die aus zwei Bauernhäusern am hinteren Rand des Ortes, dicht an der Umgrenzungsmauer, loderten. Auf den Straßen rannten Männer auf Höfe zu.

»Da ist ein Feuer«, sagte Chris.

»Das glaube ich nicht«, sagte Marek, der noch immer auf dem Bett saß.

»Doch, wirklich«, sagte Chris. »Schau.«

In der Stadt galoppierten Reiter durch die Straßen; sie waren angezogen wie Händler oder Handwerker, aber sie ritten wie ein Feuerwehrtrupp.

»Das ist eine typische Ablenkung«, sagte Marek, »um einen Angriff zu starten.«

»Einen Angriff?«

»Der Erzpriester greift Castelgard an.«

»So bald schon?«

»Das ist nur eine Vorhut, vielleicht hundert Soldaten. Sic versuchen, Verwirrung und Unruhe zu stiften. Der Hauptteil des Heers ist wahrscheinlich noch am anderen Flußufer. Aber der Angriff hat begonnen.«

Anscheinend dachten andere das ebenfalls. Unten im Hof strömten Höflinge aus dem Festsaal und liefen auf das Burgtor zu. Das Mahl hatte ein abruptes Ende gefunden, und sie verließen die Burg. Ein Trupp bewaffneter Ritter galoppierte hinaus; sie scheuchten die Höflinge in alle Richtungen, donnerten über die Zugbrücke und stürmten durch die Straßen der Stadt.

Kate streckte schwer atmend den Kopf zur Tür herein. »Jungs? Gehen wir. Wir müssen den Professor finden, bevor es zu spät ist.«

28:57:32

Im Festsaal herrschte Chaos. Die Musiker flohen, die Gäste stürzten zur Tür hinaus, Hunde bellten und speisenbeladenes Geschirr schepperte zu Boden. Ritter liefen davon, um in den Kampf zu ziehen, und riefen ihren Knappen Befehle zu. Lord Oliver eilte vom Fürstentisch in die Mitte des Saals, packte den Professor am Arm und sagte zu Sir Guy: »Wir gehen nach La Roque. Kümmert Euch um Lady Claire. Und bringt die Gehilfen!«

Robert de Kere stürzte atemlos in den Saal: »Mylord, die Gehilfen sind tot! Auf der Flucht getötet.«

»Auf der Flucht? Sie haben versucht zu fliehen? Auch wenn Sie damit das Leben ihres Meisters gefährdeten? Kommt mit mir, Magister«, sagte Lord Oliver düster und geleitete ihn zu einer Seitentür, die direkt in den Hof führte.

Kate lief die Wendeltreppe hinunter, Marek und Chris folgten dicht hinter ihr. Im ersten Stock mußten sie wegen einer Gruppe, die ein Stück vor ihnen hinunterstieg, innehalten. Kate sah Hofdamen und die rote Robe eines älteren Mannes. Hinter ihr schrie Chris: »Was ist denn los?«, und Kate hob warnend die Hand. Es dauerte noch eine ganze Minute, bis sie auf den Hof traten.

Auch hier ein furchterregendes Durcheinander. Ritter auf Pferden trieben das Gewimmel angsterfüllter Feiernder mit Gewalt auseinander. Kate hörte die Schreie der Menge, das Wiehern der Pferde, die Rufe der Soldaten auf der Mauerkrone. »Hier entlang«, rief sie und führte Chris und Marek an der Mauer entlang, hinten um die Kapelle herum und dann seitlich in den äußeren Hof, der ähnlich überfüllt war.

Dann entdeckten sie Oliver auf einem Pferd, mit dem Professor an seiner Seite und einem Trupp Ritter in voller Rüstung. Oliver rief etwas, und alle ritten auf die Zugbrücke zu.

Kate ließ Chris und Marek zurück, um sie allein zu verfolgen, und sie schaffte es gerade noch, am Ende der Zugbrücke einen Blick auf sie zu erhaschen. Oliver wandte sich nach links, er ritt von der Stadt weg. Eine Wache öffnete ein Tor in der östlichen Mauer, und er ritt mit seiner Truppe hindurch ins nachmittägliche Sonnenlicht. Hinter ihnen wurde das Tor schnell wieder geschlossen.

Marek holte sie ein. »Wohin?« fragte er.

Sie zeigte zum Tor. Dreißig Ritter bewachten es. Und noch mehr standen auf der Mauerkrone darüber.

»Dort kommen wir nie raus«, sagte er. Direkt hinter ihnen warfen einige Männer ihre braunen Kutten ab und präsentierten sich als Soldaten in grünen und schwarzen Überwürfen; sie fingen sofort an, sich einen Weg ins Schloß zu erkämpfen. Die Ketten der Zugbrücke begannen zu rasseln. »Kommt.«

Als sie über die Zugbrücke rannten, hörten sie das Holz ächzen und spürten, wie es unter ihren Füßen in die Höhe stieg. Die Brücke war bereits einen Meter in der Luft, als sie das andere Ende erreichten. Sie sprangen und landeten auf der freien Wiese.

»Und jetzt?« fragte Chris und stand auf. Er hatte noch immer sein blutiges Schwert in der Hand.

»Hier entlang«, sagte Marek und lief direkt auf das Zentrum der Stadt zu.

Ihr Weg führte an der Kirche vorbei und dann weg von der schmalen Hauptstraße, in der bereits heftig gekämpft wurde: Olivers Soldaten in Kastanienbraun und Grau gegen Arnauts Soldaten in Grün und Schwarz. Marek führte sie nach links durch den Markt, der jetzt verlassen war, alle Waren verpackt, das Gewimmel der Händler verschwunden. Sie mußten zur Seite springen, als ein Trupp von Arnauts Rittern an ihnen vorbei und auf die Burg zugaloppierte. Einer von ihnen schlug mit dem Breitschwert nach Marek und rief etwas. Marek wich aus, sah ihnen nach und ging dann weiter.

Chris hatte mit ermordeten Frauen oder abgeschlachteten Babys gerechnet und wußte nicht so recht, ob er enttäuscht oder erleichtert sein sollte, als er keine Anhaltspunkte für solche Greueltaten entdecken konnte. Genaugenommen sah er überhaupt keine Frauen oder Kinder. »Sie sind alle davongelaufen oder verstecken sich«, sagte Marek. »Hier herrscht schon lange Krieg. Die Leute wissen, was sie tun müssen.«

»Wohin?« fragte Kate. Sie bildete die Spitze.

»Nach links, zum Haupttor.«

Sie bogen nach links in eine schmalere Straße ein, und plötzlich hörten sie hinter sich einen Ruf. Sie drehten sich um und sahen, daß Soldaten auf sie zugelaufen kamen. Chris wußte nicht, ob die Soldaten sie verfolgten oder einfach nur rannten. Aber es wäre unklug gewesen zu warten, um das herauszufinden.

Marek fing an zu laufen; jetzt liefen sie alle, und als Chris sich nach einer Weile umdrehte, sah er, daß die Soldaten zurückgefallen waren, und spürte plötzlich Stolz in sich aufsteigen: Sie hängten sie ab.

Aber Marek ging kein Risiko ein. Abrupt bog er in eine Seitenstraße ab, in der es stark und unangenehm roch. Die Geschäfte und Werkstätten waren alle geschlossen, aber zwischen ihnen führten schmale Gassen hindurch. Marek lief in eine hinein, die sie zu einem umzäunten Hof hinter einem Laden führte. Auf dem Hof standen riesige Fässer und unter einem Verschlag hölzerne Gestelle. Hier war der Gestank fast überwältigend: eine Mischung aus verfaulendem Fleisch und Fäkalien.

Es war eine Gerberei.

»Schnell«, sagte Marek, und sie kletterten über den Zaun und duckten sich hinter die stinkenden Fässer.

»Uff«, sagte Kate und hielt sich die Nase zu. »Was ist das für ein Geruch?«

»Sie weichen die Häute in Hühnerscheiße ein«, flüsterte Chris. »Der Stickstoff in den Fäkalien macht das Leder weich.«

»Toll.«

»Und auch Hundescheiße.«

»Klasse.«

Chris drehte sich um und sah weitere Fässer und Tierhäute, die auf den Gestellen hingen. Hier und dort lagen stinkende Haufen käsig gelblichen Materials auf dem Boden – Fett, das man von der Innenseite der Häute abgekratzt hatte.

Kate sagte: »Mir brennen die Augen.«

Chris deutete auf die weiße Kruste auf den Fässern um sie herum. Sie enthielten Löschkalk, eine starke alkalische Lösung, in der die Häute nach dem Abschaben eingeweicht wurden, um Haare und Fleischreste zu entfernen. Es waren die Kalkdämpfe, die ihnen in den Augen brannten.

Dann wurde seine Aufmerksamkeit auf die Gasse gelenkt, wo er schnelle Schritte und das Scheppern von Rüstungen hörte. Durch den Zaun sah er Robert de Kere mit sieben Soldaten. Die Soldaten schauten im Laufen in alle Richtungen – sie suchten sie.

Warum? fragte sich Chris, der um das Faß herumspähte. Warum wurden sie noch immer verfolgt? Was war so wichtig an ihnen, daß de Kere einen feindlichen Angriff ignorierte und statt dessen versuchte, sie zu töten?

Anscheinend mochten die Verfolger den Gestank der Gasse so wenig wie Chris, denn kurz darauf bellte de Kere einen Befehl, und sie kehrten um und liefen zur Straße zurück.

»Was sollte denn das?« flüsterte Chris schließlich.

Marek schüttelte nur den Kopf.

Dann hörten sie Männer rufen, und die Soldaten kehrten zurück. Chris runzelte die Stirn. Wie konnten sie ihn nur gehört haben? Er sah Marek an, der ebenfalls besorgt schien. Von außerhalb des Hofes hörten sie de Kere rufen: *»Içi! Içi!«* Wahrscheinlich hatte de Kere einen Mann zurückgelassen. Das muß es sein, dachte Chris. Denn eigentlich hatte er nicht laut genug geflüstert, um von den davoneilenden Soldaten gehört zu werden. Marek wollte losrennen, zögerte dann aber. Denn schon kletterten de Kere und seine Soldaten über den Zaun – insgesamt acht Männer; sie würden sich unmöglich gegen alle wehren können.

»André«, sagte Chris und deutete auf das Faß, hinter dem sie kauerten. »Das ist Lauge.«

Marek grinste. »Dann los«, sagte er und stemmte sich gegen das Faß.

Mit vereinten Kräften schafften sie es, das Faß umzukippen. Schäumende alkalische Lösung schwappte auf den Boden und floß auf die Soldaten zu. Der Gestank war beißend. Die Soldaten merkten sofort, was es war – jeder Kontakt würde die Haut verbrennen –, und kletterten hastig wieder auf den Zaun, um die Füße vom Boden zu bekommen. Die Zaunpfosten zischten und britzelten, als die Lauge sie berührte. Der Zaun schwankte unter dem Gewicht der Männer; sie schrien und zogen sich in die Gasse zurück.

»Jetzt«, sagte Marek und führte sie tiefer in die Gerberei. Schließlich kletterten sie über einen Verschlag und sprangen in eine andere Gasse.

Es war bereits später Nachmittag, das Licht verlosch langsam. Vor sich sahen sie die brennenden Bauernhöfe, die harte, flackernde Schatten auf die Erde warfen. Anfangs hatte man noch versucht, die Feuer zu löschen, doch jetzt kümmerte sich niemand mehr darum; die Strohdächer loderten, mit einem Knistern stiegen brennende Halme in die Luft.

Sie folgten dem schmalen Pfad, der an den Schweinekoben vorbeiführte. Die Schweine schnaubten und quiekten, die nahen Flammen ängstigten sie.

Marek machte einen Bogen um die brennenden Häuser und lief zum Südtor, durch das sie vor einigen Stunden hereingekommen waren. Doch schon aus der Entfernung sahen sie, daß das Tor heftig umkämpft war; der Durchgang war fast blockiert von den Kadavern toter Pferde, und Arnauts Soldaten mußten darüberklettern, um zu den Verteidigern zu kommen, die sich mit Äxten und Schwertern erbittert wehrten.

Marek machte kehrt und lief wieder zwischen den Bauernhäusern hindurch.

»Wohin?« fragte Chris.

»Weiß nicht so recht«, sagte Marek. Er sah zur Umfassungsmauer der Stadt hoch. Auf der Krone liefen Soldaten zum Südtor, um den Verteidigern beizustehen. »Ich will auf diese Mauer hoch.«

»Auf die Mauer hoch?«

»Dort.« Marek deutete zu einer schmalen, dunklen Öffnung in

der Mauer, in der Stufen nach oben führten. Kurz darauf standen sie auf der Mauerkrone. Von hier oben sahen sie, daß schon größere Teile der Stadt Feuer gefangen hatten; die Flammen näherten sich bereits den Geschäften. Bald würde ganz Castelgard brennen. Marek drehte sich um und schaute hinunter zu den Feldern vor der Mauer. Der Erdboden lag sieben Meter unter ihnen. Es gab einige, etwa einen Meter fünfzig hohe Büsche, die weich genug aussahen, um den Aufprall zu dämpfen. Aber inzwischen war kaum mehr etwas zu erkennen.

»Locker bleiben«, sagte er. »Den Körper ganz entspannt halten.«

»Locker bleiben?« fragte Chris.

Aber Kate hatte sich bereits über die Brüstung geschwungen und hing nun an der Außenmauer. Sie ließ los, fiel das restliche Stück und landete wie eine Katze auf den Füßen. Sie schaute zu ihnen hoch und winkte.

»Das ist ziemlich tief«, sagte Chris. »Ich will mir kein Bein brechen ...«

Von rechts kamen Schreie. Drei Soldaten kamen mit erhobenen Schwertern auf sie zu gelaufen.

»Dann tu's nicht«, sagte Marek und sprang. Chris sprang nach ihm ins Zwielicht, landete grunzend auf der Erde und rollte sich ab. Dann stand er langsam auf. Nichts gebrochen.

Er war erleichtert und ziemlich stolz auf sich, als die ersten Pfeile an seinem Ohr vorbeizischten und sich zwischen seinen Füßen in die Erde bohrten. Von der Mauer riefen Soldaten herab. Marek packte ihn am Arm und rannte zu dem dichten Gestrüpp, das etwa zehn Meter entfernt war. Dort ließen sie sich zu Boden fallen und warteten.

Gleich darauf surrten weitere Pfeile über ihre Köpfe hinweg, aber diesmal kamen sie aus der anderen Richtung. In der hereinbrechenden Dunkelheit konnte Chris die Soldaten in grünen und schwarzen Überwürfen auf dem Hügel unter ihnen gerade noch erkennen.

»Das sind Arnauts Männer!« sagte Chris. »Warum schießen die auf uns?«

Marek antwortete nicht. Er kroch, den Bauch flach auf den Boden gedrückt, davon. Kate robbte hinter ihm her. Ein Pfeil zischte an Chris vorbei, so dicht, daß er sein Wams an der Schulter aufschlitzte. Chris spürte einen kurzen, brennenden Schmerz.

Dann drückte er sich flach auf den Boden und folgte ihnen.

28:12:39

Es gibt eine gute und eine schlechte Nachricht«, sagte Diane Kramer, als sie kurz vor neun Uhr morgens in Donigers Büro kam. Doniger saß an seinem Computer, tippte mit einer Hand und hielt eine Dose Coke in der anderen.

»Zuerst die schlechte Nachricht«, sagte Doniger.

»Unsere Verletzten wurden ins University Hospital gebracht. Als sie gestern abend dort ankamen, was meinst du, wer gerade Dienst hatte? Dieselbe Ärztin, die Traub in Gallup behandelte. Eine Frau namens Tsosie.«

»Dieselbe Ärztin arbeitet in beiden Krankenhäusern?«

»Ja. Sie ist hauptsächlich am UH, arbeitet aber zwei Tage die Woche in Gallup.«

»Scheiße«, sagte Doniger. »Ist das legal?«

»Sicher. Auf jeden Fall hat sich Dr. Tsosie unsere Techniker sehr genau angesehen. Bei dreien hat sie sogar eine Kernspintomographie machen lassen. Sie hat sich die Maschine extra reservieren lassen, als sie hörte, daß es um einen Unfall bei ITC geht.«

»Eine Kernspintomographie?« Doniger runzelte die Stirn. »Das heißt, sie muß gewußt haben, daß bei Traub einiges nicht mehr zusammenpaßte.«

»Ja«, sagte Kramer. »Weil sie Traub offensichtlich auch durch die Röhre geschickt hat. Sie war eindeutig auf der Suche nach etwas. Körperliche Fehler. Gefäße et cetera, die nicht aufeinanderpassen.«

»Scheiße«, sagte Doniger.

»Sie hat ein Riesentamtam um die Sache veranstaltet und alle im Krankenhaus verrückt gemacht. Und sie hat diesen Bullen Wauneka in Gallup angerufen. Anscheinend sind die beiden Freunde.«

Doniger stöhnte auf. »Das kann ich so gut gebrauchen«, sagte er, »wie ein zweites Arschloch.«

»Willst du jetzt die gute Nachricht hören?«

»Ich warte drauf.«

»Dieser Wauneka ruft die Polizei in Albuquerque an. Der Chef persönlich begibt sich ins Krankenhaus. Ein paar Reporter. Alle sitzen herum und warten auf die große Schlagzeile. Sie erwarten Radioaktivität. Opfer, die im Dunkeln leuchten. Und statt dessen – eine große Enttäuschung. Alle Verletzungen sind ziemlich geringfügig. Vorwiegend Verletzungen durch herumfliegendes Glas. Sogar die Splitterverletzungen sind ziemlich oberflächlich; die Metallsplitter sind nur in die Oberhaut eingedrungen.«

»Anscheinend haben die Wasserschilde die Splitter abgebremst«, sagte Doniger.

»Das glaube ich auch, ja. Aber die Leute sind ziemlich enttäuscht. Und der Höhepunkt – die Tomographien, der erhoffte Gnadenstoß – ist ein absoluter Reinfall. Niemand von unseren Leuten hat Transkriptionsfehler. Ist natürlich klar – weil es alles nur Techniker sind. Der Polizeichef von Albuquerque ist stinksauer. Der Krankenhausverwalter ist sauer. Die Reporter verduften, um über einen brennenden Wohnblock zu berichten. Unterdessen stirbt ein Kerl mit Nierensteinen fast, weil sie keine Tomographie machen konnten, da Dr. Tsosie die Maschinen belegt hat. Plötzlich macht sie sich Sorgen um ihren Job. Wauneka hat sein Gesicht verloren. Beide versuchen jetzt zu retten, was noch zu retten ist.«

»Perfekt«, sagte Doniger und schlug auf den Tisch. Er grinste. »Diese Trottel haben es verdient.«

»Und als Krönung des Ganzen«, fuhr Kramer triumphierend fort, »hat diese französische Reporterin, Louise Delvert, sich bereit erklärt, unsere Firma zu besuchen.«

»Na endlich. Wann?«

»Nächste Woche. Wir veranstalten die übliche Augenwischerführung für sie.«

»Das entwickelt sich allmählich zu einem superguten Tag«, sagte Doniger. »Weißt du, mit ein wenig Glück kriegen wir den Korken wieder auf die Flasche. Sonst noch was?«

»Heute mittag kommen die Medienleute.«

»Das gehört eher zu den schlechten Nachrichten«, sagte Doniger.

»Und Stern hat unseren alten Prototypen entdeckt. Er will die Reise machen. Gordon ist zwar strikt dagegen, aber Stern will deine persönliche Bestätigung, daß er nicht fahren darf.«

Doniger zögerte kurz. »Ich würde sagen, lassen wir ihn gehen.«

»Bob …«

»Warum sollte er nicht?« fragte Doniger.

»Weil es verdammt gefährlich ist. Die Maschine hat nur eine minimale Abschirmung. Sie wurde seit Jahren nicht benutzt, und sie hat gigantische Transkriptionsfehler bei den Leuten verursacht, die sie benutzt haben. Es kann passieren, daß er nicht einmal mehr zurückkommt.«

»Das weiß ich.« Doniger machte eine wegwerfende Handbewegung. »Aber das ist alles nicht der Kern.«

»Was ist der Kern?« fragte sie verwirrt.

»Baretto.«

»Baretto?«

»Höre ich da ein Echo? Diane, um Himmels willen, denk mal nach.«

Kramer runzelte die Stirn und schüttelte den Kopf.

»Zähl doch mal alles zusammen. Baretto starb in den ersten ein oder zwei Minuten nach ihrer Ankunft. Oder nicht? Jemand hat ihn gleich am Anfang mit Pfeilen gespickt.«

»Ja …«

»Die ersten paar Minuten«, sagte Doniger, »sind die Zeit, wenn alle noch als Gruppe in der Nähe der Maschinen zusammenstehen. Richtig? Welchen Grund haben wir also für die Annahme, daß Baretto getötet wurde, aber sonst niemand?«

Kramer schwieg.

»Vernünftig wäre doch anzunehmen, daß derjenige, der Baretto getötet hat, auch alle anderen tötete. Die ganze Truppe.«

»Okay …«

»Das heißt, daß sie wahrscheinlich nicht zurückkommen. Der Professor kommt nicht zurück. Die ganze Gruppe ist verschwunden. Das ist zwar Pech, aber mit einer Gruppe verschwundener Leute können wir umgehen: ein tragischer Laborunfall, bei dem alle verbrannten, oder ein Flugzeugabsturz, und kein Mensch würde auf irgendwelche Gedanken kommen …«

Eine Pause entstand.

»Aber da ist Stern«, sagte Kramer schließlich. »Er kennt die ganze Geschichte.«

»Das stimmt.«

»Deshalb willst du ihn auch zurückschicken. Ihn ebenfalls loswerden. Einen sauberen Schnitt machen.«

»Ganz und gar nicht«, erwiderte Doniger prompt. »He, ich bin absolut dagegen. Aber der Kerl will unbedingt gehen. Er will seinen Freunden helfen. Es wäre doch falsch, wenn ich mich ihm ihn den Weg stellen würde.«

»Bob«, sagte sie, »es gibt Zeiten, da bist du ein richtiges Arschloch.«

Plötzlich fing Doniger an zu lachen. Er hatte ein schrilles, keuchendes, hysterisches Lachen, wie ein kleiner Junge. Es war die Art, wie viele Wissenschaftler lachten, aber Kramer erinnerte es immer an eine Hyäne.

»Wenn du Stern erlaubst zurückzugehen, kündige ich.«

Doniger lachte darauf nur noch lauter. Er saß auf seinem Stuhl und warf den Kopf in den Nacken. Es machte sie wütend.

»Ich meine es ernst, Bob.«

Schließlich hörte er auf zu lachen und wischte sich die Tränen aus den Augen. »Diane, also komm«, sagte er. »Ich mache doch nur Spaß. Natürlich darf Stern nicht gehen. Wo bleibt denn dein Humor?«

Kramer wandte sich zum Gehen. »Ich sage Stern, daß er nicht gehen darf«, sagte sie. »Aber spaßig fand ich das nicht.«

Doniger fing wieder an zu lachen. Hyänenschreie gellten durchs Zimmer. Kramer schlug wütend die Tür hinter sich zu.

27:27:22

Seit vierzig Minuten hasteten sie nun schon durch den Wald nordöstlich von Castelgard. Schließlich erreichten sie die Hügelkuppe, die höchste Erhebung in der Gegend, und konnten eine Pause einlegen, um wieder zu Atem zu kommen und sich umzusehen.

»O mein Gott«, sagte Kate und starrte nach unten.

Unter ihnen lag der Fluß, das Kloster am anderen Ufer. Aber ihre Aufmerksamkeit wurde auf die abweisende Burg hoch über dem Kloster gelenkt: die Festung von La Roque. Sie war riesig! Im dunkler werdenden Blau des Abends erstrahlte die Burg im Licht aus hundert Fenstern und von Fackeln auf den Zinnen. Doch trotz der Lichter wirkte die Festung bedrohlich. Die Außenmauer erhob sich schwarz über dem stillen Wasser des Burggrabens. Im Inneren befand sich ein zweiter kompletter Mauerring mit vielen runden Türmen, und in der Mitte der Anlage stand die Burg selbst mit ihrem riesigen Festsaal und vier großen, runden Ecktürmen.

Marek fragte Kate: »Sieht es aus wie das moderne La Roque?«

»Überhaupt nicht«, antwortete sie kopfschüttelnd. »Das Ding hier ist gigantisch. Die moderne Burgruine hat nur eine Außenmauer. Die da hat zwei: einen zusätzlichen Mauerring, der nicht mehr auffindbar ist.«

»Soweit ich weiß«, sagte Marek, »wurde es nie mit Gewalt eingenommen.«

»Man sieht ja auch, warum«, bemerkte Chris. »Schau nur, wie es liegt.«

An der Ost- und Südseite stand die Burg am Rand steiler Kalksteinhänge, die fast senkrecht über einhundertfünfzig Meter tief zur Dordogne hin abfielen. Im Westen, wo der Abhang weniger steil war, wuchsen die Häuser der Stadt zum Schloß empor, aber die Straße durch die Stadt endete an einem breiten Burggraben und mehreren Zugbrücken. Im Norden fiel das Land sanft ab, aber alle Bäume auf dieser Seite waren gefällt, und auf einem solchen freien Feld ohne jede Deckung anzugreifen wäre Selbstmord für jede Armee.

Marek zeigte zur Festung. »Schaut mal dort«, sagte er.

Im Zwielicht sahen sie einen Trupp Soldaten, die sich auf einem unbefestigten Weg von Westen her der Burg näherten. Zwei Ritter an der Spitze hielten Fackeln, und in diesem Licht konnten sie Lord Oliver, Sir Guy und den Professor gerade noch erkennen. Der Rest von Olivers Rittern bildete in zwei Kolonnen die Nachhut. Die Gestalten waren so weit entfernt, daß sie nur an Körperform und Haltung zu erkennen waren. Aber zumindest Chris hatte keinen Zweifel, um wen es sich handelte.

Er seufzte, als er sah, daß die Männer einen Graben auf einer Zugbrücke überquerten und dann durch ein großes, von zwei halbrunden Türmen flankiertes Wachhaus einritten – ein sogenanntes Doppel-D-Tor, weil die Zwillingstürme von oben betrachtet wie Ds aussahen. Soldaten auf den Türmen beobachteten die Reiter.

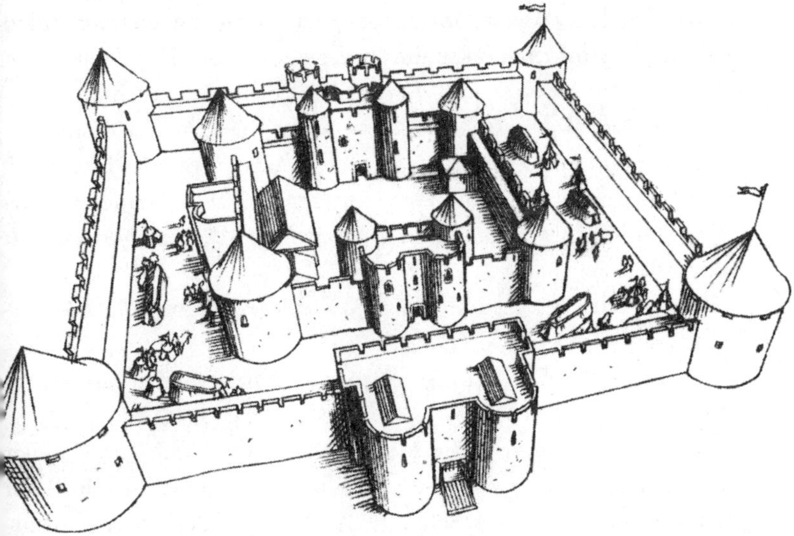

Hinter dem Wachhaus kamen die Reiter in einen umschlossenen Hof. Hier waren viele lange, hölzerne Gebäude errichtet worden. »Dort liegen die Truppen in Garnison«, sagte Kate.

Die Männer ritten über diesen äußeren Hof und überquerten einen zweiten Graben auf einer zweiten Zugbrücke. Dann verschwanden sie in einem zweiten Wachhaus mit noch höheren Doppeltürmen: zehn Meter hoch und hell erleuchtet vom Schein aus Dutzenden von Schießscharten.

Erst dahinter, im innersten Burghof, stiegen sie ab. Der Professor wurde von Oliver zum Festsaal geführt, und sie verschwanden darin.

Kate sagte: »Der Professor hat gesagt, wenn wir getrennt werden, sollen wir ins Kloster gehen und Bruder Marcel suchen, weil der den Schlüssel hat. Ich bin mir sicher, er meint den Schlüssel zum Geheimgang.«

Marek nickte. »Und genau das werden wir jetzt tun. Es ist bald ganz dunkel. Dann können wir los.«

Chris schaute den Hügel hinunter. In der Dämmerung erkannte er auf den Feldern kleine Soldatentrupps, die sich bis zum Flußufer verteilten. An all diesen Soldaten mußten sie sich vorbeischleichen. »Du willst heute nacht zum Kloster?« fragte er.

Marek nickte. »Wie gefährlich das jetzt auch aussehen mag«, sagte er, »morgen wird es noch schlimmer.«

26:12:01

Kein Mond war zu sehen. Der Himmel war schwarz und voller Sterne, hin und wieder zog eine Wolke vorüber. Marek führte sie den Hügel hinunter und an der brennenden Stadt von Castelgard vorbei in die dunkle Landschaft. Es überraschte Chris, wie erstaunlich gut er im Licht der Sterne sehen konnte, nachdem sich seine Augen an die Dunkelheit gewöhnt hatten. Wahrscheinlich, weil es keine Luftverschmutzung gibt, dachte er. Er erinnerte sich, irgendwo gelesen zu haben, daß die Leute in früheren Jahrhunderten tagsüber den Planeten Venus sehen konnten, so wie wir jetzt den Mond sehen.

Außerdem überraschte ihn die absolute Stille der Nacht. Das Lauteste, was sie hörten, war das Geräusch ihrer Füße, die sich durch Gras und Gestrüpp bewegten.

»Wir gehen zum Pfad«, flüsterte Marek. »Und dann zum Fluß hinunter.«

Sie kamen nur langsam vorwärts. Marek blieb immer wieder stehen und duckte sich hinter Gestrüpp, um ein paar Minuten zu horchen. So brauchten sie fast eine Stunde, bis sie den Lehmpfad erreichten, der von der Stadt zum Fluß führte. Der Pfad war nur ein heller Streifen im dunklen Gras und dem Laubwerk zu beiden Seiten.

Hier hielt Marek inne und kauerte nieder. Völlige Stille umgab sie. Chris hörte nur das schwache Säuseln des Winds. Er wollte unbedingt weitergehen. Nach einer vollen Minute des Wartens stand er auf.

Doch Marek zog ihn wieder zu Boden.

Er hielt sich den Finger an die Lippen.

Chris horchte. Da war mehr als nur der Wind, erkannte er. Es war das Flüstern von Männern. Er strengte seine Ohren an. Ein leises Husten, irgendwo vor ihnen. Dann noch ein Husten, etwas näher, auf ihrer Seite des Pfads.

Marek deutete nach rechts und links. Chris sah ein schwaches silbernes Glitzern im Gebüsch auf der anderen Seite des Pfads – Rüstungen im Licht der Sterne.

Und dann hörte er ganz nahe ein Rascheln.

Es war ein Hinterhalt, Soldaten, die zu beiden Seiten des Pfads auf sie lauerten.

Marek deutete zurück in die Richtung, aus der sie gekommen waren. Leise entfernten sie sich von dem Pfad.

»Wohin jetzt?« flüsterte Chris.

»Wir bleiben vom Pfad weg. Gehen in östlicher Richtung zum Fluß. Da entlang.« Marek gab die Richtung vor, und sie machten sich auf den Weg.

Chris war jetzt sehr nervös und horchte auf das leiseste Geräusch. Doch ihre eigenen Schritte waren so laut, daß sie andere Geräusche übertönten. Jetzt verstand er, warum Marek so oft stehengeblieben war. Er hatte einfach ganz sichergehen wollen.

Sie liefen zweihundert Meter durch den Wald zurück und zwischen Feldern hindurch zum Fluß hinunter. Obwohl es fast stockfinster war, kam Chris sich sehr exponiert vor. Die Felder waren mit Steinmäuerchen umgrenzt, so daß sie wenigstens etwas Deckung hatten. Aber er fühlte sich dennoch unbehaglich und seufzte erleichtert auf, als sie wieder in nachtdunkles Gebüsch eintauchten.

Die stille, schwarze Welt war Chris völlig fremd, und doch gewöhnte er sich schnell daran. Gefahr drohte von der kleinsten Bewegung, von Geräuschen, die fast unhörbar waren. Chris bewegte sich geduckt, den Körper angespannt, er zögerte bei jedem Schritt, bevor er mit vollem Gewicht auftrat, und schaute beständig nach links und rechts.

Er kam sich vor wie ein Tier, und ihm fiel wieder ein, wie Marek vor dem Angriff im Turmzimmer die Zähne gebleckt hatte, fast wie ein Affe. Er schaute zu Kate hinüber und sah, daß auch sie sich geduckt und angespannt bewegte.

Aus irgendeinem Grund dachte er plötzlich an den Seminarraum im ersten Stock des Peabody in Yale mit seinen cremefarbenen Wänden und den polierten Zierleisten aus dunklem Holz und an die Diskussionen unter den Doktoranden an dem langen Tisch: ob prozessuale Archäologie eher historisch oder eher archäologisch sei, ob formalistische Kriterien schwerer wögen als objektivistische Kriterien, ob sich hinter der derivationistischen Lehre nicht eine normative Absicht verberge.

Es war kein Wunder, daß sie stritten. Diese Themen waren reine Abstraktionen, die aus nichts als heißer Luft bestanden. Leere Debatten dieser Art konnten nie zu einem Abschluß kommen, die Fragen nie beantwortet werden. Dennoch hatte so viel Intensität, so viel Leidenschaft in diesen Debatten gelegen. Warum nur? Wem lag es wirklich am Herzen? Er konnte sich nicht mehr erinnern, warum das alles so wichtig gewesen war.

Die akademische Welt schien Welten entfernt, nicht mehr als eine graue und undeutliche Erinnerung, als er sich nun die dunkle Hügelflanke hinunter zum Fluß vorkämpfte. Doch wie verängstigt und nervös er in dieser Nacht auch sein mochte, wie bedroht sein Leben auch sein mochte, dies hier war real auf eine Art, die beruhigend, ja sogar belebend war, und –

Er hörte einen Ast knacken und erstarrte.

Auch Marek und Kate erstarrten.

Sie hörten Rascheln im Unterholz links von ihnen und dann ein leises Schnauben. Marek griff nach seinem Schwert.

Der kleine dunkle Umriß eines Wildschweins zockelte an ihnen vorbei.

»Hätte es töten sollen«, flüsterte Marek. »Ich habe Hunger.«

Sie gingen weiter, aber Chris merkte, daß nicht sie es gewesen waren, die das Schwein aufgescheucht hatten. Denn jetzt hörten sie unverkennbar das Geräusch vieler Schritte. Die raschelnd und knackend durch das Unterholz brachen. Auf sie zukamen.

Marek runzelte die Stirn.

Er konnte in der Dunkelheit genug erkennen, um hin und wieder eine metallene Rüstung aufblitzen zu sehen. Es mußten sieben oder acht Soldaten sein, die sich hastig in östlicher Richtung bewegten, sich dann im Unterholz versteckten und still lauerten.

Was zum Teufel war hier nur los?

Die Soldaten hatten bereits am Lehmpfad auf sie gewartet. Dann waren sie nach Osten gezogen und lauerten jetzt wieder auf sie.

Wie war das möglich?

Er sah Kate an, die hinter im kauerte, doch sie machte nur ein verängstigtes Gesicht.

Chris, der ebenfalls kauerte, tippte Marek auf die Schulter. Chris schüttelte den Kopf und deutete mit Nachdruck auf sein Ohr.

Marek nickte und horchte. Zuerst hörte er nichts als den Wind. Verwirrt sah er wieder Chris an, der sich nun mit übertriebener Geste knapp neben dem Ohr an den Kopf tippte.

Schalte deinen Ohrstöpsel an, meinte er damit.

Marek tippte sich ans Ohr.

Nach dem ersten kurzen Knistern nach dem Einschalten hörte er zunächst gar nichts. Achselzuckend schaute er Chris an, der ihm die erhobenen Handflächen entgegenstreckte: warte. Marek wartete. Erst nach einer Weile hörte er das leise, regelmäßige Atmen eines Menschen.

Er sah Kate an und hielt sich den Finger an die Lippen. Sie nickte. Er sah Chris an. Auch er nickte. Sie verstanden beide. Absolut kein Geräusch machen.

Wieder horchte Marek angestrengt. Noch immer hörte er in seinem Ohrstöpsel das leise Atmen.

Aber es kam nicht von ihnen.

Sondern von jemand anders.

Chris flüsterte: »André, das ist zu gefährlich. Wir sollten den Fluß nicht heute nacht überqueren.«

»Du hast recht«, flüsterte Marek. »Wir gehen zurück nach Castelgard und verstecken uns über Nacht vor der Stadtmauer.«

»Okay. Gut.«

»Dann los.«

In der Dunkelheit nickten sie einander zu und tippten sich dann ans Ohr, um die Geräte auszuschalten.

Und dann hockten sie sich hin, um zu warten.

Kurz darauf hörten sie, wie die Soldaten aufstanden und wieder durchs Unterholz liefen. Doch diesmal den Hügel hinauf, zurück nach Castelgard.

Sie warteten noch fünf oder sechs Minuten. Dann gingen sie weiter den Hügel hinunter, weg von Castelgard.

Es war Chris, der sich schließlich alles zusammengereimt hatte. Als er in der Dunkelheit den Hügel hinunterstieg, hatte er sich mit der Hand eine Mücke vom Ohr gewischt und dabei unabsichtlich seinen Ohrstöpsel eingeschaltet, und kurz darauf hatte er deutlich jemand niesen hören.

Aber von ihnen dreien hatte keiner geniest.

Wenige Augenblicke später war ihnen das Schwein über den Weg gelaufen, und zu der Zeit hörte er bereits jemanden vor Anstrengung keuchen. Doch Kate und Marek, die in der Dunkelheit neben ihm standen, bewegten sich überhaupt nicht.

Zu diesem Zeitpunkt erkannte er, daß noch ein anderer einen Ohrstöpsel haben mußte – und als er jetzt darüber nachdachte, konnte er sich ziemlich gut vorstellen, woher der stammte. Von Gomez. Irgend jemand mußte Gomez' abgetrenntem Kopf den Stöpsel aus dem Ohr gezogen haben. Das einzige Problem mit dieser Theorie war nur –

Marek stupste ihn an. Deutete nach vorne.

Kate reckte den Daumen in die Höhe und grinste.

Flach und leicht gekräuselt plätscherte der Fluß durch die Nacht. Die Dordogne war an dieser Stelle sehr breit, sie konnten das andere Ufer, eine Linie aus dunklen Bäumen und dichtem Unterholz, kaum erkennen. Bewegungen waren nirgendwo zu sehen. Als Chris flußaufwärts schaute, sah er gerade noch die dunklen Umrisse der Mühlenbrücke. Er wußte, daß die Mühle über Nacht geschlossen war. Müller konnten nur bei Tageslicht arbeiten, weil sogar die

Flamme einer Kerze eine Explosion des Mehlstaubs in der Luft verursachen konnte.

Marek berührte Chris am Arm und deutete zum gegenüberliegenden Ufer. Chris zuckte die Achseln, er sah nichts.

Marek deutete noch einmal.

Chris kniff die Augen zusammen und konnte gerade noch vier dünne Rauchsäulen erkennen, die in den Nachthimmel stiegen. Aber wenn der Rauch von Feuern kam, warum sahen sie dann kein Licht?

Sie gingen am Wasser entlang flußaufwärts und kamen nach einer Weile zu einem am Ufer festgemachten Kahn. Er knirschte in der Strömung über die Steine. Marek schaute zum anderen Ufer. Sie waren jetzt ein ganzes Stück von den Rauchsäulen entfernt.

Er zeigte auf den Kahn. Sollten sie es riskieren?

Die einzige Alternative war, das wußte Chris, durch den Fluß zu schwimmen. Aber die Nacht war kühl, und er wollte nicht naß werden. Er deutete ebenfalls auf den Kahn und nickte.

Auch Kate nickte.

Sie stiegen ein, und Marek ruderte sie leise über die Dordogne.

Kate, die neben Chris saß, mußte an ihre Unterhaltung denken, als sie vor ein paar Tagen den Fluß überquerten. Wie viele Tage war das her? Nur zwei, erkannte sie. Aber ihr kam es vor wie Wochen.

Mit zusammengekniffenen Augen suchte sie das andere Ufer nach Bewegungen ab. Ihr Boot war zwar nur ein dunkler Umriß auf dunklem Wasser vor einem dunklen Hügel, aber wenn jemand in ihre Richtung schaute, wären sie trotzdem sichtbar.

Doch offensichtlich tat das niemand. Das Ufer war jetzt schon sehr nahe, und dann glitt der Kahn leise zischend über das Gras am Ufer und kam mit einem leichten Knirschen zum Stehen. Sie stiegen aus und entdeckten sofort einen schmalen Lehmpfad, der am Ufer entlangführte. Marek hielt sich den Finger an die Lippen und setzte sich auf dem Pfad in Bewegung. Er ging auf den Rauch zu.

Sie folgten ihm vorsichtig.

Ein paar Minuten später hatten sie die Antwort. Es waren vier Feuer, die in Abständen am Ufer brannten. Doch die Flammen waren umstellt mit kaputten Rüstungsteilen, die in einem niederen Erdwall steckten, so daß nur der Rauch zu sehen war.

Aber nirgendwo waren Soldaten.

Marek flüsterte. »Ein alter Trick. Die Feuer geben die falsche Position an.«

Kate begriff nicht so recht, was mit diesem »alten Trick« erreicht werden sollte. Vielleicht sollten sie eine größere Truppenstärke, als wirklich vorhanden war, vortäuschen. Marek führte sie an den unbewachten Feuern vorbei zu einigen anderen, die etwas weiter unten am Ufer brannten. Sie gingen dicht am Wasser und hörten das Plätschern des Flusses. Als sie zum letzten Feuer kamen, drehte Marek sich plötzlich auf dem Absatz um und ließ sich zu Boden fallen. Auch Kate und Chris gingen zu Boden, und dann hörten sie Stimmen, die ein eintöniges Trinklied grölten; der Text ging etwa so: »Wenn ein Mann am Feuer schnarcht, dann war's das Bier, das Bier, wenn ein Mann im Dreck sich suhlt, dann war's das Bier, das Bier...«

Es ging endlos so weiter. Beim Zuhören fühlte Kate sich an die Sauflieder ihrer Collegezeit erinnert. Und als sie den Kopf hob, sah sie wirklich ein halbes Dutzend Soldaten in Grün und Schwarz, die um mehrere Feuer saßen, tranken und laut sangen. Vielleicht hatten sie den Befehl, genug Lärm zu machen, um die vielen Feuer zu rechtfertigen.

Marek bedeutete ihnen umzukehren, und als sie ein Stück gegangen waren, führte er sie nach links, vom Fluß weg. Sie verließen den Schutz des Waldstreifens, der das Ufer säumte, und huschten nun wieder über offene Felder ohne jede Deckung. Kate erkannte, daß es dieselben Felder waren, über die sie an jenem Morgen gelaufen waren. Und wirklich sah sie auf der linken Seite schwache gelbe Lichter in den oberen Fenstern des Klosters. Offensichtlich arbeiteten einige Mönche bis spät in die Nacht. Direkt vor ihnen erkannte sie die dunklen Umrisse strohgedeckter Bauernhütten.

Chris deutete zum Kloster. Warum gingen sie nicht dorthin?

Marek formte mit seinen Händen ein Kissen am Ohr: Alle schlafen.

Chris zuckte die Achseln: Na und?

Marek spielte ihnen ängstliches Hochschrecken vor. Er schien zu meinen, daß sie beträchtliche Aufregung verursachen würden, wenn sie mitten in der Nacht dort auftauchten.

Chris zuckte die Achseln: Na und?

Marek wackelte mit dem Finger: Keine gute Idee. Mit den Lippen formte er lautlos: *Morgen früh*.

Chris seufzte.

Marek ging an den Hütten vorbei, bis er zu einem ausgebrannten Bauernhaus kam – vier Wände und die schwarzen Überreste von Balken, die ein Strohdach getragen hatten. Durch eine Tür mit einem roten Streifen quer über dem Blatt traten sie ein. In der Dunkelheit konnte Kate kaum etwas erkennen.

In der Hütte wuchs hohes Gras, einige Stücke kaputten Steingutgeschirrs lagen herum. Marek suchte das Gras ab, bis er zwei irdene Töpfe mit gesprungenen Rändern entdeckt hatte. Für Kate sahen sie aus wie Nachttöpfe. Marek stellte sie vorsichtig auf ein verkohltes Fensterbrett. Sie flüsterte: »Wo sollen wir schlafen?«

Marek zeigte auf den Boden.

»Warum können wir nicht ins Kloster gehen?« flüsterte sie und deutete auf den freien Himmel über ihnen. Die Nacht war kalt. Sie hatte Hunger. Sie wollte ein Dach über dem Kopf.

»Nicht sicher«, flüsterte Marek. »Wir schlafen hier.«

Er legte sich auf die Erde und schloß die Augen.

»Warum ist es nicht sicher?« fragte sie.

»Weil irgend jemand einen Ohrstöpsel hat. Und derjenige weiß, wohin wir gehen.«

Chris sagte: »Ich wollte mit dir noch über –«

»Nicht jetzt«, sagte Marek, ohne die Augen zu öffnen.

Kate legte sich hin, und Chris legte sich neben sie. Sie drückte sich mit dem Rücken an ihn. Nur um sich zu wärmen. Es war so verdammt kalt.

In der Ferne hörte sie Donnergrollen.

Irgendwann nach Mitternacht fing es an zu regnen. Kate spürte schwere Tropfen auf ihren Wangen und stand auf, als der Wolkenbruch anfing. Sie sah sich um und entdeckte einen kleinen hölzernen Verschlag, zwar angekohlt, aber noch mit intaktem Dach. Sie kroch darunter, setzte sich aufrecht an die Wand und kuschelte sich wieder an Chris, der ihr gefolgt war. Kurz darauf kam Marek, legte sich neben sie und schlief sofort wieder ein. Sie sah, daß Regentropfen ihm auf die Wange klatschten, aber er schnarchte weiter.

26:12:01

Ein halbes Dutzend Heißluftballons stieg über den Tafelbergen in die Höhe. Es war fast elf Uhr. Einer der Ballons hatte ein Zickzackmuster, das Stern an die Sandpaintings der Navajo erinnerte.

»Tut mir leid«, sagte Gordon. »Aber die Antwort ist nein. Sie können nicht im Prototypen zurückgehen, David. Es ist einfach zu gefährlich.«

»Warum? Ich dachte, das ist alles so sicher. Sicherer als ein Auto. Was ist denn so gefährlich?«

»Ich habe Ihnen gesagt, daß wir bislang keine Transkriptionsfehler hatten – die Fehler, die beim Wiederaufbau passieren«, sagte Gordon. »Aber das stimmt nicht ganz.«

»Aha.«

»Normalerweise stimmt es, daß wir keine Hinweise auf Fehler finden können. Aber wahrscheinlich treten sie bei jeder Reise auf. Sie sind einfach nur so winzig, daß sie nicht entdeckt werden. Aber wie radioaktive Strahlung sind auch Transkriptionsfehler akkumulativ. Nach nur einer Reise sieht man nichts, aber nach zehn oder zwanzig Reisen werden gewisse Anzeichen sichtbar. Vielleicht haben Sie eine kleine Naht in Ihrer Haut wie eine Narbe. Eine Schliere auf Ihrer Hornhaut. Oder Sie bekommen feststellbare Symptome wie Diabetes oder Durchblutungsstörungen. Wenn das einmal passiert ist, dürfen Sie nicht mehr rüber. Weil Sie es sich nicht leisten können, daß die Probleme schlimmer werden. Das bedeutet, Sie haben Ihr Reiselimit erreicht.«

»Und das ist schon passiert?«

»Ja. Mit einigen Labortieren. Und einigen Leuten. Den Pionieren – denjenigen, die diesen Prototypen benutzt haben.«

Stern zögerte kurz. Dann: »Wo sind diese Leute jetzt?«

»Die meisten sind immer noch hier. Und arbeiten noch für uns. Aber sie reisen nicht mehr. Sie dürfen es nicht.«

»Okay«, sagte Stern, »aber ich rede ja nur von einer Reise.«

»Außerdem haben wir die Maschine seit langem nicht mehr benutzt oder kalibriert«, sagte Gordon. »Vielleicht ist sie okay, vielleicht aber auch nicht. Sehen Sie: Mal angenommen, ich lasse Sie zurückgehen, und nachdem Sie in 1357 angekommen sind, stellen Sie fest, daß Sie so ernste Transkriptionsfehler haben, daß Sie sich nicht mehr zurückzukehren trauen. Weil Sie eine Akkumulation nicht mehr riskieren können.«

»Sie wollen damit sagen, daß ich dann dort bleiben müßte.«

»Ja.«

Stern fragte: »Ist das schon mal jemandem passiert?«

Gordon zögerte kurz. »Möglicherweise.«

»Soll das heißen, daß jetzt noch jemand dort ist?«

»Möglich«, sagte Gordon. »Wir wissen es nicht genau.«

»Aber das ist doch sehr wichtig«, sagte Stern, plötzlich aufgeregt. »Sie sagen mir, daß dort möglicherweise noch jemand ist, der ihnen helfen könnte.«

»Ich weiß nicht«, erwiderte Gordon, »ob diese spezielle Person ihnen helfen würde.«

»Aber sollten wir es ihnen nicht sagen? Ihnen einen Rat geben?«

»Es gibt keine Möglichkeit, Kontakt mit ihnen aufzunehmen.«

»Wissen Sie«, sagte Stern. »Ich glaube, es gibt eine.«

16:12:23

Zitternd vor Kälte wachte Chris auf. Es war kurz vor Tagesanbruch. Der Himmel war blaßgrau, dünner Nebel waberte über der Erde. Die Knie angezogen, den Rücken an die Wand gelehnt, saß er unter dem Verschlag. Kate hockte neben ihm und schlief noch. Er bewegte sich, um hinauszuschauen, und zuckte vor Schmerz zusammen. Seine Muskeln waren verkrampft und steif – die Arme, die Beine, der Oberkörper, alles. Sein Nacken schmerzte, als er den Kopf drehte.

Überrascht stellte er fest, daß die Schulter seines Wamses steif war von getrocknetem Blut. Anscheinend hatte der Pfeil in der vergangenen Nacht ihn so verletzt, daß er geblutet hatte. Chris stöhnte auf vor Schmerz, als er den Arm bewegte, merkte aber zugleich, daß alles halbwegs okay war.

Er zitterte in der morgendlichen Feuchtigkeit. Was er jetzt wollte, war ein Feuer und etwas zu essen. Sein Magen knurrte. Seit mehr als vierundzwanzig Stunden hatte er nichts gegessen. Und er hatte Durst. Wo würden sie Wasser finden? Konnte man aus der Dordogne trinken? Oder mußten sie sich eine Quelle suchen? Und wo würden sie etwas zu essen finden?

Er drehte sich nach Marek um, aber Marek war nicht da. Er sah sich im Bauernhaus um – wieder diese Schmerzen bei jeder Bewegung –, aber Marek war verschwunden.

Chris wollte eben aufstehen, als er das Geräusch näher kommender Schritte hörte. Marek? Nein, entschied er: Er hörte die Schritte von mehr als einer Person. Und das leise Klirren eines Kettenhemds.

Die Schritte kamen näher, blieben dann stehen. Er hielt den

Atem an. Rechts, kaum einen Meter von seinem Kopf entfernt, erschien ein Kettenhandschuh im offenen Fenster und legte sich auf das Fensterbrett. Der Ärmel über dem Handschuh war grün mit schwarzem Besatz.

Arnauts Männer.

»Hic nemo habitavit nuper«, sagte eine Männerstimme.

Von der Tür kam eine Antwort: *»Et intellego square. Specta, porta habet signum rubrum. Estne pestilentia?«*

»Pestilentia? Certo scisne? Abeamus!«

Die Hand zog sich hastig zurück, und die Schritte eilten davon. Sein Ohrstöpsel hatte nichts übersetzt, weil er abgeschaltet war. Er mußte sich auf seine Lateinkenntnisse verlassen. Was hieß *pestilentia*? Wahrscheinlich »Pest«. Die Soldaten hatten das Zeichen auf der Tür gesehen und sich schnell entfernt.

O Gott, dachte er, ist das ein Pesthaus? War das der Grund, warum man es niedergebrannt hatte? Konnte man sich noch immer mit der Pest infizieren? Er dachte gerade darüber nach, als zu seinem Entsetzen eine schwarze Ratte durch das tiefe Gras und zur Tür hinaushuschte. Chris erschauerte. Kate wachte auf und gähnte. »Wie spät ist –«

Er drückte ihr den Finger auf die Lippen und schüttelte den Kopf.

Er konnte die sich entfernenden Männer noch immer hören, ihre Stimmen klangen schwach durch den grauen Morgen. Chris krabbelte unter dem Verschlag hervor, kroch zum Fenster und schaute vorsichtig hinaus.

Er sah mindestens ein Dutzend Soldaten in den grünen und schwarzen Farben Arnauts, die methodisch alle strohgedeckten Hütten vor den Klostermauern absuchten. Und im selben Moment sah er Marek, der auf die Klostermauern zulief. Er ging gebückt, zog ein Bein nach und hatte einiges Grünzeug in seinen Händen. Die Soldaten hielten ihn auf. Marek verbeugte sich unterwürfig. Seine ganze Gestalt wirkte klein und schwach. Er zeigte den Soldaten, was er in den Händen hatte. Die Soldaten lachten und scheuchten ihn weg. Noch immer gebückt und unterwürfig ging Marek weiter.

Kate sah zu, wie Marek an ihrem ausgebrannten Bauernhaus vorbeiging und hinter der Klostermauer verschwand. Er hatte offensichtlich nicht vor, zu ihnen zurückzukommen, solange Soldaten die Gegend durchstreiften.

Chris war mit schmerzverzerrtem Gesicht unter den Verschlag zurückgekrochen. Seine Schulter schien verletzt zu sein, er hatte getrocknetes Blut auf der Kleidung. Sie half ihm, das Wams aufzuknöpfen, und er verzog das Gesicht und biß sich auf die Unterlippe. Sanft zog sie das kragenlose Leinenunterhemd zur Seite und sah, daß die ganze linke Seite seiner Brust häßlich violett verfärbt war, mit einem gelblich-schwarzen Rand. Das mußte die Stelle sein, wo die Lanze ihn getroffen hatte.

Als er ihr Gesicht sah, flüsterte er: »Ist es schlimm?«

»Ich glaube, es ist nur eine Prellung. Vielleicht ein paar angeknackste Rippen.«

»Tut verdammt weh.«

Sie zog ihm das Hemd über die Schulter und entdeckte die Pfeilwunde. Es war ein schräger, fünf Zentimeter langer Schnitt in der Haut, verklebt mit geronnenem Blut.

»Wie sieht's aus?« fragte er und musterte ihr Gesicht.

»Nur ein Schnitt.«

»Entzündet?«

»Nein, sieht sauber aus.«

Sie zog das Wams noch weiter herunter und sah weitere verfärbte Prellungen auf seinem Rücken, der Flanke und unter dem Arm. Sein ganzer Körper war eine einzige Prellung. Es mußte unglaublich schmerzhaft sein. Sie war erstaunt, daß er nicht mehr jammerte. Schließlich war das noch derselbe Kerl, der einen Anfall bekam, wenn man ihm ein Frühstücksomelett mit getrockneten anstelle von frischen Steinpilzen vorsetzte. Der schmollte, wenn ihm der bestellte Wein nicht zusagte.

Sie fing an, ihm das Wams wieder zuzuknöpfen. Doch er sagte: »Ich schaff das schon.«

»Ich will dir nur helfen …«

»Ich sagte, *ich schaff das schon.*«

Sie ließ von ihm ab und hob die Hände. »Okay, okay.«

»Ich muß die Arme sowieso bewegen«, sagte er und verzog bei

jedem Knopf das Gesicht. Er machte sie alle selbst zu. Doch danach lehnte er sich wieder an die Wand und schloß, schwitzend vor Anstrengung und Schmerz, die Augen.

»Chris ...«

Er öffnete die Augen wieder. »Ich bin okay. Wirklich, mach dir um mich keine Sorgen. Es ist wirklich alles in Ordnung.«

Und er meinte es ernst.

Sie kam sich fast vor, als würde sie neben einem Fremden sitzen.

Als Chris seine Schulter und seine Brust gesehen hatte – sie waren so violett wie getrocknetes Fleisch –, hatte seine eigene Reaktion ihn überrascht. Eigentlich hätte er erwartet, daß er entsetzt oder verängstigt reagierte. Statt dessen aber fühlte er sich plötzlich leicht, beinahe sorglos. Auch wenn der Schmerz ihn nach Luft schnappen ließ, der Schmerz war unwichtig. Er war einfach froh, am Leben zu sein und einen neuen Tag vor sich zu haben. Sein gewohntes Jammern, seine Nörgeleien und Unsicherheiten schienen plötzlich völlig irrelevant. Statt dessen besaß er nun, das spürte er, eine Quelle grenzenloser Energie – eine fast aggressive Vitalität, wie er sie noch nie zuvor erlebt hatte. Er spürte, wie sie durch seinen Körper strömte, eine Art Hitze. Die Welt um ihn herum erschien ihm so lebensprall, so sinnlich wie noch nie zuvor.

Für ihn bekam der graue Morgen plötzlich eine ursprüngliche Schönheit. Die kühle, feuchte Luft trug den Duft von nassem Gras und feuchter Erde zu ihnen. Die Steine in seinem Rücken stützten ihn. Sogar der Schmerz war nützlich, weil er alle unnötigen Gefühle verdrängte. Er fühlte sich befreit, hellwach und für alles bereit. Es war eine ganz andere Welt mit ganz anderen Regeln.

Und zum ersten Mal war er *in* der Welt.

Mittendrin.

Als die Soldaten verschwunden waren, kehrte Marek zurück. »Habt ihr alles verstanden?« fragte er.

»Was?«

»Die Soldaten suchen nach drei Leuten aus Castelgard: zwei Männern und einer Frau.«

»Warum?«

»Arnaut will mit ihnen reden.«

»Ist es nicht nett, beliebt zu sein?« sagte Chris mit schiefem Grinsen. »Alle sind hinter uns her.«

Marek gab jedem eine Handvoll nasses Gras und Blätter. »Wildgemüse. Das ist das Frühstück. Eßt auf.«

Chris kaute die Pflanzen geräuschvoll. »Köstlich«, sagte er. Er meinte es ernst.

»Die Pflanze mit den gezackten Blättern ist Mutterkraut. Das hilft gegen die Schmerzen. Der weiße Stengel ist Weide. Wirkt abschwellend.«

»Danke«, sagte Chris. »Es ist sehr gut.«

Marek starrte ihn ungläubig an. »Ist alles in Ordnung mit ihm?« fragte er Kate.

»Ich glaube, er ist okay.«

»Gut. Eßt auf, und dann gehen wir zum Kloster. Wenn wir an den Wachen vorbeikommen.«

Kate nahm ihre Perücke ab. »Das dürfte kein Problem sein«, sagte sie. »Sie suchen nach zwei Männern und einer Frau. Also, wer hat das schärfste Messer?«

Zum Glück waren ihre Haare bereits kurz, und so brauchte Marek nur ein paar Minuten, um die längeren Strähnen abzuschneiden und ihr eine Männerfrisur zu verpassen. Während er arbeitete, sagte Chris: »Ich habe über gestern nacht nachgedacht.«

»Offensichtlich hat noch jemand einen Ohrstöpsel«, sagte Marek.

»Genau«, erwiderte Chris. »Und ich glaube, ich weiß, woher derjenige ihn hat.«

»Von Gomez«, sagte Marek.

Chris nickte. »Das nehme ich an. Du hast ihn ihr nicht abgenommen?«

»Nein. Ich habe gar nicht daran gedacht.«

»Ich bin mir sicher, daß ein anderer ihn sich weit genug ins Ohr hineindrücken kann, um etwas zu verstehen, auch wenn er ihm nicht richtig paßt.«

»Ja«, sagte Marek. »Aber die Frage ist, wer? Wir sind im vierzehnten Jahrhundert. Ein fleischfarbener Klumpen, der spricht, ist

Zauberei. Ein furchterregendes Ding für jeden, der es findet. Wer es aufhebt, würde es gleich wieder fallenlassen wie eine heiße Kartoffel – und es dann sofort zertreten. Oder sich aus dem Staub machen.«

»Ich weiß«, sagte Chris. »Deshalb komme ich ja, sooft ich drüber nachdenke, immer nur auf eine mögliche Antwort.«

Marek nickte. »Diese Mistkerle haben es uns nicht gesagt.«

»Was gesagt?« fragte Kate.

»Daß noch jemand hier ist. Jemand aus dem zwanzigsten Jahrhundert.«

»Es ist die einzig mögliche Antwort«, sagte Chris.

»Aber wer?« fragte Kate.

Chris hatte schon den ganzen Morgen darüber nachgedacht. »De Kere«, sagte er. »Es muß de Kere sein.«

Marek schüttelte den Kopf.

»Überleg mal«, sagte Chris. »Er ist erst seit einem Jahr hier, richtig? Niemand weiß, woher er kam, oder? Er hat sich bei Oliver eingeschlichen, und er haßt uns, weil er weiß, daß wir es auch tun könnten, richtig? Er führt seine Soldaten von der Gerberei weg, geht die Straße hoch, *bis wir etwas sagen* – und dann kommt er sofort zurück.«

»Die Sache hat nur einen Haken«, bemerkte Marek. »De Kere spricht fließend Provenzalisch.«

»Na ja, du auch.«

»Nein, ich rede schwerfällig wie ein Ausländer. Ihr zwei hört euch die Übersetzungen aus den Ohrstöpseln an. Ich höre mir das an, was die Leute wirklich sagen. De Kere spricht wie ein Einheimischer. Völlig flüssig, und mit einem Akzent wie alle anderen. Und im zwanzigsten Jahrhundert ist Provenzalisch eine tote Sprache. Es ist unmöglich, daß er aus dem zwanzigsten Jahrhundert stammt und so redet. Er muß von hier sein.«

»Vielleicht ist er Linguist.«

Marek schüttelte den Kopf. »Es ist nicht de Kere«, sagte er. »Es ist Guy Malegant.«

»Sir Guy?«

»Keine Frage«, sagte Marek. »Ich hatte meine Zweifel an ihm, seit er uns in diesem Geheimgang überraschte. Wißt ihr noch? Wir waren fast völlig still da drin – aber er öffnet die Tür und ertappt uns. Er versuchte nicht einmal, überrascht zu wirken. Er zog sein Schwert nicht, sondern rief einfach nur nach den Wachen. Weil er bereits wußte, daß wir da drin waren.«

»Aber so ist es doch gar nicht passiert«, sagte Chris. »Sir Daniel kam überraschend ins Zimmer.«

»Wirklich?« fragte Marek. »Ich kann mich nicht erinnern, daß er hereinkam.«

»Also, ich glaube«, sagte Kate, »daß Chris recht haben könnte. Es könnte de Kere sein. In diesem Durchgang zwischen Kapelle und Burg hing ich nämlich ziemlich hoch oben an der Mauer, und de Kere gab seinen Soldaten den Befehl, euch zu töten, und ich weiß noch, daß ich eigentlich zu weit weg war, um ihn zu verstehen, aber trotzdem verstand ich ihn.«

Marek starrte sie an. »Und was ist dann passiert?«

»Dann flüsterte de Kere einem Soldaten etwas zu … Und ich konnte nicht verstehen, was er sagte.«

»Genau. Weil er keinen Ohrstöpsel hatte. Wenn er einen gehabt hätte, hättest du alles verstanden, auch Geflüstertes. Aber er hatte keinen. Es ist Sir Guy. Wer hat Gomez den Kopf abgeschlagen? Sir Guy und seine Männer. Bei wem wäre es am wahrscheinlichsten, daß er zur Leiche zurückkehrt und den Ohrstöpsel an sich nimmt? Bei Sir Guy. Die anderen Männer hatten eine Heidenangst vor der blitzenden Maschine. Nur Sir Guy hatte keine Angst. Weil er wußte, worum es sich handelte. Es ist aus unserem Jahrhundert.«

»Ich glaube nicht, daß Guy schon da war«, sagte Chris, »als die Maschine blitzte.«

»Aber mein Hauptargument ist«, sagte Marek, »daß Sir Guy ein entsetzliches Provenzalisch spricht. Er klingt wie ein New Yorker, der durch die Nase redet.«

»Na ja, ist er denn nicht aus Middlesex? Und ich glaube nicht, daß er von vornehmer Herkunft ist. Ich habe den Eindruck, seine Ritterwürde ist für Tapferkeit verliehen, nicht ererbt.«

»Er war als Lanzenkämpfer nicht gut genug, um dich im ersten Anlauf aus dem Sattel zu werfen«, sagte Marek. »Und er war nicht gut genug mit dem Schwert, um mich zu töten. Ich sag's euch, es ist Guy de Malegant.«

»Na ja«, sagte Chris, »wer immer es ist, jetzt weiß er, daß wir zum Kloster gehen.«

»Das stimmt«, sagte Marek, trat einen Schritt von Kate zurück und sah ihre neue Frisur prüfend an. »Also gehen wir.«

Kate berührte unsicher ihre Haare. »Muß ich froh sein, daß ich keinen Spiegel habe?«

Marek nickte. »Vermutlich.«

»Sehe ich aus wie ein Kerl?«

Chris und Marek wechselten einen Blick. »So irgendwie.«

»So irgendwie?«

»Ja. Du siehst aus wie ein Kerl.«

»Es reicht auf jeden Fall«, sagte Marek.

Sie standen auf.

15:12:09

Die schwere Holztür öffnete sich einen Spalt. Aus der Dunkelheit spähte sie ein Gesicht an, das von einer weißen Kapuze verschattet war. »Gott gewähre Euch Wachstum und Wohlstand«, sagte der Mönch feierlich.

»Gott gewähre Euch Gesundheit und Weisheit«, erwiderte Marek auf provenzalisch.

»Was ist Euer Begehr?«

»Wir sind hier, um Bruder Marcel zu sehen.«

Der Mönch nickte, fast so, als hätte er sie erwartet. »*Certum,* Ihr möget eintreten«, sagte er. »Ihr seid zur rechten Zeit gekommen, denn er ist noch hier.« Er öffnete die Tür ein Stückchen weiter, so daß sie, einer nach dem anderen, eintreten konnten.

Sie fanden sich in einem kleinen, steinernen und sehr dunklen Vorraum wieder. Es duftete nach Rosen und Orangen. Aus dem Inneren des Klosters hörten sie leise Gesänge.

»Ihr könnt Eure Waffen hier ablegen«, sagte der Mönch und deutete in eine Ecke des Zimmers.

»Guter Bruder, ich fürchte, das können wir nicht«, sagte Marek.

»Hier habt Ihr nichts zu befürchten. Legt die Waffen ab, oder geht wieder.«

Zuerst wollte Marek protestieren, doch dann nahm er sein Schwert ab.

Der Mönch führte sie einen stillen Gang entlang. Die Wände bestanden aus nacktem Stein. Dann bog er um eine Ecke in einen anderen Gang. Das Kloster war sehr groß und unübersichtlich wie ein Labyrinth.

Es war ein Zisterzienserkloster, die Mönche trugen weiße Kutten aus schlichtem Tuch. Die Zisterzienser begriffen die Strenge ihrer Ordensregel als bewußte Kritik an den korrupteren Orden der Benediktiner und der Dominikaner. Von Zisterziensermönchen wurde eine strenge Disziplin erwartet, ein Leben in äußerster Enthaltsamkeit. Seit Jahrhunderten erlaubten die Zisterzienser keine Verzierungen an ihren schlichten Gebäuden, keine Illustrationen in ihren Manuskripten. Ihre Ernährung bestand aus Gemüse und Wasser ohne Fleisch und Soßen. Die Pritschen waren hart, die Zellen nackt und kalt. Jeder Aspekt ihres klösterlichen Lebens war entschieden spartanisch. Tatsächlich aber hatte diese strenge Disziplin –

Twock!

Marek drehte sich zu dem Geräusch um. Sie kamen zu einem Kreuzgang – eine Art Arkade, die einen offenen Innenhof auf drei Seiten umschloß, und ein Ort, der eigentlich der Kontemplation und der Lektüre dienen sollte.

Twock!

Jetzt hörten sie Lachen. Und lautes Männergeschrei.

Twock! Twock!

Als sie im Kreuzgang standen, sah Marek, daß der Brunnen und die Gartenanlage in der Mitte entfernt worden waren. Der Boden bestand aus nackter, festgestampfter Erde. Vier Männer standen, schwitzend in ihren Leinenkitteln, darauf und spielten eine Art Handball.

Twock!

Der Ball rollte über den Boden, und die Männer schubsten und stießen sich, während sie den Ball rollen ließen. Als er liegenblieb, hob ein Mann ihn auf, rief *»Tenez!«* und schlug den Ball mit der flachen Hand über dem Kopf ab. Der Ball prallte von der Wand weg, die die vierte Seite des Innenhofes bildete. Die Männer schrien und kämpften um die beste Position. Im Kreuzgang standen Mönche und Adelige mit klimpernden Beuteln voller Wettgeld in der Hand und feuerten sie an.

An der Wand war ein langes Brett befestigt, und immer wenn der Ball mit einem lauten *Plonk* das Brett traf, wurden die Anfeuerungsrufe der Zuschauer noch lauter.

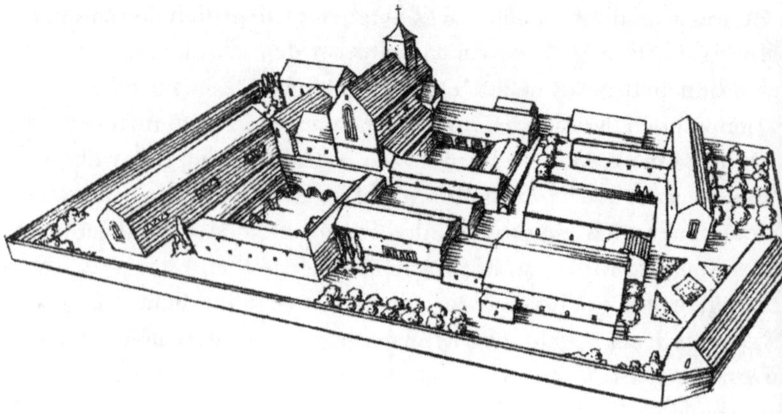

Marek brauchte eine Weile, bis er begriff, was er da sah: die früheste Form des Tennis.

Tenez – vom Ruf des Aufschlagenden, der »Fangt ihn!« bedeutete – war ein neues Spiel, erst fünfundzwanzig Jahre alt, doch seit seiner Erfindung der absolute Renner dieser Zeit. Schläger und Netz sollten erst Jahrhunderte später dazukommen; zu dieser Zeit war es eine Abart des Handballs, die von allen Gesellschaftsschichten gespielt wurde. Kinder spielten es auf den Straßen. Unter dem Adel war das Spiel so populär, daß es Mode wurde, immer neue Klöster zu bauen, die allerdings unvollendet blieben, sobald der Kreuzgang errichtet war. Königliche Familien sorgten sich, daß die Prinzen ihre ritterlichen Unterweisungen zugunsten langer Stunden auf dem Tennisplatz, oft auch noch abends bei Fackellicht, vernachlässigten. Das Wetten war allgegenwärtig. König Johann II. von Frankreich, der nun als Gefangener in England saß, hatte im Lauf der Jahre ein kleines Vermögen ausgegeben, um seine Tennisschulden zu bezahlen. (König Johann war auch als Johann der Gute bekannt, doch es hieß, worin er auch gut sein mochte, im Tennis war er es auf jeden Fall nicht.)

Marek fragte: »Spielt Ihr oft hier?«

»Übung kräftigt den Körper und schärft den Verstand«, erwiderte der Mönch sofort. »Wir spielen hier in zwei Höfen.«

Während sie durch den Kreuzgang gingen, bemerkte Marek, daß einige der Wettenden grüne Roben mit schwarzem Besatz trugen.

Es waren rauhe, graumelierte Männer, die ein wenig wie Banditen wirkten.

Dann ließen sie den Kreuzgang hinter sich und gingen eine Treppe hoch. Marek sagte zu dem Mönch: »Es hat den Anschein, als hieße der Orden die Männer des Arnaut de Cervole willkommen.«

»Das ist wahr«, sagte der Mönch, »denn sie werden uns die Gunst erweisen, die Mühle an uns zurückzugeben.«

»Wurde sie Euch denn weggenommen?« fragte Marek.

»In gewisser Weise.« Der Mönch ging zum Fenster, von dem aus man einen Blick auf die Dordogne und die Mühlenbrücke etwa vierhundert Meter flußaufwärts hatte.

»Mit ihren eigenen Händen haben die Mönche von Sainte-Mère die Mühle erbaut, auf Geheiß unseres verehrten Baumeisters, des Bruders Marcel. Marcel wird im Kloster hoch verehrt. Wie Ihr wißt, war er der Baumeister für unseren früheren Abt, Bischof Laon. Deshalb ist die Mühle, die er entwarf und die wir erbauten, das Eigentum des Klosters, wie auch ihre Abgaben.

Sir Oliver jedoch verlangt eine Mühlensteuer für seinen Säckel, obwohl er keinen Grund dafür hat, außer daß seine Truppen diese Gegend hier beherrschen. Deshalb ist unser ehrwürdiger Abt sehr erfreut, daß Arnaut gelobte, die Mühle dem Kloster zurückzugeben und die Steuer aufzuheben.«

Chris hörte aufmerksam zu und dachte: *Meine Dissertation!* Alles entsprach genau dem, was seine Recherchen ergeben hatten. Obwohl einige Leute das Mittelalter als eine rückständige Periode betrachteten, wußte Chris, daß es tatsächlich eine Zeit intensiver technologischer Entwicklung gewesen war und in dieser Hinsicht nicht sehr verschieden von unserer. Genaugenommen hatte die Industrialisierung und Mechanisierung, die zu einem Charakteristikum der westlichen Zivilisation wurde, im Mittelalter ihren Anfang genommen. Die größte damals verfügbare Energiequelle – die Wasserkraft – wurde zügig weiterentwickelt, ihre Anwendungsgebiete wurden beständig erweitert: Sie wurde nicht nur zum Mehlmahlen verwendet, sondern auch zum Walken von Tuch, zum Schmieden, zum Maischen von Bier, zur Holzbearbeitung, zum Mörtelmischen, zur Papierherstellung, zur Seilherstellung, zum Ölmahlen, zur Herstellung von Stoffarben und zum Antreiben der Blasebälge der Schmelzöfen zur Stahlherstellung. Überall in Europa wurden Flüsse aufgestaut und einen Kilometer weiter erneut aufgestaut; fast unter jeder Brücke lag ein Mühlenschiff vertäut. An einigen Flüssen standen die Mühlen aufgereiht wie an einer Perlenschnur, und jede nutzte die Energie des fließenden Wassers.

Mühlen wurden im allgemeinen als Monopol betrieben, sie waren eine wichtige Einkommensquelle und ein beständiger Anlaß für Konflikte. So gehörten im Umkreis einer Mühle Prozesse, Morde und Schlachten zum Alltag. Und hier gab es ein Beispiel, das zeigte –

»Und doch«, sagte Marek nun, »sehe ich, daß die Mühle noch immer in den Händen von Sir Oliver ist, denn sein Banner weht von den Türmen, und seine Bogenschützen bemannen die Brustwehr.«

»Oliver hält die Mühlenbrücke«, sagte der Mönch, »weil die Brücke dicht an der Straße nach La Roque liegt, und wer die Brücke beherrscht, der beherrscht auch die Straße. Aber Arnaut wird ihm die Brücke bald entreißen.«

»Und Euch zurückgeben.«

»In der Tat.«

»Und was bringt das Kloster als Gegenleistung?«

»Wir werden ihn natürlich segnen«, erwiderte der Mönch. Und fügte dann hinzu: »Und ihn auch großzügig entlohnen.«

Sie kamen durch ein Skriptorium, wo Mönche in Reihen vor ihren Pulten saßen und stumm Manuskripte kopierten. Aber in Mareks Augen wirkte das alles falsch: Anstelle von meditativem Gesang wurde ihre Arbeit begleitet vom Lärm und dem Geschrei des Spiels im Hof. Und trotz des alten zisterziensischen Bilderverbots malten viele Mönche Illustrationen in die Ecken und an die Ränder der Manuskripte. Die Maler saßen da mit einer Sammlung von Pinseln und steinernen Schälchen mit verschiedenen Farben. Einige der Illustrationen waren leuchtend bunt und reich verziert.

»Hier entlang«, sagte der Mönch und führte sie eine Treppe hinunter in einen kleinen, sonnenhellen Hof. Auf einer Seite sah Marek acht Soldaten in den Farben Arnauts in der Sonne stehen. Ihm fiel auf, daß sie ihre Schwerter trugen.

Der Mönch geleitete sie zu einem kleinen Haus am Ende des Hofs und dann durch eine Tür. Sie hörten Wasser rieseln und sahen einen Brunnen mit einem großen Becken. Lateinische Gesänge erfüllten die Luft. In der Mitte des Raums wuschen zwei Mönche einen nackten, blassen Körper, der auf einem Tisch lag.

»Frater Marcellus«, flüsterte der Mönch und verbeugte sich leicht.

Marek starrte die Szene an. Es dauerte einen Augenblick, bis ihm bewußt wurde, was er da sah.

Bruder Marcel war tot.

14:52:07

Ihre Reaktion verriet sie. Der Mönch sah deutlich, daß sie nicht gewußt hatten, daß Marcel tot war. Stirnrunzelnd faßte er Marek am Arm und fragte: »Warum seid Ihr hier?«

»Wir hatten gehofft, mit Bruder Marcel sprechen zu können.«

»Er starb gestern nacht.«

»Woran starb er?«

»Das wissen wir nicht. Aber er war alt, wie Ihr sehen könnt.«

»Was wir von ihm wollten, war sehr dringend«, sagte Marek. »Wenn wir vielleicht seine persönliche Habe sehen könnten –«

»Er hatte keine persönliche Habe.«

»Aber doch sicher ein paar private Dinge –«

»Er lebte sehr einfach.«

Marek fragte: »Darf ich seine Zelle sehen?«

»Es tut mir leid, aber das ist nicht möglich.«

»Aber ich wäre Euch sehr verbunden, wenn –«

»Bruder Marcel lebte in der Mühle. Seine Zelle ist schon seit vielen Jahren dort.«

»Aha.« Die Mühle war jetzt unter der Kontrolle von Olivers Truppen. Dort konnten sie nicht hin, zumindest nicht im Augenblick.

»Aber vielleicht kann ich Euch helfen. Sagt mir, was wolltet Ihr so Dringendes von ihm?«

»Es ist eine private Angelegenheit«, erwiderte Marek. »Ich kann nicht darüber sprechen.«

»Hier gibt es nichts Privates«, sagte der Mönch und bewegte sich langsam auf die Tür zu. Marek hatte den starken Eindruck, daß er gleich Alarm schlagen würde.

»Es geht um eine Bitte von Magister Edwardus.«

»Magister Edwardus!« Das Verhalten des Mönchs änderte sich völlig. »Warum habt Ihr das nicht gleich gesagt? Und wie steht Ihr zu Magister Edwardus?«

»Fürwahr, wir sind seine Gehilfen.«

»Certum?«

»In der Tat, das ist so.«

»Warum habt Ihr das nicht gleich gesagt? Magister Edwardus ist hier höchst willkommen, denn er hat dem Abt einen Dienst erwiesen, bevor er von Sir Oliver gefangengesetzt wurde.«

»Oh.«

»Kommt unverzüglich mit mir«, sagte der Mönch. »Der Abt wird Euch zu sehen wünschen.«

»Aber wir haben –«

»Der Abt wird es wünschen. Kommt.«

Wieder draußen im Sonnenlicht sah Marek, daß sich jetzt viele Soldaten in den Höfen des Klosters aufhielten. Und diese Soldaten lungerten nicht herum; sie waren wachsam und bereit zur Schlacht.

Das Haus des Abts war ein kleines, reich mit Schnitzwerk verziertes Holzhaus in einem entfernten Winkel des Klosters. Sie wurden in ein kleines, holzgetäfeltes Vorzimmer geführt, in dem ein älterer Mönch, gebückt und schwer wie eine Kröte, vor einer geschlossenen Tür saß.

»Ist Mylord der Abt anwesend?«

»Fürwahr, er unterweist gerade eine Büßerin.«

Aus dem angrenzenden Zimmer hörten sie ein rhythmisches knarzendes Geräusch.

»Wie lange wird er mit ihr beten?«

»Es kann noch eine gute Weile dauern«, sagte die Kröte. »Sie ist rückfällig. Sie frönt der Wiederholung ihrer Sünden.«

»Wollt Ihr die Güte haben, diese würdigen Herren hier unserem ehrwürdigen Abt vorzustellen«, sagte der Mönch, »denn sie bringen Neuigkeiten von Edwardus de Johnes.«

»Seid gewiß, daß ich es ihm sage«, erwiderte die Kröte gelangweilt. Aber Marek sah plötzliches Interesse in den Augen des alten

Mannes aufblitzen. Die Mitteilung schien ihm wichtiger zu sein, als er sich anmerken ließ.

»Es geht schon auf die Terz zu«, sagte die Kröte mit einem Blick auf die Sonne. »Werden Eure Gäste an unserem schlichten Morgenmahl teilnehmen?«

»Vielen Dank, aber nein, wir –« sagte Marek. Chris hüstelte. Kate stieß Marek in den Rücken. Marek sagte: »Wir nehmen dankend an, wenn es keine zu große Mühe macht.«

»Bei der Gnade Gottes, Ihr seid willkommen.«

Sie wollten eben aufbrechen, als ein junger Mönch atemlos ins Zimmer stürzte. »Mylord Arnaut ist auf dem Weg. Er wünscht den Abt sofort zu sehen!«

Die Kröte sprang auf und sagte zu ihnen: »Geht auf der Stelle!« Und öffnete eine Seitentür.

Und so fanden sie sich in einem kleinen, schlichten Zimmer neben dem Gemach des Abts wieder. Das Knarzen des Betts verstummte, sie hörten das Murmeln der Kröte, die eindringlich mit dem Abt sprach.

Einen Augenblick später ging eine andere Tür auf, und eine Frau kam herein. Ihre Beine waren nackt, das Gesicht war gerötet, und sie ordnete hastig ihre Kleider. Sie mußte außergewöhnlich schön sein. Als sie sich umdrehte, sah Chris erstaunt, daß es Lady Claire war.

Sie bemerkte seinen Blick und fragte: »Warum starrt Ihr so?«

»Äh, Mylady …«

»Squire, Eure Miene ist höchst unangebracht. Wie könnt Ihr es wagen, über mich zu urteilen? Ich bin eine Edelfrau, allein in fremden Landen, ohne Beschützer, der mich führt und verteidigt. Und doch muß ich nach Bordeaux reisen, das über hundert Meilen entfernt liegt, und von dort nach England, um Anspruch zu erheben auf die Ländereien meines Gatten. Das ist meine Pflicht als Witwe, und in diesen Zeiten des Krieges und des Aufruhrs werde ich ohne Zögern alles tun, was nötig ist, um dies zu erreichen.«

Chris dachte, daß Zögerlichkeit eindeutig nicht zum Charakter dieser Frau gehörte. Er war verblüfft über ihre Kühnheit. Marek dagegen sah sie mit offener Bewunderung an. »Ich bitte Euch, Mylady, vergebt ihm«, erwiderte er gewandt, »er ist noch jung und oft gedankenlos.«

»Die Umstände ändern sich. Ich brauchte eine Empfehlung, die nur der Abt mir geben konnte. Was mir an Überzeugungskunst zur Verfügung steht, benutze ich.« Lady Claire hüpfte von einem Fuß auf den anderen, um das Gleichgewicht zu halten, während sie ihre Beinlinge anzog. Sie band sie zu, strich dann ihre Kutte glatt, setzte die Haube auf und band sie mit geschickten Fingern unter dem Kinn zu, so daß nur noch ihr Gesicht zu sehen war.

Nun sah sie aus wie eine Nonne. Ihr Verhalten wurde demütiger, ihre Stimme leiser, sanfter.

»Nun wißt Ihr, durch eine Fügung des Schicksals, was ich eigentlich niemanden wissen lassen wollte. So bin ich Euch auf Gedeih und Verderb ausgeliefert und bitte Euch um Euer Schweigen.«

»Ihr habt es«, sagte Marek, »denn Eure Angelegenheiten gehen uns nichts an.«

»Und Ihr habt dafür mein Schweigen«, erwiderte sie. »Denn es ist offensichtlich, daß der Abt Euer Hiersein vor Arnaut de Cervole verheimlichen will. Habe ich Euer Wort?«

»Fürwahr, Mylady, Ihr habt es.«

»Ja, Mylady«, sagte Chris.

»Ja, Mylady«, sagte Kate.

Als Claire Kates Stimme hörte, runzelte sie die Stirn und ging dann zu ihr. »Sprecht Ihr wahr?«

»Ja, Mylady«, sagte Kate noch einmal.

Claire strich mit der Hand über Kates Brust und spürte ihren Busen unter dem straffen Brusttuch. »Ihr habt Euch die Haare abgeschnitten, Maid«, sagte sie. »Wißt ihr, daß eine Frau, die sich als Mann verkleidet, mit dem Tode bestraft werden kann?« Sie sah Chris an, als sie dies sagte.

»Wir wissen es«, sagte Marek.

»Ihr müßt Eurem Magister sehr ergeben sein, wenn Ihr Euer Geschlecht aufgebt.«

»Das bin ich, Mylady.«

»Dann bete ich für Euch, daß Ihr es überlebt.«

Die Tür öffnete sich, und die Kröte winkte ihnen. »Würdige Herren, kommt. Mylady, bitte bleibt, der Abt wird Euch schon bald zu Gefallen sein. Aber Ihr würdigen Herren, bitte kommt mit mir.«

Draußen im Hof beugte sich Chris zu Marek und flüsterte: »André, diese Frau ist das reinste Gift.«

Marek lächelte. »Ich gebe zu, daß sie ein gewisses Feuer hat …«

»André, ich sag's dir. Du kannst ihr kein Wort glauben.«

»Ach wirklich? Ich finde, sie war erstaunlich aufrichtig«, sagte Marek. »Sie sucht Schutz. Und sie tut gut daran.«

Chris starrte ihn an. »Schutz?«

»Ja. Sie sucht einen Beschützer«, erwiderte Marek nachdenklich.

»Einen Beschützer? Von was redest du? Wir haben nur noch – wie viele Stunden sind es noch?«

Marek sah auf seinen Timer am Armband. »Elf Stunden und zehn Minuten.«

»Und was soll das dann mit dem Beschützer?«

»Ach, das war nur so ein Gedanke«, sagte Marek. Er legte Chris den Arm um die Schulter. »Ist nicht wichtig.«

11:01:59

Sie saßen zusammen mit vielen Mönchen an einem langen Tisch in einem großen Saal, eine Schüssel mit dampfender Suppe vor sich und in der Mitte des Tisches große Vorlegeplatten, auf denen sich Gemüse, Rindfleisch und gebratene Kapaune türmten. Niemand rührte auch nur einen Muskel, alle hatten die Köpfe zum Gebet gesenkt, und die Mönche sangen:

»Pater noster qui es in coelis
Sanctificetur nomen tuum
Adveniat regnum tuum
Fiat voluntas tua.«

Kate warf immer wieder verstohlene Blicke auf die Speisen. Die Kapaune dampften! Sie sahen fett aus, gelber Bratensaft troff auf die Platten. Dann merkte sie, daß die Mönche neben ihr ziemlich verwirrt über ihr Schweigen waren. Anscheinend sollte sie dieses Gebet kennen.

Marek neben ihr sang laut:

»Panem nostrum cotidianum
Da nobis hodie
Et dimitte nobis debita nostra.«

Sie verstand kein Latein, und sie konnte nicht mitsingen, deshalb schwieg sie bis zum »Amen«.

Die Mönche hoben alle den Kopf und nickten ihr zu. Sie hatte diesen Augenblick gefürchtet und machte sich auf das Schlimmste gefaßt. Jetzt würden sie wohl mit ihr reden, und sie würde nicht antworten können. Was sollte sie tun?

Sie sah Marek an, der völlig entspannt wirkte. Warum auch nicht, er beherrschte ja die Sprache.

Ein Mönch reichte ihr schweigend eine Platte mit Rindfleisch. Tatsächlich herrschte Stille im ganzen Saal. Das Essen wurde wortlos weitergereicht, es war nichts zu hören außer dem leisen Klappern von Tellern und Messern. Sie aßen schweigend!

Sie nahm die Platte, nickte und nahm sich eine große Portion, dann noch eine, bis sie Mareks mißbilligenden Blick bemerkte. Sie gab ihm die Platte.

In einer Ecke des Saals fing ein Mönch an, einen lateinischen Text zu lesen, und die Worte klangen wie eine Melodie in ihren Ohren, während sie hungrig aß. Sie war am Verhungern. Sie konnte sich nicht erinnern, je mit mehr Genuß gegessen zu haben. Sie schaute kurz zu Marek, der mit einem stillen Lächeln auf dem Gesicht aß. Sie wandte sich ihrer Suppe zu, die köstlich schmeckte, und dann sah sie wieder Marek an.

Er lächelte nicht mehr.

Marek hatte die ganze Zeit die Eingänge im Auge behalten. Es gab drei in diesem großen Saal, einen rechts von ihm, einen links und einen direkt vor ihm in der Mitte der Längswand.

Kurz zuvor hatte er gesehen, wie sich eine Gruppe Soldaten am rechten Eingang versammelte. Sie spähten herein, als wären sie neugierig auf das Essen, aber sie blieben draußen.

Jetzt sah er eine zweite Gruppe Soldaten im mittleren Eingang stehen. Kate sah ihn an, und er beugte sich dicht zu ihr und flüsterte ihr ins Ohr: »Linker Eingang.« Die Mönche um sie herum warfen ihnen mißbilligende Blicke zu. Kate sah Marek an und nickte knapp zum Zeichen, daß sie verstanden hatte.

Wohin führte diese linke Tür? Dort waren keine Soldaten zu sehen, und der Raum dahinter war dunkel. Wohin er auch führte, sie würden es riskieren müssen. Er suchte Chris' Blick und bedeutete ihm mit einem unauffälligen Heben des Daumens: Zeit zu gehen.

Chris nickte fast unmerklich. Marek schob eben seine Suppe weg und wollte aufstehen, als ein Mönch in weißer Kutte zu ihm kam, sich über ihn beugte und flüsterte: »Der Abt wird Euch jetzt empfangen.«

Der Abt von Sainte-Mère war ein vitaler Mann Anfang Dreißig, mit dem Körper eines Athleten und dem scharfen Auge eines Händlers. Seine schwarze Robe war mit eleganten Stickereien verziert, seine schwere Halskette bestand aus purem Gold, und die Hand, die er ihnen zum Kuß hinstreckte, trug Juwelen an vier Fingern. Er empfing sie in einem sonnigen Hof und ging dann neben Marek her, während Chris und Kate folgten. Die grün-schwarzen Soldaten waren überall. Der Abt war fröhlich und freundlich, aber er hatte die Angewohnheit, unvermittelt das Thema zu wechseln, als wollte er seinen Zuhörer überrumpeln.

»Mir tun diese Soldaten von Herzen leid«, sagte der Abt, »aber ich fürchte, wir haben Eindringlinge in unserem Kloster – Olivers Männer –, und bis wir sie gefunden haben, müssen wir vorsichtig sein. Und Mylord Arnaut hat uns gnädigerweise seinen Schutz angeboten. Habt Ihr gut gegessen?«

»Dank der Gnade Gottes und Eurer eigenen, sehr gut, Hochwürdiger Abt.«

Der Abt lächelte freundlich. »Ich mag Schmeicheleien nicht«, sagte er. »Und unser Orden verbietet sie.«

»Ich werde es mir zu Herzen nehmen«, sagte Marek.

Der Abt musterte die Soldaten und seufzte. »So viele Soldaten ruinieren die Jagd.«

»Was für eine Jagd denn?«

»Die Jagd eben, die Jagd«, sagte er ungeduldig. »Gestern morgen gingen wir jagen und kehrten mit leeren Händen zurück, nicht einmal einen Rehbock konnten wir vorweisen. Und Cervoles Männer waren noch gar nicht angekommen. Jetzt sind sie hier – zweitausend in allem. Was sie an Wild nicht erlegen, verscheuchen sie. Es wird Monate dauern, bis die Wälder sich wieder beruhigt haben. Was gibt es Neues von Magister Edwardus? Sagt es mir, denn ich bedarf dieser Nachrichten sehr.«

Marek runzelte die Stirn. Der Abt schien wirklich sehr gespannt und neugierig. Aber er schien eine spezifische Information zu erwarten.

»Hochwürdiger Abt, er ist in La Roque.«

»Oh? Bei Sir Oliver?«

»Ja, Hochwürdiger Abt.«

»Höchst unglücklich. Habt Ihr von ihm eine Nachricht für mich?« Offensichtlich hatte er Mareks verwirrten Blick gesehen. »Nein?«

»Hochwürdiger Abt, Edwardus hat mir keine Nachricht für Euch anvertraut.«

»Vielleicht verschlüsselt? Irgendeine beiläufige oder unverständliche Formulierung?«

»Es tut mir leid«, antwortete Marek.

»Nicht so leid wie mir. Und jetzt ist er in La Roque?«

»Das ist er, Hochwürdiger Abt.«

»Fürwahr, das gefällt mir nicht«, sagte der Abt. »Denn La Roque ist uneinnehmbar.«

»Doch falls es einen Geheimgang ins Innere gibt ...«, sagte Marek.

»Ach, der Gang, der Gang«, wiederholte der Abt mit einer unwirschen Handbewegung. »Der ist noch mein Ruin. Ich höre von nichts anderem mehr. Jedermann möchte diesen Geheimgang kennen – und Arnaut noch mehr als alle anderen. Der Magister half mir, indem er Marcellus' alte Dokumente durchsuchte. Seid Ihr sicher, daß er Euch nichts gesagt hat?«

»Er sagte, wir sollten Bruder Marcel aufsuchen.«

Der Abt schnaubte. »*Certum*, dieser Geheimgang war das Werk von Laons Gehilfen und Schreiber, sprich Bruder Marcel. Aber in den letzten Jahren war er nicht mehr bei gesundem Geist. Das ist auch der Grund, warum wir ihn in der Mühle leben ließen. Den ganzen Tag lang murmelte und stammelte er vor sich hin, und dann schrie er plötzlich auf, daß er Geister und Dämonen sehe, und er verdrehte die Augen und schlug wild um sich, bis die Vision verschwand.« Der Abt schüttelte den Kopf. »Die anderen Mönche verehrten ihn und sahen seine Visionen als Beweis seiner Frömmigkeit und nicht als Zeichen einer Krankheit, was sie eigentlich waren. Aber warum gab der Magister Euch den Befehl, ihn aufzusuchen?«

»Der Magister sagte, Marcel habe den Schlüssel.«

»Einen Schlüssel?« wiederholte der Abt. *»Einen Schlüssel?«* Er klang höchst verärgert. »Natürlich hatte er einen Schlüssel, er hatte viele Schlüssel, und die sind alle in der Mühle zu finden, aber wir können nicht –« Er taumelte nach vorne und sah Marek mit erschrockenem Gesichtsausdruck an.

Überall auf dem Hof schrien Männer und deuteten nach oben.

Marek sagte: »Hochwürdiger Abt –«

Der Abt spuckte Blut und brach in Mareks Armen zusammen. Marek ließ ihn sanft zu Boden gleiten. Er spürte den Pfeil im Rücken des Abts, bevor er ihn sah. Weitere Pfeile surrten herab und bohrten sich neben ihm ins Gras.

Marek hob den Kopf und sah im Glockenturm der Kirche mehrere kastanienbraune Gestalten, die in schneller Folge ihre Pfeile abschossen. Ein Pfeil riß Marek die Kappe vom Kopf, ein zweiter durchlöcherte den Ärmel seines Hemds. Ein dritter bohrte sich tief in die Schulter des Abts.

Der nächste Pfeil traf Marek am Oberschenkel. Er spürte einen heftigen, brennenden Schmerz, der sein Bein entlangzuckte, er taumelte und fiel auf den Rücken. Vergeblich versuchte er aufzustehen, er war zu benommen, sein Gleichgewichtssinn hatte ihn verlassen. Er fiel wieder auf den Rücken, während um ihn herum Pfeile zu Boden surrten.

Chris und Kate rannten durch den Pfeilhagel zur anderen Seite des Hofes, um dort Schutz zu suchen. Plötzlich schrie Kate auf, taumelte und stürzte zu Boden, einen Pfeil im Rücken. Dann rappelte sie sich wieder hoch, und Chris sah, daß der Pfeil ihr unter der Achsel in den Ärmel gefahren war, sie aber nicht getroffen hatte. Ein Pfeil streifte sein Bein und riß ihm den Stoff auf. Und dann erreichten sie den Kreuzgang und warfen sich keuchend hinter eine der Säulen. Pfeile prallten von den Wänden, den Säulen und Bögen um sie herum ab. Chris fragte: »Bist du okay?«

Sie nickte schwer atmend. »Wo ist Marek?«

Chris stand auf und spähte vorsichtig hinter der Säule hervor. »O nein!« rief er. Und rannte den Gang hinunter.

Marek stand taumelnd auf und sah, daß der Abt noch am Leben war. »Verzeiht mir«, sagte er, als er sich den Abt auf die Schultern hob und ihn in eine geschützte Ecke trug. Die Soldaten auf dem Hof schossen nun ihrerseits Pfeilgarben in den Glockenturm hinauf. Der Beschuß von oben wurde schwächer.

Marek brachte den Abt hinter die Säulenbögen des Kreuzgangs und legte ihn seitlich auf den Boden. Der Abt zog sich den Pfeil aus der Schulter und warf ihn beiseite. Er keuchte vor Anstrengung. »Mein Rücken… mein Rücken…«

Marek drehte ihn behutsam um. Der Schaft in seinem Rücken vibrierte mit jedem Herzschlag. »Hochwürden, wollt Ihr, daß ich ihn herausziehe?«

»Nein.« Der Abt schlang verzweifelt einen Arm um Mareks Hals und zog ihn zu sich. »Noch nicht… Ein Priester… Ein Priester…« Er verdrehte die Augen. Ein Priester kam auf sie zugelaufen.

»Hier kommt er schon, hochwürdiger Abt.«

Der Abt schien erleichtert über die Nachricht, klammerte sich aber noch immer mit starkem Griff an Marek. »Der Schlüssel zu La Roque…«

»Ja, Hochwürden?«

»… Zimmer…«

Marek wartete. »Was für ein Zimmer, Hochwürden? Was für ein Zimmer?«

»Arnaut…«, sagte der Abt und schüttelte den Kopf, wie um ihn wieder klar zu bekommen. »Arnaut wird wütend sein… Zimmer…« Sein Griff erschlaffte. Marek zog ihm den Pfeil aus dem Rücken und legte den Sterbenden behutsam zu Boden. »Jedesmal, wenn er… machte… niemand gesagt… und so… Arnaut.« Er schloß die Augen.

Der Mönch schob sich zwischen sie, sprach einige schnelle lateinische Worte, zog dem Abt die Schuhe aus und stellte eine Flasche Öl auf den Boden. Er begann, ihm die Sterbesakramente zu verabreichen.

Marek lehnte sich an eine der Säulen und zog sich den Pfeil aus dem Oberschenkel. Er hatte ihn nur leicht getroffen und steckte nicht so tief, wie er gedacht hatte. Gerade zwei Zentimeter des

Schafts waren blutig. Er warf den Pfeil zu Boden, als Chris und Kate zu ihm kamen.

Sie sahen sein Bein und dann den Pfeil an. Marek blutete. Kate hob ihr Wams und schnitt mit ihrem Dolch einen Streifen von ihrem Unterhemd ab. Das wickelte sie Marek als provisorischen Verband um den Oberschenkel.

»So schlimm ist es auch wieder nicht«, sagte Marek.

»Dann wird dir die Binde auch nicht schaden«, erwiderte sie. »Kannst du gehen?«

»Natürlich kann ich gehen«, antwortete Marek.

»Du bist blaß.«

»Mir geht's gut«, sagte er, löste sich von der Säule und schaute auf den Hof hinaus.

Vier Soldaten lagen auf der mit Pfeilen gespickten Erde. Die anderen Soldaten waren verschwunden; keiner schoß mehr zum Glockenturm hinauf, denn aus einem der hohen Fenster drang Rauch. Auch auf der anderen Seite des Hofes sahen sie Rauch, der dick und schwarz aus dem Refektorium quoll. Das ganze Kloster fing an zu brennen.

»Wir müssen diesen Schlüssel finden«, sagte Marek.

»Aber er ist in Marcels Zimmer.«

»Ich bin mir da nicht so sicher.« Marek war wieder eingefallen, daß eins der letzten Dinge, die Elsie, die Graphologin, ihm auf der Ausgrabungsstätte gesagt hatte, etwas mit einem Schlüssel zu tun gehabt hatte. Und mit einem Wort, das ihr Kopfzerbrechen bereitete. An die Einzelheiten konnte er sich nicht mehr erinnern – er hatte sich zu der Zeit Sorgen um den Professor gemacht –, aber er wußte noch genau, daß Elsie sich eins der Pergamente aus dem Stapel, den sie im Kloster gefunden hatten, angesehen hatte. Dem Stapel, in dem sie die Nachricht des Professors gefunden hatten.

Und Marek wußte, wo diese Dokumente zu finden waren.

Sie eilten den Gang entlang zur Kirche. Einige der Buntglasfenster waren zerbrochen, Rauch quoll hervor. Drinnen hörten sie Männer rufen, und einen Augenblick später stürzte ein Trupp Soldaten durchs Tor. Marek drehte sich auf dem Absatz um und führte sie den Weg zurück, den sie gekommen waren.

»Was tun wir jetzt?« fragte Chris.

»Die Tür suchen.«

»Was für eine Tür?«

Marek bog links in einen Säulengang ein und dann noch einmal links, durch eine sehr schmale Öffnung, die sie in einen engen Raum führte, eine Art Lagerraum. Er wurde von einer Fackel erhellt. Im Boden befand sich eine Falltür, Marek riß sie auf, und sie sahen Stufen, die in die Dunkelheit führten. Er schnappte sich eine Fackel, und sie stiegen die Stufen hinunter. Chris ging als letzter und schloß die Falltür hinter sich wieder. Dann stieg er in eine feuchte, dunkle Kammer hinunter.

Die Fackel flackerte in der kühlen Luft. In ihrem unsteten Licht sahen sie riesige Fässer, fast zwei Meter im Durchmesser, die an der Wand aufgereiht standen. Sie waren in einem Weinkeller.

»Wie ihr euch vorstellen könnt, werden die Soldaten diesen Keller ziemlich bald gefunden haben«, sagte Marek. Er führte sie schnell und ohne Zögern durch mehrere Gewölbe mit Fässern.

Kate, die hinter ihm ging, fragte: »Weißt du, wohin du gehst?«

»Du nicht?« erwiderte er.

Aber sie wußte es nicht, und so folgten sie und Chris ihm dicht auf den Fersen, um im beruhigenden Lichtkreis der Fackel zu bleiben. Sie kamen zu einer Gruft, in der, in schmalen, langen Vertiefungen in der Wand, unter verfaulenden Leichentüchern Verstorbene ruhten. Hier und dort waren Schädel zu sehen, an denen noch Haarreste hingen, manchmal sahen sie Füße, aus denen die Knochen herausragten. Ratten quiekten leise in der Dunkelheit.

Kate schüttelte sich.

Marek ging weiter, bis er unvermittelt in einer fast leeren Kammer stehenblieb.

»Warum bleibst du stehen?« fragte Kate.

»Weißt du das nicht?« entgegnete Marek.

Sie sah sich um und erkannte dann, daß sie sich genau in dem Gewölbe befand, in das sie vor einigen Tagen gekrochen war. Auf einer Seite stand der Sarkophag des Ritters, jetzt allerdings mit dem Deckel obendrauf. An einer anderen Wand stand ein schlichter Holztisch mit Stapeln von Öltuchblättern und Manuskriptbündeln, die mit Hanfschnur verknotet waren. Daneben befand sich ein niedriges Mäuerchen, auf dem ein einzelner Manuskriptstapel lag – und die Linse aus der Brille des Professors, die im Licht der Fackel funkelte.

»Er muß sie gestern verloren haben«, sagte Kate. »Anscheinend haben die Soldaten ihn hier unten gefangengehalten.«

»Wahrscheinlich.« Sie sah zu, wie Marek in dem Stapel blätterte. Die Nachricht des Professors fand er sehr schnell, dann wandte er sich dem vorangehenden Blatt zu. Stirnrunzelnd starrte er es im Schein der Fackel an.

»Was ist das?« fragte sie.

»Eine Beschreibung«, antwortete er. »Eines unterirdischen Flusses, und… hier ist es.« Er deutete auf den Rand des Manuskripts, wo jemand eine lateinische Notiz hingeworfen hatte.

»Hier steht: ›Marcellus hat den Schlüssel.‹« Er deutete mit dem Finger auf das Manuskript. »Und hier steht noch was über, äh, eine Tür oder Öffnung, und große Füße.«

»Große Füße?«

»Moment mal«, sagte er. »Nein, das ist es nicht.« Jetzt fiel ihm wieder ein, was Elsie gesagt hatte. »Es heißt ›Füße eines Riesen‹, Riesenfüße.«

»Füße eines Riesen?« wiederholte Kate und sah ihn zweifelnd an. »Bist du sicher, daß das stimmt?«

»Das steht hier.«

»Und was ist das?« fragte sie. Unter seinem Finger standen zwei Wörter, eins unter dem anderen:

DESIDE
VIVIX

»Jetzt fällt's mir wieder ein«, sagte Marek. »Elsie sagte, sie kenne dieses Wort nicht, *vivix*. Aber von *deside* hat sie nichts gesagt. Und für mich sieht das auch gar nicht aus wie Latein. Es ist auch nicht Provenzalisch oder Altfranzösisch.«

Mit seinem Dolch schnitt er eine Ecke von dem Pergament ab, ritzte die zwei Wörter in das Material, faltete es zusammen und steckte es sich in die Tasche.

»Was heißt das?« fragte Kate.

Marek schüttelte den Kopf. »Absolut keine Ahnung.«

»Es wurde am Rand hinzugefügt«, sagte sie. »Vielleicht hat es überhaupt keine Bedeutung. Vielleicht ist es nur ein Gekritzel oder eine Berechnung oder so was Ähnliches.«

»Das bezweifle ich.«

»Aber die Leute haben doch sicher auch damals schon gekritzelt.«

»Ich weiß, aber das sieht nicht aus wie Gekritzel, Kate. Das ist eine ernsthafte Notiz.« Er wandte sich wieder dem Manuskript zu und fuhr mit dem Finger über die Zeilen. »Okay. Okay... Hier steht: *Transitus occultus incipit...* der Geheimgang fängt an... *propre ad capellam viridem, sive capellam mortis* – an der grünen Kapelle, auch bekannt als die Kapelle des Todes – und –«

»Die grüne Kapelle?« fragte sie mit seltsamer Stimme.

Marek nickte. »Genau. Aber hier steht nicht, wo die Kapelle ist.« Er seufzte. »Wenn der Gang wirklich eine Verbindung mit den Kalksteinhöhlen hat, könnte der Eingang überall sein.«

»Nein, André«, sagte Kate. »Ist er nicht.«

»Was meinst du damit?«

»Ich meine«, sagte sie, »daß ich weiß, wo die grüne Kapelle ist.«

Kate berichtete: »Sie war auf den Lageplänen für das Dordogne-Projekt verzeichnet – sie ist nur eine Ruine, knapp außerhalb der Ausgrabungsstätte. Ich erinnere mich, daß ich gefragt hatte, warum sie nicht in das Projekt mit einbezogen wurde, weil sie doch so nahe dran lag. Auf der Karte wurde sie als *›chapelle verte morte‹* bezeichnet, und ich dachte, das heißt ›Kapelle des grünen Todes‹. Ich erinnere mich noch gut daran, weil ich dachte, das klingt wie ein Titel von Edgar Allan Poe.«

»Weißt du noch genau, wo sie liegt?«

»Nicht genau, nur daß sie in dem Wald ungefähr einen Kilometer nördlich von Bezenac liegt.«

»Dann ist es möglich«, sagte Marek. »Ein tausend Meter langer Tunnel ist möglich.«

Hinter sich hörten sie nun plötzlich den Lärm von Soldaten, die in den Keller eindrangen.

»Zeit zu gehen.«

Er führte sie nach links, in den Korridor, der an der Treppe endete. Als Kate sie das letzte Mal gesehen hatte, war sie in einem Erdhaufen verschwunden. Jetzt führte sie direkt zu einer hölzernen Falltür.

Marek stieg die Stufen hoch und drückte die Schulter gegen die Tür. Sie ging leicht auf. Sie sahen grauen Himmel und Rauch.

Marek kletterte ins Freie, und sie folgten ihm.

Sie kamen in einem Obstgarten heraus, in dem die Bäume mit ihren leuchtend grünen Frühlingsblättern in ordentlichen Reihen standen. Zwischen den Bäumen hindurch kamen sie schließlich zur Klostermauer. Sie war vier Meter hoch, zu hoch, um darüber zu klettern. Aber sie kletterten auf die Bäume und von dort auf die Mauerkrone und sprangen auf der anderen Seite zu Boden. Direkt vor ihnen lag ein dichter Wald. Sie liefen darauf zu und tauchten wieder einmal in das dunkle Laubwerk ein.

09:57:02

Im ITC-Labor trat David Stern ein paar Schritte von dem Prototypen weg. Er sah sich das kleine, mit Klebeband umwickelte elektronische Bündel an, das er in den letzten fünf Stunden gebaut und getestet hatte.

»Das wär's«, sagte er. »Damit können wir ihnen eine Nachricht schicken.«

Es war inzwischen Nacht geworden; vor den Fenstern des Labors war es dunkel. »Wie spät ist es bei denen?« fragte er.

Gordon zählte es an den Fingern ab. »Sie sind um acht Uhr morgens angekommen. Inzwischen sind siebenundzwanzig Stunden vergangen. Also ist es jetzt elf Uhr vormittags am nächsten Tag.«

»Okay. Das sollte okay sein.«

Stern hatte es geschafft, dieses elektronische Kommunikationsgerät zu bauen, obwohl Gordon stur darauf beharrt hatte, daß das unmöglich sei. Gordon hatte gesagt, man könne ihnen keine Nachricht schicken, weil man nicht wisse, wo die Maschine lande. Statistisch gesehen, war es mehr als wahrscheinlich, daß die Maschine an einem Ort landen würde, wo sie sich nicht befanden. Sie würden diese Nachricht deshalb nie sehen. Das zweite Problem war, daß man keine Möglichkeit hatte, herauszufinden, ob sie die Nachricht erhalten hatten oder nicht.

Aber Stern hatte diese beiden Probleme auf höchst simple Art gelöst. Seine Vorrichtung bestand aus einem Sender-Empfänger-Ohrstöpsel, wie jene, die seine Freunde bereits trugen, und zwei kleinen Kassettenrecordern.

Der eine Recorder enthielt die Nachricht, die über den Ohrstöpselsender ausgestrahlt wurde. Der zweite Recorder nahm jede Nachricht auf, die an den Ohrstöpselempfänger übermittelt wurde. Das ganze Ding war, wie Gordon es bewundernd nannte, ein Multiversums-Anrufbeantworter.

Stern sprach nun folgende Nachricht auf den ersten Recorder: »Hier ist David. Ihr seid jetzt siebenundzwanzig Stunden weg. Versucht nicht, früher als in fünf Stunden zurückzukommen. Erst dann sind wir wieder für euch bereit. Aber teilt uns mit, ob bei euch alles in Ordnung ist. Redet einfach, was ihr sagt, wird aufgenommen. Macht's gut und bis bald.«

Stern hörte die Nachricht noch einmal ab und sagte dann: »Okay, dann wollen wir's mal losschicken.«

Gordon drückte einige Knöpfe auf der Kontrollkonsole. Die Maschine begann zu summen und erstrahlte in blauem Licht.

Als Stern Stunden zuvor mit der Arbeit an diesem Gerät begonnen hatte, war seine einzige Sorge die gewesen, daß seine Freunde wahrscheinlich gar nicht wußten, daß sie nicht zurückkehren konnten. Er konnte sich gut vorstellen, daß sie in eine Notlage gerieten, vielleicht von allen Seiten angegriffen wurden, und im letzten Augenblick die Maschine riefen, weil sie ja annahmen, daß sie sofort zurückkehren konnten. Stern dachte deshalb, man sollte ihnen mitteilen, daß sie, zumindest im Augenblick, nicht zurückkehren konnten.

Das war seine erste Sorge gewesen. Doch jetzt hatte er eine zweite, noch viel größere Sorge. Die Luft in der Höhle war seit ungefähr sechzehn Stunden ausgetauscht. Jetzt befanden sich Arbeitstrupps in der Höhle, die den Transitbereich wiederaufbauten. Auch die Kontrollkabine war seit vielen Stunden wieder bemannt, die Monitore wurden beständig überwacht.

Aber es hatte noch keine Feldanomalien gegeben.

Was bedeutete, daß es noch keinen Rückkehrversuch gegeben hatte. Und Stern hatte das Gefühl – natürlich würde es niemand direkt sagen, vor allem Gordon nicht –, daß einige Leute bei ITC dachten, mehr als vierundzwanzig Stunden ohne Feldanomalie seien ein schlechtes Zeichen. Er spürte, daß eine große Fraktion innerhalb der Firma glaubte, das Team sei bereits tot.

Stern ging es mit seiner Maschine also weniger darum, ob eine Nachricht geschickt werden konnte, als vielmehr darum, ob eine empfangen werden konnte. Denn das wäre ein Beweis, daß das Team noch am Leben war.

Stern hatte seine Vorrichtung mit einer auf einem Ratschenmechanismus beweglich gelagerten Antenne versehen, so daß sie unterschiedlich ausgerichtet werden konnte. Die Botschaft würde dreimal in drei verschiedene Richtungen ausgestrahlt werden, und das Team würde so drei Möglichkeiten zu einer Antwort bekommen. Danach würde die Maschine automatisch in die Gegenwart zurückkehren, so wie vor Jahren die Kamera.

»Jetzt geht's los«, sagte Gordon.

Unter Laserblitzen schrumpfte die Maschine.

Stern wartete ungeduldig und nervös. Nach zehn Minuten kehrte die Maschine zurück. Kalter Dampf zischte über den Boden, als er seine Vorrichtung aus der Maschine nahm, das Klebeband abriß und den Rückspulknopf drückte.

Seine Nachricht wurde abgespielt.

Es kam keine Antwort.

Die Nachricht wurde noch einmal abgespielt.

Wieder keine Antwort. Nur statisches Rauschen, aber sonst nichts.

Gordon starrte Stern mit ausdruckslosem Gesicht an. Stern sagte: »Es gibt viele denkbare Erklärungen ...«

»Natürlich, David, natürlich.«

Die Nachricht lief ein drittes Mal.

Stern hielt den Atem an.

Wieder statisches Rauschen, und dann, in der Stille des Labors, Kates Stimme: »Habt ihr Jungs gerade was gehört?«

Marek: »Von was redest du?«

Chris: »Himmel, Kate, schalt deinen Ohrstöpsel aus.«

Kate: »Aber –«

Marek: »Schalt ihn aus.«

Wieder Rauschen. Keine Stimmen mehr.

Aber das Wesentliche war erreicht.

»Sie sind am Leben«, sagte Stern.

»Das sind sie auf jeden Fall, ja«, sagte Gordon. »Jetzt wollen wir doch mal sehen, wie's unten im Transitbereich aussieht.«

Doniger ging in seinem Büro auf und ab und probte seine Formulierungen, seine Gesten und Bewegungen. Er hatte einen Ruf als fesselnder, charismatischer Redner, aber Kramer wußte, daß nichts daran spontan war. Es war eher das Ergebnis langer Vorbereitung. Bewegungen, Formulierungen, Gesten – Doniger überließ nichts dem Zufall.

Früher hatte Kramer sich über sein Verhalten gewundert: Sein endloses obsessives Proben für jeden öffentlichen Auftritt schien merkwürdig bei einem Mann, dem es in den allermeisten Situationen ziemlich egal war, wie er auf andere wirkte. Schließlich erkannte sie jedoch, daß Doniger das Reden in der Öffentlichkeit genoß, weil es so unverhohlen manipulativ war. Er war überzeugt davon, daß er intelligenter war als jeder andere, und eine überzeugende Rede – »Die merken überhaupt nicht, was mit Ihnen passiert« – war für ihn nur eine weitere Möglichkeit, das zu beweisen.

Jetzt ging Doniger auf und ab und benutzte Kramer als Testpublikum. »Wir werden alle von der Vergangenheit beherrscht, auch wenn das niemandem bewußt ist. Niemand erkennt die Macht der Vergangenheit«, sagte er mit weit ausholender Handbewegung.

»Aber wenn man darüber nachdenkt, wird man begreifen, daß die Vergangenheit viel wichtiger ist als die Gegenwart. Die Gegenwart ist wie eine Koralleninsel, die über das Wasser hinausragt, aber aufgebaut ist aus Millionen toter Korallen unter der Oberfläche, die niemand sieht. Genauso ist unsere alltägliche Welt aufgebaut aus Abermillionen von Ereignissen und Entscheidungen der Vergangenheit. Was wir in der Gegenwart hinzufügen, ist trivial.

Ein Teenager ißt sein Frühstück und geht dann in einen Laden, um die neueste CD einer Band zu kaufen. Der Junge denkt, er lebt ausschließlich in seiner modernen Zeit. Aber wer definierte, was eine ›Band‹ ist? Wer definierte ›Laden‹? Wer definierte ›Teenager‹? Oder ›Frühstück‹? Ganz zu schweigen vom gesamten sozialen Umfeld des Jungen – Familie, Schule, Bekleidung, Transport und Regierung.

Nichts von alledem wurde in der Gegenwart entschieden. Das meiste wurde vor Hunderten von Jahren entschieden. Dieser Junge sitzt auf dem Gipfel eines Bergs, der die Vergangenheit ist. *Und er bemerkt es überhaupt nicht.* Er wird bestimmt von dem, was er nie sieht, worüber er nie nachdenkt, was er einfach nicht weiß. Es ist eine Form des Zwangs, die fraglos akzeptiert wird. Derselbe Junge steht anderen Formen der Kontrolle sehr skeptisch gegenüber – elterliche Verbote, Werbebotschaften, staatliche Gesetze. Aber die unsichtbare Herrschaft der Vergangenheit, die fast alles in seinem Leben bestimmt, wird nicht hinterfragt. Das ist wirkliche Macht. Macht, die man sich aneignen und benutzen kann. Denn so wie die Gegenwart von der Vergangenheit bestimmt wird, so auch die Zukunft. Deshalb sage ich, die Zukunft gehört der Vergangenheit. Und der Grund –«

Doniger bracht verärgert ab. Kramers Handy klingelte, und sie nahm den Anruf entgegen. Unwirsch wartend marschierte er auf und ab. Probierte eine Geste, dann eine andere.

Schließlich schaltete Kramer ab und sah ihn an.

»Ja?« sagte er. »Was ist?«

»Das war Gordon. Sie sind noch am Leben, Bob.«

»Sind sie schon zurück?«

»Nein, aber wir haben eine Aufnahme ihrer Stimmen. Drei von ihnen sind auf jeden Fall am Leben.«

»Eine Nachricht von ihnen? Wer hat herausgefunden, wie man das anstellt?«

»Stern.«

»Wirklich? Vielleicht ist er doch nicht so dumm, wie ich dachte. Wir sollten ihn einstellen.« Er hielt kurz inne. »Willst du mir damit also sagen, daß wir sie doch zurückbekommen?«

»Nein. Da bin ich mir nicht so sicher.«

»Wo liegt das Problem?«

»Sie halten ihre Ohrstöpsel ausgeschaltet.«

»Im Ernst? Aber warum? Die Batterien liefern Energie für siebenunddreißig Stunden. Es gibt keinen Grund, sie ausgeschaltet zu halten.« Dann starrte er sie an. »Glaubst du, es ist *wegen ihm*? Glaubst du, es ist Deckard?«

»Vielleicht. Ja.«

»Aber wie? Es ist jetzt über ein Jahr her. Deckard muß inzwischen tot sein – weißt du noch, wie er mit jedem Streit anfing?«

»Na ja, *irgendwas* hat sie dazu gebracht, ihre Ohrstöpsel auszuschalten ... «

»Ich weiß nicht«, sagte Doniger. »Rob hatte zu viele Transkriptionsfehler, und er war völlig außer Kontrolle. Verdammt, er hatte eine Gefängnisstrafe vor sich.«

»Ja, weil er in einer Bar einen Kerl zusammenschlug, den er noch nie zuvor gesehen hatte«, sagte Kramer. »Laut Polizeibericht schlug er zweiundfünfzigmal mit einem Metallstuhl auf ihn ein. Der Mann lag ein Jahr lang im Koma. Und Rob wäre auf jeden Fall ins Gefängnis gewandert. Deshalb wollte er ja freiwillig noch einmal zurück.«

»Wenn Deckard noch lebt«, sagte Doniger, »dann haben sie noch immer Probleme.«

»Ja, Bob. Sie haben noch immer eine Menge Probleme.«

09:57:02

In der kühlen Dunkelheit des Waldes zeichnete Marek mit einem Stock eine grobe Karte in die Erde. »Wir sind jetzt hier, hinter dem Kloster. Die Mühle ist da drüben, ungefähr einen knappen halben Kilometer entfernt. Dort gibt's einen Kontrollpunkt, an dem wir vorbeimüssen.«

»Mhmh«, sagte Chris.

»Und dann müssen wir in die Mühle hineinkommen.«

»Irgendwie«, sagte Chris.

»Genau. Und wenn wir den Schlüssel haben, gehen wir zur grünen Kapelle. Die wo liegt, Kate?«

Sie nahm den Stock und zeichnete ein Quadrat. »Wenn das La Roque ist, über dem Steilhang, dann liegt da im Norden ein Wald. Die Straße ist ungefähr hier. Ich glaube, die Kapelle ist nicht weit weg – hier vielleicht.«

»Zwei Kilometer? Drei Kilometer?«

»Sagen wir, drei Kilometer.«

Marek nickte.

»Na, das ist ja alles nicht schwer«, sagte Chris, stand auf und wischte sich die Erde von den Händen. »Wir müssen lediglich an den bewaffneten Wachen vorbei und in die befestigte Mühle kommen und dann zu 'ner Kapelle gehen – wir dürfen uns dabei nur nicht umbringen lassen. Also dann los.«

Sie ließen den Wald hinter sich und wanderten durch eine Landschaft der Zerstörung. Flammen loderten über dem Kloster von Sainte-Mère, Rauchwolken verdunkelten die Sonne. Schwarze Asche bedeckte den Boden, legte sich ihnen auf Gesicht und Schultern und schwängerte die Atemluft. Sie schmeckten Grus auf Lippen und Zunge. Am anderen Flußufer war gerade noch der dunkle Umriß von Castelgard zu erkennen, jetzt nur noch eine geschwärzte, rauchende Ruine auf der Hügelflanke.

Auf ihrem Marsch durch die Verwüstungen sahen sie lange Zeit keinen Menschen. Westlich des Klosters kamen sie an einem Bauernhaus vorbei, wo ein älterer Mann mit zwei Pfeilen in der Brust auf dem Boden lag. Aus dem Haus drang das Schreien eines Babys. Als sie hineinschauten, sahen sie eine zerstückelte Frau, die mit dem Gesicht nach unten vor dem Feuer lag; ein kleiner Junge starrte, den Bauch aufgeschlitzt, in den Himmel. Das Baby sahen sie nicht, aber die Schreie schienen von einer Decke in der Ecke zu kommen.

Kate ging darauf zu, aber Marek hielt sie zurück. »Nicht.«

Sie gingen weiter.

Der Rauch zog über eine leere Landschaft, verlassene Hütten, unbearbeitete Felder. Von dem Bauernhaus mit seinen hingemetzelten Bewohnern abgesehen, sahen sie keinen Menschen.

»Wo sind die ganzen Leute?« fragte Chris.

»Sie sind alle in den Wäldern«, sagte Marek. »Dort haben sie Hütten und unterirdische Verstecke. Sie wissen, was sie tun müssen.«

»In den Wäldern? Wie können sie da überleben?«

»Indem sie vorüberziehende Soldaten angreifen. Das ist der Grund, warum die Ritter jeden töten, den sie im Wald entdecken. Sie nehmen an, daß es *godins* sind – Straßenräuber –, und sie wissen, daß die *godins* sich revanchieren werden, wenn sie können.«

»Und das ist uns bei unserer Landung passiert?«

»Ja«, sagte Marek. »Die Feindschaft zwischen gemeinem Volk und Adel ist im Augenblick am schlimmsten. Die normalen Leute sind wütend, weil sie gezwungen sind, die Ritterschicht mit ihren Steuern und Zehnten zu unterstützen, aber wenn es darauf ankommt, erfüllen die Ritter ihren Teil der Abmachung nicht. Sie können die Schlachten nicht gewinnen, um das Land zu schützen. Der französische König wurde gefangengenommen, was für das einfache Volk große symbolische Bedeutung hat. Und jetzt, da der

Krieg zwischen England und Frankreich ruht, sehen sie nur zu deutlich, daß die Ritter die Urheber weiterer Zerstörungen sind. Sowohl Arnaut als auch Oliver haben bei Poitiers für ihren jeweiligen König gekämpft. Und jetzt plündern sie das Land aus, damit sie ihre Truppen bezahlen können. Den Leuten gefällt das nicht. Deshalb rotten sie sich zu Banden von *godins* zusammen, die in den Wäldern leben und zurückschlagen, wann immer sie können.«

»Und dieses Bauernhaus?« fragte Kate. »Wie kommt es zu so was?«

Marek zuckte die Achseln. »Vielleicht wurde dein Vater im Wald von *godins* getötet. Vielleicht hat dein Bruder eines Abends zuviel getrunken und sich im Wald verirrt und wurde von einer Bauernhorde erschlagen und nackt ausgezogen. Vielleicht waren deine Frau und deine Kinder unterwegs von einer Burg zur anderen und verschwanden spurlos. Irgendwann bist du soweit, daß du deine Wut und deine Frustration an irgend jemand auslassen willst. Und irgendwann tust du es auch.«

»Aber –«

Marek verstummte und deutete nach vorne. Über einer Baumreihe bewegte sich ein flatterndes grün-schwarzes Banner schnell von rechts nach links. Es wurde von einem einzelnen, galoppierenden Reiter getragen.

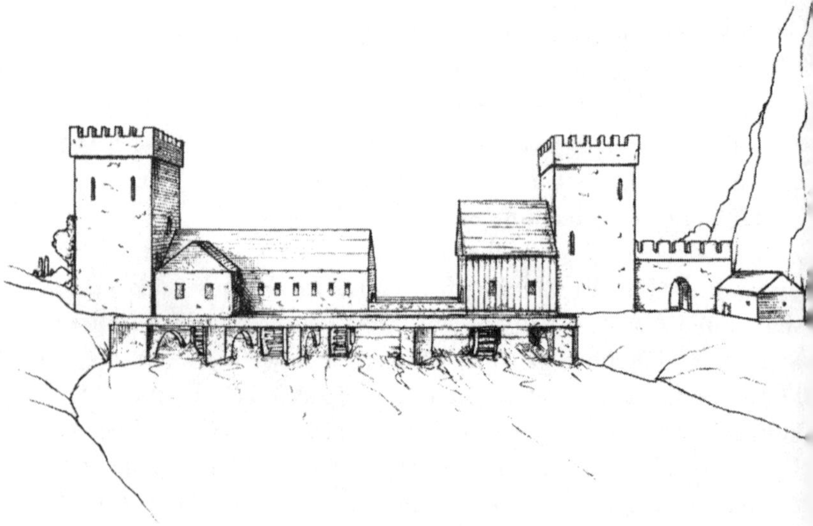

Marek deutete nach rechts. Sie gingen leise flußaufwärts. Und so kamen sie schließlich zu der Mühlenbrücke und dem Kontrollpunkt.

Die Mühlenbrücke endete an ihrem Ufer in einer hohen Steinmauer mit einem Torbogen. Ein steinernes Zollhäuschen stand rechts des Tors. Die einzige Straße nach La Roque führte hier durch, was bedeutete, daß Olivers Männer, die die Brücke kontrollierten, auch die Straße kontrollierten.

Die Kalksteinfelsen rechts der Straße waren hoch und steil. Der einzige Weg führte also durch den Torbogen. Und neben dem Tor stand, im Gespräch mit den Soldaten am Zollhaus, Robert de Kere.

Marek schüttelte den Kopf

Ein Strom von Bauern, meistens Frauen und Kinder, einige mit ein paar Habseligkeiten auf dem Rücken, kam die Straße hoch. Sie suchten den Schutz der Festung von La Roque. De Kere sprach mit einem Posten und warf hin und wieder einen flüchtigen Blick auf die Bauern. Auch wenn er keinen sehr aufmerksamen Eindruck machte, würden sie doch nie unbeobachtet an ihm vorbeikommen.

Schließlich verschwand de Kere im Inneren der befestigten Brücke. Marek stieß die andern an, sie setzten sich auf der Straße in Bewegung und gingen langsam auf den Kontrollpunkt zu. Marek spürte, wie er zu schwitzen anfing.

Die Wachen durchsuchten die Habseligkeiten der Leute, konfiszierten alles, was wertvoll aussah, und warfen es auf einen Haufen neben der Straße.

Marek erreichte den Torbogen und ging langsam weiter. Die Soldaten musterten ihn, aber er hielt den Blick gesenkt. Er schaffte es hindurch, dann Chris und schließlich Kate.

Sie folgten der Menge den Fluß entlang, doch als die Bauern nach einer Weile in Richtung La Roque abbogen, ging Marek in die entgegengesetzte Richtung, auf das Ufer zu.

Hier war überhaupt niemand, und sie konnten, versteckt hinter Laubwerk, die Brücke ausspähen, die jetzt etwa vierhundert Meter flußabwärts lag.

Was sie sahen, war nicht sehr ermutigend.

An jedem Ende der Brücke stand ein massiver, zweistöckiger

Wachturm mit einem zinnenbewehrten Laufgang obenauf und Schießscharten an allen Seiten. Auf dem diesseitigen Wachturm sahen sie zwei Dutzend Soldaten in Kastanienbraun und Grau, die kampfbereit über die Brustwehr nach unten schauten. Die gleiche Anzahl Soldaten befand sich auf dem zweiten Turm, auf dem Sir Olivers Banner im Wind flatterte.

Zwischen den beiden Türmen bestand die Brücke aus zwei Gebäuden unterschiedlicher Größe, die durch Rampen verbunden waren. Darunter drehten sich vier Wasserräder, angetrieben von der Strömung des Flusses, der durch eine Reihe von Dämmen und Kanälen beschleunigt wurde.

»Was meinst du?« fragte Marek Chris. Diesem Bauwerk galt schließlich sein ganz spezielles Interesse. Er studierte es seit zwei Jahren. »Kommen wir da rein?«

Chris schüttelte den Kopf. »Keine Chance. Überall Soldaten. Es gibt keinen Weg hinein.«

»Was ist das Gebäude auf unserer Seite?« fragte Marek und deutete auf einen zweistöckigen Holzbau.

»Das dürfte die Mehlmühle sein«, sagte Chris. »Wahrscheinlich mit den Mühlsteinen im Obergeschoß. Das Mehl rieselt über eine Rinne in Behälter im Erdgeschoß, wo man es leichter in Säcke füllen und hinaustragen kann.«

»Wie viele Leute arbeiten dort?«

»Wahrscheinlich zwei oder drei. Aber im Augenblick« – er deutete auf die Soldaten – »vielleicht überhaupt niemand.«

»Okay. Und das andere?«

Marek deutete auf das andere Gebäude, das mit dem ersten durch eine kurze Rampe verbunden war. Es war länger, aber niedriger. »Bin mir nicht ganz sicher«, sagte Chris. »Es könnte zur Metallbearbeitung sein, eine Breimühle zur Papierherstellung, ein Biermaischer oder vielleicht sogar eine Mühle zur Holzbearbeitung.«

»Du meinst mit Sägen?«

»Ja. Zu dieser Zeit gibt es bereits wassergetriebene Sägen. Falls es das ist.«

»Du bist dir aber nicht sicher.«

»Nein, von hier aus läßt sich das nicht feststellen.«

Kate sagte: »Tut mir ja furchtbar leid, aber warum zerbrechen wir uns überhaupt darüber den Kopf? Schaut euch die Brücke doch nur an: Wir kommen da nie rein.«

»Aber wir müssen rein«, sagte Marek. »Um uns Bruder Marcels Zelle anzusehen und um den Schlüssel zu holen, der da drin ist.«

»Aber wie, André? Wie kommen wir da rein?«

Lange starrte Marek die Brücke schweigend an. Dann sagte er: »Wir schwimmen.«

Chris schüttelte den Kopf. »Unmöglich«, sagte er. Die Brückenpfeiler ragten senkrecht aus dem Wasser, die Steine waren grün und schlüpfrig vor Algen. »Wir können da nie hochklettern.«

»Wer hat denn was von Klettern gesagt?« fragte Marek.

09:27:33

Chris blieb die Luft weg, als er die Kälte des Wassers spürte. Marek stieß sich bereits vom Ufer ab und ließ sich von der Strömung flußabwärts treiben. Kate war direkt hinter ihm, sie schwamm ein Stück nach rechts und versuchte, sich in der Flußmitte zu halten. Chris folgte ihnen, warf aber immer wieder nervöse Blicke zum Flußufer.

Bis jetzt hatten die Soldaten sie noch nicht entdeckt. Das Rauschen des Flusses klang laut in seinen Ohren, er hörte nichts anderes. Jetzt drehte er den Kopf nach vorn, konzentrierte sich nur noch auf die immer näher kommende Brücke. Er spürte, wie sein Körper sich anspannte. Er hatte nur eine einzige Chance – wenn er die verpaßte, würde die Strömung ihn flußabwärts treiben, und es war unwahrscheinlich, daß er es zurück zur Brücke schaffte, ohne gefangengenommen zu werden.

So war es also.

Eine einzige Chance.

Kleine Steinmauern ragten von den Ufern in den Fluß, um die Strömung zu beschleunigen, und er spürte, daß er immer schneller wurde. Direkt vor ihm war eine gemauerte Wasserrutsche, die direkt auf die Schaufelräder zuführte. Sie befanden sich jetzt im Schatten der Brücke. Alles ging sehr schnell. Der Fluß war weiße Gischt und brausendes Tosen. Als er näher kam, hörte er das Knarzen der hölzernen Räder.

Marek erreichte das erste Rad; er packte eine Speiche, schwang sich herum, stellte sich auf eine Schaufel und ließ sich vom Rad in die Höhe tragen, bis er nicht mehr zu sehen war.

Bei ihm sah es ganz einfach aus.

Jetzt hatte Kate das zweite Rad in der Mitte der Brücke erreicht. Behende griff auch sie nach einer aufsteigenden Speiche, doch sie drohte ihr wieder zu entgleiten, und nur mit aller Kraft konnte sie sich daran festklammern. Schließlich schwang auch sie sich auf eine Schaufel und kauerte sich hin.

Chris glitt die Wasserrutsche hinunter und grunzte, als sein Körper über die Steine holperte. Das Wasser um ihn herum kochte wie in einer Stromschnelle, die Strömung trug ihn schnell auf das sich drehende Rad zu.

Jetzt war er an der Reihe.

Das Rad war sehr nahe.

Chris griff nach einer aus dem Wasser auftauchenden Speiche, schloß die Hand darum – sie war kalt und schlüpfrig – Splitter stachen ihn in die Finger – er verlor den Halt – griff mit der andern Hand zu – verzweifelt – die Speiche stieg in die Luft – er konnte sich nicht festhalten – ließ los, fiel ins Wasser zurück – griff nach der nächsten Speiche – verfehlte sie – *verfehlte* sie – und wurde dann unbarmherzig weitergetrieben, wieder ins Sonnenlicht hinein, flußabwärts.

Er hatte seine einzige Chance verpaßt.

Verdammt!

Die Strömung trieb ihn weiter. Weg von der Brücke, weg von den anderen.

Er war auf sich allein gestellt.

09:25:12

Kate schob ein Knie auf die Schaufel des Wasserrads und spürte, wie sie aus dem Wasser gehoben wurde. Dann zog sie das zweite Knie nach, kauerte sich hin und ließ sich so in die Höhe tragen. Als sie nach unten schaute, sah sie gerade noch, wie Chris flußabwärts getrieben wurde, sein Kopf tanzte auf den Wellen im Sonnenlicht. Dann trug das Rad sie immer höher und in die Mühle hinein.

Sie sprang von der Schaufel ab und kauerte sich in der Dunkelheit auf den Boden. Die Holzdielen unter ihren Füßen gaben nach, sie roch feuchte Fäulnis. Sie befand sich in einer kleinen Kammer, das Wasserrad in ihrem Rücken und rechts von sich ein rotierendes Werk aus hölzernen Zahnrädern, die mit lautem Knarzen ineinandergriffen. Das Räderwerk war mit einem vertikalen Schaft verzahnt, der dadurch in eine Drehbewegung versetzt wurde. Der Schaft verschwand in der Decke. Wasser spritzte auf sie, während sie bewegungslos dastand und horchte. Aber sie hörte nichts außer dem Geräusch des Wassers und dem Knarzen von Holz.

Direkt vor sich sah sie eine niedrige Tür. Sie packte ihren Dolch und schob die Tür langsam auf.

Mehl rieselte in einer hölzernen Rinne von der Decke herab in einen quadratischen hölzernen Behälter neben ihr auf dem Boden. In einer Ecke waren Säcke mit Mehl zu einem hohen Stapel aufgeschichtet. Die Luft war dunstig vor gelbem Staub. Staub bedeckte die Wände, alle Oberflächen und die Leiter in einer Ecke, die ins Obergeschoß führte. Sie erinnerte sich, daß Chris ihr gesagt hatte, dieser Staub sei explosiv und eine einzige Flamme könne das ganze

Gebäude in die Luft jagen. Und tatsächlich sah sie nirgendwo eine Kerze und auch keine Kerzenhalter an den Wänden. Nirgendwo offenes Feuer.

Vorsichtig schlich sie auf die Leiter zu. Erst als sie dort war, sah sie die zwei Männer, die laut schnarchend, mit leeren Weinflaschen zu ihren Füßen, auf den Säcken lagen. Keiner von beiden gab irgendein Zeichen des Aufwachens von sich.

Sie stieg die Leiter hoch.

Sie kam an einem rotierenden Mühlstein aus Granit vorbei, der sich laut knirschend gegen einen darunterliegenden drehte. Das Getreide rieselte durch eine Art Trichter in ein Loch in der Mitte des oberen Steins. Das Mehl kam an den Seiten heraus und floß durch ein Loch im Boden in die Rinne, die ins Erdgeschoß führte.

In der Ecke des Raums sah sie Marek, der über der Leiche eines auf dem Boden liegenden Soldaten kauerte. Er hielt sich den Finger an die Lippen und deutete zu der Tür auf der rechten Seite. Kate hörte Stimmen: die Soldaten im Wachturm. Leise zog Marek die Leiter hoch und klemmte sie vor die Tür, um sie zu blockieren.

Gemeinsam nahmen sie dem Soldaten sein Breitschwert, den Bogen und den Köcher mit Pfeilen ab. Die Leiche war schwer, und es war überraschend schwierig, ihm die Waffen abzunehmen. Es schien ewig zu dauern. Kate sah sich das Gesicht des Mannes an – er hatte einen Zwei-Tage-Bart und ein Geschwür auf den Lippen. Seine Augen waren braun und starrten blicklos.

Sie schrak hoch, als der Mann plötzlich die Hand hob, aber sie war bloß mit ihrem feuchten Ärmel an seiner Armschiene hängengeblieben. Sie zog den Ärmel zurück, und sein Arm plumpste zu Boden.

Marek nahm das Breitschwert des Mannes und warf Kate den Bogen und die Pfeile zu.

An einer Reihe Haken an der Wand hingen weiße Mönchskutten. Marek zog sich eine über und gab ihr eine zweite.

Jetzt deutete er nach links, zu der Rampe, die in das zweite Gebäude führte. Zwei Soldaten in Kastanienbraun und Grau standen auf der Rampe und versperrten ihnen den Weg.

Marek sah sich um, fand einen kräftigen Stock, der zum Rühren des Mahlguts verwendet wurde, und gab ihn Kate. In der Ecke entdeckte er einige Weinflaschen. Er nahm zwei, öffnete die Tür, sagte etwas auf provenzalisch zu den Soldaten und schwenkte die Weinflaschen. Die Soldaten kamen sofort herbeigelaufen. Marek schob Kate neben die Tür und sagte nur ein Wort: *»Fest.«*

Der erste Soldat kam herein, dicht dahinter der zweite. Sie holte aus und schlug ihm den Stock mit solcher Kraft auf den Kopf, daß sie überzeugt davon war, sie habe ihm den Schädel gebrochen. Aber das hatte sie nicht; der Mann fiel um, richtete sich aber sofort wieder auf. Sie schlug ihn noch zweimal, und schließlich fiel er aufs Gesicht und rührte sich nicht mehr. Marek hatte unterdessen die Weinflasche auf dem Kopf des anderen Soldaten zerbrochen, und jetzt trat er ihn immer wieder in den Magen. Der Mann wehrte sich, er hob die Arme, um sich zu schützen, bis Kate auch ihm den Knüppel auf den Kopf schlug. Dann rührte er sich nicht mehr.

Marek nickte, versteckte sein Breitschwert unter der Kutte und ging, den Kopf wie ein Mönch leicht gesenkt, die Rampe hinunter. Kate folgte ihm.

Sie wagte es nicht, zu den Soldaten auf den Wachtürmen hochzusehen. Den Köcher hatte sie unter ihrer Kutte versteckt, aber den Bogen mußte sie außen tragen, so daß jeder ihn sehen konnte. Sie wußte nicht, ob jemand sie bemerkt hatte. Sie kamen zu dem zweiten Gebäude, und Marek blieb vor der Tür stehen. Sie horchte, hörte aber nichts außer einem lauten, monotonen Schlagen und dem Rauschen des Flusses.

Marek öffnete die Tür.

Hustend und spuckend trieb Chris auf dem bewegten Fluß. Die Strömung war zwar langsamer geworden, aber er war bereits hundert Meter von der Mühle entfernt. Auf beiden Ufern des Flusses standen Arnauts Männer herum, sie rechneten offensichtlich mit dem baldigen Befehl zum Angriff auf die Brücke. Eine große Anzahl Pferde wartete, gehalten von Knappen, etwas abseits.

Die von der Wasseroberfläche reflektierten Strahlen der Sonne stachen Arnauts Männer in die Augen. Chris sah, wie sie die Augen zusammenkniffen und sich vom Fluß abwandten. Das grelle Funkeln war vermutlich der Grund, warum sie ihn nicht gesehen hatten, erkannte er.

Ohne zu spritzen oder die Arme aus dem Wasser zu heben, schaffte er es ans Nordufer der Dordogne und legte sich unter die überhängenden Büsche am Wasserrand. Hier würde ihn niemand sehen. Er konnte kurz Atem holen. Und er mußte auf dieser Seite des Flusses – der französischen Seite – sein, wenn er André und Kate wiedertreffen wollte.

Das hieß, falls sie es schafften, lebend aus der Mühle herauszukommen. Chris wußte nicht, wie ihre Chancen standen. In der Mühle wimmelte es von Soldaten.

Und dann fiel ihm ein, daß Marek noch immer den Keramikmarker hatte. Wenn Marek starb oder verschwand, würden sie nie mehr nach Hause kommen. Aber das schaffen wir wahrscheinlich sowieso nicht, dachte er.

Etwas stieß gegen seinen Hinterkopf. Als er sich umdrehte, sah er eine vom Faulgas geblähte Ratte auf dem Wasser treiben. Vor Ekel wäre er am liebsten sofort aus dem Wasser gesprungen. Doch erst sah er sich um. Wo er sich jetzt befand, waren keine Soldaten. Sie standen etwa zwölf Meter entfernt im Schatten einer Eiche. Er stieg aus dem Wasser und ließ sich im Unterholz auf die Erde sinken. Die Sonne schien warm auf seinen Körper. Er hörte die Soldaten lachen und scherzen und wußte, daß er sich einen geschützteren Platz suchen sollte. Wo er jetzt lag, zwischen niederen Büschen dicht am Ufer, würde ihn jeder, der den Pfad am Fluß entlangging, sehen. Aber während er sich langsam aufwärmte, spürte er auch, daß die Erschöpfung ihn überwältigte. Die Lider wurden ihm schwer, die Glieder ebenfalls, und obwohl er sich der Bedrohung bewußt war, beschloß er, für ein paar Minuten die Augen zu schließen.

Nur ein paar Minuten.

Der Lärm im Inneren der Mühle war ohrenbetäubend. Kate zuckte zusammen, als sie die Galerie im Obergeschoß des Gebäudes betrat und nach unten schaute. Von einer Stirnseite zur anderen verlief eine Doppelreihe von Fallhämmern, die auf Ambosse niedersausten und das monotone Schlagen produzierten, das von den Wänden widerhallte.

Neben jedem Amboß standen eine Wanne mit Wasser und eine

Pfanne mit glühenden Kohlen. Das war ganz offensichtlich eine Schmiede, wo Stahl durch abwechselndes Erhitzen, Hämmern und Kühlen in Wasser vergütet wurde; die Wasserräder lieferten dazu die Energie für die Hämmer.

Doch jetzt knallten die Fallhämmer unbewacht auf die Ambosse, während sieben oder acht Soldaten in Kastanienbraun und Grau jeden Winkel des Raums absuchten, unter den rotierenden Zylindern und den niedersausenden Hämmern nachschauten, die Wände nach Geheimfächern abtasteten und in den Werkzeugkisten stöberten.

Kate war sich ganz sicher, wonach sie suchten: nach Bruder Marcels Schlüssel.

Marek wandte sich ihr zu und bedeutete ihr, daß sie die Treppe hinunter und zu einer Seitentür gehen sollten, die einen Spalt offenstand. Es war die einzige Tür in der Seitenwand, sie hatte kein Schloß, und dahinter lag mit großer Wahrscheinlichkeit Marcels Zimmer.

Und offensichtlich war es bereits durchsucht worden.

Aus irgendeinem Grund schien Marek dies nichts auszumachen, denn er bewegte sich sehr zielstrebig darauf zu. Am Fuß der Treppe zwängten sie sich an den lärmenden Fallhämmern vorbei und schlüpften in Marcels Zelle.

Marek schüttelte den Kopf.

Es war wirklich eine Mönchszelle, sehr klein und auffallend karg möbliert: nur eine schmale Pritsche, eine Schüssel mit Wasser und ein Nachttopf. Neben der Pritsche stand ein winziger Tisch mit einer Kerze. Das war alles. Auf einem Haken an der Tür hingen zwei von Marcels weißen Roben.

Sonst nichts.

Ein Blick genügte, um zu erkennen, daß sich in dieser Kammer keine Schlüssel befanden. Und falls welche hier gewesen waren, dann hatten die Soldaten sie bereits gefunden.

Trotzdem kniete Marek zu Kates Überraschung sich hin und suchte methodisch unter dem Bett.

Marek erinnerte sich daran, was der Abt gesagt hatte, kurz bevor er getötet wurde.

Der Abt wußte nicht, wo sich der Geheimgang befand, aber er wollte es unbedingt herausfinden, um es Arnaut verraten zu können. Der Abt hatte den Professor ermutigt, die alten Dokumente durchzusehen – was durchaus einen Sinn ergab, falls Marcel so verwirrt war, daß er niemandem mehr sagen konnte, was er alles getan hatte.

Der Professor hatte ein Dokument gefunden, in dem ein Schlüssel erwähnt wurde, und er schien zu glauben, daß dies eine wichtige Entdeckung war. Doch der Abt war ungeduldig gewesen: »Natürlich gibt es einen Schlüssel. Marcel hat viele Schlüssel …«

Der Abt hatte also bereits von der Existenz eines Schlüssels gewußt. Er hatte gewußt, wo der Schlüssel war. Aber er konnte trotzdem nichts damit anfangen.

Warum nicht?

Kate tippte Marek auf die Schulter. Er drehte sich um und sah, daß sie die weißen Kutten beiseite geschoben hatte. Auf der Rückseite der Tür sah er drei eingeschnitzte Muster, römisch wirkende Zeichen. Die Muster besaßen etwas Strenges, beinahe Dekoratives, das deutlich unmittelalterlich wirkte.

Und dann erkannte er, daß diese Zeichen keine Muster und keine Verzierungen waren. Sie waren erklärende Diagramme.

Sie waren Schlüssel.

Das Diagramm, das ihn besonders fesselte, war das dritte, auf der äußersten rechten Seite. Es sah so aus:

Das Diagramm war schon vor vielen Jahren in das Holz der Tür geschnitzt worden. Die Soldaten hatten es zweifellos gesehen. Aber wenn sie noch immer suchten, hatten sie nicht begriffen, was es bedeutete.

Aber Marek begriff.

Kate starrte ihn an und formte lautlos die Worte: *Treppe?*

Marek deutete auf die Abbildung und formte: *Karte.*

Denn jetzt war ihm alles klar.

VIVIX war nicht im Lexikon zu finden, weil es kein Wort war. Es war eine Reihe von Zahlen: V, IV und IX. Und diese Zahlen waren mit Richtungsanweisungen verbunden, die im Text des Pergaments verschlüsselt waren: DESIDE. Was ebenfalls kein Wort war, sondern für DExtra, SInistra, DExtra stand, die lateinischen Wörter für »rechts, links, rechts«.

Der Schlüssel war also folgendermaßen zu lesen: Wenn du in der Kapelle bist, gehe fünf Schritte nach rechts, vier Schritte nach links und neun Schritte nach rechts.

Und das brachte einen zum Geheimgang.

Marek grinste Kate an.

Wonach jedermann suchte, hatten sie nun endlich gefunden. Sie hatten den Schlüssel zu La Roque gefunden.

09:10:23

Jetzt mußten sie es nur noch lebendig aus der Mühle schaffen, dachte Kate. Marek ging zur Tür und spähte vorsichtig in den Hauptraum zu den Soldaten hinaus. Sie trat an seine Seite.

Kate zählte neun Soldaten. Plus de Kere. Insgesamt also zehn.

Zehn gegen zwei.

Die Soldaten schienen ihre Suche nicht mehr sonderlich ernst zu nehmen. Sie sahen einander über die Fallhämmer hinweg an und zuckten die Achseln, als wollten sie sagen: Was soll denn das? Wir sind doch hier fertig.

Es war offensichtlich, daß die beiden nie unentdeckt aus dem Gebäude hinauskommen würden.

Marek deutete zur Treppe, die zur oberen Rampe führte. »Du läufst direkt zur Treppe und dann raus«, sagte er. »Ich gebe dir Rückendeckung. Später treffen wir uns dann flußabwärts am Nordufer wieder. Okay?«

Kate sah sich die Soldaten an. »Das wären zehn gegen einen. Ich bleibe«, sagte sie.

»Nein. Einer von uns muß hier rauskommen. Ich schaffe das schon. Du gehst.« Er griff in die Tasche. »Und nimm das mit.« Er hielt ihr den Keramikmarker hin.

Es überlief sie eiskalt. »Warum, André?«

»Nimm ihn.«

Sie traten in den Hauptraum. Kate lief sofort zur Treppe, um auf dem Weg zu flüchten, den sie gekommen war. Marek durchquerte den Raum in Richtung der Fenster, die auf den Fluß hinaussahen.

Kate war auf halber Höhe der Treppe, als sie einen Schrei hörte.

Aus allen Richtungen liefen die Soldaten auf Marek zu, der seine Kapuze abgestreift hatte und bereits mit einem von ihnen kämpfte.

Kate zögerte nicht lange. Sie zog den Köcher unter ihrer Kutte hervor, legte einen Pfeil auf die Sehne und spannte den Bogen. Mareks Worte fielen ihr wieder ein: *Wenn man einen Mann töten will …* Damals hatte sie über seine Belehrung nur gelächelt.

Ein Soldat rief etwas und zeigte auf sie. Sie zielte auf ihn, der Pfeil traf ihn knapp oberhalb der Schulter in den Hals. Der Mann taumelte nach hinten gegen eine Kohlenpfanne und fiel mit einem Aufschrei in die Glut. Ein zweiter Soldat wich Deckung suchend zurück, aber Kate schoß ihm mitten in die Brust. Er sackte tot zu Boden.

Noch acht.

Marek kämpfte gegen drei auf einmal, darunter de Kere. Schwerter klirrten, die Männer tauchten unter heruntersausenden Hämmern hindurch und sprangen über rotierende Kurvenscheiben. Marek hatte bereits einen Soldaten getötet, er lag jetzt hinter ihm.

Noch sieben.

Doch dann sah sie, daß der Soldat wieder aufstand; er hatte sich nur tot gestellt und schlich sich jetzt an Marek heran, um ihn von hinten anzugreifen. Kate legte einen neuen Pfeil auf die Sehne und schoß. Der Mann griff sich an den Oberschenkel und taumelte zu Boden; doch er war nur verwundet, und so schoß Kate ihm in den Kopf, während er noch am Boden lag.

Sie griff gerade nach dem nächsten Pfeil, als sie sah, daß de Kere sich aus dem Kampf mit Marek gelöst hatte und jetzt mit erstaunlicher Geschwindigkeit die Treppe hoch auf sie zugerannt kam.

Kate legte den Pfeil auf die Sehne und schoß ihn auf de Kere ab. Aber sie war zu hastig gewesen und verfehlte ihn. De Kere kam immer näher.

Sie ließ Pfeil und Bogen fallen und rannte nach draußen.

Während sie über die Rampe zur Getreidemühle lief, schaute sie aufs Wasser hinunter. Überall glitzerten Flußsteine unter dem brodelnden weißen Wasser: Zum Springen war es viel zu flach. Sie mußte auf dem gleichen Weg wieder hinunter, den sie hochgekommen war. Hinter ihr schrie de Kere etwas. Auf dem Wachturm vor ihr spannten einige Soldaten ihre Bögen.

Als die ersten Pfeile flogen, hatte sie die Tür zur Mühle erreicht. De Kere lief inzwischen rückwärts, schrie die Bogenschützen an und schüttelte wütend die Faust. Pfeile umschwirrten ihn.

Aus dem Obergeschoß der Mühle ertönte ein lautes Poltern. Soldaten warfen sich gegen die mit der Leiter versperrte Tür. Kate wußte, daß die Leiter nicht lange halten würde. Sie ging zu dem Loch im Boden und schwang sich in den darunterliegenden Raum. Der Tumult weckte die betrunkenen Soldaten, die sich mit verquollenen Augen hochrappelten. Doch bei all dem gelben Staub in der Luft konnte Kate sie nicht richtig sehen.

Und dieser Staub brachte sie auf eine Idee.

Sie griff in ihren Beutel und zog einen der roten Würfel heraus. »60« stand darauf. Sie zog an der Schnur und warf den Würfel in eine Ecke.

Dann zählte sie stumm rückwärts.

Neunundfünfzig. Achtundfünfzig.

De Kere war jetzt in dem Raum direkt über ihr, doch er zögerte offenbar herunterzukommen, weil er nicht wußte, ob sie bewaffnet war. Dann hörte sie über sich viele Stimmen und Schritte: Die Soldaten aus dem Wachturm waren durchgebrochen. Es mußten mindestens ein Dutzend Männer da oben sein, vielleicht sogar mehr.

Aus dem Augenwinkel heraus sah sie, wie einer der betrunkenen Soldaten einen Satz auf sie zu machte und nach ihr griff. Sie trat ihm kräftig zwischen die Beine, er fiel wimmernd zu Boden und rollte sich zusammen.

Zweiundfünfzig. Einundfünfzig.

Geduckt lief sie in die Kammer, in der sie angekommen war. Das Wasserrad drehte sich ächzend und verspritzte Wasser. Kate schloß die niedrige Tür, aber sie hatte weder Riegel noch Schloß. Jeder konnte hereinkommen.

Fünfzig. Neunundvierzig.

Sie schaute nach unten. Die Öffnung im Boden, in der das Rad sich nach Erreichen des Scheitelpunkts wieder nach unten bewegte, war so breit, daß sie hindurchpaßte. Jetzt mußte sie nur noch eine der vorbeiziehenden Schaufeln packen und sich vom Rad nach unten tragen lassen, bis sie tief genug war, um sich gefahrlos ins flache Wasser plumpsen zu lassen.

Aber als sie dann vor dem Wasserrad stand und versuchte, ihren Absprung zu timen, merkte sie, daß das leichter gesagt als getan war. Das Rad schien sich sehr schnell zu drehen, die Schaufeln sausten an ihr vorbei. Wasser spritzte ihr ins Gesicht, sie sah nur verschwommen. Wieviel Zeit hatte sie noch? Dreißig Sekunden? Zwanzig? Sie hatte das Zählen vergessen, während sie unschlüssig vor dem Rad stand. Aber sie wußte, sie konnte nicht länger warten. Wenn Chris recht hatte, würde die ganze Mühle jeden Augenblick in die Luft gehen. Kate streckte die Arme aus, packte eine Schaufel – spürte den Zug nach unten – bekam Angst – ließ wieder los – packte die nächste – bekam wieder Angst – trat dann einen Schritt zurück, beruhigte sich und konzentrierte sich noch einmal.

Wieder ein Poltern, als die Männer einer nach dem andern von oben in den angrenzenden Raum sprangen. Sie hatte keine Zeit mehr.

Sie mußte los.

Noch einmal holte sie tief Atem, packte die nächste Schaufel mit beiden Händen und preßte ihren Körper gegen das Rad. Sie glitt durch die Öffnung – tauchte ins Sonnenlicht – sie hatte es geschafft! – und spürte plötzlich, wie sie vom Rad weggerissen wurde und in der Luft hing.

Sie hob den Kopf.

Robert de Kere hielt ihren Arm mit eiserner Faust umklammert. Er hatte im letzten Augenblick durch das Loch gegriffen und sie im Absteigen gerade noch zu fassen gekriegt. Jetzt hielt er sie fest, so daß sie in der Luft baumelte. Zentimeter von ihrem Körper entfernt drehte sich das Rad. Sie versuchte, sich aus de Keres eisernem Griff loszureißen, über sich sein grimmiges, entschlossenes Gesicht.

Sie kämpfte.

Er hielt sie fest.

Doch dann sah sie eine Veränderung in seinem Blick – einen Augenblick der Unsicherheit –, und der durchweichte Holzboden begann, unter ihm nachzugeben. Das Gewicht ihrer beider Körper war zuviel für die alten Bohlen, die sich jahrelang mit dem Spritzwasser des Rads vollgesaugt hatten. Jetzt bogen sie sich langsam durch. Eine Bohle zersplitterte lautlos, und de Kere brach bis übers Knie ein, aber er ließ Kate nicht los.

Wieviel Zeit noch, dachte sie. Mit der freien Faust schlug sie auf de Keres Handgelenk, damit er sie losließ.

Wieviel Zeit noch?

De Kere war wie ein Pitbull, der sich festbiß und nicht mehr losließ. Eine zweite Bohle brach, er kippte zur Seite. Wenn noch eine brach, würde er mit ihr in die Tiefe stürzen.

Aber es war ihm gleichgültig. Er würde sie festhalten bis zum bitteren Ende.

Wieviel Zeit noch?

Mit der freien Hand packte sie eine Schaufel und ließ sich gegen den Widerstand von de Keres Griff nach unten ziehen. Ihre Arme brannten vor Spannung, aber es funktionierte – die Bohlen brachen – de Kere stürzte ins Leere – er ließ sie los – und sie fiel das kurze Stück, das sie noch vom brodelnden weißen Wasser um das Rad herum trennte.

Dann gab es einen gelben Lichtblitz, und das hölzerne Gebäude verschwand mit einem berstenden Knall. Sie sah Bretter, die in alle Richtungen flogen, dann drehte sie sich und tauchte mit dem Kopf zuerst in das eisige Wasser. Eine Sekunde lang sah sie Sterne, dann verlor sie im aufgewühlten Wasser das Bewußtsein.

09:04:01

Chris wurde von Geschrei geweckt. Er hob den Kopf und sah Soldaten, die in großer Verwirrung über die Mühlenbrücke liefen. Ein Mönch in weißer Kutte kletterte aus einem Fenster des größeren Gebäudes. Es war Marek, der mit seinem Schwert auf jemanden im Inneren einschlug. Schließlich glitt er an Ranken herab, bis er tief genug war, um einen Sprung riskieren zu können, und ließ sich dann in den Fluß plumpsen. Chris sah ihn nicht wieder an die Oberfläche kommen. Ein paar Momente später explodierte die Getreidemühle in einem Lichtblitz und einer Kaskade fliegender Trümmer. Soldaten, die von der Wucht der Explosion in die Luft geschleudert wurden, purzelten wie Puppen von den Wachtürmen. Als Rauch und Staub sich legten, sah Chris, daß die Getreidemühle verschwunden war – nur ein paar brennende Balken waren noch übrig. Tote Soldaten trieben auf dem Fluß inmitten von Brettern der zerstörten Mühle.

Marek sah er nirgendwo, und Kate ebenfalls nicht. Eine weiße Mönchskutte trieb auf der Strömung an ihm vorüber, und er hatte plötzlich das bestürzende Gefühl, daß Marek tot war.

Wenn das stimmte, dann war er allein. Es war ihm egal, ob er abgehört werden konnte. Er tippte sich ans Ohr und fragte leise: »Kate? André?«

Keine Antwort.

»Kate, bis du da? André?«

Er hörte nichts in seinem Ohrstöpsel, nicht einmal statisches Rauschen.

Ein Männerkörper trieb mit dem Gesicht nach unten auf dem Fluß. Er sah aus wie Marek. Wirklich? Ja. Chris war sich sicher: dunkelhaarig, groß, stark, in einem leinenen Unterhemd. Chris stöhnte auf. Etwas weiter oben am Ufer schrien Soldaten; er hob den Kopf, um nachzusehen, wie nah sie waren. Als er dann wieder zum Fluß schaute, war der Körper weitergetrieben.

Chris setzte sich wieder und versuchte zu überlegen, was er jetzt tun sollte.

Mit dem Gesicht nach oben durchbrach Kate die Wasseroberfläche. Hilflos trieb sie mit der Strömung flußabwärts. Um sie herum prasselten zersplitterte Holzstücke ins Wasser wie Geschosse. Der Schmerz in ihrem Nacken war so heftig, daß er ihr fast den Atem nahm, mit jedem Atemzug schossen ihr elektrische Schläge in Arme und Beine. Sie konnte ihren Körper nicht regen, und erst dachte sie, sie sei gelähmt, doch dann merkte sie, daß sie ihre Fingerspitzen und Zehen bewegen konnte. Der Schmerz zog sich zurück, an ihren Gliedern hoch, und setzte sich im Genick fest, wo er sehr heftig war. Aber sie konnte jetzt ein bißchen freier atmen und ihre Glieder bewegen. Sie probierte es noch einmal: Ja, sie konnte ihre Glieder bewegen.

Sie war also nicht gelähmt. Hatte sie sich das Genick gebrochen? Sie probierte kleine Bewegungen, drehte den Kopf ganz leicht nach links, dann nach rechts. Es tat sehr weh, aber es schien alles okay zu sein. Sie trieb auf dem Wasser. Etwas Dickflüssiges troff ihr ins Auge, so daß sie kaum etwas sehen konnte. Als sie es wegwischte, sah sie, daß es Blut war. Es mußte von irgendwo an ihrem Kopf kommen. Ihre Stirn brannte. Sie berührte sie mit der flachen Hand. Danach war die Handfläche hellrot vor Blut.

Noch immer auf dem Rücken trieb sie weiter flußabwärts. Der Schmerz war so stark, daß sie sich nicht traute, sich umzudrehen und ans Ufer zu schwimmen. Vorerst trieb sie nur. Ob die Soldaten sie schon entdeckt hatten?

Geschrei vom Ufer beantwortete ihr Frage. Man hatte sie entdeckt.

Chris spähte genau in dem Augenblick über die Büsche, als Kate auf dem Rücken vorbeitrieb. Sie war verletzt, die ganze linke Seite ihres Gesichts war blutverschmiert, offensichtlich von einer Kopfwunde. Und sie bewegte sich kaum. Vielleicht war sie gelähmt.

Einen Augenblick lang kreuzten sich ihre Blicke, und sie lächelte schwach. Er wußte, wenn er sich jetzt zeigte, würde er gefangengenommen, aber er zögerte nicht. Jetzt, da Marek nicht mehr war, hatte er nichts mehr zu verlieren, da konnten sie genausogut bis zum Ende zusammenbleiben. Er platschte ins Wasser und watete zu ihr hinaus.

Erst jetzt erkannte er seinen Fehler.

Er war in Reichweite der Bogenschützen, die noch auf dem übriggebliebenen Brückenturm standen und jetzt auf ihn schossen. Ein Hagel von Pfeilen prasselte um ihn herum ins Wasser.

Im selben Moment trieb ein Ritter in voller Rüstung sein Pferd von Arnauts Seite her ins Wasser. Der Ritter hatte sein Visier heruntergeklappt, und Chris konnte sein Gesicht nicht sehen, aber offensichtlich fürchtete er nichts, denn er ritt so, daß er mit seinem Körper und seinem Pferd den Bogenschützen die Schußbahn verstellte. Das Pferd sank immer tiefer, je näher sie kamen, und schwamm schließlich; der Ritter war bis zur Taille im Wasser, als er Kate wie einen nassen Sack auf seinen Sattel hievte, dann Chris am Arm packte, *»Allons«* rief und zum Ufer zurückkehrte.

Kate glitt vom Sattel zu Boden. Der Ritter bellte einen Befehl, und ein Mann mit einer Fahne mit diagonalen roten und weißen Streifen kam herbeigelaufen. Er untersuchte Kates Kopfverletzung, reinigte sie, stillte die Blutung und verband sie mit Leinenstreifen.

Unterdessen stieg der Ritter ab, schnürte seinen Helm auf und nahm ihn ab. Er war ein großer, kräftiger Mann, außergewöhnlich gutaussehend und schneidig, mit dunklen, welligen Haaren, einem vollen, sinnlichen Mund und einem Funkeln in den Augen, das seine Belustigung über die Torheiten dieser Welt auszudrücken schien. Seine Haut war dunkel, er wirkte irgendwie spanisch.

Als Kate verbunden war, lächelte der Ritter und zeigte perfekte weiße Zähne. »Wenn Ihr mir die große Ehre erweisen wollt, mich zu begleiten.«

Er führte sie zurück zum Kloster und seiner Kirche. An der Seitentür der Kirche standen eine Gruppe Soldaten und ein Reiter, der das grün-schwarze Banner des Arnaut de Cervole trug.

Als sie auf die Kirche zugingen, verbeugten sich die Soldaten vor dem Ritter und sagten: »Mylord… Mylord.«

Chris, der hinter Kate ging, stieß sie an. »Das ist *er.*«

»Wer?«

»Arnaut.«

»Dieser Ritter? Willst du mich auf den Arm nehmen?«

»Schau nur, wie die Soldaten sich verhalten.«

»Arnaut hat uns das Leben gerettet«, sagte Kate.

Chris war sich der Ironie des Ganzen durchaus bewußt. In modernen historischen Darstellungen über diese Zeit erschien Sir Oliver beinahe als Soldatenheiliger, während Cervole als schwarze Gestalt beschrieben wurde, als »einer der größten Bösewichter seiner Zeit«, wie ein Historiker es nannte. Doch anscheinend war das genaue Gegenteil der Fall. Oliver war ein verachtenswerter Schurke, und Cervole das Musterbeispiel eines Ritters – dem sie nun ihr Leben verdankten.

Kate fragte: »Was ist mit André?«

Chris schüttelte den Kopf.

»Bist du sicher?«

»Ich glaube schon. Ich glaube, ich habe ihn im Fluß treiben sehen.«

Kate sagte nichts.

Vor der Kirche von Sainte-Mère standen lange Schlangen von Männern mit auf den Rücken gefesselten Händen, die offensichtlich in das Gotteshaus gebracht werden sollten. Es waren vorwiegend Soldaten Olivers in Kastanienbraun und Grau und ein paar Bauern in derber Tracht. Chris schätzte, daß es etwa vierzig bis fünfzig an der Zahl waren. Die Männer starrten sie mürrisch an, als sie vorbeigingen. Einige waren verletzt, und alle wirkten sehr erschöpft.

Ein Mann, ein Soldat in Kastanienbraun, sagte sarkastisch zu einem anderen: »Dort geht der Bastard von Narbonne. Er tut die Arbeit, die sogar Arnaut zu schmutzig ist.«

Chris versuchte noch, diese Bemerkung zu verstehen, als der gutaussehende Ritter wütend herumwirbelte. »Was sagst du?« rief er, packte den Mann bei den Haaren, riß ihm den Kopf hoch und schlitzte ihm mit seinem Dolch die Kehle auf. Blut spritzte dem

Mann über die Brust, doch er blieb aufrecht stehen und gab nur ein röchelndes Geräusch von sich.

»Das war deine letzte Beleidigung«, sagte der Ritter. Er stand da, lächelte den Mann an, sah zu, wie sein Blut aus ihm herausfloß und grinste, als die Augen des Mannes sich vor Entsetzen weiteten. Doch noch immer stand er. Für Chris schien es ewig zu dauern, doch es waren nur dreißig oder vierzig Sekunden. Der gutaussehende Ritter sah einfach nur schweigend zu, ohne sich zu rühren. Nicht eine Sekunde schwand das Lächeln aus seinem Gesicht.

Schließlich fiel der Mann auf die Knie, mit gesenktem Kopf, als würde er beten. Der Ritter schob dem Mann seelenruhig den Fuß unter das Kinn und trat zu. Der Mann kippte nach hinten. Sein Todesröcheln dauerte noch etwa eine Minute. Schließlich starb er.

Der Ritter bückte sich, wischte seinen Dolch am Beinling des Toten ab und seinen blutigen Schuh an dessen Wams. Dann nickte er Chris und Kate zu.

Gemeinsam mit ihm betraten sie die Kirche von Sainte-Mère.

Dichter Rauch hing im Innenraum. Der Boden war nur eine weite, leere Fläche, Bänke oder Stuhlreihen würde es erst in zweihundert Jahren geben. Sie standen im hinteren Teil der Kirche, zusammen mit dem gutaussehenden Ritter, dem es nichts auszumachen schien zu warten. Auf einer Seite sahen sie mehrere Soldaten, die flüsternd die Köpfe zusammensteckten.

Ein einzelner Ritter in voller Rüstung kniete betend in der Mitte der Kirche.

Chris wandte sich wieder den anderen Rittern zu. Sie schienen sich mitten in einem hitzigen Disput zu befinden, ihr Flüstern klang sehr erregt. Aber er konnte sich nicht vorstellen, worum es ging.

Während sie warteten, spürte Chris, daß ihm etwas auf die Schulter tropfte. Als er den Kopf hob, sah er direkt über sich einen Mann an einem Strick baumeln. Er drehte sich langsam um die eigene Achse, Urin lief ihm am Bein herab. Chris ging ein paar Schritte von der Wand weg und sah ein halbes Dutzend Leichen, die, mit auf den Rücken gefesselten Händen, an Stricken von der Empore hingen. Drei von ihnen trugen den rotbraunen Überwurf Olivers, zwei trugen Bauernkleidung und der letzte die weiße

Kutte eines Mönchs. Zwei Männer saßen auf dem Boden der Empore und sahen stumm und anscheinend ihrem Schicksal ergeben zu, wie weitere Stricke an den Balustern befestigt wurden.

Nun bekreuzigte sich der Betende und stand auf. Der gutaussehende Ritter sagte: »Mylord Arnaut, hier sind die Gehilfen.«

»Äh? Was sagt Ihr da? Gehilfen?«

Der Ritter drehte sich um. Arnaut de Cervole war etwa fünfunddreißig Jahre alt und drahtig, er hatte ein schmales, unangenehmes, verschlagenes Gesicht. Außerdem hatte er einen Tick: Seine Nase zuckte dauernd, was ihn aussehen ließ wie eine schnuppernde Ratte. Seine Rüstung war blutbespritzt. Er sah sie mit gelangweiltem, trägem Blick an. »Ihr sagt, sie sind Gehilfen, Raimondo?«

»Ja, Mylord. Die Gehilfen von Magister Edwardus.«

»Aha.« Arnaut ging um sie herum. »Warum sind sie naß?«

»Wir haben sie aus dem Fluß gezogen, Mylord«, antwortete Raimondo. »Sie waren in der Mühle und konnten im letzten Augenblick entkommen.«

»Tatsächlich?« Arnaut war nun nicht mehr gelangweilt. Seine Augen blitzten interessiert. »Ich bitte Euch, sagt mir, wie habt Ihr die Mühle zerstört?«

Chris räusperte sich und sagte: »Mylord, das haben wir nicht.«

»Was?« Arnaut runzelte die Stirn. Dann sah er die anderen Ritter an. »Was für eine Sprache ist das? Er ist nicht zu verstehen.«

»Mylord, es sind Iren, oder vielleicht Hebriden.«

»Oh? Dann sind sie keine Engländer. Das spricht zu ihren Gunsten.« Er umkreiste sie, starrte ihnen dann ins Gesicht. »Versteht Ihr mich?«

Chris sagte: »Ja, Mylord.« Das schien angekommen zu sein.

»Seid Ihr Engländer?«

»Nein, Mylord.«

»Fürwahr, Ihr seht auch nicht so aus. Ihr seht zu sanft und unkriegerisch aus.« Er musterte Kate. »Seine Haut ist so frisch wie die eines jungen Mädchens. Und der da ...« Er drückte Chris' Bizeps. »Er ist ein Schreiber oder ein Gelehrter. Und auf keinen Fall Engländer.« Arnaut schüttelte den Kopf, seine Nase zuckte. »Denn die Engländer sind Wilde«, sagte er so laut, daß seine Stimme in der verräucherten Kirche widerhallte. »Stimmt Ihr mir zu?«

»Das tun wir, Mylord«, erwiderte Chris.

»Die Engländer kennen nichts anderes als endlose Unzufriedenheit und unaufhörlichen Streit. Immer ermorden sie ihre eigenen Könige; das ist ihr wilder Brauch. Unsere normannischen Brüder haben sie unterworfen und versucht, ihnen etwas Zivilisation beizubringen, aber das ist ihnen natürlich nicht gelungen. Das sächsische Blut ist Barbarenblut. Ihre größte Freude ist Zerstörung, Tod und Marter. Und da es ihnen nicht genügt, daß sie sich auf ihrer elenden Insel gegenseitig bekämpfen, führen sie ihre Armeen hierher, in dieses friedvolle und blühende Land, und bringen Elend und Verwüstung über ein einfaches Volk. Stimmt Ihr mir zu?«

Kate nickte und verbeugte sich leicht.

»Das solltet Ihr auch«, sagte Arnaut. »Ihre Grausamkeit ist unerreicht. Ihr kennt ihren alten König? Den zweiten Edward? Ihr wißt, wie sie ihn ermordeten, mit einem rotglühenden Schüreisen? Und das einem König! Kein Wunder, daß sie unser Land noch barbarischer behandeln.«

Er ging auf und ab. Und wandte sich dann wieder ihnen zu.

»Und der Mann, der als nächstes die Macht übernahm, Hugh Despenser. Nach englischem Brauch ging es auch ihm bald ans Leben. Und wißt ihr, wie? Er wurde auf einem öffentlichen Platz an eine Leiter gebunden, seine Männlichkeit wurde ihm abgeschnitten und vor seinen Augen verbrannt. Und das, bevor man ihn köpfte! *Charmant*, nicht?«

Wieder sah er sie Zustimmung heischend an. Und wieder nickten sie.

»Und nun der neue König, Edward III., er hat seine Lektion aus dem Schicksal seiner Vorgänger gelernt – daß er nämlich beständig Krieg führen muß, wenn er nicht seinen eigenen Untertanen zum Opfer fallen will. Deshalb bringen er und sein feiger Sohn, der Prinz von Wales, ihre Barbarei nach Frankreich, ein Land, das Krieg und Grausamkeit nicht kannte, bis sie mit ihren *chevauchées* auf unsere Scholle kamen, unser Volk ermordeten, unsere Frauen schändeten, unsere Tiere abschlachteten, unsere Ernten vernichteten, unsere Städte zerstörten und unserem Handel ein Ende machten. Und wozu? Nur damit blutrünstige englische Seelen in fremden Landen beschäftigt sind. Damit sie die Reichtümer eines ehrbareren Landes stehlen können. Damit jede englische Lady ihren Gästen auf französischen Tellern auftragen kann. Damit sie behaupten können, ehrbare Ritter zu sein, wo sie nichts Heldenhafteres tun, als Kinder zu metzeln.«

Arnaut unterbrach seine Tirade und sah mit ruhelosem, argwöhnischem Blick zwischen ihren Gesichtern hin und her. »Und deshalb«, fuhr er dann fort, »kann ich nicht verstehen, warum Ihr Euch auf die Seite des englischen Schweins Oliver geschlagen habt.«

Chris entgegnete schnell: »Das ist nicht wahr, Mylord.«

»Meine Geduld ist zu Ende. Gesteht: Ihr helft Oliver, denn Euer Magister steht in seinen Diensten.«

»Nein, Mylord. Der Magister wird gegen seinen Willen festgehalten.«

»Gegen ... seinen ...« Arnaut warf verärgert die Hände in die Höhe. »Wer kann mir sagen, was dieser triefende Halunke sagt?«

Der gutaussehende Ritter trat zu ihnen. »Mein Englisch ist gut«, sagte er. Und dann zu Chris: *»Spek ayain.«* Sagt es noch einmal.

Chris überlegte kurz und hub dann an: »Magister Edwardus ...«

»Ja ...«

»... ist ein Gefangener.«

»Gefa ...?« Der gutaussehende Ritter runzelte verwirrt die Stirn. »Geffang ...?«

Chris hatte den Eindruck, daß das Englisch des Ritters nicht so gut war, wie er glaubte. Er beschloß, noch einmal sein Latein hervorzukramen, so schlecht und archaisch es auch sein mochte. *»Est in carcere – captus – heri captus est de coenobio sanctae Mariae.«* Er hoffte, daß dies bedeutete: Er wurde gestern morgen aus Sainte-Mère verschleppt.

Der Ritter hob die Augenbrauen. *»Invite?«* Gegen seinen Willen?

»Führwahr, Mylord.«

Der Ritter sagte zu Arnaut: »Sie sagen, Magister Edwardus wurde gestern gegen seinen Willen aus dem Kloster verschleppt und ist jetzt Olivers Gefangener.«

Arnaut drehte sich schnell um und sah ihnen eindringlich in die

Augen. Mit leiser, drohender Stimme sagte er: *»Sed vos non capti estis. Nonne?«* Ihr wurdet nicht gefangengenommen?

Chris zögerte wieder. »Äh, wir …«

»Qui?«

»Nein, nein, Mylord«, sagte Chris hastig. »Äh, nein. Wir konnten fliehen. Äh, *ef-effugi-i-imus. Effugimus.«* War dies das richtige Wort? Er schwitzte vor Aufregung.

Anscheinend war es gut genug, denn der gutaussehende Ritter nickte. »Sie sagten, sie konnten fliehen.«

»Sie konnten fliehen? Von wo?« blaffte Arnaut.

Chris: *»Ex Castelgard heri …«*

»Ihr seid gestern aus Castelgard geflohen?«

»Etiam, mi domine.« Ja, Mylord.

Arnaut starrte ihn an und sagte lange Zeit gar nichts. Oben auf der Empore bekamen die Männer die Stricke um den Hals gelegt und wurden über die Brüstung gestoßen. Doch der Sturz brach ihnen nicht das Genick, und so hingen sie da und zuckten und röchelten, während das Leben in ihnen quälend langsam erlosch.

Arnaut schaute zu den Gehenkten hoch, als ärgerte es ihn, von ihrem Todesröcheln gestört zu werden. »Ein paar Stricke sind noch übrig«, sagte er und sah wieder Kate und Chris an. »Ich werde Euch die Wahrheit schon entreißen.«

»Ich spreche wahr, Mylord«, sagte Chris.

Arnaut drehte sich auf dem Absatz um. »Habt ihr mit Bruder Marcel gesprochen, bevor er starb?«

»Marcel?« Chris gab sich Mühe, verwirrt zu wirken. »Marcel, Mylord?«

»Ja, ja. Marcel. *Cognivistine fratrem Marcellum?«* Kennt Ihr Bruder Marcel?

»Nein, Mylord.«

»Transitum ad Roccam cognitum habesne?« Bei diesem Satz brauchte Chris nicht auf die Übersetzung zu warten: Den Geheimgang nach La Roque, kennt Ihr ihn?

»Der Gang… *transitum…«* Chris zuckte noch einmal die Achseln, als wisse er nicht, was Arnaut meinte. »Den Gang? … Nach La Roque? Nein, Mylord.«

Arnaut machte ein ungläubiges Gesicht. »Mir scheint, Ihr wißt überhaupt nichts.« Er starrte sie an, und seine Nase zuckte, so daß es aussah, als würde er sie beschnuppern. »Ich glaube Euch nicht. Ihr seid Lügner.« Er wandte sich an den gutaussehenden Ritter. »Hängt einen, damit der andere redet.«

»Welchen, Mylord?«

»Ihn«, antwortete Arnaut und zeigte auf Chris. Dann sah er Kate an, kniff sie in die Wange und streichelte sie. »Denn dieser schöne Knabe rührt mein Herz. Ich werde ihn heute abend in meinem Zelt empfangen. Und ich möchte nicht, daß ihm zuvor etwas geschieht.«

»Sehr wohl, Mylord.« Der gutaussehende Ritter bellte einen Befehl, und auf der Empore wurde noch ein Seil an einen Baluster geknüpft. Männer packten Chris und fesselten ihm schnell die Hände auf den Rücken.

O Gott, dachte Chris, die tun es wirklich. Er sah Kate an, deren Augen starr waren vor Entsetzen. Die Männer machten sich daran, Chris davonzuzerren.

»Mylord«, kam plötzlich eine Stimme von der anderen Seite der Kirche. »Wenn es Euch beliebt.« Der Knäuel der wartenden Soldaten öffnete sich, und Lady Claire trat hervor.

»Mylord«, sagte Claire sanft, »ich bitte Euch, ein Wort im Vertrauen.«

»Hm? Natürlich, wie Ihr wollt.« Arnaut ging zu ihr, und sie flüsterte ihm ins Ohr. Er schwieg, zuckte die Achseln. Sie flüsterte noch einmal, eindringlicher diesmal.

Kurz darauf sagte er: »Hm? Was soll das nützen?«

Wieder flüsterte sie. Chris verstand nichts davon.

Arnaut sagte: »Mylady, ich habe mich bereits entschieden.«

Sie flüsterte noch einmal.

Schließlich kam Arnaut kopfschüttelnd zu ihnen zurück. »Die Lady hat mich um sicheres Geleit nach Bordeaux gebeten. Sie behauptet, sie kenne Euch, und daß Ihr aufrichtige Männer seid.« Er hielt inne. »Und ich solle Euch freilassen.«

Nun sagte Claire: »Nur wenn es Euch beliebt, Mylord. Denn es ist wohlbekannt, daß die Engländer nicht wählerisch im Töten sind, die Franzosen dagegen schon. Die Franzosen zeigen die Barmherzigkeit, die aus Klugheit und Bildung herrührt.«

»So ist es«, sagte er. »Es ist wahr, daß die Franzosen zivilisierte

Männer sind. Und wenn diese beiden nichts von Bruder Marcel und dem Geheimgang wissen, dann habe ich keine weitere Verwendung für sie. Und deshalb sage ich, gebt ihnen Pferde und Verpflegung und schickt sie ihres Wegs. Es ist mein Wunsch, mich des Wohlwollens Eures Magisters Edwardus zu versichern, und deshalb empfehle ich mich ihm und wünsche Euch Gottes Gnade, damit Ihr wohlbehalten zu ihm zurückkehren mögt. Ihr könnt gehen.«

Lady Claire verbeugte sich.

Chris und Kate verbeugten sich.

Der gutaussehende Ritter durchschnitt Chris' Fesseln und führte sie nach draußen. Chris und Kate waren so verblüfft über diese Wendung der Dinge, daß sie kein Wort sagten, während er sie zum Fluß zurückbrachte. Chris war zittrig und benommen. Kate rieb sich immer wieder übers Gesicht, als wollte sie wach werden.

Schließlich sagte der Ritter: »Ihr verdankt Euer Leben einer sehr klugen Lady.«

Chris sagte: *»Certum ...«*

Der gutaussehende Ritter lächelte dünn.

»Gott lächelt auf euch herab«, sagte er.

Er klang nicht sehr glücklich darüber.

Die Szene am Fluß war völlig verändert. Arnauts Männer hatten die Mühlenbrücke eingenommen, das grün-schwarze Banner flatterte auf den Türmen. Beide Ufer des Flusses waren jetzt von Arnauts Berittenen besetzt. Und ein Strom aus Männern und Material zog, mächtige Staubfahnen aufwirbelnd, auf La Roque zu. Man sah Männer mit vollbeladenen Pferdefuhrwerken, Karren mit schwatzenden Frauen, zerlumpte Kinder und weitere Fuhrwerke, die mit mächtigen Holzbalken beladen waren – riesige, jetzt noch zerlegte Katapulte, mit denen man Steine und brennendes Pech über die Burgmauern schleudern konnte.

Der Ritter hatte zwei Pferde für sie gefunden – zwei zottige Schindmähren, die noch die Spuren des Jochs trugen. Mit den Tieren am Zügel führte er sie durch den Kontrollpunkt.

Ein plötzlicher Tumult auf dem Fluß zog Chris' Aufmerksamkeit auf sich. Er sah ein Dutzend Männer, die knietief im Wasser standen und sich mit einer gußeisernen Hinterladerkanone abmühten.

Ein Holzblock diente als Lafette. Chris schaute ihnen fasziniert zu. So frühe Kanonen waren nicht erhalten, es gab nicht einmal Beschreibungen davon.

Jeder wußte, daß zu dieser Zeit schon primitive Artillerie verwendet worden war, auf dem Schlachtfeld von Poitiers hatten Archäologen Kanonenkugeln ausgegraben. Aber die Historiker waren der Ansicht, daß Kanonen zu der Zeit sehr selten waren und vorwiegend zur Demonstration von Stärke dienten – eine Frage des Prestiges. Doch als Chris jetzt zusah, wie die Männer im Fluß sich abmühten, den Zylinder wieder auf seinen Karren zu stemmen, wurde ihm klar, daß man um ein rein symbolisches Gerät nie so viel Aufhebens machen würde. Die Kanone war schwer; sie verlangsamte das Fortkommen der gesamten Armee, die sicherlich die Mauern von La Roque noch vor Einbruch der Nacht erreichen wollte; wenn die Kanone nur ein Symbol war, gab es keinen Grund, warum man sie nicht später nachbringen konnte. Eine solche Anstrengung konnte nur bedeuten, daß die Kanone eine wichtige Rolle beim Angriff spielte.

Aber auf welche Weise? fragte sich Chris. Die Mauern von La Roque waren über drei Meter dick. Eine Kanonenkugel konnte sie nicht durchdringen.

Der gutaussehende Ritter grüßte knapp und sagte: »Gott gewähre Euch Barmherzigkeit und Sicherheit.«

»Gott segne Euch und gewähre Euch Wohlstand«, erwiderte Chris. Der Ritter gab ihren Pferden einen Klaps aufs Hinterteil, und sie ritten in Richtung La Roque davon.

Unterwegs erzählte Kate ihm, was sie in Marcels Zimmer entdeckt hatten, und von der grünen Kapelle.

»Weißt du, wo die Kapelle ist?« fragte Chris.

»Ja, ich habe sie auf einem der Lagepläne gesehen. Sie liegt ungefähr achthundert Meter nordöstlich von La Roque. Es gibt einen Pfad durch den Wald, der zu ihr führt.«

Chris seufzte. »Jetzt wissen wir also, wo der Geheimgang ist«, sagte er, »aber André hatte den Marker, und jetzt ist er tot, was bedeutet, daß wir von hier sowieso nicht mehr wegkommen.«

»Nein«, sagte sie. »Ich habe die Keramik.«

»Du?«

»André hat sie mir gegeben, auf der Brücke. Ich glaube, er wußte, daß er dort nicht mehr lebend herauskommen würde. Er hätte flüchten und sich retten können. Aber das tat er nicht. Er ist geblieben und hat statt dessen mich gerettet.«

Sie fing leise an zu weinen.

Chris ritt schweigend weiter. Er erinnerte sich daran, wie Mareks Versessenheit die anderen Doktoranden amüsiert hatte – »Kannst du dir das vorstellen? Er glaubt an diesen Ritterlichkeitsscheiß!« – und daß sie sein Verhalten als eine Art kurioser Angeberei betrachtet hatten. Eine Rolle, die er spielte, ein affektierter Spleen. Denn im späten zwanzigsten Jahrhundert konnte man von Leuten nicht ernsthaft verlangen zu glauben, daß es einem wirklich ernst war mit Ehre und Wahrheit, der Reinheit des Körpers, dem Schutz der Frauen, der Heiligkeit wahrer Minne und mit dem ganzen Rest.

Doch offensichtlich hatte André das alles wirklich ernstgemeint.

Sie ritten durch eine Alptraumlandschaft. Die Sonne war hinter den Rauch- und Staubschwaden nur eine schwache, blasse Scheibe. Hier und dort gab es Weingärten, aber die Reben waren alle verbrannt, nur noch knotige, gespenstische Stümpfe, von denen Rauch aufstieg. Auch die Obstgärten bestanden nur noch aus schwarzen, tristen Baumskeletten. Alles war verkohlt.

Überall hörten sie die erbärmlichen Schreie verwundeter Soldaten. Viele der sich zurückziehenden Soldaten waren einfach neben die Straße gestürzt. Einige atmeten noch, andere hatten bereits die grauen Gesichter des Todes.

Chris hatte angehalten, um einem Toten die Waffen abzunehmen, als ein Verwundeter in der Nähe die Hand hob und kläglich um Hilfe rief: *»Secours, secours!«* Chris ging zu ihm. Ein Pfeil steckte tief in seinem Bauch, ein zweiter in der Brust. Der Soldat war Anfang Zwanzig, und er schien zu wissen, daß er sterben würde. Auf dem Rücken liegend, sah er Chris flehend an und sagte Worte, die Chris nicht verstand. Schließlich deutete der Soldat auf seinen Mund und sagte: *»Aquam. Da mihi aquam.«* Er hatte Durst, und er wollte Wasser. Chris zuckte hilflos die Achseln. Er hatte kein Wasser. Der Mann sah ihn wütend an, zuckte zusammen, schloß die Augen und wandte sich ab. Chris ging davon. Als sie etwas später wieder an Männern vorbeikamen, die um Hilfe riefen, ritt er weiter ohne anzuhalten. Er konnte nichts für sie tun.

In der Ferne sahen sie La Roque, das hoch aufragend und uneinnehmbar auf seinem Felsen über der Dordogne stand. In weniger als einer Stunde würden sie die Festung erreichen.

In einem dunklen Winkel der Kirche von Sainte-Mère half der gutaussehende Ritter André Marek auf die Beine. »Eure Freunde sind aufgebrochen«, sagte er.

Marek hustete und klammerte sich an den Arm des Ritters, als ein heftiger Schmerz ihm ins Bein schoß. Der gutaussehende Ritter lächelte. Er hatte Marek gleich nach der Explosion der Mühle gefangengenommen.

Als Marek aus dem Mühlenfenster geklettert war, hatte er das große Glück gehabt, in ein Becken zu fallen, das so tief war, daß er sich nicht verletzte. Und als er wieder an die Oberfläche kam, sah er, daß er sich noch immer unter der Brücke befand. Das Becken produzierte einen Strudel, so daß die Strömung ihn nicht hatte davontragen können.

Marek hatte seine Mönchskutte ausgezogen und in den Fluß geworfen, als die Mühle explodierte und Holzteile und Menschenleiber durch die Luft flogen. Ein Soldat klatschte neben ihm ins Wasser, seine Leiche drehte sich in dem Strudel. Marek arbeitete sich zum Ufer vor – und als er dort ankam, hielt ihm ein gutaussehender Ritter seine Schwertspitze an die Kehle und bedeutete ihm, er solle aus dem Wasser steigen. Marek trug noch das Kastanienbraun und Grau Olivers, und er fing an, auf provenzalisch zu stammeln, seine Unschuld zu beteuern und um Gnade zu flehen.

Der Ritter sagte nur: »Schweigt. Ich habe Euch gesehen.« Er hatte beobachtet, wie Marek aus dem Fenster kletterte und seine Mönchskutte wegwarf. Er brachte Marek in die Kirche, wo er Claire und Arnaut vorfand. Der Erzpriester war in einer mürrischen und gefährlichen Stimmung, aber Claire schien Einfluß auf ihn zu haben, wenn auch nur durch Widerspruch. Claire war es auch gewesen, die Marek befohlen hatte, still im Schatten zu bleiben, als Chris und Kate hereinkamen. »Wenn Arnaut Zwietracht zwischen Euch und Eure Freunde säen kann, so kann es sein, daß er sowohl Euch als auch sie verschont. Doch wenn Ihr zu dritt vereint gegen ihn auftretet, wird er im Zorn Euch alle töten.« Und Claire hatte mit ihrer Taktik recht behalten. Alles war einigermaßen gut ausgegangen.

Bis jetzt.

Nun beäugte Arnaut ihn argwöhnisch. »Eure Freunde wissen also, wo der Geheimgang sich befindet?«

»Ja«, sagte Marek. »Ich schwöre es.«

»Auf Euer Wort hin habe ich ihr Leben geschont«, sagte Arnaut. »Auf Eures und das Wort dieser Lady, die sich für Euch verbürgt.« Er verbeugte sich knapp vor Lady Claire, die ein schwaches Lächeln über ihre Lippen huschen ließ.

»Mylord, Ihr seid weise«, sagte Claire, »denn einen Mann zu hängen kann durchaus die Zunge des Freundes, der zusieht, lockern. Sehr oft aber bestärkt es ihn nur in seiner Entschlossenheit, und er nimmt das Geheimnis des Freundes mit ins Grab. Und dieses Geheimnis ist so wichtig, daß Ihr, Mylord, seiner auf alle Fälle habhaft werden müßt.«

»Dann wollen wir diesen beiden folgen und sehen, wohin sie uns führen.« Arnaut nickte in Mareks Richtung. »Raimondo, kümmert Euch um ein Pferd für diesen armen Mann und gebt ihm zwei Eurer besten *chevaliers* als Begleitung mit.«

Der gutaussehende Ritter verbeugte sich. »Mylord, wenn es Euch beliebt, werde ich ihn selbst begleiten.«

»Tut das«, sagte Arnaut, »denn hier kann durchaus noch Arglist lauern.« Und er warf dem Ritter einen bedeutungsvollen Blick zu.

Unterdessen war Lady Claire zu Marek gegangen und nahm seine Hand in ihre beiden Hände. Er spürte etwas Kaltes in ihren Fingern und erkannte, daß es ein winziger Dolch war, kaum zehn Zentimeter lang. »Mylady«, sagte er, »ich stehe tief in Eurer Schuld.«

»Dann seht zu, daß Ihr mir diese Schuld vergeltet, Ritter«, erwiderte sie und sah ihm in die Augen.

»Das werde ich, Gott ist mein Zeuge.« Er versteckte den Dolch in seiner Kleidung.

»Und ich werde für Euch beten, Ritter«, sagte sie. Sie beugte sich vor und küßte ihn flüchtig auf die Wange. Dabei flüsterte sie: »Euer Begleiter ist Raimondo von Narbonne. Er liebt es, Kehlen aufzuschlitzen. Wenn er das Geheimnis erst einmal kennt, dann gebt acht, daß er Euch nicht die Eure aufschlitzt, und die Eurer Freunde noch dazu.« Sie löste sich von ihm und lächelte.

Marek sagte: »Mylady, Ihr seid zu freundlich. Ich werde mir alle Eure Wünsche zu Herzen nehmen.«

»Guter Ritter, Gott stehe Euch bei und beschütze Euch.«

»Mylady, Ihr seid immer in meinen Gedanken.«

»Guter Ritter, ich wünschte mir –«

»Genug, genug«, rief Arnaut ungehalten. Dann wandte er sich an Raimondo. »Geht jetzt, Raimondo, denn bei diesem Gefühlsüberschwang hebt sich mir der Magen.«

»Mylord.« Der gutaussehende Ritter verbeugte sich. Er führte Marek zur Tür und hinaus ins Sonnenlicht.

07:34:49

Ich will Ihnen sagen, was das verdammte Problem ist«, sagte Robert Doniger und starrte seine Besucher an. »Das Problem ist, die Vergangenheit wieder zum Leben zu erwecken. Sie real zu machen.«

Es waren zwei junge Männer und eine Frau, die da auf der Couch in seinem Büro lümmelten. Alle waren ganz in Schwarz gekleidet und trugen diese schmal geschnittenen Jacketts, die aussahen, als wären sie beim Waschen eingegangen. Die Männer hatten lange Haare und die Frau einen Bürstenschnitt. Das waren die Medienleute, die Kramer angestellt hatte. Aber Doniger fiel auf, daß Kramer ihnen gegenüber saß, wie um sich diskret von ihnen zu distanzieren. Er fragte sich, ob sie ihr Material bereits gesehen hatte.

Das Ganze machte Doniger gereizt. Er mochte Medienleute sowieso nicht. Und das war heute schon sein zweites Treffen mit dieser Meute. Am Vormittag hatte er die PR-Trottel hiergehabt, und jetzt *diese* Trottel.

»Das Problem«, sagte er, »ist, daß morgen dreißig Topmanager zu meiner Präsentation kommen. Der Titel meiner Präsentation ist: ›Das Versprechen der Vergangenheit‹, aber ich habe kein überzeugendes Bildmaterial, das ich ihnen zeigen kann.«

»Verstanden«, sagte einer der jungen Männer forsch. »Das war genau unser Ausgangspunkt, Mr. Doniger. Der Kunde will die Vergangenheit zum Leben erwecken. Und das wollten wir umsetzen. Mit Ms. Kramers Unterstützung haben wir Ihre eigenen Beobachter gebeten, Demo-Videos für uns zusammenzustellen –«

»Lassen Sie sehen«, sagte Doniger.

»Ja, Sir. Wenn wir vielleicht das Licht etwas dimmen könnten –«

»Lassen Sie das Licht so, wie es ist.«

»Ja, Mr. Doniger.« Der Großbildschirm an der Wand leuchtete blau auf, als das Gerät eingeschaltet wurde. Während sie auf die ersten Bilder warteten, sagte der junge Mann: »Der Grund, warum wir diese erste Szene ausgewählt haben, ist der, daß es sich um ein historisches Ereignis handelt, das von Anfang bis Ende nur zwei Minuten dauert. Wie Sie wissen, laufen viele historische Ereignisse sehr langsam ab, vor allem für moderne Sehgewohnheiten. Das war ein schnelles. Leider passierte es an einem etwas regnerischen Tag.«

Der Monitor zeigte ein graues, düsteres Bild, tiefhängende Wolken. Die Kamera schwenkte und fuhr über die Köpfe einer großen Menschenmenge hinweg. Ein hagerer Mann stieg eben auf eine schlichte, unlackierte Holzbühne.

»Was ist das? Eine Hinrichtung?«

»Nein«, sagte der Medienmensch. »Das ist Abraham Lincoln, der jetzt gleich seine Gettysburg-Ansprache halten wird.«

»Das soll er sein? Gott, der sieht ja übel aus. Wie eine Leiche. Sein Anzug ist ganz zerknittert. Und seine Ärmel sind zu kurz.«

»Ja, Sir, aber –«

»Und das soll seine Stimme sein? Die *quiekst* ja.«

»Ja, Mr. Doniger, kein Mensch hat je Lincolns Stimme gehört, aber das ist seine Original –«

»Haben Sie denn alle den Verstand verloren?«

»Nein, Mr. Doniger –«

»O Mann, das kann ich doch nicht verwenden«, sagte Doniger. »Kein Mensch will einen Abraham Lincoln sehen, der klingt wie Betty Boob. Was haben Sie sonst noch?«

»Kommt sofort, Mr. Doniger.« Ungerührt legte der junge Mann eine andere Kassette ein und sagte: »Beim zweiten Video sind wir von einer anderen Prämisse ausgegangen. Wir wollten eine gute Action-Sequenz, aber wiederum ein berühmtes Ereignis, das jeder kennt. Hier also der Weihnachtstag 1778, auf dem Delaware River, wo –«

»Ich sehe überhaupt nichts«, sagte Doniger.

»Ja, ich fürchte, es ist ein bißchen dunkel. Es ist eine nächtliche Überfahrt. Aber wir dachten, daß George Washington, wie er gerade den Delaware überquert, ein guter –«

»George Washington? Wo ist George Washington?«

»Genau hier«, sagte der Mann und deutete auf den Monitor.

»Wo?«

»Dort.«

»Der Kerl, der da hinten im Boot kauert?«

»Genau, und –«

»Nein, nein, nein«, sagte Doniger. »Er muß im Bug stehen, wie ein General.«

»Ich weiß, daß er auf Porträts so dargestellt wird. Aber so war es nicht. Hier sehen sie den echten George Washington, wie er wirklich den –«

»Er sieht seekrank aus«, sagte Doniger. »Sie wollen, daß ich ein Video von einem seekranken George Washington zeige?«

»Aber das ist die Wirklichkeit.«

»Scheiß-Wirklichkeit«, sagte Doniger und warf eine ihrer Videokassetten durchs Zimmer. »Was ist denn los mit Ihnen? Mir ist die Realität scheißegal. Ich will was Interessantes, was Aufreizendes. Und Sie zeigen mir eine lebende Leiche und einen begossenen Pudel.«

»Na ja, wir können ja noch mal ganz von vorne anfangen –«

»Das Gespräch ist morgen«, sagte Doniger. »Ich habe drei wichtige Konzernchefs hier. Und ich habe ihnen bereits versprochen, daß sie was sehr Spezielles zu sehen bekommen.« Er warf die Hände in die Luft. »O Gott.«

Kramer räusperte sich. »Wie wär's mit Standfotos?«

»Standfotos?«

»Ja, Bob. Wir könnten einzelne Bilder aus diesen Videos nehmen, und die könnten ziemlich eindrucksvoll sein.«

»Hmhm, ja, das könnte funktionieren«, sagte die junge Frau und nickte.

Doniger sagte: »Lincoln würde trotzdem zerknittert aussehen.«

»Die Falten können wir mit *Photoshop* rausholen –«

Doniger überlegte. »Vielleicht«, sagte er schließlich.

»Außerdem«, sagte Kramer, »solltest du ihnen nicht zu viel zeigen. Weniger ist mehr.«

»Na gut«, sagte Doniger. »Richten Sie die Standfotos her, und zeigen Sie sie mir in einer Stunde.«

Die Medienleute verließen das Büro. Doniger war allein mit

Kramer. Er ging hinter seinen Schreibtisch und blätterte in seiner Präsentation. Dann sagte er: »Meinst du, es sollte ›Das Versprechen der Vergangenheit‹ heißen oder ›Die Zukunft der Vergangenheit‹?«

»Das Versprechen der Vergangenheit«, sagte Kramer. »Auf jeden Fall ›Das Versprechen‹.«

07:34:49

Begleitet von zwei Rittern trabte Marek durch den Staub der Transportkarren zur Spitze der Kolonne vor. Chris und Kate konnte er noch nicht sehen, aber seine kleine Gruppe bewegte sich sehr zügig. Bald würde er aufgeholt haben.

Er musterte die Ritter zu beiden Seiten. Raimondo links von ihm, aufrecht, in voller Rüstung, mit einem dünnen Lächeln auf den Lippen. Und rechts ein grauhaariger Kämpe, ebenfalls in Rüstung, ganz offensichtlich ein zäher und fähiger Mann. Keiner von beiden achtete sonderlich auf ihn, so sicher waren sie sich ihrer Kontrolle über ihn. Vor allem, da seine Hände so gefesselt waren, daß seine Handgelenke gerade einmal fünfzehn Zentimeter voneinander entfernt waren.

Hustend wegen des Staubes ritt er dahin. Schließlich schaffte er es, den Dolch unter seinem Überwurf hervorzuholen und ihn zwischen Handfläche und den hölzernen Knauf seines Sattels zu klemmen. Er versuchte, das Messer so zu drehen, daß die sanfte Auf- und Abbewegung des Reitens seine Fesseln mit der Zeit durchtrennen würde. Aber das war leichter gesagt als getan; das Messer schien immer in der falschen Position zu sein, und seine Fesseln blieben unbeschädigt. Marek warf einen verstohlenen Blick auf seinen Timer am Handgelenk: 07:31:02. Noch mehr als sieben Stunden also, bis die Batterien erschöpft waren.

Nun ritten sie die gewundene Straße zum Dorf von La Roque hoch. Das Dorf war in den Felshang über dem Fluß gebaut, die Häuser bestanden fast ausschließlich aus Stein und gaben dem Ort ein kompaktes, düsteres Aussehen, vor allem jetzt, da alle Fenster und Türen in Erwartung der Schlacht verrammelt waren.

Jetzt bewegten sie sich an den Kommandoeinheiten von Arnauts Armee vorbei, alles Ritter in voller Rüstung, jeder mit eigenem Gefolge. Männer und Pferde arbeiteten sich die steilen, gepflasterten Straßen hoch, die Pferde schnaubten, die Transportkarren rutschten immer wieder weg. Die Ritter an der Spitze schienen es eilig zu haben, und viele der Karren waren mit zerlegten Belagerungsmaschinen beladen. Offensichtlich war der erste Angriff noch vor Anbruch der Nacht geplant.

Sie waren noch immer innerhalb der Stadt, als Marek Chris und Kate, die nebeneinander auf alten Kleppern ritten, zum ersten Mal sah. Sie waren etwa hundert Meter entfernt und verschwanden immer wieder hinter Biegungen der Straße. Raimondo legte Marek die Hand auf den Arm. »Wir gehen nicht näher ran.«

Im Staub etwas weiter vorne flatterte ein Banner zu dicht vor dem Gesicht eines Pferds. Das Tier bäumte sich wiehernd auf, ein Karren kippte um, Kanonenkugeln kullerten heraus und rollten den Hügel hinunter. Das war der Augenblick der Verwirrung, auf den Marek gewartet hatte, und er reagierte sofort. Er spornte sein Pferd an, doch es bewegte sich nicht. Dann sah er, daß der grauhaarige Ritter die Zügel gepackt hatte.

»Mein Freund«, sagte Raimondo, der neben ihm ritt, seelenruhig. »Bringt mich nicht dazu, Euch zu töten. Zumindest jetzt noch nicht.« Er nickte in Richtung von Mareks Händen. »Und steckt diese törichte kleine Klinge weg, bevor Ihr Euch schneidet.«

Marek spürte, wie ihm die Röte in die Wangen stieg. Aber er tat, wie ihm geheißen, und steckte den Dolch wieder unter seinen Überwurf. Dann ritten sie schweigend weiter.

Hinter den Steinhäusern ertönte der Ruf eines Vogels, der noch zweimal wiederholt wurde. Raimondo riß sofort den Kopf herum, als er das hörte, sein Gefährte auf der anderen Seite ebenfalls. Offensichtlich war es kein Vogel, sondern ein Signal.

Die Männer horchten, und bald kam von weiter oben ein Antwortruf. Raimondo legte die Hand aufs Schwert, tat aber sonst nichts.

»Was ist?« fragte Marek.

»Das geht Euch nichts an.«

Und damit war die Unterhaltung beendet.

Die Soldaten waren beschäftigt und achteten nicht auf sie, vor allem, weil sie durch ihre Satteldecken als Arnauts Leute zu erkennen waren. Schließlich erreichten sie die Kuppe der Anhöhe und kamen auf ein offenes Feld, auf dem sich rechts die Burg erhob. Ein Stückchen links von ihnen begann der Wald, die breite, sanft abfallende, grasbewachsene Ebene lag im Norden.

Umringt von Arnauts Soldaten, wurde es Marek zunächst gar nicht bewußt, daß sie im Augenblick nur etwa fünfzig Meter vom äußeren Burggraben und dem Wachhaus am Eingang der Burg entfernt waren. Chris und Kate ritten noch immer etwa hundert Meter vor der Spitze der Kolonne.

Der Angriff kam mit verblüffender Schnelligkeit. Fünf Ritter kamen mit Gebrüll und ihre Schwerter schwingend von links aus dem Wald galoppiert. Sie stürmten direkt auf Marek und die anderen zu. Es war ein Hinterhalt.

Mit einem Aufschrei zogen Raimondo und der grauhaarige Ritter ihre Schwerter. Die Pferde wurden herumgerissen, Schwerter klirrten. Arnaut kam selbst herbeigestürmt und stürzte sich wütend um sich schlagend in das Getümmel. Auf Marek achtete niemand.

Als er die Kolonne hochschaute, sah er, daß eine zweite Gruppe Kate und Chris angegriffen hatte. Marek erkannte den schwarzen Helmbusch von Sir Guy, und dann hatten die Reiter die beiden umringt. Marek spornte sein Pferd an und galoppierte an der Kolonne vorbei.

Vor sich sah er, daß ein Ritter Chris an seinem Überwurf gepackt hatte und ihn vom Pferd ziehen wollte; ein anderer griff jetzt nach den Zügeln von Kates Pferd, das wieherte und tänzelte. Ein dritter Ritter hatte Chris' Zügel gepackt, er aber trat seinem Pferd in die Flanken, so daß es sich aufbäumte. Der Ritter ließ los, aber Chris war plötzlich blutbespritzt und schrie entsetzt auf. Chris verlor die Kontrolle über sein Pferd, das wiehernd in Richtung Wald davongaloppierte, während er zur Seite kippte und sich kaum mehr im Sattel halten konnte. Kurz darauf war er zwischen den Bäumen verschwunden.

Kate versuchte noch immer, dem Ritter ihre Zügel zu entreißen. Ein Inferno war losgebrochen. Arnauts Männer liefen schreiend umher und griffen zu ihren Waffen, stachen mit ihren Piken nach den angreifenden Rittern. Einer zielte nach dem Ritter, der Kates Pferd hielt, und er ließ die Zügel los. Marek galoppierte, obwohl unbewaffnet, mitten in diesen Zweikampf und trennte Kate von ihrem Angreifer. Sie rief: »André!«, aber Marek schrie ihr zu: »Los, los!« und rief dann: *»Malegant!«,* und Sir Guy drehte sich ihm zu.

Im selben Moment löste sich Marek aus dem Getümmel und ritt direkt auf La Roque zu. Die anderen Ritter ließen von Arnauts Soldaten ab, wendeten ihre Pferde und stürmten hinter ihm her über das offene Feld. Ein Stückchen weiter unten sah Marek Raimondo und Arnaut in einer großen Staubwolke kämpfen.

Kate trat ihrem Pferd in die Flanken und trieb es auf den Wald im Norden zu. Als sie sich umdrehte, sah sie, daß Marek über die Zugbrücke in die Burg einritt und hinter den Mauern verschwand. Seine Verfolger ritten hinterdrein. Dann sauste das schwere Fallgitter des Tors rasselnd herunter, die Zugbrücke wurde hochgezogen.

Marek war verschwunden. Chris war verschwunden. Vielleicht bereits tot, einer oder beide. Aber eins war klar. Sie war die einzige, die jetzt noch frei war.

Nun lag alles an ihr.

07:24:33

Auf allen Seiten von Soldaten umgeben, brachte Kate die nächste halbe Stunde damit zu, sich einen Weg durch Arnauts Troß aus Wagen und Pferden zu bahnen. Ihr Ziel war der Wald im Norden. Arnauts Männer errichteten am Waldrand gerade ein riesiges Zeltlager, von dem aus man freie Sicht über die sanft ansteigende, grasbewachsene Ebene bis zur Burg hatte.

Männer riefen ihr zu, sie solle mithelfen, aber sie konnte nur, auf männliche Art, wie sie hoffte, abwinken und weiterreiten. Schließlich erreichte sie den Waldrand und ritt daran entlang, bis sie den schmalen Pfad entdeckte, der in die Dunkelheit und Einsamkeit führte. Hier hielt sie kurz an, damit ihr Pferd sich erholen und ihr Herz sich beruhigen konnte, bevor sie in den Wald hineinritt.

Hinter ihr auf der Ebene baute eine Gruppe Pioniere in schneller Reihenfolge die Trébuchets auf. Diese Wurfmaschinen sahen plump und unförmig aus – riesige Steinschleudern mit einem Gerüst aus mächtigen Balken, auf dem der Schwenkarm auflag, der mit dicken Hanfseilen gespannt wurde. Wurden diese Seile gelöst, schnellte der Schwenkarm, von einem Gegengewicht gezogen, nach oben und schleuderte seine Last über die Burgmauern.

Eine solche Vorrichtung schien weit über zweihundert Kilo zu wiegen, doch die Männer errichteten sie äußerst schnell, sie arbeiteten koordiniert und gingen dann sofort zur nächsten Maschine. Als Kate dies sah, verstand sie plötzlich, warum in einigen Fällen eine Kirche oder eine Burg in wenigen Jahren hatte errichtet werden können. Die Arbeiter waren so geschickt und selbständig, daß sie kaum Anweisungen brauchten.

Sie wendete ihr Pferd und ritt in den dichten Wald nördlich der Burg hinein.

Der Weg war nur ein schmaler Pfad durch den Wald, der immer dunkler wurde, je tiefer sie in ihn eindrang. Es war unheimlich, allein hier zu sein, sie hörte Eulenschreie und die entfernten Rufe unbekannter Vögel. Sie kam an einem Baum vorbei, auf dessen Ästen ein Dutzend Raben saßen. Als sie sie zählte, fragt sie sich, ob das ein Omen war und was es wohl bedeuten mochte.

Während sie langsam durch den Wald ritt, hatte sie mit einem Mal das Gefühl, in der Zeit rückwärts zu gehen und primitivere Denkweisen anzunehmen. Die Bäume schlossen sich über ihr, der Boden war dunkel wie am späten Abend. Sie fühlte sich beklommen und eingesperrt.

Nach zwanzig Minuten kam sie erleichtert aufatmend zu einer sonnenbeschienenen Lichtung mit hohem Gras. Auf der gegenüberliegenden Seite erkannte sie eine Lücke in den Bäumen, dort führte der Pfad also weiter. Sie ritt eben über die Lichtung, als sie links von sich eine Burg bemerkte. Sie konnte sich nicht erinnern, dieses Gebäude je auf einer ihrer Karten gesehen zu haben, dennoch stand es hier. Es war nur eine kleine Burg – eher ein Landhaus – und weiß getüncht, so daß es hell im Sonnenschein leuchtete. Es hatte vier Türmchen und ein blaues Schieferdach. Auf den ersten Blick wirkte es fröhlich, doch dann sah sie, daß alle Fenster vernagelt waren; im Schieferdach klaffte ein Loch und die Nebengebäude waren nur noch Ruinen. Diese Lichtung war einst eine gemähte Wiese vor der Burg gewesen, doch jetzt regierte der Wildwuchs. Ein Gefühl von Stillstand und Verfall beschlich sie.

Sie schauderte und spornte ihr Pferd an. Plötzlich fiel ihr auf, daß das Gras vor ihr erst vor kurzem niedergetrampelt worden war – von den Hufen eines Pferdes, das in dieselbe Richtung ging wie sie. Die langen Halme richteten sich langsam wieder auf.

Jemand war erst vor kurzem hier gewesen. Vielleicht erst vor ein paar Minuten. Vorsichtig bewegte sie sich zum anderen Ende der Lichtung.

Dunkelheit schloß sich erneut um sie, als sie wieder in den Wald hineinritt. Der Pfad wurde schlammig, und sie konnte deutlich Hufspuren erkennen.

Immer wieder hielt sie an und horchte. Aber von vorne kam überhaupt kein Geräusch. Entweder war der Reiter weit vor ihr, oder er war sehr leise. Ein- oder zweimal glaubte sie, die Geräusche eines Pferds zu hören, aber sie war sich nicht sicher.

Wahrscheinlich bildete sie es sich nur ein.

So ritt sie weiter auf die grüne Kapelle zu. Oder, wie sie in ihren Karten genannt wurde, auf *la chapelle verte morte* zu. Auf die Kapelle des grünen Todes.

Nach einer Weile stieß sie im dunklen Wald auf eine Gestalt, die erschöpft an einem umgestürzten Baum lehnte. Es war ein verschrumpelter alter Mann mit einer Kapuze auf dem Kopf und einer Holzfälleraxt in der Hand. Als sie vorbeiritt, sagte er: »Ich flehe Euch an, guter Herr, ich flehe Euch an.« Seine Stimme war dünn und röchelnd. »Bitte gebt mir einen kleinen Bissen, denn ich bin arm und habe nichts zu essen.«

Kate glaubte zwar nicht, daß sie Proviant bei sich hatte, doch dann erinnerte sie sich, daß der Ritter ihr ein kleines Bündel hinten an den Sattel gebunden hatte. Sie griff hinein, fand einen Ranken Brot und ein Stück getrocknetes Rindfleisch. Es sah nicht sehr appetitlich aus, vor allem, da es inzwischen stark nach Pferdeschweiß roch. Sie hielt ihm das Essen hin.

Der Mann richtete sich gierig auf und streckte eine knochige

Hand nach dem Essen aus – doch plötzlich packte er mit erstaunlicher Kraft ihr Handgelenk und versuchte, sie mit einem schnellen Ruck vom Pferd zu ziehen. Dabei kicherte er vor Vergnügen, ein abstoßendes Geräusch. Während er so mit ihr kämpfte, rutschte ihm die Kapuze vom Kopf, und sie sah, daß er jünger war, als sie gedacht hatte. Jetzt kamen drei andere Männer aus dem Schatten zu beiden Seiten des Pfads gelaufen, und sie erkannte, daß es *godins* waren, räuberische Bauern. Kate saß noch im Sattel, aber lange würde sie es nicht mehr aushalten. Sie trat ihrem Pferd in die Flanken, aber es war offenbar müde und reagierte nicht. Der ältere Mann zerrte weiter an ihrem Arm und murmelte dabei die ganze Zeit: »Törichter Junge! Du dummer Junge!«

Kate fiel nichts anderes mehr ein, als um Hilfe zu rufen, sie schrie so laut sie konnte, und das schien die Männer zu erschrecken, denn sie hielten einen Augenblick inne, bevor sie weiter auf sie eindrangen. Plötzlich das Donnern eines galoppierenden Pferdes und der Schlachtruf eines Kriegers, und die *godins* sahen einander an und liefen davon. Alle bis auf den älteren, der Kates Hand nicht loslassen wollte und sie jetzt mit der Axt bedrohte, die er mit seiner freien Hand schwang.

In diesem Augenblick kam – gleich einer Erscheinung – ein blutroter Ritter auf dem Pfad herangestürmt, auf einem schnaubenden, schlammbespritzten Pferd, und der Ritter selbst so grimmig und blutig, daß auch dieser letzte Mann um sein Leben rannte und in der Dunkelheit des Waldes verschwand.

Chris zog die Zügel an und umkreiste sie. Sie spürte eine riesige Erleichterung in sich aufsteigen, denn sie hatte große Angst gehabt. Chris lächelte, er war ganz offensichtlich sehr zufrieden mit sich.

»Seid Ihr wohlauf, Ma'am?« fragte er.

»Bist du es?« fragte Kate erstaunt. Chris war buchstäblich mit Blut getränkt; es war auf seinem Gesicht und seinem Körper festgetrocknet, und wenn er lächelte, brach die Kruste an seinen Mundwinkeln auf und zeigte die rosige Haut darunter. Er sah aus, als wäre er in ein Faß mit roter Farbe gefallen.

»Mir geht's gut«, sagte Chris. »Irgend jemand hat mit seinem Schwert das Pferd neben mir getroffen und eine Arterie oder sonst was aufgeschlitzt. Ich war sofort pitschnaß. Blut ist wirklich heiß, hast du das gewußt?«

Kate starrte ihn immer noch an, sie staunte, daß jemand, der so aussah wie er, noch Witze reißen konnte, doch er nahm ihre Zügel und führte sie schnell davon. »Ich glaube«, sagte er, »wir sollten nicht warten, bis sie sich neu formieren. Hat deine Mutter dir denn nicht gesagt, daß du nicht mit Fremden reden darfst, Kate? Vor allem nicht im Wald?«

»Eigentlich habe ich immer geglaubt, man muß ihnen was zu essen geben, und dann helfen sie einem.«

»Nur in Märchen«, sagte er. »In der wirklichen Welt bleibst du nicht stehen, um einem armen Mann im Wald zu helfen, weil er und seine Freunde dir sonst das Pferd stehlen und dich umbringen. Deshalb tut es niemand.«

Chris grinste immer noch, er wirkte so selbstsicher und vergnügt, und ihr wurde zum ersten Mal bewußt, daß er eigentlich ein ziemlich attraktiver Mann war, ein Mann mit einem gewissen, ganz eigenen Reiz. Aber natürlich hat er mir auch das Leben gerettet, dachte sie. Ich bin einfach dankbar.

»Was treibst du hier überhaupt?« fragte sie.

Er lachte. »Dich einholen. Ich dachte, du bist ein ganzes Stück vor mir.«

Der Pfad teilte sich. Rechts ging ein breiterer ab, der sanft nach unten zu führen schien. Der linke war viel schmaler und verlief eben. Aber er schien auch viel weniger benutzt zu sein.

»Was meinst du?« fragte Kate.

»Bleiben wir auf der Hauptstraße«, erwiderte Chris. Er ritt voraus, und Kate folgte ihm gerne. Der Wald um sie herum wurde üppiger, die Farne, die ein wenig aussahen wie riesige Elefantenohren, wuchsen beinahe zwei Meter hoch und nahmen ihnen die Sicht. In der Entfernung hörte sie das Brausen von Wasser. Das Gelände neigte sich nun stärker, und wegen der Farne konnte sie nicht sehen, wohin ihr Pferd trat. Sie stiegen beide ab und banden ihre Pferde an einen Baum. Dann gingen sie zu Fuß weiter.

Der Abhang wurde sehr steil, der Pfad war die reinste Schlammbahn. Chris rutschte aus und griff nach Ästen und Buschwerk, um seinen Sturz zu bremsen. Kate sah zu, wie er immer weiter rutschte, und plötzlich war er, mit einem Aufschrei, verschwunden.

Sie wartete. »Chris?«

Keine Antwort.

Sie tippte sich an ihren Ohrstöpsel. »Chris?«

Nichts.

Sie wußte nicht recht, was sie tun sollte, ob sie weitergehen oder umkehren sollte. Schließlich beschloß sie, ihm zu folgen, aber vorsichtig, da sie jetzt wußte, wie glitschig der Pfad war. Doch schon nach wenigen behutsamen Schritten rutschten die Füße unter ihr weg, und sie schlitterte hilflos durch den Schlamm. Immer wieder knallte sie gegen Bäume, mit einer Wucht, daß ihr die Luft wegblieb.

Das Gelände wurde immer steiler. Sie fiel rückwärts in den Schlamm und rutschte auf dem Hintern weiter in die Tiefe. Mit den Füßen versuchte sie sich von den Bäumen abzustoßen, die ihr entgegensausten. Äste zerkratzten ihr das Gesicht und rissen ihr die Hände auf, wenn sie versuchte, sich daran festzuhalten. Sie schien ihren Absturz nicht bremsen zu können.

Und das Gelände wurde noch steiler. Der Baumbestand vor ihr lichtete sich, sie sah jetzt Licht zwischen den Stämmen und hörte das Rauschen von Wasser. Sie rutschte einen Pfad hinunter, der parallel zu einem kleinen Bach verlief. Der Wald wurde immer lichter, und dann sah sie, daß er etwa zwanzig Meter vor ihr abrupt endete. Das Wasserrauschen wurde lauter.

Plötzlich wußte sie, warum der Wald so plötzlich aufhörte.

Es war der Rand einer Felswand.

Und dahinter war ein Wasserfall. Direkt vor ihr.

Entsetzt drehte Kate sich auf den Bauch und grub ihre Finger wie Klauen in den Schlamm, aber es half nichts. Sie rutschte immer weiter. Sie konnte sich nicht bremsen. Tiefer und tiefer ging es in der Schlammrinne, sie drehte sich wieder auf den Rücken und konnte nichts anderes mehr tun, als hilflos auf das Ende zu warten, und plötzlich schoß sie aus dem Wald hinaus und flog durch die Luft.

Sekundenbruchteile später krachte sie auf Laubwerk, griff danach, und es hielt. Offenbar hing sie in den Ästen eines großen, über den Rand hinausragenden Baumes. Der Wasserfall war direkt unter ihr. Er war nicht so groß, wie sie gedacht hatte. Drei, vielleicht fünf Meter tief. Unten sah sie ein Becken. Aber sie konnte nicht feststellen, wie tief es war.

Sie versuchte, an den Ästen in Richtung Stamm zu klettern, aber ihre Hände waren glitschig vom Schlamm. Immer wieder rutschte sie ab, und schließlich kippte sie auf dem Ast langsam nach unten. Wie ein Faultier hing sie mit Händen und Beinen an dem Baumarm und versuchte, sich daran entlangzuhangeln. Nach eineinhalb Metern merkte sie, daß sie es nicht schaffen würde.

Sie fiel.

Und prallte auf einen weiteren Ast, einen guten Meter tiefer. Einen Augenblick hing sie so, griff mit glitschigen, schlammigen Händen nach dem Ast. Dann fiel sie wieder und hing im nächsten Ast.

Jetzt war sie nur noch einen guten Meter über dem Wasserfall, der brausend und spritzend in die Tiefe stürzte. Die Äste des Baums waren feucht von der Gischt. Sie schaute nach unten zu dem brodelnden Becken am Fuß des Wasserfalls. Doch sie konnte den Grund nicht sehen, wußte folglich nicht, wie tief das Becken war.

Während Kate so an diesem gefährlich schwankenden Ast hing, dachte sie nach. Wo zum Teufel ist Chris? Im nächsten Augenblick verlor sie den Halt und stürzte in die Tiefe.

Das Wasser war ein eisiger Schock, ein blubberndes, milchiges Brodeln. Sie wurde herumgewirbelt, strampelte orientierungslos, schlug gegen die Felsen am Grund. Schließlich tauchte sie unter dem Wasserfall auf, der mit unglaublicher Gewalt auf ihren Kopf prasselte. Sie konnte nicht atmen, und so tauchte sie wieder, schwamm ein Stück und kam ein paar Meter weiter vorne wieder an die Oberfläche. Das Wasser im Becken war ruhiger, aber noch immer eiskalt.

Kate stieg heraus und setzte sich ans Ufer. Das aufgewühlte Wasser hatte ihr allen Schlamm aus den Kleidern und vom Körper gespült. Sie fühlte sich irgendwie neu – und sehr glücklich, am Leben zu sein.

Während sie langsam wieder zu Atem kam, sah sie sich um.

Sie befand sich in einem schmalen Tal, und das nachmittägliche Sonnenlicht fiel durch den Gischtschleier des Wasserfalls. Das Tal war üppig und feucht. Das Gras war naß, Bäume und Felsen waren mit Moos bedeckt. Direkt vor sich sah sie einen Steinpfad, der zu einer kleinen Kapelle führte.

Auch die Kapelle war naß, alle Oberflächen waren mit einem schleimigen Moder bedeckt, der die Mauern überzog und vom Dachrand tropfte. Der Moder war leuchtend grün.

Die grüne Kapelle.

Neben der Tür zur Kapelle lagen in unordentlichen Haufen kaputte Rüstungen, verrostete Brustpanzer und verbeulte Helme, und auch Schwerter und Äxte lagen willkürlich in der Umgebung verstreut.

Kate suchte nach Chris, sah ihn aber nirgends. Offensichtlich war er nicht die ganze Strecke gefallen wie sie. Wahrscheinlich suchte er sich gerade einen anderen Weg in dieses Tal. Kate beschloß, auf ihn zu warten; zuvor war sie sehr froh gewesen, ihn zu sehen, und jetzt vermißte sie ihn. Aber sie sah ihn nirgends. Und abgesehen vom Rauschen des Wasserfalls hörte sie kein Geräusch in dem kleinen Tal, nicht einmal Vogelgezwitscher. Es war unheimlich still.

Trotzdem hatte sie das Gefühl, nicht allein zu sein. Noch etwas anderes war hier – sie spürte eine *Präsenz* in diesem Tal.

Ein Knurren kam aus dem Inneren der Kapelle, ein gutturales, animalisches Geräusch.

Sie stand auf und ging vorsichtig den Steinpfad hoch zu den Waffen. Sie hob ein Schwert auf und umklammerte den Griff mit beiden Händen, auch wenn sie sich blöd dabei vorkam, denn das Schwert war schwer, und sie wußte, daß sie weder die Kraft noch das Können hatte, es zu benutzen. Sie stand jetzt dicht vor der Tür der Kapelle und roch einen starken Verwesungsgestank, der aus dem Inneren kam. Wieder hörte sie das Knurren.

Wie durch Zauber stand plötzlich ein Ritter in voller Rüstung in der Tür. Er war ein Riese, über zwei Meter groß, und seine Rüstung war beschmiert mit grünem Moder. Auf dem Kopf trug er einen schweren Helm, so daß sie sein Gesicht nicht sehen konnte, und in den Händen eine mächtige, zweischneidige Axt, die aussah wie ein Henkersbeil.

Die Axt schwang hin und her, als der Ritter auf sie zukam.

Instinktiv wich sie zurück, ließ jedoch die Axt nicht aus den Augen. Ihr erster Gedanke war davonzulaufen, aber er war so schnell aufgetaucht, daß sie befürchtete, er könnte sie einholen. Außerdem wollte sie ihm nicht den Rücken zukehren. Aber angreifen konnte sie ihn auch nicht, es kam ihr vor, als wäre er doppelt so groß wie sie. Er sagte kein Wort, aus dem Helm kamen nur Grunzen und Knurren – animalische Geräusche, irre Geräusche. Er muß wahnsinnig sein, dachte sie.

Der Ritter kam schnell näher, was sie zum Handeln zwang. Sie schwang das Schwert mit aller Kraft, er hob die Axt, um den Schlag abzuwehren, und Metall klirrte auf Metall. Ihr Schwert vibrierte so stark, daß es ihr beinahe entglitten wäre. Wieder holte sie aus, und diesmal zielte sie tief, um seine Beine zu treffen, doch er parierte behende, und eine schnelle Drehung seiner Axt riß ihr das Schwert aus den Händen. Es landete weit weg im Gras.

Sie drehte sich um und rannte los. Mit einem Knurren setzte er ihr nach und packte sie bei den kurzen Haaren. Sie schrie, doch er zerrte sie um die Ecke der Kapelle. Ihre Kopfhaut brannte, und vor sich sah sie nun einen runden Holzklotz auf der Erde stehen, der die Spuren vieler kräftiger Hiebe zeigte. Sie wußte, was es war: ein Richtblock.

Sie hatte nicht die Kraft, sich zu wehren. Der Ritter stieß sie grob zu Boden und drückte ihren Hals auf den Klotz. Dann stellte er ihr einen Fuß auf den Rücken, um sie in Position zu halten. Hilflos ruderte sie mit den Armen.

Während er seine Axt hob, sah sie einen Schatten über das Gras huschen.

06:40:27

Das Telefon klingelte beharrlich und laut. David Stern gähnte, schaltete die Nachttischlampe ein und nahm den Hörer ab. »Hallo«, sagte er mit schlaftrunkener Stimme.

»David, John Gordon hier. Sie sollten besser in den Transitraum kommen.«

Stern suchte nach seiner Brille und sah auf die Uhr. Es war sechs Uhr zwanzig. Er hatte drei Stunden geschlafen.

»Wir müssen eine Entscheidung fällen«, sagte Gordon. »Ich hole Sie in fünf Minuten ab.«

»Okay«, sagte Stern und legte auf. Er stand auf und öffnete das Rollo vor dem Fenster. Die Sonne schien so grell herein, daß er die Augen schließen mußte. Er ging ins Bad, um sich zu duschen.

Er befand sich in einem der Zimmer, die ITC in ihrem Laborgebäude für Forscher bereithielt, die über Nacht arbeiten mußten. Es war ausgestattet wie ein Hotelzimmer, bis hin zu den Fläschchen mit Shampoo und Feuchtigkeitscreme neben dem Waschbecken. Stern rasierte sich, zog sich an und trat dann in den Gang. Gordon sah er nirgends, aber vom anderen Ende des Korridors hörte er Stimmen. Während er darauf zuging, schaute er durch die Glastüren in die verschiedenen Labore. Sie waren um diese Zeit alle verlassen.

Aber am Ende des Gangs fand er ein Labor, dessen Tür offenstand. Ein Arbeiter maß mit einem gelben Band Breite und Höhe der Tür ab. Drinnen standen vier Techniker um einen großen Tisch. Auf dem Tisch stand ein großes Modell aus hellem Holz, das die Festung von La Roque und die Umgebung darstellte. Die Männer unterhielten sich leise miteinander, und einer hob prüfend eine

Ecke des Tisches an. Sie schienen sich zu überlegen, wie sie das Modell aus dem Raum bekommen sollten.

»Doniger sagt, er braucht es unbedingt«, sagte der Techniker, »als Ausstellungsstück für seine Präsentation.«

»Ich weiß nicht, wie wir das hier rauskriegen sollen«, sagte ein anderer. »Wie haben sie es denn hereingebracht?«

»Es wurde hier gebaut.«

»Es geht ganz knapp«, sagte der Mann an der Tür und ließ das Maßband in sein Gehäuse zurückschnellen.

Neugierig betrat Stern den Raum und sah sich das Modell genauer an. Es war eine sofort wiedererkennbare und präzise Darstellung der Burg in der Mitte eines viel größeren Komplexes. Die Burg war umgeben von einem Ring aus Bäumen und Sträuchern, und außerhalb dieses Rings waren ein Komplex niedriger Häuser und ein Netz von Straßen zu sehen. Doch nichts davon hatte je existiert. Im Mittelalter hatte die Burg allein auf einer Ebene gestanden.

Stern fragte: »Was für ein Modell ist das?«

»La Roque«, antwortete ein Techniker.

»Aber dieses Modell ist nicht exakt.«

»O doch«, sagte der Techniker. »Es ist hundertprozentig exakt. Zumindest nach den letzten Bauzeichnungen, die wir bekommen haben.«

»Was für Bauzeichnungen?« fragte Stern.

Auf diese Frage hin verstummten die Techniker und machten besorgte Gesichter. Jetzt sah Stern, daß es auch noch andere Modelle gab: von Castelgard und vom Kloster Sainte-Mère. An der Wand entdeckte er große Zeichnungen und Pläne. Wie in einem Architekturbüro, dachte er.

In diesem Augenblick streckte Gordon den Kopf durch die Tür: »David? Gehen wir.«

Er ging mit Gordon den Korridor entlang. Als er sich umdrehte, sah er, daß die Techniker das Modell hochkant gedreht hatten und es so durch die Tür trugen.

»Worum geht's denn da?« fragte Stern.

»Erschließungsstudien«, sagte Gordon. »Wir machen die für jedes Projekt. Ziel ist es, die unmittelbare Umgebung jedes historischen Bauwerks präzise zu definieren, damit die Stätte selbst für Touristen und Forscher erhalten bleibt. Es geht dabei um Sichtlinien und solche Sachen.«

»Aber was geht Sie das an?« fragte Stern.

»Das geht uns sogar sehr viel an«, erwiderte Gordon. »Wir geben Millionen aus, bis eine solche Stätte komplett restauriert ist. Und wir wollen nicht, daß sie uns mit einem Einkaufszentrum oder einem Haufen Hoteltürmen zugestellt wird. Wir versuchen deshalb, großräumiger zu planen und die Behörden vor Ort dazu zu bringen, daß sie Richtlinien erlassen.« Er sah Stern an. »Ehrlich gesagt, ich fand das nie besonders interessant.«

»Und was ist mit dem Transitraum? Was ist da los?«

»Ich zeig's Ihnen.«

Im Transitraum war aller Schutt geräumt, der Gummiboden geputzt. Wo sich die Säure durch den Gummi gefressen hatte, wurde der Belag von Arbeitern auf Händen und Knien ausgebessert. Zwei der Glasschilde standen an ihrem Platz, und eins wurde eben von einem Mann mit einer starken Vergrößerungsbrille und einer merkwürdigen Lampe mit Aufsatz untersucht. Stern schaute nach oben, denn gerade wurden mit Laufkränen die nächsten großen Glasschilde vom zweiten, noch im Aufbau befindlichen Transitbereich herübertransportiert.

»Wir haben Glück, daß wir gerade einen zweiten Transitbereich aufbauen«, sagte Gordon. »Denn sonst hätten wir eine Woche gebraucht, um neue Schilde hier runter zu schaffen. So haben wir die Schilde bereits im Transitraum. Wir müssen sie nur noch hier aufstellen. Das ist wirklich Glück.«

Stern blickte noch immer nach oben. Erst jetzt erkannte er, wie groß diese Schilde waren. Die gekrümmte Glaswand, die über ihm hing, war mindestens drei Meter hoch, fünf Meter breit und fast sechzig Zentimeter stark. Sie wurden in gepolsterten Schlaufen zu speziellen Befestigungsplatten im Boden transportiert. »Aber«, sagte Gordon, »wir haben keine Ersatzschilde. Wir haben nur einen vollständigen Satz.«

»Und?«

Gordon ging zu einem der Schilde, die bereits an Ort und Stelle standen. »Im Grunde genommen kann man sich diese Dinger als große Flachmänner vorstellen«, sagte Gordon. »Es sind gebogene Behälter, die von oben befüllt werden. Und sind sie erst einmal mit Wasser gefüllt, sind sie sehr schwer. Ungefähr fünf Tonnen pro Stück. Die Krümmung der Schilde erhöht ihre Festigkeit sogar noch. Aber genau wegen dieser Festigkeit mache ich mir Sorgen.«

»Warum?« fragte Stern.

»Kommen Sie mal näher.« Gordon fuhr mit dem Finger über die Glasoberfläche. »Sehen Sie diese winzigen Vertiefungen? Diese kleinen grauen Punkte? Die sind so klein, daß man sie nur bemerkt, wenn man ganz genau hinsieht. Aber das sind Fehler, die zuvor noch nicht da waren. Ich glaube, daß durch die Explosion winzige Tropfen Flußsäure in den zweiten Transitbereich gespritzt sind.«

»Und das Glas angeätzt haben.«

»Ja. Leicht. Aber wenn diese Vertiefungen das Glas geschwächt haben, können die Schilde Risse bekommen, wenn sie mit Wasser gefüllt sind und das Glas unter Druck steht. Oder schlimmer noch, der ganze Schild kann bersten.«

»Und wenn das passiert?«

»Dann haben wir keine komplette Abschirmung mehr«, sagte Gordon und sah Stern direkt in die Augen. »In diesem Fall können wir Ihre Freunde nicht sicher zurückbringen. Wir würden zu viele Transkriptionsfehler riskieren.«

Stern runzelte die Stirn. »Haben Sie eine Möglichkeit, die Schilde zu testen? Zu kontrollieren, ob sie halten?«

»Eigentlich nicht, nein. Wir können einen Schild einer Festigkeitsprüfung unterziehen, wenn wir bereit wären, das Risiko eines Bruchs einzugehen, aber da wir keine Reserveschilde haben, will ich das nicht tun. Statt dessen machen wir eine mikroskopische Sichtprüfung mit polarisiertem Licht.« Er deutete auf den Techniker, der mit seiner Spezialbrille das Glas absuchte. »Damit können wir vorhandene Spannungstrajektorien – die in Glas immer existieren – aufspüren und ungefähr abschätzen, ob sie brechen oder nicht. Außerdem hat er eine Digitalkamera, die die Daten direkt in den Computer einspeist.«

»Sie machen eine Computersimulation?« fragte Stern.

»Ja, aber das wird eine sehr grobe«, sagte Gordon. »Bringt wahrscheinlich gar nichts, weil sie so ungenau ist. Aber ich mache sie trotzdem.«

»Um was für eine Entscheidung geht es also?«

»Wann wir die Schilde füllen sollen.«

»Das verstehe ich nicht.«

»Wenn wir sie jetzt füllen und sie halten, dann ist wahrscheinlich alles in Ordnung. Aber sicher wissen wir das nicht. Es kann nämlich sein, daß einer der Tanks eine Schwachstelle hat, die erst nach einer gewissen Zeit unter Druck bricht. Das ist ein Argument dafür, die Tanks erst im letzten Augenblick zu füllen.«

»Wie schnell können Sie sie füllen?«

»Ziemlich schnell. Wir haben hier unten einen Feuerwehrschlauch. Aber um die Beanspruchung möglichst gering zu halten, sollte man sie langsam füllen. In diesem Fall würde es fast zwei Stunden dauern, um alle neun Schilde zu füllen.«

»Aber bekommen Sie nicht zwei Stunden vor der Landung schon die ersten Feldanomalien?«

»Ja – wenn im Kontrollraum alles funktioniert. Aber der war zehn Stunden lang abgeschaltet. Die Säuredämpfe sind bis in den Kontrollraum gedrungen. Es kann sein, daß die Elektronik gelitten hat. Wir wissen nicht, ob alles hundertprozentig funktioniert.«

»Jetzt verstehe ich«, sagte Stern. »Und jeder Tank ist anders.«

»Genau. Jeder ist anders.«

Das war, dachte Stern, das klassische wissenschaftliche Problem der Umsetzung abstrakter Theorien in die Praxis. Risiken und Unsicherheiten abwägen. Die meisten Menschen begriffen gar nicht, daß die meisten wissenschaftlichen Probleme sich so darstellten. Saurer Regen, globale Erwärmung, nachhaltige Entwicklung, Krebsrisiken – diese komplexen Fragen waren fast immer ein Balanceakt, eine Frage der richtigen Einschätzung und Beurteilung. Wie solide waren die Forschungsdaten? Wie vertrauenswürdig waren die Wissenschaftler, die die Recherchen betrieben hatten? Wie verläßlich war die Computersimulation? Wie aussagekräftig waren die Extrapolationen in die Zukunft? Diese Fragen stellten sich immer wieder. Die Medien gaben sich natürlich nicht mit diesen Komplexitäten ab, da sie keine guten Schlagzeilen produzierten. Als Folge davon dachten viele Leute, Wissenschaft sei schablonenhaft, formalisiert und eindeutig, auf eine Art, wie sie es nie war. Sogar so allgemein akzeptierte Konzepte wie etwa die Annahme, daß Keime Krankheiten erregten, war nicht so hundertprozentig bewiesen, wie die Leute annahmen.

Und in diesem Fall, einem Fall, der unmittelbar die Sicherheit seiner Freunde betraf, sah Stern sich Unsicherheiten auf verschiedenen Ebenen gegenüber. Es war unsicher, ob die Tanks halten würden. Es war unsicher, ob die Systeme im Kontrollraum korrekt funktionierten. Es war unsicher, ob man die Tanks jetzt langsam oder später schnell füllen sollte. Sie hatten nun die Aufgabe, die Umstände richtig einzuschätzen und zu beurteilen und möglichst gesicherte Schlußfolgerungen zu ziehen. Und davon hingen Menschenleben ab.

Gordon sah ihn an. Er wartete.

»Haben wir noch unbeschädigte Schilde?« fragte Stern.

»Ja. Vier.«

»Dann sollten wir diese vier füllen«, sagte Stern. »Und auf die Ergebnisse der Polarisationsanalyse und der Computersimulation warten, bevor wir die anderen füllen.«

Gordon nickte langsam. »Genau das denke ich auch«, sagte er.

Stern fragte: »Was ist Ihre begründetste Vermutung? Sind die anderen Schilde okay oder nicht?«

»Meine begründetste Vermutung«, sagte Gordon, »ist die, daß sie okay sind. Aber in ein paar Stunden wissen wir mehr.«

06:40:22

»Guter Sir André, ich bitte Euch, kommt mit mir«, sagte Guy de Malegant mit einer anmutigen Verbeugung und einer einladenden Geste.

Marek versuchte, sich seine Verwunderung nicht anmerken zu lassen. Als er in die Burg hineingaloppiert war, hatte er erwartet, daß Guy und seine Männer ihn auf der Stelle töten würden. Statt dessen aber behandelten sie ihn mit Ehrerbietung, fast so, als wäre er ein geschätzter Gast. Er befand sich jetzt tief in der Burg, im innersten Hof, wo er den bereits hell erleuchteten Festsaal sah.

Malegant führte ihn an dem Saal vorbei und in ein merkwürdiges Steingebäude rechts davon. Die Fenster dieses Gebäudes waren nicht nur mit Läden versehen, sondern auch mit durchsichtigen Schweineblasen bespannt. Es standen Kerzen in diesen Fenstern, aber außerhalb der Schweineblasen, nicht drinnen.

Marek wußte, warum, noch bevor er das Gebäude betrat, das nur aus einem einzigen, großen Zimmer bestand. Auf erhöhten Plattformen an den Wänden stapelten sich faustgroße graue Tuchsäckchen. In einer Ecke waren eiserne Kanonenkugeln zu einer Pyramide aufgeschichtet. Der Raum hatte einen charakteristischen, scharf-trockenen Geruch, und Marek wußte genau, wo er war.

In der Munitionskammer.

Malegant sagte: »Nun, Magister, wir haben einen Eurer Gehilfen gefunden.«

»Ich danke Euch dafür.« In der Mitte des Raums saß Professor Edward Johnston im Schneidersitz auf dem Boden. Zwei steinerne Schalen mit einer Pulvermischung standen neben ihm. Eine dritte

Schale hatte er zwischen den Knien, und mit einem Steinstößel zerrieb er unter rhythmischen, kreisenden Bewegungen ein graues Pulver. Johnston hörte nicht auf, als er Marek sah. Er zeigte sich kein bißchen überrascht.

»Hallo, André«, sagte er.

»Hallo, Professor.«

Ohne die Arbeit zu unterbrechen, fragte Johnston: »Bist du in Ordnung?«

»Ja, alles okay. Hab mir nur das Bein ein bißchen verletzt.« Eigentlich pochte Mareks Bein vor Schmerz, aber die Wunde war sauber. Das Flußwasser hatte sie gründlich ausgewaschen, und er vermutete, daß sie in ein paar Tagen verheilt sein würde.

Der Professor mahlte unaufhörlich weiter. »Das ist gut, André«, sagte er mit ruhiger Stimme. »Wo sind die anderen?«

»Was mit Chris ist, weiß ich nicht«, sagte Marek. Er dachte daran, wie blutbespritzt Chris gewesen war. »Aber Kate ist okay, und sie ist auf dem Weg zur –«

»Das ist gut«, sagte der Professor leise und verdrehte die Augen in Richtung Sir Guy. Um das Thema zu wechseln, nickte er in Richtung Schüssel. »Du weißt doch, was ich mache, nicht?«

»Inkorporieren«, sagte Marek. »Taugt das Zeug was?«

»Eigentlich gar nicht schlecht. Es ist Weidenholzkohle, und die ist ideal. Der Schwefel ist ziemlich rein, und das Nitrat organisch.«

»Guano?«

»Genau.«

»Also ungefähr das, was man erwarten würde«, sagte Marek. Eins der ersten Dinge, mit denen Marek sich beschäftigt hatte, war die Technologie des Schwarzpulvers gewesen, das in Europa ab dem vierzehnten Jahrhundert weite Verbreitung fand. Schwarzpulver war eine jener Erfindungen, wie die des Mühlrads oder des Automobils, die man nicht einer einzelnen Person oder einem bestimmten Ort zuordnen konnte. Ursprünglich war das Rezept – ein Teil Holzkohle, ein Teil Schwefel, sechs Teile Salpeter – aus China gekommen. Einzelheiten darüber jedoch, wie es seinen Weg nach Europa gefunden hatte, waren umstritten, wie auch die Datierung seiner frühesten Verwendung, damals noch weniger als

Sprengstoff, sondern als Zündmittel. Als Schwarzpulver zum ersten Mal verwendet wurde, bedeutete *Feuerwaffe* noch »eine Waffe, die Feuer benutzt«, und nicht wie heute eine Vorrichtung, die mittels einer Explosion Projektile verschießt, Gewehre oder Kanonen etwa.

Der Grund lag einfach darin, daß frühes Schwarzpulver noch nicht sehr explosiv war, denn damals verstand man seine Chemie noch nicht, und die Kunst der Herstellung war noch nicht sehr entwickelt. Schießpulver explodierte, wenn Holzkohle und Schwefel sehr schnell verbrannten, wobei diese schnelle Verbrennung durch eine reiche Sauerstoffquelle ermöglicht wurde – durch Nitratsalze, die später Salpeter genannt wurden. Die gebräuchlichste Nitratquelle war Fledermauskot aus Höhlen. In den frühen Jahren wurde dieser Guano in keiner Weise veredelt, sondern einfach der Mischung hinzugegeben.

Aber die große Entdeckung des vierzehnten Jahrhunderts bestand darin, daß Schwarzpulver besser explodierte, wenn es extrem fein zermahlen wurde. Dieses Verfahren wurde »Inkorporation« genannt und ergab, wenn richtig durchgeführt, Schießpulver mit der Konsistenz von Talkumpuder. In diesen endlosen Stunden des Mahlens und Reibens wurde erreicht, daß winzige Salpeter- und Schwefelpartikel in mikroskopisch kleine Poren der Holzkohle hineingepreßt wurden. Das war auch der Grund, warum gewisse Hölzer, wie etwa Weide, bevorzugt wurden, denn deren Holzkohle war poröser.

Marek sagte: »Ich sehe nirgends ein Sieb. Wirst du es nicht körnen?«

Er drehte sich und schaute sich etwas ratlos um.

»Nein.« Johnston lächelte. »Das Körnen ist noch nicht erfunden, erinnerst du dich?«

Beim Körnen wurde dem Pulver Wasser hinzugefügt, so daß eine Paste entstand, die dann getrocknet wurde. Gekörntes Pulver war viel explosiver als trocken gemischtes Pulver. Chemisch betrachtet, löste das Wasser den Salpeter teilweise auf, die Lösung überzog die Innenseite der Holzkohleporen und transportierte dabei die unlöslichen Schwefelpartikel ebenfalls mit hinein. Das so entstandene Pulver war nicht nur explosiver, sondern auch stabiler und haltbarer. Aber Johnston hatte recht: Das Körnen wurde erst um 1400 entdeckt – also erst gut vierzig Jahre später.

»Soll ich übernehmen?« fragte Marek. Das Inkorporieren war ein langwieriger Prozeß; das Mahlen konnte sechs bis acht Stunden dauern.

»Nein. Ich bin fertig.« Der Professor stand auf und sagte zu Sir Guy: »Sagt Lord Oliver, daß wir bereit sind für die Vorführung.«

»Des Griechischen Feuers?«

»Nicht ganz.«

Im Licht der späten Nachmittagssonne schritt Lord Oliver ungeduldig auf der mächtigen äußeren Burgmauer auf und ab. Die Mauerkrone war hier mehr als fünf Meter breit, so daß die Kanonen, die hier aufgereiht standen, beinahe winzig wirkten. Sir Guy war bei ihm, wie auch ein mürrisch dreinblickender Robert de Kere; alle drei schauten erwartungsvoll hoch, als der Professor erschien. »Nun? Seid Ihr endlich fertig, Magister?«

»Mylord, das bin ich«, sagte der Professor, der mit zwei der steinernen Schalen unter den Armen zu der Gruppe stieß. Marek trug eine dritte Schale, in der das feine graue Pulver mit einem dicken Öl vermischt war, das stark nach Harz roch. Johnston hatte ihm gesagt, er dürfe das Gemisch auf keinen Fall berühren, doch diese Ermahnung war gar nicht nötig; das Gemisch war unappetitlich und stank. Außerdem trug er eine Schale mit Sand.

»Griechisches Feuer? Ist es Griechisches Feuer?«

»Nein, Mylord. Etwas Besseres. Das Feuer des Athenaios von Naukratis, das man auch ›automatisches Feuer‹ nennt.«

»Tatsächlich?« Lord Oliver kniff die Augen zusammen. »Führt es mir vor.«

Direkt unterhalb der Kanonenreihe erstreckte sich die weite östliche Ebene, auf der eben die Trébuchets in einer Reihe aufgestellt wurden. Sie standen etwa zweihundert Meter entfernt, knapp außer Schußweite. Johnston stellte seine Schalen zwischen den ersten beiden Kanonen ab. Die erste Kanone lud er mit einem Pulversack aus der Munitionskammer. Dann schob er einen dicken Metallpfeil mit metallenen Stabilisatorflügeln in die Kanone. »Dies sind Eurer Pulver und Euer Pfeil.«

Dann wandte er sich der zweiten Kanone zu und füllte vorsichtig sein fein gemahlenes Schwarzpulver in einen Sack, den er in die Kanonenmündung stopfte. Dann sagte er: »André, den Sand bitte.« Marek kam zu ihm und stellte ihm die Schale mit Sand vor die Füße.

»Wozu ist der Sand gut?«

»Nur eine Vorsichtsmaßnahme, Mylord, falls mir ein Mißgeschick unterläuft.« Johnston nahm sehr behutsam einen zweiten Pfeil in die Hand, er hielt ihn nur an den Enden und schob ihn vorsichtig in die Kanone. Die Spitze des Pfeils war gekerbt, die Kerben mit der dicken Paste gefüllt.

»Das sind mein Pulver und mein Pfeil.«

Der Kanonier gab Johnston nun einen dünnen, an einem Ende rotglühenden Holzstab. Johnston hielt ihn an die erste Kanone.

Es gab eine bescheidene Explosion, ein Wölkchen schwarzen Rauchs, der Pfeil flog davon und landete hundert Meter vor dem ersten Trébuchet.

»Jetzt mein Pulver und mein Pfeil.«

Der Professor hielt den Stab an die zweite Kanone.

Es gab eine laute Explosion und eine dichte Rauchwolke. Der Pfeil landete etwa drei Meter neben einem Trébuchet. Er lag im Gras.

Oliver schnaubte. »Ist das alles? Ihr werdet mir verzeihen, aber ich habe –«

In diesem Augenblick schien der Pfeil zu explodieren und Flammen in alle Richtungen zu spucken. Das Trébuchet fing sofort Feuer, und Männer stürzten mit den Wassersäcken der Pferde herbei, um es zu löschen.

»Ich verstehe ...« sagte Lord Oliver.

Doch das Wasser schien das Feuer eher noch zu verteilen und nicht zu löschen. Mit jedem neuen Guß loderten die Flammen höher, die Männer wichen verwirrt zurück. Am Ende mußten sie hilflos zusehen, wie das Trébuchet vor ihren Augen verbrannte. In wenigen Augenblicken war es nur noch ein Haufen verkohlter, rauchender Trümmer.

»Bei Gott, Edward und dem heiligen Georg«, sagte Oliver.

Johnston verbeugte sich leicht und lächelte.

»Ihr habt die doppelte Reichweite und einen Pfeil, der sich selbst entzündet – wie?«

»Das Pulver ist sehr fein gemahlen und deshalb viel explosiver. Die Pfeile sind bestrichen mit Öl, Schwefel und Ätzkalk, vermischt mit Werg. Jede Berührung mit Wasser entzündet die Mischung – hier ist es die Feuchtigkeit des Grases. Deshalb steht der Sand bereit, denn sollte auch nur eine winzige Spur davon auf meine Finger gelangen, würde sie wegen der Feuchtigkeit meiner Haut sofort zu brennen anfangen. Es ist eine sehr empfindliche Waffe, Mylord, und sehr heikel im Gebrauch.«

Er wandte sich nun der dritten Schale zu, die neben Marek stand.

»Nun, Mylord«, sagte Johnston und nahm einen Stecken in die Hand, »bitte ich Euch, genau darauf zu achten, was passiert.« Er tauchte den Stecken in die dritte Schale, so daß sich die Spitze mit der öligen, stinkenden Mischung überzog. Dann hielt er den Stecken in die Luft. »Wie Ihr seht, passiert nichts. Und es wird auch stunden- oder tagelang nichts passieren, bis …« Mit der theatralischen Geste eines Zauberers tauchte er den Stecken in ein kleines Gefäß mit Wasser.

Die Spitze des Steckens zischte, fing an zu rauchen und loderte dann auf. Die Flammen waren von einer tief orangen Farbe.

»Oh«, seufzte Oliver erfreut. »Ich muß einen Vorrat davon haben. Wie viele Männer braucht Ihr, um diese Substanz zu mahlen und herzustellen?«

»Mylord, zwanzig genügen. Fünfzig wären besser.«

»Ihr sollt fünfzig haben, oder auch mehr, wenn Ihr wollt«, sagte Oliver und rieb sich die Hände. »Wie schnell könnt Ihr sie herstellen?«

»Die Herstellung ist nicht langwierig, Mylord«, erwiderte Johnston, »aber man darf sich auch nicht überhasten, denn es ist eine gefährliche Arbeit. Und ist die Substanz fertig, stellt sie innerhalb der Burg eine Gefahr dar, denn Arnaut wird Euch sicherlich mit Brandsätzen angreifen.«

Oliver schnaubte. »Das ist mir gleichgültig, Magister. Macht Euch sofort an die Arbeit, und ich werde sie noch heute nacht benutzen.«

In der Munitionskammer sah Marek zu, wie Johnston die Soldaten in Zehnerreihen aufstellte und jedem einen Mörser gab. Dann ging Johnston die Reihen entlang und blieb hier und dort stehen, um Anweisungen zu geben. Die Soldaten murrten über das, was sie »Küchenarbeit« nannten, aber Johnston sagte ihnen, daß es sich, in seinen Worten, um die »Kräuter des Krieges« handelte.

Nach einigen Minuten kam Johnston zu Marek und setzte sich mit ihm in eine Ecke. Während sie den Soldaten bei der Arbeit zusahen, sagte Marek: »Hat Doniger dir gegenüber auch behauptet, daß man die Vergangenheit nicht ändern könne?«

»Ja. Warum?«

»Wie's aussieht, sind wir Oliver bei der Verteidigung seiner Burg eine große Hilfe. Diese Pfeile werden Arnaut zwingen, seine Belagerungsmaschinen zurückzuziehen – zu weit, um noch was ausrichten zu können. Keine Belagerungsmaschinen, kein Angriff auf die Festung. Und abwarten wird Arnaut kaum wollen. Seine Männer wollen schnell Beute machen – wie alle freien Kompanien. Wenn sie die Burg nicht gleich einnehmen können, ziehen sie weiter.«

»Ja, das stimmt ...«

»Aber wenn man den Geschichtsbüchern Glauben schenkt, fällt die Burg an Arnaut.«

»Ja«, sagte Johnston. »Aber nicht wegen der Belagerung. Sondern weil ein Verräter Arnauts Männer in die Burg einläßt.«

»Ich habe mir auch darüber Gedanken gemacht«, sagte Marek. »Das ergibt keinen Sinn. Diese Burg hat zu viele Tore, die zu öffnen wären. Wie sollte ein Verräter das schaffen? Ich glaube nicht, daß einer das könnte.«

Johnston lächelte. »Du meinst, daß wir möglicherweise Oliver helfen, seine Burg zu behalten, und so die Geschichte verändern?«

»Na ja. Es ist mir zumindest durch den Kopf gegangen.«

Marek überlegte, ob die Tatsache, daß eine Burg fiel oder nicht, im Hinblick auf die Zukunft wirklich ein bedeutendes Ereignis war. Die Geschichte des hundertjährigen Krieges konnte als eine Abfolge von Belagerungen und Einnahmen von Burgen betrachtet werden. Zum Beispiel würden in wenigen Jahren Briganten die Stadt Moins an der Seinemündung einnehmen. Das war an sich nur eine relativ unbedeutende Eroberung, aber dadurch erhielten sie die Kontrolle über die Seine und somit die Möglichkeiten, an dem Fluß entlang Burgen bis hinauf nach Paris einzunehmen. Dann war da noch das Problem, wer überlebte und wer nicht. Denn sehr häufig wurden nach Einnahme einer Burg die Bewohner massakriert. In La Roque befanden sich mehrere hundert Menschen. Wenn sie alle überlebten, konnten ihre Tausenden von Nachkommen durchaus die Zukunft anders gestalten.

»Vielleicht erfahren wir das nie«, sagte Johnston. »Wie viele Stunden haben wir noch?«

Marek sah auf seinen Timer: 05:50:29. Er biß sich auf die Unterlippe. Er hatte ganz vergessen, daß die Zeit ablief. Bei seinem letzten Blick auf den Timer waren es noch fast neun Stunden gewesen, und damals hatte es ausgesehen, als hätten sie noch jede Menge Zeit. Sechs Stunden klangen dagegen schon nicht mehr so gut.

»Knapp sechs Stunden«, sagte Marek.

»Und Kate hat den Marker?«

»Ja.«

»Und wo ist sie?«

»Auf der Suche nach dem Geheimgang.« Jetzt war es später Nachmittag, überlegte Marek. Wenn sie den Gang fand, konnte sie es in zwei oder drei Stunden leicht in die Burg schaffen. Dann mußten sie nur noch wieder alle zusammenkommen – auch Chris, wenn er noch lebte – und einen geeigneten Platz finden, der genug Freiraum bot, so daß sie die Maschine rufen konnten.

»Wo sucht sie den Eingang?«

»Bei der grünen Kapelle.«

Johnston seufzte. »Ist das der Ort, den Marcels Schlüssel angab?«

»Ja.«

»Und sie ist allein hingegangen?«

»Ja.«

Johnston schüttelte den Kopf. »Dort geht niemand hin.«

»Warum?«

»Weil die grüne Kapelle angeblich von einem wahnsinnigen Ritter bewacht wird. Es heißt, daß seine wahre und einzige Liebe dort starb und er vor Trauer den Verstand verlor. Er hat seine Schwester in einer nahen Burg eingesperrt, und jetzt tötet er jeden, der sich der Burg oder dem Schloß nähert.«

»Glaubst du, das stimmt alles?«

Johnston zuckte die Achseln. »Das weiß kein Mensch«, sagte er. »Weil noch niemand lebend von dort zurückgekommen ist.«

05:19:55

Die Augen fest zusammengekniffen, wartete Kate auf das Herabsausen der Axt. Der Ritter über ihr schnaubte und grunzte, er atmete schneller, als würde er vor dem todbringenden Schlag immer erregter –

Dann verstummte er.

Sie spürte, wie der Fuß auf ihrem Rücken sich drehte.

Er schaute sich um.

Die Axt knallte Zentimeter von ihrem Gesicht entfernt auf den Klotz. Der Ritter stützte sie ab, lehnte sich darauf, während er sich zu etwas umdrehte, das sich hinter ihm befand. Er fing wieder an zu grunzen, und jetzt klang er sehr wütend.

Kate versuchte zu sehen, wonach er sich umdrehte, aber die Klinge der Axt versperrte ihr die Sicht.

Dann hörte sie hinter sich Schritte.

Da war noch jemand.

Wieder wurde die Axt gehoben, doch auch der Fuß hob sich von ihrem Rücken. Hastig rollte sie sich von dem Klotz herunter und sah, daß Chris nur wenige Meter entfernt stand, in den Händen das Schwert, das sie fallengelassen hatte.

»Chris!«

Chris grinste mit zusammengebissenen Zähnen. Sie sah, daß er Angst hatte. Er hielt den Blick starr auf den grünen Ritter gerichtet. Mit einem Knurren wirbelte der Ritter herum, und die Axt sauste zischend durch die Luft. Chris hob das Schwert, um zu parieren. Funken flogen, als Metall auf Metall klirrte. Die Männer umkreisten einander. Der Ritter holte noch einmal aus, Chris duckte sich, kippte nach hinten und stand hastig wieder auf, während die Axt sich vor ihm in den Boden grub. Kate tastete in ihrem Beutel nach dem Gaszylinder. Dieser fremde Gegenstand aus einer anderen Zeit wirkte jetzt absurd klein und leicht, aber er war alles, was sie hatte.

»Chris.«

Kate, die hinter dem grünen Ritter stand, hob den Zylinder, so daß er ihn sehen konnte. Er nickte unbestimmt, während er weiter vor den Angriffen des Ritters zurückwich. Sie sah, daß er schnell ermüdete und an Boden verlor und der grüne Ritter immer näher rückte.

Kate hatte keine andere Wahl: Sie rannte los, sprang in die Luft und landete auf dem Rücken des Ritters. Er grunzte überrascht von dem zusätzlichen Gewicht. Sie klammerte sich an ihm fest, hielt ihm die Dose vor den Helm und sprühte Gas durch die Schlitze. Der Ritter hustete und schüttelte sich. Sie sprühte noch einmal, und der Ritter fing an zu taumeln. Sie sprang ab.

»Tu es!« rief sie.

Chris kauerte, auf ein Knie gestützt, und keuchte. Der Ritter war noch auf den Beinen, aber er schwankte. Chris ging langsam auf ihn zu und stieß ihm das Schwert zwischen den Plattenpanzern in die Seite. Der Ritter brüllte wütend auf und fiel auf den Rücken.

Chris war sofort über ihm, zerschnitt die Bänder seines Helms und stieß ihn mit dem Fuß fort. Kate sah verfilzte Haare, einen struppigen Bart und wilde Augen, während Chris ausholte, um ihm den Kopf abzuschlagen.

Es funktionierte nicht.

Die Klinge sauste nach unten, zerteilte Fleisch, grub sich in Knochen und blieb dort stecken. Der Hals war nicht durchtrennt, der Ritter lebte noch und starrte Chris wütend und mit mahlendem Kiefer an.

Chris versuchte, das Schwert herauszuziehen, es steckte aber im Hals des Ritters fest. Während er sich abmühte, hob der Ritter die Hand und packte ihn an der Schulter. Der Ritter war unglaublich stark – dämonisch stark –, und er zog ihn zu sich, bis Chris' Gesicht nur noch Zentimeter von seinem entfernt war. Seine Augen waren blutunterlaufen, seine Zähne zerbrochen und faulig. Läuse krabbelten in seinem Bart zwischen entfärbten Essensresten umher. Er stank nach Verwesung.

Chris ekelte sich. Er spürte seinen heißen, schlechten Atem. Er schaffte es, dem Ritter einen Fuß aufs Gesicht zu stellen, sich seinem Griff zu entwinden und sich aufzurichten. In diesem Augenblick löste sich auch das Schwert, und er hob es, um noch einmal zuzuschlagen.

Doch der Ritter verdrehte die Augen, sein Unterkiefer klappte herunter. Er war tot. Sofort umschwirrten Fliegen sein schmutziges, verkrustetes Gesicht.

Chris ließ sich auf die feuchte Erde fallen und versuchte, wieder zu Atem zu kommen. Ekel überkam ihn wie eine Woge, und er zitterte unkontrolliert. Er schlang die Arme um den Oberkörper. Seine Zähne klapperten.

Kate legte ihm die Hand auf die Schulter. »Mein Held«, sagte sie. Er hörte sie kaum und erwiderte nichts. Nach einer Weile ließ das Zittern nach, und er stand wieder auf.

»Ich war sehr froh, dich zu sehen«, sagte sie.

Er nickte und lächelte. »Ich habe den einfacheren Weg hier runter genommen.«

Chris hatte es geschafft, seine Rutschpartie zu stoppen. Viele schwierige Minuten hatte es gedauert, bis er den Hang wieder hochgeklettert war, und dann hatte er den anderen Pfad nach unten genommen. Er erwies sich als bequemer Weg zum Fuß des Wasserfalls, wo er Kate auf dem Richtblock liegen sah.

»Den Rest kennst du«, sagte er. Auf das Schwert gestützt, schaute er zum Himmel hoch. Es wurde allmählich dunkel. »Was meinst, du, wieviel Zeit wir noch haben?«

»Ich weiß es nicht. Vier, fünf Stunden.«

»Dann sollten wir langsam anfangen zu suchen.«

Die Decke der grünen Kapelle war an verschiedenen Stellen eingebrochen, der Innenraum ruiniert. Es gab einen kleinen Altar, gotische Einfassungen um zerbrochene Fenster, Pfützen brackigen Wassers auf dem Boden. Es war kaum noch zu erkennen, daß diese Kapelle früher ein Juwel gewesen war, mit reichverzierten steinernen Türstürzen und Spitzbögen. Jetzt tropfte schleimiger Moder von den Meißelarbeiten, die bis zur Unkenntlichkeit verwittert waren.

Eine schwarze Schlange glitt davon, als Chris eine Wendeltreppe hinunter in die Krypta stieg. Kate folgte ihm langsamer. Hier war es dunkler, das einzige Licht fiel durch Ritzen im Boden der Kapelle. Unaufhörlich tropfte Wasser. In der Mitte des Raums erkannten sie einen einzelnen, intakten Sarkophag aus schwarzem Stein und die zerbrochenen Überreste von einigen anderen. Den Deckel des intakten Sarkophags zierte ein in Stein gemeißelter Ritter. Kate sah sich das Gesicht des Ritters an, aber der Stein war wegen der allgegenwärtigen Feuchtigkeit verwittert und die Züge nicht mehr zu erkennen.

»Wie lautete gleich wieder der Schlüssel?« fragte Chris. »Irgendwas mit den Füßen des Riesen?«

»Genau, soundso viele Schritte von den Füßen des Riesen entfernt. Oder von den riesigen Füßen.«

»Von den Füßen des Riesen«, wiederholte Chris. Er deutete auf den Sarkophag, wo die Füße des Ritters als zwei runde Stumpen in die Höhe ragten. »Glaubst du, daß diese Füße gemeint sind?«

Kate runzelte die Stirn. »Nicht gerade riesig.«

»Nein …«

»Laß es uns trotzdem mal probieren«, sagte sie, stellte sich an das Fußende des Sarkophags, wandte sich nach rechts und ging fünf Schritte. Dann drehte sie sich nach links, ging vier Schritte, dann wieder nach rechts, stand aber bereits nach drei Schritten an der Wand.

»Ich schätze, das war's nicht.«

Nun machten sie sich beide ernsthaft auf die Suche. Und Kate machte fast augenblicklich eine ermutigende Entdeckung: ein halbes Dutzend Fackeln, aneinandergelehnt in einer Ecke, wo sie trocken blieben. Die Fackeln waren zwar primitiv, aber sie erfüllten ihren Zweck.

»Der Eingang muß hier irgendwo sein«, sagte sie. »Er muß es einfach.«

Chris antwortete nicht. Eine halbe Stunde suchten sie schweigend, wischten Moder von Wand und Boden, betrachteten verwitterte Meißelarbeiten und versuchten zu entscheiden, ob die eine oder die andere die Füße eines Riesen darstellte.

Schließlich fragte Chris: »Hieß es in dem Ding eigentlich, daß sie in der Kapelle sind oder daß sie an der Kapelle sind?«

»Ich weiß es nicht«, sagte Kate. »André hat es mir vorgelesen. Er hat den Text übersetzt.«

»Vielleicht sollten wir ja draußen suchen.«

»Die Fackeln waren hier drinnen.«

»Stimmt.«

Chris drehte sich frustriert um und suchte weiter.

»Wenn Marcel einen Schlüssel konstruierte, der von einem Orientierungspunkt ausging«, sagte Kate, »dann hätte er nie einen Sarg oder einen Sarkophag benutzt, weil man so was bewegen kann. Er hätte irgendwas Unverrückbares benutzt. Etwas an den Wänden.«

»Oder auf dem Boden.«

»Ja, oder auf dem Boden.«

Sie stand an der hinteren Wand, in die kleine Nischen eingelassen waren. Zuerst dachte sie, es wären kleine Altäre, aber sie waren zu klein, und dann entdeckte sie Wachsreste. Offensichtlich dienten diese Nischen zur Aufnahme von Kerzen. Eine ganze Reihe dieser Nischen lief rund um die Wände der Krypta. Das Innere der Nische direkt vor Kate war wunderschön verziert mit der symmetrischen Abbildung von Vogelflügeln, die an den Seitenwänden emporwuchsen. Und die Meißelarbeit sah unversehrt aus, vielleicht weil die Hitze der Kerzen die Moderbildung verhindert hatte.

Symmetrisch, dachte sie.

Aufgeregt ging sie zur nächsten Kerzennische. Hier waren zwei Ranken mit Blättern dargestellt. Sie ging die Wände ab und untersuchte jede Nische.

Keine zeigte Füße.

Chris scharrte mit seiner Sohle in weitem Bogen über den Boden und wischte den Moder vom darunterliegenden Stein weg. Er murmelte: »Große Füße, große Füße.«

Sie schaute zu ihm hinüber und sagte: »Ich komme mir echt blöd vor.«

»Warum?«

Sie deutete auf die Tür, durch die sie in die Krypta gekommen waren. Der Türstock war früher reich verziert gewesen, jetzt aber verwittert.

Doch auch jetzt war noch zu erkennen, was ursprünglich dargestellt gewesen war. Auf beiden Schenkeln des Türstocks waren klumpenartige Formen ausgemeißelt. Genau fünf, der größte am oberen Rand, der kleinste unten. Der größte Klumpen hatte eine Abflachung auf einer Seite, so daß kein Zweifel bestand, was diese Formen darstellen sollten.

Fünf Zehen auf jeder Seite der Tür.

»O Gott«, sagte Chris. »Es ist die ganze verdammte Tür.«

Kate nickte. »Die Füße eines Riesen.«

»Warum hat man so was gemacht?«

Sie zuckte mit den Achseln. »Manchmal wurden an Ein- und Ausgängen abstoßende oder dämonische Abbildungen angebracht. Um die Flucht oder die Vertreibung von bösen Geistern zu symbolisieren.«

Sie gingen schnell zur Tür, und dann zählte Kate fünf Schritte ab, dann vier und schließlich neun. Jetzt stand sie vor einem in die Wand eingelassenen rostigen Eisenring. Sie waren beide aufgeregt über diese Entdeckung, aber als sie an dem Ring zog, zerbrach er in ihren Händen zu rötlichen Fragmenten.

»Anscheinend haben wir was falsch gemacht.«

»Zähl die Schritte noch einmal ab.«

Sie kehrte zurück und versuchte es mit kleineren Schritten. Rechts, links, wieder rechts. Jetzt stand sie vor einem anderen Abschnitt der Wand. Aber hier war überhaupt nichts zu sehen, nur roher Stein.

»Ich weiß nicht, Chris«, sagte sie. »Irgendwas machen wir falsch. Aber ich weiß nicht, was.« Entmutigt streckte sie die Hand aus und stützte sich gegen die Wand.

»Vielleicht sind die Schritte noch immer zu groß«, sagte Chris.

»Oder zu klein.«

Chris ging zu ihr und lehnte sich neben ihr an die Wand. »Na komm, wir finden das schon raus.«

»Meinst du?«

»Ja, das schaffen wir.«

Sie lösten sich von der Wand und wollten eben zur Tür zurückkehren, als sie plötzlich hinter sich ein leises Rumpeln hörten. Genau an der Stelle, wo sie eben gestanden hatten, war ein großer Stein im Boden weggeglitten. Eine Steintreppe führte nach unten. Sie hörten das entfernte Rauschen eines Flusses. Die Öffnung klaffte schwarz und unheilvoll.

»Bingo«, sagte er.

03:10:12

Im fensterlosen Kontrollraum über dem Transitbereich starrten Gordon und Stern einen Monitor an. Er zeigte in einer Simulation sechs Schilde, wobei fünf davon die verätzten Glasbehälter darstellten und der sechste einen intakten, dessen Verhalten zur Kontrolle ebenfalls simuliert wurde. Noch während sie zusahen, erschienen kleine weiße Punkte auf den beschädigten Schilden.

»Das sind die Positionen der Verätzungspunkte«, sagte Gordon.

Neben jedem Punkt erschien eine Gruppe von Zahlen, aber sie waren zu klein, um sie lesen zu können. »Das sind Umfang und Tiefe jeder Verätzung«, erklärte er.

Stern sagte nichts. Die Simulation lief weiter. Die Schilde füllten sich mit Wasser, was mit einer steigenden horizontalen blauen Linie dargestellt wurde. Über jedem Schild waren zwei große Nummern zu sehen: das Gesamtgewicht des Wassers und der Druck auf das Glas am unteren Rand jedes Schilds, wo er am größten war.

Obwohl die Simulation sehr stilisiert war, bemerkte Stern, daß er den Atem anhielt. Die Wasserlinie stieg immer höher.

Einer der Behälter begann zu lecken: ein blinkender roter Punkt.

»Einer leckt«, sagte Gordon.

Ein zweiter Tank begann zu lecken, und während das Wasser weiter stieg, zuckte ein Blitz quer über das Schild, und er verschwand vom Bildschirm.

»Einer ist geborsten.«

Stern schüttelte den Kopf. »Wie grob ist diese Simulation Ihrer Meinung nach?«

»Ziemlich schlampig.«

Auf dem Bildschirm barst ein weiterer Schild. Die restlichen zwei füllten sich ohne Zwischenfall bis zum Rand.

»Nun ja«, sagte Gordon. »Der Computer sagt uns, daß drei von fünf beschädigten Schilden nicht gefüllt werden können.«

»Wenn man es glaubt. Tun Sie es?«

»Ich persönlich nicht«, sagte Gordon. »Die Eingabedaten reichen einfach nicht, und der Computer macht alle möglichen Belastungsannahmen, die ziemlich hypothetisch sind. Aber ich denke mir, wir sollten diese Tanks erst im letzten Augenblick füllen.«

Stern sagte: »Nur schade, daß es keine Möglichkeit gibt, die Tanks zu verstärken.«

Gordon hob schnell den Kopf. »Was zum Beispiel?« fragte er. »Haben Sie eine Idee?«

»Ich weiß nicht. Vielleicht könnte man die Verätzungen mit Plastik füllen oder einer Art Kitt. Vielleicht könnten wir –«

Gordon schüttelte den Kopf. »Was immer Sie tun, es muß homogen sein. Sie müßten das Glas mit etwas überziehen, so daß es eine völlig einheitliche und glatte Oberfläche gibt. Vollkommen einheitlich und glatt.«

»Ich kann mir nicht vorstellen, wie man das machen soll.«

»Nicht in drei Stunden«, sagte Gordon. »Soviel Zeit haben wir nämlich noch.«

Stern setzte sich stirnrunzelnd auf einen Stuhl. Aus irgendeinem Grund dachte er an Rennautos. Eine Folge von Bildern blitzte durch seinen Kopf. Ferraris. Steve McQueen. Formel Eins. Der Michelin-Mann mit seinem Gummiwulstkörper. Das gelbe Shell-Schild. Riesige Lastwagenreifen, die durch den Regen zischten. B. F. Goodrich.

Dabei mag ich Autos nicht einmal, dachte er. In New Haven hatte er nur einen uralten VW Käfer. Ganz offensichtlich versuchte sein hektisch arbeitender Verstand, sich vor einer unangenehmen Realität zu drücken – vor etwas, dem er sich nicht stellen wollte.

Dem Risiko.

»Dann füllen wir die Schilde also erst im letzten Augenblick und beten?« fragte Stern.

»Genau«, erwiderte Gordon. »Genau das werden wir tun. Es ist ein bißchen haarig. Aber ich glaube, es wird funktionieren.«

»Und die Alternative?« fragte Stern.

Gordon schüttelte den Kopf. »Ihre Rückkehr blockieren. Ihre Freunde nicht zurückkommen lassen. Da unten brandneue Schilde aufstellen, Schilde, die keine Fehler haben, und noch mal von vorne anfangen.«

»Und das würde wie lange dauern?«

»Zwei Wochen.«

»Nein«, sagte Stern. »Das können wir nicht tun. Wir müssen es riskieren.«

»Genau«, sagte Gordon. »Und das werden wir auch.«

02:55:41

Marek und Johnston stiegen die Wendeltreppe hoch. Oben trafen sie de Kere, der auf blasierte Art zufrieden wirkte. Wieder standen sie auf der breiten Mauerkrone von La Roque. Oliver war ebenfalls dort, wütend und mit hochrotem Gesicht marschierte er auf und ab.

»Riecht Ihr es?« rief er und deutete hinunter auf die Ebene, wo Arnaut noch immer seine Truppen zusammenzog.

Es war früher Abend, die Sonne war eben untergegangen, und Marek schätzte, daß es etwa sechs Uhr sein mußte. Doch im verlöschenden Licht konnten sie gerade noch erkennen, daß Arnauts Truppen jetzt ein volles Dutzend Trébuchets zusammengebaut und in gestaffelten Reihen aufgestellt hatten. Nach dem Erlebnis mit dem ersten selbstentzündlichen Pfeil hatten sie die Maschinen weiter auseinandergestellt, damit das Feuer nicht von einer auf die andere überspringen konnte.

Hinter den Trébuchets erstreckte sich ein Sammlungsbereich, wo Soldaten um rauchende Feuer kauerten. Und ganz hinten hoben sich Hunderte von Zelten vom dunklen Waldrand ab.

Es sieht, dachte Marek, völlig normal aus. Der Beginn einer Belagerung. Er konnte sich nicht vorstellen, worüber Oliver sich so aufregte.

Von den rauchenden Feuern wehte ein charakteristischer brandiger Geruch herüber. Es erinnerte Marek an den Geruch, den Dachdecker verursachten. Und mit gutem Grund, denn es handelte sich um dieselbe Substanz. »Ja, ich rieche es, Mylord«, sagte Johnston. »Es ist Pech.«

Johnstons ausdruckslose Miene verriet, daß auch er nicht wußte, worüber Oliver sich so erregte. Bei einer Belagerung war es üblich, brennendes Pech über die Burgmauern zu schleudern.

»Ja, ja«, sagte Oliver, »natürlich ist es Pech. Aber das ist nicht alles. Riecht Ihr es nicht? Sie mischen etwas in das Pech hinein.«

Marek schnupperte und dachte, daß Oliver mit ziemlicher Sicherheit recht hatte. Brennendes reines Pech hatte die Tendenz, schnell wieder auszugehen. Deshalb wurde Pech meist mit anderen Stoffen vermischt – Öl, Werg oder Schwefel –, die seine Brennfähigkeit erhöhten.

»Ja, Mylord«, sagte Johnston, »ich rieche es.«

»Und was ist es?« fragte Oliver mit vorwurfsvollem Ton.

»*Ceraunia*, wie ich glaube.«

»Auch ›Donnerstein‹ genannt?«

»Ja, Mylord.«

»Benutzen wir diesen Donnerstein auch?«

»Nein, Mylord –«, begann Johnston.

»Aha! Ich habe es mir fast gedacht.«

Oliver nickte de Kere zu, als wäre ihr Argwohn jetzt bestätigt. Ganz offensichtlich steckte de Kere hinter dieser Geschichte.

»Mylord«, sagte Johnston, »wir brauchen diesen Donnerstein nicht. Wir haben einen besseren Stein. Wir benutzen reinen Schwefel.«

»Aber Schwefel ist nicht dasselbe.« Noch ein Blick zu de Kere.

»Doch, Mylord, das ist es. Der Donnerstein ist *pyrite kerdonienne.* Fein gemahlen entsteht daraus Schwefel.«

Oliver schnaubte. Und ging mit finsterem Gesicht auf und ab.

»Und wie kommt es«, sagte er schließlich, »daß Arnaut diesen Donnerstein hat?«

»Das kann ich nicht sagen«, erwiderte Johnston, »aber der Donnerstein ist unter Soldaten allgemein bekannt. Er wird sogar bei Plinius erwähnt.«

»Ihr weicht mir aus, Magister. Ich rede nicht von Plinius. Ich rede von Arnaut. Der Mann ist ein ungebildetes Schwein. Er hat keine Ahnung von *ceraunia* oder dem Donnerstein.«

»Mylord –«

»*Außer er erhält Beistand*«, sagte Oliver düster. »Wo sind Eure Gehilfen jetzt?«

»Meine Gehilfen?«

»Kommt, kommt, Magister, weicht mir nicht weiter aus.«

»Einer ist hier«, sagte Johnston und deutete auf Marek. »Soweit ich weiß, ist der zweite tot, und vom dritten habe ich keine Nachricht.«

»Und ich glaube«, sagte Oliver, »daß Ihr sehr wohl wißt, wo sie sind. Während wir hier sprechen, arbeiten sie in Arnauts Lager. Und so ist er in den Besitz dieses geheimen Steins gelangt.«

Marek hörte diesem Wortwechsel mit wachsendem Unbehagen zu. Oliver hatte auch in besseren Zeiten nie sonderlich ausgeglichen gewirkt. Und jetzt, so kurz vor dem drohenden Angriff, zeigte er, von de Kere aufgehetzt, alle Anzeichen eines Wahns. Oliver wirkte unberechenbar und gefährlich.

»Mylord –«, begann Johnston.

»Und weiter glaube ich, daß Ihr seid, was ich von Anfang an befürchtet habe. Ihr seid eine Kreatur Arnauts, denn Ihr habt drei Tage in Sainte-Mère zugebracht, und auch der Abt ist eine Kreatur Arnauts.«

»Mylord, wenn Ihr mich anhören wollt –«

»*Das werde ich nicht.* Ihr werdet mir zuhören. Ich glaube, daß Ihr gegen mich arbeitet, daß Ihr oder Eure Gehilfen, trotz all Eures Leugnens, den Geheimgang zu meiner Burg kennt, und daß Ihr vorhabt, zum frühestmöglichen Zeitpunkt zu fliehen – vielleicht sogar heute nacht schon, im Schutz von Arnauts Angriff.«

Marek bemühte sich, ein ausdrucksloses Gesicht zu zeigen. Natürlich hatten sie genau das vor, falls Kate je den Geheimgang fand.

»Aha!« rief Oliver und deutete auf Marek. »Seht Ihr? Er kneift den Mund zusammen? Er weiß, daß ich die Wahrheit spreche.«

Marek wollte etwas sagen, aber Johnston legte ihm die Hand auf den Arm. Auch er sagte nichts, sondern schüttelte nur den Kopf.

»Was? Wollt Ihr ihn von seinem Geständnis abhalten?«

»Nein, Mylord, denn Eure Vermutungen entsprechen nicht der Wahrheit.«

Oliver marschierte mit wütendem Gesicht auf und ab. »Dann bringt mir die Waffen, die ich zuvor von Euch verlangt habe.«

»Mylord, sie sind noch nicht fertig.«

»Ha!« Und wieder nickte er de Kere zu.

»Mylord, das Mahlen des Pulvers dauert viele Stunden.«

»In vielen Stunden ist es zu spät.«

»Mylord, es wird rechtzeitig fertig.«

»Ihr lügt, Ihr lügt, Ihr lügt!« Oliver wirbelte herum, stampfte auf und starrte zu den Belagerungsmaschinen hinunter. »Schaut auf die Ebene hinaus. Seht, wie sie sich vorbereiten. Jetzt antwortet mir, Magister. *Wo ist er?*«

Eine kurze Pause entstand. »Wo ist wer, Mylord?«

»Arnaut! *Wo ist Arnaut?* Seine Truppen sammeln sich zum Angriff. Er führt sie immer an. Aber jetzt ist er nicht dort. Wo ist er?«

»Mylord, ich kann Euch nicht sagen ...«

»Die Hexe von Eltham ist dort – seht Ihr sie, dort bei den Maschinen? Seht Ihr? Sie beobachtet uns. Dieses verabscheuungswürdige Weib.«

Marek drehte sich schnell zur Brüstung, um hinunterzusehen. Claire war wirklich bei den Soldaten, mit Sir Daniel an ihrer Seite ging sie die Reihen der Belagerungsmaschinen ab. Marek spürte sein Herz schneller schlagen, nur weil er sie sah, aber er verstand nicht so recht, was sie dort an vorderster Front zu suchen hatte. Sie schaute die Burgmauer hoch. Und plötzlich blieb sie stehen. Marek war sich beinahe sicher, daß sie ihn gesehen hatte. Am liebsten hätte er gewinkt, was er natürlich nicht tat. Nicht, wenn Oliver wutschnaubend neben ihm stand. Aber er dachte: Ich werde sie vermissen, wenn ich zurückkehre.

»Die Lady Claire«, knurrte Oliver, »ist eine Spionin Arnauts und war es von Anfang an. Sie hat Arnauts Männer in die Burg geführt. Und zweifellos alles mit diesem hinterhältigen Abt geplant. Aber wo ist der Schurke selbst? Wo ist das Schwein Arnaut? Er ist nirgends zu sehen.«

Ein verlegenes Schweigen entstand. Oliver lächelte grimmig.

»Mylord«, sagte Johnston, »ich verstehe Eure Sorg –«

»Das tut Ihr nicht!« Er stampfte wieder auf und starrte Marek und Johnston wütend an. Dann sagte er: »Ihr beide. Kommt mit mir.«

Die Oberfläche des Wassers war schwarz und ölig, und es stank bis zu ihnen hinauf, obwohl sie aus zehn Metern Höhe darauf hinunterschauten. Sie standen am Rand einer runden Grube tief im Inneren der Burg. Die Wände um sie herum waren dunkel und feucht und von flackernden Fackeln nur schwach erhellt.

Auf Olivers Signal hin drehte ein Soldat neben der Grube eine eiserne Winde. Rasselnd stieg eine dicke Kette aus den Tiefen des Wassers.

»Man nennt dies Miladys Bad«, sagte Oliver. »Es wurde eingerichtet von François le Gros, der Geschmack an solchen Dingen hatte. Es heißt, daß Henri de Renaud zehn Jahre hier schmachtete, bevor er starb. Man warf ihm lebende Ratten zu, die er tötete und roh aß. Zehn Jahre lang.«

Das Wasser kräuselte sich, ein schwerer Metallkäfig durchbrach die Oberfläche und stieg triefend in die Höhe. Die Stangen waren schwarz und schmutzig. Der Gestank war überwältigend.

Mit Blick auf den Käfig sagte Oliver: »In Castelgard habe ich Euch versprochen, Magister, daß ich Euch töten werde, wenn Ihr mich betrügt. Ihr werdet in Miladys Bad baden.«

Er stierte sie mit wildem Blick an.

»Gesteht jetzt.«

»Mylord, es gibt nichts zu gestehen.«

»Dann habt Ihr auch nichts zu befürchten. Aber bedenkt, Magister, wenn ich entdecke, daß Ihr oder Eure Gehilfen den geheimen Eingang zur Burg kennen, werde ich Euch hier einsperren, in diesem Käfig, aus dem Ihr nicht entkommen könnt, nie mehr in Eurem Leben, und ich werde Euch hier in der Dunkelheit verhungern und verfaulen lassen.«

De Kere, der mit einer Fackel in der Hand ein wenig abseits stand, gestattete sich ein dünnes Lächeln.

02:22:13

Die Treppe führte steil nach unten in die Dunkelheit. Kate ging mit einer Fackel voran, Chris folgte ihr. Sie gingen durch einen schmalen Gang, der fast ein Tunnel und offensichtlich von Menschenhand geschaffen war, und erreichten dann eine größere Kammer. Es war eine natürliche Höhle. Hoch oben und etwas links von ihnen sahen sie den blassen Schimmer natürlichen Lichts; dort oben mußte ein Höhleneingang sein.

Der Boden fiel immer noch ab. Ein Stückchen weiter vorne erkannten sie einen großen Tümpel schwarzen Wassers und hörten das Rauschen eines Flusses. Es stank in der Höhle, ein süß-saurer Geruch, wie Urin. Sie kletterten über Felsbrocken, bis sie den schwarzen Tümpel erreichten. Am Wasserrand befand sich ein schmaler Sandstreifen.

Und in dem Sand sahen sie einen Fußabdruck.

Mehrere Fußabdrücke.

»Nicht frisch«, sagte Chris.

»Wo ist der Pfad?« fragte Kate. Ihre Stimme hallte. Dann sah sie ihn, ein Stückchen weiter links, einen Felsvorsprung, der so behauen worden war, daß man auf ihm um den Tümpel herumgehen konnte.

Sie ging darauf zu.

Höhlen machten ihr nichts aus. Mit ihren Kletterkameraden hatte sie in Colorado und New Mexico einige erforscht. Kate folgte dem Pfad und sah hier und dort Fußabdrücke und helle Spuren im Fels, die Kratzer von Waffen sein konnten.

»Weißt du«, sagte sie, »diese Höhle kann nicht allzu lang sein, wenn man sie dazu benutzt hat, während einer Belagerung Wasser in die Festung zu transportieren.«

»Das haben sie nicht getan«, sagte Chris. »Die Burg hat eine andere Wasserversorgung. Hier wurden eher Nahrungsmittel und andere Güter transportiert.«

»Trotzdem. Wie weit konnten sie gehen?«

»Im vierzehnten Jahrhundert«, sagte Chris, »machte es den Bauern nichts aus, dreißig Kilometer oder manchmal sogar noch mehr zu gehen. Sogar Pilger gingen bis zu zwanzig Kilometer am Tag, und zu diesen Gruppen gehörten Frauen und alte Leute.«

»Oh«, sagte sie.

»Dieser Gang könnte zwanzig Kilometer lang sein«, sagte er. Und fügte dann hinzu: »Aber ich hoffe, er ist es nicht.«

Nachdem sie den Felsvorsprung hinter sich gelassen hatten, sahen sie einen in den Fels gehauenen Gang, der von dem dunklen See wegführte. Der Gang war etwa einen Meter fünfzig hoch und einen Meter breit. Aber am Rand des Tümpels lag ein hölzerner Kahn vertäut. Ein kleiner Kahn, wie ein Ruderkahn. Er stieß leise gegen die Felsen.

Kate drehte sich zu Chris um. »Was meinst du? Gehen oder den Kahn nehmen?«

»Den Kahn nehmen«, antwortete Chris.

Sie stiegen ein. Im Kahn lagen Ruder. Kate hielt die Fackel, und er ruderte. Da es eine Strömung gab, kamen sie erstaunlich schnell vorwärts. Sie befanden sich jetzt auf dem unterirdischen Fluß.

Kate machte sich Sorgen wegen der Zeit. Sie nahm an, daß ihnen etwa noch zwei Stunden blieben. Das bedeutete, daß sie in die Burg gelangen, sich mit Marek und dem Professor wiedervereinigen und sich dann einen freien Platz suchen mußten, wo sie die Maschine rufen konnten – und das alles in zwei Stunden.

Sie war froh um die Strömung, um die Geschwindigkeit, mit der sie tiefer in die Höhle glitten. Die Fackel in ihrer Hand zischte und knisterte. Dann hörte sie ein Rascheln, als würde Wind in Papier fahren. Das Geräusch wurde lauter. Sie hörten ein Quieken, wie von Mäusen.

Es kam von irgendwo tief in der Höhle.

Sie schaute Chris fragend an.

»Es ist Abend«, sagte er, und dann sah Kate sie – zuerst nur ein paar, dann eine nebelhafte Wolke und schließlich ein Sturzbach aus Fledermäusen, die aus der Höhle flatterten, ein brauner Fluß in der Luft über ihrem Boot. Sie spürte den Luftzug von Hunderten von flatternden Flügeln.

Das ganze Schauspiel dauerte ein paar Minuten, und dann war es wieder still bis auf das Knistern der Fackeln.

Sie glitten weiter auf dem dunklen Fluß.

Ihre Fackel zischte und erlosch. Schnell zündete sie eine der anderen an, die Chris aus der Kapelle mitgenommen hatte. Er hatte vier Fackeln mitgenommen, und jetzt waren noch drei übrig. Würden drei Fackeln reichen, um sie wieder ans Tageslicht zu bringen? Was würden sie tun, wenn die letzte Fackel ausging und sie noch weitergehen mußten, vielleicht noch kilometerweit? Würden sie durch die Dunkelheit kriechen, sich vorwärtstasten, vielleicht tagelang? Würden sie es je schaffen, oder würden sie hier in der Dunkelheit sterben?

»Hör auf«, sagte Chris.

»Womit?«

»Darüber nachzudenken.«

»Worüber nachzudenken?«

Chris lächelte sie an. »Wir kommen gut vorwärts. Wir schaffen es.«

Sie fragte ihn nicht, woher er das wußte. Aber was er sagte, tröstete sie, auch wenn es nur vorgeschützt war.

Sie hatten einen gewundenen, sehr niederen Tunnel durchquert, aber jetzt weitete sich die Höhle wieder zu einem riesigen Saal mit Stalaktiten, die von der Decke herunterhingen und an manchen Stellen bis an den Boden und sogar ins Wasser reichten. Das flackernde Licht der Fackel konnte die Dunkelheit kaum erhellen. Dennoch erkannte Kate am dunklen Ufer einen Fußweg. Anscheinend führte ein Pfad durch die gesamte Länge der Höhle.

Der Fluß wurde schmaler und schneller und rauschte unter den Stalaktiten hindurch. Er erinnerte Kate an einen Sumpf in Louisiana, nur daß sie sich hier unter der Erde befanden. Auf jeden Fall kamen sie gut vorwärts, und sie schöpfte wieder Zuversicht. Bei diesem Tempo würden sie sogar fünfzehn Kilometer in wenigen

Minuten schaffen. Vielleicht reichten ihnen die zwei Stunden tatsächlich. Vielleicht sogar problemlos.

Der Unfall passierte so schnell, daß sie kaum etwas mitbekam. Chris rief: »Kate!«, und als sie sich umdrehte, sah sie einen Stalaktiten dicht neben ihrem Ohr, ihr Kopf knallte gegen den Stein, die Fackel streifte ihn ebenfalls, und die brennende Stoffspitze, die um den Stecken gebunden war, löste sich ab. Wie in einer gespenstischen Zeitlupe mußte sie zusehen, wie der brennende Lappen auf sein Spiegelbild im Wasser zufiel. Er prasselte, zischte und ging aus.

Völlige Finsternis umgab sie.

Sie hielt vor Schreck den Atem an.

Eine solche Dunkelheit hatte sie noch nie erlebt. Es gab absolut kein Licht. Sie hörte Wasser tropfen, spürte die leichte, kühle Brise und den riesenhaft leeren Raum, der sie umgab. Der Kahn bewegte sich weiter, immer wieder stießen sie gegen Stalaktiten. Dann hörte sie ein Ächzen, der Kahn schaukelte heftig, und dann kam vom Heck ein lautes Platschen.

»Chris?«

Sie kämpfte gegen die Panik an.

»Chris?« fragte sie. »Chris, was sollen wir jetzt tun?«

Ihre Stimme hallte.

01:33:00

Es war jetzt frühe Nacht, der Himmel wurde schwarz, und Sterne zeigten sich in großer Zahl. Lord Oliver war, nachdem er fürs erste genug gedroht und geprahlt hatte, mit de Kere in den Festsaal zum Abendessen gegangen. Aus dem Saal drang der Lärm eines Gelages: Olivers Ritter tranken vor der Schlacht.

Marek kehrte mit Johnston in die Munitionskammer zurück. Er schaute auf seinen Timer: 01:32:14. Der Professor fragte ihn nicht, wieviel Zeit noch übrig war, und Marek verspürte keine Lust, es ihm zu sagen. In diesem Augenblick hörten sie ein Rauschen. Die Männer auf der Brustwehr schrien, als eine brennende Masse über die Mauer gesegelt kam und in den inneren Burghof heruntersauste.

»Es geht los«, sagte der Professor ruhig.

Zwanzig Meter von ihnen entfernt krachte das Feuer auf die Erde. Marek sah, daß es ein Pferd war, dessen Beine steif aus den Flammen herausragten. Er roch brennende Haare und verkohlendes Fleisch. Das Fett brutzelte und ploppte.

»O Gott«, sagte Marek.

»Schon lange tot«, sagte Johnston und deutete auf die steifen Beine. »Angreifer schleudern gerne brennende Kadaver über die Mauer. Wir werden noch Schlimmeres sehen, bevor die Nacht vorüber ist.«

Soldaten kamen mit Wasser gelaufen, um das Feuer zu löschen. Johnston betrat die Munitionskammer. Die fünfzig Männer mahlten noch immer Pulver. Einer von ihnen mischte in einem großen, breiten Becken Harz und Ätzkalk und produzierte so eine beträchtliche Menge der braunen Masse.

Marek sah ihnen bei der Arbeit zu, dann hörte er von draußen wieder ein Rauschen. Etwas Schweres knallte auf das Dach, die Kerzen in den Fenstern schwankten. Männer schrien und liefen auf das Dach.

Der Professor seufzte. »Ein Treffer schon beim zweiten Versuch«, sagte er. »Genau das habe ich befürchtet.«

»Was?«

»Arnaut weiß, daß es eine Munitionskammer gibt, und er weiß ungefähr, wo sie ist – man sieht sie, wenn man auf den Hügel steigt. Arnaut weiß, daß diese Kammer voller Pulver ist. Und er weiß, wenn er sie mit einem Brandsatz trifft, kann er großen Schaden anrichten.«

»Sie wird in die Luft fliegen«, sagte Marek und betrachtete die aufgestapelten Pulversäcke. Obwohl ein Großteil des mittelalterlichen Pulvers nicht explodierte, hatten sie bereits gesehen, daß man mit Olivers Pulver eine Kanone abfeuern konnte.

»Ja, sie wird in die Luft fliegen«, sagte Johnston. »Und viele Menschen in der Burg werden sterben. Dann gibt es ein großes Durcheinander, und mitten im Burghof brennt ein riesiges Feuer. Das bedeutet, daß die Männer die Mauer verlassen müssen, um das Feuer zu bekämpfen. Und wenn man während einer Belagerung Männer von der Mauer abzieht ...«

»Läßt Arnaut sie erklettern.«

»Ja, und zwar sofort.«

Marek fragte: »Aber schafft Arnaut es überhaupt, einen Brandsatz hier reinzuschleudern? Die Wände sind doch mindestens einen halben Meter dick.«

»Er kommt nicht durch die Mauern. Sondern durchs Dach.«

»Aber wie ...«

»Er hat Kanonen«, sagte der Professor. »Und Eisenkugeln. Er wird sie erhitzen, bis sie rotglühend sind, dann über die Mauer schießen und hoffen, daß er damit die Rüstungskammer trifft. Eine Fünfzigpfundkugel durchschlägt dieses Dach problemlos. Und wenn das passiert, will ich nicht hier sein.« Er grinste sarkastisch. »Wo zum Teufel bleibt nur Kate?«

01:22:12

Sie trieb verloren in unendlicher Dunkelheit. Das ist ein Alptraum, dachte sie, während sie im Boot kauerte und spürte, wie es auf der Strömung vorwärtstrieb und immer wieder gegen Stalaktiten stieß. Sie schwitzte trotz der kühlen Luft. Ihr Herz hämmerte, ihr Atem ging flach, und sie kam sich vor, als würde sie nicht genug Luft bekommen.

Sie hatte schreckliche Angst. Als sie ihr Gewicht verlagerte, schwankte der Kahn bedrohlich, und sie streckte beide Hände aus, um ihn zu beruhigen. »Chris?« rief sie.

Weit weg in der Dunkelheit hörte sie Platschen. Als würde jemand schwimmen.

»Chris?«

Aus großer Entfernung: »Ja.«

»Wo bist du?«

»Ich bin aus dem Kahn gefallen.«

Er klang so weit weg. Wo Chris jetzt auch sein mochte, sie trieb mit jeder Minute weiter von ihm weg. Sie war allein. Sie brauchte Licht. Irgendwie mußte sie sich Licht besorgen. Sie kroch zum Heck des Kahns, tastete auf dem Boden herum, hoffte, daß ihre Finger sich um einen Holzstecken schlossen – eine der noch verbliebenen Fackeln. Der Kahn schwankte wieder.

Scheiße.

Sie hielt inne und wartete, bis er sich wieder beruhigt hatte.

Wo waren die verdammten Fackeln? Eigentlich müßten sie irgendwo in der Mitte des Kahns liegen. Aber sie spürte sie nirgends. Sie ertastete die Ruder. Sie ertastete die Planken. Aber Fackeln ertastete sie keine.

Waren sie mit Chris aus dem Boot gefallen?

Besorg dir Licht. Irgendwie mußte sie sich Licht besorgen.

Sie tastete an ihrer Taille nach dem Beutel, schaffte es sogar, ihn zu öffnen, hatte dann aber Schwierigkeiten, den Inhalt zu identifizieren. Da waren Tabletten ... die Sprühdose ... ihre Finger schlossen sich um einen Würfel, etwa so groß wie ein Zuckerwürfel. Es war einer der roten Würfel! Sie nahm ihn heraus und klemmte ihn sich zwischen die Zähne.

Dann nahm sie ihren Dolch, schlitzte den Ärmel ihres Hemds auf und riß einen etwa dreißig Zentimeter langen Streifen ab. Sie wickelte den Stoff um den Würfel und zog an der Schnur.

Sie wartete.

Nichts passierte.

Vielleicht war Feuchtigkeit in den Würfel gedrungen, als sie bei der Mühle im Fluß gewesen war. Oder beim Wasserfall. Die Würfel sollten zwar wasserdicht sein, aber sie war sehr lange im Wasser gewesen. Vielleicht war es aber auch einfach nur ein defekter. Sie würde noch einen zweiten probieren. Einen hatte sie noch. Sie griff eben wieder in den Beutel, als das Tuch in ihrer Hand zu brennen anfing.

»Au!« schrie sie. Ihre Hand brannte. Sie hatte sich diese Aktion nicht sehr gut überlegt. Aber sie warf den Fetzen nicht weg, sondern biß die Zähne zusammen und hielt ihn sich über den Kopf. Sofort sah sie rechts von sich die Fackeln, sie lehnten an der Kahnwand. Sie packte eine, hielt sie an den brennenden Fetzen, und die Fackel fing Feuer. Erst jetzt warf sie den Fetzen in den Fluß und tauchte ihre Hand ins Wasser.

Ihre Hand tat höllisch weh. Sie untersuchte sie: Die Haut war gerötet, ansonsten aber schien die Verbrennung nicht so schlimm zu sein. Den Schmerz ignorierte sie einfach; sie würde sich später darum kümmern.

Sie schwang die Fackel. Um sie herum hingen fahlweiße Stalaktiten in den Fluß. Sie kam sich vor, als würde sie im halbgeöffneten Maul eines riesigen Fisches zwischen den Zähnen herumfahren. Der Kahn prallte von einem zum andern.

»Chris?«

Von weit weg: »Ja.«

»Kannst du mein Licht sehen?«

»Ja.«

Sie griff mit der freien Hand nach einem Stalaktiten und spürte seine schlüpfrige, kalkige Oberfläche. Sie schaffte es, den Kahn anzuhalten, aber sie konnte nicht zu Chris zurückrudern, weil sie die Fackel in die Höhe halten mußte.

»Kannst du hierherkommen?«

»Ja.«

Irgendwo in der Dunkelheit hörte sie ihn platschen.

Als Chris dann, tropfnaß, aber grinsend, wieder im Kahn war, ließ sie den Stalaktiten los, und sofort trieb die Strömung sie wieder vorwärts. Einige Minuten lang ging es noch durch den Stalaktitenwald, und dann kamen sie wieder in einem großen Saal heraus. Die Strömung wurde schneller. Von irgendwo weiter vorne kam ein Tosen. Es klang wie ein Wasserfall.

Aber dann sah sie etwas, bei dem ihr Herz einen Satz machte. Es war ein großer Steinblock am linken Ufer des Flusses. Der Block war an den Kanten von vielen Seilen blankgescheuert. Ganz offensichtlich handelte es sich um eine Anlegestelle.

»Chris …«

»Hab schon gesehen.«

Hinter dem Steinblock entdeckte sie etwas, das aussah wie ein ausgetretener Pfad, aber sie war sich nicht ganz sicher. Chris ruderte ans Ufer, sie vertäuten das Boot und stiegen aus. Hier begann wirklich ein Pfad, der zu einem von Menschen aus dem Stein gehauenen Tunnel mit glatten Wänden führte. Sie gingen in den Tunnel hinein. Kate hielt die Fackel vor sich ausgestreckt.

Und hielt plötzlich den Atem an.

»Chris? Hier ist eine Stufe.«

»Was?«

»Eine Stufe. In den Fels gehauen. Ungefähr zwanzig Meter vor uns.« Sie ging schneller. »Eigentlich«, sagte sie und hob die Fackel noch höher, »ist es mehr als eine Stufe. Es ist eine ganze Treppe.«

Im flackernden Licht sahen sie mehr als ein Dutzend Stufen, die ohne Geländer steil nach oben führten und knapp unter einer steinernen Decke endeten – an einer Falltür mit einem eisernen Ring.

Sie gab Chris die Fackel und kletterte die Stufen hoch. Nichts passierte, als sie an dem Ring zog. Sie drückte dagegen und stemmte die Schulter gegen die Falltür.

Schließlich schaffte sie es, den Stein ein paar Zentimeter zu heben.

Gelbes Licht stach ihr in die Augen, so grell, daß sie sie zusammenkneifen mußte. Sie hörte das Prasseln eines nahen Feuers und lachende Männerstimmen. Dann konnte sie das Gewicht nicht länger halten, und der Stein senkte sich wieder.

Chris kam hinter ihr die Stufen hoch. »Ohrstöpsel einschalten«, sagte er und tippte sich ans Ohr.

»Glaubst du wirklich?«

»Wir müssen es riskieren.«

Sie tippte sich ans Ohr und hörte Knistern. Und dann verstärkt die Atemzüge von Chris, der auf dem schmalen Absatz dicht neben ihr stand.

»Ich gehe als erste«, sagte Kate. Dann zog sie den Marker aus der Tasche und gab ihn Chris. Er runzelte die Stirn, doch sie sagte: »Nur für alle Fälle. Wir wissen ja nicht, was auf der anderen Seite ist.«

»Okay.« Chris legte die Fackel ab und stemmte die Schulter gegen die Falltür. Der Stein knirschte und bewegte sich nach oben. Sie kroch durch die Öffnung, half ihm dann, die Tür ganz aufzuklappen und leise auf den Boden zu legen.

Sie hatten es geschafft. Sie waren in La Roque.

01:13:52

Mit dem Mikrofon in der Hand drehte Robert Doniger sich um. »Fragen Sie sich einmal selbst«, sagte er in das leere, verdunkelte Auditorium. »Was ist am Ende des zwanzigsten Jahrhunderts der vorherrschende Erlebnismodus? Wie sehen die Menschen Dinge, und wie erwarten sie sie zu sehen? Die Antwort ist einfach. In jedem Bereich, vom Geschäftsleben über Politik und Werbung bis hin zur Erziehung wurde das Entertainment, die Unterhaltung zum vorherrschenden Erlebnismodus.«

Gegenüber der schmalen Bühne waren in einer Reihe drei gepolsterte Kabinen aufgebaut. In jeder Kabine befand sich ein Tisch und ein Stuhl, ein Notizblock und ein Glas Wasser. Die Kabinen waren nach vorne offen, so daß eine Person in einer Kabine zwar Doniger sehen konnte, nicht aber die anderen Personen in den Nachbarkabinen.

Das war die Art, wie Doniger seine Präsentationen inszenierte. Es war ein Trick, den er aus alten psychologischen Studien über Gruppendruck gelernt hatte. Jeder wußte, daß in den anderen Kabinen Leute saßen, aber er konnte sie weder sehen noch hören. Und das übte auf die Zuhörer einen enormen Druck aus. Denn sie mußten sich darüber Gedanken machen, was die anderen tun würden. Sie mußten sich darüber Gedanken machen, ob die anderen investieren würden oder nicht.

Doniger ging auf der Bühne auf und ab. »Heutzutage erwartet jeder, unterhalten zu werden, und zwar die ganze Zeit unterhalten zu werden. Geschäftliche Konferenzen müssen spritzig inszeniert sein, mit sofort verständlichen Diagrammen und animierten Grafiken, damit die Manager sich nicht langweilen. Einkaufszentren und

Geschäfte müssen fesselnd sein, damit sie uns nicht nur etwas verkaufen, sondern uns auch amüsieren. Politiker müssen TV-Charisma besitzen und dürfen uns nur erzählen, was wir hören wollen. Schulen müssen darauf achten, daß sie die jungen Leute, die an das Tempo und die Vielfalt des Fernsehens gewöhnt sind, nicht langweilen. Studenten müssen unterhalten werden – alle müssen unterhalten werden, oder sie wechseln: Marken oder Programme, Partys oder Loyalitäten. Das ist die intellektuelle Realität der westlichen Gesellschaft am Ende unseres Jahrhunderts.

In anderen Jahrhunderten wollten die Menschen errettet oder geläutert, befreit oder erzogen werden. In unserem Jahrhundert wollen sie unterhalten werden. Die große Angst ist nicht die vor Krankheit oder Tod, sondern die vor Langeweile. Vor dem Gefühl, Zeit zur Verfügung, aber nichts zu tun zu haben. Vor dem Gefühl, sich nicht zu amüsieren.

Aber wohin führt diese Unterhaltungsmanie? Was tun die Leute, wenn sie genug haben vom Fernsehen? Wenn sie genug haben vom Kino? Wir kennen die Antwort bereits – sie stürzen sich in partizipatorische Aktivitäten: Sport, Themenparks, Erlebniszentren, Achterbahnen. Strukturierter Spaß, geplante Kicks. Aber was werden sie tun, wenn sie auch genug haben von Themenparks und geplanten Kicks? Früher oder später wird das Künstliche zu offensichtlich. Dann erkennen die Leute, daß ein Erlebniszentrum eigentlich eine Art Gefängnis ist, für das man Eintritt zahlen muß.

Diese Künstlichkeit wird sie dazu treiben, Authentizität zu suchen. Authentizität wird zum Schlagwort des einundzwanzigsten Jahrhunderts. Und was ist authentisch? Alles, was nicht darauf ausgerichtet ist, Profit zu machen. Alles, was nicht von Konzernen kontrolliert wird. Alles, was aus sich selbst heraus existiert und seine eigene Gestalt annimmt. Aber natürlich gibt es in der modernen Welt nichts, was seine eigene Gestalt annehmen *darf.* Die moderne Welt ist das korporative Äquivalent eines französischen Gartens, in dem alles nur auf Wirkung hin arrangiert ist. Wo nichts unberührt bleibt, nichts authentisch ist.

Wohin werden die Leute sich dann wenden, wenn sie die seltene, aber erstrebenswerte Erfahrung des Authentischen machen wollen? Sie werden sich der Vergangenheit zuwenden.

Die Vergangenheit ist unbestreitbar authentisch. Die Vergangenheit ist eine Welt, die bereits vor Disney und Murdoch, Nissan und Sony, IBM und all den anderen Gestaltern unserer Gegenwart existierte. Die Vergangenheit gab es, bevor es sie gab. Die Vergangenheit entwickelte sich ohne ihre Einmischung, ihre Gestaltung und ihre Verkaufsstrategien. Die Vergangenheit ist echt. Sie ist authentisch. *Und genau das macht die Vergangenheit unglaublich attraktiv.* Das ist der Grund, warum ich sage, daß die Zukunft die Vergangenheit ist. Die Vergangenheit ist die einzige wirkliche Alternative zu – Ja? Diane, was ist denn?« Er drehte sich zur Tür um, als sie den Raum betrat.

»Es gibt ein Problem im Transitraum. Wie es aussieht, hat die Explosion die noch verbliebenen Wasserschilde beschädigt. Gordon hat eine Computersimulation laufen lassen, die zeigt, daß vier Schilde brechen, wenn man sie mit Wasser füllt.«

»Diane, was ist denn das für eine hirnrissige Aussage«, sagte Doniger und zupfte an seiner Krawatte. »Soll das heißen, daß sie möglicherweise ohne Abschirmung zurückkommen?«

»Ja.«

»Nun, das können wir nicht riskieren.«

»Es ist nicht ganz so einfach ...«

»Doch, das ist es«, erwiderte er. »Wir können es nicht riskieren. Mir ist es lieber, wenn sie gar nicht zurückkommen als mit schweren Schädigungen.«

»Aber –«

»Was aber? Warum macht Gordon bei dem Ergebnis seiner Simulation trotzdem weiter?«

»Weil er der Simulation nicht traut. Er sagt, sie ist grob und schlampig, und er glaubt, daß der Transit gut über die Bühne geht.«

»Wir können es nicht riskieren«, sagte Doniger mit einem Kopfschütteln. »Ohne Schilde können sie nicht zurückkommen. Punkt.«

Sie zögerte kurz und biß sich auf die Unterlippe. »Bob, ich glaube –«

»He«, sagte er, »hast du dein Kurzzeitgedächtnis verloren? Du warst doch diejenige, die Stern nicht reisen lassen wollte, wegen des Risikos von Transkriptionsfehlern. Und jetzt willst du die ganze Truppe ohne Abschirmung zurückkommen lassen? Nein, Diane.«

»Okay«, sagte sie sehr widerstrebend. »Ich rede mit –«

»Nein. Kein Reden mehr. Brich das Projekt ab. Zieh ihnen den Stecker raus, wenn's sein muß. Aber laß diese Leute nicht zurückkommen. Ich habe recht, und du weißt es.«

Im Kontrollraum fragte Gordon: »Er hat *was* gesagt?«

»Sie dürfen nicht zurückkommen. Auf keinen Fall. Bob hat sich da sehr klar ausgedrückt.«

»Aber sie müssen zurückkommen«, sagte Stern. »Sie müssen sie zurückkommen lassen.«

»Nein, das muß ich nicht«, erwiderte Kramer.

»Aber –«

»John«, sagte Kramer, an Gordon gewandt. »Hat er Wellsey gesehen? Hast du ihm Wellsey schon gezeigt?«

»Wer ist Wellsey?«

»Wellsey ist ein Kater«, sagte Gordon.

»Wellsey ist gespalten«, sagte Kramer zu Stern. »Er war eins der ersten Testtiere, die wir zurückgeschickt haben. Bevor wir wußten, daß man bei einem Transit Wasserschilde benutzen muß. Und er ist bös gespalten.«

»Gespalten?«

Kramer wandte sich an Gordon. »Du hast ihm wohl noch gar nichts gesagt.«

»Ich habe ihm schon einiges gesagt«, erwiderte Gordon und wandte sich dann an Stern. »Gespalten heißt, daß er schwere Transkriptionsfehler hat.« Zu Kramer sagte er: »Aber das ist vor Jahren passiert, Diane, und damals hatten wir außerdem noch Computerprobleme –«

»Zeig ihm den Kater«, sagte Kramer. »Und dann wollen wir mal sehen, ob er immer noch so gierig darauf ist, seine Freunde zurückzuholen. Aber das Wesentliche ist: Bob hat seine Entscheidung gefällt, und die Antwort ist nein. Wenn wir keine sichere Abschirmung haben, kann niemand zurückkommen. Unter keinen Umständen.«

In diesem Moment sagte einer der Techniker: »Wir haben eine Feldanomalie.«

Sie drängten sich um den Monitor und starrten die schwankenden Feldlinien und die Zacken darin an.

»Wie lange noch, bis sie zurückkommen?« fragte Stern.

»Nach dem Signal zu urteilen, ungefähr eine Stunde.«

»Können Sie feststellen, wie viele?«

»Noch nicht, aber … auf jeden Fall mehr als einer. Vielleicht vier oder fünf.«

»Dann sind es alle«, sagte Gordon. »Offensichtlich haben sie den Professor gefunden, und jetzt kommen sie alle nach Hause. Sie haben getan, was wir von ihnen wollten, und jetzt kommen sie zurück.«

Er drehte sich zu Kramer um.

»Tut mir leid«, sagte sie. »Ohne Schilde kommt niemand zurück. Das ist endgültig.«

01:01:52

Kate kauerte neben der Falltür und richtete sich jetzt langsam auf. Sie stand in einem schmalen Raum, nur gut einen Meter breit, mit hohen Steinmauern zu beiden Seiten. Durch eine Öffnung links von ihr fiel Feuerschein herein. Im gelben Licht sah sie direkt vor sich eine Tür. Und hinter ihr befand sich eine Treppe, die steil in die Höhe führte.

Aber wo war sie?

Chris spähte über den Rand der Falltür und deutete zu dem Feuerschein. Er flüsterte: »Ich glaube, jetzt wissen wir, warum sie die Tür zu diesem Gang nie gefunden haben.«

»Warum?«

»Weil sie hinter dem Kamin liegt.«

»Hinter dem Kamin?« flüsterte sie. Und dann erkannte sie, daß er recht hatte. Der schmale Raum gehörte zu einem der Geheimgänge im Inneren von La Roque, der hinter dem Kamin im Festsaal vorbeiführte.

Vorsichtig schob Kate sich an der linken Wand entlang – und blickte plötzlich von der Rückseite des Kamins direkt in den Festsaal. Der Kamin war fast drei Meter hoch. Durch die lodernden Flammen sah sie Olivers Tisch, an dem seine Ritter, mit dem Rücken zum Feuer sitzend, aßen. Sie war nicht mehr als fünf Meter von ihnen entfernt.

»Du hast recht«, flüsterte sie. »Wir sind hinter dem Kamin.«

Sie drehte sich zu Chris um und winkte ihn zu sich. Gerade wollte sie zur Tür weitergehen, als Sir Guy sich umdrehte, um einen Hühnerknochen in die Flammen zu werfen, und dabei kurz ins Feuer sah. Er wandte sich wieder zum Tisch um und aß weiter.

Nichts wie weg von hier, dachte sie.

Aber es war zu spät. Guys Schultern zuckten, er drehte sich noch einmal um. Er sah Kate deutlich, ihre Blicke trafen sich, und er rief: »Mylord.« Dann sprang er vom Tisch auf und zog sein Schwert.

Kate rannte zur Tür und zog heftig daran, aber sie war versperrt oder klemmte. Sie stürzte zur Treppe auf der anderen Seite. Dabei sah sie Sir Guy, der zögernd auf der anderen Seite der Flammen stand. Im nächsten Augenblick stürmte er durch das Feuer auf sie zu. Sie sah Chris aus der Falltür kommen und rief: »Runter!« Er duckte sich wieder in das Loch, als sie die Stufen hochkletterte.

Sir Guy schlug mit dem Schwert nach ihren Beinen und verfehlte sie nur knapp, die Klinge klirrte auf den Stein. Er fluchte und schaute dann kurz in die Öffnung, die zu dem unterirdischen Gang führte. Doch Chris sah er offensichtlich nicht, denn unmittelbar danach hörte Kate ihn hinter ihr her die Treppe hochkommen.

Sie hatte keine Waffe, sie hatte nichts.

Sie rannte.

Am oberen Ende der Treppe, zehn Meter über dem Boden, befand sich ein schmaler Absatz, und als sie ihn erreichte, spürte sie, wie Spinnweben sich um ihr Gesicht legten. Sie wischte sie ungehalten weg. Der Absatz war kaum größer als einen halben Meter im Quadrat. Es war gefährlich, aber sie war eine erfahrene Klettererin, und es machte ihr nichts aus.

Aber Sir Guy machte es etwas aus. Er kam sehr langsam die Treppe hoch, drückte die Schulter an die Wand, um so weit wie möglich vom geländerlosen Rand der Stufen entfernt zu sein, und suchte Halt an winzigen Vorsprüngen im Mörtel. Er hatte einen verzweifelten Blick und atmete schwer. Der tapfere Ritter hatte also Höhenangst. Doch offensichtlich nicht genug Angst, um stehenzubleiben, wie Kate sah. Sein Unbehagen schien ihn eher noch wütender zu machen. Er schaute sie mordlustig an.

In der Wand hinter dem Absatz befand sich eine rechteckige hölzerne Tür mit einem runden Guckloch. Der einzige Zweck der Treppe schien dieses Guckloch zu sein, denn von hier aus konnte man in den Festsaal hinunterschauen und alles beobachten, was dort vor sich ging. Kate drückte gegen die Tür und stemmte ihr ganzes Gewicht dagegen, doch sie öffnete sich nicht, sondern das gesamte Rechteck brach aus der Mauer und fiel hinunter in den Saal, und sie wäre beinahe hinterdrein gestürzt.

Jetzt war sie im Festsaal.

Sie befand sich hoch oben im mächtigen, unverkleideten Dachgestühl des Saals. Eine Decke war nicht vorhanden, und so schaute sie hinunter auf die Tische zehn Meter unter ihr. Direkt vor ihr war der schwere Mittelbalken, der über die gesamte Länge des Saals lief. Im Abstand von etwa eineinhalb Metern kreuzten ihn Querbalken, die in den beiden Seitenwänden verschwanden. Alle Balken waren üppig mit Schnitzwerk verziert und in Abständen mit schräg und vertikal nach oben führenden Stützstreben versehen.

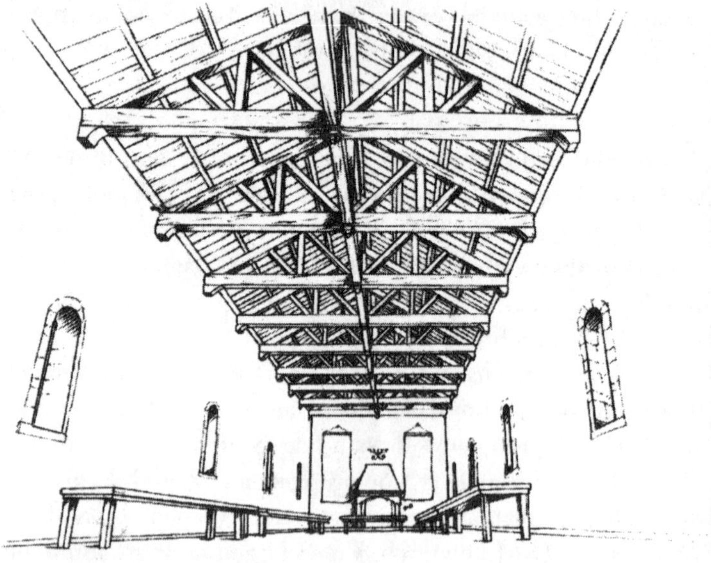

Ohne zu zögern, trat Kate auf den Mittelbalken. Alle im Saal hatten die Köpfe erhoben, sie zeigten nach oben und hielten den Atem an, als sie Kate auf dem Balken sahen. Sir Oliver rief laut: »Heiliger Gott und Verdammung! Der Gehilfe! Wir sind verraten! Der Magister!«

Er schlug auf den Tisch, sprang auf und starrte wütend zu ihr hoch.

Sie sagte: »Chris! Such den Professor.«

Ein Knistern. »O-kay.«

»Hast du mich verstanden? Chris.«

Nur statisches Rauschen.

Kate lief schnell den Mittelbalken entlang. Trotz der Höhe fühlte sie sich vollkommen sicher. Der Balken war dreißig Zentimeter breit. Kein Problem für sie. Als sie von unten wieder ein Aufstöhnen hörte, drehte sie sich um und sah, daß Sir Guy ebenfalls auf den Mittelbalken getreten war. Er wirkte verängstigt, aber die Tatsache, daß er ein Publikum hatte, stachelte ihn an. Entweder das, oder er wollte vor so vielen Leuten einfach keine Angst zeigen. Guy machte einen zögernden Schritt, fand sein Gleichgewicht und kam dann schnell hinter ihr her. Sein Schwert hielt er locker in der Hand. Er erreichte die erste vertikale Strebe, atmete einmal tief durch, hielt sich an dem stehenden Balken fest und schwang seinen Körper herum. Dann ging er auf dem Mittelbalken weiter.

Kate erkannte nun, daß der Mittelbalken zu breit, zu einfach für ihn war. Sie bog auf einen Querbalken ab und ging auf die Seitenwand zu. Dieser Querbalken war nur etwa fünfzehn Zentimeter breit, hier hatte Sir Guy sicher mehr Schwierigkeiten. Sie kletterte um eine schwierige Sparrenkonstruktion herum und ging weiter.

Erst jetzt erkannte sie ihren Fehler.

Im allgemeinen besaßen solche mittelalterlichen offenen Dachstühle an der Wand, wo das Gestühl aufsaß, noch irgendein bauliches Detail – eine Längsstrebe, einen Schmuckbalken, irgendeine Stützkonstruktion, auf der sie hätte entlanglaufen können. Aber hier zeigte sich der französische Stil. Der Querbalken lag direkt auf der Mauer auf, in einer Kerbe einen guten Meter unterhalb des Dachrands. Es gab keine an der Wand befestigten Bauteile. Jetzt fiel ihr ein, daß sie in den Ruinen von La Roque gestanden und diese Kerben gesehen hatte. Wo hatte sie nur ihre Gedanken?

Sie saß auf dem Balken fest.

Weiter konnte sie nicht gehen, weil der Balken an der Wand endete. Zurück in die Mitte konnte sie ebenfalls nicht, weil dort Guy auf sie wartete. Und der nächste Querbalken war so gut wie unerreichbar, weil er eineinhalb Meter entfernt war, sehr, sehr weit für einen Sprung.

Nicht unmöglich, aber sehr weit. Vor allem ohne Sicherheitsleine.

Als sie sich umdrehte, sah sie, daß Guy auf dem Querbalken auf sie zukam. Er balancierte vorsichtig, das Schwert in seiner Hand schwang leicht hin und her. Und er grinste grimmig. Er wußte, daß sie in der Falle saß.

Jetzt hatte sie keine andere Wahl mehr. Sie schaute zum nächsten Querbalken hinüber, eineinhalb Meter entfernt. Sie mußte es tun. Das Problem war, genug Höhe zu bekommen. Sie mußte hochspringen, wenn sie es zum nächsten Balken schaffen wollte.

Guy arbeitete sich gerade um die Sparrenkonstruktion herum. Er war nur noch Sekunden von ihr entfernt. Sie kauerte sich hin, holte einmal tief Luft, spannte die Muskeln an – und stieß sich mit den Füßen vom Balken ab. Ihr Körper flog durch die Luft.

Chris stieg aus der steinernen Falltür. Er schaute durchs Feuer und sah, daß jeder im Saal zur Decke hochschaute. Er wußte, daß Kate dort oben war, aber er konnte nichts für sie tun. Schnell ging er zu der Tür in der Stirnseite und versuchte, sie zu öffnen. Als sie sich nicht rührte, stemmte er sein ganzes Gewicht dagegen, und sie bewegte sich ein paar Zentimeter. Er drückte noch einmal, die Tür knarzte und schwang auf.

Er trat hinaus in den inneren Burghof von La Roque. Soldaten liefen wild durcheinander. In einem der Wehrgänge, den hölzernen Galerien, die oben an der Mauerkrone entlangliefen, war ein Feuer ausgebrochen. Und in der Mitte des Hofs brannte etwas wie ein Scheiterhaufen. In dem ganzen Chaos achtete niemand auf ihn.

Er sagte: »André. Bist du da?«

Statisches Rauschen. Sonst nichts.

Er probierte es noch einmal. »André? Hallo?«

Wieder nichts.

Doch dann: »Ja.« Es war Andrés Stimme.

»André? Wo bist du?«

»Beim Professor.«
»Wo?« fragte Chris.
»In der Munitionskammer.«
»Wo ist die?«

00:59:20

In dem Lagerraum befanden sich zwei Dutzend Käfige mit Tieren, vorwiegend Katzen, aber auch einige Mäuse und Meerschweinchen. Es roch nach Fell und Fäkalien. Gordon führte Stern einen Zwischengang hinunter und sagte: »Wir halten die Gespaltenen von den anderen isoliert. Das muß sein.«

An der hinteren Wand sah Stern drei Käfige. Die Stangen dieser Käfige waren ziemlich dick. Gordon führte ihn zu einem, in dem er nur ein kleines, zusammengerolltes Fellknäuel sah. Es war eine schlafende Katze, eine silbergraue Perserkatze.

»Das ist Wellsey«, sagte Gordon mit einem Nicken.

Die Katze wirkte völlig normal. Sie atmete im Schlaf langsam und sanft. Nur eine Gesichtshälfte war in dem Fellknäuel zu sehen. Die Pfoten waren dunkel. Stern wollte näher herangehen, aber Gordon legte ihm die Hand auf die Brust. »Nicht zu nahe«, sagte er.

Gordon nahm sich einen Stecken und fuhr damit an den Käfigstangen entlang.

Das sichtbare Auge öffnete sich. Nicht langsam und träge – es sprang förmlich auf und schien sofort hellwach. Die Katze rührte sich nicht, streckte sich nicht. Nur das Auge bewegte sich.

Gordon fuhr mit dem Stock ein zweites Mal über die Stangen.

Mit einem wütenden Fauchen warf sich die Katze gegen die Stangen, das Maul weit aufgerissen, die Zähne gefletscht. Sie krachte gegen die Stangen, sprang zurück und griff wieder an – und immer und immer wieder, erbarmungslos, ohne Pause, knurrend und fauchend.

Stern starrte entsetzt in den Käfig.

Das Gesicht des Tiers war gräßlich entstellt. Eine Seite wirkte normal. Doch die andere hing deutlich tiefer, das Auge, das Nasenloch, alles war tiefer, so daß quer durch die Mitte eine Linie verlief, die die beiden Seiten trennte. Deshalb nennen sie sie »gespalten«, dachte er.

Aber schlimmer noch war das, was sich hinter der tieferen Gesichtshälfte befand und was Stern bei dem hektisch auf und ab springenden Tier zunächst nicht gesehen hatte: Seitlich am Kopf, hinter dem entstellten Ohr, befand sich noch ein drittes Auge, kleiner als die anderen und nur zum Teil ausgebildet. Und unter diesem Auge war ein Stück Nase zu erkennen, und darunter ein vorspringendes Kieferfragment, das wie ein Tumor aus der Kopfseite herauswuchs. Ein Bogen weißer Zähne ragte aus dem Fell, aber es gab kein Maul.

Transkriptionsfehler. Jetzt begriff er, was das bedeutete.

Wieder und wieder sprang die Katze gegen die Stäbe, ihr Gesicht blutete bereits vom wiederholten Aufprall. Gordon sagte: »Er macht so weiter, bis wir gehen.«

»Dann sollten wir verschwinden«, sagte Stern.

Eine Weile gingen sie schweigend nebeneinander her. Dann sagte Gordon: »Es ist nicht nur das, was man sieht. Es gibt auch mentale Veränderungen. Das waren die ersten feststellbaren Veränderungen bei der Person, die gespalten wurde.«

»Ist das derjenige, von dem Sie mir erzählt haben? Der in der Vergangenheit geblieben ist?«

»Ja«, sagte Gordon. »Deckard, Rob Deckard. Er war einer unserer Marines. Lange bevor wir Veränderungen an seinem Körper feststellen konnten, zeigte er schon mentale Veränderungen. Aber wir begriffen erst später, daß Transkriptionsfehler die Ursache dafür waren.«

»Was für mentale Veränderungen?«

»Ursprünglich war Rob ein fröhlicher Kerl, ein sehr guter Athlet und äußerst sprachbegabt. Er konnte einfach mit einem Fremden beim Bier sitzen, und wenn er das Bier ausgetrunken hatte, hatte er auch schon die ersten Brocken der Sprache aufgeschnappt. Sie wissen schon, hier einen Ausdruck, dort ein Wort. Er fing dann einfach an zu reden. Immer mit perfektem Akzent. Nach ein paar

Wochen konnte er reden wie ein Muttersprachler. Bei den Marines wurde dieses Talent entdeckt, und sie schickten ihn auf eine ihrer Sprachschulen. Aber mit der Zeit akkumulierten sich bei Rob die Fehler, und er war plötzlich nicht mehr so fröhlich. Er wurde bösartig«, sagte Gordon. »Wirklich bösartig.«

»Ja?«

»Hier bei uns verprügelte er einen Wachposten, nur weil der zu lange brauchte, um seinen Ausweis zu kontrollieren. Und in einer Bar in Albuquerque brachte er einen Mann fast um. Zu der Zeit erkannten wir, daß Deckard einen permanenten Hirnschaden davongetragen hatte und daß das nicht mehr besser, sondern eher noch schlimmer werden würde.«

Im Kontrollraum fanden sie Kramer vor dem Monitor. Gebannt starrte sie die Feldfluktuationen auf dem Bildschirm an. Sie kamen jetzt immer stärker. Und die Techniker sagten, daß mindestens drei zurückkamen, vielleicht sogar vier oder fünf. Kramer sah man deutlich an, daß sie innerlich zerrissen war; ihr persönlich wäre es am liebsten, wenn sie alle zurückkämen.

»Ich glaube noch immer, daß der Computer falschliegt und die Schilde halten«, sagte Gordon. »Auf jeden Fall können wir jetzt die Schilde füllen und schauen, ob sie halten.«

Kramer nickte. »Ja, das könnten wir tun. Aber auch wenn sie sich füllen lassen, ohne zu bersten, kann es passieren, daß sie später platzen, vielleicht mitten im Transit. Und das wäre eine Katastrophe.«

Stern rutschte auf seinem Stuhl hin und her. Er hatte plötzlich ein komisches Gefühl. Irgend etwas quälte ihn, ließ ihm keine Ruhe. Als Kramer »platzen« sagte, kamen ihm wieder Autos in den Sinn, dieselbe Bilderfolge wie zuvor. Autorennen. Riesige Lastwagenreifen. Der Michelin-Mann. Ein großer Nagel auf der Straße, und ein Reifen, der darüberfuhr.

Platzen.

Die Tanks konnten platzen. Reifen konnten platzen. Warum ging ihm dieser Begriff nicht mehr aus dem Kopf?

»Um das noch durchzuziehen«, sagte Kramer, »müßten wir irgendwie die Schilde verstärken.«

»Soweit waren wir auch schon«, sagte Gordon. »Aber es gibt einfach keine Möglichkeit.«

Stern seufzte. »Wieviel Zeit haben wir noch?«

Der Techniker sagte: »Noch einundfünfzig Minuten, und die Zeit läuft.«

00:54:00

Zu Kates Verwunderung kam von unten Applaus. Sie hatte den Sprung geschafft, jetzt hing sie mit den Händen am Balken und baumelte hin und her. Und unten wurde geklatscht, als wäre das Ganze eine Zirkusnummer.

Sie schwang die Beine hoch und zog sich auf den Balken.

Guy Malegant auf dem Querbalken hinter ihr eilte zum Mittelbalken zurück. Er hatte offensichtlich vor, ihr den Weg abzuschneiden.

Sie lief auf dem Querbalken zur Mitte. Da sie behender war als Guy, erreichte sie den breiten Mittelbalken lange vor ihm. So blieb ihr ein Augenblick Zeit, um sich zu sammeln und zu überlegen, was sie tun sollte.

Was *konnte* sie tun?

Sie stand auf dem Mittelbalken und hielt sich an einer dicken vertikalen Strebe fest, die etwa den doppelten Umfang eines Telefonmastes hatte. Auf halber Höhe der Strebe ragten auf beiden Seiten Sparren schräg zum Dach. Diese Sparren waren so niedrig, daß Sir Guy sich, wenn er zu ihr auf die andere Seite des Mittelbalkens wollte, geduckt unter ihnen hindurchhangeln mußte.

Kate bückte sich, um auszuprobieren, wie es sich anfühlte, unter den Sparren hindurchzuklettern. Es war schwierig, und Guy würde eine ganze Weile brauchen. Als sie sich wieder aufrichtete, streifte ihre Hand den Dolch. Den hatte sie völlig vergessen. Sie zog ihn aus der Scheide und richtete die Spitze nach vorn.

Guy sah es und lachte. Und die Zuschauer unten am Boden fielen in sein Lachen mit ein. Guy rief ihnen etwas zu, und sie lachten noch lauter.

Kate sah, wie er näher kam, und wich ein Stück zurück. Sie ließ ihm Platz, damit er sich unter den Sparren hindurchhangeln konnte. Um ihn zu täuschen, versuchte sie verängstigt auszusehen – was nicht schwierig war – und kauerte sich hin. Der Dolch in ihrer Hand zitterte.

Alles eine Frage des Timings, dachte sie.

Sir Guy blieb auf der anderen Seite der Strebe kurz stehen und sah ihr zu. Dann duckte er sich und begann, unter den Sparren hindurchzukriechen. Seinen rechten Arm hatte er um die Strebe geschlungen, so daß die Hand sein Schwert an das Holz preßte.

Kate sprintete los, stach mit dem Dolch nach seiner Hand und nagelte sie an die Strebe. Dann schwang sie sich um den Sparren herum und kickte seine Füße vom Mittelbalken. Guy baumelte in der Luft, nur gehalten von seiner an die Strebe genagelten Hand. Er biß die Zähne zusammen, gab aber keinen Ton von sich. O Gott, waren diese Kerle zäh!

Ohne das Schwert loszulassen, versuchte er, die Füße wieder auf den Balken zu bekommen. Doch sie hatte sich schon wieder zurückgeschwungen und stand nun erneut auf ihrer Seite des Balkens. Ihre Blicke trafen sich.

Er wußte, was sie vorhatte.

»Verfaule in der Hölle«, sagte er.

»Du zuerst«, entgegnete sie.

Sie zog den Dolch aus dem Holz. Guy fiel stumm in die Tiefe, sein Körper wurde immer kleiner. Auf halber Höhe traf er eine Fahnenstange, die gußeiserne Stange bohrte sich in seinen Körper, und einen Augenblick lang hing er in der Luft. Doch dann brach die Stange, und er krachte auf den Tisch. Geschirr flog, die Gäste sprangen zurück. Guy lag inmitten von Scherben und rührte sich nicht mehr.

Oliver zeigte zu Kate hoch und schrie: »Tötet ihn! Tötet ihn!« Der Schrei wurde von anderen im Saal aufgenommen. Bogenschützen rannten davon, um ihre Waffen zu holen.

Oliver wollte nicht warten. Wütend stürmte er, gefolgt von einigen Soldaten, aus dem Saal.

Kate hörte die Stimmen von Hofdamen, Kindern und vielen andern, die sich alle zu einem Sprechchor vereinigten: »Tötet ihn!«, und sie rannte den Mittelbalken entlang zur gegenüberliegenden Stirnseite des Saals. Pfeile zischten an ihr vorbei und gruben sich ins Holz. Aber sie kamen zu spät; Kate sah, daß sich an dieser Seite ebenfalls eine Tür befand, sie warf sich dagegen, wuchtete sie auf und stolperte in die Dunkelheit.

Es war ein sehr enger Raum. Sie stieß sich den Kopf am Dach an und erkannte plötzlich, daß sie sich am Nordende der großen Halle befand, das nicht an die Burgmauer anschloß, sondern freistehend war. Deshalb...

Sie stemmte sich gegen das Dach, und ein Teil löste sich. Im nächsten Moment kletterte sie aufs Dach und von dort mühelos auf die Krone der inneren Burgmauer.

Jetzt sah sie, daß die Belagerung bereits in vollem Gange war. Garben brennender Pfeile zischten in flachen Bögen über ihren Kopf und landeten im Innenhof. Bogenschützen an der Brustwehr erwiderten das Feuer. Auf der Mauerkrone wurden Kanonen mit Metallpfeilen geladen, und de Kere marschierte auf und ab und bellte Befehle. Er bemerkte sie nicht.

Sie wandte sich ab, tippte sich ans Ohr und sagte: »Chris?«

De Kere wirbelte, die Hand ans Ohr gelegt, herum. Hektisch schaute er sich um, suchte die Mauerkrone ab, starrte hinunter in den Hof.

Es war de Kere, der den Ohrstöpsel hatte.

Und dann sah de Kere sie. Er erkannte sie sofort.

Kate rannte los.

Chris fragte: »Kate? Ich bin hier unten.« Brennende Pfeile regneten in den Hof. Er winkte zu ihr hoch, aber er war sich nicht sicher, ob sie ihn von der Mauer aus hier unten in der Dunkelheit erkennen konnte.

Sie sagte: »Es ist –«, aber der Rest ging in Rauschen unter. Chris hatte sich inzwischen abgewandt und sah zu, wie Oliver mit vier Soldaten den Burghof überquerte und in einem quadratischen Gebäude verschwand, von dem er annahm, daß es die Munitionskammer war.

Chris wollte ihnen gerade folgen, als eine brennende Kugel vor seinen Füßen landete, abprallte und dann ausrollte. Durch die Flammen hindurch sah er, daß es ein menschlicher Kopf war, mit weit aufgerissenen Augen und gebleckten Zähnen. Das Fleisch brannte, das Fett brutzelte. Ein vorbeilaufender Soldat kickte ihn weg wie einen Fußball.

Einer der brennenden Pfeile, die in den Hof regneten, streifte seine Schulter und hinterließ eine Flammenspur auf seinem Ärmel. Chris roch das Pech und spürte die Hitze auf Arm und Gesicht. Er warf sich auf den Boden, aber das Feuer ging nicht aus. Es schien zu schwelen, die Hitze wurde schlimmer. Schnell kniete er sich hin und schlitzte mit seinem Dolch das Wams auf. Dann riß er sich das brennende Stück vom Leib und warf es beiseite. Auf seinem Handrücken brannten noch winzige Tropfen Pech. Er wischte die Hand im Staub des Hofes ab.

Endlich ging das Feuer aus.

Noch auf den Knien sagte er: »André? Ich komme.« Aber er bekam keine Antwort. Beunruhigt sprang er auf und sah gerade noch, wie Oliver wieder aus der Munitionskammer kam und Marek und den Professor von seinen Soldaten abführen ließ. Mit den Spitzen ihrer Schwerter trieben sie die beiden zu einer entfernten Tür in der Burgmauer. Nervös blickte ihnen Chris hinterher. Ihn beschlich das unbehagliche Gefühl, daß Oliver sie töten wollte.

»Kate.«

»Ja, Chris.«

»Ich kann sie sehen.«

»Wo?«

»Sie gehen zu der Tür da hinten in der Ecke.«

Er folgte ihnen, merkte aber, daß er eine Waffe brauchte. Ein Stückchen neben ihm traf ein brennender Pfeil einen Soldaten in den Rücken und warf ihn mit dem Gesicht in den Staub. Chris bückte sich, nahm dem Mann das Schwert ab und wollte weitergehen.

»Chris.«

Eine Männerstimme im Ohrstöpsel. Eine unvertraute Stimme, die er nicht erkannte. Chris schaute sich um, sah aber nur rennende Soldaten, Brandpfeile, die durch die Luft surrten, einen brennenden Burghof.

»Chris.« Die Stimme war sanft. »Hier bin ich.«

Durch die Flammen sah er eine dunkle Gestalt, die bewegungslos wie eine Statue auf der anderen Seite des Hofs stand und zu ihm herüberstarrte. Der dunkle Schemen ignorierte das Kampfgetümmel um ihn herum. Er starrte Chris gebannt an. Es war Robert de Kere.

»Chris. Weißt du, was ich will?« fragte de Kere.

Chris antwortete nicht. Nervös hob er das Schwert und spürte das Gewicht in seiner Hand. De Kere sah ihm nur zu. Er kicherte leise. »Willst du gegen mich kämpfen, Chris?«

Und dann kam de Kere auf ihn zu.

Chris atmete tief durch, er wußte nicht, ob er bleiben oder davonrennen sollte. Plötzlich sprang eine Tür hinter dem Festsaal auf, und ein Ritter in voller Rüstung, doch ohne Helm, kam heraus und brüllte: »Für Gott und den Erzpriester Arnaut!« Chris erkannte ihn sofort, es war Raimondo, der gutaussehende Ritter. Dutzende Soldaten in Grün und Schwarz strömten in den Burghof und verwickelten Olivers Männer in hitzige Gefechte.

De Kere kam immer noch auf ihn zu, doch nun blieb er stehen, anscheinend verunsichert von dieser neuen Entwicklung. Plötzlich packte Arnaut Chris am Hals und hob sein Schwert. Er zog ihn zu sich und rief: »Oliver! Wo ist Oliver?«

Chris deutete zu der entfernten Tür.

»Führt mich hin.«

Chris ging mit Arnaut über den Hof und durch die Tür. Eine Wendeltreppe führte nach unten, und sie kamen zu einer Reihe unterirdischer Kammern. Es waren große und düstere Räume mit hohen Gewölbedecken.

Keuchend und mit blutunterlaufenem Gesicht lief Arnaut nun voraus. Chris hatte Mühe, mit ihm Schritt zu halten. Sie kamen durch eine zweite Kammer, die leer war wie die erste. Aber jetzt hörte Chris Stimmen. Und eine davon klang wie die des Professors.

00:36:02

Die computergenerierten Feldlinien auf dem Monitor im Kontrollraum zeigten seit einiger Zeit Zacken. Kramer nagte an der Unterlippe und sah zu, wie die Zacken höher und breiter wurden. Sie trommelte mit dem Finger auf den Tisch. Schließlich sagte sie: »Okay, laßt uns wenigstens die Tanks füllen. Mal sehen, was sie machen.«

»Gut«, sagte Gordon mit erleichterter Miene. Er nahm das Funkgerät zur Hand und fing an, den Technikern unten im Transitbereich Anweisungen zu geben.

Stern sah auf dem Videomonitor zu, wie dicke Schläuche zum ersten der leeren Schilde gezerrt wurden. Männer legten Leitern an die Tanks und stiegen mit den Schläuchen hinauf. »Ich glaube, das ist das Beste«, sagte Gordon. »Wenigstens können –«

Stern sprang plötzlich auf. »Nein«, sagte er. »Tun Sie es nicht.«

»Was?«

»Füllen Sie die Tanks nicht.«

Kramer starrte ihn an. »Warum nicht. Was kann –«

»Tun Sie es nicht!« sagte Stern. In dem kleinen Kontrollraum klang es fast wie ein Schrei. Auf dem Monitor sah man, wie die Männer die Hähne über die Einlaßöffnung hielten. »Sagen Sie ihnen, sie sollen aufhören! Kein Wasser in den Tank! Nicht einen Tropfen!«

Gordon gab den Befehl über Funk weiter. Die Techniker sahen überrascht hoch, aber sie hielten inne und kletterten mit den Schläuchen wieder zu Boden.

»David«, sagte Gordon sanft. »Ich glaube, wir müssen –«

»Nein«, sagte Stern. »Wir füllen die Tanks nicht.«

»Warum nicht?«

»Weil das Wasser den Kleber ruiniert.«

»Den Kleber?«

»Ja«, sagte er. »Ich weiß, wie wir die Tanks verstärken können.«

Kramer sagte: »Im Ernst? Wie?«

Gordon wandte sich dem Techniker zu. »Wieviel Zeit noch?«

»Fünfunddreißig Minuten.«

Er wandte sich wieder an Stern. »Nur noch fünfunddreißig Minuten, David. Wir haben keine Zeit mehr, um noch irgendwas zu tun.«

»Doch, haben wir«, sagte Stern. »Die Zeit reicht gerade noch. Wenn wir uns sehr beeilen.«

00:33:09

Kate lief hinunter in den inneren Burghof von La Roque und zu der Stelle, wo Chris eben noch gestanden hatte. Aber Chris war verschwunden.

»Chris?«

Aus ihrem Ohrstöpsel kam keine Antwort.

Und er hat die Keramik, dachte sie.

Überall auf dem Hof lagen brennende Leichen. Sie lief von einer zur anderen, um zu sehen, ob Chris darunter war.

Ihr Blick fiel auf Raimondo, der ihr zunickte und winkte – und dann erschauderte sie. Einen Augenblick lang dachte sie, es liege an den Hitzewellen der Flammen, aber dann drehte sich Raimondo um, und sie sah, daß er aus der Seite blutete. Ein Mann stand hinter ihm, der mit seinem Schwert immer wieder auf ihn einhackte, auf den Arm, die Schulter, den Oberkörper, die Beine. Jeder Hieb war kräftig genug, um tiefe Wunden zu schneiden, aber nicht, um zu töten. Heftig blutend taumelte Raimondo rückwärts. Der Mann rückte, weiter auf ihn einhackend, vor. Raimondo sank auf die Knie. Der Mann stand jetzt über ihm, doch er schlug weiter auf ihn ein. Schließlich kippte Raimondo nach hinten, und der Mann zerschnitt ihm das Gesicht, zog sein Schwert diagonal über Lippen und Nase, so daß Fleischfetzen davonspritzten. Das Gesicht des Angreifers war durch die Flammen nicht zu sehen, aber Kate hörte ihn bei jedem Hieb »Bastard, Bastard, Bastard« rufen. Er sprach modernes Englisch. Und dann wußte sie, wer der Mann war.

Der Angreifer war de Kere.

Chris folgte Arnaut tiefer in das Verlies. Irgendwo vor ihnen hallten Stimmen. Arnaut bewegte sich jetzt vorsichtiger, drückte sich an den Wänden entlang. Schließlich konnten sie in das nächste Gewölbe sehen, das von einer großen Grube im Boden beherrscht wurde. Über der Grube hing ein schwerer Metallkäfig an einer Kette. Der Professor stand darin mit ausdruckslosem Gesicht, während der Käfig von zwei Soldaten, die an einer Winde drehten, in die Grube hinabgelassen wurde. Marek wartete mit gefesselten Händen und von zwei Soldaten bewacht an der gegenüberliegenden Wand.

Lord Oliver stand am Rand der Grube und sah lächelnd zu, wie der Käfig in die Tiefe sank. Er trank aus einem goldenen Kelch und wischte sich das Kinn. »Ich habe Euch mein Versprechen gegeben«, sagte er, »und ich halte es auch.« Zu den Soldaten an der Winde sagte er: »Langsamer, langsamer.«

Den Blick starr auf Olvier gerichtet, knurrte Arnaut wie ein Hund und hob sein Schwert. Dann drehte er sich kurz zu Chris um und sagte: »Ich übernehme Oliver. Ihr könnt die anderen haben.«

Die anderen, dachte Chris. Es waren vier Soldaten in dem Gewölbe. Aber er hatte keine Zeit zu protestieren, denn mit einem wütenden Aufschrei stürmte Arnaut bereits voran und rief: »Oliverrrrr!«

Den Kelch noch in der Hand, drehte Lord Oliver sich um. Mit einem höhnischen Grinsen sagte er: »Aha. Das Schwein zeigt sich.« Er warf den Kelch beiseite und zog sein Schwert. Die beiden stürzten sich aufeinander.

Chris lief jetzt auf die Soldaten an der Winde zu, aber er wußte nicht so recht, was er tun sollte. Die Soldaten neben Marek hatten ihre Schwerter erhoben. Oliver und Arnaut kämpften erbittert, ihre Schwerter klirrten, wilde Flüche flogen zwischen den beiden Erzfeinden hin und her.

Alles geschah jetzt sehr schnell. Marek rempelte einen der Soldaten neben ihm an und erstach ihn mit einem Messer, das so klein war, daß Chris es gar nicht sah. Der zweite Soldat drehte sich zu Marek um, aber Marek trat ihn so kräftig, daß er rückwärts stolperte und die beiden Männer an der Winde beiseite stieß.

Unbewacht begann die Winde sich schneller zu drehen. Sie

funktionierte offenbar mit Hilfe eines Ratschenmechanismus, der einigen Lärm verursachte, aber der Käfig sank deutlich schneller als zuvor. Chris sah, wie er mitsamt dem Professor unter Bodenhöhe sank und langsam in der Grube verschwand.

Inzwischen hatte Chris den ersten der Soldaten erreicht, der ihm den Rücken zukehrte. Der Mann drehte sich um, aber Chris schlug mit dem Schwert nach ihm und verletzte ihn schwer. Noch ein Hieb, und der Mann stürzte zu Boden.

Jetzt waren nur noch zwei Soldaten übrig. Marek, dessen Hände noch immer gefesselt waren, wich zurück, um der zischenden Klinge des einen zu entgehen. Der zweite Soldat stand an der Winde. Er hatte sein Schwert gezogen und war bereit zum Kampf. Chris schwang seine Klinge, aber der Mann parierte mühelos. Doch dann stieß Marek, der im Kreis vor seinem Angreifer zurückwich, gegen den Soldaten, der sich kurz umdrehte. Marek rief: »Jetzt!«, und Chris erstach den Soldaten mit seinem Schwert. Der Mann brach zusammen.

Die Winde drehte sich immer noch. Chris packte die Kurbel, sprang dann aber zurück, als das Schwert des vierten Soldaten klirrend den Mechanismus traf. Der Käfig sank immer tiefer. Chris wich zurück. Marek streckte ihm die gefesselten Handgelenke hin, aber Chris war sich nicht sicher, ob er mit dem Schwert präzise genug zielen konnte. »Tu's einfach«, schrie Marek, und Chris holte aus. Das Seil zerriß, und dann war der vierte Soldat über ihm. Er kämpfte mit der Wut eines in die Enge Getriebenen, und Chris wurde beim Zurückweichen am Unterarm getroffen. Er merkte, daß er in Schwierigkeiten war, als sein Angreifer plötzlich entsetzt nach unten sah: Die blutige Spitze eines Schwerts ragte aus seinem Bauch. Der Soldat stürzte zu Boden, und Chris sah Marek mit dem Schwert in der Hand.

Chris rannte zu der Kurbel, packte die Winde und schaffte es, den Käfig zu stoppen. Jetzt sah er, daß der Käfig schon tief in das ölige Wasser gesunken war; der Kopf des Professors ragte gerade noch über die Oberfläche. Noch eine Umdrehung der Winde, und er wäre ganz untergetaucht gewesen.

Gemeinsam kurbelten Chris und Marek den Käfig wieder hoch. Chris fragte: »Wieviel Zeit noch?«

Marek sah auf seinen Timer:»Sechsundzwanzig Minuten.«

Unterdessen kämpften Arnaut und Oliver weiter; sie befanden sich jetzt in einem dunklen Winkel des Verlieses, und Chris sah nur die Funken ihrer klirrenden Schwerter.

Triefend stieg der Käfig in die Höhe. Der Professor lächelte Chris an. »Ich habe mir gedacht, daß du es rechtzeitig schaffen würdest«, sagte er.

Die schwarzen Stangen des Käfigs waren glitschig in Chris' Händen, als er den Käfig von der Grube wegzog. Schlamm und schwarzes Wasser tropften auf den Lehmboden und hinterließen kleine Pfützen. Chris kehrte zu der Winde zurück und drehte gemeinsam mit Marek die Kurbel, um den Käfig zu Boden zu lassen. Der Professor war triefnaß, aber er schien erleichtert, wieder auf festem Boden zu sein. Chris wollte ihn befreien, mußte aber feststellen, daß der Käfig verschlossen war. Ein schweres Vorhängeschloß von der Größe einer Männerfaust hing an der Tür.

»Wo ist der Schlüssel?« fragte Chris, an Marek gewandt.

»Ich weiß es nicht«, sagte Marek. »Ich lag auf dem Boden, als sie ihn hineinsperrten. Ich konnte nicht sehen, was passierte.«

»Professor?«

Johnston schüttelte den Kopf. »Ich bin mir nicht sicher. Ich habe *dorthin* geschaut.« Er nickte zu der Grube.

Marek schlug mit dem Schwert auf das Schloß. Funken flogen, aber das Schloß war solider Stahl, das Schwert zerkratzte es kaum. »Das funktioniert nicht«, sagte Chris. »Wieviel Zeit noch?«

»Fünfundzwanzig Minuten.«

Kopfschüttelnd ging Chris zu dem ersten toten Soldaten und fing an, ihn zu durchsuchen.

00:21:52

Im Kontrollraum sah Stern zu, wie die Techniker eine blasse Gummimembran in einen Eimer mit Klebstoff tauchten und sie, noch triefend, in die Öffnung des Glasschildes schoben. Dann befestigten sie einen Preßluftschlauch an der Öffnung, und der Gummi begann sich auszudehnen. Kurz konnte man erkennen, daß es sich um einen Wetterballon handelte, aber dann dehnte er sich immer weiter aus, der Gummi wurde dünner und transparenter und nahm die Form des Schildes an, bis er jeden Winkel des Behälters erreicht hatte. Dann verschlossen die Techniker die Öffnung, drückten auf eine Stoppuhr und warteten, bis der Kleber getrocknet war.

Stern fragte: »Wieviel Zeit noch?«

»Noch einundzwanzig Minuten.« Gordon deutete zu den Ballons. »Es ist zwar ziemlich schlicht, aber es funktioniert.«

Stern schüttelte den Kopf. »Es ging mir die ganze letzte Stunde nicht mehr aus dem Kopf.«

»Was?«

»Platzer«, sagte er. »Ich habe mir immer wieder gedacht, was versuchen wir hier zu vermeiden? Und die Antwort ist, daß die Dinger platzen. Wie bei einem Auto, wenn ein Reifen platzt. Ich habe die ganze Zeit an Reifenplatzer gedacht. Und das kam mir komisch vor, weil die inzwischen nur noch selten vorkommen. Bei neuen Autos so gut wie gar nicht mehr. Weil die neuen Reifen eine innere Membran haben, die selbstabdichtend ist.« Er seufzte. »Ich habe mich gefragt, warum mir so was Ausgefallenes in den Sinn kommt, und dann habe ich bemerkt, daß es genau darum geht: wie man auch für diese Tanks eine Membran herstellen kann.«

»Aber die ist nicht selbstabdichtend«, sagte Kramer.

»Nein«, sagte Gordon. »Aber sie verstärkt das Glas und verteilt die Belastung.«

»Genau«, sagte Stern.

Die Techniker hatten alle Tanks mit Ballons ausgekleidet und verschlossen. Gordon sah auf die Uhr: »Noch drei Minuten, dann sind alle trocken.«

»Und dann wie lange für jede Tankfüllung?«

»Sechs Minuten. Aber wir können zwei Tanks auf einmal füllen.« Kramer seufzte. »Achtzehn Minuten. Das wird knapp.«

»Wir schaffen es«, sagte Gordon. »Wir können das Wasser auch schneller hineinpumpen.«

»Aber belastet das die Tanks nicht noch stärker?«

»Schon. Aber wir können es machen, wenn es sein muß.«

Kramer schaute auf den Monitor mit den schwankenden Linien. Die Zacken waren nun nicht mehr so deutlich ausgeprägt. Sie fragte: »Warum verändern sich die Feldanomalien?«

»Das tun sie nicht«, sagte Gordon, ohne hinzusehen.

»Doch«, sagte sie, »das tun sie. Die Zacken werden kleiner.«

»Kleiner?«

Gordon kam zum Monitor. Er runzelte die Stirn, als er sich den Bildschirm ansah. Erst waren vier Zacken zu sehen, dann drei, dann zwei. Dann kurz wieder vier. »Ihr dürft nicht vergessen, was wir hier sehen, ist in Wirklichkeit eine Wahrscheinlichkeitsfunktion«, sagte er. »Die Feldamplituden spiegeln die Wahrscheinlichkeit wider, daß ein Ereignis stattfinden wird.«

»Für einen Normalsterblichen?«

Gordon starrte den Bildschirm an. »Irgendwas muß bei denen schiefgegangen sein. Und was es auch ist, es hat die Wahrscheinlichkeit ihrer Rückkehr verändert.«

00:15:02

Chris schwitzte. Ächzend drehte er die Leiche des Soldaten auf den Rücken und durchsuchte sie weiter. Zwanzig Minuten lang hatte er verzweifelt die kastanienbraunen und grauen Uniformen der beiden toten Soldaten nach dem Schlüssel durchsucht. Ihre Überwürfe waren lang, und darunter trugen sie wattierte Hemden, alles in allem eine Menge Stoff. Nicht, daß der Schlüssel sehr leicht zu verstecken gewesen wäre; Chris wußte, daß das Vorhängeschloß einen gut zehn Zentimeter langen, eisernen Schlüssel erforderte.

Aber Chris fand ihn nicht. Nicht beim ersten und nicht beim zweiten Soldaten. Fluchend stand er auf.

Auf der anderen Seite des Verlieses kämpfte Arnaut noch immer mit Oliver; unaufhörlich war das Klirren ihrer Schwerter zu hören, ein stetiger metallischer Rhythmus. Marek ging mit einer Fackel an den Wänden entlang und suchte in den dunklen Winkeln nach dem Schlüssel. Aber auch er schien keinen Erfolg zu haben.

Chris konnte in seinem Kopf beinahe die Uhr ticken hören. Er schaute sich um und fragte sich, wo hier ein Schlüssel versteckt sein konnte. Und er mußte sich eingestehen, daß er fast überall sein konnte: auf einem Nagel in der Mauer, auf der Wandbefestigung eines Fackelhalters. Er ging zu der Winde und suchte den Mechanismus ab. Und dann fand er ihn – einen großen Eisenschlüssel, am Sockel der Winde. »Hab ihn!«

Marek hob den Kopf, und während Chris mit dem Schlüssel zum Käfig eilte, schaute er kurz auf seinen Timer. Der Schlüssel ließ sich mühelos ins Schloß stecken, aber nicht drehen. Zuerst dachte Chris, daß im Mechanismus irgend etwas klemmte, aber nach dreißig quälenden Sekunden des Ausprobierens mußte er sich eingestehen, daß es wohl doch nicht der richtige Schlüssel war. Hilflos und wütend warf er den Schlüssel auf den Boden. Dann wandte er sich dem Professor zu, der noch hinter den Stangen eingesperrt war.

»Tut mir leid«, sagte Chris. »Tut mir wirklich leid.«

Doch der Professor ließ sich, wie immer, nicht aus der Ruhe bringen. »Ich habe darüber nachgedacht«, sagte er, »wie alles genau abgelaufen ist.«

»Mh-mh.«

»Und ich glaube, Oliver hatte ihn«, sagte der Professor. »Er selber hat mich eingeschlossen. Ich glaube, er hat den Schlüssel behalten.«

»Oliver?«

Am anderen Ende des Gewölbes kämpfte Oliver noch immer, obwohl jetzt immer deutlicher wurde, daß er der Unterlegene war. Arnaut war der bessere Schwertkämpfer, und Oliver war betrunken und außer Atem. Mit einem grimmigen Lächeln und präzisen Hieben trieb Arnaut ihn zum Rand der Grube. Dort lehnte sich Oliver keuchend und schwitzend ans Geländer. Er war zu erschöpft zum Weiterkämpfen.

Arnaut drückte Oliver sanft die Spitze seines Schwerts an den Hals. »Gnade«, keuchte Oliver hervor. »Ich flehe um Gnade.« Aber man sah deutlich, daß er keine erwartete. Arnaut verstärkte langsam den Druck auf seine Kehle. Oliver hustete.

»Mylord Arnaut«, sagte Marek und trat vor. »Wir brauchen den Schlüssel zum Käfig.«

»Hm? Schlüssel? Zum Käfig?«

Oliver grinste trotz seiner Atemlosigkeit. »Ich weiß, wo er ist.«

Arnaut stach mit dem Schwert ein wenig zu. »Sagt es uns.«

Oliver schüttelte den Kopf. »Niemals.«

»Wenn Ihr es uns sagt«, entgegnete Arnaut, »schone ich Euer Leben.«

Oliver sah ihm in die Augen. *»Certum?«*

»Ich bin kein verräterischer, doppelgesichtiger Engländer«, sagte Arnaut. »Gebt uns den Schlüssel, und ich schwöre als ein wahrer Edelmann Frankreichs, daß ich Euch nicht töten werde.«

Schwer atmend starrte Oliver Arnaut einige Sekunden lang an. Schließlich löste er sich vom Geländer und sagte: »Nun gut.« Er warf sein Schwert weg, griff unter seine Robe und zog einen schweren Eisenschlüssel hervor. Marek nahm ihn.

Nun wandte Oliver sich wieder an Arnaut. »Ich habe meinen Teil erfüllt. Seid Ihr ein Mann Eures Wortes?«

»In der Tat«, sagte Arnaut, »ich werde Euch nicht töten ... « Er trat einen Schritt vor und schob Oliver schnell den Arm unter die Kniekehlen. »Ich werde euch baden.«

Und damit hebelte er Oliver über das Geländer und in die Grube. Oliver landete mit einem Platschen in dem schwarzen Wasser, kam prustend und spuckend wieder hoch. Unter Fluchen schwamm er an den Rand und suchte an den Felsen Halt. Aber der Stein war schwarz vor Schlamm. Oliver glitt immer wieder ab; er konnte sich nirgends festhalten. Er platschte und strampelte ungeschickt im Wasser wie ein Hund. Schließlich sah er zu Arnaut hoch und fluchte.

Arnaut sagte: »Schwimmt Ihr gut?«

»Sehr gut, du Sohn einer französischen Sau.«

»Gut«, sagte Arnaut. »Denn Euer Bad wird einige Zeit dauern.«

Damit wandte er sich von der Grube ab. Mit einem Nicken zu Chris und Marek sagte er: »Ich stehe in Eurer Schuld. Möge Gott Euch gnädig sein all Eure Tage.« Mit diesen Worten lief er schnell davon, um sich wieder in die Schlacht zu stürzen. Sie hörten, wie seine Schritte verklangen.

Marek öffnete das Vorhängeschloß, und die Tür ging quietschend auf. Der Professor trat heraus. »Zeit?« fragte er.

»Elf Minuten«, antwortete Marek.

Sie eilten aus dem Verlies. Marek humpelte, aber er schaffte es trotzdem, sich schnell zu bewegen. Hinter sich hörten sie Oliver im Wasser platschen.

»Arnaut!« schrie Oliver, und seine Stimme hallte von den dunklen Steinwänden wider. *»Arnaut!«*

00:09:04

Auf den großen Videomonitoren am anderen Ende des Kontrollraums war zu sehen, wie Techniker die Schilde mit Wasser füllten. Alle Schilde hielten. Aber niemand beachtete sie. Statt dessen starrten sie alle stumm den Computermonitor an und beobachteten das Auf und Ab der schimmernden, computergenerierten Feldlinien. In den vergangenen zehn Minuten waren die Zacken merklich kleiner geworden, und jetzt waren sie fast verschwunden; wenn sie überhaupt auftauchten, dann waren sie nur noch unregelmäßige Schwankungen der Oberfläche.

Dennoch schauten sie weiter zu.

Einen Augenblick lang schienen die Schwankungen stärker, ausgeprägter zu werden. »Passiert da irgendwas?« fragte Kramer hoffnungsvoll.

Gordon schüttelte den Kopf. »Ich glaube nicht. Ich schätze, das sind nur zufällige Fluktuationen.«

»Ich dachte, daß sie vielleicht stärker werden.«

Aber Stern konnte erkennen, daß das nicht zutraf. Gordon hatte recht: Die Veränderung war zufällig. Die Schwankungen auf dem Bildschirm blieben unregelmäßig und instabil.

»Was für ein Problem das auch sein mag«, sagte Gordon, »sie haben es noch immer.«

00:05:30

Durch die Flammen, die im inneren Burghof von La Roque loderten, sah Kate den Professor und die anderen aus einer Tür in der Mauer kommen. Sie lief zu ihnen. Alle drei schienen okay zu sein. Der Professor nickte ihr zu. Sie bewegten sich alle sehr schnell.

Kate sagte zu Chris: »Hast du die Keramik?«

»Ja. Ich habe sie noch.« Er zog sie aus der Tasche und drehte sie, um auf den Knopf zu drücken.

»Nein, hier nicht«, sagte der Professor. »Hier ist nicht genug Platz.«

»Hier ist doch Platz ...«, sagte Chris.

»Nein. Wir brauchen rundherum zwei Meter, erinnerst du dich?«

Sie waren umgeben von Feuer. »Soviel Platz finden wir in diesem Hof nirgends«, sagte Marek.

»Das stimmt«, sagte der Professor. »Wir müssen hinaus in den nächsten Hof.«

Kate schaute zu dem Tor, das in den äußeren Hof führte. Es war etwa vierzig Meter entfernt. Aber das Fallgitter war hochgezogen, ja, es sah sogar so aus, als wäre das Tor überhaupt nicht bewacht. Alle Soldaten hatten es verlassen, um gegen die Eindringlinge zu kämpfen.

»Wieviel Zeit noch?«

»Fünf Minuten.«

»Okay«, sagte der Professor. »Gehen wir.«

Brandherden und kämpfenden Soldaten ausweichend, trabten sie über den Hof. Der Professor und Kate bildeten die Spitze, Marek, der wegen der Schmerzen in seinem Bein bei jedem Schritt zusammenzuckte, folgte ihnen. Und Chris, der sich Sorgen um Marek machte, kam als letzter.

Kate erreichte das erste Tor. Es gab überhaupt keine Wachen. Unter den Spitzen des hochgezogenen Fallgitters hindurch liefen sie in den mittleren Hof. »O nein«, sagte Kate.

Im mittleren Hof befand sich das Lager von Olivers Soldaten, und es sah so aus, als würden Hunderte von Rittern und Knappen durcheinanderlaufen, die einen den Männern auf den Mauern Befehle zuschreiend, die anderen Waffen und Gerätschaften schleppend.

»Hier ist kein Platz«, sagte der Professor. »Wir müssen noch durchs nächste Tor. Vor die Burg.«

»Ganz hinaus?« fragte Kate. »Wir schaffen es ja nicht einmal über diesen Hof.«

Marek kam keuchend zu ihnen gehumpelt. Er warf nur einen Blick auf den Hof und sagte: »Wehrgang.«

»Ja«, sagte der Professor und nickte. Er deutete die Mauer hoch. »Der Wehrgang.«

Der Wehrgang war ein überdachter und holzverkleideter Gang am äußeren Rand der Mauerkrone. Es war ein geschützter Bereich, von dem aus die Soldaten auf die angreifenden Truppen hinunterschießen konnten. Vielleicht schafften sie es, diesen Wehrgang entlangzulaufen und so zur anderen Seite des Hofs und zum äußeren Torturm zu gelangen.

Marek sagte: »Wo ist Chris?«

Sie schauten zurück in den inneren Hof.

Doch Chris war nirgends zu sehen.

Chris war Marek gefolgt und hatte sich überlegt, ob er ihn vielleicht tragen sollte, als er plötzlich beiseite geschubst und gegen eine Wand gedrückt wurde. Hinter sich hörte er eine Stimme in perfektem modernem Englisch sagen: »Du nicht, Kumpel. Du bleibst hier.« Und er spürte die Spitze eines Schwerts im Rücken.

Als er sich umdrehte, stand Robert de Kere mit gezücktem Schwert vor ihm. De Kere packte ihn grob am Kragen und stieß ihn wieder gegen eine Wand. Beunruhigt sah Chris, daß sie direkt vor der Munitionskammer standen. Da der ganze Hof in Flammen stand, war das kein Ort, wo man sich aufhalten sollte.

De Kere schien es gleichgültig zu sein. Er grinste. »Wenn man's genau nimmt«, sagte er, »geht keiner von euch Mistkerlen irgendwohin.«

»Warum nicht?« fragte Chris, ohne das Schwert aus den Augen zu lassen.

»Weil du den Marker hast, Kumpel.«

»Nein, habe ich nicht.«

»Ich kann Euren Sprechverkehr abhören, hast du das vergessen?« De Kere streckte die Hand aus. »Komm, gib ihn mir.«

Wieder packte er Chris und schubste ihn durch die Tür. Chris stolperte in die Munitionskammer. Sie war verlassen, alle Soldaten waren geflohen. Überall um ihn herum waren Schwarzpulversäcke aufgestapelt. Die Mörser, in denen die Soldaten das Pulver gemahlen hatten, lagen noch auf dem Boden.

»Euer verdammter Professor«, sagte de Kere und deutete auf die Schalen. »Ihr alle denkt, ihr habt die Weisheit mit dem Löffel gefressen. Gib mir das Ding endlich.«

Chris tastete unter seiner Kleidung nach dem Beutel.

De Kere schnippte ungeduldig mit dem Finger. »Komm, komm, mach endlich.«

»Moment«, sagte Chris.

»Ihr seid doch alle gleich«, sagte de Kere. »Genau wie Doniger. Weißt du, was Doniger gesagt hat? Mach dir keine Sorgen, Rob, wir entwickeln eine neue Technologie, die dir hilft. Es ist immer eine neue Technologie, die einem hilft. Aber er hat keine neue Technologie entwickelt. Das hatte er nie vor. Hat einfach gelogen, wie er es immer tut. Mein verdammtes Gesicht.« Er griff sich an die Narbe, die mitten durch sein Gesicht lief. »Tut die ganze Zeit weh. Irgendwas mit den Knochen. Tut *verdammt* weh. Und innen drin ist auch alles durcheinander. Überall Schmerzen.« Verärgert streckte er Chris die Hand hin. »Na komm schon. Wenn du so weitermachst, bringe ich dich gleich um.«

Chris spürte die Sprühdose in seinen Fingern. Aus welcher Entfernung würde das Gas noch wirken? Sicher nicht auf Schwertlänge. Aber es gab keine Alternative.

Chris holte einmal tief Atem und sprühte. De Kere hustete, eher verärgert als überrascht, und trat einen Schritt vor. »Du Arschloch«, sagte er. »Du hältst das wohl für eine gute Idee, was? Wirklich raffiniert. Ein raffinierter Junge.«

Er stupste Chris mit dem Schwert an. Chris wich zurück.

»Dafür schlitze ich dir den Bauch auf und lasse dich zusehen, wie deine Gedärme herausquellen.« Er schwang das Schwert nach oben, aber Chris konnte dem Hieb mühelos ausweichen. Offenbar zeigte das Spray doch Wirkung. Er sprühte noch einmal, dichter vor de Keres Gesicht, und duckte sich dann, als er das Schwert wieder auf sich herabsausen sah. Es verfehlte ihn, warf eine der Schalen um und klirrte zu Boden.

De Kere wankte, aber er hielt sich noch auf den Beinen, auch als Chris ein drittes Mal sprühte. Erneut holte de Kere aus, das Schwert zischte; Chris wich ihm aus, aber die Klinge schlitzte ihm knapp über dem rechten Ellbogen den Arm auf. Blut quoll aus der Wunde und tropfte auf den Boden. Die Sprühdose fiel ihm aus der Hand.

De Kere grinste. »Tricks funktionieren hier nicht«, sagte er. »Das hier ist das wirkliche Leben. Und jetzt paß mal auf, Kumpel.«

Wieder hob er das Schwert. Er war noch etwas unsicher, kam aber offenbar schnell wieder zu Kräften. Chris duckte sich, als de Kere ausholte, das Schwert rauschte über seinen Kopf hinweg und grub sich in einen der Pulversäcke. Graues Pulver flirrte durch die Luft. Beim Zurückweichen spürte Chris, wie sein Fuß gegen eine Schale auf dem Boden stieß. Er wollte sie beiseite kicken, bemerkte aber plötzlich, wie schwer sie war. Es war keiner der Mörser, es war ein Gefäß mit einer dicken, schweren Paste. Die ziemlich scharf roch. Den Geruch erkannte er sofort: Ätzkalk.

Was bedeutete, daß die Schale voll war mit automatischem Feuer.

Chris bückte sich schnell und hob die Schale auf.

De Kere hielt inne.

Er wußte, was es war.

Chris nutzte dieses kurze Zögern und schleuderte die Schale auf de Kere. Sie traf ihn an der Brust, die braune Paste spritzte ihm auf Gesicht, Arme und Körper.

De Kere knurrte.

Chris brauchte Wasser. Wo war hier Wasser? Er sah sich verzweifelt um, aber er kannte die Antwort bereits: In diesem Raum gab es kein Wasser. De Kere grinste. »Kein Wasser?« fragte er. »Zu schade, du raffinierter Junge.« Er hielt das Schwert horizontal vor sich und ging auf Chris zu. Chris spürte die Mauer in seinem Rücken und wußte, daß dies das Ende war. Vielleicht schafften es wenigstens die anderen.

Er sah zu, wie de Kere langsam und siegessicher auf ihn zukam. Er konnte seinen Atem riechen; er war so nahe, daß Chris ihn anspucken konnte.

Ihn anspucken.

In dem Augenblick, da Chris das dachte, spuckte er de Kere auch schon an – nicht ins Gesicht, sondern auf die Brust. De Kere schnaubte angewidert: Dieses Bürschchen konnte ja nicht mal richtig spucken. Doch wo die Spucke die Paste traf, begann diese zu rauchen und zu knistern.

De Kere sah entsetzt an sich herab.

Chris spuckte noch einmal. Und noch einmal.

Das Knistern wurde lauter. Die ersten Funken sprühten. Jeden Augenblick würde de Kere in Flammen ausbrechen. Hektisch versuchte er, die Paste mit den Fingern wegzuwischen, verteilte sie aber nur; jetzt knisterte und zischte es auch an seinen Fingerspitzen, wegen der Feuchtigkeit seiner Haut.

»Jetzt paß du mal auf, Kumpel«, sagte Chris.

Er rannte auf die Tür zu. Hinter sich hörte er ein Krachen, als de Kere in Flammen ausbrach. Chris schaute sich um und sah, daß der ganze Oberkörper des Ritters lichterloh brannte. De Kere starrte ihn durch die Flammen hindurch an.

Und Chris rannte weiter. Er rannte, so schnell er konnte. Nur weg von der Munitionskammer.

Am mittleren Tor sahen die anderen ihn auf sie zurennen. Er winkte. Sie verstanden nicht, warum. Sie standen in der Mitte des Tors und warteten auf ihn.

Er schrie: »Weg, weg«, und bedeutete ihnen, um die Ecke zu verschwinden. In diesem Augenblick sah Marek, daß aus den Fenstern der Munitionskammer Flammen loderten.

»Los!« rief er und schob die anderen durch das Tor und in den nächsten Hof.

Chris kam durch das Tor gerannt, und Marek packte ihn am Arm und zog ihn genau in dem Augenblick in Deckung, als die Munitionskammer explodierte. Ein riesiger Feuerball wuchs über die Mauer, der ganze Hof war in feuriges Licht getaucht. Soldaten, Zelte und Pferde wurden von der Druckwelle zu Boden geschleudert. Überall war Rauch und Verwirrung.

»Vergeßt die Brustwehr«, sagte der Professor. »Los geht's!« Und sie rannten über den Hof. Direkt vor sich sahen sie das letzte Tor.

00:02:22

Geschrei und Jubel erfüllte den Kontrollraum. Kramer hüpfte auf und ab. Gordon klopfte Stern auf die Schulter. Der Monitor zeigte wieder Feldfluktuationen. Deutlich und kräftig.

»Sie kommen heim!« schrie Kramer.

Stern schaute zu den Videobildschirmen, die die Tanks im Transitbereich zeigten. Die Techniker hatten bereits die meisten mit Wasser gefüllt, und die Schilde hielten. Bei den restlichen näherte sich der Wasserstand schon dem oberen Rand.

»Wieviel Zeit noch?« fragte er.

»Zwei Minuten zwanzig.«

»Wie lange, bis die Tanks voll sind?«

»Zwei Minuten zehn.«

Stern biß sich auf die Lippen. »Schaffen wir es?«

»Und wie wir das schaffen«, sagte Gordon.

Stern wandte sich wieder den Feldfluktuationen zu. Sie wurden stärker und deutlicher, die Falschfarben schimmerten auf den Zacken. Der eben noch instabile Berggipfel wurde stabil, nahm Gestalt an. »Wie viele kommen zurück?« fragte er. Aber er kannte die Antwort bereits, weil der Berg sich in drei verschiedene Gipfel teilte.

»Drei«, sagte der Techniker. »Sieht aus, als würden drei zurückkommen.«

00:01:44

Das äußere Tor war geschlossen, das schwere Fallgitter herabgelassen und die Zugbrücke hochgezogen. Fünf Wachen lagen tot auf dem Boden, und Marek konnte das Gitter gerade so weit anheben, daß die anderen hindurchkrabbeln konnten. Aber die Zugbrücke blieb hochgezogen.

»Wie kriegen wir die auf?« fragte Chris.

Marek sah sich die Ketten an, die im Wachhaus verschwanden. »Von da oben«, sagte Marek und deutete hinauf zum Obergeschoß, wo ein Windenmechanismus zu erkennen war.

»Ihr bleibt hier«, sagte Marek. »Ich mache das.«

»Aber komm gleich zurück«, sagte Kate.

»Keine Angst. Das mach ich ganz bestimmt.«

Er humpelte eine Wendeltreppe hoch und kam in einen schmalen, kahlen Raum, der ganz von dem Windenmechanismus der Zugbrücke beherrscht wurde. Hier sah er einen alten, weißhaarigen Mann, der, zitternd vor Angst, eine Eisenstange festhielt, die zwischen den Gliedern der Kette steckte. Die Stange hielt die Brücke geschlossen. Marek stieß den alten Mann beiseite und zog die Stange aus der Kette. Die Kette rasselte und die Zugbrücke senkte sich. Marek sah zu, wie sie nach unten sackte. Dann schaute er auf seinen Timer und stellte erschrocken fest, daß er 00:01:19 meldete.

»André.« Er hörte Chris in seinem Ohrstöpsel. »Komm endlich.«

»Bin schon unterwegs.«

Marek wandte sich zum Gehen. Plötzlich hörte er schnelle Schritte. Es waren Soldaten, die über das Dach des Wachhauses liefen und jetzt herunterkamen, um nachzusehen, warum die Zugbrücke geöffnet wurde. Wenn er den Raum jetzt verließ, würden sie die Zugbrücke sofort wieder anhalten.

Marek wußte, was das bedeutete. Daß er noch bleiben mußte.

Unten sah Chris zu, wie die Zugbrücke sich mit rasselnden Ketten senkte. Durch die Öffnung konnte er dunklen Himmel und Sterne sehen. »André, komm«, sagte er.

»Hier sind Soldaten.«

»Na und?«

»Ich muß die Kette bewachen.«

»Was soll das heißen?« fragte Chris.

Marek antwortete nicht. Chris hörte ein Ächzen und einen Schmerzensschrei. Marek war dort oben und kämpfte. Chris sah zu, wie die Zugbrücke sich weiter senkte. Dann schaute er den Professor an. Aber dessen Gesicht war ausdruckslos.

Marek stellte sich neben die Treppe, die vom Dach herunterführte, und hob sein Schwert. Als der erste Soldat herunterkam, tötete er ihn. Er tötete auch den zweiten und stieß die Leichen im Fallen mit dem Fuß beiseite, damit der Boden frei blieb. Die anderen Soldaten blieben verwirrt auf der Treppe stehen, und er hörte bestürztes Murmeln.

Die Ketten rasselten noch. Die Zugbrücke öffnete sich weiter.

»André. Komm endlich.«

Marek sah auf den Timer. 00:01:04. Nur noch wenig mehr als eine Minute. Als er zum Fenster hinausschaute, sah er, daß die anderen nicht warteten, bis die Zugbrücke ganz unten war; sie liefen zur noch immer sinkenden äußeren Kante und sprangen von dort auf die Wiese vor dem Schloß. Jetzt konnte er sie in der Dunkelheit kaum mehr sehen.

»André.« Es war wieder Chris. »André.«

Noch ein Soldat kam die Treppe herunter, und Marek schwang sein Schwert, das funkensprühend gegen die Winde klirrte. Mit einem Aufschrei wich der Mann zurück und stieß dabei gegen die anderen.

»André, lauf«, sagte Chris. »Du hast noch Zeit.«

Marek wußte, daß das stimmte. Er konnte es gerade noch schaffen. Wenn er jetzt losrannte, konnten die Männer die Zugbrücke nicht mehr hochziehen, bevor er darübergerannt und zu den anderen auf die Wiese gesprungen war. Er wußte, daß sie da draußen auf ihn warteten. Seine Freunde. Die nach Hause wollten.

Als er sich zur Treppe umdrehte, die nach unten führte, fiel sein Blick auf den alten Mann, der noch immer in der Ecke kauerte. Marek fragte sich, wie es wohl war, das gesamte Leben in dieser Welt zu verbringen. Zu lieben und zu leben, in permanenter Anspannung, immer in Gefahr, mit Krankheit und Hunger und Tod und Metzeleien. Lebendig zu sein in dieser Welt.

»André, kommst du?«

»Keine Zeit mehr«, sagte Marek.

»André.«

Er schaute hinaus auf die Ebene und sah schnell aufeinanderfolgende Lichtblitze. Sie riefen die Maschinen. Machten sich bereit für die Heimreise.

Die Maschinen waren da. Sie standen alle in ihren Käfigen. Kalter Rauch wehte aus den Sockeln, kräuselte sich über dem dunklen Gras.

Kate sagte: »André, komm.«

Ein kurzes Schweigen. Und dann sagte Marek: »Ich komme nicht mit. Ich bleibe hier.«

»André. Du kannst nicht mehr klar denken.«

»Doch, das kann ich.«

»Meinst du das ernst?« fragte Kate.

Und dann sah sie den Professor an. Er nickte nur bedächtig.

»Sein ganzes Leben lang wollte er genau das.«

Chris steckte den Keramikmarker in den Schlitz zu seinen Füßen.

Marek schaute vom Fenster des Wachhauses aus zu.

»He, André.« Es war Chris.

»Mach's gut, Chris.«

»Paß auf dich auf.«

»André.« Kate. »Ich weiß nicht, was ich sagen soll.«

»Leb wohl, Kate.«

Dann hörte er den Professor sagen: »Leb wohl, André.«

»Leb wohl«, sagte Marek.

In seinem Ohrstöpsel hörte er die Stimme vom Band: »Stillhalten – Augen offen – tief einatmen – anhalten… *Jetzt.*«

Auf der Ebene sah er einen gleißend hellen Lichtblitz. Dann noch einen, und noch einen. Blitze, die immer schwächer wurden, bis nichts mehr da war.

Doniger ging auf der dunklen Bühne auf und ab. Im Auditorium saßen drei Konzernchefs und sahen ihm schweigend zu.

»Früher oder später«, sagte er, »wird die Künstlichkeit der Unterhaltung – der permanenten, ununterbrochenen Unterhaltung – die Leute dazu bringen, daß sie Authentizität suchen. *Authentizität* wird zum Schlagwort des einundzwanzigsten Jahrhunderts. Und was ist authentisch? Alles, was nicht darauf ausgerichtet ist, Profit zu machen. Alles, was aus sich selbst heraus existiert und seine eigene Gestalt annimmt. Und was ist das Authentischste überhaupt? Die Vergangenheit.

Die Vergangenheit ist eine Welt, die bereits vor Disney und Murdoch und British Telecom und Nissan und Sony und IBM und all den anderen Gestaltern unserer Gegenwart existierte. Die Vergangenheit gab es, bevor es sie gab. Die Vergangenheit entwickelte sich ohne ihre Einmischung und ihre Gestaltung. Die Vergangenheit ist echt. Sie ist authentisch. *Und genau das macht die Vergangenheit unglaublich attraktiv.* Weil die Vergangenheit die einzige Alternative zur korporativen Gegenwart ist.

Was werden die Leute tun? Sie tun es bereits. Das am schnellsten wachsende Segment des Reisemarktes ist der Kulturtourismus. Leute, die nicht andere Orte, sondern andere Zeiten besuchen wollen. Leute, die eintauchen wollen in mittelalterliche Wehrstädte, in riesige buddhistische Tempel, in die Pyramidenstädte der Mayas, in ägyptische Nekropolen. Leute, die durch die Welt der Vergangenheit spazieren, die in ihr sein wollen. In der untergegangenen Welt.

Und sie wollen nicht, daß diese Welt eine Fälschung ist. Sie wollen sie nicht hergerichtet oder herausgeputzt. Sie wollen sie authentisch. Und wer wird diese Authentizität garantieren? Wer wird zum Markennamen der Vergangenheit? ITC.

Ich werde Ihnen jetzt gleich«, sagte er, »unsere Pläne für diverse Stätten des kulturellen Tourismus auf der ganzen Welt vorstellen. Ich möchte mich auf das Projekt in Frankreich konzentrieren, aber wir haben auch viele andere. Bei jedem dieser Projekte übergeben wir die Stätte selbst der Regierung des jeweiligen Landes. Aber in unserem Besitz bleibt das Territorium der näheren Umgebung, was bedeutet, daß uns die Hotels und Restaurants und Läden gehören werden, der ganze Tourismusapparat also. Ganz zu schweigen von den Büchern und Filmen und Reiseführern und Kostümen und Spielzeugen und dem ganzen Rest. Ein Besucher gibt zehn Dollar aus, um in die Stätte zu gelangen, aber fünfhundert Dollar für seine Lebensführung außerhalb davon. Und alles außerhalb wird von uns kontrolliert.« Er lächelte. »Natürlich um dafür zu sorgen, daß es geschmackvoll gestaltet wird.«

Hinter ihm wurde eine Graphik an die Wand geworfen.

»Wir schätzen, daß jede Stätte jährlich über zwei Milliarden Dollar abwerfen wird, Merchandising eingeschlossen. Wir schätzen, daß die Gesamtfirmeneinkünfte zu Beginn der zweiten Dekade des kommenden Jahrhunderts jährlich hundert Milliarden Dollar übersteigen werden. Das ist einer der Gründe, warum Sie bei uns investieren sollten.

Der zweite Grund ist wichtiger. Unter dem Deckmantel des Tourismus erschaffen wir im Endeffekt einen neuen intellektuellen Markennamen. Solche Markennamen gibt es jetzt schon, für Software zum Beispiel. Aber noch keinen für Geschichte. Und doch ist die Geschichte das mächtigste intellektuelle Werkzeug, das die Gesellschaft besitzt. Eins sollte uns klar sein: Die Geschichte ist keine leidenschaftslose Aufzeichnung toter Ereignisse. Noch ist sie ein Spielplatz, auf dem Wissenschaftler ihren trivialen Disputen frönen können.

Der Zweck der Geschichte ist die Erklärung der Gegenwart – die Geschichte sagt uns, warum die Welt um uns herum so ist, wie sie ist. Sie sagt uns, was wichtig ist in unserer Welt, und wie es dazu kam. Sie sagt uns, warum die Dinge, die wir schätzen, die Dinge sind, die wir schätzen sollten. Und sie sagt uns, was wir ignorieren oder aufgeben sollten. Das ist wahre Macht – tiefgreifende Macht. Die Macht, eine ganze Gesellschaft zu gestalten.

Die Zukunft liegt in der Vergangenheit – und bei dem, der die Vergangenheit kontrolliert. Eine solche Kontrolle war noch nie zuvor möglich. Jetzt ist sie es. Wir bei ITC wollen unseren Kunden helfen, die Welt zu gestalten, in der wir alle leben und arbeiten und konsumieren. Und dafür, so glaube ich, werden wir Ihre ganze und rückhaltlose Unterstützung erhalten.«

Es gab keinen Applaus, nur verblüfftes Schweigen. So war es immer. Die Leute brauchten eine Weile, bis sie begriffen, was er meinte. »Vielen Dank für Ihre Aufmerksamkeit«, sagte Doniger und verließ die Bühne.

»Ich hoffe für dich, daß es wichtig ist«, sagte Doniger. »Ich kürze so eine Sitzung nicht gerne ab.«

»Es ist wichtig«, sagte Gordon. Sie gingen den Korridor zum Transitraum entlang.

»Sind sie zurück?«

»Ja. Wir konnten die Schilde reparieren, und drei von ihnen sind zurück.«

»Seit wann?«

»Seit ungefähr fünfzehn Minuten.«

»Und?«

»Sie haben viel durchgemacht.Die Frau ist ziemlich stark verletzt und muß ins Krankenhaus.«

»Na und? Wo liegt das Problem?«

Sie gingen durch eine Tür.

»Sie wollen wissen«, sagte Gordon, »warum sie in ITCs Pläne nicht eingeweiht wurden.«

»Weil die sie nichts angehen«, sagte Doniger.

»Sie haben ihr Leben riskiert –«

»Sie sind freiwillig gegangen.«

»Aber sie –«

»Ach, die können mich doch mal«, sagte Doniger. »Was soll denn diese plötzliche Besorgtheit? Das sind doch nur ein paar Historiker – die werden eh alle arbeitslos, wenn sie nicht für mich arbeiten.«

Gordon antwortete nicht. Er schaute über Donigers Schulter. Doniger drehte sich langsam um.

Johnston stand hinter ihm sowie das Mädchen, das jetzt die Haare ganz kurz geschnitten hatte, und einer der Männer. Sie waren schmutzig, zerlumpt und blutbespritzt. Sie standen vor einem Videomonitor, der das Auditorium zeigte. Die Konzernchefs verließen eben den Saal, die Bühne war leer. Aber offensichtlich hatten sie seine Rede gehört, oder zumindest Teile davon.

»Nun«, sagte Doniger und lächelte plötzlich, »ich bin sehr froh, daß Sie zurück sind.«

»Das sind wir auch«, erwiderte Johnston. Aber er lächelte nicht.

Keiner sagte etwas.

Sie starrten ihn einfach nur an.

»Ach, ihr könnt mich doch alle«, sagte Doniger. Dann wandte er sich an Gordon: »Warum hast du mich hierhergebracht? Weil die Historiker entrüstet sind? Das ist die Zukunft, ob es ihnen gefällt oder nicht. Ich habe keine Zeit für diese Scheiße. Ich muß eine Firma leiten.«

Aber Gordon hielt einen Gaszylinder in der Hand. »Es hat einige Diskussionen gegeben, Bob«, sagte er. »Wir glauben, daß jetzt jemand, der etwas gemäßigter ist, die Firma leiten sollte.«

Doniger hörte ein Zischen. Und roch etwas Scharfes, wie Äther.

Als er aufwachte, hörte er ein lautes Summen und ein Kreischen wie von berstendem Metall. Er war in der Maschine. Er sah, daß sie ihn alle durch die Schilde hindurch anstarrten. Er wußte nicht, wie er jetzt, da die Prozedur angefangen hatte, noch aussteigen sollte. »Das wird nicht funktionieren«, sagte er laut, und dann blendete ihn das violette Licht des Lasers. Die Blitze wurden immer schneller. Er sah, wie der Transitraum in die Höhe wuchs, während er selbst schrumpfte – der zischende Nebel, der ihn jetzt in Bodennähe umgab – dann das letzte Kreischen in seinen Ohren, und er schloß die Augen und wartete.

Schwärze.

Er hörte das Zwitschern von Vögeln und öffnete die Augen. Das erste, was er sah, war klarer blauer Himmel. Er war also nicht am Vesuv. Er befand sich in einem urtümlichen Wald mit großen Bäumen. Er war nicht in Tokio. Das Zwitschern der Vögel klang angenehm, die Luft war warm. Er war auch nicht in Tunguska.

Wo zum Teufel war er nur?

Die Maschine stand leicht schief, der Waldboden neigte sich sanft nach links. Ein Stück weiter vorne sah er Licht zwischen den Bäumen. Er stieg aus der Maschine und ging den Hang hinunter. Irgendwo in der Ferne hörte er den langsamen Rhythmus einer einzelnen Trommel.

Er kam zu einer Lücke in den Bäumen und sah unter sich eine befestigte Stadt. Sie war zum Teil verhüllt vom Rauch vieler Feuer, aber er erkannte sie sofort. Ach, zum Teufel, dachte er, ist ja nur Castelgard. Was sollte das denn, daß man ihn hierherschickte?

Es war natürlich Gordon, der hinter all dem steckte. Sein blödsinniges Gefasel, daß die Akademiker enttäuscht seien. Es war Gordon. Der Hurensohn war Chef der Technik gewesen, und jetzt glaubte er, er könne Chef der ganzen Firma werden. Gordon hatte ihn hierhergeschickt, weil er glaubte, er könne nicht zurückkehren.

Aber Doniger konnte zurückkehren, und er würde es auch. Kein Problem – weil er nämlich die ganze Zeit einen Keramikmarker bei sich trug. Er hatte ihn in einem Schlitz in seiner Schuhsohle versteckt. Er zog den Schuh aus und schaute in den Schlitz. Ja, die weiße Keramik war da. Aber sie steckte tief im Schlitz und schien sich dort verklemmt zu haben. Als er den Schuh schüttelte, fiel sie nicht heraus. Er probierte es mit einem Zweig, aber der brach ab.

Als nächstes versuchte er, den Absatz abzureißen, aber ohne Hilfsmittel reichte seine Kraft nicht. Was er brauchte, war irgendein Metall, ein Keil oder ein Meißel. In der Stadt würde er so etwas finden, da war er sich ganz sicher.

Er streifte sich den Schuh wieder über, zog Jackett und Krawatte aus und ging weiter den Hang hinunter. Als er sich die Stadt genauer anschaute, fielen ihm einige merkwürdige Details auf. Er stand knapp oberhalb des Osttors in der Stadtmauer, aber das Tor war weit offen. Und auf der Mauer waren keine Soldaten zu sehen. Das war merkwürdig. Was für ein Jahr es auch sein mochte, es war offensichtlich eine Zeit des Friedens – solche Zeiten hatte es im Hundertjährigen Krieg gegeben, zwischen den englischen Invasionen. Niemand arbeitete auf den Feldern. Sie wirkten vernachlässigt, überall wucherte Unkraut.

Was ist denn hier los? dachte er.

Er ging auf das Tor zu. Nun sah er, daß es unbewacht war, weil der diensthabende Soldat tot auf dem Rücken lag. Doniger beugte sich über ihn, um ihn genauer anzusehen. Aus den Augenwinkeln liefen Schlieren hellroten Bluts. Anscheinend hat er einen Schlag auf den Kopf bekommen, dachte er.

Nun wandte er sich der Stadt selbst zu. Der Rauch, das sah er jetzt, kam aus kleinen Töpfen, die überall herumstanden, auf dem Boden, auf Mauern, auf Zaunpfosten. Und die Stadt wirkte verlassen, menschenleer lag sie im hellen Sonnenlicht. Nur Dinge lagen und standen herum, Werkzeuge, Karren, Fässer, Bündel mit Waren und Lebensmitteln, doch nirgendwo war eine Menschenseele zu sehen. Er ging zum Markt, auch dort war niemand. Die Stände waren leer, nur hier und dort lagen vertrocknete Gemüsereste. Dann hörte er den Gesang von Mönchen; sie kamen auf ihn zu. Und wieder hörte er die Trommel.

Ein Schauder überlief ihn.

Ein Dutzend Mönche, alle in Schwarz, bog in einer Art Prozession singend um die Ecke. Die Hälfte von ihnen war bis zur Taille nackt und schlug sich selbst mit metallbesetzten Peitschen. Schultern und Rücken bluteten heftig.

Flagellanten.

Ja, das waren sie, Flagellanten. Doniger stöhnte leise auf und wich vor den Mönchen zurück, die gemessenen Schritts an ihm vorbeizogen, ohne ihn zu beachten. Er wich weiter zurück und immer weiter, bis er gegen etwas Hölzernes stieß.

Als er sich umdrehte, sah er einen hölzernen Pferdekarren, aber kein Pferd. Auf dem Karren stapelten sich mehrere Kleiderbündel. Dann sah er einen Kinderfuß aus einem der Bündel herausragen. Und aus einem anderen einen Frauenarm. Das Summen von Fliegen war sehr laut. Eine Wolke von Fliegen, die über den Leichen schwirrte.

Doniger fing an zu zittern.

Der Arm zeigte schwärzliche Beulen.

Der Schwarze Tod.

Er wußte jetzt, welches Jahr es war. 1348. Das Jahr, als die Pest über Castelgard kam und ein Drittel der Bevölkerung tötete. Und er wußte, wie sie sich verbreitete – durch Flohbisse, durch Berührung und durch die Luft. Schon das Atmen konnte einen Menschen töten. Er wußte, daß die Pest schnell töten konnte, daß die Leute einfach auf der Straße umfielen. Im ersten Augenblick fühlte man sich noch völlig gesund. Und dann fing es an mit Husten und Kopfweh. Eine Stunde später war man tot.

Er war dem Soldaten am Tor sehr nahe gekommen. Nahe an sein Gesicht.

Sehr nahe.

Doniger ließ sich an einer Mauer zu Boden sinken und spürte, wie er vor Entsetzen erstarrte.

Und wie er so dasaß, fing er an zu husten.

Epilog

Regen fegte über die graue englische Landschaft. Die Scheibenwischer tickten hin und her. Edward Johnston saß vorgebeugt auf dem Fahrersitz, um durch den Regen etwas erkennen zu können. Draußen erstreckten sich flache, dunkelgrüne Hügel, unterteilt von dunklen Hecken, doch alles verschwamm in Regenschleiern. Die letzte Farm lag schon einige Kilometer hinter ihnen.

Johnston fragte: »Elsie, bist du sicher, daß das die richtige Straße ist?«

»Absolut«, sagte Elsie Kastner, die die Karte auf dem Schoß hatte. Sie fuhr die Route mit dem Finger nach. »Sechs Kilometer hinter Cheatham Cross nach Bishop's Vale abbiegen, und nach eineinhalb Kilometern müßte es da rechts oben liegen.«

Sie deutete auf einen Hügel mit vereinzelten Eichen.

»Ich sehe überhaupt nichts«, sagte Chris vom Rücksitz her.

Kate sagte: »Ist die Klimaanlage an? Mir ist heiß.« Sie war im siebten Monat schwanger, und ihr war die ganze Zeit heiß.

»Ja, sie ist an«, sagte Johnston.

»Bis zum Anschlag?«

Chris strich ihr beruhigend übers Knie.

Johnston fuhr langsam und suchte nach einem Hinweisschild am Straßenrand. Der Regen ließ etwas nach, die Sicht wurde besser. Und dann sagte Elsie: »Dort!«

Auf der Kuppe des Hügels war ein dunkles Rechteck mit bröckelnden Mauern zu erkennen.

»Das soll es sein?«

»Das ist Eltham Castle«, sagte sie. »Oder was davon übrig ist.«

Johnston fuhr an den Straßenrand und stellte den Motor ab. Elsie las aus ihrem Führer vor: »… An dieser Stelle errichtet von John d'Elthaim im elften Jahrhundert, mit verschiedenen Ergänzungen und Umbauten aus späterer Zeit. Bemerkenswert ist vor allem die Ruine des Hauptturms aus dem zwölften Jahrhundert und eine Kapelle im englischen gotischen Stil aus dem vierzehnten. Ohne Bezug zu Eltham Castle in London, das aus einer späteren Zeit stammt.«

Der Regen hatte fast ganz aufgehört, der Wind trug nur noch vereinzelte Tropfen heran. Johnston öffnete die Fahrertür, stieg aus und zog sich seinen Regenmantel über. Elsie stieg auf ihrer Seite aus, ihre Unterlagen in einer Plastiktüte unter dem Arm. Chris lief um das Auto herum, öffnete Kate die Tür und half ihr heraus. Sie kletterten über eine niedrige Steinmauer und stiegen zur Burg hoch.

Die Ruine war mächtiger, als sie von der Straße aus ausgesehen hatte; hohe Steinmauern, dunkel vom Regen. Dächer und Decken gab es keine mehr, die Räume waren zum Himmel hin offen. Keiner sagte etwas, während sie durch die Anlage gingen. Sie sahen keine Hinweisschilder, keine Erklärungstafeln, nichts, was darauf hindeutete, was dieser Ort gewesen war, nicht einmal auf seinen Namen. Schließlich fragte Kate: »Wo ist sie?«

»Die Kapelle? Da drüben.«

Sie gingen um eine hohe Mauer herum und standen vor einer erstaunlich gut erhaltenen Kapelle mit einem Dach, das irgendwann in der Vergangenheit restauriert worden war. Die Fenster waren nur offene Bögen in der Mauer, ohne Glas. Eine Tür gab es nicht, nur einen offenen Torbogen.

Im Innern blies der Wind durch Ritzen und Fensteröffnungen. Wasser tropfte vom Dachstuhl. Johnston zog eine große Taschenlampe heraus und leuchtete die Wände ab.

Chris fragte: »Wie bist du überhaupt auf diesen Ort gestoßen, Elsie?«

»Natürlich bei meinen Recherchen in den alten Dokumenten«, sagte sie. »In den Troyes-Archiven gab es einen Hinweis auf einen wohlhabenden englischen Briganten namens Andrew d'Eltham, der in seinen späteren Jahren dem Kloster von Sainte-Mère einen Besuch abstattete. Er brachte seine ganze Familie aus England mit, seine Frau und seine erwachsenen Söhne. Das hat mich dazu gebracht, weiterzusuchen.«

»Hier«, sagte Johnston und richtete den Strahl seiner Lampe auf den Boden.

Sie traten zu ihm.

Abgebrochene Äste und eine Schicht feuchten Laubs bedeckte den Boden. Johnston hatte sich hingekniet und wischte alles weg. Zwei verwitterte, in den Boden eingelassene Grabplatten kamen zum Vorschein. Chris hielt den Atem an, als er die erste sah. Eine Frau war darauf dargestellt, in züchtigen langen Gewändern, auf dem Rücken liegend. Es war unverkennbar Lady Claire. Im Gegensatz zu vielen solcher Grabplatten war Claire hier mit offenen Augen dargestellt, die den Betrachter unverhüllt anstarrten.

»Noch immer schön«, sagte Kate, den Rücken durchgedrückt, die Hand in die Seite gestemmt.

»Ja«, sagte Johnston. »Noch immer schön.«

Nun legten sie die zweite Grabplatte frei. Neben Lady Claire sahen sie André Marek liegen. Auch er hatte die Augen offen. Marek sah älter aus, mit einer Furche auf einer Gesichtshälfte, die eine Altersfalte sein konnte oder eine Narbe.

Elsie sagte: »Den Dokumenten zufolge geleitete Andrew Lady Claire von Frankreich nach England und heiratete sie später. Er scherte sich nicht um die Gerüchte, daß Claire ihren ersten Gatten ermordet habe. Nach allen Berichten liebte er seine Frau sehr. Sie hatten fünf Söhne und waren ihr ganzes gemeinsames Leben lang unzertrennlich. Im Alter«, sagte Elsie, »verlegte der alte Kämpe sich auf ein geruhsames Leben und widmete sich seinen Enkeln. Andrews letzte Worte waren: ›Ich habe ein gutes Leben gewählt.‹ Er wurde im Juni 1382 in der Familienkapelle begraben.«

»Dreizehnzweiundachtzig«, sagte Chris. »Er wurde also vierundfünfzig.«

Johnston wischte den Rest des Steins sauber. Sie sahen Mareks Schild: ein stolzierender englischer Löwe in einem Feld französischer Lilien. Über dem Schild standen französische Worte.

Elsie las vor: »Sein Familienmotto, in Anlehnung an Richard Löwenherz, steht über dem Wappenschild: *›Mes compagnons cui j'amoie et cui j'aim … Me di, chanson.‹* Sie hielt inne und übersetzte dann: ›Gefährten, die ich liebte und die ich noch immer liebe… Sag ihnen, mein Lied.‹«

Lange starrten sie Andrés Bildnis schweigend an.

Johnston strich mit den Fingern über die steinernen Umrisse von Mareks Gesicht. »Nun ja«, sagte er schließlich, »wenigstens wissen wir, was passiert ist.«

»Glaubst du, daß er glücklich war?« fragte Chris.

»Ja«, antwortete Johnston. Aber er dachte, wie sehr Marek diese Welt auch geliebt haben mochte, ganz die seine konnte sie wohl nie gewesen sein. Nicht wirklich. Er mußte sich immer wie ein Fremder vorgekommen sein, isoliert von seiner Umgebung, weil er aus einer anderen Zeit gekommen war.

Der Wind heulte. Ein paar Blätter wehten über den Boden. Die Luft war feucht und kalt. Sie standen stumm da.

»Ich frage mich, ob er je an uns dachte«, sagte Chris und betrachtete das steinerne Gesicht. »Ob er uns vermißte.«

»Natürlich«, sagte der Professor. »Vermißt du ihn nicht?«

Chris nickte. Kate schniefte und schneuzte sich.

»Ich vermisse ihn«, sagte Johnston.

Sie gingen wieder nach draußen und den Hügel hinunter zum Auto. Inzwischen hatte der Regen völlig aufgehört, aber die Wolken, die tief über den fernen Hügeln hingen, waren noch immer dunkel und schwer.

Danksagungen

Unser Verständnis des Mittelalters hat sich in den letzten fünfzig Jahren dramatisch verändert. Obwohl man noch immer einige selbstgefällige Wissenschaftler vom dunklen Zeitalter sprechen hört, haben moderne Erkenntnisse solche Vereinfachungen längst über den Haufen geworfen. Eine Zeit, die früher als statisch, grausam und rückständig betrachtet wurde, wird jetzt als dynamisch gesehen, als eine Zeit rasanter Entwicklungen, in der Wissen gesucht und geschätzt wurde, in der große Universitäten gegründet wurden und man das Lernen förderte, in der mit Begeisterung neue Techniken entwickelt und angewandt wurden, in der alle gesellschaftlichen Beziehungen im Fluß waren und in der das allgemeine Niveau der Gewalt oft weniger tödlich war als heute. Was den überkommenen Ruf des Mittelalters als dunkle Zeit der Beschränktheit, der religiösen Vorurteile und des massenhaften Abschlachtens angeht, so muß die Geschichte des zwanzigsten Jahrhunderts jeden nachdenklichen Beobachter zu dem Schluß führen, daß wir in keiner Weise besser sind.

Genau genommen war die Vorstellung vom grausamen Mittelalter eine Erfindung der Renaissance, deren Vertreter sich bemühten, einen neuen Geist herauszustellen, auch wenn dies auf Kosten der Fakten ging. Wenn die Vorstellung vom rückständigen Mittelalter sich als hartnäckiges Vorurteil erweist, so mag das daran liegen, daß es einen Glauben zu bestätigen scheint, von dem die moderne Welt nicht lassen will – der Glaube nämlich, daß unsere Art sich immer weiterentwickelt, hin zu einem besseren und erleuchteteren Leben. Dieser Glaube ist ein reines Phantasieprodukt, aber als solches äußerst zählebig. Dem modernen Menschen fällt es besonders schwer, sich vorzustellen, daß unsere heutige, wissenschaftliche Zeit keine Verbesserung sein könnte gegenüber einer vorwissenschaftlichen Periode.

Noch ein Wort zum Zeitreisen. Es stimmt zwar, daß Quantenteleportation in Labors auf der ganzen Welt demonstriert wurde, die praktische Anwendung eines solchen Phänomens liegt jedoch in ferner Zukunft. Die in diesem Buch vorgestellten Ideen wurden von Spekulationen angeregt, die, unter anderen, David Deutsch, Kip Thorne, Paul Nahin und Charles Bennett angestellt haben. Was hier beschrieben wird, mag sie amüsieren, aber sie würden es nicht ernst nehmen. Das vorliegende Buch ist ein Roman. Zeitreisen gehört eindeutig ins Reich der Phantasie.

Die Darstellung der mittelalterlichen Welt jedoch ruht auf einer gesicherteren Basis, und dafür bin ich der Arbeit vieler Gelehrter verpflichtet, von denen einige in der nachfolgenden Bibliographie aufgeführt sind. Fehler sind die meinen, nicht die ihren.

Dankbar bin ich darüber hinaus Catherine Kanner für die Illustrationen und Brant Gordon für die computergenerierten Architekturskizzen.

Schließlich geht mein besonderer Dank an den Historiker Bart Vranken für die unschätzbaren Einblicke, die er mir gewährte, und für seine Begleitung auf meinen Streifzügen durch kaum bekannte und vergessene Ruinen des Périgord.

Bibliographie

Allmand, Christopher, *The Hundred Years War: England and France at War c. 1300–c. 1450*, Cambridge, Eng.: Cambridge University Press, 1988.

Anonym, *Lancelot I–III*, Hrsg. R. Kluge, Berlin (DDR) 1948–1974.

Artz, Frederick B., *The Mind of the Middle Ages: An Historical Survey, A. D. 200–1500*, Chicago: University of Chicago Press, 1980.

Ayton, Andrew, *Knights and Warhorses: Military Service and the English Aristocracy under Edward III.*, Woodbridge, Eng.: Boydell Press, 1994.

Barber, Richard, *Edward, Prince of Wales and Aquitaine*, Woodbridge, Eng.: Boydell Press, 1996.

– ed. and trans. *The Life and Campaigns of the Black Prince*, London: Folio Society, 1979.

– and Juliet Barker, *Tournaments*, Woodbridge, Eng.: Boydell Press, 1989.

Bentley, James, *Fort Towns of France: The Bastides of the Dordogne and Aquitaine*, London: Tauris Parke, 1993.

Berry, Duc de, *The Très Riches Heures of Jean, Duke of Berry*, Ed. Jean Longnon, New York: George Braziller, 1969.

Black, Maggie, *Küchengeheimnisse des Mittelalters*, Würzburg: Flechsig Verlag, 1988.

Blair, Claude, *European and American Arms, c. 1100–1850*, New York: Bonanza Books, 1962.

Bloch, Marc, *Die Feudalgesellschaft*, Frankfurt a. M.: Propyläen Verlag, 1982.

Bradbury, Jim, *The Medieval Siege*, Woodbridge, Eng.: Boydell Press, 1992.

Burne, Alfred H., *The Crécy War*, New York: Oxford University Press, 1955.

Cantor, Norman F., *Inventing the Middle Ages*, New York: William Morrow, 1991. Ein besonders gutes, geistig anspruchsvolles Geschichtsbuch über das Mittelalter und die Mittelalterforschung.

Chrétien de Troyes, *Cliges*, Halle: Niemeyer Verlag, 1934.

Chrétien de Troyes, *Lancelot*, München: Fink Verlag, 1974.

Christine de Pizan, *The Book of the Duke of True Lovers*, Trans. Thelma S. Fenster, New York: Persea Books, 1992.

Contamine, Philippe, *War in the Middle Ages*, Trans. Michael Jones, Oxford: Blackwell, 1984.

Cosman, Madeleine P., *Fabulous Feasts: Medieval Cookery and Ceremony*, New York: George Braziller, 1995.

Curry, Anne, and Michael Hughes, eds., *Arms, Armies and Fortifications in the Hundred Years War*, Woodbridge, Eng.: Boydell Press, 1994. Man beachte vor allem die Kapitel von Vale und Hardy.

Delbrück, Hans, *Geschichte der Kriegskunst im Rahmen der politischen Geschichte*, Berlin: De Gruyter Verlag, 1962.

Duby, Georges, *Geschichte des privaten Lebens* (Band II über das Mittelalter), Frankfurt a. M.: Fischer Verlag, 1995.

– *France in the Middle Ages: 987–1460,* Oxford, Eng.: Blackwell, 1991.

Ferguson, Niall (Hsg.), *Virtuelle Geschichte. Historische Alternativen im 20. Jahrhundert*, Darmstadt: Primus Verlag, 1999.

Ffoulkes, Charles, *The Armourer and His Craft: From the XIth to the XVth Century*, 1912. Reprint, Salem, N.H.: Ayer, 1967.

Froissart, Jean, *Chronicles of England, France and Spain*, Trans. Thomas Jones, New York: Colonial Press, 1901.

– *Froissart: Chronicles*. Trans. Geoffrey Brereton, London: Penguin, 1978. Gut lesbare Übersetzung in einem Band.

– *Froissart Chronycles*, Trans. Lord Berniers, Oxford, Eng.: Blackwell. 1927.

Geoffroi de Charny, *The Book of Chivalry of Geoffroi de Charny*, Trans. Richard W. Kaeuper and Elspeth Kennedy, Philadelphia: University of Pennsylvania Press, 1996.

Gies, Francis and Joseph, *Cathedral, Forge and Waterwheel: Technology and Invention in the Middle Ages,* New York: HarperCollins, 1994.

Gillmeister, Heiner, *Kulturgeschichte des Tennis*, München: Fink Verlag, 1990.

Gimpel, Jean, *The Medieval Machine: The Industrial Revolution of the Middle Ages*, London: Penguin Books, 1976.

Goetz, Hans-Werner, *Leben im Mittelalter. Vom 7. bis zum 13. Jahrhundert*, München: Beck Verlag, 1996.

Goodrich, Michael E., *Violence and Miracle in the Fourteenth Century*, Chicago: University of Chicago Press, 1995.

Henisch, Bridget Ann, *Fast and Feast: Food in Medieval Society*, University Park: Pennsylvania State University Press, 1976.

Hilton, R. H., *English and French Towns in Feudal Society*, Cambridge, Eng.: Cambridge University Press, 1992.

Horn, Walter, and Ernest Born, *The Plan of St. Gall*, 3 vols. Berkeley: University of California Press, 1979.

Houston, Mary G., *Medieval Costume in England and France: The 13th, 14th and 15th Centuries*, London: Adam and Charles Black, 1939.

Huizinga, Johan, *Herbst des Mittelalters. Studien über Lebens- und Geistesformen des 14. und 15. Jahrhunderts in Frankreich und den Niederlanden*, München: Drei Masken Verlag, 1928.

Huppert, George, *After the Black Death: A Social History of Early Modern Europe*, Bloomington: Indiana University Press, 1998.

Hyland, Ann, *The Medieval Warhorse*, Conshohocken, Pa.: Combined Books, 1994.

Johnson, Eric A., and Eric H. Monkkonen, *The Civilization of Crime: Violence in Town and Country since the Middle Ages*, Urbana: University of Illinois Press, 1996.

Kaeuper, Richard W., *War, Justice and Public Order: England and France in the Later Middle Ages*, Oxford: Clarendon Press, 1988.

Keen, Maurice, *Das Rittertum*, Düsseldorf/Zürich: Artemis und Winkler Verlag, 1999.

La Sale, Antoine de, *Le Petit Jehan de Saintre*, Trans. Irvine Gray. 1931. Reprint, Westport, Conn.: Hyperion, 1978.

La Tour Landry, Geoffrey de, *Der Ritter vom Thurn. Zuchtmaister der Weiber und Junkfrawen*, Straßburg: Cammerlander Verlag, 1538.

LaBarge, Margaret Wade, *Gascony: England's First Colony, 1204–1453*, London: Hamish Hamilton, 1980.
Lambert, Joseph B., *Traces of the Past: Unraveling the Secrets of Archaeology Through Chemistry*, Reading, Mass.: Perseus Books, 1997.
Lodge, Eleanor C., *Gascony under English Rule*, London: Methuen, 1926.
McFarlane, K. B., *The Nobility of Later Medieval England*, Oxford: Clarendon Press, 1973.
McKisack, May., *The Fourteenth Century, 1307–1399*, New York: Oxford University Press, 1959.
Mesqui, Jean, *Châteaux, Forts et Fortifications en France*, Paris: Flammarion Press, 1997.
Muir, Lynette R., *Literature and Society in Medieval France*, New York: St. Martin's Press, 1985.
Murrin, Michael, *History and Warfare in Renaissance Epic*, Chicago: University of Chicago Press, 1994.
Oman, C. W. C., *The Art of War in the Middle Ages*, Ithaca, N. Y.: Cornell University Press, 1953.
Origo, Iris, *Im Namen Gottes und des Geschäfts. Lebensbild eines toskanischen Kaufmanns der Frührenaissance, Francesco di Marco Datini*, München: Beck Verlag, 1993.
Orser, Charles E., Jr., and Brian M. Fagan, *Historical Archaeology*, New York: HarperCollins, 1995.
Ottaway, Patrick, *Archaeology in British Towns,* New York: Routledge, 1992.
Partington, J. R., *A History of Greek Fire and Gunpowder*, Baltimore: Johns Hopkins University Press, 1999. Man beachte vor allem die hervorragende Einleitung von Bert S. Hall.
Paterson, Linda M., *The World of the Troubadors: Medieval Occitan Society c. 1000–c. 1300*, Cambridge, Eng.: Cambridge University Press, 1993.
Perroy, Edouard, *The Hundred Years War*, Trans. W. B. Wells. New York: Oxford University Press, 1951.
Pirenne, Henri, *Medieval Cities: Their Origins and the Revival of Trade*, Princeton: Princeton University Press, 1969.
Prestwich, Michael, *Armies and Warfare in the Middle Ages: The English Experience*, New Haven: Yale University Press, 1996.

– *The Three Edwards: War and State in England, 1272–1377*, London: Routledge, 1996.
Ranoux, Patrick, *Atlas de la Dordogne-Perigord*, Montrem, France: Saunard, 1996.
Rossiaud, Jacques, *Dame, Venus. Prostitution im Mittelalter*, München: Beck Verlag, 1994.
Rowling, Marjorie, *Life in Medieval Times*, New York: Berkley, 1977.
Sautman, Francesca Canade, Diana Conchado and Giuseppe Carlo DiScipio, eds., *Telling Tales: Medieval Narratives and the Folk Tradition*, New York: St. Martin's Press, 1998.
Sedgwick, Henry D., *The Life of Edward the Black Prince, 1330–1376*, Indianapolis: Bobbs-Merrill, 1932.
Singman, Jeffrey L., and Will McLean, *Daily Life in Chaucer's England*, Westport, Conn.: Greenwood Press, 1995.
Speed, Peter, ed., *Those Who Fought: An Anthology of Medieval Sources*, New York: Italica Press, 1996.
Strayer, Joseph R., *On the Medieval Origins of the Modern State*, Princeton University Press, 1970.
Sumption, Jonathan, *The Hundred Years War I: Trial by Battle*, London: Faber & Faber, 1991.
– *The Hundred Years War II: Trial by Fire*, London: Faber & Faber, 1999.
Tuchman, Barbara W., *Der ferne Spiegel. Das dramatische 14. Jahrhundert*, München: dtv, 1995.
Vale, Malcolm, *War and Chivalry: Warfare and Aristocratic Culture in England, France and Burgundy at the End of the Middle Ages*, Athens: University of Georgia Press, 1981.
White, Lynn, *Die mittelalterliche Technik und der Wandel der Gesellschaft*, München: Moos Verlag, 1968.
Wright, Nicholas, *Knights and Peasants: The Hundred Years War in the French Countryside*, Woodbridge, Eng.: Boydell Press, 1998.
Wroe, Ann, *A Fool and His Money: Life in a Partitioned Town in Fourteenth-Century France*, New York: Hill and Wang, 1995.
Zimmer, Heinrich, *Abenteuer und Fahrten der Seele*, Düsseldorf/Köln: Diederichs Verlag, 1977.

NATURWISSENSCHAFTLICHE QUELLEN

Deutsch, David, *Die Physik der Welterkenntnis. Auf dem Weg zum universellen Verstehen*, Basel/Boston/Berlin: Birkhäuser Verlag, 1996. Ein brillantes, anschauliches und sehr gut geschriebenes Buch; man beachte vor allem die Darstellung der Photoneninterferenz im Multiversum, auf der mein Text beruht.

– and Michael Lockwood, »The Quantum Physics of Time Travel«, *Scientific American*, March 1994, pp. 68–74.

Kaku, Michio, *Hyberspace. Eine Reise durch den Hyperraum und die zehnte Dimension*, Berlin: Byblos Verlag, 1995.

Milburn, Gerard J., *Schrodinger's Machines: The Quantum Technology Reshaping Everyday Life*, New York: W. H. Freeman, 1997.

– *The Feynman Processor*, Reading, Mass.: Perseus Books, 1998.

Misner, Charles W., Kip S. Thorne and John A. Wheeler, *Gravitation*, San Francisco: W. H. Freeman, 1973.

Nahin, Paul J., *Time Machines*, 2nd ed. New York: Springer-Verlag, 1999. Hier besonders: »Tech Note 9: Wormhole Time Machines«, pp. 489–525.

Thorne, Kip S., *Gekrümmter Raum und verbogene Zeit. Einsteins Vermächtnis*, München: Droemer Verlag, 1996.

Wheeler, John Archibald, with Kenneth Ford, *Geons, Black Holes and Quantum Foam*, New York: W. W. Norton, 1998.

Williams, Colin P., and Scott H. Clearwater, *Explorations in Quantum Computing*, New York: Springer-Verlag, 1998.

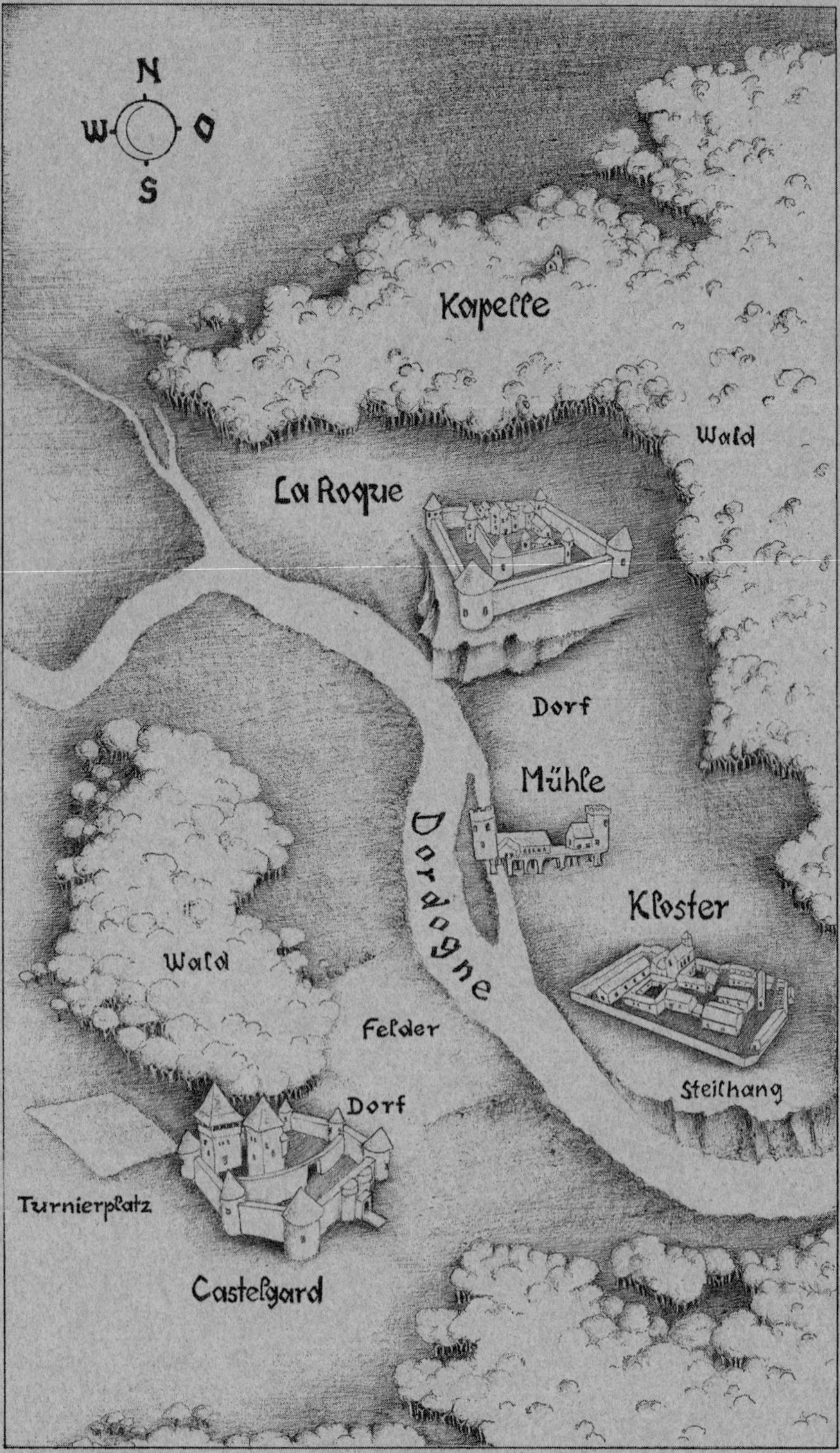
N
W
O
S
Kapelle
Wald
La Roque
Dorf
Mühle
Dordogne
Kloster
Wald
Felder
Steilhang
Dorf
Turnierplatz
Castelgard